»Selig die Zärtlichen«

Jesus in den Seligpreisungen (Mathäus 5,5)

Für Christa †

Herzlichen Dank für die selbstlose Unterstützung, ohne die der vorliegende Roman wohl nie fertig geworden wäre:
Monika Bumo, Uta Conrad, Rudi Eppinger, Erika und Georg Wessling, Daniel Jesch, Christine Metzger, Ingrid und Franz Jesch, Barbara Feuerstein-Weber, Christof Wessling, Josefine Bumo, Maria Hundsberger und vielen anderen.

Zu Autor und Buch

Der Autor ist Jahrgang 1941, in München geboren und hat wie der »Held« im vorliegenden Erstlingswerk seine Kindheit und frühe Jugend in Niederbayern verbracht. Danach absolvierte er in München eine technische Ausbildung, arbeitete als Facharbeiter und holte über den zweiten Bildungsweg das Abitur nach. Anschließend studierte er in München und Göttingen und arbeitete über 20 Jahre als Lehrer für Deutsch, Geschichte und Sozialkunde an einem Gymnasium der Stadt München sowie in der politischen Bildung für Heranwachsende. Die letzte Dekade seiner beruflichen Laufbahn leitete er das städtische Münchner Institut für die Fortbildung von Lehrkräften und Erzieherinnen/Erzieher.

Mit dem vorliegenden Kriminalroman erfüllte sich der Autor ein Versprechen für die ersten Jahre seiner Pensionszeit. Dabei hat er eine Erzähltechnik wieder aufgegriffen, die er bereits als Kind zusammen mit seinen Mitschülerinnen und Mitschülern auf dem langen Weg von der Schule nach Hause gepflegt hatte: ausgehend von realen Verhältnissen eine fantasievolle Geschichte zu entwerfen und dabei über die Schauplätze und die beteiligten Figuren frei zu verfügen. Das Ergebnis taugt also nicht als Reise- und Kulturführer für Niederbayern. Auch sind etwaige Ähnlichkeiten mit real existierenden Personen ungewollt und rein zufällig. Allerdings dürfte dem Leserkreis des Kriminalromans trotz aller in diesem Buch enthaltenen Fantasiewelt die tiefe Verbundenheit des Autors mit Niederbayern, seinem »bayerischen Arkadien«, nicht verborgen bleiben.

Dietmar Gschrey
Number One in Niederbayern
Ein Michael-Kramer-Kriminalroman

Michael-Kramer-Kriminalromane Buch I

Bibliografische Information der Deutschen Nationalbibliothek:

Die Deutsche Nationalbibliothek verzeichnet diese Publikation in der Deutschen Nationalbibliografie; detaillierte bibliografische Daten sind im Internet über dnb.dnb.de abrufbar.

Copyright © 2007 Dietmar Gschrey
Neuauflage 2016
Klappentext: Barbara Feuerstein-Weber
Titelfoto, Covergestaltung, Layout und Satz: Christof Wessling
Herstellung und Verlag: BoD - Books on Demand, Norderstedt
Reihe: Michael-Kramer-Kriminalromane Buch I

ISBN: 9783743115347

Der Kontrakt

An dem Tag, an dem ich zum ersten Mal versuchte, die Erlebnisse während meiner Ermittlung als Gedächtnisstütze für eine spätere Bearbeitung stichwortartig zu Papier zu bringen, saß ich an einem nagelneuen Schreibtisch in einem ebenso nagelneuen Büro. Später sollte mich dann die Dramatik der Entwicklung daran hindern, regelmäßig Notizen zu machen, sodass ich gezwungen war, im Nachhinein viele Einzelheiten mühsam in Rücksprache mit Beteiligten zu rekonstruieren. Da mir dies aber von dem begleitenden Polizeipsychologen dringend ans Herz gelegt wurde, nahm ich diese Mühe – zunehmend zwanghaft – auf mich.

Meine ersten Notizen machte ich also an einem neuen Schreibtisch und dabei feixte ich über mich. Seit ich älter bin, bemühe ich mich nämlich um ein eher freundschaftliches Verhältnis zu mir. Um ein Verhältnis, das geprägt ist von Nachsicht. Die konnte ich auch gut gebrauchen, denn ich saß an einem nagelneuen Schreibtisch in einer Art nagelneuem Detektivbüro im tiefen Niederbayern mit Blick über das Dorf meiner Jugend und die Gegenhänge des Sulzbachtals. Genauer gesagt saß ich, und so stand es auch auf dem Messingschild außen an der Wand des einstöckigen Hauses, in einem **»Büro für Ermittlungen im Auftrag der AW – Michael Kramer«**. Blöd war nur, dass Michael Kramer, also ich, ein frisch pensionierter Beamter und Exlehrer war, der die Zeit seines ganz und gar unspektakulären bisherigen Erwachsenenlebens in der etwa 130 km entfernten Landeshauptstadt verbracht hatte. Und der mit Ermittlungen, auch und schon gar nicht im Zusammenhang mit einem verschwundenen Fuhrunternehmer, nichts, aber auch gar nichts am Hut hatte. Ich wollte eigentlich längere Zeit meine Seele baumeln lassen und wachen Sinnes darauf warten, was sich nach dem Abschluss des aktiven Beamtenlebens einstellen würde.

Was meine Nachsicht mit mir aber besonders herausforderte, war der Umstand, dass der Hundesohn von Alfons Schild und Büro etc. samt Einrichtung offensichtlich organisiert hatte, bevor er mich gestern abends, besser nachts, mit seinem verrückten Angebot überfiel. Die Einrichtung des Büros konnte sich übrigens, wie nicht anders zu erwarten, sehen lassen und trug deutlich die Handschrift des Architekten, der mich schon am Abend vorher verblüfft hatte: hellbrauner Schreibtisch aus exotischem Holz in L-Form, moderne Telefonanlage, Handy, PC, Aktenschränke, hypermoderner und wahrscheinlich sündteuerer ockerfarbener Schreibtischlederstuhl und ein ebensolcher Besuchersessel. An der Wand wieder eines jener farbenfrohen und raffiniert-naiv wirkenden Gemälde der Malerin, die auch in der Mühlenresidenz meines Schulfreundes dominiert hatten. Auf dem Parket natürlich Teppiche. Zwei zurückhaltende moderne Exemplare in gedecktem Grau und Grün und tatsächlich ein alter Afghane in jenem tiefen, fast schwarzen Rotton. Ich hatte Alfons vor gut zwei Jahren auf unserem letzen Klassentreffen davon erzählt, dass ich seit Langem von so einem Teppich träumen würde. Hundesohn, stinkreicher!

Es gab in diesem Büro übrigens auch ein komplett und geschmackvoll eingerichtetes »Empfangszimmer« mit zweitem Arbeitsplatz und für mich eine wunderschöne Zweieinhalb-Zimmer-Wohneinheit mit Luxusbad und Hochterrasse. Das Haus, irgendwie postmoderner Landhausstil, wie so viele in dieser Hangsiedlung, war wie fast alle Häuser hier schätzungsweise nicht älter als fünf Jahre. Der gepflegte Garten im Stil eines niederbayerischen Bauerngartens mit seinem Akzent auf Duft- und Heilkräuter tat an diesem Julinachmittag meiner gekränkten und zugleich amüsierten Beamtenseele gut. Durch das offene Fenster duftete es abwechselnd schwer nach Lavendel, Salbei und anderen Kräutern und dann wieder nach Rosen. Auch hier konnte ich, wie rund um die Mühlenresidenz, unter den über den Garten verstreuten Blumeninseln die seltenen alten dunkelroten Rosenarten ausmachen, von denen Alfons geschwärmt hatte. Und die, wie er sagte, der Hauptgrund waren, warum er sich »einen eigenen Gärtner hielt«.

Der Garten hier zog sich schätzungsweise doppelt so breit wie das Haus lang war dreißig bis vierzig Meter den Hang hinab. Der obere Stock des Hauses war der fehlenden Einrichtung nach unbewohnt, der Besitzer des Anwesens also mein Schulfreund Alfons. »Ein reines Abschreibungsobjekt«, wie er mit seiner penetranten und unechten Bescheidenheit wie nebenbei bemerkte. In Wirklichkeit war alles Teil seines Reiches und Teil eines ungemeinen Stolzes über Erfolg, Reichtum und Einfluss, der ihn jedes Mal, wenn er wie zufällig darauf zu sprechen kann, regelrecht übermannte. Aber ich muss versuchen, zukünftig Ordnung in meine Geschichte zu bekommen, die damals meinem keine fünf Tage alten Pensionistenleben eine völlig unerwartete Wendung und mir ungeahnte und darunter schöne, aber auch absolut hässliche und meine Existenz bedrohende Erfahrungen bescheren sollte.

∼

Die Einladung überraschte mich exakt am Tag meiner Pensionierung zusammen mit den besten Wünschen für den Ruhestand. Wir hatten zusammen acht Jahre die Dorfschule besucht. Ich, der dickliche Junge Michael Kramer, der »Michi« gerufen wurde und als Flüchtlingskind galt, obwohl meine Mutter aus dem Dorf stammte. Sie war nach dem »Heldentod« meines Vaters in Stalingrad und der Zerstörung unserer Wohnung in der Hauptstadt durch alliierte Bomber mit ihrem kleinen Sohn bei entfernten Verwandten auf einem kleinen Hof eines entlegenen Weilers untergekommen, der zu ihrer ehemaligen Heimatgemeinde gehörte. Wir galten als arm und waren es wohl auch, obwohl ich mich beim besten Willen an keinen Mangel erinnern kann. Er, Alfons Weinberger, kleiner als ich, vierschrötig, muskulös, zäh und verwegen, gerufen »Fonsi«, war Sohn des Besitzers einer Mühle. Die Mühle überragte in einer zwei Kilometer bachabwärts liegenden und zur Gemeinde zählenden Ortschaft etwa zehn Anwesen, deren Besitzer zu unserer Schulzeit fast alle noch Landwirtschaft betrieben. Seine Familie galt als reich und war es wohl auch für die Verhältnisse unmittelbar nach Kriegsende.

Wir hatten die ganze Schulzeit hindurch ein eigenartiges Verhältnis zueinander. Mir fiel es leicht anzuerkennen, dass Alfons der Mutigere, der körperlich Geschicktere, bald der Erfolgreichere bei den Mädchen und immer der Reichere war. Auch dass die Mühle, die er später erben sollte, irgendwann in der fernen Vorkriegszeit meinem eigenen Großvater gehört hatte, nahm ich ohne Groll zur Kenntnis. Ich bewunderte ihn und seine Art, ohne so sein zu wollen wie er. Wenn es etwas Derartiges zwischen Kindern und Jugendlichen gibt, dann war mein Verhältnis zu Alfons geprägt von eben jener Nachsicht, die ich lange Zeit mir gegenüber eher vermissen ließ. Ich war immer darum bemüht, ihn nicht zu verletzen. Denn ich war alle acht Jahre hindurch unangefochten Klassenbester und Alfons wollte alle acht Jahre hindurch vergeblich Klassenbester werden. Und da ich instinktiv um seine Unterlegenheit auf diesem Felde wusste und zugleich seinen brennenden Ehrgeiz erlebte, wollte ich verhindern, ihn ganz zu verlieren. Denn obwohl wir viel zusammen waren, standen sein Ehrgeiz und damit seine tief empfundenen Niederlagen immer zwischen uns.

Ich erinnerte mich bei der Lektüre der ockerfarbenen Einladung auf, wie er schrieb, seine »bescheidene Mühlenresidenz«, plötzlich ganz plastisch an eine dieser Situationen, die so charakteristisch waren für unsere Beziehung während der Schulzeit. Wir sollten, wahrscheinlich in der siebten Klasse, einen Fantasieaufsatz schreiben, der uns als Jungen in der Steinzeit möglichst realistische Abenteuer erleben ließ. Während ich für meine Arbeit (wieder einmal) die bestmögliche Bewertung bekam, erhielt Alfons (wieder einmal) wegen mangelnden Realismus nur »befriedigend«.

Wie spannungsreich und auch belastend unser Verhältnis sein konnte, zeigt die nachfolgende Reaktion meines Schulfreundes. Seit Wochen diskutierten die Buben der Klasse heftig darüber, ob es möglich sei, mit einem Fahrrad den für uns grausam steilen Hang einer nahen Kiesgrube hinunterzufahren. Nach der Schule stürzte Alfons aus dem Gebäude, griff sich sein von uns so bewundertes gelbes und glänzendes »Jugendrad« (das Einzige im Dorf mit Gangschaltung!) und nahm demonstrativ und mit versteinertem Gesicht Kurs auf die Kiesgrube. Fast die ganze Klasse lief ihm hinterher, wobei ich in Panik als einziger voller böser Vorahnung den Weg hinunter zum Boden der Kiesgrube nahm. Am Rand der Kiesgrube angekommen, schwang sich Alfons ohne Zögern auf sein Rad und stürzte sich den mindestens zehn Meter hohen bedrohlichen Hang hinab. Ich sah noch aus einiger Entfernung mit stockendem Atem, wie er regelrecht hinunterfiel, wie nach dreiviertel der Strecke sein Vorderrad im Kies versank, Alfons sich überschlug und samt Fahrrad etwa zwei Meter vor dem Grund der Kiesgrube auf dem Hang aufschlug. Und dann rutschten Rad und Alfons gemeinsam die letzten Meter des Hanges hinab, gefolgt von einer ganzen Ladung Kies. Als ich bei ihm ankam, setzte er sich gerade sichtlich benommen auf. Ich sah, dass er heftig aus der Nase blutete und mit seinen Füßen im Kies steckte. Er tat mir unendlich leid und ich machte Anstalten, ihm zu helfen. Aber er schrie so laut er konnte, ich möge verschwinden, wobei ihm Tränen über das Gesicht liefen und sich mit dem Blut aus der Nase vermischten. Dann kämpfte er sich, immer noch schluchzend, mühsam aus dem Kies, befreite auch sein sichtlich lädiertes Fahrrad, kam beim dritten Versuch in den Sattel und radelte davon. Die Klasse applaudierte vom Rand der Kiesgrube aus, ich aber war am Heulen.

Nach der Schulzeit verloren wir uns aus den Augen. Mich verschlug es, wie gesagt, in die ferne Hauptstadt. Auf Umwegen landete ich schließlich bei einem Studium und später als Lehrer im Dienst der Landeshauptstadt. Alfons lernte das Müllerhandwerk, machte zusätzlich eine kaufmännische Ausbildung, erbte die väterliche Mühle und heiratete (wie ich später erfuhr) die Erbin zweier weiterer niederbayerischer Mühlen. Beim zwanzigjährigen, dreißigjährigen, vierzigjährigen und fünfzigjährigen Klassentreffen sahen wir uns wieder. Organisiert wurden diese übrigens vor allem von Alfons. Unser Verhältnis war immer noch seltsam zwiespältig. Ich beschloss, die überraschende und verwirrende Einladung anzunehmen. Überraschend und verwirrend auch noch deswegen, weil er mich darin aufforderte, »wenigstens einen vernünftigen Anzug« einzupacken und unter Umständen mit »einem mindestens mehrwöchigen Aufenthalt« zu rechnen.

∼

Die Ankunft in der Alfonschen Mühlenresidenz am Tag der Einladung wurde zu einem unerwarteten Erlebnis. Wie immer hatte mir zuvor die Fahrt von der Hauptstadt zum Dorf meiner Kindheit und Jugend, die Fahrt also von Oberbayern nach Niederbayern, gut getan. Spätestens mit dem Erreichen des Rottales und damit der ehemaligen Kreisstadt Eggenfelden und dem Mittelzentrum Pfarrkirchen stellten sich nahezu irreale Heimatgefühle ein. Es war, als würde ich die Brille wechseln. Die Hügel z.B. des oberbayerischen Inntales um Mühldorf und Altötting, die Dörfer und Gehöfte, die Wälder, Wiesen und die Juli-Getreidefelder dort waren so verschieden nicht. Aber es war nicht Niederbayern! Ich ließ das irreale Gefühl zu, ich beobachtete es, lächelte ihm zu und machte ihm Mut. Wie gesagt, Nachsicht war angesagt.

Und dann die Ankunft an der »Mühlenresidenz«. Ich musste Jahrzehnte nicht mehr an diesem Ort gewesen sein. Ich hatte – wohl aus den Tagen unserer Schulzeit – einen relativ seelenlosen betongrauen mehrstöckigen hohen Bau in Erinnerung mit einer Art Durchfahrt für Fuhrwerke und bald Lastwagen. Der etwa hundert Meter entfernte Sulzbach, der sich in der Regel mit zwei bis vier Meter Breite bis heute offensichtlich weitgehend unreguliert durch das weite Tal schlängelt, war kurz vor einer Brücke zirka zwei Meter hoch angestaut. Über diese Brücke führte die Zubringerstraße aus der Ortschaft zu der etwas abseits gelegenen Mühle. Neben dieser Straße verlief ein von Büschen gesäumter natürlich wirkender

Kanal in Bachgröße und verschwand unter der Mühle. Es gab wohl schon bald nach Ende unserer Schulzeit kein Wasserrad mehr, sondern Turbinen zur zusätzlichen Stromerzeugung. Hinter der Mühle, die ziemlich nah an der hier relativ steil aufsteigenden Süd-Ost-Flanke des Tales lag, stand damals mit ihr verbunden ein eher bescheidenes Wohnhaus mit einem bald asphaltierten Wendeplatz davor. Hier konnten die Fahrzeuge umdrehen, die in einer in der wohnhausnahen Seite der Mühle ausgesparten Durchfahrt mit Laderampen und dicken Füllrohren vorher abgefertigt worden waren. Auf diese Weise konnten sie über die einzige Zufahrt, die Zubringerstraße, die Mühle in Richtung Ortschaft wieder verlassen. Nach dem Wendeplatz erstreckte sich früher eine Art Aue mit Buschbestand und Wiesenflächen. Der Sulzbach führte mehrfach im Jahr Hochwasser, das durch solche Flächen davon abgehalten wurde, größere Schäden zu verursachen. Zu Hochwasserzeiten stand die Mühle früher übrigens öfters wie auf einer Insel und Alfons konnte dann wegen »Höherer Gewalt« nicht in die Schule gehen. Wir haben ihn damals gebührend beneidet.

Die moderne »Mühlenresidenz« hatte schon von der Ferne mit der alten Mühle fast nichts mehr gemein. Bereits auf der Straße zwischen Dorf und Mühlen-Ortschaft war ich an großen Hinweisschildern vorbeigefahren, die auf die »Kunstmühle und Futtermittelvertrieb Alfons Weinberger« verwiesen und Entfernungsangaben enthielten. Auf diesen in Ocker gehaltenen Schildern sah ich auch das Logo des Betriebes wieder, das ich von der ebenfalls ockerfarbenen Einladung her kannte: zwei schwarze Buchstaben, miteinander verschmolzen, ein großes A (für Alfons), dessen rechter Schenkel zugleich den linken Schenkel eines großen W (für Weinberger) bildet. Als ich mit meinem alten japanischen Mittelklassewagen auf die Zubringerstraße einbog, musste ich anhalten, um die offensichtliche Veränderung aufnehmen und irgendwie verdauen zu können. Vor mir lag jenseits des Baches ein völlig umgestaltetes Gelände. Ich machte eine ganze Reihe von Gebäuden aus. Alle hatten rote Dächer und einen ockerfarbenen Anstrich. Und alle trugen ein großes schwarzes Firmenlogo. Das alte mehrstöckige Mühlengebäude war offensichtlich von Grund auf renoviert, hatte ein rotes Walmdach bekommen und war eindeutig zum Wohnhaus, offensichtlich zur besagten Mühlenresidenz, umfunktioniert. Das Gebäude lag jetzt am Ende eines weiten Gartens. Dieser war umgeben von dem typischen Holzzaun alter Bauerngärten und erstreckte sich bis zu den Büschen und Bäumen des Sulzbachufers. Verwirrend war, dass an der Mühlenresidenz deutlich ein großes Wasserrad auszumachen war, das von mir aus gesehen links im letzten Drittel der gartenseitigen Wand des vierstöckigen Gebäudes eingelassen war und sich drehte. Es musste aber ein Wohnhaus sein, denn die sichtbaren Seiten wiesen viele und große Fenster- und Glasflächen auf, es gab Balkone und ebenerdig eine überdachte Terrasse, die neben dem Wasserrad auf den Garten führte. Das alte Wohnhaus war verschwunden und hatte einer langen Zeile von Betriebsgebäuden Platz gemacht. Der alte Wendeplatz war jetzt so lang wie die Gebäudezeile geworden. Ich zählte neun Lastwagen, bis auf zwei alle mit Anhängern, alle in Ocker und mit großem schwarzem Logo an den Seiten. Sie nahmen nicht einmal ein Drittel des gesamten Hofes ein. Den Abschluss des Platzes bildet offensichtlich eine neu gebaute Mühle, die der renovierten alten nicht unähnlich war. Hinter dieser neuen Mühle, die eine ähnliche Durchfahrt aufwies wie die vorherige sie einst hatte, verlief eine Straße, die im Bogen über eine relativ neu wirkende Brücke zur Ortschaft zurückführte. Ganz offensichtlich war Alfons im letzten Jahrzehnt wirtschaftlich wesentlich erfolgreicher gewesen, als ich angenommen hatte.

Aus der Nähe zeigte sich dann, dass die Durchfahrt der alten Mühle zugebaut worden war und die Zubringerstraße rechts an dem renovierten Gebäude vorbei zum Betriebsgelände weiter lief. Vier Stufen führten zu einem einige Meter mit roten Schindeln überdachten großen Podest vor einer sehr breiten, zweiflügligen und wie die Fensterläden unlackierten Eichentür mit alten, schweren Beschlägen. Davor ein Parkplatz für gut zwanzig Autos, dezent umrahmt mit einer halbhohen Hecke. Ich hatte mein wenig gepflegtes

Auto in der hintersten Ecke abgestellt, weit weg von den beiden glänzenden Mercedes-Limousinen mit örtlichem Kennzeichen. Der weiße Kies knirschte beim Gehen wie in alten englischen Filmen. Insgesamt eine beeindruckende Kulisse, die wohl auch beeindrucken sollte. Fast zu viel des Guten und wahrscheinlich nicht ganz im Sinne des Architekten war dann die goldene Inschrift zwischen Überdachung und Haustürrahmen: »Mühlenresidenz A. Weinberger«!

Auf mein Klingeln öffnete ein junger und leger gekleideter Mann von etwa dreißig Jahren, für mich unschwer als Sohn des Hauses zu erkennen. Er erfasste offensichtlich meine Empfindungen, die durch die goldenen Lettern ausgelöst worden waren. Sympathisch lächelnd bemerkte er fast entschuldigend: »Das musste sein! War ein Herzenswunsch meines Vaters!« Er wirkte auf mich gesetzt und seiner selbst sicher. Ich beglückwünschte ihn im Stillen, dass er von seinem Vater durchaus den männlichen Charme, aber offensichtlich nicht den Zwang, sich ständig selbst beweisen zu müssen, geerbt zu haben schien. Er war mir auf Anhieb sympathisch. Wir standen in einer hellen, relativ hohen und breiten Vorhalle, vor uns große Eichen-Schiebetüren, rechts offensichtlich Toiletten und eine Tür mit Aufschrift »Garderobe«, eine weitere mit der Aufschrift »Privat«, linker Hand ein relativ schmaler Treppenaufgang. Verständlich, denn daneben folgte ein breiter gläserner Aufzug, daneben wiederum ein etwas kleinerer Aufzug mit der Aufschrift »Küche«. An der Wand vergrößerte und gerasterte Ansichten der alten Mühle im bräunlichen Farbton der ersten Fotos aus dem Beginn des 20. Jahrhunderts. Ich erkannte als Vorlage für eines der Bilder ein altes Foto, dass sich auch unter dem Nachlass meines Großvaters befunden hatte und auf dem er zusammen mit einem schweren Bauernpferd vor der hölzernen Mühle zu sehen war. Der voraussichtlich zukünftige Erbe all dieses Reichtums staunte zunächst, als ich ihn als Erstes auf meinen Großvater hinwies. Bei dem anschließenden Gespräch stellten wir fest, dass wir dieselben Vornamen hatten, nur dass er dem Zeitgeist geschuldet »Mike« gerufen wurde. Er informierte mich, dass die Einladung in einer knappen Stunde hier hinter den vor uns liegenden Schiebetüren beginnen würde, nannte mir als meine Zimmernummer die 3/3 im dritten Stock (Mike: »Wie in einem Hotel!«) und wollte sich offensichtlich verabschieden. Er merkte aber, dass ich zögerte und hob erwartungsvoll die von Alfons geerbten buschigen Augenbrauen. »Ich habe eine Frage zur Etikette«, sagte ich. »Ich habe die Einladung eher als ironisch verstanden und wollte meinem Schulfreund mit gleicher Münze heimzahlen. Ich habe ein weißes Partyjackett, eine schwarze Hose und eine Fliege mitgebracht! Jetzt kommen mir allerdings Zweifel...« Der Unternehmernachwuchs grinste über das ganze Gesicht: »Keine Sorge, der Papa liebt alles, was vornehm aussieht! Ich bin sicher, er freut sich darüber.«

Danach trennten wir uns und ich schwebte mit dem chromglänzenden Aufzug in den dritten Stock. Das Gästezimmer 3/3 war geräumig, hatte ein großes Fenster über mehr als die Hälfte der Zimmerbreite mit herrlichem Blick auf den Sulzbach, die Mühlenortschaft und den Nordwesthang des Tales. Es gab auch einen kleinen, in die Fassade eingelassenen Balkon mit Tisch und zwei Stühlen. Über die Brüstung gelehnt konnte ich die beeindruckende Pracht des Weinbergerschen Bauerngartens betrachten, der an einen Klostergarten erinnerte. Die Einrichtung des Zimmers wurde dominiert von einem mächtigen abgelaugten alten Bauernschrank, dazu kontrastierten hypermoderne Chrommöbel. An der weißen Wand hingen zwei moderne Gemälde, auf denen mit etwas Fantasie Mühlenmotive zu erkennen waren. Sie waren von einer fast expressionistischen Farbigkeit und fügten sich hervorragend in die Einrichtung. Das Gästezimmer hatte auch ein modernes Bad samt Sitzwanne mit Whirlpool. Ich ließ dies alles auf mich wirken und freute mich über die gelungene Kombination von Alt und Neu. Dann begann ich mich für die Einladung schick zu machen. Ich nahm mir vor, auf alle Fälle das, was immer da kommen mochte, zu genießen. Und ich hatte vor allem einen gehörigen Hunger!

Meinen Hunger sollte ich allerdings zunächst völlig vergessen. Ich fuhr pünktlich und immer noch leicht verunsichert durch mein für mich ungewohntes Outfit mit dem Schnurrelift nach unten. Kaum aus dem Lift, bot mir schon im Vorraum eine relativ groß gewachsene, ausgesprochen attraktiv wirkende junge Frau mit roten Haaren, blassem Gesicht und auffallend großen Augen auf einem Tablett Getränke an. Sie trug ein graues Kostüm mit kleinem AW-Logo auf der Jacke und eine weiße Bluse. Ein Namensschild verriet, dass die an der Sprache als eindeutig niederbayerische Schönheit identifizierbare junge Frau Monika hieß. Ich entschied mich für Prosecco mit Orangensaft. Unauffällig suchte ich das Glas nach dem AW-Logo ab. Ich fand es, dezent eingeritzt am Fuß des Glases! Die Flügel der Schiebetüre waren in der Wand verschwunden. Nach ein paar Schritten öffnete sich mir der Blick in den Raum, aus dem vorher schon leise Musik und Stimmengewirr zu hören gewesen waren. Ich beschloss spontan, niemals mehr über das Gewese mit der »Mühlenresidenz« zu feixen: Ich stand am Eingang einer Wohnhalle, die sich ohne Probleme mit den Sälen einer Fürstenresidenz messen konnte! Rechts von mir diskutierte bzw. kommentierte etwa in der Hälfte der Raumtiefe eine Gruppe von Menschen mit Gläsern in den Händen vor einem großen Bildschirm, der in die Wand eingelassen war, offensichtlich einen Urlaubsfilm über Griechenland.

Der Raum umfasste zwei Stockwerke, ich schätzte seine Höhe auf etwa sieben bis acht Meter. Vom Grundriss her nutzte er von der Tür bis zur rückwärtigen Wand fast zwei Drittel des quadratischen Mühlengebäudes, während er in seiner Querausdehnung die ganze Breite der Exmühle einnahm. Alle gemauerten Wände waren weiß, die weiße Decke wurde von schweren dunklen Eichenbalken getragen. Beleuchtet wurde er durch einen breiten Glasstreifen in der gegenüberliegenden Wand, zahlreichen Fenstern und einigen großen Kunstlichtquadraten. Am spektakulärsten aber war die Wand links von mir, zumindest in Teilen. Sie war von mir aus gesehen etwa zwei Drittel der Tiefe des Raumes gemauert. Diese Wand entlang führte am Fußboden ein breites Podest, das kurz vor der Wand aus einem etwa einen Meter breiten Glasstreifen bestand.

Der Clou aber war das letzte Drittel dieser Wand. Es bestand nur aus dickem Glas und ragte wie eine riesige Vitrine fast drei Meter in den Raum hinein. Draußen vor dieser Glaswand drehte sich das Wasserrad, das mir aus der Ferne Rätsel aufgegeben hatte. Die Achse des fünf bis sechs Meter hohen traditionellen Wasserrades, das, wie ich bald erfahren sollte, dem Original aus der Zeit meines Großvaters nachgebaut worden war, lag genau auf der Höhe des Fußbodens der Wohnhalle. Um aber das Rad in seiner vollen Größe sehen und den Ablauf des Wassers kurz verfolgen zu können, war parallel zur Glaswand eine Vertiefung in den Wohnhallen-Boden von ca. vier Meter Breite und knapp drei Meter Tiefe angelegt worden. Die »Grube« (so Alfons später) war oben mit einem modernen bronzefarbenen Geländer mit ockerfarbener Lederauflage für die Betrachter gesichert und von der hinteren linken Ecke der Wohnhalle aus über eine Treppe aus demselben Material zu begehen. Das Wasserrad drehte sich auf einer sich nach oben hin verjüngenden Auflage, die sich dunkel vor der Glaswand abzeichnete. Das Wasser schoss offensichtlich unter dem Glasstreifen des Podestes vor der gemauerten Wand in der Wohnhalle hindurch, trat unter dem kurzen Schenkel der Glaswand ins Freie und stürzte auf das Wasserrad. Unter dem Wasserrad bildete sich ein schäumender und schwappender Abfluss von ca. 80 cm Tiefe. Das Wasser verschwand nach dem Ende des Gebäudes in einem großen Rohr, wurde neben dem Bauerngarten als Fischweiher gestaut und kehrte dann in den Sulzbach zurück.

Die letzten Angaben erhielt ich allerdings erst später in einer Art Lehrvideo zur Mühlenresidenz. Von meiner Position am Türstock der Schiebetür aus fielen als Einrichtung neben einer großzügigen Sitzgruppe in Ocker mehrere besonders große antike Schränke und Kommoden aus einem zu Beginn des 19. Jahrhunderts aufgelassenen bayerischen Kloster auf. Dazu eine riesige gedeckte Tafel mit, den Tischbeinen nach zu schließen, modernem hellem Holztisch, etwa fünfzehn dazu passenden modernen Stühlen, dezent graugrüner Tischwäsche und ganz schlichtem modernem Geschirr in Weiß. Ich fing gerade an, mich für den großen modernen Bronzeleuchter in der Mitte des Raumes (Mühlenmotiv dezent angedeutet) und die leuchtenden, raffiniert-naiven großen Bilder an den Wänden, die alle von derselben Künstlerin oder demselben Künstler stammen mussten, zu interessieren, als der Sohn des Hauses mich entdeckte. Also ging ich, vorbei an riesigen Pflanzen, mit dem Glas in der Hand zu der Gruppe von etwa zehn Personen, in deren Mittelpunkt mein Schulfreund Alfons stand.

»Da kommt unser Stargast!«, rief Alfons mir mit seiner sonoren und durch Gesang geschulten Stimme entgegen. Musik war übrigens das zweite Fach in unserer gemeinsamen Schulzeit gewesen, in dem ich ihm ebenso wenig wie in Sport das Wasser reichen konnte. Die Damen und Herren waren festlich gewandet, Vater und Sohn Weinberger trugen, welch ein Zufall, wie ich weiße Partyjacketts, schwarze Hosen und dazu eine Fliege. Der Rest meiner Befangenheit begann sich zu verflüchtigen, bevor ich auch nur einen Satz gesagt hatte. Ich fand kurz Zeit, Mike zuzuzwinkern, was der mit einem breiten Lächeln quittierte. Nachdem Alfons sich erkundigt hatte, ob alles in bester Ordnung sei, was ich zu dem Zeitpunkt nur bestätigen konnte, übernahm er das Kommando: »Die Vorstellungsprozedur wird am Tisch erledigt, wer ausgetrunken hat, geht mit mir! Die Damen vom AW-Service werden euch von den Gläsern befreien.«

Aus dem Hintergrund kamen vier recht unterschiedliche junge Damen, darunter auch meine Erstbekanntschaft Monika, alle etwa im gleichen Alter und alle im gleichen Kostümoutfit. Sie vermittelten trotz der Uniformierung mehr den Eindruck von Familienmitgliedern denn von lohnabhängigen Angestellten. Mir war auch nicht entgangen, dass einige der Herren bei der Bezeichnung »AW-Service« relativ unverhohlen feixten. Alfons legte mir den Arm um die Schulter und führte mich zur Tafel, unterwegs rief er, mit Leichtigkeit den Aufbruchlärm übertönend: »Im engeren Freundschaftskreis bei Weinbergers sagt man ›du‹, wie es in Niederbayern üblich ist!« Wieder ein Problem gelöst. Die deutlich lesbaren Tischkarten waren sogar mit Berufsbezeichnungen versehen. Bei mir stand unter meinem Namen »Lehrer und gescheiter Mann!« Ich musste mich kurz an unsere Klassentreffen erinnern, wo mir aufgefallen war, dass Alfons »gescheiter Mann« über jeden sagte, der ihn durch Worte oder Taten beeindruckt hatte. Ich nahm es also als Kompliment, wenn auch als verqueres. An eine weibliche Version dieser Auszeichnung konnte ich mich übrigens nicht erinnern – ich machte die katholisch-patriarchalische Tradition des geliebten Landstriches dafür verantwortlich.

Jedenfalls erfuhr ich dank der Tischkarten, dass ich zwischen Alfons und seiner Frau Sophie platziert worden war. Während Alfons konzentriert wartete, bis die erste Runde Weißwein durch den AW-Service den Weg in unsere Gläser fand und das zuletzt ankommene Ehepaar Platz genommen hatte, fand ich Zeit, mit Sophie Weinberger ersten Kontakt zu knüpfen. Ich schätzte sie um die Mitte fünfzig, sie hatte kurze, grau melierte Haare, gute Augen, war schlicht, aber stilvoll gekleidet, trug dezenten aber wahrscheinlich teuren Schmuck und machte offensichtlich kein großes Aufheben um ihre Person. Auf alle Fälle schien sie offen und unverkrampft, was sie mir ganz schnell näher brachte.

»Ich bin also der Lehrer und angeblich gescheite Mann!«
»Und ich bin Sophie, die – wie auf der Tischkarte steht – Ehefrau und Erbin zweier Mühlen! Der Humor meines Ehemannes ist manchmal etwas gewöhnungsbedürftig.«
»Und, hast du dich daran gewöhnt?«
»Ja, an den Humor und an den Ehemann. Man kann auch lernen, Gewöhnungsbedürftiges zu lieben!«
»Bin ich froh, dass dein Sohn offensichtlich die guten Seiten von euch beiden geerbt hat!«
»Kann es sein, dass du doch ein gescheiter Mann bist?!«
Kein schlechter Einstieg, mir kam es so vor, als wäre ich für wozu auch immer bei dem Rest der Familie Weinberger ganz gut aufgehoben.

Alfons begann mit seiner Begrüßung und mir dämmerte langsam, dass diese Einladung und diese Festlichkeit offensichtlich ganz und gar mir galten. Ich fing an, auf der Hut zu sein, weil ich es nicht begriff. Wollte er sich vor seinem engeren Kreis mit einem weiteren Akademiker schmücken? Da er mir am Anfang seiner Rede zuerst kurz alle Anwesenden vorgestellt hatte, wusste ich (wovon auch die Tischkarten zeugten), dass diese Runde Berufe wie »Notar«, »Architekt«, »Rechtsanwalt/Juristischer Berater«, »Pfarrer«, »Bürgermeister und Betriebswirt« mit Doktortitel, »Germanist und Journalist« und »Diplomsoziologin/Fachbuchautorin« schmückten. Da war ein Exlehrer wohl nichts, was besonders Eindruck machen konnte. Wollte er umgekehrt mich beeindrucken? Da hätte er wohl nicht so lange warten oder nur einen Blick auf mein verrostetes Auto werfen müssen. Gelegenheiten hätte es bei den Klassentreffen genug gegeben. Bis ich nicht genau wusste, was er eigentlich von mir erwartete, musste ich die Antwort offen lassen. Ich spürte aber ein gewisses Bedauern aufkeimen darüber, dass ich mir vor der Klärung dieser Fragen nicht die Entspannung gönnen konnte, die ich mir gerne vergönnt hätte.

Die Begrüßungsrede von Alfons war insgesamt launig und charmant, für mich aber stellenweise auch sehr peinlich. Er nannte als Anlass des Festes meine Pensionierung und pries dann wie eine Werbeagentur meine Eigenschaft als »gescheiter Mann«. Die Beispiele, die er dafür anführte, stammten zum großen Teil aus unserer gemeinsamen Schulzeit. Eines davon machte mich dann doch betroffen. Er kam ausgerechnet auf seine Sturzfahrt in die Kiesgrube zu sprechen, die er eine kindische und kindliche Trotzreaktion nannte, die »saudumm« hätte ausgehen können. Und als Beispiel meiner Klugheit verwies er darauf, wie ich als Einziger vorausschauend den Weg in den Kiesgrubenboden gewählt hatte, um bei Bedarf sofort helfen zu können. Auch er hatte also seine Erinnerungen!

Was mein Unbehagen aber steigerte, war die Tatsache, dass er eine ganze Reihe von Vorfällen aus meinem Berufsleben und selbst aus meinem kurzen Ausflug in die Politik eruiert hatte, die er ohne professionelle Nachforschung kaum in Erfahrung hätte bringen können. Und immer waren es Situationen, in denen meine Eigenschaft als angeblich »gescheiter Mann« für andere hilfreich und segensreich eingesetzt wurde. Ein Beispiel war etwa die telefonische Mitteilung einer pubertierenden Schülerin an für sie wichtige Personen, unter anderen auch an mich als einen ihrer Lehrer, sie stehe vor einer hohen Brücke und werde sich demnächst von dieser auf die Bahngeleise stürzen. Und dass ich ihr im Gegenzug empfohlen hatte, entweder zu springen oder mit mir abends in den Sportverein zu gehen. Die Polizei fand weder die Schülerin noch ihre Leiche, die Schülerin erschien aber pünktlich abends im Sportverein. Endlich kam Alfons dann zu einem vorläufigen Ende. Er und eine Reihe der anwesenden Freunde seien zu dem Schluss gekommen, dass so ein »gescheiter Mann« mit soviel Verstand, aber auch soviel Herz sich mit Sicherheit dem, wie noch zu sehen sein wird, selbstlosen Hilfegesuch seines alten Schulfreundes nicht entziehen werde. Und weil nach so langer Trennung dazu vorher noch Zeit zum Aneinander-Gewöhnen notwendig scheine, werde er erst nach dem Essen sein Anliegen und seine Bitte (und fast brach ihm die Stimme) vor all diesen lieben Menschen an mich heran tragen.

Während die anderen applaudierten, blickte ich in meiner Ratlosigkeit zuerst zu Mike und dann zu Sophie, erntete aber bei beiden nur Achselzucken. Seine Familie war also nicht informiert! Während ich noch darüber nachsann, wie das zu bewerten sei, klopfte der auf mich devot und untertänig (um nicht zu sagen leicht schmierig) wirkende Notar an sein Glas. Ausgerechnet dieser Typ war mit der Diplomsoziologin verheiratet, die nicht nur auf ihre Weise ausgesprochen hübsch war, sondern sich später auch noch als geistreich und charmant entpuppen sollte. Der Notar stand auf, nahm mich wie einen Geburtstagskandidaten oder einen Firmling ins Visier und hielt eine salbungsvolle Rede. Deren Quintessenz war: Wenn ein so geistreicher, erfolgreicher, selbstloser und willensstarker Mann wie Alfons Weinberger um Hilfe bat, dann konnten die Motive nur edel und lauter sein. Und ich hätte bei soviel moralischer Überzeugungskraft, aber auch Entschlossenheit eines Alfons Weinberger nicht die geringste Chance, seinem Wunsche nicht zu entsprechen.

Um dies zu untermauern, erzählte er die Geschichte von Alfons' Rotweinmarke, die sehr wohl einiges über Alfons und seine Person verdeutlichte. Allerdings bot sie kaum Gelegenheit, daraus etwas über seine moralische Lauterkeit zu lernen: Alfons hatte von einem Spitzenwein aus Kalifornien namens »Opus One« gelesen, der eine Koproduktion eines berühmten kalifornischen Winzers mit der noch berühmteren Weinfamilie der Rothschilds aus Frankreich sei. Er ist daraufhin nach Amerika geflogen, habe den Wein für gut befunden und war wild entschlossen, eine entsprechende Menge dieses absoluten Spitzenweins zu ordern. Allerdings stellte er eine Bedingung, die wohl einmalig war. Er erwartete, dass ein gewisser Teil seiner Bestellung ein leicht abgeändertes Etikett bekommen sollte. All die Flaschen, die in den Räumen seiner Mühlenresidenz getrunken würden, sollten nicht »Opus One«, sondern »Number One« heißen dürfen. Er wollte damit zum Ausdruck bringen, dass in seiner Sparte in Niederbayern kein Betrieb und wohl auch keine Unternehmensleistung mit seiner AW vergleichbar sei, was doch wohl auch stimme. Der Winzer war ob dieses Ansinnen entsetzt, Alfons belagerte mit einer Reihe hoch qualifizierter, vor allem juristischer Fachleute (darunter auch der Redner!) mehr als drei Wochen lang die Winzerei. Am Ende gab es einen langen Vertrag mit exakt ausgehandelten Bedingungen und genauen Festlegungen, bei welchen Gelegenheiten dieses namentliche Unikat kredenzt werden dürfe, ohne saftige Konventionalstrafen zu provozieren. So eine Gelegenheit, die jeweils der Winzerei später mit einem von ihm, dem Notar, beglaubigten Protokoll berichtet werden müsse, sei übrigens heute! Ich solle Essen und Wein genießen und mich am Ende richtig entscheiden ...

Ich musste kurz durchatmen, stand dann aber, während noch geklatscht wurde, auf und antwortete knapp und ob der nervigen

Theatralik und der insgesamt für mich absurden Situation nicht ganz ohne Irritation:

»Ich danke meinem Schulfreund herzlich für die Einladung und bin von vielem hier, wie könnte es anders sein, schwer beeindruckt. Ich danke auch für die schönen Worte, ich werde mir einige für meine Beerdigung merken (Gelächter). Ich kenne mich aber und weiß, dass ich ganz sicher nicht überdimensional ›gescheit‹ bin. Mein Leben ist wie das anderer auch voll von Fehlentscheidungen und Misserfolgen. Ich bitte dich Alfons, nicht Schulleistung mit Lebensleistung oder gar Lebensklugheit gleich zu setzen! Und zuletzt: Ich bedauere sehr, dass ich den angepriesenen Wein nicht so genießen kann, wie ich wünschte, weil ich sonst persönlich und juristisch in meiner später von mir offensichtlich erwarteten Entscheidungsfähigkeit beeinträchtigt sein würde. Und ich habe trotz allem jetzt großen Hunger und freue mich auf das Essen!« Schon wieder wurde geklatscht, ich spürte, wie Sophie kurz ihre Hand auf meine legte, was einfach gut tat, und bekam auch ein strahlendes Lächeln von Weinberger Junior. Die Runde (allen voran Alfons) prostete mir zu – und dann erschien der AW-Service und trug den ersten Gang auf.

Es folgten dann doch drei wunderschöne entspannte Stunden. Das lag einmal am Essen. Alfons hatte einen Starkoch aus dem fernen Passau engagiert, der ein irres Menü aus internationaler und niederbayerischer Küche kreiert hatte. Der Gipfel aber war der Rotwein »Number One« alias »Opus One«. Ich bin kein großer Weinkenner und auch kein großer Trinker, dies war aber unbestritten der beste und wohl auch teuerste Rotwein, den ich je kredenzt bekommen habe. Ich erlaubte mir, gegen den Widerstand des AW-Service in Gestalt von Monika, die offensichtlich vor allem das Ehepaar Weinberger und mich zu bedienen hatte, auch zum Fisch auf diesen Rotwein zu bestehen. Dass Alfons für teueres Geld darum gekämpft hatte, ihn »Number One« betiteln zu dürfen, machte mich immer noch sprachlos. Wäre doch nur er Klassenbester geworden!

Im Hintergrund spielten übrigens bis spät in die Nacht hinein abwechselnd zwei Instrumental-Trios. Einmal eine recht bekannte und experimentierfreudige Volksmusikgruppe aus Passau und dann ein Zigeunerjazz-Trio mit einem fulminanten Geiger, das ich vor gar nicht langer Zeit im nicht weit entfernten oberbayerischen Jazzmekka Burghausen gehört hatte. Alfons lächelte nur auf meine Frage, woher er all die Hintergrundinformation zu meiner Person habe. Das Mühlrad und damit die ganze Glaswand waren jetzt dezent indirekt beleuchtet, was das Wasser noch grüner als bei Tageslicht erscheinen ließ. Mit dem Einschalten der Beleuchtung wurde auch das Wasser des Zubringerkanals unter dem Podest beleuchtet, sodass ein Lichtband über das Podest bis zum beleuchteten Wasserrad führte. Ein besonderer Effekt entstand, dass über eine Fernbedienung Texte auf diese Glaswand in die Fläche über und neben dem Mühlrad projiziert werden konnten. »Wasser spendet Leben!«, war der aktuelle Spruch des Tages. Bleibt noch zu erwähnen, dass auf dem Mega-Bildschirm gegenüber im Wechsel von etwa zwanzig Minuten verschiedene farbige Bilder von der Mühlenanlage und aus dem Landkreis gezeigt wurden. So hätte wohl auch ein Barockfürst in seiner Residenz, wäre er ins 21. Jahrhundert verschlagen worden, seine Feste inszeniert!

Schöne und anregende Stunden wurden es aber vor allem dank einer ganzen Reihe von höchst interessanten Menschen, die zu dieser Einladung meines Schulfreundes zusammengekommen waren. Alfons selber wirkte nach meiner Empfindung eher etwas angespannt und teilweise unkonzentriert. Ich vermied es, sein in Aussicht gestelltes »Anliegen« auch nur zu erwähnen. Unsere Gespräche kreisten während des Essens vor allem um die Mühlenresidenz und die Betriebsanlage der AW. Da uns der ungemein begeisterungsfähige etwa vierzigjährige Architekt des Ganzen, der aus dem niederbayerischen Simbach am Inn stammte, gegenübersaß, erhielt ich unter anderem Einblicke über die Lösung von enormen statischen Problemen beim Umbau und über die erfolgreichen Anstrengungen, mit einem Gemisch aus Wärmepumpen, Nutzung von Abfällen aus dem Mühlenbetrieb, Wasserkraft und Wärmeisolierung den Energieverbrauch so zu senken, dass für die gesamte Anlage bereits ein Umweltpreis des Regierungsbezirkes vergeben worden war. Als der Architekt dann von den Problemen mit dem Wasserrad und deren Lösungen berichtete, fielen mir Erzählungen über meinen Großvater ein, der vor über achzig Jahren an kalten Wintertagen mit einer großen Lötlampe versucht hatte, das Mühlrad vom Eise zu befreien. Und dabei regelmäßig in dieser feuchtkalten Lage zuerst gesungen, dann gebetet, danach geweint und zu guter Letzt geflucht hatte.

Ich bekam übrigens alle Informationen und noch mehr über die Mühlenresidenz später auf einem Demo-Video, das zur Verleihung des Umweltpreises gedreht worden war, noch einmal anschaulich auf dem Großbildschirm vorgeführt. Wobei außer der ganzen Technik darauf wenig vom Architekten, aber viel von Alfons zu sehen war. Der Architekt imponierte mir. Ich schätze Menschen, die sich für ihre Sache begeistern können, denen es dabei aber auch um die Sache geht. Wir vereinbarten für »später einmal« unter heftiger Zustimmung durch Alfons eine Betriebsführung durch die gesamte AW. Richtig wohltuend war bei diesem Architekten diese Kombination aus Intelligenz und erdigem Dialekt, die ebenso wie den Architekten viele dieser Menschen hier offensichtlich daran hinderte, Intellektuelle ohne Bodenhaftung zu werden.

Das galt im hohen Maße für Helga, die Frau des devoten Notars. Sie war auf dem besten Weg, eine echte Bedrohung für mein seelisches Gleichgewicht zu werden. Während wir uns nach dem Essen in zwanglosen Gruppen und umsorgt durch den AW-Service in der Halle verteilten, schlug ich ihr vor, doch eine soziologische Studie über niederbayerische Soziologinnen in Angriff zu nehmen. Da Mike wie selbstverständlich meine Nähe suchte, der Architekt alles andere als humorlos und auch der Rechtsanwalt und seine zu meiner Freude pferdenärrische Gattin sich als offene und sympathische Menschen entpuppten, hatten wir für die nächsten fünfzehn

Minuten Stoff genug, uns die Inhalte dieser Studie auszuspinnen. Wobei sich der etwas resigniert, aber lebenserfahren wirkende »Germanist und Journalist« um die Fünfzig noch dazu gesellte. Sophie hielt sich mehr im Hintergrund, verfolgte unsere Blödelei aber sichtlich amüsiert. Alfons, der Bürgermeister, der katholische Pfarrer und der Notar bildeten längere Zeit eine eigene Gruppe.

Irgendwann kam dann in der Gesamtgruppe das Gespräch auf die Religion. Die mit großer Leidenschaft geführte Auseinandersetzung gab mir interessante Einblicke in das Denken eines Ausschnittes einer Art Oberschicht in einer zutiefst katholisch geprägten Region, in die erst nach 1945 mit den »Flüchtlingen« die ersten Menschen evangelischen Glaubens vorgedrungen waren. Alfons und ich hatten uns damals an das erste evangelische Mädchen in unserer Klasse angeschlichen und es beschnuppert, um zu erforschen, ob evangelische Mädchen anders riechen als katholische. Schließlich hatte uns unser Hochwürden von damals dringend davor gewarnt, mit diesen »Abtrünnigen« zu spielen. In der aktuellen Diskussion gefiel mir, nebenbei bemerkt, der amtierende etwa vierzigjährige Pfarrer, der viel von einem Sozialarbeiter hatte, ausgesprochen gut.

~

Alfons hatte sich die letzten Stunden eher von mir ferngehalten. Ich konnte ihn allerdings aus den Augenwinkeln oftmals dabei beobachten, wie er Monika ermahnte, sich ja um mich zu kümmern. Als er einmal dabei nah genug war, sagte Monika bewusst so laut, dass ich es hören musste: »Keine Angst, Alfons, schau doch hin, dem geht es saugut!« Ein scharfsichtiges Mädchen, offensichtlich, und alles andere als schüchtern. Alfons schaute zu vorgerückter Stunde öfter auf die verschiedenen Raumuhren, verschwand dann für etwa eine Viertelstunde und kam wieder mit einer eher bäuerlich und leicht verhärmt wirkenden rundlichen Frau um die Sechzig mit dunkler Kleidung und einer etwas überdimensionierten Handtasche.

Es war mittlerweile kurz vor 11 Uhr abends. Der AW-Service hatte für den neuen Gast an der Tafel einen zusätzlichen Stuhl rechts von Albert platziert und bot außer Kaffee und Tee auch Süßigkeiten, Eis und Obst an. Auf einen Wink von Monika hörten die Jazzmusiker (wieder einmal) auf zu spielen. Alfons ergriff eine Tischglocke und nach kurzem Geklingel strebten alle Gäste zurück an die Tafel. Die Stunde der Enthüllung seines »Anliegens« und seiner »Bitte« an mich »vor all den lieben Menschen« war offensichtlich gekommen. Ich horchte in mich hinein und fand, dass ich mich trotz des genossenen Number One als »entscheidungsfähig« einstufen durfte.

Mit tiefernster Miene blickte Alfons längere Zeit schweigend in die Runde. Ich nahm mir fest vor, Sophie bei nächster Gelegenheit danach zu fragen, ob ihr Mann in den letzten Jahren an einem Manager- oder einem Rhetorik-Kurs teilgenommen hatte. In seinem weißen, sicher maßgeschneiderten Jackett, mit seinem grobknochigen Gesicht, den tiefschwarzen, mit wenigen grauen Fäden durchzogenen vollen Haaren, der immer noch fast schmalen Taille und dem muskulösen Oberkörper mit breiten Schultern erinnerte er mich figürlich an einen Navajo-Indianer. Allerdings war er auffallend blass, was wiederum seinen ungewöhnlich wandelbaren dunklen Augen unter buschigen schwarzen Augenbrauen enorm zur Geltung verhalf.

Mit einer Stimme, in der unterdrückte und kaum beherrschte Emotion mit schwang (Was war daran wieder echt!?) stellte er den neuen Gast dem »lieben Schulfreund« und den anderen »lieben Menschen in vertrauter Runde« als die »gute Freundin und verlässliche Geschäftspartnerin Anneliese Wiesinger« vor. Und sie, diese tapfere und vom Schicksal so hart getroffene Frau, sei der einzige und hoffentlich anerkennenswerte Grund für sein Ansinnen an mich. Wie ich sicher nicht wisse und einige im Raum eventuell schon vergessen hätten, sei der Riesenerfolg der AW, also auch alles, was hier zu sehen sei (große umschreibende Geste mit beiden Armen), fast ausschließlich dieser stillen und bescheidenen Frau zu verdanken. Er blickte ihr lange ins Gesicht, beugte sich dann zu ihr hin und küsste sie auf die Wange. Frau Wiesinger fühlte sich dabei sichtlich unwohl. Ich wartete darauf, dass sie samt großer Handtasche die Flucht ergriff, sie schien aber in der Tat eine tapferere Frau zu sein! Das Grausame dabei sei aber, fuhr Alfons mit bebender Stimme fort, dass es letztlich das Unglück von Anneliese Wiesinger war, das zum »Expandieren und dann Prosperieren« der AW geführt habe. Vor nunmehr knapp sieben Jahren sei ihr Mann, der geschäftlich erfolgreiche Fuhrunternehmer und als Mensch unvergessene Günter Wiesinger, von heute auf morgen spurlos verschwunden. Die Polizei und alle, die ihn gekannt hatten, gingen bis heute davon aus, dass es sich dabei nur um ein Verbrechen habe handeln können. Noch dazu, da eindeutig Blutspuren mit Günters Blutgruppe in seinem verlassenen Auto entdeckt worden seien. Vor allem ich als »gescheiter Mann mit soviel Herz und Verständnis« könne mir sicher vorstellen, was dies alles für eine Frau wie Anneliese Wiesinger bedeutet habe und bis heute bedeute. Ganz allein und verlassen, Kinder habe der liebe Gott Günter und Anneliese ja versagt, musste sie plötzlich das Leben meistern. Da sei einerseits diese schreckliche Ungewissheit gewesen, das Hoffen und Bangen, ob der geliebte Mann nicht doch wieder komme. Und andererseits musste ein großes Transportunternehmen für Futtermittel und Getreide mit etwa zwanzig Mann Belegschaft weitergeführt werden. Anneliese habe sich damals Hilfe suchend an Alfons gewandt, er habe sie daraufhin selbstverständlich eine längere Zeit bei der Betriebsführung unterstützt. Nachdem aber der Staatsanwalt ihren Mann »und unseren Freund Günter« für tot erklärt habe, sei das Fuhrunternehmen in der AW aufgegangen. Natürlich sei Anneliese heute finanziell abgesichert und auch am Jahr für Jahr steigenden Umsatz beteiligt. »Aber«, er wandte sich wieder direkt an mich, »du wirst verstehen, dass es grausam ist, nicht zu wissen, was eigentlich mit dem geliebten Manne passiert ist!«

Frau Wiesinger sah jetzt wirklich unglücklich und leidend aus. Und dann rückte Alfons endlich damit heraus, was er von mir wollte. Ich war wie vom Donner gerührt. Ich hatte schon fantasiert, ich solle die arme Frau adoptieren oder sie auf langen und von Alfons finanzierten Reisen begleiten, vielleicht ihr die neue Rechtschreibung erläutern oder gar Literaturkurse geben. Aber er wollte allen Ernstes, dass ich versuchte, den »Fall Wiesinger« nach sieben Jahren aufzuklären! Polizei und Staatsanwaltschaft hätten den Fall längst abgeschlossen. Er habe sogar »organisiert«, dass ich von behördlicher Seite jede erdenkliche Unterstützung bekäme. Und auch die Presse sei zur Zusammenarbeit bereit. Damit blickte er ans Ende der Festtafel zu dem müde und zugleich lebenserfahren wirkenden Germanisten und Journalisten, der übrigens Friedrich (Fritz) Jung hieß und jetzt brav mit dem Kopf nickte. Frau Wiesinger schluchzte in der Zwischenzeit in ein großes Taschentuch und ich verstand im Augenblick die Welt nicht mehr. »Es gab für mich keine andere Wahl, als unseren Klassenbesten darum zu bitten! Natürlich hätte ich auch Berufsdetektive beauftragen können. Aber die Polizei, die jahrelang mit einem Sonderkommando nach Günter und seinen Mördern gesucht hatte, sah darin absolut keine Aussicht auf Erfolg. Da bin ich auf dich gekommen. Ich habe, wie du gemerkt hast, mich etwas über dein Leben und Wirken schlaugemacht, was mich nur darin bestätigt hat, dich um Hilfe zu bitten. Natürlich sollst du das nicht umsonst machen. Im Gegenteil, solltest du Erfolg haben, geht es für dich um mehr als 250 000 Euro! Und wenn auch du nichts herausfinden kannst, dann können die arme Anneliese und auch ich wenigstens unseren Frieden finden bei dem Gedanken, dass wir alles, aber auch alles versucht haben, um Günters Verschwinden aufzuklären!«

Als ich unter Kopfschütteln endlich etwas sagen wollte, ließ er mich gar nicht erst zu Wort kommen: »Bitte, bitte, lieber Michael, bitte sage jetzt nichts. Ich habe dir von Friedrich Jung alles zusammenstellen lassen, was über den Fall bekannt ist. Friedrich steht dir übrigens morgen ab acht Uhr zur Verfügung. Ich habe dir weiter von unseren beiden Juristen eine Vereinbarung aufsetzen lassen, die ich dir im Entwurf ebenfalls heute schon übergebe. Darin ist alles geregelt, was aus unserer Sicht für deinen Auftrag geregelt werden musste. Beide Herren stehen dir ebenfalls ab morgen um acht Uhr zur Verfügung, wobei mein anwesender Freund und Rechtsanwalt Dr. Walter Klein, wenn es dir recht ist, deine Interessen vertreten und deine Wünsche und Änderungen vertragsgerecht formulieren wird. Um 11 Uhr treffen wir uns dann zu einem Brunch in unserem kleinen Sitzungsraum schräg gegenüber im ersten Gebäude!« Es folgte dann noch einmal ein eindringliches, wieder mit bebender Stimme gesprochenes »Bitte, lieber Michael, mach es, du bist Annelieses und meine letzte Hoffnung in dieser Sache!« Und wie auf Kommando erhob sich Frau Wiesinger, verweint und aufgelöst. Sie blickte auf den Tisch, stammelte ein kaum hörbares »Bitte helfen Sie mir!«, und stolperte hölzern und schluchzend aus der Halle – gefolgt von der besorgt wirkenden Sophie.

Es folgte betretenes Schweigen. Alle warteten offensichtlich auf eine Reaktion von meiner Seite. »OK«, sagte ich, nachdem ich mich wieder im Griff hatte, »ich wünsche mir noch ein halbes Glas Number One und die Unterlagen. Sollte noch ein Rest da sein, möchte ich zum Ausklang eine kleine Portion von der Rottaler Mehlspeisen-Spezialität namens ›Rupfhauben‹ essen und von der Jazzband will ich bitte nochmals die Ballade hören, die sie zuletzt gespielt hat. Morgen um sieben Uhr möchte ich dann bitte telefonisch geweckt werden, um acht Uhr will ich mich in meinem Zimmer, wenn es geht, zum Frühstück mit Friedrich Jung treffen und um 9.30 Uhr ebendort mit dem Herrn Rechtsanwalt. Weiter wünsch ich mir, dass bei dem Treffen um 11 Uhr auch Mike dabei sein kann!«

Die Anspannung im Raum löste sich in Applaus auf. Nachdem Monika bereits wusste, dass noch genügend Rupfhauben in der Küche waren, schlossen sich alle meinem Essenswunsch an. So kam bei Rotwein und aufgewärmter Rottaler Spezialität noch ein kurzes, aber trotz meiner inneren Anspannung für mich gemütliches Mitternachtsessen zustande. Alle meine übrigen Wünsche wurden zugesagt bzw. sofort erfüllt. Die Band musste in der verbleibenden

Zeit die Jazzballade noch drei Mal spielen. Alfons schien zwar überhaupt nicht begeistert darüber, dass ich mir seinen Sohn als weiteren Teilnehmer der 11-Uhr-Sitzung ausbedungen hatte. Da Mike aber sofort zugesagt hatte, ließ er seine offensichtlichen Bedenken jedoch unausgesprochen – und so war auch dies abgemacht. Nach dem letzten Bissen Rupfhaube verabschiedete ich mich von Gastgebern und Gästen, wobei Sophie immer noch besorgt wirkte und Mike wieder einmal hoch amüsiert zu sein schien. Ich fuhr mit dem Schnurrelift zu Zimmer 3/3. Dort warf ich meine Unterlagen auf den Schreibtisch, duschte lang und ausgiebig, legte mich in das Chrombett und schlief traumlos, bis mich um sieben Uhr über Telefon die Stimme der niederbayerischen Schönheit Monika weckte. Sie wünschte mir nebst einem Guten Morgen auch noch einen »wunderbaren Tag und eine richtige Entscheidung«! Auf meine schlaftrunkene und fast schon unhöfliche Gegenfrage, ob denn das für sie irgendwie von Bedeutung sei, raunte sie: »Und ob!« Auch dieser Montag begann also mit einem Geheimnis.

~

Noch im Schlafanzug machte ich mich an die Lektüre des Vertragsentwurfes. Ich wollte zunächst an die Absurdität des Ansinnens gar nicht denken. Mir wurde für maximal fünf Monate ein generöses Angebot unterbreitet. Für meine »Ermittlungsarbeit« würden mir ein komplett ausgestattetes Büro, eine »angemessene« Wohnung, eine »Assistenzkraft« und ein kostenloses neuwertiges Dienstauto Marke Suzuki Vitara in Aussicht gestellt. (Wieder typisch für meinen Schulfreund Alfons! Wir kamen während unseres letzten Klassentreffens auf Autos zu sprechen und ich hatte von diesem relativ kleinen und handlichen Geländewagen in Weiß mit grauer Lederpolsterung geschwärmt.) Zudem bot der Vertrag ein Spesenkonto, Lebensunterhaltskosten mit eingeschlossen, von zunächst 10 000 Euro pro Monat. Sollten höhere Spesen notwendig sein, könnte kurzfristig eine »Spesenkommission« aus Alfons, den beiden Juristen und dem Journalisten zusätzliche Spesen genehmigen. Bei Nichterfolg meiner Ermittlungen verblieben mir das »Dienstauto« und 5000 Euro »Abfindung«. Bei einem Erfolg aber winkten tatsächlich nebst Auto 250 000 Euro »nach Abzug der Steuern«! Es sei übrigens juristisch abgesichert, dass mein Pensionsanspruch dadurch keinerlei Einbußen erfahren würde. Ein entsprechendes Schreiben der zuständigen Behörde der Landeshauptstadt war als Anlage beigelegt. Alfons musste also mit der Vorbereitung hinter meinem Rücken mindestens vor einem Jahr begonnen haben! Von mir wurde im Gegenzug eine enge Zusammenarbeit mit dem »Auftraggeber und AW-Eigentümer« und auch in Abstimmung mit diesem eine ebensolche Zusammenarbeit mit der örtlichen Presse erwartet. Ich hätte mir denken können, dass Alfons diese von ihm offensichtlich als soziale Tat eingestufte Aktion entsprechend vermarkten würde. Zum Glück war mir Friedrich Jung mit seiner leicht resignativen Art ausgesprochen sympathisch. Bei der Gelegenheit fiel mir ein, dass gestern außer dem zurückhaltenden Bürgermeister keine Politprominenz anwesend gewesen und das Thema Politik von Alfons bewusst gemieden und, wo es drohte, sogar abgewürgt worden war. Natürlich war Alfons Kreisvorsitzender der seit Jahrzehnten regierenden Landespartei und zugleich auch stellvertretender Bezirksvorsitzender obendrein. Da wir auf unseren Klassentreffen politisch oft andere Einschätzungen hatten, wollte er wohl jede Verstimmung vermeiden. Im Zusammenhang mit der Presse fehlte mir im Vertragsentwurf übrigens eine Regelung, wie bei unterschiedlicher Meinung zwischen Alfons und mir über die Art der Kooperation mit der Presse zu verfahren sei. Ich machte mir für alle Fälle entsprechende Notizen. Ich konnte übrigens zu jeder Zeit während der fünf Monate das Vertragsverhältnis kündigen, hätte dann aber auf Auto und Abfindung verzichten müssen. Ein vorzeitiges Kündigungsrecht der AW war seltsamerweise nicht vorgesehen.

Erst gegen Ende des Vertragstextes und kurz vor der Angabe des Gerichtsstandes kam die Leistung zur Sprache, die ich erbringen sollte: Ich sollte Ermittlungen führen über den Verbleib oder die Art und Umstände des Todes von Herrn Günter Wiesinger, Fuhrunternehmer aus Peterskirchen, Niederbayern, der seit dem 25. August 1997 verschollen und seit dem 5. November 1998 auf Antrag seiner Ehefrau Anneliese Wiesinger per Gerichtsbeschluss für tot erklärt worden wäre. Sollte Herr Wiesinger durch »Fremdeinwirkung« zu Tode gekommen sein, gehöre die Ermittlung der beteiligten Personen zum Umfang des Auftrages. Ob die Leistung von mir erbracht sei, entscheide spätestens nach fünf Monaten eine Kommission, die fast zusammengesetzt war wie die Spesenkommission. Allerdings, was ich sehr fair fand, war für diese Kommission keine Vertretung der AW, also kein Alfons, sondern an deren Stelle der katholische Pfarrer der Gemeinde vorgesehen. Die in Aussicht gestellte Erfolgsprämie bzw. das Geld für die Abfindung und die Summe für die angesetzten Spesen seien auf einem Treuhandkonto deponiert, das von den beiden Juristen der AW unabhängig verwaltet werde. Der PKW gehe mit Vertragsunterzeichnung in meinen Besitz über, allerdings gab es die besagte Klausel, dass er an die AW zurückfiele, wenn ich frühzeitig das Vertragsverhältnis kündigen würde. Die anfallenden Kosten für den Geländewagen würden, solange das Vertragsverhältnis bestehe, vom Auftraggeber übernommen. Dieser schließe zusätzlich für mich als Begünstigtem für die fünf Monate eine Risikoversicherung (Unfall, Invalidität und Tod) mit einer Deckungssumme in Millionenhöhe ab. Der entsprechende Vertrag liege bei und müsste mit unterzeichnet werden.

Endlich durfte ich ohne Widerspruch von Alfons meinen Kopf schütteln, so lange ich wollte. Nur beim anschließenden Zähneputzen, Duschen und Ankleiden erwies sich dies als hinderlich. Number One alias Opus One hatte übrigens keine Spuren hinterlassen, was ich von ihm auch hatte erwarten dürfen. Natürlich konnte ich das viele Geld und das Wunsch-Auto gut gebrauchen. Selbst wenn die Ermittlungen wie zu erwarten erfolglos verliefen, ging ich ja alles andere als leer aus. Und sollte das Unerwartete tatsächlich eintreten und ich würde diesen Wiesinger oder seine Mörder finden, könnte ich lange Zeit davon zehren. Ich könnte eine soziale Tat vollbringen (Der gute Mensch in mir meldete sich zu Wort!) oder meine langsam verfallende Hütte in Griechenland endlich renovieren lassen und nicht bis ans Lebensende Beton bewegen, Steine schleppen, Mauern aufrichten usw. (Dies war mehr die ich- und lustorientierte Seite, die da sprach!).

Da es fast acht Uhr geworden war, griff ich mir noch kurz den Fallbericht von Friedrich Jung. Er umfasste über fünfzig Seiten und begann mit einem langen Abschnitt über die Person und die Lebensumstände von Günter Wiesinger, um dann im Hauptteil die Ermittlungsergebnisse mit jeweils »offenen Fragen« als Fußnoten darzustellen. In der Kürze fiel mir nur auf, dass G. Wiesinger wohl kaum der sympathische Mensch gewesen sein konnte, als den ihn Alfons gestern verkauft hatte. Mir wurde bald klar, dass ich unabhängig vom Fall und den mageren Erfolgschancen mich fragen musste, ob ich grundsätzlich die erste Zeit meiner taufrischen Pension wenigstens um den Preis von 5000 Euro und eines neuen Autos als Ermittler verbringen wollte. Ich versetzte mich selbst in Erstaunen, als ich merkte, dass meine Mauer an Abwehr und Entrüstung über das widersinnige Angebot erste Risse zu bekommen schien. Das konnte ja heiter werden!

Vorerst einmal kamen pünktlich um acht Uhr Friedrich Jung und bald darauf Monika-AW-Service mit Servierwagen voller Frühstück. Nachdem sie das angenehm leichte Frühstück aufgedeckt hatte, machte mir Monika hinter dem Rücken von Jung durch Gestikulieren – in diesem Kulturkreis durch gebetsähnliches Falten der Hände! – nochmals klar, ich möge mich ja in ihrem und Alfons' Sinne entscheiden. Ich ging hypothetisch davon aus, sie würde bei meiner Annahme des Deals eine Prämie oder eine Gratifikation anderer Art, z.B. einen verlängerten Urlaub oder dergleichen, bekommen.

Das Frühstück war gut und das Gespräch mit Friedrich Jung entspannt, offen und angenehm. Jung gestand gleich zu Anfang, dass auch er von Alfons eine allerdings kleine Erfolgsprämie bekommen würde in Form eines Urlaubs für zwei Personen auf den Kanaren. Ich musste lächeln und erzählte Jung meine Fantasien über die Gründe von Monikas werbendem Eifer. Er informierte mich weiter, Alfons habe es bei seinem Chefredakteur durchgesetzt, dass er, Jung, bei der Übernahme der Ermittlungstätigkeit durch mich die nächsten fünf Monate primär auf diesen Vorgang »angesetzt« sei. Er vermittelte dabei den Eindruck, als könne ihn nichts mehr überraschen. Wir waren uns beide sehr schnell einig in der Ablehnung eines anspruchslosen Sensationsjournalismus. Wir diskutierten die möglichen Hilfen, die er und seine Zeitung gegebenen Falls für mich sein könnten und zugleich die Probleme, die in der Veröffentlichung des Ermittlungsprozesses lagen.

Ich bedankte mich für den ausführlichen Fallbericht und kündigte an, dass ich diesen, sollte ich den verrückten Job übernehmen, als Erstes gründlich studieren wollte. Wir würden uns dann sicher mehrmals treffen müssen, wobei wir dabei ohne Skrupel die AW-Spesen verprassen könnten. Ich würde dabei auf seine, Jungs, Kenntnisse der gastronomischen Situation im Landkreis setzen! Dies war eine Aussicht, die selbst in seine müden Augen einen gewissen Glanz zu zaubern vermochte. Ich bat ihn auch noch um eine Einschätzung meiner Erfolgschancen, die er ohne Wenn und Aber als aus seiner Sicht »nicht vorhanden« bezeichnete. Er würde aber die Aufgabe an meiner Stelle, wenn er dazu sich äußern dürfte, trotzdem übernehmen. Sie sei, wie ich ja selbst gesagt hätte, absurd wie die Welt insgesamt, und deswegen für mich, so wie er mich einschätze, in meiner Situation nachgerade ein Glücksfall. Aha! Und nachdem er noch ein wenig herumgedruckst hatte, zog er einen schmalen, wie sich herausstellte im Eigenverlag erstellten Gedichtband aus der Brusttasche seiner leicht abgewetzten Cordjacke und schenkte ihn mir mit einem schiefen Lächeln. Das kleine Buch hatte den absolut zu seinen letzten Ausführungen passenden Titel: »Verrückte Welt«.

Da nach diesem Arbeitsfrühstück noch etwas Zeit bis zum Treffen mit dem Juristen Dr. Klein war, erging ich mich ein Stück den Sulzbach entlang. Mir fiel plötzlich ein, dass just in dieser Mühle meine längst verstorbene Mutter geboren worden war. Und ich verspürte für ein paar Sekunden an diesem sonnigen Julimorgen jenen satten Einklang mit dem was war und ist – und wie es war und ist. Ich versuchte, diesen Moment voll auszukosten und so langsam verklingen zu lassen, wie irgend möglich. Es gibt nicht all zu viele davon! Ich hatte plötzlich so eine Ahnung, dass es nicht gar so wichtig war, wie ich mich entscheiden würde.

Auch der Jurist Dr. Walter Klein kam, wie nicht anders zu erwarten, pünktlich wie vereinbart um 9.30 Uhr auf mein Zimmer 3/3. Er wirkte ausgeschlafen und jugendlich und vermittelte den Eindruck, als würde er sich auf dieses Gespräch freuen. Er begrüßte mich mit »Guten Morgen, Herr Ermittler!«, entschuldigte sich aber sofort. Er wolle dem Ausgang der Angelegenheit, der allerdings seiner Meinung nach schon fest stand (Vertiefung der Lachfalten im rundlichen Gesicht!), nicht vorgreifen. Er wurde dann aber sehr schnell sachlich und ich wandte die Methode an, die mir zum Verständnis juristischer Probleme bisher fast immer geholfen hatte: »Was passiert, wenn...?« Das heißt, ich fragte ihn z.B., was passieren würde, wenn Alfons in der Vertragszeit etwas zustoßen würde. Die Antwort lautete knapp und klar: »Keine Beeinträchtigung des Vertragsverhältnisses, bei Erfolg Auszahlung der treuhänderisch verwalteten Prämie. Also selbst wenn Alfons in der Zwischenzeit Pleite machen würde, wären Auto und Euros in deinem Besitz.« (Lachfalten in Aktion!) Auf diese Weise gingen wir den Vertrag und später auch noch die Versicherungspolice durch. Er musste laut lachen, als ich ihm meine (»gesetzt den Fall«) Ergänzungswünsche hinsichtlich Pressebeteiligung erläuterte. Es war genau das, was beide Juristen Alfons vorgeschlagen hatten. Dieser hätte aber gemeint, wenn ich nicht selber darauf kommen würde, wäre ihm die Nicht-Regelung im Entwurf lieber.

Bei der Gelegenheit erfuhr ich von Dr. Klein, dass er gerade noch mit dem AW-Eigner kurz gesprochen habe und dieser völlig atypisch »nervös und zappelig sei wie ein Kind vor der Weihnachtsbescherung«. Der Mann gab Rätsel auf – wir waren uns darin einig. Ich bat ihn noch um eine kurze Einschätzung des Notars, da er, Dr. Klein, ja heute mein »Rechtsbeistand« und Berater war. »Juristisch einwandfrei, brillant und absolut zuverlässig – menschlich eher ein Ekel und bigott wie selten ein Mann in Niederbayern!« Mein neuer Rechtsbeistand gefiel mir. Ich gestand ihm noch, dass ich liebend gerne, sollte ich den Job ... (Lachfalten!), mir für diese Zeit ein zuverlässiges, aber durchaus temperamentvolles Pferd ausleihen und dies über das AW-Spesenkonto finanzieren wollte. Als Antwort bekam ich zu hören, dass dies wie fast alles bei Alfons Weinberger schon vorgeplant und sogar mit seiner, Kleins, pferdeverrückten Frau geklärt sei. Sie hätte da sicher etwas Passendes im Stall stehen, die Finanzierung über das Spesenkonto sei ganz im Sinne von Alfons Weinberger.

Den Rest der Zeit versuchte ich von meinem juristischen Berater auf Zeit so viel wie möglich über die AW und ihren traumhaften Aufschwung in den letzten Jahren zu erfahren. Die Grundthese von Dr. Klein war nachvollziehbar. Außer der unternehmerischen Genialität meines Schulfreundes, die auch mit seiner egomanen Persönlichkeitsstruktur zu tun habe, sei die Kombination mit einer »synergetisch wirkenden« zweiten Sparte Fuhrunternehmen mit Schwerpunkt auf Futtermittelvertrieb als Grund für den Durchbruch zu nennen. Alfons habe recht, wenn er in völlig untypischer Bescheidenheit das Unglück der Wiesingers als Glück für die Weinbergers bezeichne. Vielleicht erkläre ja dies sein Verhalten, das er in diesem Fall an den Tag lege. Übrigens räumte auch mein juristischer Berater mir keinerlei Chancen ein, den Fall aufzuklären. Er fand aber allein den Versuch für Alfons offensichtlich sehr entlastend. Warum dieser sich nicht professionelle Hilfe bei einem großen Ermittlungsbüro holen wolle, sei aber aus seiner, Dr. Kleins Sicht nicht nachvollziehbar und in den Tiefen der Weinbergerschen

Psyche verborgen. Wie würde Alfons sagen: »Ein gescheiter Mann, dieser Rechtsanwalt!«

~

Alle, die geladen waren, kamen pünktlich zur 11-Uhr-Entscheidungssitzung in den mittelgroßen, wie nicht anders zu erwarten, modern, zweckmäßig und trotzdem komfortabel eingerichteten »Kleinen Sitzungsraum« im ersten Gebäude neben der Mühlenresidenz. Das Schild am Eingang »Bürozentrale der AW ...« machte die Funktion dieses zweistöckigen und gegen den Talhang hin überraschend tiefen Zweckbaues mit rotem Satteldach und AW-Logo in der Giebelfläche deutlich. Viel Glas, helle Gänge, ein freundlicher älterer Pförtner, den ich als jungen Draufgänger von einst wieder erkannte, im Eingangsbereich. Überall Pflanzen, alle offensichtlich strotzend vor Gesundheit und viele blühend.

Auf dem ehemaligen Wendeplatz, umrahmt von der ockerfarbenen Gebäudeflucht und abgeschlossen von der neuen Mühle mit ihrer breiten Durchfahrt und der »Abfertigungszone«, herrschte an diesem ersten Werktag einer neuen Woche Hochbetrieb. Das Hinweisschild auf der Zufahrtsstraße in Höhe der Mühlenresidenz »Zum Betriebsgelände« entpuppte sich mehr als berechtigt. Ich zählte insgesamt auf meinem Weg zur Bürozentrale an die zwanzig Lastwagen.

Im »Kleinen Sitzungssaal« konnten mich die ockerfarbenen Konferenzmöbel der Oberklasse jetzt nicht mehr überraschen. Auffallend am Ambiente waren wieder die wunderschönen Mühlenbilder. In der Zwischenzeit wusste ich von Friedrich Jung, dass Alfons irgendwo im tiefen Österreich das gesamte Lebenswerk einer betagten Malerin aufgekauft und für zwei Bilder aus dem Kauf mehr eingenommen hatte, als er für alle ausgegeben hatte. Und dass er daraufhin der alten Dame eine kleine Rente ausgesetzt hatte.

Alfons! Anwesend waren mein Rechtsberater Dr. Walter Klein, wie immer nahe an einem Lächeln, Mike in bester Laune und sichtlich froh über mein Erscheinen und, mit leicht hängenden Schultern und schweren Augenlidern, der Journalist Friedrich Jung. Offensichtlich hatte Monika heute andere Aufgaben, denn Getränke, Kaffee, Obst und Kanapees wurden uns von einer kleinen dunkelhaarigen Kollegin gereicht.

Auf den Glockenschlag um 11 Uhr rauschte Alfons in den Raum, gefolgt von dem devoten Notar. Er war tatsächlich nervös und wohl auch unter Zeitdruck. Er schenkte mir nur ein kurzes Lächeln und über den Tisch ein »Ich rechne mit dir!« Und dann eröffnete er die Sitzung, nicht ohne vorher durch den adretten AW-Service einen langen, dünnen und verhuschten Fotografen der örtlichen Fast-Monopolpresse hereinholen zu lassen. Aus purem Interesse zählte ich die ganze Sitzung hindurch die Blitze seiner Kamera und kam am Ende auf stolze 123 Aufnahmen des Geschehens, während Friedrich Jung geschäftig und plötzlich hoch konzentriert in seinen Block schrieb. Alfons eröffnete also und freute sich und war gespannt, hatte Herzklopfen in dieser »Stunde der Entscheidung« und gab flugs das Wort an den »brillanten« Notar. Dieser berichtete, unter zustimmendem Kopfnicken von Dr. Klein, über den Hauptinhalt des Vertrages und die auf meinen Wunsch hin vorgenommenen Veränderungen. Alfons wippte nervös in seinem Ocker-Chefsessel und schien kaum in der Lage, dem Geschehen zu folgen. Endlich kam der Notar zu einem Ende: »Und nun kommt alles auf unseren Gast, Herrn Michael Kramer, und seine Entscheidung an. Herr Michael Kramer, ich erteile Ihnen im Auftrag der AW-Leitung das Wort!« Der Fotograf brachte sich in Position.

Die Grenze zum Absurden war aus meiner Sicht bereits wieder erreicht. Ich seufzte und fing an: »Ich werde den Vertrag unterschreiben...!« Weiter kam ich nicht, denn Alfons sprang auf, riss die Hände hoch und seinen Chefsessel um und rannte um den Tisch auf mich zu. In einer Art Fluchtreflex warf auch ich meinen Ockersessel um, bevor er mich ergriff, umarmte und unter Blitzlichtgewitter mit seinen Müllerarmen fast zerquetschte. Da mir tatsächlich die Luft wegzubleiben drohte, konnte ich mir nicht anders helfen, als ihm heftig auf einen seiner maßgefertigten Schuhe zu treten. Dies brachte ihn wieder etwas zur Vernunft. Er klopfte mir mit seiner rechten Pranke auf die Schulter und tänzelte zurück zu seinem Platz. Er strahlte rundherum Genugtuung aus – ich fragte mich ernsthaft, ob ich vielleicht doch etwas übersehen hatte!

Nachdem wieder alle Sessel aufgerichtet waren und Alfons' Siegesgefühl nur noch in seinem Gesicht zum Ausdruck kam, folgte eine erwartungsvolle Stille. Ich gab eine kurze Erklärung ab: »Da aus meiner Sicht keinerlei Aussicht auf Erfolg dieser Ermittlungen besteht, übernehme ich diese Aufgabe weder für Alfons, noch für Frau Wiesinger, sondern nur für mich. Wahrscheinlich hat Alfons mit seiner Inszenierung deswegen Erfolg, weil er mich neugierig machen konnte, ich gerne längere Zeit in Jugenderinnerungen schwelgen möchte und ebenso gerne ein Auto fahre, dass ich mir sonst nicht leisten würde!«

Nach dem Beifall der Runde folgten wieder ein paar Szenen direkt für die interessierte Öffentlichkeit. Alfons orderte über den AW-Service Champagner und den ergänzten Vertrag, den ich nach Alfons zusammen mit den Juristen als Zeugen unterschrieb. Dann erhielt ich, begleitet von zeitungsgerechtem Lächeln und Händeschütteln, die Schlüssel für Auto, Büro und Wohnung und die ersten 10 000 Euro aus der Hand des AW-Leiters ausgehändigt. Zuletzt wurde mir unter kaum verhohlener Belustigung von Mike, Dr. Klein und Friedrich Jung von Alfons noch meine »Assistenz« als »das Beste, was ich habe« angekündigt mit der Warnung an die Presse, ja den richtigen Ton zu finden. Herein kam, dezent gekleidet und strahlend, als hätte sie im Lotto gewonnen, niemand anderes als Monika-AW-Service. Obwohl ich davon ausgehen musste, dass damit Alfons über jeden meiner Ermittlungsschritte, sollte es überhaupt solche geben, informiert sein würde, freute ich mich aufrichtig. Besonders als Alfons verriet, dass Monika neben ihrem Organisationstalent ausgezeichnet kochen könne und ich keine Hemmungen haben solle, diese Fähigkeit meiner Assistenz auch zu nutzen.

So verließ ich denn zu guter Letzt in einem fast nagelneuen weißen Geländewagen die Mühlenresidenz, begleitet von meiner neuen Assistentin Monika und dem Jungmüller Mike, der meinen Koffer schleppte und meine Zusage augenzwinkernd »irre und cool« fand und »absolut neugierig« auf mein Büro und meine Wohnung war. Wir fuhren langsam die etwa zwei Kilometer zu meiner neuen Wirkungsstätte im zentralen Dorf. Langsam auch deswegen, weil ich zwischendurch immer wieder Anfälle von ungläubigem Kopfschütteln bekam. Ich hatte mich vorher noch von Alfons' Frau Sophie verabschiedet, die der Idee ihres Mannes nicht viel abgewinnen konnte und mir dies auch zeigte. Auch hatte ich mit Friedrich Jung vereinbart, am nächsten Tag gemeinsam Monikas erstes Frühstück zu genießen und zugleich eine Lagebesprechung zu halten. Die Innenausstattung meines neuen Dienst-Privat-Autos war natürlich in grauem Leder gehalten!

Die Ermittlung

Der weitere Montag war bis in den Nachmittag hinein zuerst einmal ausgefüllt mit »Einwohnen«. Es war offensichtlich, dass Monika Einrichtung und Ausstattung bereits kannte, Mike davon aber völlig überrascht wurde. Sie hatten aus der Mühlenresidenz neben meinem Gepäck noch einen mittelgroßen, neu und teuer wirkenden Koffer für Monika dabei, die sich in der leeren Wohnung im Obergeschoss ein »Notquartier für alle Fälle« einrichtete. Darüber hinaus schleppten sie zwei schwere Kartons mit Lebensmitteln, ausgewählt »im Auftrag meines Vaters unter Mithilfe der Allkampfwaffe Fritz Jung« (Mike) aus den Vorräten der dortigen Großküche in die neue Bleibe. Irgendwie war Aufbruchstimmung, meine jugendlichen Hilfskräfte genossen eindeutig die Situation und gingen voller Eifer ans Werk. Ich sah mich in der ersten Einschätzung der beiden völlig bestätigt. Mikes jungenhafte Gelassenheit und Monikas Grazie und Umsicht waren beeindruckend. Das ganze Treiben endete nach knappen zwei Stunden mit einer nachmittäglichen Zwischenmahlzeit in Form einer italienisch inspirierten Vorspeise, die mir im wahrsten Sinne des Wortes einen Vorgeschmack vermittelte von Monikas Kochkünsten. Alfons sei Dank, wenn mir auch die Situation insgesamt vorkam wie aus einem anderen Film.

Ich musste daher dringend nachdenken und war sehr damit einverstanden, dass Monika kurz danach sich anbot, mit meinem Geländewagen Mike zur elterlichen Mühlenresidenz zurückzufahren. Sie bekam von mir auch bereitwillig frei bis zum nächsten Morgen. Monika versprach, mit meinem Auto pünktlich zum Vorbereiten des Frühstücks »für den Termin mit Fritz Jung« wieder da zu sein. So setzte ich mich denn, nachdem die zwei vergnügt und zufrieden mein neues Reich verlassen hatten, an meinen nagelneuen Schreibtisch in meinem nagelneuen Büro und fing an, mir über die Ereignisse seit gestern Stichpunkte zu machen – und die Konsequenzen aus meiner neuen Situation zu überdenken. Vielleicht war ich ja doch so blöd und unbedarft, wie Ursula, meine Exfreundin, mir immer einzureden versucht hatte! Ich enthielt mich lieber eingedenk meiner mir selber gegenüber verordneten Nachsicht eines weiteren Kommentars und versuchte mich auf den Bericht von Fritz Jung zu konzentrieren. Da ich aber nicht recht weiter kam, inspizierte ich nach kurzer Zeit einfach den wunderschönen Bauerngarten und zog mich danach auf eine der komfortablen Liegen auf der Hochterrasse zurück, wo mir bald darauf die Augen zufielen. Ich begann den Schlaf nachzuholen, der mir letzte Nacht entgangen war. Schließlich war ich ja jetzt Pensionist!

Geweckt wurde ich in der Dämmerung, fürsorglich eingehüllt in eine weiche Decke, von Monika, die es sich offensichtlich anders überlegt hatte. Sie teilte mir mit dem ihr eigenen hintergründigen Lächeln mit, sie sei dabei, mir ein Nudelgericht mit Lachs als leichtes Abendessen zu kochen. Nach dem Essen wolle sie dann mit mir ins Bett gehen. Bevor ich in meiner Überraschung auch nur einen Ton erwidern konnte, nannte sie mir noch zwanzig Minuten bis zum Abendessen und zog sich ins Hausinnere zurück.

Wie immer, wenn mich etwas zu überfordern drohte und ich Gelegenheit dazu hatte, ging ich zuerst einmal unter die Dusche. Ich kam dort zu dem Schluss, dass Monika offensichtlich Erfahrung hatte mit dem Aufwachverhalten älterer Männer und mir durch den zu erwarteten Adrenalinstoß nur das Aufstehen erleichtern wollte. Bei Tisch sagte ich ihr dann, sie möge sich diese Schocktherapie nicht zur Gewohnheit machen. Schließlich seien die Herzen älterer Männer und besonders meines nicht unbegrenzt belastbar. Zu meiner Überraschung aber lächelte sie nur und erklärte mir, sie habe »den Wunsch durchaus ernst gemeint«. Sie erläuterte mir, dass sie mit einem jungen Mann befreundet sei, der noch in aller Welt als Monteur unterwegs sei. Nächste Woche komme er für drei Tage zurück und sie hätten vereinbart, sich zu verloben und in einem halben Jahr darauf zu heiraten. Er habe einen neuen Job in Aussicht, der ihn nur noch selten zu Dienstreisen zwingen werde. Ihr Leben werde sich gründlich ändern und sie wolle mit mir den endgültigen Abschied vom alten Leben feiern. Mann, wo war ich da nur hineingeraten!?

»Monika, ich habe mich erst vor einer guten Woche von meiner langjährigen Partnerin Ursula getrennt. Sie hat mich nämlich für naiv und langweilig gehalten.«
»Um so besser für dich. Und ich werde ab morgen treu sein. Und außerdem will ich noch einmal mit einem zärtlichen Mann schlafen!«
»Und da fällt deine Wahl auf mich? Was wird denn Alfons dazu sagen?«
»Mit dem habe ich bereits vor längerer Zeit Abschied gefeiert. Ich werde nach dem Job bei dir vom AW-Service in den AW-Vertrieb wechseln. Auch wegen der geregelten Arbeitszeit. Dort sitzen übrigens bereits zwei andere Ehemalige. Und Alfons wird kein Wort von dieser Nacht erfahren.«
Ein letzter Versuch, wobei ich mir ziemlich sicher war, dass ich nicht unbedingt wünschte, er möge erfolgreich sein: »Aber ich bin doch nicht der Typ, der einfach mit einer fremden Frau ins Bett geht!«
»Da hast du recht, einfach stellst du dich nicht an!«
Daraufhin gingen mir, Gott sei's gelobt, die Argumente aus. Ich hatte Herzklopfen und auch ein wenig Angst und war nur froh, dass ich ausgeruht war – aber es wurde eine unerwartet schöne und unverkrampfte Nacht.

Wie gewohnt wachte ich am nächsten Morgen pünktlich um sechs Uhr auf. Ich hielt mich ganz still und genoss die Berührung mit dem jungen Körper, die Wärme und den Duft der ruhig atmenden Frau. Ich konnte es nicht verhindern, aber ich spürte plötzlich, wie mir eine Träne über die Wange lief. Da half dann eben nur Selbstironie. Ich schimpfte mich einen »sentimentalen Steinzeit-Ochsen« und versuchte, ganz aufgeklärter Schulmeister, mich über das Sexualverhalten eines großen Teils der heutigen Jugend und die Regeln eines »One-Night-Stand« zu belehren. Mitten in meinem kläglichen Versuch, mir etwas vorzumachen, öffnete Monika die Augen. Sie lächelte mich an und schmiegte sich an mich: »Bitte noch eine halbe Stunde – und bitte halte dich ganz ruhig!« »Ach Monika, was meinst du, was ich die ganze Zeit mache?!«

Und zu meiner Überraschung sah ich, wie sich ihre Augen ebenfalls mit Tränen füllten. Ich nahm postwendend den »sentimentalen Steinzeit-Ochsen« zurück und formulierte dafür den alten unsinnigen Wunsch, die Zeit möge irgendwie stehen bleiben oder sich wenigstens entschleunigen. Da aber Friedrich Jung für 8.30 Uhr zum Frühstück angesagt war, verließ mich Traumfrau Monika pünktlich nach einer halben Stunde. Allerdings nicht, ohne mich auf die Wange zu küssen und mir »gescheiter zärtlicher Mann!« ins Ohr zu flüstern. Danach drängten sich langsam aber stetig wieder andere Wirklichkeiten in meine Welt. Wie absurd sie auch immer waren, ich hatte lange Zeit überhaupt keine Lust, mich auf sie einzulassen.

~

Friedrich Jung kam wie anscheinend alle, die mit Alfons zu tun hatten, äußerst pünktlich. Er wirkte reichlich verknittert. Dafür brachte er zwei Exemplare der frischen Tageszeitung mit. Er stürzte sich sofort auf Orangensaft und Kaffee. Monika und ich stürzten uns dafür sofort auf »unseren« Fall. Ich hatte plötzlich ein sehr mulmiges Gefühl im Bauch. Der Fall nahm mehr als eine Doppelseite der Zeitung ein, wobei er farbig auf der Titelseite angekündigt war: **»AW-Besitzer will nach sieben Jahren Verbrechen an seinem Geschäftsfreund aufklären lassen!«** Der eifrige Fotograf hatte dabei mehr als zwanzig Fotos unterbringen können. Die Texte aus der Feder von Friedrich Jung, d.h. alle mit Ausnahme einiger Interviews und einer Stellungnahme des leitenden Hauptkommissars der zuständigen Kripo in Passau, waren gut geschrieben. Mit ein bisschen Einfühlungsvermögen fiel es mir nicht schwer, jene Stellen zu erkennen, an denen sein Bemühen um Sachlichkeit von der Redaktion nachträglich aufgeweicht worden war. Als ich ihm einige Stellen vorlas, quittierte er dies nur mit seinem schiefen Lächeln. Ich fand ihn immer noch sympathisch.

Alfons konnte zufrieden sein. Er, sein Plan und seine großzügige Finanzierung des edlen Vorhabens wurden entsprechend gewürdigt. Er war auch mit einem längeren Interview vertreten. Auf die zentrale Frage, warum er einen Laien wie mich mit einer Aufgabe betraut habe, an der letztlich eine ganze Sonderkommission der Polizei gescheitert sei, kam eine typische Alfons-Antwort. Er kenne mich und ich sei ein Mensch, der bisher alle Aufgaben gelöst habe, die sich ihm gestellt hätten. Die Öffentlichkeit werde sich noch wundern.

Ein eigener Artikel widmete sich recht ausführlich den bisher bekannten Fakten. Dabei wurden die mühsame Kleinarbeit, der Einsatz und der Aufwand der Polizei sehr positiv bedacht. Auch die erschwerten Bedingungen ihrer Arbeit bis hin zur Personalknappheit kamen zur Sprache. Grundsätzlich gingen Polizei wie Zeitung von einem Verbrechen aus. Keine der verfolgten Spuren hätten aber bisher der Lösung des Falles näher geführt, keine der polizeilichen Theorien konnte bisher erhärtet werden. Interessiert und amüsiert las ich dazu das Interview mit dem Hauptkommissar Erich Aichinger. Wahrscheinlich wurde er unter Androhung von schrecklichen Foltern von seinen (wiederum bedrohten) Vorgesetzten dazu gezwungen, das ganze Vorhaben nicht einfach als Hirngespinst und Marotte eines reichen Schnösels abzutun. Etwas gewunden zählte er einige Kriminalfälle auf, in denen Laien wie Journalisten oder auch Mediziner, Juristen oder Pfarrer wichtige Hinweise gegeben und Theorien geliefert hatten, die immerhin die Aufklärung beschleunigt hätten. Mir gefiel, dass er sich dabei den Hinweis nicht verkneifen konnte, dass darunter bisher »so weit mir bekannt« noch nie ein Exlehrer gewesen sei. Pflichtgemäß bot er mir dafür dann die Zusammenarbeit an und vergaß auch nicht zu erwähnen, was die AW schon alles für die Polizei geleistet und gespendet habe. Den letzen Hinweis mussten seine Vorgesetzten glatt überlesen haben – ich freute mich auf den Mann!

Natürlich enthielt diese Ausgabe auch noch ein Porträt (mit Bild) von mir. Es war sehr vage gehalten und erging sich mehr in Andeutung über meine bisherigen »großen Leistungen«. Friedrich Jung, der von mir Fritz genannt werden wollte, bestätigte mir bereitwillig die Strategie dahinter: den Leserkreis neugierig auf mich und den Fortgang der Geschichte zu machen. Um so ausführlicher wurde Monika ins Bild gesetzt, ihre Schönheit, ihr Organisationstalent, der große Verlust für die AW in den nächsten Monaten ihrer Abwesenheit und das große Glück ihrer Unterstützung für mich. Ich hätte das noch ergänzen können! Die Bilder von ihr waren exzellent. Sie versprach mir aber sofort, wenn überhaupt, erst nach der Lösung »unseres Falles« zum Film zu wechseln.

Beim ausführlichen Frühstück der Sonderklasse besprachen wir auf mein Drängen zunächst nochmals, welche Auswirkung diese und die späteren Veröffentlichungen für meinen »Auftrag« und meine Vorhaben haben könnten. Seltsamerweise widersprachen sowohl Fritz Jung und Monika aufs heftigste meiner Vermutung, Alfons wolle gar keine Aufklärung, sondern nur sein Gesicht in der Zeitung sehen. Monika äußerte dagegen ihrerseits die Vermutung, Alfons wolle mich durch diese Veröffentlichung unter Druck setzen, alle Energie in die Ermittlung zu stecken. Obwohl Fritz Jung dies durchaus für plausibel hielt, konnte ich damit wenig anfangen. Ich hatte zugestimmt und musste unter den gegebenen Rahmenbedingungen arbeiten. Ich schwor mir heimlich, wenn nötig rechtzeitig und ohne Rücksicht auf den egomanen Schulfreund und sein Ansehen auszusteigen.

Die nächsten zwei Stunden verbrachten wir drei nach der Lektüre und gemeinsamen Besprechung des Berichtes von Fritz Jung mit der Erarbeitung von ersten Schritten, die ich in Sachen Ermittlung zu unternehmen gedachte. Noch während der Sitzung vereinbarte Monika für den nächsten Tag einen Termin mit Frau Wiesinger. Meine Strategie fand Zustimmung, zunächst einfach anzustreben, ein Gefühl dafür zu bekommen, wer dieser Fuhrunternehmer gewesen war, wie er gelebt und womit er sich ganz allgemein beschäftigt hatte. Zusätzlich rief ich selbst im Vorzimmer des Hauptkommissars Aichinger in Passau an und ließ mir für Donnerstag einen Termin geben. Da angeblich außer um 7.30 Uhr morgens kein Termin mehr frei war, machte ich gute Miene zum bösen Spiel. Ich konnte ihn ja nur zu gut verstehen. Als drittes Projekt wurde noch »bei Gelegenheit« mein Besuch zusammen mit Monika in der Landkreis-Bar vereinbart, in der laut Bericht nach Recherchen der Polizei Wiesinger »ziemlich regelmäßig verkehrt hatte«.

Da ich nach meiner Einschätzung für diesen unsinnigen Auftrag genug getan hatte und ich etwas Abstand von der nun keuschen und treuen Monika gewinnen wollte, hob ich gegen Mittag die Sitzung auf. Monika und Fritz Jung wollten noch eine Liste von guten Lokalen im Landkreis verfassen. Danach stand Vorbereitung eines leichten Mittagessens auf ihrem Plan. Kochen war offensichtlich beider Leidenschaft. Ich selbst griff mir die neue Digitalkamera aus der von der AW bereit gestellten Ermittlerausrüstung nebst Gebrauchsanweisung und zog mich bei schönstem Wetter in den Garten zurück.

Die Kamera war zwar sicher wesentlich teurer und besser als meine eigene, stammte aber von derselben Firma. So dauerte es für meine Verhältnisse nicht lange, bis ich die ersten Probeaufnahmen machen konnte. Nachdem ich nach und nach unzählige Blumen und Kräuter und wiederholt den Blick von der Hochterrasse über das Sulzbachtal auf die Festplatte gebannt hatte, machte ich mich auf, meine neue Bleibe von außen abzulichten. Beim Blick von unserer Hausecke aus den Berg hinunter in die Straße, die am Haus vorbeiführte, lief oder besser fuhr mir dabei ein Traum-Motiv vor die

Linse. Verborgen hinter den Büschen vor dem Haus, schoss ich eine ganze Serie von einem ungewöhnlich großen vogelscheuchigen Mann auf einem winzigen Mofa. Das Mofa war wohl zusammenklappbar und schaffte kaum die relativ steile Anhöhe. Der Mann trug trotz Juliwärme einen langen schwarzen Mantel und eine Art Schlägermütze. Er starrte unverwandt zu unserem Haus und verschwand dann aus meinem Blickfeld. Allerdings waberte noch längere Zeit deutlich sichtbar eine blaue und stinkende Abgaswolke über der Straße.

Zurück im Wohnzimmer empfing mich dagegen ein vielversprechender Duft. Der Tisch war liebevoll gedeckt, Monika und Fritz kündigten mir stolz ein Gemüserisotto mit geröstetem Knoblauchbrot an. Als Vorspeise offerierten sie kalten Oktopus in Essig und Olivenöl, gewürzt mit Mittelmeerkräutern. Als wir gerade dabei waren, ausführlich über die Art des Getränkes zu diskutieren (ich wollte auf keinen Fall schon um diese Zeit einen Wein trinken), zersplitterte plötzlich mit einem heftigen Knall die Fensterscheibe. Der Tisch und wir wurden von einem Hagel von Glassplittern getroffen. Fritz Jung, der auf der Couch saß, fasste sich an den Kopf und kippte dann in Zeitlupe auf die Seite, wobei sich sein Kopf und seine Hände blutig färbten. In die Schockstille hinein war deutlich ein anfahrendes Mofa zu hören. Monika und ich kümmerten uns gleichzeitig um Fritz Jung, der sich benommen aufrappelte und »die schöne Vorspeise!« murmelte. Monika rief, sie sei ausgebildete Arzthelferin, rannte um Verbandszeug ins Bad und fing an, dem trotz offensichtlicher Benommenheit heftig protestierenden Journalisten die Wunde zu säubern. Auf der Couch lag ein großer Feldstein, auf dem mit roter Schrift stand: »Hau ab!«

Ich starrte durch das große Loch in der Scheibe vorsichtig nach draußen, wusste aber, dass es nichts zu sehen gab. Fritz fluchte leise, Monika verständigte den Arzt des Dorfes und ich rief im Büro des Hauptkommissars an. Ich bekam ihn zufällig sofort selber an sein Handy. Er hörte ruhig zu, entschied dann, zunächst zur Tatortsicherung eine Streife zu schicken und dann »irgendwann« selber nachzukommen. Der Arzt seinerseits kam erstaunlich schnell, er hatte nämlich seine Praxis ganz in der Nähe. Nachdem er nach einer kurzen Untersuchung entschied: »Zum Nähen ins Krankenhaus und zur Beobachtung mindest eine Nacht dort bleiben!«, rief er trotz fortgesetzten Protests vonseiten des Geschädigten den Krankenwagen. Da der Arzt auf den Krankenwagen warten wollte und Monika mir versicherte, sie hätte alles unter Kontrolle (und niemand würde den Stein berühren), ging ich mit zitternden Knien erstmals meiner neuen Tätigkeit nach: Ich ermittelte!

∼

Ich holte ein Klebeband aus dem Büro, ging nach draußen, spannte es zwischen Haus und Garage, sodass niemand Spuren vom Steinewerfer zertrampeln konnte, und fuhr dann bewusst langsam mit meinem neuen Auto den Berg hinab zur Hauptstraße. Drei Jungen im Alter von etwa zehn Jahren konnten mir sofort sagen, dass der komische Mann mit seinem komischen Mofa nach rechts abgebogen war. Also fuhr auch ich die Hauptstraße nach rechts, fragte ohne Erfolg an einer Tankstelle. Nach dem Ortsschild kam bald ein erstes Haus, hier saß ein älterer Mann auf einem Stuhl in der Sonne. Er war sofort im Bild. Er hatte einen alten weißen Lieferwagen beobachtet, der kurz nach seinem Haus am Straßenrand stand und in den ein »komischer« Mann sein Mofa geworfen habe und hinterher eingestiegen sei. Der Wagen sei dann weggefahren. Der weiße Lieferwagen hatte ein Landkreiskennzeichen, das könne er mit Sicherheit sagen, und das Auto sei mit ebensolcher Sicherheit ein Opel gewesen. Die genaue Autonummer allerdings habe er nicht lesen können. Ich sagte ihm, dass die Polizei gleich kommen werde und er niemanden den Platz betreten lassen dürfe, auf dem das weiße Auto gestanden habe. Er hatte mich übrigens als »den Ermittler« erkannt und machte sich sofort voller Eifer auf den Weg, um sich mit seinem Stuhl vor den Platz zu setzen. Langsam fuhr ich zu meiner neuen Wirkungsstätte zurück, die jetzt zugleich zentraler Tatort war. Erst jetzt fing ich an, mir um Fritz Jung wirklich Sorgen zu machen.

Auf dem Parkplatz vor dem Ermittlerbüro stand ein Krankenwagen, gleich nach mir kam ein Streifenwagen mit zwei Polizisten und dahinter ein silbergrauer Audi mit zwei Zivilisten. Einer davon, keine einssiebzig groß, um die vierzig, schlank und durchtrainiert wirkend, war offensichtlich Kommissar Aichinger. War wohl in der Nähe und hatte es sich anders überlegt. »Tut mir leid, dass ich Ihnen schon am ersten Tag Probleme mache!« »Ist ja auch insgesamt eine gottverdammte Schnapsidee!«, grummelte der Hauptkommissar sichtlich angefressen. Ich hatte die Situation richtig eingeschätzt. Meine Antwort: »Da bin ich ganz Ihrer Meinung«, überraschte ihn wohl. Er warf mir einen irritierten Blick zu. »Könnte ich Sie, nachdem Sie sich vom Tatort einen Überblick verschafft haben, kurz unter vier Augen in meinem Büro sprechen? Es dürfte für Sie eventuell sehr interessant sein und Ihnen viel Arbeit ersparen!« Er nickte nach kurzem Zaudern nur mit dem Kopf und verschwand mit seiner Mannschaft im Hausflur.

Fritz Jung trug mittlerweile einen Kopfverband, war blass, konnte aber schon wieder schief lächeln. Nachdem der noch anwesende Arzt kurz seinen Befund wiederholt hatte, gab Aichinger den Patienten frei zum Abtransport. Monika, die übrigens wirklich alles im Griff zu haben schien, und ich versprachen Fritz Jung, ihn heute noch zu besuchen. Fritz Jung bestand darauf, dass sein Laptop mit ins Krankenhaus genommen wurde, und ergab sich dann seinem Schicksal. Auch der Arzt ging. Nachdem Hauptkommissar Aichinger seinem wuchtigen Assistenten, der kurz vor der Pensionsgrenze zu stehen schien, Kommissar war und Max Steininger hieß, auf die Seite genommen und offensichtlich die ersten Schritte abgesprochen hatte, nickte er mir mit versteinerter Miene zu. Ich ging ihm voraus ins Ermittlerbüro. Dort setzte sich Hauptkommissar Aichinger sichtlich angespannt in den teuren Ledersessel. Es war ihm vom Gesicht abzulesen, dass er mein Luxusbüro mit seinem eigenen verglich und vom Ergebnis nicht unbedingt freundlicher gestimmt wurde. Hoffentlich machte ich jetzt keinen Fehler.

»Ihr Interview ist bei Ihren Vorgesetzten wohl nicht so gut angekommen?« Diese meine erste Frage trieb ihm die Zornesröte ins Gesicht, schnell setze ich hinterher: »Ich stimme mit Ihrer Einschätzung des Ganzen absolut überein und verstehe Ihren Frust! Ich will völlig offen mit Ihnen zusammenarbeiten und lege bestimmt keinen Wert auf eigene Profilierung. Ich werde, wo immer es geht, auf Sie hören. Meine erste Bitte um einen Kommentar: Soll ich nach dem heutigen Vorfall sofort wieder aussteigen?« Es folgte ein längeres Schweigen und ich konnte beobachten, wie es in ihm arbeitete. Dann plötzlich lächelte er, völlig überraschend: »Sie sind ganz schön durchtrieben. Seit sieben Jahren tut sich nichts, aber auch gar nichts in diesem verfluchten Fall. Und ausgerechnet jetzt fragen Sie mich, ob Sie das Ganze abblasen sollen. Hätten Sie vor zwei Stunden gefragt, hätte ich gesagt, gehen Sie, gehen Sie so schnell wie möglich und behindern Sie nicht unsere sowieso schwierige Arbeit. Jetzt muss ich sagen, wenn Sie weiter die Rolle des Köders spielen wollen und können, tun Sie es!« »Danke, ich baue darauf, dass Sie mir signalisieren, wenn sich Ihre Einschätzung ändert. Zunächst betrachte ich unser Verhältnis als ausbaufähig, aber nicht hoffnungslos. (Er blickte plötzlich interessiert zu mir herüber.) Ich biete Ihnen eine Art Morgengabe und Sie können damit machen, was Sie für notwendig finden. Ich habe aus purem Zufall zwanzig Aufnahmen vom wahrscheinlichen Täter geschossen. (Ich reichte ihm meine Dienstkamera über den Schreibtisch.) Keiner, wirklich keiner weiß davon! Der Mann ist mit seinem Mofa rechts in die Hauptstraße eingebogen und nach dem Ortsschild samt Klappfahrzeug in einen weißen Opel Kastenwagen mit Landkreiskennzeichen eingestiegen. Ein alter Mann sitzt gerade mit seinem Stuhl vor dieser Stelle und wartet auf die Polizei! Der verletzte Fritz Jung wird sicher bereit sein darüber zu schreiben, dass die Polizei eine heiße Spur gefunden hat. Und wenn Sie gar den Täter fassen, auch darüber, wie prompt die Polizei arbeitet und wie erfolgreich sie den Ermittler der AW beschützt. Die Kamera können Sie mitnehmen und mir bei Gelegenheit zurückgeben – ohne Bilder.«

Der Hauptkommissar blickte mich lange mit einem belustigten Gesichtsausdruck an und murmelt kaum verständlich: »Bin ich froh, dass Sie nicht der Idiot sind, für den ich Sie gehalten habe!« Nebenbei hantierte er mit der Kamera und sprang dann wie elektrisiert hoch: »Den kenn ich, den kenn ich!« Er starrte auf das Display der Kamera. »Rudi Atlon, ein Kleinkrimineller aus Simbach am Inn. Ein Kauz, einfach gestrickt, mehrfach vorbestraft und alles andere als gewalttätig. Aber blöd! Bitte holen Sie mir meinen Kollegen Max Steininger, Sie Fuchs, schnell!« Kommissar Steininger wurde sofort angesteckt von dem offensichtlichen Jagdeifer, der seinen Vorgesetzten ergriffen hatte. Gemeinsam betrachteten wir alle Aufnahmen von dem vogelscheuchigen Kleinkriminellen auf seinem Mofa. Bevor Steininger hinausstürzen konnte, um die Polizisten zum Spurensichern zur Hauptstraße zu dirigieren und eine Fahndung nach dem Kleinkriminellen Atlon anzukurbeln, verlangte Aichinger, er möge sich kurz setzen. Er erläuterte ihm mein Angebot, den ganzen Erfolg in der Sache der Polizei zu überlassen und diese weiterhin über alle Ergebnisse zu informieren. Steininger kurz und bündig: »Wir können den Erfolg gut gebrauchen, du weißt es. Und du hast damit den Beweis erbracht, dass du dich, wie von ganz oben gefordert, in dieser Sache entsprechend engagierst!« Ein letzter prüfender Blick zu mir: »Und dem Typen hier können wir vertrauen, denk ich mal!« Steininger stürzte hinaus, Hauptkommissar Aichinger schüttelte lächelnd den Kopf. Bevor er mein Büro verließ, kam der erlösende Satz: »Unser Termin in zwei Tagen wird von 7.30 auf 11 Uhr verschoben!« Wie sagt doch Humphrey Bogart in Casablanca am Ende zu dem Polizeichef: »Das ist der Beginn einer wunderbaren Freundschaft!«

Als die Polizisten mit ihrem plötzlich gut gelaunten Chef abgezogen waren, war Monikas erste Frage: »Was hast du mit dem Oberpolizisten angestellt, dass der auf einmal so menschlich ist?!« »Der Zufall hat uns geholfen«, versuchte ich auszuweichen. Monika verstand zwar nichts, aber akzeptierte. Gemeinsam machten wir uns daran, das Wohnzimmer aufzuräumen. Anschließend servierte sie uns das Risotto und dazu viel Salat. Hinterher zauberte sie noch schnell eine Quark-Orangen-Creme. Warum nur war sie so spät geboren worden?! Eigentlich hatte ich mir aber gerade vorgenommen, mir eben solche Fragen abzugewöhnen. Nach dem Essen schlug ich ihr vor, dass sie eingedenk der letzten Nacht nach Hause gehen und erst morgen gegen 10 Uhr kommen sollte, damit das Büro besetzt sei. Ich selber wollte allein zu Fritz Jung fahren und dann morgen um 11 Uhr Frau Wiesinger besuchen. »Ich glaube, ich kann ohne dich in der Nähe zu wissen ruhiger schlafen!« Sie streichelte kurz meinen Arm und bestellte telefonisch einen Glaser. Mein Angebot, sie nach Hause zu fahren, lehnte sie kategorisch ab. Seit mehr als fünf Jahren trenne sie erfolgreich Privatleben und Arbeit. Und dabei solle es bleiben. Sie warte noch auf den Glaser und dann hole sie einer ihrer Brüder ab.

So fuhr ich denn die fünfzehn Kilometer zum Kreiskrankenhaus, um nach Fritz Jung zu sehen. Gegen 17 Uhr betrat ich sein Zimmer und fand ihn mit dickem Kopfverband im Bett sitzend vor. Er war unruhig und übel gelaunt und versuchte mühsam, in sein Laptop zu schreiben. »Wo bleibst du denn? Ich muss spätestens bis um 19 Uhr meinen Artikel abliefern!« Ich erzählte ihm ausführlich, wie es uns in der Zwischenzeit ergangen ist. Ich machte ihm aber auch klar, dass ich die Darstellung der Entwicklung an unsere Bedürfnisse etwas »anpassen« müsse. Er lächelte nur schief. Also erfuhr er von mir im imitierten Journalistenstil, dass nach dem schnellen Eintreffen der Polizei einschließlich des besorgten Kommissars Aichinger es gelang, durch Befragung des Opfers und der Geschädigten, vor allem auch durch Befragung von aufmerksamen Bürgern und Bürgerinnen, den Tathergang zu rekonstruieren: Ein großer, dunkel gekleideter Mann sei auf seinem Mofa zuerst am betroffenen Haus vorbei gefahren und habe den Tatort ausgespäht.

Er müsse beobachtet haben, wie die Bewohner sich zum Mittagessen an den Tisch setzten. Er nutzte die Gelegenheit, um einen großen Stein mit der Aufschrift »Hau ab!« durchs Fenster zu werfen. Der Adressat war sicher der Ermittler der AW, Michael Kramer. Der Stein traf aber den Journalisten Friedrich Jung am Kopfe, sodass er mit dem Sanitätsauto ... usw. Der Täter fuhr dann auf der Hauptstraße in Richtung Kreisstadt. Etwa 300 Meter nach dem Ortsschild verstaute er sein Klappmofa in einen wartenden weißen Opel Lieferwagen mit Landkreiskennzeichen und suchte damit das Weite. Wahrscheinlich hatte er einen oder mehrere Komplizen. Die Polizei konnte aus dem Tathergang und den Schilderungen der Zeugen ein Täterprofil erstellen und verfolgt nach eigenen Angaben eine brandheiße Spur. Wir dürfen gespannt sein, ob der Täter durch die bisher hervorragende Arbeit der Polizei bald gefasst werden kann. Noch spannender wird sein, ob dadurch endlich wieder Bewegung in den mysteriösen Fall um den verschwundenen Fuhrunternehmer und Geschäftspartner der AW, Günter Wiesinger, kommt. Damit wäre ein Ziel des ganzen Projektes, von dem wir gestern ausführlich berichtet haben, bereits erreicht ...

Fritz Jung musste sich seinen Kopfverband halten, weil ihn mein Ausflug in den Journalismus derart zum Lachen brachte, dass seine Wunde heftig zu schmerzen begann. Er enthielt sich jeden Kommentars zum Inhalt, wählte auswendig mit seinem Handy die Nummer der Polizei, erreichte Hauptkommissar Aichinger und schlug vorsichtig einen Deal vor. Er werde seinen Artikel noch vor der Abgabe an die Redaktion gegen 18.30 Uhr an die Polizei faxen. Er bitte um Korrekturen und Ergänzungen und zugleich um Fotos vom Tatort, dem Tatwerkzeug und evtl. ein Phantombild des Täters. Die Fotos bitte direkt an die Redaktion. Nach dem Auflegen war er platt. »Was hast du bloß mit dem Hauptkommissar angestellt, der ist ja nicht wieder zu erkennen!?« Ich erzählte es ihm kurz. Nachdem er noch der Redaktion telefonisch bestätigte hatte, dass sein Artikel pünktlich kommen werde, setzte ich mich an sein Laptop. Und Fritz Jung diktierte mir seinen Artikel mit der von mir mit Aichinger vereinbarten Wirklichkeit als Inhalt. Wir schafften es am Ende gerade rechtzeitig, Hauptkommissar Aichinger nahm nur geringe Veränderungen vor und ergänzte den Namen des alten Mannes als Hauptzeugen.

Gegen acht Uhr abends kam ich todmüde zurück in meine Wohnung. Das Fenster war ganz, auf der Herdplatte stand ein Gemüseeintopf. Ich war gerührt und vergaß sofort meinen Vorsatz, Alfons zu berichten, der mit Sicherheit sowieso von der Redaktion ins Bild gesetzt worden war! Nach dem Essen duschte ich lang und ausführlich und legte mich ins Bett – ungefähr dorthin, wo letzte Nacht Monika geschlafen hatte.

~

Am nächsten Morgen holte mich kurz nach sechs das Telefon aus dem Bett. Es war Alfons. Er schien vor Zorn zu beben und schrie nachgerade in sein Telefon. Nun hatte ich aber um diese Uhrzeit absolut keine Lust, mich aufzuregen, hielt mir den Hörer weg vom Ohr und wartete auf eine Gelegenheit, auch etwas sagen zu können. Er wiederholte immer wieder, warum er gestern nicht sofort informiert worden sei, dass er dies illoyal und gegen alle Abmachung fände und enttäuscht sei und ... Als er irgendwann merkte, dass ich keinerlei Reaktion zeigte, brach er endlich ab und fragte, ob ich denn dazu nichts zu sagen habe. Ich legte ihm nahe, sein Theater einzustellen. Mir sei bekannt, dass er gestern abends spätestens um acht von der Redaktion den Text zugesandt bekommen habe. Ich schlug ihm vor, doch heute dazu ein Interview zu geben. Er knurrte zurück, dass er das so oder so gemacht hätte.

»Ja dann, dann sag mir nur noch, ob du dich genau so wunderst wie ich!«

»Wie meinst du das!?« Er wirkte irritiert.

»Findest du es nicht komisch, dass wenige Stunden nach der Veröffentlichung bereits eine solche Reaktion kommt? Traust du eigentlich allen Freunden, die auf deiner Party waren?«

»Absolut, du spinnst wohl!«

»Dann sind für mich die Volksmusiker ab heute die ersten Verdächtigen – und die Zeitungsredaktion.«

»Affe!«

Alfons beendete grußlos das Gespräch – ich hatte meine Ruhe und konnte ungestört duschen und dann frühstücken. Ich wunderte mich tatsächlich über diese frühe Reaktion, rief aber zunächst im Krankenhaus an, um mich nach Fritz Jung zu erkundigen. Er wirkte aufgeräumt und teilte mir mit, dass er nur noch eine Untersuchung beim Chefarzt habe. So gut wie sicher könne er dann nachmittags das Krankenhaus verlassen und spätestens am Tag danach seinen Dienst aufnehmen. Es schwang echte Besorgnis mit, als er mich bat, mir ja keinen Stein an den Kopf werfen zu lassen. Ich versprach ihm, leicht gerührt, damit zu warten, bis er wieder gesund sei und darüber berichten könne. Nachdem ich für Monika die positiven Nachrichten zu Jung auf einen Zettel geschrieben hatte, konzentrierte ich mich zuerst einmal auf den vereinbarten Tagesplan. Und da stand zunächst für 11 Uhr der Besuch der tapferen Witwe Wiesinger auf dem Programm. Nachdem ich bis dahin noch Zeit hatte, holte ich mir die Tagesausgabe der Fast-Monopolpresse aus dem Briefkasten an den Frühstückstisch und las, was wir gestern geschrieben und was mein Verhältnis zur Polizei so wunderbar entspannt hatte. Ich war zufrieden.

Danach wollte ich unbedingt noch ein wenig Pensionsgefühl genießen, setzte mich auf meine Hochterrasse und suchte nach Einklang mit den Dingen und mir. Dieser Anfall von Weisheit gipfelte jedenfalls darin, dass ich aus dem Bauerngarten für Monika einen großen Blumenstrauß pflückte und ihr in einer Vase auf den Schreibtisch des »Empfangszimmers« stellte. Als ich endlich aufbrach, begegnete ich ihr auf dem Weg zur Garage. Sie sah reizend aus und mein Pulsschlag echote erwartungsgemäß auf diese Wahrnehmung. Immerhin hatte ich das Gefühl, dass ich auch dies überleben werde, und genoss daraufhin die Fahrt im neuen Auto. Besonders nach einem kurzen Ausflug auf Waldwege und in eine aufgelassene Kiesgrube merkte ich allerdings, dass ich mich in der Beherrschung des Geländefahrens noch verbessern musste. Nach mehrmaligen Versuchen mit meinem neuen Handy gelang es mir tatsächlich, der komplizierten Technik zu trotzen und mit Monika Kontakt aufzunehmen. Sie versprach sofort, mir für die nächsten Tage einen Fahrlehrer zu suchen. Sie hatte auch bereits einen im Auge. So konnte ich mich wieder auf die sichere Asphaltstraße zurückziehen und stand pünktlich um 11 Uhr vor dem Anwesen des verschwundenen Fuhrunternehmers im nahen Peterskirchen.

Das Anwesen, ein ehemaliger Bauernhof mit unverputzten Ziegelmauern, lag etwas außerhalb der Ortschaft auf einem Hügel mit Blick auf Peterskirchen. Es bestand aus drei Flügeln, die einen wohl früher bekiesten Hof einrahmten. Es wirkte duster, leicht verfallen und unaufgeräumt. Dazu empfing mich, kaum hatte ich das Auto verlassen, ein säuerlicher Geruch. Er stammte, wie ich später erfuhr, von einer Genossenschaft, die Obst verwertete und von Frau Wiesinger kostenlos Räume überlassen bekommen hatte. Sie war ja, außer einem alten, grauhaarigen und zotteligen Mischlingshund, der mich vor der Eingangstür des Wohnhauses tonlos beschnupperte, die einzige Bewohnerin der weitläufigen Anlage. Der Flur, in dem mich Frau Wiesinger begrüßte, wirkte dunkel. An den Wänden hingen Unmengen von Rehgeweihen, dazu ein ausgestopfter Auerhahn, einige Greifvögel, Rebhühner, eine Elster und über einem hölzernen Treppenaufgang ein großer Kolkrabe. Frau Wiesinger passte in ihrem dunklen Kittel, ihren hängenden Schultern und den traurigen Augen zu dieser Umgebung. Sie gab mir eine schlaffe Hand und führte mich dann in eine niedrige Bauernstube, die vollgestopft war mit Einrichtungsgegenständen, unter anderem einem riesigen Barock-Schreibtisch. Dieser war über und über beladen mit Papieren, Akten, Zeitungen, Büchern etc. und wurde auf meine Nachfrage hin von Frau Wiesinger als »Restarbeitsplatz« ihres Mannes bestätigt. Auch an den Wänden dieses

Raumes dominierten Jagdtrophäen und dazu zwei alte Steinschlossgewehre und ein kurzer, kostbar wirkender historischer Jagdstutzen, der wohl vor langer Zeit einem Fürsten, Grafen oder König gehört hatte. Über dem großen Tisch, zu dem mich Frau Wiesinger führte, hing gar ein ausgestopfter Büffelkopf mit »blutunterlaufenen« Glasaugen und hängender Zunge.

»Ein Geschenk eines Geschäftsfreundes!«, erklärte mir Frau Wiesinger. Sie hatte den Tisch halb freigeräumt und für uns eine Kanne Kaffee und zwei Tassen, dazu Butterbrote und je ein Stück Torte bereitgestellt. Die Torte war übrigens von der im bäuerlichen Niederbayern weit verbreiteten üppigen Art, sodass der Kaloriengehalt eines Stückes mindestens einen Tag lang für eine ganze Schulklasse gereicht hätte. Ich hielt mich an die Butterbrote und hatte damit plötzlich einen Ansatzpunkt, Frau Wiesinger aus ihrem Schneckenhaus zu locken. Sie hatte nämlich das Brot selber gebacken. Es schmeckte fantastisch. Sie benutzte dazu immer noch einen alten Lehmbackofen. Und hier kannte ich mich aus. War es doch meine Aufgabe als Kind und Halbwüchsiger gewesen, in so einen Ofen zu kriechen, vierundzwanzig Meterscheite gemischt mit Reisig nach einem bestimmten System aufzuschlichten und dann das Ganze anzuzünden. Auch im Brotkneten, Beschicken des heißen Ofens und Herausholen der Brotlaibe hatte ich Erfahrung. Frau Wiesinger wurde bei unserem Erfahrungsaustausch richtig lebendig und ich ahnte, wie die Frau hätte sein können, wäre ihre Geschichte anders verlaufen. Unser Fachsimpeln gipfelte im gemeinsamen Besuch des etwas abseits des Wohnhauses stehenden Backofens und der in diesem kleinen Nebengebäude integrierten Backstube.

Sie benutzte tatsächlich noch die alten Holzgeräte einschließlich eines badewannenförmigen Holzzubers für den Brotteig. Im Gegensatz zu den Räumen, die ich bisher gesehen hatte, war es hier sauber und aufgeräumt und Frau Wiesinger vergaß sogar in dieser Umgebung, ihre Schultern hängen zu lassen. Nachdem sie mir gestanden hatte, dass sie Woche für Woche viel mehr Brote aus dem Ofen hole, als sie essen könne und sie daher den Überschuss aus Mangel an Verwendung jeweils dem Nachbarn für dessen Schweine bringen müsse, machte ich ihr spontan einen Vorschlag: Ich könnte Alfons dazu bringen, dass eine der Bäckereien aus seinem Kundenkreis das frische Wiesinger-Brot abholen und mit verkaufen würde. Und Fritz Jung würde im Zusammenhang mit der aktuellen Berichterstattung sicher gerne über die neue Aufgabe der Frau Wiesinger berichten und damit die nötige Reklame machen. Ihre Augen fingen an zu leuchten. Sie war nach einer kurzen Diskussion offensichtlich nahe daran, mir um den Hals zu fallen. Wir einigten uns darauf, dass ich so bald wie möglich den Vorstoß bei Alfons machen würde.

Zurückgekehrt an den düsteren Wohnzimmertisch, konnte ich endlich meiner eigentlichen Aufgabe nachgehen, Hintergrundwissen über den verschwundenen Ehemann und Fuhrunternehmer Wiesinger zu sammeln. Schon bevor wir den Backofen besichtigt hatten, war mir die kleine Kohlezeichnung aufgefallen, die zwischen allerlei Darstellungen von Jagdszenen aus der ganzen Welt nicht weit von dem martialischen Büffelkopf an der Wand hing. Es war die Darstellung eines nackten Halbwüchsigen und passte wie die Faust aufs Auge in das wiesingersche Büro/Wohnzimmer. Sie inspirierte mich zu einem spontanen Einfall und ich bat die »Liesl« (Abkürzung für Anneliese – über das Brotbacken waren wir beim Du und unseren Vornamen gelandet!), mir doch das Schlafzimmer ihres verschwundenen Mannes zu zeigen. Es war ein Steinwurf ins Wasser gewesen, aber sie hatten tatsächlich getrennte Schlafräume. Auch war seit den Tagen, an denen die Polizei alles durchgewühlt hatte und sie danach versucht hatte aufzuräumen, in diesem Privatgemach ihres Mannes nichts verändert worden. Frau Wiesinger wollte erst gar nicht mitgehen und mir das Feld allein überlassen. Ich blieb aber hartnäckig. Als Erstes zog ich in den beiden zusammenhängenden verdunkelten Räumen die Vorhänge zurück und riss alle Fenster auf.

Ich erlebte eine echte Überraschung. Die Räume waren gehoben und geschmackvoll eingerichtet und standen im denkbar größten Kontrast zu dem, was ich bisher in diesem Hause zu sehen bekommen hatte. Es dominierten englische Möbel, die Teppiche waren dezent und teuer, die Ledersessel ausladend und gemütlich, das Bett antik und wuchtig. An den weißen Wänden hingen kostbare Stiche. Es gab auch zwei kleinere Ölgemälde. Ich schätzte, eines davon war ein englisches Original aus dem 16. Jahrhundert, das andere hätte eine gelungene Kopie eines italienischen Werkes des 12. oder 13. Jahrhunderts sein können.

»Liesl, hat dein Mann einen Innenarchitekten mit dieser Einrichtung beauftragt?«

»Ich weiß es nicht, alle haben mich danach befragt. Er kam über einen langen Zeitraum mit Plänen und Zeichnungen nach Hause und dann nach der Renovierung der Räume irgendwann mit den ersten Möbeln.«

»Glaubst du, er hat das alles alleine entworfen?«

»Auf gar keinen Fall! Seinem Geschmack entsprechen eher unsere sonstigen Räume. Er ist übrigens niemals auf die Jagd gegangen!«

Was ich da hörte und sah, verwirrte mich. Und der Verdacht, ausgelöst durch die Darstellung des nackten Jünglings im Wohnzimmer, schien sich zu erhärten. Auf jedem der Stiche und der Bilder waren nämlich in irgendeiner Form nackte Jungen oder Jünglinge zu sehen. Sie standen keineswegs im Mittelpunkt und die Darstellungen wirkten auch nicht besonders erotisch. Aber der nackte Männernachwuchs war der fast versteckte gemeinsame Nenner dieser kostbaren Sammlung, die sicher ein Vermögen wert sein musste. Ich hoffte inständig, Anneliese Wiesinger hatte genügend Zutrauen zu mir gefasst, um mir den nächsten Überrumpelungsversuch zu verzeihen:

»Liesl, warum hast du der Polizei nicht gesagt, dass sich dein Mann für junge Männer interessierte!?«

Die Wirkung dieser Frage war ungeheuer. Sie lief rot an, rang um Luft, musste sich setzen und bat als Erstes darum, meine Hand halten zu dürfen. Und dann brach es aus ihr heraus.

Als wir nach einer halben Stunde den Raum verließen, hatte ich Einblick in einen zentralen Teil ihres Lebensdramas und viel Sympathie für diese Frau. Sie hatten früh geheiratet. Die ersten zehn Jahre ihrer Ehe fand sie ihren Mann nicht schlimmer als andere Männer. Dann allerdings wurde er zunehmend komischer und gereizter. Sie schob es zunächst auf ihre Kinderlosigkeit, vermutete dann eine Nebenbuhlerin. Erst als sie irgendwann sein Zimmer durchsuchte, fand sie stoßweise Fotos, nach ihrer Definition »fast alle schweinisch«, von Knaben und jungen Männern. Parallel dazu schien das Geschäft immer besser zu gehen, er ignorierte sie zunehmend und lebte sein eigenes Leben. Er schlief viel auswärts und versuchte die letzten Jahre fast verzweifelt, »etwas Besseres zu sein«. Zum Beweis öffnete sie mir einen schweren Kleiderschrank, der in der Tat die Kleidung von zwei verschiedenen Personen zum Inhalt zu haben schien. Da hingen derbe, ausgebeulte Hosen und abgewetzte Sakkos neben Nadelstreifen und weißem Dinnerjackett. Fast boshaft demonstrierte sie mir diese gelebte Widersprüchlichkeit ihres Mannes an seiner Unterwäsche. Da stapelten sich graue, geflickte lange Unterhosen neben Marken-Herrenunterwäsche aus Seide. Als ihr Mann dann nicht mehr zurückkam und die Polizei sein Auto mit den Blutflecken bei Aldersbach in einem Wald gefunden hatte, habe sie aus Angst vor der Schande als Erstes alle Fotos im Backofen versteckt. Ich möge es ihr verzeihen, aber heute wisse sie gar nicht mehr, ob sie sich wünsche, dass ihr Mann noch einmal zurückkommen sollte. Worauf sie sich mit beiden Händen den Mund zu hielt! Ich versprach ihr, dass ich alles daran setzen würde, um zu verhindern, dass irgendetwas von diesem Doppelleben ihres Mannes an die Öffentlichkeit dringen werde. Ich bestand aber darauf, dass sie mir die Fotos übergab. Sie kämpfte mit sich, mein Hinweis, erst wenn sie Gewissheit über das Schicksal ihres Mannes hätte, könne sie wirklich das alte Kapitel abschließen, gab dann aber den Ausschlag. Als sie mir den großen Umschlag übergab, wirkte sie sichtlich erleichtert.

Wir saßen dann noch über eine Stunde am Wohnzimmertisch bei selbst gebackenem Traumbrot, aufgewertet durch niederbayerisches Schwarzgeräuchertes. Eine völlig veränderte Anneliese Wiesinger plauderte munter darauf los. Sie schien ehrlich bemüht, mir und sich zu helfen, wusste aber von den geschäftlichen Dingen ihres Mannes so gut wie nichts. Sie durfte nicht einmal niedrige Schreibarbeiten verrichten. Im Grunde hatte er sie von allem Wichtigen ferngehalten. So habe ihr Mann, wie auch im Bericht von Fritz Jung stand, in den letzten Monaten vor seinem Verschwinden öfters Andeutungen gemacht, er werde bald »das ganz große Geld machen«. Sie habe aber nicht viel darauf gegeben, da er vom Typ her eher ein Angeber und Aufschneider sei oder gewesen sei.

Allerdings gab sie mir zum Ende doch noch einen wichtigen Hinweis. Auf meine Frage, ob sie die Vermutung oder gar irgendwelche Beweise habe, dass ihr Mann eine feste Verbindung zu einem Jüngling pflegte, gestand sie mir, sie habe aus Eifersucht und Wut die Fotos danach durchsucht. Dabei sei ein junger Mann öfters aufgetaucht. Sie habe die Fotos auf der Rückseite mit dem Bleistift gekennzeichnet. Auch seien Dutzende parfümierter Briefe ohne Absender gekommen, alle mit dem Poststempel Landshut. Nach dem Verschwinden ihres Mannes aber habe sie trotz systematischer Suche keinen davon finden können. Zum Abschied wünschte sie mir »aufrichtig« Erfolg, bat mich aber auch eindringlich um größtmögliche Geheimhaltung. Am wichtigsten schien ihr aber doch unser Projekt »Wiesingersches Bauernbrot« zu sein. Mit einem vollen Kopf, einem ebensolchen Bauch und relativ aufgewühlt verließ ich kurz nach zwei Uhr das Anwesen. Es gab viel zu tun und eine Menge zu notieren, ich nahm mir fest vor, nicht aus den Augen zu verlieren, dass ich frisch pensioniert war.

Im Schatten eines Waldrandes – Niederbayern erlebte anscheinend einen Jahrhundertsommer – hielt ich an. Ich wollte damit beginnen, mein eben gemachtes Versprechen in die Tat umzusetzen. Über Handy rief ich Alfons' Frau, Sophie Weinberger, an und legte dem sympathischen und mitfühlenden Frauenwesen das Problem mit dem Bauernbrot dar und nahe. Sie war sofort Feuer und Flamme und hatte auch ebenso schnell einen Plan. Ihr Sohn Mike, der übrigens bereits Besitzer ihrer beiden in die Ehe mitgebrachten Mühlen sei, besitze unter anderem auch eine Beteiligung an einer Bäckerei in Eggenfelden. Diese Bäckerei habe einen »alternativen« Angebotsteil mit Vollkorn- und Naturkostprodukten. Sie schien daher besonders gut geeignet, die besprochene Geschäftsidee umzusetzen und der Liesl neuen Lebenssinn zu vermitteln. Sie werde dies alles mit Mike besprechen und mir Bescheid geben.

»Bitte Sophie, vergiss den Alfons nicht!«

Sophie, glucksend: »Ich bin weit über dreißig Jahre mit ihm verheiratet!«

»Ich wusste, ich kann mich auf dich verlassen!«

Als Nächstes musste ich mich darauf besinnen, meine offensichtlich neuen Erkenntnisse im Fall Wiesinger in Bezug auf seine Knaben- bzw. Jungmännerliebe auf den Zusammenhang mit seinem Verschwinden hin auszuwerten. Dabei durfte ich weder Anneliese Wiesingers Angst vor der »Schande«, noch meine ernst gemeinte Loyalität zu Hauptkommissar Aichinger aus den Augen verlieren. Mir war klar, dass ich dies alles nur gemeinsam mit meinem Team lösen konnte, also gemeinsam mit Monika und Fritz Jung. Wie ich über Handy erfuhr, hatte Fritz auf den Rat des Arztes nichts gegeben und war bereits mit einem Taxi unterwegs vom Krankenhaus zu meinem Ermittlerbüro. Und – natürlich – wartete dort eine Kleinigkeit zu essen auf uns. Ich musste eingedenk des genossenen Bauernbrotes und des Schwarzgeräucherten langsam auf mein Altersgewicht achten. Dennoch freute ich mich auf mein Büro.

Fritz Jung saß bereits im Wohnzimmer. Die aufmerksame Monika hatte ihn so platziert, dass durch das Fenster geworfene Steine ihn unmöglich treffen konnten. Er war erstaunlich guter Dinge und zeigte mir nach der Begrüßung ein Fax der Kriminalpolizei. Die Polizei hatte letzte Nacht den Steinewerfer Atlon aufgespürt und dieser saß bereits in Untersuchungshaft in Passau. Aus dem Fax ging weiter hervor, dass die ersten Vernehmungen leider wenig gebracht hätten. Atlon behaupte, von einem Unbekannten (südländischer Typ) den Auftrag und 2000 Euro erhalten zu haben mit Angabe von Ort und Zeit für die Durchführung des Anschlages. Mit dem Geld habe er, Atlon, sofort Spielschulden beglichen. Er habe niemanden verletzen wollen und auch durch das Fenster niemanden gesehen. Die Polizei kündigte weiter an, ein Foto von Atlon an die Redaktion zu senden. Zusammen mit dem Interview von Alfons Weinberger zu diesem Vorfall und Fritz Jungs eigener Entlassung (einschließlich Foto mit Turbanverband) war das Stoff genug, um für morgen die Seiten der Zeitung zu füllen. Die Redaktion, so Fritz, sei begeistert.

Mein Bericht bei einer, Gott sei's gedankt, leichten Gemüsesuppe begann mit einer grundsätzlichen Festlegung. Bei unseren Ermittlungen werde es immer wieder Inhalte und Ereignisse geben, die weder Alfons noch die Zeitungsredaktion zu interessieren hätten. Nur wenn feststehe, dass das Ermittelte wirklich Bedeutung für den Fall Wiesinger habe, verlange unsere Loyalität die Preisgabe auch heikler Fakten und Details. Fritz Jung nickte nur, Monika verstand nicht so recht, bis ich meine Begegnung mit Frau Wiesinger schilderte und zuletzt die Mappe mit den Fotos auf den Tisch legte. Wir vereinbarten, dass wir jeweils gemeinsam nachdenken und dann unsere Marschroute festlegen werden, wenn wir auf solche heiklen Fakten stoßen sollten. Dann begannen wir, um keine Spuren zu verwischen ausgestattet mit Handschuhen aus der Ermittlungsausrüstung der AW, die Bilder zu sichten.

Es handelte sich bei dem Inhalt des Umschlages um eine Mischung aus einerseits offensichtlichen Profifotos, die es wahrscheinlich irgendwo zu kaufen gab. Andererseits gab es eine größere Zahl gut gemachter Laienaufnahmen in einem Atelier, auf denen die nackten Jungen und Jünglinge vor allem mit englischen Antiquitäten zusammen gezeigt wurden. Wir schätzten alle »Darsteller« auf den Fotos zwischen fünfzehn und dreiundzwanzig, wobei wir uns auf Monika verlassen mussten, die vier jüngere Brüder hatte. Es gab keine schlüpfrigen Gesten oder gar Geschlechtsakte, es waren keine erwachsenen bzw. älteren Partner mit auf den Bildern. Es handelte sich also nicht um Pornografie und höchstwahrscheinlich gab es keine Paragrafen, die den Handel mit diesen Fotos verbot. Mich interessierten natürlich alle Aufnahmen mit den Antiquitäten, da die Einrichtung des Wiesingerschen Schlafzimmers genau von solchen Möbeln bestimmt wurde. Wir hatten davon am Ende fast vierzig Fotos, darunter etwa zwanzig mit der Bleistiftkennzeichnung durch Liesl Wiesinger. Auf den gekennzeichneten Fotos war immer auch ein junger Mann zu sehen, der von uns allen übereinstimmend als hübsch und sympathisch eingestuft wurde und der zu den älteren »Darstellern« zählte.

Beim Durchsuchen des Reststapels fanden wir dann auch noch fünf »Profi-Fotos«, auf denen der junge Mann ebenfalls mit von der Partie war. Wir schlossen daraus, dass er Fotomodell, Antiquitätenliebhaber und vielleicht auch der Gespiele oder Partner von Herrn Wiesinger war. Meine telefonisch geäußerte Bitte an Liesl Wiesinger, die antiken Möbel im Schlafzimmer ihres Mannes nach Firmen- oder Händlernamen abzusuchen, war dann allerdings ein Schlag ins Wasser. Dafür freute sich die Liesl sehr, als sie hörte, dass Sophie Weinberger die Sache mit dem Bauernbrot in die Hand genommen hatte. Auf meine Frage, was sie mit den wirklich »schweinischen Bildern« gemacht habe, gab sie unumwunden zu, sie habe sie im Backofen verbrannt. Es waren allerdings keine Fotos, sondern alles »widerliche« Hefte gewesen.

Wir fanden alle drei, dass der Fuhrunternehmer seinen Bekannten möglicherweise auch mit in das »verruchteste Lokal des Landkreises« (Monika) genommen haben könnte, wo Wiesinger laut Polizeibericht öfter gesichtet worden war. Monika und ich beschlossen, noch heute Abend dort unseren sowieso geplanten Informationsbesuch zu machen. Fritz Jung scannte ein Foto mit dem jungen Mann in sein Laptop und bastelte uns eine brauchbare Ausschnittvergrößerung, die nur den Oberkörper und das Gesicht des Mannes enthielt und genau so gut von einem Strandfoto hätte stammen können. Zusammen mit dem postkartengroßen Bild von Wiesinger im Nadelstreifen-Anzug, das mir seine Frau »gerne« abgetreten hatte, fühlte ich mich gerüstet für den Ausflug ins ländliche Sündenbabel. Nebenbei freute ich mich auf einen netten Abend mit Monika. Ich war dabei, meine neue Tätigkeit richtig interessant zu finden. Leider sollte ich bald daran erinnert werden, dass man nie den Tag vor dem Abend loben darf!

Vor dem Lokalbesuch musste ich aber noch mit dem Hauptkommissar Aichinger in Passau reden. Ich bekam ihn nach einigen Versuchen ans Telefon und gratulierte ihm zuerst zum Fahndungserfolg. Er war sich nicht zu schade, mir für meine »Kooperationsbereitschaft« in dieser Angelegenheit nochmals zu danken. Dann erzählte ich ihm von meiner Entdeckung zur Person Wiesinger. Er sagte lange Zeit gar nichts, stellte dann aber einige Nachfragen. Er musste offensichtlich erst verarbeiten, dass sein Team diese eventuell wichtige Spur einfach übersehen hatte. Ich setzte ihm unser selbst auferlegtes Schweigegebot gegenüber der AW und der Presse auseinander und bekam nachdrückliche Zustimmung. Er war auch einverstanden, dass ich versuchen würde, in dem Nachtlokal einige Informationen zu sammeln. Und dann sagte er noch, er freue sich ehrlich auf unser morgiges Gespräch. Ich möge die Fotos nicht vergessen und wir könnten dann ja gemeinsam eine Strategie entwerfen. Der Mann hatte Format und ich freute mich ebenfalls auf den Termin.

Während ich ein paar Stunden schlafen wollte, zog sich Fritz Jung in mein Büro zurück, um seine Artikel zu schreiben. Am meisten schien er sich auf die Schilderung seiner eigenen Entlassung zu freuen. Monika versprach, in der Zwischenzeit die Adressen von Antiquitätenhändlern aus Landshut und Umgebung zu sammeln, die sich auf englische Möbel spezialisiert hatten. Zusätzlich wollte sie noch eine Liste der ehemaligen Angestellten des Herrn Wiesinger organisieren. Sie könne sich vorstellen, dass er sicher eine langjährige Sekretärin oder Verwalterin gehabt habe, die doch einiges wissen könnte. Sie wollte bei jenen Kolleginnen und Kollegen bei der AW ein wenig herumfragen, die von der Firma Wiesinger mit übernommen worden waren. Sie werde keinerlei Verdacht erregen bezüglich unserer »heiklen« Entdeckung. Ich empfahl ihr, auch den Bericht von Fritz Jung danach zu durchsuchen. Mir war eingefallen, dass die Polizei intensive Verhöre mit dem Mitarbeiterstab der Firma Wiesinger geführt hatte. Ein Grund war, wie Jung schrieb, dass Herr Wiesinger ein fast verhasster Chef gewesen war und ein Racheakt nahe lag. Das Ergebnis der Verhöre war, wie bekannt, negativ. Ich gab Monika weiter den Rat, wenn nötig und möglich nur Fritz Jung mit einem Abendessen zu versorgen, da ich im ländlichen Sündenpfuhl endlich einmal vernünftige Spesenkosten erzielen und sie zum Essen einladen wollte. Sie kannte aber die »EVA«, so hieß das Nachtlokal bzw. die »Nachtbar« und kündigte an, wenigstens für eine gewisse Grundlage sorgen zu wollen.

Gegen 20 Uhr wurde ich von Monika sanft geweckt. Um die Prozedur länger genießen zu können, stellte ich mich absichtlich noch ein wenig schlafend. Sie durchschaute aber mein Spielchen und drohte mit einem Eimer Wasser. Monika war bereits schick fürs Ausgehen. Sie trug ein schulterfreies gewagtes Partykleid aus fast weißer Seide, die ins Bronzefarbene schillerte. Es passte perfekt zu ihrem roten Haar. Ich fragte sie, ob sie als niederbayerische Katholikin dieses Kleid nicht beichten müsse. Insgeheim kamen mir Zweifel, ob ich in solcher Begleitung überhaupt fähig sein würde zu irgendeiner Form von Ermittlung. Ich entschied mich also auch für meine Partykleidung, die ich eigentlich als Provokation bei Alfons' Einladung gedacht hatte. Bedauerlich war nur, dass ich dazu wieder die ungewohnten und etwas engen schwarzen Lederschuhe tragen musste. Monika fand mich »süß«. Fritz Jung war bereits während meiner Siesta mit dem Taxi nach Pfarrkirchen in seine Wohnung gefahren. In der Küche warteten ein Kartoffelgratin mit kleinen Bratwürstchen, Salat und dazu ein türkisches Joghurtgetränk. Ich konnte erwartungsgemäß nicht widerstehen, schaffte es aber doch, mich zurückzuhalten. Gegen neun Uhr startete ich mit einer gut gelaunten und hinreißenden Monika an meiner Seite auf den Spuren des verschwundenen Fuhrunternehmers Wiesinger in das Nachtleben respektive zum verrufensten Lokal des Landkreises. Ließ sich gut an, das Ermitteln!

Die »EVA« befand sich in der Nähe eines kleinen Ortes unweit der ehemaligen Kreisstadt Eggenfelden in freier Natur. Die Schrift an dem kahlen und klotzigen Flachbau leuchtete lila und konnte bereits von Weitem gesehen werden. Der nächste Nachbar war eine etwa 120-150 Meter entfernte kleine Kapelle, die unfreiwillig am Nachtleben teilnehmen musste und ganz in Lila getaucht wurde. Auf dem großen Parkplatz zählte ich an diesem Wochentag um 21.30 Uhr etwa vierzig Autos, darunter richtige Edelkarossen. Der Türsteher war ein kleinwüchsiger junger Mann in dezenter Kleidung mit einem angenehmen Lächeln. Monika nannte ihm eine Tischnummer und meinen Namen und schon wurden wir hineinkomplimentiert. Wie nebenbei machte er uns dabei auf das strikte Drogenverbot in diesem Etablissement aufmerksam. Ich wollte wissen, wer denn heute hier die Verantwortung trage. »Nora an der Bar, sie ist unsere kleine Chefin und die Freundin unseres Big Bosses Wilhelm Fleischmann!«, war die Antwort. Ich gab dem kleinen Sympathikus einen Zehner, Alfons darbte ja nicht, und wollte wissen, ob denn niemand da sei fürs Grobe. Er verstand mich nicht gleich, lächelte dann aber: »Der Herr meint, ob wir einen Rausschmeißer haben? Unser Peacekeeper heißt Franz, war früher Boxer und schaut heute seit Langem wieder einmal etwas tief ins Glas. Ich mach' mir fast Sorgen um ihn, aber er frisst Nora aus der Hand!«

Im großen, klimatisierten Raum herrschte gedämpftes Licht und spielte leise Musik. An der hinteren Wand war eine große, eher an die 70er Jahre erinnernde Bar aufgebaut. Es gab eine kleine runde Tanzfläche und zwischen den locker verteilten Tischen mehrere erhöhte kleine Bühnen mit den obligatorischen Stangen. Die übrige Raumausstattung wirkte im Gegensatz zur Bar weniger nostalgisch. Es waren viel Edelstahl, Glas und Edelhölzer verbaut worden. Die Gäste verteilten sich über den ganzen Raum. Die EVA-Bar, verständlich um diese Zeit, war noch nicht einmal zu einem Drittel gefüllt. Monika hatte einen Tisch in der Nähe der Bar bestellt. Als ich vorsichtig maulte, sagte sie mit viel Würde aus den Mundwinkeln: »Willst du Händchen halten und mir in das Dekolleté starren oder ermitteln?!« Ich fügte mich endgültig in mein Schicksal, abgelenkt auch durch die Frau, die sich von der Bar löste und auf uns zu kam.

Selbst wenn sie sich nicht vorgestellt hätte, wäre sie als Oberfrau erkennbar gewesen. Sie war eher klein, hatte pechschwarzes, wuscheliges Haar, kurz geschnitten. Das Auffälligste an dieser schlanken Person war beim ersten Eindruck ihre Nase, die direkt von den Figuren auf griechischen Vasen abgekupfert schien und neben den hellen und lebhaften Augen das Gesicht dominierte. Die Frau gegen Ende zwanzig oder Anfang dreißig steckte in einem langen, freizügigen weißen Hosenkleid und war extrem geschminkt, was diesem jungen Gesicht etwas Maskenhaftes und Hochmütiges verlieh. Besonders betont waren dabei ihre Augenbrauen. Es musste ziemlich lange dauern, wenn die Dame Maske machte. Wenn sie allerdings sprach, war zumindest ein Mann wie ich erschlagen von dieser tiefen, rauchigen und gutturalen Stimme, die eher eine Spanierin in ihr vermuten ließ. In Wirklichkeit kam sie mit Sicherheit irgendwoher aus dem Schwäbischen, ein paar Färbungen und Redewendungen hatten mir das sofort verraten. Nun liebe ich diesen Dialekt bei Frauen ganz besonders, bei dieser Nora vermutete ich spontan aber noch zusätzlich ein Übermaß an irgendeinem Hormon. Ihre Erst-Wirkung auf mich war fast beängstigend. Während die Frau uns zu unserem Tisch führte und ich auf ihren Rücken starrte, kam prompt der Kommentar meiner Begleitung: »Soll ich dir die Brille wegnehmen oder Baldrian geben?« »Du hättest mich wenigstens warnen können!«

Vorher hatte die beeindruckende »kleine Chefin« uns begrüßt mit einem »Ah, der Herr Ermittler mit charmanter Begleitung. Es ist für unser Haus eine Ehre, sie begrüßen zu können. Mein Name ist Nora, und ich werde besonders darauf achten, dass Sie sich bei uns wohl fühlen!« Sie wies uns den Tisch an und winkte einer leicht bekleideten Blondine, damit sie unsere Wünsche in Empfang nahm. Sie entschuldigte sich »für einen kurzen Moment« und versprach, sich etwas später kurz zu uns zu setzen, da sie annahm, wir hätten – wie vor Jahren die Polizei – einige Fragen. Monika schlug vor, wir sollten uns zunächst je einen Scampi-Cocktail und dazu einen leichten Prosecco bestellen. Ich folgte nur zu gerne diesem Wunsch, da ich in meinem Lehrerdasein bislang kaum Erfahrungen in solchen Lokalitäten hatte sammeln können. Nachdem die schrecklich parfümierte Blondine mit unserer Bestellung abgezogen war, fragte ich Monika:

»Monika, du warst wohl schon öfter hier?«

»Ja, dienstlich. Mit Geschäftsfreunden meines Chefs. Es gibt hier einige Mädchen, die empfangen Gäste auch auf ihrem Zimmer. Und manche der Herren wünschten sich solche Gelegenheiten!«

»Kannst du einmal unauffällig diese Nora beobachten, ob sie telefoniert und dabei einiges erklärt?«

»Kannst du hellsehen oder was?«

»Nein, aber es ist logisch, dass sie ihren Boss anruft und sich erkundigt, wie sie sich uns gegenüber verhalten soll.«

»Gott sei Dank, der Ermittler hat wieder Bodenkontakt!«

Ich ließ den Raum auf mich wirken. Auf einer der Bühnen lief, wohl wegen der frühen Stunde noch etwas uninspiriert, der erste erotische Programmpunkt. Eine eher mollige junge Frau fing an, im Takt einer schmelzenden Musik sich der ersten Hüllen zu entledigen, bestaunt und beklatscht von einer Runde fremdländischer Männer. Monika wusste auch da Bescheid: »Bauarbeiter aus Rumänien, die auf Kosten ihrer Firma hier sind. Angeblich hebt das die Arbeitsmoral!« In einer anderen Ecke nahm eine weitere Gruppe von Männern rund um eine andere Stangenbühne keinerlei Notiz von diesem Vorgang. Ich beobachtete sie einige Zeit. Als ich mir sicher war, fragte ich Monika, ob es denn hier einen Schwulenstammtisch gäbe. Sie war etwas überrascht und erinnerte sich dann, dass im Club immer mittwochs ein Schwulenprogramm mit männlichen Stripteasekünstlern ablief. Wir hatten Mittwoch und unsere Chancen, in Sachen Wiesinger-Gespiele weiter zu kommen, stieg damit aus meiner Sicht ganz erheblich. Monika dachte ähnlich, ihre wachen Augen fingen an zu glänzen. Sie vergaß sich sogar und legte vor Anspannung ihre Hand auf meinen Arm. Der Scampi-Cocktail war ausgezeichnet, per Münze wurde entschieden, dass ich nach Hause fahren musste und nach dem Prosecco nur noch alkoholfreie Cocktails trinken durfte. Fast wäre der Abend so geworden, wie ich ihn mir ausgemalt hatte, wenn nicht Franz der Rausschmeißer und Exboxer mir zunehmend Sorgen gemacht hätte.

Er war ein etwa fünfzigjähriger großer ungeschlachter Kerl in einem weißen Sakko, das zu allem Überfluss auch noch wattierte Schultern hatte. Er stand am untersten Rand der Bar und stützte sich mit beiden Ellbogen auf die Theke. Offensichtlich hatte er schon einiges an Alkohol getrunken und allem Anschein nach bewegten ihn große Probleme. Irgendetwas arbeitete in ihm. Er trat von einem Fuß auf den anderen, murmelte vor sich hin, schnitt Grimassen und starrte hasserfüllt aus alkoholgetrübten Augen an die Decke – und dann in meine Richtung. Ich dachte zuerst, ich hätte mich getäuscht, musste aber mit zunehmender Gewissheit erkennen, dass seine Unruhe und sein Hass irgendwie mit unserer Anwesenheit zusammenhingen. Nur zur Sicherheit fragte ich Monika, ob sie irgendetwas mit dem Muskelprotz zu tun habe oder gehabt habe. Monika wies das entrüstet von sich, bestätigte mir aber, dass der Rausschmeißer offensichtlich mit uns Probleme habe.

Zum Glück kam Nora an unseren Tisch und bot uns an, jetzt unsere Fragen bei ihr loszuwerden. Sie wirkte wach und zugleich entspannt und verströmte einen indisch angehauchten Duft. Ich machte sie zu allererst auf ihren Rausschmeißer und dessen seltsames Benehmen uns gegenüber aufmerksam. Sie war erstaunt, beobachtete schweigend aus dem Augenwinkel ihren Mitarbeiter, stand dann auf und ging in energischen Schritten zu ihm hin. Ein paar zwar geflüsterte, aber offensichtlich klare Worte genügten. Wie ein begossener Pudel verließ der Mann seinen Platz an der Bar und schlurfte durch eine Tür mit der Aufschrift »Privat« aus dem Raum. Sie kam zurück und entschuldigte sich für dieses Benehmen. Er sei ein ganz lieber und treuer Mensch, der für ihren Chef und für sie durchs Feuer gehen würde. Er habe seine Boxkarriere versaut, weil er einen Nebenbuhler bei Nacht und Nebel überfallen und krankenhausreif geschlagen habe. Das Opfer habe, da die Polizei den Täter nicht finden konnte, einen Privatdetektiv beauftragt. Der machte gute Arbeit und Franz Söhnlein, der bereits wegen einer anderen Körperverletzung Bewährung hatte, wanderte für zwei Jahre ins Gefängnis. Und die Frau, um die es ging, verließ ihn und heiratete das verprügelte Opfer. Bei dem etwas einfach gestrickten Franz war ab diesem Zeitpunkt der Privatdetektiv an allem schuld. Er behaupte steif und fest, dieser Mann habe ihm das Leben zerstört. Offensichtlich habe er diese Ablehnung und Wut auf alle Ermittler übertragen. Wenn wir sie kurz entschuldigten, werde sie ihn ablösen lassen. Auch sie ging durch die »Privat«-Tür und kam nach etwa fünf Minuten sichtlich erleichtert zurück. Die Ablösung komme – »und jetzt sollten wir uns um Ihre Fragen kümmern!«

Da sie seit etwa zehn Jahren in der EVA arbeitete, konnte sie sich gut an Günter Wiesinger erinnern. Sie mochte ihn nicht besonders, er sei eher ein »Möchtegern« gewesen. Auch ihr Chef Wilhelm Fleischmann sei nicht besonders erfreut gewesen, wenn er Wiesinger unter den Gästen entdeckte. Allerdings sei Wiesingers Outfit, weniger sein etwas lautes Wesen, in den letzten Jahren zunehmend angenehmer und weniger auffallend geworden. Er habe sich sozusagen vom Trachtenjanker zum Dinnerjackett hochgearbeitet. Über seine Geschäfte habe er so gut wie nie gesprochen. Nur in allerletzter Zeit wirkte er noch hochfahrender als früher und habe öfters damit geprahlt, bald noch mehr Geld, und zwar viel Geld, zu besitzen. Ihr Chef Wilhelm Fleischmann sah sich genötigt, ihm Hausverbot anzudrohen, falls er sich nicht zurückhalten würde. Richtig betrunken war Wiesinger eigentlich nie, er sei stets mit seinem großen Mercedes selbst nach Hause gefahren und dabei nie an der niederbayerischen Volksseuche, dem Führerscheinentzug, erkrankt. Als Kunde sei er dennoch lukrativ gewesen, da er gern Gäste, vor allem ganze Gruppen frei gehalten habe. Irgendwelche Dienste der Mädchen habe er mit Sicherheit nie in Anspruch genommen.

»War denn der Fuhrunternehmer regelmäßig Gast in der EVA-Bar?«
Nora dachte nach, wobei in ihrem zur Maske geschminkten Gesicht eine seltsame Spannung herrschte zwischen lebendigen Augen und starrem Umfeld.
»Höchstens ein- bis zweimal im Monat.«
»Kam er immer mittwochs?«
Nora-Vamp war überrascht. »Jedenfalls sehr häufig am Mittwoch. Er hat nämlich besonders gerne unsere Gruppe da drüben (sie nickte in Richtung Schwulenstammtisch) freigehalten.«
»Glauben Sie denn, dass er selber schwul war?«
»Eher nicht. Wissen Sie, auch andere Gäste nehmen gerne Kontakt auf zu unseren ›Onkels‹, wie sie hausintern heißen. Sie sind immer gut drauf und die extra für sie bestellte Show der Stripper sehen sich regelmäßig fast alle Gäste an. Das ist eine Art Markenzeichen unseres Hauses geworden!«
Ich zeigte ihr das Bild des jungen Mannes. »Nora, Sie können sicher schweigen. Im Zusammenhang mit unseren Nachforschungen sind wir auf diesen jungen Mann gestoßen. Wir hätten ihm gerne ein paar Fragen gestellt. Kennen Sie ihn, war er in Begleitung des Fuhrunternehmers Gast in der EVA. Oder war er bei den ›Onkels‹ öfter dabei?«

Nora betrachtete eingehend das Bild, konnte sich aber »beim besten Willen« nicht an »dieses hübsche Exemplar von Mann« erinnern. Sie versprach aber, nach unserem Gespräch den Kontakt mit einem guten Freund aus der Onkelgruppe herzustellen, der sich in der Szene gut auskennen würde. Ich stellte unter gespannter Aufmerksamkeit von Monika noch einige weitere Fragen an Nora, erfuhr aber leider nichts Neues. Als Abschluss bat ich Nora, an Menschen ihres Vertrauens dezent zu verbreiten, dass wichtige Hinweise, die zur Lösung des Falles beitragen würden, von mir mit mindestens 5000 Euro belohnt würden. Dies gelte übrigens auch für sie selber. Sie versprach uns, in dieser Richtung aktiv zu sein, lächelte ihr maskenhaftes Lächeln und ging dann zur »Onkelgruppe«. Sie redete kurz mit einem Mann zwischen dreißig und vierzig, der sich daraufhin erhob und zu uns herüber kam. Das Lokal war in der Zwischenzeit voller geworden, auf der Tanzfläche bewegten sich die ersten Paare, es waren auch Paare mit »Onkels« darunter.

Der groß gewachsene Mann stellte sich als Adi Braun vor, setzte sich zu uns und kannte, wie ich aus seiner ersten Reaktion bei der Betrachtung des Bildes ablesen konnte, den Gesuchten. Er zierte sich auch nicht und gab sofort zu, dass dies ein sehr guter Bekannter von ihm sei. Er wisse nur nicht, ob es diesem recht sei, wenn er seinen Namen preisgäbe. Schwulsein sei nämlich immer noch eher oberflächlich akzeptiert. Ich erklärte ihm, dass es sich um einen Mordfall handeln könnte und ich so oder so morgen um 11 Uhr zur Polizei gehen müsse. Danach erhielt er meine Karte (mit AW-Logo) und ich bat ihn, dem jungen Mann meine Telefonnummer zu geben. Ich versprach auch ihm, dass wir, sollte es keinen Zusammenhang mit dem Verschwinden von G. Wiesinger geben, die Angelegenheit sehr diskret behandeln würden. Das Gleiche, soviel könne ich zusichern, werde auch die Polizei tun. Ich erwarte auch von ihm, dass er seinen guten Bekannten schützen und zunächst zumindest nichts vom Inhalt unseres Gespräches seinen »Onkels« weitergeben werde. Er nickte nur, fand meinen Vorschlag akzeptabel und versprach, nach Möglichkeit sofort über Handy Kontakt zu seinem Bekannten aufzunehmen. Er stand auf, nickte uns zu und ging nach draußen, offensichtlich, um ungestört telefonieren zu können.

Monika strahlte mich an und gab mir spontan einen Kuss auf die Wange. »Mann, sind wir gut!«, war ein tolles Kompliment, ich wäre am liebsten gleich mit ihr nach Hause gefahren. Ich ging mir mit meinem Balzverhalten allmählich selber auf die Nerven und stellte mir zur Strafe vor, sie wäre ab jetzt meine Tochter. Und weil gerade Nora wieder auf unseren Tisch zusteuerte und sich nochmals »kurz« zu uns setzte, übertrug ich diese Vorstellung auch auf sie. So saß ich denn mit zwei denkbar unterschiedlichen Töchtern, allerdings beide Kopfgeburten, in einem niederbayerischen Erotiklokal. Mein Glück schien perfekt, als auch noch Adi Braun zurückkam, mir einen Zettel zuschob: »Die gewünschte Adresse!«, und ankündigte, ich würde morgen um acht Uhr einen Anruf von dem jungen Mann erhalten. Mir fiel eine Passage aus einem Stück von Georg Büchner ein, in der ein Prinz eine derart perfekte Situation erlebt, dass er sich kopfüber ins Wasser stürzt, weil es perfekter nicht mehr werden könne.

∼

Ich allerdings stürzte nicht ins Wasser, sondern wurde unsanft von meinem Stuhl gerissen. Zum Glück flog ich zuerst in eine leicht geschürzte Bedienung und dann mit dieser zusammen und einigen Gläsern auf den Boden, wobei ich mir an einem Nachbartisch unsanft den Kopf anstieß. Monika und Nora hatten, wie jetzt der halbe Saal, plötzlich gekreischt, und dann wurde ich im wahrsten Sinne des Wortes aus meinen Träumen gerissen. Vom Boden aus, neben einer ebenfalls völlig verdatterten Bedienung sitzend, sah ich, wie Nora versuchte, einen total durchgedrehten Franz Söhnlein zu stoppen, von ihm aber rüde zur Seite gestoßen wurde. Er hatte nur noch einen Blick für mich – und was für einen! Ich habe Gewalt immer schon gehasst, war ohne Rauferei durch Kindheit und Jugend gekommen und habe immer schon fantasiert und gefürchtet, dass ich einmal nicht mehr werde ausweichen können. Jetzt war es offensichtlich soweit. Ich war für meine Verhältnisse wahrscheinlich in Rekordzeit auf den Füßen, versuchte es mit erhobenen Händen und wollte instinktiv ein Beschwichtigungs-Programm starten. Aber der Koloss vor mir nahm all dies nicht wahr und walzte auf mich zu. Kurz durchzuckte mich der Gedanke an Flucht, ich war aber hoffnungslos eingekeilt zwischen Stühlen und Tischen und einer Traube von Menschen. Da setzte ein anderer Reflex ein. Ich ergriff die frische Häppchenplatte, warf sie samt Inhalt in Richtung Angreifer, schüttete nichtalkoholischen Cocktail und Prosecco hinterher, warf im auch noch Monikas Handtasche an den Kopf und trat ihm dann in grenzenloser Angst und Wut mit meinen spitzen Lederschuhen zwischen die Beine. Der alkoholisierte Exboxer brüllte vor Schmerz und krümmte sich, ich schlug ihm mit aller Kraft so schnell und oft ich konnte mit beiden Fäusten auf die Nase, wobei ich gegen meinen Instinkt so nah wie möglich an den Raufbold heranging. Als sein Nasenbein splitterte, gab es ein Geräusch, das mir durch den ganzen Körper fuhr. Blut spritze, ich wusste, ich musste ihn irgendwie kampfunfähig schlagen, sonst war ich geliefert. Aus dem Augenwinkel sah ich einen großen gläsernen Aschenbecher auf unserem Tisch, ergriff ihn ohne viel nachzudenken wie einen Diskus und zog dem taumelnden und brüllenden Söhnlein damit eins über den Kopf. Zu meiner eigenen Überraschung fällte ihn dieser Schlag wie einen Schlachtochsen. Er bekam glasige Augen, ging in Zeitlupe auf die Knie und fiel dann seitwärts auf den Boden. Die blöde Menge applaudierte, eine Gruppe von Onkels, voran Adi Braun, bahnte sich einen Weg durch das Gewühl von Gaffern. Sie hatten von einer der Bühnen ein dickes Seil dabei und banden kurzerhand dem stöhnenden Exboxer, der sich bereits wieder bewegte, damit die Füße und Hände zusammen. Ich war am Ende. Alles drehte sich, mir war schlecht und ich hatte wohl eine Art Schock – und Gewalterfahrung. Mir entging allerdings nicht, dass sich Nora mit einem Baseballschläger und Monika mit einer leeren Flasche von der Bar bewaffnet hatten. Lasst starke Töchter um mich sein ...

Mühsam krächzte ich zur blassen tapferen Monika, sie möge ein nasses Handtuch besorgen und zu mir auf den Parkplatz kommen. Ich wusste, was folgen würde. Ich stürzte nach draußen und übergab mich am Rande des Parkplatzes. Alfons' Spesengelder waren also, was mich betrifft, heute für die Katz gewesen! Monika kam, selber etwas wackelig, mit einem nassen Handtuch und dem festen Willen, mich nicht sterben zu lassen. Das kalte Wasser tat gut, ich hatte eine kleinere Platzwunde an der Schläfe, deren Blutung ich mit meinem Taschentuch zu stillen versuchte, und zitterte wie Espenlaub. Monika nahm mich in die Arme, danach gingen wir auf dem Parkplatz auf und ab, allmählich normalisierte sich mein Zustand. Nacheinander kamen mit quietschenden Reifen auf den Parkplatz gefahren: zwei Preisboxer oder Catcher oder was auch immer als verspätete Ablösung für den wild gewordenen Söhnlein, ein Krankenwagen, dessen Besatzung nach innen stürmte und dann ein Streifenwagen – und dahinter der Audi von Hauptkommissar Aichinger. Ich hatte keine Ahnung, wie der Mann das anstellte. Sein Kommissariat in Passau war ja, wenn ich mich nicht irrte, fast fünfzig Kilometer entfernt. Der Hauptkommissar rannte zu uns und war sichtlich erleichtert, als er mich auf den Beinen und lebendig sah. Er gab mir und Monika heißen Tee aus seiner Thermosflasche und auf dem Parkplatz auf- und abgehend erzählten wir ihm, was vorgefallen war. Die Schilderung der Schlägerei überließ ich Monika. Er sah mich lange an, schüttelte leicht seinen Kopf, sagte aber nichts. Er freue sich auf morgen, war am Ende sein einziger Kommentar.

Zusammen gingen wir in das Lokal, wo die Streifenpolizisten, Kommissar Steininger und vor allem Nora und ihre Mannschaft wieder alles einigermaßen im Griff hatten. Im Clubraum herrschte fast wieder Normalbetrieb, Söhnlein war zusammen mit einigen Zeugen in einen großen Nebenraum gebracht worden. Da er sich gegen eine medizinische Behandlung zu Wehr gesetzt hatte, wurde das Seil durch die Polizisten kurzerhand durch Handschellen ersetzt. Der Sanitätsarzt stellte Nasenbeinbruch und Gehirnerschütterung fest, vermutete noch zusätzlich eine Hodenquetschung und ordnete Einlieferung in ein Krankenhaus an. Einer der Preisboxer bot sich an, mit ins Krankenhaus zu fahren und dort auf Söhnlein aufzupassen. Nora entschuldige sich zum wiederholten Male bei mir und war ansonsten damit beschäftigt, das Lokal auf Normalbetrieb zu halten. Aichinger nahm mich beiseite und fragte mich, ob ich Anzeige erstatten wolle. Ich gab zu bedenken, dass – sollte die Bar irgendetwas mit dem Verschwinden von Wiesinger zu tun haben – wir allen Kontakt zerstören würden. Er gab mir recht, bestand aber darauf, dass der Arzt mich untersuchen und behandeln sollte. Nachdem dies geschehen war und ich mit einem Kopfverband, allerdings kleiner als der von Fritz Jung, ausgestattet war, teilte ich Nora mit, dass ich von einer Anzeige absehen werde. Ich dankte ihr aufrichtig für den Baseballschläger als Geste des guten Willens. Sie gab mir im Gegenzug die Zusage, dass mein ganzer Schaden ersetzt würde und ich zusammen mit Monika bei unserem nächsten Besuch Gast des Hauses sein würde.

Zu guter Letzt kam auch noch Fritz Jung mit einem Fotografen im Laufschritt in den Raum gestürmt. Als er mich sah, fiel er aus allen Wolken. »Du hattest es aber verdammt eilig mit deiner Kopfverletzung!«, stieß er erschrocken hervor. Ich zerrte ihn mit mir vor einen der vielen Spiegel und gemeinsam begutachteten wir unsere Kopfverbände. Wir mussten Tränen lachen – es tat mir gut. Monika schoss ein Erinnerungsfoto mit unserer Digitalkamera. Fritz Jung übte dann kurz seinen Beruf aus, ließ mich und den Abtransport von Franz Söhnlein fotografieren, besprach sich kurz mit Hauptkommissar Aichinger und beschloss dann, uns mit meinem Auto nach Hause zu fahren. Von dort wollte er auf Kosten der Redaktion wieder ein Taxi nehmen. Die Polizei einschließlich eines irgendwie aufgeräumten Hauptkommissars zog ab. Die Rechnung für den Abend wurde uns von Nora »natürlich« erlassen. So verabschiedeten wir uns von meiner Tochter Nora und kamen wohlbehalten in meiner Bleibe an.

Nicht ganz ohne Bosheit hatte ich während der Fahrt Monika gebeten, mit unserem Handy Alfons anzurufen. Es war bereits weit nach Mitternacht. Und ich gab Monika zu verstehen, dass ich mithören wollte. Alfons meldete sich sehr ungehalten, war dann aber sofort voll da. Er fluchte über die verdammte Kneipe und die Idioten dort – ohne das »aufgemörtelte Luder« Nora zu vergessen. Dann wollte er wissen, ob ich denn noch lebe. Er war hörbar erstaunt, dass ich nur leicht beschädigt nach Hause fuhr, während Söhnlein im Krankenhaus lag. Er wünschte gute Besserung für mich und vereinbarte für Freitag um 10 Uhr einen Termin, an dem er in mein Büro kommen wollte.

In meiner Dienstwohnung schlief meine Lieblingstochter Monika dann auf eigenen Wunsch im Wohnzimmer auf der Couch, nicht ohne mir zu sagen, dass sie mich toll fände und auf mich aufpassen würde. Ich bat sie, mich morgen so zu wecken, dass ich das Telefongespräch mit Sascha Dreier aus Landshut, so stand es auf meinem Zettel, nicht verpassen würde. Und dann ging ich hundemüde ins Bett und verfiel in einen unruhigen Schlaf. Zweimal fuhr ich schreiend auf und Tochter Monika kam angerannt und strich mir beruhigend über den Kopf. Manchmal war ich trotz allem ein echter Glückspilz!

∼

Der Morgen des Donnerstags begann ganz gegen meine Vorstellung von einem Pensionistenleben hektisch, um nicht zu sagen chaotisch. Nicht nur, dass die eine Hälfte meines Gesichtes sich zunehmend grün und blau verfärbte, hatte sich bereits nachts eine weit unangenehmere Folge meines heroischen Kampfes gegen das betrunkene Böse bemerkbar gemacht. Wahrscheinlich aufgrund des unkontrollierten Fluges und der – trotz weichem Aufprallschutz durch die Bedienung Lissi – unsanften Landung auf dem Fußboden bzw. an den Tischbeinen meldete sich mein uralter Bandscheibenschaden wieder zu Wort. Die eher mollige Lissi hatte mir übrigens kurz vor unserer Abfahrt von der EVA angeboten, den Flugversuch ein andermal unter angenehmeren Bedingungen erneut zu versuchen. Allerdings werde sie dann Startgeld verlangen müssen. Ich war angetan von ihrer Fähigkeit, in Bildern zu sprechen und froh, dass ihr nichts passiert war.

Jedenfalls hinderte mich meine Bandscheibe, alleine in die Socken zu kommen und ich musste Monika sogar bitten, sobald wie möglich aus der nahen Arztpraxis ein entsprechendes Schmerzmittel zu holen. Monikas Fähigkeit zur Fürsorge war nahezu grenzenlos, auch schien mein schwacher Auftritt nach dem Kampf ihrer Bewunderung für den alten Recken keinen Abbruch zu tun. Eine gute Tochter! Insgesamt ging es mir aber nicht besonders gut. Und die Frage, ob ich mir mit der Übernahme des Ermittlungsauftrages nicht zu viel zugemutet hatte, meldete sich zum ersten Mal hartnäckig und vernehmlich zu Wort.

Das Frühstück wollte ich dann wegen verstärkter Beschwerden beim Sitzen stehend einnehmen. Monika hatte sich wieder übertroffen, ihr Angebot umfasste heute unter anderem fünf Müslisorten. Es war mir nicht vergönnt, das alles zu genießen. Denn kaum hatten wir begonnen, ging unsere Türglocke und herein kamen kurz darauf nacheinander der ungelenke Fritz Jung mit einem schiefen Lächeln, der Pressefotograf und zuletzt ein großer, schwerer Mann mit einem überdimensionalen Fresskorb, gefolgt von seinem uniformierten Fahrer mit einer Kiste Wein. Fritz Jung gab unumwunden zu, dass er uns bewusst ohne Ankündigung überfallen hatte. Er habe angenommen, dass wir sonst heute nicht mehr erreichbar wären, brauche aber unbedingt Foto und Interview mit mir und dem Besitzer der EVA-Bar, Herrn Wilhelm Fleischmann. Der wuchtige Mann um die fünfzig gab mir seine Pranke, entschuldigte sich (zutiefst bedauerlich, peinlich und geschäftsschädigend obendrein sei der gestrige Vorfall) und bat mich, doch für die Presse mit ihm zusammen kurz zur Verfügung zu stehen. Der

Mensch war mir auf Anhieb unsympathisch. Er wirkte Angst einflößend selbstsicher. Von ihm ging, wie man das heute zu sagen pflegt, eine unangenehme Energie aus. Von seinen fleischigen und verdickten Ohren leitete ich ab, dass er irgendwann vor seiner Karriere als Clubbesitzer ebenso wie der gestrige Ersatz für Franz Söhnlein Ringer oder Catcher oder beides gewesen war. Er durfte über eins-achtzig groß sein, war kompakt mit einem Ansatz in Richtung Verfettung, und um seinen fleischigen Fleischmannmund lag ein irgendwie fieser Zug. Er wirkte auf mich insgesamt unglaubwürdig und neigte wohl zur Gewalttätigkeit – wobei ich mich zusammennahm und meine Vorurteile zuerst einmal zurückstellte. Was er wollte, klang nämlich durchaus vernünftig.

Fleischmann erwähnte kurz, dass er insgesamt vier solche Bars wie die EVA betreibe, davon zwei in der Landeshauptstadt München. Es sei sein eherner Grundsatz, dass in seinen Clubräumen weder Gewalt noch Drogen etwas zu suchen hätten. Um so bedauerlicher sei es, dass ausgerechnet einer seiner Angestellten durchgedreht habe und gewalttätig geworden sei. Und dann erzählte er nochmals knapp die Vorgeschichte von Franz Söhnlein und dessen Psychose – er verwendete wirklich diesen Begriff! – in Bezug auf Privatdetektive. Er würde sich freuen, wenn ich seine Entschuldigung akzeptieren könnte. Wenn Söhnleins Nasenbein geheilt, die Gehirnerschütterung und die Hodenquetschung überstanden sei, werde er ihn zukünftig nicht mehr in den Clubs einsetzen. Als Ausdruck seines Bedauerns habe er mir Fresskorb und Wein mitgebracht.

Ich hatte keine Probleme, auf seinen Vorschlag einzugehen. »Es tut mir leid«, sagte ich daher, »dass ich Herrn Söhnlein so schwer verletzt habe, und wünsche ihm gute Besserung. Ich bitte nur darum, dass ich ein andermal, wenn Zeit ist, mit Ihnen über Herrn Wiesinger sprechen kann. Mir ist nämlich daran gelegen, die Einschätzung möglichst vieler Menschen zur Person des verschwundenen Fuhrunternehmers kennen zu lernen. Ansonsten stehe ich jetzt gerne zu einem Pressefoto zur Verfügung.«

Fritz Jung hatte eifrig mitgeschrieben. Jetzt gab es also noch eine Reihe von Fotos, wobei ich den kompakten Fleischmann darum bat, mir nicht die Hand zu zerquetschen. Fleischmann versprach nochmals öffentlich und pressewirksam, für alle meine Schäden aufzukommen. Und dann zogen er und sein Fahrer ab, wobei er eine Wolke von aufdringlichem Aftershave-Duft hinterließ. Alle im Raum waren sich einig, dass wir es eben mit einem unangenehmen Zeitgenossen zu tun gehabt hatten.

Fritz Jung, wie ich immer noch mit Kopfverband, kündigte an, dass er auch auf die nachmittägliche Pressekonferenz zur Kriminalpolizei nach Passau kommen werde und von dort Fotos von mir und meinen neuen Freunden erhoffe. Ich hatte nichts dagegen und versprach Unterstützung...

Fritz war erleichtert. Da ich noch zehn Minuten Zeit bis zum Anruf von Sascha Dreier hatte, fielen wir nach ausdrücklicher Aufforderung durch Monika über das fast unberührte Frühstück her. Ich zog mich dann, sobald ich alleine war stöhnend und mich gehörig bedauernd, in mein Büro zurück, um mich ein paar Minuten vor dem Anruf des schönen jungen Mannes sammeln und auf die neue Herausforderung einstellen zu können.

~

Sascha Dreier rief auf die Minute pünktlich an. Er war mit Sicherheit kein geborener Niederbayer, dazu sprach er zu gut Hochdeutsch. Zugleich lebte er wohl lange genug in diesem Landstrich, um die Härte der Schriftsprache etwas umzufärben. Er hatte eine angenehme Stimme. Nach einer Begrüßung folgte eine gegenseitige kurze Vorstellung. Dreier betrieb tatsächlich ein Antiquitätengeschäft in Landshut mit Schwerpunkt auf alte englische Möbel, was wir aus Monikas Liste seit gestern Nacht aber bereits wussten. Auch war er durch die führende Zeitung der Region über mich und meinen Auftrag durch die AW weitgehend informiert. Danach stellte Sascha Dreier eine für mich überraschende Frage:

»Seit sieben Jahren warte ich darauf, dass die Polizei bei mir anruft und nach meinem Verhältnis mit Herrn Wiesinger fragt. Wie haben Sie es angestellt, dass Sie so schnell auf mich gestoßen sind?«
Ich erklärte ihm kurz, wie wir ihn gefunden hatten.
»Sie sind offensichtlich kein Schlägertyp?!«
»Wenn es Sie beruhigt, verrate ich Ihnen, dass mein Abwehrkampf mit dem durchgeknallten Rausschmeißer in der EVA meine erste körperliche Auseinandersetzung in meinem 63-jährigen Leben war.«
»Sie haben mein Vertrauen. Letzten Endes bin ich heilfroh, dass ich das alles los werden kann. Nach dem ersten Zeitungsbericht, dass Günter verschwunden und wahrscheinlich einem Gewaltverbrechen zum Opfer gefallen sei, geriet ich in Panik. Ich wusste, ich war zwangsläufig der Hauptverdächtige, sollte die Polizei auf unser Verhältnis stoßen. Sie müssen wissen, Günter hatte drei Tage vor seinem Verschwinden unser Verhältnis nach fünf Jahren aufgekündigt. Wir hatten einen fürchterlichen und lauten Streit in meiner Wohnung. Er fand mich nämlich exakt zu meinem dreiundzwanzigsten Geburtstag plötzlich zu moralisch und affektiert. Er brauche ›Frischfleisch‹ und werde sich das auch bald in jeder Form leisten können. Nicht dass mir seine Neigung zu Kindmännern unbekannt gewesen wäre. Ich hab sie ja im wahrsten Sinne des Wortes am eigenen Leib verspürt. Mich entsetzte und verletzte sein Rückfall in die Primitivität, nachdem ich Jahre lang versucht hatte, ihn quasi zu veredeln.

Ich fuhr, wie sowieso geplant, noch am Abend unseres Streites mit Adi Braun in dessen Auto nach Stuttgart zu Freunden und am nächsten Tag mit dem Zug zu weiteren Freunden nach Hannover. Und von dort einen Tag später zusammen mit diesen Freunden zu einem achttägigen Segelurlaub nach Munster in Ostfriesland. Ich überlegte damals kurz, ob ich von mir aus die Polizei anrufen sollte, fand dann aber mit Adi Braun eine andere Lösung. Ich rekonstruierte und notierte ab dem Streit mit Günter Wiesinger ganz genau jeden meiner Schritte bis zu dem Zeitpunkt, an dem das Auto meines Exfreundes gefunden wurde. Übrigens hatte mir Adi Braun den entsprechenden Zeitungsartikel nach Munster gefaxt. Und dann habe ich einen Privatdetektiv namens Salzmann damit beauftragt, zu überprüfen, ob meine Angaben stimmen und ich Gelegenheit gehabt hätte, Günter aus Rache oder Verletzung zu ermorden. Herr Salzmann hatte noch die Idee, während meines Urlaubs meine Wohnung, meine Telefonrechnungen und was auch immer nach Spuren und Belegen zu untersuchen. Er wollte prüfen, ob ich nicht vielleicht einen Auftragskiller engagiert haben könnte. Herr Salzmann überprüfte auch noch alle Alibis von Adi Braun, der von Stuttgart aus weiter nach Frankreich zu einem Kongress gefahren war. Alles mündete in einen Bericht des Detektivs, den ich Ihnen und der Polizei gerne zur Verfügung stelle. Er hatte übrigens die Ermächtigung, sollte er irgendetwas entdecken, was die geringsten Zweifel an meiner Unschuld begründet hätte, sofort die Polizei einzuschalten. Schwulsein, Sie sehen Herr Kramer, kann manchmal richtig kompliziert und übrigens auch teuer sein.«

Ich überlegte kurz, was ich da alles gehört hatte. Sollte das alles stimmen, würden die Angaben Sascha Dreiers meine Arbeit und die Arbeit der Polizei sehr erleichtern. Ich beratschlagte dann mit ihm, wie ich noch vor meinem Polizeibesuch in Passau um 11 Uhr an zwei Kopien des Berichtes meines professionellen »Kollegen« kommen könnte. Wir einigten uns darauf, dass er einen Kurierdienst damit beauftragen werde, mir kurz vor 11 Uhr zwei Kopien des Berichtes zum Eingang der Polizeidienststelle zu bringen. Darüber hinaus vereinbarte ich mit Sascha Dreier für Montag um 10 Uhr einen Termin in seinem Antiquitätengeschäft in Landshut. Er hatte mich vorher darum gebeten, wenn möglich mit der Polizei auszuhandeln, dass er erst mit mir sprechen dürfe, bevor er von der Polizei verhört werde. Ich konnte es ihm natürlich nicht versprechen, sagte aber zu, mich dafür einzusetzen.

Ich hatte eine Menge Neuigkeiten, allerdings wurde meine Freude darüber übertönt von meinen Bandscheibenschmerzen. Ich schleppte mich zu Monika, die bereits das Schmerzmittel und einen Gehstock per Telefon geordert und tatsächlich ans Haus geliefert bekommen hatte. Monika bot mir an, mich nach Passau zur Polizei zu fahren, da dieses Schmerzmittel erfahrungsgemäß sehr müde und damit fahruntüchtig machen könne. Ich nahm dankbar an und schlug ihr vor, sie könne ja in Passau auf Kosten Fleischmanns nach einem neuen Partykleid suchen. Der alkoholfreie Cocktail hatte in der EVA leider nicht nur Söhnlein, sondern auch Monika getroffen. Das Schmerzmittel begann relativ rasch zu wirken und ich legte mich noch kurz aufs Ohr, um etwas Schlaf nachzuholen. Danach machten wir uns pünktlich auf den Weg nach Passau.

∼

Mit meinem Gehstock, der grün-blauen Gesichtshälfte und dem Kopfverband mochte ich wirken wie ein alternder Musketier auf Heimaturlaub. Monika musste sich sehr zusammen nehmen, um nicht loszulachen. Sie hatte nicht vergessen, die »schweinischen Fotos« aus Wiesingers Hinterlassenschaft einzustecken. Auch hatte sie für den Termin mit Hauptkommissar Aichinger eine Pressemappe zusammengestellt. Die Regionalzeitung vom Tage berichtete von der Entlassung Fritz Jungs aus dem Krankenhaus und brachte ein längeres Interview mit Alfons. Ich überflog seine (öffentliche) Einschätzung der steinbeschwerten Drohung. Er sah sich bestätigt in seiner Aktion »Späte eigenaktive Aufklärung eines Verbrechens«. Die Täter seien offensichtlich nervös geworden und aus der Reserve gelockt. Er bedauerte die Verletzung des Journalisten Jung. Es zeige sich, dass »sie« vor nichts zurückschrecken würden. Er vertraue auf seinen Ermittler und die Polizei. Insgesamt offenbare sich auch in diesem Vorfall die ganze Verderbtheit unserer gottlosen Gesellschaft. Wahrscheinlich war Alfons einer der »Bigotten«, von denen die reizende Frau des ebenfalls bigotten Notars auf der Party am Sonntag gesprochen hatte.

Mir tat mein Schulfreund fast leid, da sein Interview sicher nicht so oft gelesen wurde wie der groß aufgemachte Artikel über den prompten Fahndungserfolg der Polizei. Es gab Bilder vom Täter Atlon und eine breite Einschätzung seiner Behauptung, er sei am Morgen vor der Tat von einem fremdländisch aussehenden Mann aus dem Bett geholt worden. Dieser habe ihm den Auftrag für den Anschlag erteilt, 2000 Euro dafür bezahlt und ihm auch den bemalten Stein übergeben. Außerdem habe dieser fürchterliche Konsequenzen angedroht, wenn er, Atlon, diese Geschichte vermasseln sollte. Zum Zeitpunkt des Redaktionsschlusses war die Polizei gerade dabei, diese Angaben zu überprüfen. Nach Aussagen des leitenden Beamten, Hauptkommissar Aichinger, mache es der Verhaftete den Beamten dabei nicht gerade leicht. Danach hatte sich Fritz Jung ausgetobt in der Schilderung der Details, wie die tüchtige und pflichtbewusste Polizei durch Befragung von Bürgern und ausgeklügelter Technik dem Täter auf die Spur gekommen war. Ich fand, wir waren ein gutes Team! Der Artikel schloss mit der Spekulation, dass die Täter quasi »unter uns« sein mussten, um so rasch und gezielt reagieren zu können. Die von der AW organisierte Wiederaufnahme des Falles Wiesinger verspreche spannend zu werden. Die Polizei habe jedenfalls gezeigt, dass sie diese Aktion nach Kräften unterstütze.

Und dann gab es natürlich noch eine weitere Sensationsmeldung. Unter einer relativ großen Überschrift **»AW-Ermittler wird in der EVA-Bar von Rausschmeißer angegriffen und schlägt ihn krankenhausreif!«**, erfährt der Leser, dass erst nach Redaktionsschluss die Meldung über diesen Vorfall gekommen war. Es wird angekündigt, dass der Leser in der Freitagausgabe der Zeitung alles zu diesem Ereignis erfahren werde, Hintergründe aufgedeckt und ein möglicher Zusammenhang mit der Ermittlung zum Verschwinden des Fuhrunternehmers Wiesinger aus Peterskirchen durchleuchtet würde. Der Chefredakteur dürfte sich die Hände reiben. Mir war dieser Vorfall mehr als unangenehm und ich befürchtete, dass ich ihn so schnell auch nicht verarbeiten würde. Der Spaßfaktor bei meinen Ermittlungen hatte einen erheblichen Dämpfer erlitten. Solange aber kein Zusammenhang zwischen Söhnleins Angriff und dem Verschwinden Wiesingers herzustellen war, gab es keinen plausiblen Grund, die Flinte ins Korn zu werfen.

Die Fahrt nach Passau kam mir ziemlich weit vor. Ich fragte mich noch einmal, wie es Hauptkommissar Aichinger nur geschafft hatte, an zwei Tagen jedes Mal so schnell am Tatort zu sein. In Passau erwartete uns vor dem Polizeigebäude bereits das Kurierfahrzeug aus Landshut. Die Fahrerin übergab uns gegen Unterschrift zwei dicke Umschläge von Sascha Dreier. So ausgerüstet betraten wir das Kommissariat, ich der lädierte, wenn auch nicht blinde Ödipus und Monika die brave Tochter Antigone. Hauptkommissar Aichinger kam uns entgegen und musste wohl ähnliche Assoziationen haben. Er schaffte es aber, bei der Begrüßung einigermaßen ernst zu bleiben, wirkte jedoch trotz seiner Belustigung insgesamt eher besorgt. Auf Monikas Frage, wann sie mich wieder abholen könne, gab Aichinger 16 Uhr als frühesten Termin an. Sie hätten nämlich mit diesem Herrn hier einiges zu besprechen. Nachdem Monika aus dem eher düsteren Gebäude verschwunden und sich auf die Suche nach ihrem neuen Partykleid gemacht hatte, das zugleich das »Verlobungsfetzerl« (Originalton) werden sollte, führte mich der Hauptkommissar in ein kleines Besprechungszimmer. Dort wartete bereits Kommissar Steininger auf uns. Der Stimmung im Raum nach hatte ich von den beiden Beamten nichts Unangenehmes zu erwarten. Nachdem ich etwas mühsam Platz genommen hatte, brachte ein Uniformierter noch Mineralwasser und Gläser. Aichinger begann unser Gespräch mit einer überraschenden Frage:

»Warum haben Sie bisher nicht erwähnt, dass Sie mit meinem Vater in die Schule gegangen sind und jahrelang mit ihm eng befreundet waren?«

»Ich wollte mir Ihr Vertrauen erarbeiten! Ich habe mich mit ihrem Vater übrigens blind verstanden. Anders als in der Beziehung zu Alfons Weinberger musste ich nicht darauf achten, nichts falsch zu machen. Wenn wir zusammen waren, war uns immer die Zeit zu knapp!«

»Er hält noch heute große Stücke auf Sie.«

»Ich umgekehrt auch – und nebenbei, sein Sohn scheint viel von ihm geerbt zu haben! Übrigens, wie schafft es dieser in Passau wirkende Sohn, an zwei Tagen nacheinander in kürzester Zeit über vierzig km entfernt am Ort des Geschehens zu sein?«

»Einmal Zufall und einmal Planung. Gestern hatten Sie mir ja ihren geplanten Besuch in der EVA am Telefon angekündigt. Wir wollten schon lange in einer anderen Sache Besitzer und Bedienung eines Lokals direkt in Eggenfelden einvernehmen. Irgendwie hatte ich ein komisches Gefühl und darum diese Vorsichtsmaßnahme ergriffen. Bitte verlassen Sie sich zukünftig nicht drauf, dass wir immer in der Nähe sind!«

An seine letzte Mahnung sollte ich später noch einmal schmerzlich erinnert werden. Ich war sehr einverstanden, als Aichinger vorschlug, das bisherige Geschehen chronologisch durchzugehen und alle Ereignisse gemeinsam auf ihre Bedeutung hin abzuklopfen. Unser erstes gemeinsames Rätselraten galt dem Motiv von Alfons Weinberger, den Fall wieder aufzugreifen und den Prozess derart öffentlich zu inszenieren. Meine These, es sei eine grandiose Werbung für seine Person und seine Firma, fand bei beiden Polizisten Zustimmung, wurde aber für eine Erklärung als nicht ausreichend eingeschätzt. Mir ließ es keine Ruhe, warum er ausgerechnet einen Laien wie mich als Ermittler ausgesucht hatte. Kommissar Steininger lächelte und meinte, zur Selbstdarstellung sei Weinberger jeder Esel recht. Bevor ich beleidigt sein konnte, erzählte er schnell die Geschichte über die pressewirksame Beerdigung des weinbergerschen Esels. Alfons hatte jahrelang einen Esel, über dessen Heldentaten zu Lebzeiten des Tieres ab und an die Presse ausführlich berichtete. Als das Tier wahrscheinlich an Altersschwäche starb, gab der AW-Besitzer ein langes Interview zum Verhältnis Tier – Mensch, zur modernen Gesellschaft insgesamt und den Verlust christlicher Werte. Und dann hob er eigenhändig zusammen mit Mitarbeitern in seinem großen Bauerngarten ein Grab aus und hielt eine ganze Nacht zusammen mit Getreuen Totenwache. Nach einer Trauerfeier »im engsten Familienkreis« enthüllte er einige Monate später, wiederum pressewirksam, ein sündteueres Standbild von einem Münchner Künstler als eine Art Grabmal für sein Haustier. Vielleicht war ja Alfons einfach grenzwertig in seiner Persönlichkeitsstruktur oder eine Art steinreicher Clown – wir gingen leicht resigniert zum nächsten Punkt über: dem Steinwurf in das Ermittlerbüro.

Wir teilten unsere Verwunderung darüber, dass die Reaktion so schnell kam – quasi einen halben Tag nach der Veröffentlichung des Ermittlungsprojektes in der Presse. Gemeinsam nahmen wir uns vor, dies bei den weiteren Ermittlungen nicht zu vergessen. Zum Ärger der Polizisten waren sie mit Atlon keinen Schritt weiter gekommen. Er blieb bei seiner Version mit dem Unbekannten und den 2000 Euro Belohnung. Allerdings habe er dieses Geld sofort weitergegeben, da er »bei einem guten Freund« Schulden gehabt habe. Er weigerte sich aber standhaft, den Namen dieses Freundes zu nennen und seiner Geschichte auf diese Weise Glaubhaftigkeit zu verleihen. Wenn die Geschichte überhaupt stimmte, war dieser »gute Freund«, so Kommissar Steininger, wahrscheinlich einer jener illegalen Geldverleiher, die zur Einschüchterung ihrer säumigen Kunden »Knochenbrecher« beschäftigten. Und da ihr Wirken illegal sei, reagierten sie natürlich besonders heftig, wenn ihr Name preisgegeben werde. Die Kriminalpolizei musste also mühsam den Kreis der Wucherer überprüfen, um Atlon nachzuweisen, dass er unter Umständen nur ein kleiner Handlanger war. Auch habe sich bisher niemand gefunden, der den Unbekannten gesehen und seine Existenz bezeugen hätte können. Die positive Wirkung des schnellen Fahndungserfolges in der Öffentlichkeit lief also Gefahr, durch diese Situation zu verpuffen.

»Und was ist mit dem Komplizen, der aller Wahrscheinlichkeit nach das Auto gefahren hat?«, fragte ich nach. »Das gleiche Spiel!«, antwortete der Hauptkommissar. Atlon gebe an, diesen Freund nicht über den eigentlichen Auftrag informiert zu haben. Er habe ihm 150 Euro versprochen, die er leider derzeit gar nicht besitze, wenn er ihn über Altötting zum Sulzbachdorf hin und auch wieder zurück fahre. Er habe diesem Freund auf Ehrenwort versichert, dass es sich um nichts Illegales handle, und müsse ihn deswegen heraushalten. Der Trottel, so Steininger, lasse sich lieber einen Totschlag-Versuch anhängen, als sein Umfeld preiszugeben. Was allerdings, zugegebener Maßen, für ihn auch gefährlich werden könne.

»Hatte den Atlon vor sieben Jahren Gelegenheit, in den Fall Wiesinger verwickelt zu sein?«, wollte ich noch wissen, während langsam ein Plan in mir reifte.

»Das haben wir geklärt. Er saß zur Zeit des Verschwindens des Fuhrunternehmers in München in Untersuchungshaft – und zwar für fast ein halbes Jahr!«, antwortete der Kommissar nicht ohne einen gewissen Grimm.

»Stimmt es, wenn wir den Fahrer hätten, der Atlons Angaben von sich aus bezeugen würde, könnten wir uns viel Zeit sparen?«

»An welchen Plan denkt denn unser Ermittler?«, fragte Aichinger eher amüsiert als pikiert.

»Im Gegensatz zur Polizei kann ich auch für böse Buben eine Belohnung aussetzen!«

Die beiden Beamten tauschten einen langen Blick – und dann griff der Hauptkommissar zum Telefon. »Sie haben etwa zwanzig Minuten Zeit für ihr Gespräch mit Atlon. Sagen Sie uns Ihr Ergebnis, und wir werden entscheiden!«

Aichinger kämpfte nicht zum ersten Mal mit seiner Belustigung. Sein Assistent Kommissar Steininger brachte mich zu dem Teil des Gebäudes, das als Untersuchungsgefängnis genutzt wurde.

»Wissen Sie was«, sagte er unterwegs zu mir, »langsam freue ich mich über den verrückten AW-Chef und seine Schnapsidee! Rechnen Sie damit, dass Atlon etwas einfach strukturiert ist. Der Fall

Wiesinger ist der Einzige, den ich bis zu meiner Pensionierung gerne wenigstens zu einem gewissen Abschluss gebracht hätte. Viel Erfolg!«

Rudi Atlon wirkte unausgeschlafen und fahrig. Er brachte mein Aussehen sofort mit seinem Steinwurf in Verbindung und versuchte, sich unsichtbar zu machen. Ich wollte nicht warten, bis er eine Gegenstrategie aufgebaut hatte und fiel mit der Tür ins Haus:

»Ich hab nichts gegen dich – wenn ich auch hoffe, dass du das nächste Mal genauer hinschaust, wohin du deine Steine wirfst. Ich bin nicht von der Polizei, wie du weißt, und glaub dir vorerst deine Erzählung über den Unbekannten und die 2000 Euro, deinen Fahrer und dem Freund, den du das Geld gegeben hast. Die Polizei ist stocksauer, weil du keinen Namen nennen willst und die Ermittlung damit behinderst. Sollte die Polizei deswegen keinen Erfolg haben, werden sie dir versuchten Totschlag anhängen. Ich schätze Minimum drei bis fünf Jahre Gefängnis! Wie viele Schulden hast du denn in Altötting noch?«

Die Frage brachte ihn endgültig aus dem Gleichgewicht und nach einigem Zögern: »Noch 500 Euro!« Der Mann hatte einen phänomenalen Adamsapfel, der bei jedem nervösen Schlucken eine Strecke von weit über fünf Zentimeter zurücklegte.

»Gut – das heißt, wenn du aus dem Gefängnis entlassen wirst, bekommst du als Erstes fürchterliche Prügel von deinem Freund in Altötting! Und das versprochene Geld für deinen anderen Freund, der das Auto gefahren hat, hast du auch nicht – und sonst bist du pleite. Ich kann dir helfen: Du gibst mir die Telefonnummern deines Fahrers und, damit ich nicht so lange suchen muss, auch die aus Altötting. Ich verspreche dir, beide Herren müssen nur bestätigen, was du gesagt hast. Sie sind für die Polizei ansonsten in diesem Falle uninteressant. Und jetzt kommt es: Du erhältst von mir die 500 Euro für Altötting und 200 Euro für den Fahrer. Und für dich sind 200 Euro Startgeld mit drin. Wenn deine Angaben überprüft sind und stimmen, könnte die Polizei dann behaupten, sie habe einen neuen Zeugen, der deinen Unbekannten gesehen hat. Dann würden deine Auftraggeber nicht auf die Idee kommen, dass die Informationen von dir sind. Dazu musst du aber Angaben machen, wie der Mann ausgesehen hat und es gibt dann ein Phantombild in der Zeitung. Und ich würde dafür für dich noch einmal 500 Euro springen lassen!«

Das war alles ein bisschen viel für Atlon. In einem langsamen, schleppenden Niederbayerisch kleidete er alle meine Angebote in Frageform, wobei er mehrmals die ausgelobten Summen abfragte. Ganz genau wollte er wissen, wie die Polizei verhindern wolle, dass sein »Verrat« nicht bekannt würde. Ich erklärte es ihm nochmals in aller Ausführlichkeit und lockte noch damit, dass er das versprochene Geld bar ins Gefängnis bekäme – wenn's ganz schnell gehe, vielleicht sogar noch heute!

Nach guten zwanzig Minuten saß ich wieder im Besprechungszimmer bei Aichinger und Steininger. Sie wussten in der Zwischenzeit, dass die Schrift auf dem Stein auf keinen Fall von Atlon sein konnte. Ich selber hatte bereits auf dem Weg vom Untersuchungsgefängnis zum Kommissariat, ausgestattet mit Atlons Informationen, vom Handy aus den Fahrer des weißen Kastenwagens, einen Georg (Schorsch) Huber, angerufen. Als er hörte, dass er nichts zu befürchten habe und sogar mehr Geld bekommen sollte, ging er sofort auf meine Vorschläge ein. Er versprach, in etwa einer halben Stunde in Passau zu sein und alles zu Protokoll zu geben, was wir wissen wollten. Er ärgerte sich maßlos, dass »der blöde Atlon« ihn angelogen und mit in diese Sache hineingezogen hatte. Ebenso versprach der Geldverleiher, ein Adolf Scheinert, nach vielen Rückfragen, sofort zu seinem Rechtsanwalt zu gehen und ein Dokument aufzusetzen, das alle gewünschten Angaben enthalte. Ich bat ihn, damit auf meinen baldigen Anruf zu warten, weil ich mir nochmals die Zusage der Polizei zu unserem Deal einholen möchte. Darüber hinaus informierte ich ihn darüber, dass Atlon sofort die restlichen 500 Euro bezahlen werde, wenn er aus der U-Haft freikomme. Und so saß ich kurz darauf vor meinen Partnern vom Kommissariat und legte dar, was alles möglich sein könnte.

Die Herren hatten nach kurzer Denkpause »keine andere Wahl«, wobei sie überdurchschnittlich gut gelaunt waren. Die Notlüge zum Schutze Atlons, die Erfindung des angeblichen Zeugen, fanden sie sogar »erstaunlich professionell«. Kurze Zeit später lief der Apparat auf Hochtouren. Mit Steininger wurde festgelegt, was er bei der Einvernehmung des Fahrers Georg Huber alles abfragen und festhalten werde. Die Polizisten vor Ort in Simbach, der Heimat Atlons, die nach Zeugen suchten, wurden verstärkt und sollten sich nur noch auf den »Unbekannten« konzentrieren. Ich selber durfte den Geldverleiher (offiziell »Immobilienberater«) Scheinert im Auftrag der Polizei grünes Licht für seine schriftliche Aussage geben. Er musste nur Ort, Tag und genauen Zeitpunkt nennen, an dem er von Atlon Geld in Höhe von ... rückerstattet bekommen habe. Wenn er das Auto beschreiben könnte, mit dem Atlon gekommen sei, würde das bestimmt hilfreich sein. Sollte er die Scheine noch besitzen, würde er der Polizei, die immerhin in einem Mordfall ermittle, einen großen Gefallen tun, wenn er zusammen mit dem Rechtsanwalt die Nummern notieren und der Polizei diese Liste ebenfalls überlassen könnte. Ich hatte ihm bei dem Gespräch mehrmals vermittelt, dass trotz Schweigen des Herrn Atlon die Polizei auf seine Adresse in Altötting über den Fahrer gestoßen sei, den sie ins Kreuzverhör genommen hätte. Wenn er so nett wäre, uns von der Kanzlei des Rechtsanwaltes aus anzurufen, dann werde ein Polizist das Schreiben abholen. »Wir werden demnächst unsere Haftbefehle wohl auf Büttenpapier schreiben müssen, wenn die Methoden des AW-Ermittlers allgemein einführt werden!«, feixte der Hauptkommissar, konnte aber seinen Jagdeifer, wie schon einmal, kaum verbergen. Kommissar Steininger organisierte auch noch einen Polizeizeichner, der nach den Angaben von Rudi Atlon ein Phantombild des großen Unbekannten anfertigen sollte.

Es war mittlerweile 12.30 Uhr geworden, und da die Herren die nächste halbe Stunde mit Hochdruck am Fall Atlon arbeiten wollten, orderte der Hauptkommissar über Telefon einen Beamten, den ich begleiten sollte. »Und bitte, keine Widerrede. Es hat mich viel Zeit gekostet, dies für Sie zu organisieren. Wir holen Sie so bald wie möglich wieder ab.« Also ging ich, leicht irritiert, mit dem Polizisten und landete – im Schießstand des Kommissariates. Der Polizist drückte mir einen relativ kleinen Trommelrevolver in die Hand, bot mir einen Lärmschutz an und forderte mich auf, auf eine menschenähnliche Zielscheibe zu feuern. Ich merkte, dass ich urplötzlich an einem Scheidepunkt angelangt war. Als junger Mensch hatte ich den Kriegsdienst verweigert. Zwar hatten wir als Kinder natürlich Indianer und Cowboys gespielt und als Halbwüchsige bald nach dem Kriegsende mit einem Revolver heimlich auf Pilze geschossen. Später aber habe ich jeden Kontakt mit Waffen aus Prinzip gemieden.

Der Polizist schien durch mein Zaudern keineswegs überrascht. Er meinte, Hauptkommissar Aichinger habe eine solche Reaktion erwartet. Ich könnte mich ja auch mit dem Revolver in der Tasche gegebenen Falles weigern, mich zu verteidigen und mich erschießen oder erstechen lassen. Jedenfalls könne die Polizei nicht verantworten, mich mit ihrer Unterstützung wehrlos weiter in den verschiedenen kriminellen Milieus ermitteln zu lassen. Dass ich bei meiner Einstellung verantwortlich mit der Waffe umgehen werde, setze der Hauptkommissar voraus. Vielleicht war schneller, als ich dachte, der Zeitpunkt gekommen, das Abenteuer abzubrechen. Da ich für diese Entscheidung aber Zeit zum Nachdenken brauchte, ließ ich mir zuerst einmal die Waffe erklären und feuerte dann auf Anweisung, teilweise gestützt auf meinen Stock, auf verschiedene Ziele. Als mich Kommissar Steininger eine gute halbe Stunde später abholte, meinte der Waffenspezialist, das Ergebnis hätte schlechter sein können.

Danach humpelte ich mit Steininger zu einem nahen italienischen Lokal, das malerisch am Innufer gelegen war. Dort erwartete uns bereits Hauptkommissar Aichinger an einem Tisch im Freien. Aichinger war regelrecht aufgekratzt. Wir erfuhren, dass tatsächlich ein Zeuge gefunden wurde, der Atlons Unbekannten gesehen hatte. »Der Besitzer eines Gemischtwarenladens in Simbach, etwa 500 Meter von der Wohnung Atlons entfernt, war bereits um sechs Uhr in seinem Laden, weil er frische Ware erwartete. Er blickte also in Erwartung des Lastautos auf die Straße und sah einen Mann aus einem roten Opel steigen, der sich, nachdem er ausgestiegen war, einen Oberlippenbart anklebte. Sieht nicht unbedingt nach Profi aus! Der Gemischtwarenhändler, neugierig geworden, sah sich den Mann näher an und konnte ihn daher sehr genau beschreiben. Vor allem aber hatte er sich das Münchner Kennzeichen des Opels wenigstens soweit gemerkt, dass die Polizei in München echte Chancen haben dürfte, ihn zu finden. Besonders, weil unser Polizeizeichner jetzt ein Phantombild nach den Angaben Atlons und des neuen Zeugen anfertigen kann!«

»Atlons Aussagen haben sich also bestätigt. Die weitere Aufklärungsarbeit zu diesem Vorfall liegt wohl jetzt einmal bei der Münchner Kripo. Hinter dem Steinwurf stehen offensichtlich recht vorsichtige Auftraggeber. Hoffentlich ist der Mann mit dem falschen Bart nicht auch nur wieder so ein unwissender Erfüllungsgehilfe!«, war mein Kommentar.

Steininger: »Wenn gegen 16 Uhr die Presse kommt, haben wir ihr jedenfalls eine Menge zu berichten. Der Ruhm der Passauer Kriminalpolizei wird vorerst ungebrochen sein!«

Da Fritz Jung angerufen und angeboten hatte, mich nach der Pressekonferenz mit nach Hause zu nehmen, verständigte ich Monika über Handy, dass sie nach erfolgreichem Einkauf ohne mich ins Büro bzw. nach Hause fahren könne. Sie war ganz aufgeregt, das neue »Fetzerl« sei ein Traumkleid und ich müsse unbedingt der Erste sein, der es an ihrem Superkörper begutachte. Es fiel mir nicht schwer, dies meiner Lieblingstochter in Aussicht zu stellen. Mein alter Lehrertrick, für mich »gefährliche« junge Schülerinnen in die Tochterrolle zu fantasieren, gab mir zunehmend in Bezug auf Traumfrau Monika meine normale Atemfrequenz zurück. Das Essen mit den Polizisten verlief harmonisch. Wir streiften nur kurz meine Schwierigkeit mit meiner Bewaffnung. Der Hauptkommissar gab mir zu bedenken, dass er in über zwanzig Dienstjahren nur einmal einem Ganoven ins Bein und einem anderen in die Schulter schießen musste, ungezählte Verdächtige durch Schüsse in die Luft am Weglaufen gehindert und noch mehr davon vor Gewalttätigkeiten gegenüber seiner Person abgehalten hatte. Ich wollte die letzte Entscheidung alleine treffen und wich einer Vertiefung des Problems aus.

Unser nächster Besprechungspunkt war die homo-pädophile Neigung des Fuhrunternehmers Wiesinger. Ich wiederholte nochmals genau und im Einzelnen, wie ich ihr auf die Spur gekommen war. Und wie wir Sascha Dreier gefunden hatten. Als ich ihnen dann aber den Bericht des Privatdetektivs Salzmann ankündigte, wollten sie mir zunächst nicht glauben, bis ich ihnen die Berichte auf den Tisch legte. Auf dem Weg zurück ins Präsidium hatten mir beide Polizisten erklärt, dass sie von meinem Arrangement für Frau Wiesinger begeistert seien. Was ich schon geahnt hatte: Die Herren waren alles andere als Fachidioten!

~

Wir waren uns alle drei einig, dass die Fährte der speziellen homoerotischen Neigung des Fuhrunternehmers die spannendere und auch die war, die für die gemeinsamen Ermittlungen derzeit am meisten versprach. Ich äußerte die Hoffnung, die Polizei möge sich des weiten Feldes annehmen, da ich ansonsten mit wenig Aussicht auf Erfolg Monate ermitteln müsste. Mit der Kopie des Berichtes aus der Hand des Privatdetektivs Salzmann vor sich, war der Hauptkommissar die Verbindlichkeit in Person. Und er fand auch nichts dabei, dass ich dem Wunsche Saschas gemäß um die Erlaubnis bat, als Erster mit diesem ein Gespräch führen zu dürfen.

»Bisher hat er sich als Eisbrecher doch sehr bewährt?!«, meinte er lächelnd zu Steininger, der aber ernst blieb. »Wir sollten nur bei unserer zukünftigen Zusammenarbeit die Risikoabschätzung ständig im Auge behalten. Ich möchte nicht unbedingt noch einmal mit einem grün und blau geschlagenen Ermittler am Stock Erfahrungen austauschen müssen«, war seine Begründung. Ich bot an, auf Wunsch sogar eine Aufzeichnung des Gespräches mit Sascha zu machen. Beide schüttelten gleichzeitig ihren Beamtenkopf.

»Bleiben Sie bei ihrer Rolle und bei ihrer mitfühlenden Art – die Protokolle schreiben wir, wenn es nötig sein sollte«, wonach dieser Themenkreis jetzt doch unerwartet schnell erledigt war.

Blieb noch die Auswertung meiner »Schlägerei«. Die Polizisten berichteten, dass der durch Spritzen beruhigte Söhnlein fast weinerlich permanent gemurmelt hatte: »Der Typ wird uns alles kaputt machen!« Dies passte natürlich zu seiner von Nora und Fleischmann berichteten »Psychose« in Bezug auf Ermittler. Ich bat um eine Einschätzung der EVA-Bar und seines Besitzers Fleischmann. Die Polizisten berichteten, dass sie den Club seit Jahren beobachteten, vor allem in Richtung Drogenhandel und Zwangsprostitution. Die Frauen dort seien aber alle angemeldet und Fleischmann sei nachweislich mit allen Mitteln darauf bedacht, seinen Club drogenfrei zu halten. Er sei nur einmal die letzten zwei Jahrzehnte mit der Polizei in Berührung gekommen, als er einen Kleindealer, der in der EVA Drogen verkaufen wollte, halb totgeschlagen habe. Angeblich sei sein Stiefsohn an Drogen gestorben, was diese Reaktion erklären könnte. Ich erzählte, dass ich Fleischmann nicht über den Weg traue und dass ich ihn nochmals besuchen werde, um seine Einschätzung zum Fuhrunternehmer Wiesinger zu erfragen. Dafür erhielt ich grünes Licht und wir versprachen uns, beim ersten verdächtigen Hinweis Fleischmann und seinen Club intensiv unter die Lupe zu nehmen. Was in mir, ehrlich gesagt, sehr gemischte Gefühle auslöste.

Bevor die Pressekonferenz begann, erhielt ich dann von den beiden Herren noch ein besonderes Geschenk. In vier mittelgroßen Kartons verpackt überreichten sie mir wichtige Geschäftsunterlagen der Firma Wiesinger, die seit den Ermittlungen vor sieben Jahren

»aus Versehen« bei der Polizei liegen geblieben waren. Ich wurde gebeten, sie bei Gelegenheit an Frau Wiesinger auszuhändigen. Aichinger: »Wenn Sie aber einen kurzen oder auch langen Blick in die Unterlagen werfen wollen, hat Frau Wiesinger sicher nichts dagegen!« Ich gestand, dass ich bereits fest geplant hatte, mich möglichst bald um Wiesingers Geschäfte zu kümmern und dankte von Herzen.

»Ich werde am Montag dazu auch Sascha Dreier befragen. Nach meiner Einschätzung ist die Herrenzimmereinrichtung des Verschwundenen mehr als eine Million Euro Wert. Wenn dazu nichts in den Büchern zu finden ist, müssen wir uns dringend nach anderen Verdienstquellen des Fuhrunternehmers umsehen! Dort könnte doch ebenfalls der Grund für das Verbrechen liegen, oder?«

Die Polizisten nickten zustimmend. »Bitte suchen Sie in diese Richtung. Unsere Leute konnten in den Büchern keinerlei Unregelmäßigkeiten feststellen. Wir haben aber zu unserer Schande den Wert der Antiquitäten nicht recht realisiert. Wenn Sie Hilfe brauchen, werden wir alles tun, was in unserer Macht steht. Wir selber werden zuerst einmal den Privatdetektiv Salzmann und dann höchstwahrscheinlich auch Herrn Dreier befragen. Wiesingers Neigung könnte ihn ja durchaus ebenfalls in Verbindung zu kriminellen Kreisen gebracht haben. Dies abzuklären, wird uns ganz schön auf Trab halten!«, seufzte der Hauptkommissar.

Dann straffte er seine Schultern, der Termin für die Pressekonferenz war da. Ich bat darum, mich bald nach Beginn der Pressekonferenz und den obligatorischen Fotos ins Krankenzimmer legen zu dürfen. Einmal bereitete mir meine Bandscheibe höllische Schmerzen, zum anderen betrachtete ich es als unvorteilhaft für die Polizei, wenn ich bei der gesamten Pressekonferenz dabei war. Ich war keineswegs darauf aus, zu sehr im Mittelpunkt zu stehen. Fritz Jung konnte mich zusammen mit den Akten ja nach dem Ende der Pressekonferenz aus dem Krankenzimmer abholen. In einer freundschaftlichen Geste legte mir der Hauptkommissar die Hand auf die Schulter und eingedenk meiner Blessur zogen wir langsamen Schrittes in den Presseraum des Kommissariats.

Im kahlen Presseraum waren außer Fritz Jung Vertreter und Vertreterinnen einer stattlichen Anzahl von Zeitungen und sogar ein Team einer lokalen privaten Fernsehanstalt versammelt. Aichinger eröffnete – ich fand ihn sehr professionell. Er informierte zuerst über die Themen: kurz der Vorfall in der EVA-Bar und dann der Stand der Ermittlungen zum »Steinwurf-Anschlag« auf den AW-Ermittler vor zwei Tagen. Danach bat er um Verständnis, wenn der Ermittler aus gesundheitlichen Gründen vorzeitig gehen müsse. Dann erteilte er mir das Wort zum Vorfall in der EVA.

Ich schilderte kurz den Grund, warum ich zusammen mit meiner Assistentin den Club aufgesucht hatte und dann den Vorgang um Franz Söhnlein. Meinen Anteil am Kampf beschrieb ich wahrheitsgemäß als angsterfüllte Vorwärtsverteidigung, wobei ich die mangelnde Reaktionsfähigkeit des alkoholisierten Söhnlein betonte. Zugleich verwies ich auf den Baseballschläger der Clubleitung und die Bereitschaft meiner Assistentin, mir mit einer leeren Sektflasche zu Hilfe zu kommen. Auch die Gästegruppe, die den halb kampfunfähigen Söhnlein vorsorglich gefesselt hatte, vergaß ich nicht zu erwähnen sowie auch nicht das rasche Eintreffen von Polizei und Krankenwagen. Ich betonte dann, dass mir Söhnleins Psychose als Tatmotiv sehr überzeugend erscheine und ich gegen die Clubleitung keinerlei Groll hege. Vielmehr habe ich Entschuldigung und auch die Trostgeschenke gerne angenommen. Ich betrachte die Sache als erledigt.

Natürlich kam die Frage, ob ich eine Kampfausbildung hätte. Ich verneinte. Als ich auch noch meine Verletzung mit dem unfreiwilligen Sturz vom Stuhl und meinem alten Bandscheibenschaden erklärte, war das Interesse gestillt. Bevor ich mich ins Krankenzimmer zurückziehen konnte, musste ich nur noch eine Frage zum »Steinwurf-Anschlag« beantworten: Ob ich denn keine Angst hätte, dass andere Anschläge folgen könnten. Ich schilderte, wie ich kurz überlegt hatte, meine Ermittlungen im Fall Wiesinger abzubrechen. Besonders die tatkräftige, prompte und sehr professionelle Hilfe der Polizei habe mich aber davon abgehalten. Dies war das Stichwort für den Hauptkommissar und seinen Assistenten, sodass ich, aus unerklärlichen Gründen unter Applaus der Anwesenden, aus dem Saal humpeln konnte. Kommissar Steininger folgte mir kurz vor die Tür und meinte, ich hätte genau den richtigen Ton getroffen. Kaum hatte ich im Krankenzimmer, unterstützt von einer mütterlichen Polizistin, eine einigermaßen akzeptable Lage zum Ausruhen gefunden, war ich auch schon eingeschlafen. Fritz Jung musste mich später ziemlich schütteln, bevor ich wieder zurückfand in meinen Ermittleralltag.

Ich organisierte als Erstes noch das Bargeld für Herrn Atlon und überließ es dem zähneknirschenden Kommissar Steininger, es dem Kleinganoven in meinem Namen auszuzahlen. Fritz Jung war richtig euphorisch. Kaum saßen wir zusammen mit den vier Kartons voller Unterlagen im Auto, sprudelte er los. »Stell dir vor, der Hauptkommissar hat dich vor der Presse aus- und nachdrücklich gelobt! Er räumte sogar ein, dass er anfangs eher unglücklich und vor allem skeptisch war über einen Laienermittler in einem Fall, an dem sich seine Sonderkommission seit sieben Jahren die Zähne ausgebissen hatte. Aber mittlerweile sei er eines Besseren belehrt worden. Bei fast allen jüngsten Erfolgen in dieser Sache bist du, hat er gesagt, immer mit beteiligt gewesen. Und dann konnte er den staunenden Medienvertretern die Fahndungserfolge im Zusammenhang mit dem ›Steinwurf-Anschlag‹ präsentieren. Zuerst die schon bekannte Festnahme von Atlon, dann die erfolgreiche Suche nach Bestätigung von dessen Angaben. Und zuletzt noch das Aufspüren eines Zeugen, der den Auftraggeber in Simbach gesehen hatte. Und das Beste weißt du noch gar nicht: Mithilfe des Phantombildes und der Autonummer konnte die Münchner Polizei innerhalb einer Stunde auch noch den dortigen Auftraggeber aufspüren und festnehmen. Nach einer ersten Vernehmung ist wahrscheinlich, dass auch dieser Mann, ebenfalls ein nicht ganz heller Kleinkrimineller, von diesmal zwei Unbekannten zu diesem Vorgehen mehr oder weniger gezwungen worden ist. Er behauptet, als er von der Kneipe kommend in sein Auto stieg, wären bereits zwei vermummte Männer in seinem Wagen gesessen. Sie hätten ihn ›diskret‹ mit einer Waffe bedroht, ihm dreitausend Euro für sich und zweitausend für Atlon aufgezwungen und genau beschrieben, wann, was und wie er vorzugehen habe. Und sie hätten ihm gedroht, ihn bei Versagen fürchterlich zu verprügeln, wenn ihm nicht gar die Zunge heraus zu schneiden. Es hat sich dazu sogar in Gestalt eines Kellners ein Zeuge für Teile der Aussage gefunden. Dieser Mann bestätigte nämlich, dass er am Ende des Parkplatzes zwei dunkel gekleidete Männer aus dem Auto des Kleinkriminellen hatte steigen sehen. Da dort schlechte Lichtverhältnisse herrschten, konnte er sie aber ansonsten nicht beschreiben. Die Presseleute waren beeindruckt, bei der Interpretation der Fakten bat Aichinger um Geduld. Wer hinter dem Anschlag letztlich stecke, sei mit großer Sorgfalt, mit großem Aufwand und mit viel Geld verwischt worden. Die Münchner Kollegen würden mit Hochdruck daran arbeiten, Licht in das Dunkel zu bringen!«

Ich war plötzlich hellwach und zugleich zitterten mir die Knie, weil Angst in mir aufzusteigen begann.

»Fritz, das gefällt mir überhaupt nicht, was ich da höre. Mir müssen hinter dem Steinwurf und wohl auch hinter dem Verschwinden von Wiesinger eine größere Organisation oder einflussreiche und mächtige Leute vermuten. Das klingt ja fast nach Mafia, verdammt!«

Fritz Jung wiegte sein Journalistenhaupt: »Oder es soll so aussehen, als ob Profis dahinter stünden. Diejenigen, die wir bisher kennen gelernt haben, sind doch eigentlich echte Laiendarsteller!«

»Ich halte mich auf alle Fälle für absolut ungeeignet, mich mit der Mafia herumzuschlagen. Ich bin kein Held. Allerdings verwirrt mich auch, dass, wie du sagst, bisher nur laienhafte Stümper aufgetreten sind. Weißt du, mich ängstigt andererseits, dass Wiesinger irgendwoher an relativ viel Geld gekommen sein musste. Seine Antiquitäten haben einen enormen Wert! Und andererseits wurde für diesen Stein-Anschlag ebenfalls nicht mit Geld gespart! Diese

Kombination ist es, die mir gar nicht gefällt!«

»Und was willst du machen?«

»Vorerst auf alle Fälle weiter machen. Ich werde so schnell wie möglich von Monika und zusätzlichen Fachleuten Wiesingers Firmenunterlagen nochmals gründlich überprüfen lassen. Und Sascha Dreier werde ich am Montag ausführlich darüber befragen, ob er Anzeichen und Hinweise sieht, wie und womit Wiesinger zusätzlich Geld verdient haben könnte. Ich glaube einfach nicht, dass das kleine Fuhrunternehmen soviel Geld abgeworfen hat!«

Jung dachte nach. Und dann kam wieder sein schiefes Lächeln.

»Und was darf ich für morgen dazu schreiben?«

»Von mir aus, ob hinter dem Anschlag eine größere Macht stecken könnte, von mir aus auch, ob das vielleicht nur so wirken soll und wer in aller Welt das sein könnte. Betone eben, wie kompliziert der Fall sich zeige, dass diese Erkenntnisse aber, wie auch die Polizei meint, bereits ein großer Fortschritt seien. Aber bitte noch kein Wort zu unserer Suche nach Wiesingers möglichen Nebeneinkünften. Wir stehen da noch sehr am Anfang!«

~

Fritz war damit einverstanden. Wir versicherten uns gegenseitig, dass wir gerne zusammenarbeiteten. Wir mussten lachen, als wir das vor allem auf unsere Kopfverbände zurückführten. Mitten im Lachen aber wurde Fritz Jung plötzlich wieder ernst, ja fiel zurück in seine traurige Resignation.

»Weißt du eigentlich, dass ich seit fast einem Jahr kaum mehr gelacht habe!?«

»Erzähl schon!«

»Da ist nämlich meine Frau gestorben.«

»Ich habe mir schon so etwas gedacht. Tut mir schrecklich leid!«

»Es ist komisch, aber ich habe plötzlich das Bedürfnis, darüber zu reden.«

»Wir haben fast noch vierzig Kilometer vor uns. Fang schon an!«

Für den Rest der Fahrt war dann Aufarbeitung und Trauerarbeit angesagt. Wir mussten zwischendurch einen Parkplatz anfahren, damit Fritz Jung sich ausheulen konnte. Er litt, das wurde ganz schnell klar, an einem unsäglichen Schuldgefühl. Wie andere in vergleichbarer Situation konnte er nur schwer damit umgehen, dass er seiner Frau, erst als sie im Koma lag, all das sagen konnte, worauf sie wahrscheinlich Jahre gewartet hatte.

»Würde sie noch leben, ich würde ihr heute jeden Tag sagen, wie wichtig sie für mich ist! Mein Gott, wie viele verlorene und verschenkte Momente und Gelegenheiten!«

Ich hatte bereits einige Male Erfahrungen sammeln können mit Freunden und Kollegen, die ähnliche Verluste bewältigen mussten. Von daher wusste ich, wie wichtig es war, zuzuhören und nur soviel zu sagen und zu fragen, dass ein »Bereden« nicht aufhörte. Fritz hatte sich in seiner Selbstbezichtigung eine Unzahl von »verlorenen Momenten« zurechtgelegt. Ich half ihm dabei, sie von verschiedenen Seiten zu betrachten und auch nach anderen Ursachen als die von ihm angeführten »Dummheit und Lieblosigkeit« zu suchen. Wir waren schon fast bei meiner Bleibe angekommen, als ich ihm den Vorschlag machte, doch einen weiteren Gedichtband zu schreiben – diesmal nicht über die »Verrückte Welt«, sondern über »Verlorene Momente«. Ich trug ihm ein Gedicht aus seinem ersten Band vor, das mir sehr gefiel und das ich daher auswendig gelernt hatte. In dem Gedicht geht ein Mann zu seiner Geliebten oder seiner Frau mit dem festen Vorsatz, sie zu lieben und zu streicheln. Da er zu feige ist, ihr seinen Wunsch irgendwie zu erkennen zu geben, essen sie nur gemeinsam Pfannkuchen. Ich bat ihn regelrecht, dieses Gedicht unbedingt auch in den neuen Band aufzunehmen. Fritz tat es sichtlich gut, dass ich sein Gedicht kannte und schätzte. Schon auf dem Parkplatz vor meinem Ermittlungsbüro stehend fantasierten wir gemeinsam, welche seiner genannten »verlorenen Momente« wohl gedichtfähig wären. Bis Monika aus dem Haus kam und erstaunt fragte, was denn mit uns los sei. Sie hätte mir einen Arzttermin organisiert und müsse leider unsere Zweisamkeit unterbrechen. Als dann Fritz Jung, nachdem er mir beim Aussteigen geholfen hatte, mich auch noch auf seine hölzerne Art umarmte, war sie völlig verwirrt. Es war allerdings nicht schwer, einer Frau wie Monika die Situation im Nachhinein zu erklären. Als sie erfuhr, dass Fritz über den Tod seiner Frau geredet hatte, war ihr einziger Kommentar: »Gott sei Dank!«

Ich wollte zwar nicht zum Arzt gehen, aber Monika ließ nicht locker. Der Doktor habe vor Jahrzehnten lange Jahre bei der Bundeswehr gearbeitet und sei ein Tausendsassa. Sie habe bei ihm fast zwei Jahre als Arzthelferin gewirkt und wisse um seine Qualitäten. Sie sollte recht behalten. Der freundliche Herr, der auch Fritz Jung nach dem Steinwurf verarztet hatte, untersuchte und massierte und dehnte mich zuerst, wobei er vor sich hin murmelte. Danach schnallte er mich im Nebenzimmer unter Mithilfe von Monika auf eine Art Wagenrad und ließ mich einige Minuten Kopf stehen. Zum Abschluss gab er mir zwei Spritzen, die er als »Bundeswehr-Geheimwaffe« bezeichnete. »Mit diesen Dingern wollten wir den Ost-West-Konflikt für uns entscheiden!«, meinte er verschmitzt. Er gab uns fünf seiner Geheimwaffen mit und versicherte mir, niemand könne so zart und fast erotisch Spritzen setzen wie seine Ex-Sprechstundenhilfe Monika. »Fast die gesamte Dorfjugend wollte zu ihrer Zeit plötzlich gespritzt werden. Ich hoffe, Sie wissen dies zu schätzen!« Nachdem er ihr vorher noch gezeigt hatte, wie sie mich täglich massieren sollte, konnte ich meiner kaputten Bandscheibe fast schon wieder etwas Positives abgewinnen. Der Schmerz war übrigens erst einmal weg und mein Kopfverband war durch ein Pflaster ersetzt worden.

Dankbar und erleichtert ließ ich mich anschließend von Monika-Tochter, ich musste schon wieder zu diesem Trick greifen, die kurze Strecke nach Hause fahren. Dort gab es dann einen schön gedeckten Tisch und nach einer leckeren Vorspeise echte niederbayerische Rupfhauben. »Du wirst ja wohl nicht glauben, so etwas könne nur der aufgeblasene Starkoch aus Passau!« Wir leisteten uns dazu einen Opus One und ließen unseren Wohltäter, den »Ego-Alfons«, wie Monika nach dem zweiten Glas gluckste, hochleben.

Vielleicht lag es ja an der Bundeswehr-Wunderwaffe, dass ich ganz schnell drauf und dran war, alles doppelt zu sehen. Der Höhepunkt des Tages war dann zweifellos die Vorführung des leicht lilafarbenen »Verlobungsfetzerls«, wobei die ebenfalls etwas angeschwipste Monika es unheimlich lustig fand, von mir plötzlich mit »liebe Tochter« angeredet zu werden. Sie brachte mich nach der aufregenden Modeschau, bei der ich alle meine Heiligen anrufen musste, wohlbehalten ins Bett. Das Letzte, was ich mitbekam, war ein Kuss auf die Stirn und ein »Gute Nacht, lieber Papa!«

Am nächsten Morgen, am Freitag also, wachte ich auf, weil Monika in der Küche sang. Besser gesagt rappte – Sprechgesang also, sehr rhythmisch und offensichtlich mit eigenen Texten. Dazu schlug sie mit irgendeinem Gegenstand, ich vermutete einem Kochlöffel, den Takt. Soviel ich verstand, ging es um ihre Verlobung: »Ich werde mich verloben. Ich bekomm das schon hin. Ich werd das schon schaffen. Ich bin doch kein Kind ...« Da sang sich eine offensichtlich ihre Skrupel vom Halse. Ihre Stimme war nicht gerade die einer Opernsängerin, der Dialekt aber machte ihren Sing-Sang anrührend. Ich bewegte ganz vorsichtig meinen Kopf. Wieder einmal hatte Opus One auch ohne Namensänderung seine Versprechen gehalten – mein Kopf war schmerzfrei und klar. Ganz vorsichtig stieg ich aus dem Bett. Mein Bandscheibenschmerz hatte sich auf ein fernes, dumpfes Pochen reduziert. Die »Bundeswehr-Geheimwaffe« war offensichtlich das Wundermittel schlechthin. Ich nahm mir fest vor, dass dieser Tag ein guter Tag werden sollte. Der Bluterguss in meinem Gesicht hatte sich um die Augen verteilt, was mir, zerknautscht wie ich war, das Aussehen eines bunten Brillenbärs gab. Monika hielt im Wohnzimmer eine aufgeklappte Massageliege bereit. Kaum hatte sie mich erblickt, stürzte sie auf mich zu. »Erklär mir bitte sofort, warum ich plötzlich deine ›liebe Tochter‹ sein soll?« Ich druckste erst ein bisschen herum und entschied mich dann doch für die Wahrheit. Die Erklärung brachte mir eine stürmische Umarmung ein und danach wurde ich ins Bad abgeschoben. Die anschließende Massage war ein Erlebnis, der Spritze dagegen konnte ich wenig Erotisches abgewinnen. Mein Heldentum hatte einfach Grenzen!

Beim Frühstück las Monika mir aus der Zeitung vor. Die Polizisten und auch ich konnten zufrieden sein. Fritz Jung war wirklich ein guter Schreiber. Ich erzählte Monika über den Inhalt der Kartons, die auf dem Gang abgestellt waren und welche Hoffnung ich damit verband. Sie begriff sehr schnell und erinnerte sich, dass sie vor Tagen Namen und Adressen ehemaliger Angestellter der Firma Wiesinger gesammelt hatte. Die Verwaltungschefin, eine Frau Strobl, hatte nach dem Verschwinden Wiesingers bald ihr drittes Kind bekommen und sich bis heute aus dem Berufsleben zurückgezogen. Sie wollte versuchen, diese Frau zu gewinnen. Ihr fiel auch noch Alfons' Sohn Mike ein, der eigentlich noch seine alljährliche »Auszeit« pflegen dürfte. »Der hätte den nötigen Durchblick!« Auf Nachfrage erläuterte sie mir, dass Mike sich jährlich einige Wochen aus dem Geschäftsleben zurückzog. Er wolle auf diese Weise Betriebsblindheit vermeiden. Nach dem Frühstück hatte es Monika eilig. Sie erinnerte mich (als ob ich das vergessen hätte!), dass sie ihrerseits ab Donnerstag für eine Woche auf Verlobungsurlaub gehen werde. Deshalb wollte sie sich sofort einen groben Überblick verschaffen, was denn alles in den Kartons sei. Und zwar, ohne Alfons über den Weg zu laufen. Sie werde sich in die Wohnung darüber zurückziehen. Ihre Lust auf »Ego-Alfons« sei gerade nicht sehr ausgeprägt. Sie hatte allerdings Kaffee gekocht und »Karlsbader Oblaten« gekauft, auf die Alfons »ganz wild« sei.

Kaum war Monika aus dem Zimmer, rief Mike an. Er fiel mit der Tür ins Haus: Er würde sich »wahnsinnig« freuen, wenn ich zur Eröffnung des Wiesinger-Brotprojektes am Dienstag um 11 Uhr in seine Bäckerei nach Eggenfelden kommen könnte. Ich sagte sofort zu. Dann gab ich Monikas Wunsch weiter, er möge ihr ab Montag bei der Durchsicht von Wiesingers Betriebsunterlagen helfen. Er mochte – und zwar mit Begeisterung. Nach diesem Telefonat ging ich noch einmal meine Pläne für die Ermittlung der nächsten Tage durch und versuchte dann, meine Notizen zum bisherigen Verlauf meiner neuen Tätigkeit ein Stück weit zu vervollständigen.

Pünktlich um 10 Uhr rollte Alfons in seinem schweren Mercedes auf den Parkplatz meiner aktuellen Wirkungsstätte. Er trug ein helles Sportsakko und entstieg dynamisch seinem Gefährt. Bereits beim Blick durchs Fenster verspürte ich eben jenen Zwiespalt, der unser Verhältnis kennzeichnete. Sein Klingeln war wie sein Auftreten, er belastete beim Händedruck meine eigene Hand zumindest grenzwertig, kommentierte mein Brillenhämatom mit: »Du siehst ja fürchterlich aus!«, und eilte voran ins Wohnzimmer. Als ich dort ankam, saß er schon am Kaffee-Tisch und freute sich sichtlich über die Oblaten. »Die Monika, oder?! Ein braves Mädchen!« Er informierte mich, dass er »exakt« eine Stunde Zeit habe. Ich goss ihm Kaffee ein und fing mit meinem Bericht an. Die perfekte Monika hatte für Alfons und mich alle relevanten Zeitungsausschnitte der letzten Woche in einer Mappe als Tischvorlage bereitgelegt. Ich begann mit dem Steinwurf. Ich wollte nochmals wissen, ob er eine Erklärung dafür habe, warum die Reaktion so schnell kommen konnte. Nachdem er offensichtlich einsah, dass dies für mich wichtig war, schien er ernsthaft darüber nachzudenken. Den Artikel von Fritz Jung von heute hatte er ebenfalls bereits gelesen und wusste also, dass der Münchner Kriminelle schon in der Nacht vor der Veröffentlichung gedungen worden war. Alfons zuckte mit den Achseln:

»Vielleicht war deine Idee mit den Beziehungen in die Zeitungsredaktion doch nicht so dumm. Jedenfalls sieht das jetzt doch sehr seltsam aus!«

»Und was glaubst du, spricht das nicht alles für eine größere Organisation, die ohne Probleme Kriminelle aktivieren kann?«

»Eher schon als für einen mächtigen Einzelnen, meine ich!«

»Die Frage ist doch, was dein Freund Wiesinger mit einer solchen

Organisation oder meinetwegen mit einem mächtigen Einzelnen zu tun hatte und zweitens, warum er, was dann nahe liegend ist, beseitigt wurde?«

Alfons zuckte die Schultern. »Der Zeitung haben wir noch nichts gesagt«, fuhr ich fort, »aber über die Antiquitäten deines Freundes tut sich vielleicht doch eine Richtung auf, in der ich und auch die Polizei ermitteln können!«

Alfons hob fragend seine mächtigen Brauen.

»Die Antiquitäten sind ganz grob geschätzt über eine Million Euro wert. Wenn die Firmenunterlagen nichts darüber aussagen, muss Wiesinger lukrative Nebeneinkünfte gehabt haben. Er muss also in irgendetwas verwickelt gewesen sein, was wir nicht kennen und das wir dann suchen müssen!«

Alfons setzte sein überlegenes Lächeln auf. »Das war eben Schwarzgeld, als Beamter hast du davon einfach keine Ahnung, wie das läuft. Du bist mit Sicherheit auf dem Holzweg!«

»Ich werde das zumindest überprüfen, wir haben sonst keine echte Spur. Ich habe für die Überprüfung der Firmenunterlagen bereits einen ersten Experten gewonnen.«

»Und wer ist dein berühmter Experte?«

»Dein Sohn Mike!«

Innerhalb von Sekunden lief Alfons puterrot an. Er sprang auf, wobei er unser Kaffeegeschirr in echte Gefahr brachte, und schrie: »Lass Mike aus dem Spiel! Ich werde verhindern, dass du einen Keil zwischen mich und meinen Sohn treibst!«

Ich war wie vor den Kopf gestoßen. »Alfons, könntest du dies genauer erläutern, wie du das meinst?«

Er rang sichtlich um Fassung. »Alle sind von dir begeistert. Monika, Sophie und auch Mike reden nur noch von dir und wie gescheit du bist und wie menschlich. Das kotzt mich an!«

»Alfons, fängst du schon wieder mit deinem saublöden Konkurrenzdenken an, das uns schon als Kinder unser Verhältnis zerstörte!? Du hast mir einen Auftrag aufgedrängt, den ich von Anfang an für eine Schnapsidee gehalten habe. Ich habe aber zugesagt und ich werde ihn zu lösen versuchen, wie und mit wem ich es für richtig halte. Sprich mit deinem Sohn, auf den du mit Recht stolz sein kannst, aber macht dich nicht zum Narren.«

»Ich hänge so an ihm!«, kam für seine Verhältnisse fast kleinlaut als Antwort.

»Das verstehe ich gut, aber hör auf, alles und jeden steuern zu wollen. Wenn du überdrehst, läufst du Gefahr, ihn wirklich zu verlieren!«

Alfons zuckte irgendwie hilflos mit seinen breiten Schultern.

»Jedenfalls halte ich deine Suche nach Wiesingers Nebeneinkünften für verlorene Zeit. Ganz etwas anderes: Warst du schon beim Reiten?«

Die Frage überraschte mich. »Meine Bandscheibe war dagegen. Ich werde mir heute noch das Pferd ansehen und wahrscheinlich kommenden Dienstag nachmittags zum ersten Mal die Gegend unsicher machen.«

»Ich hab dir von deinem Rechtsbeistand, genauer seiner hübschen Frau einige Routen zusammenstellen lassen. Am schönsten ist angeblich die Nummer drei. Sie führt an der Wasserversorgung und ihrem klaren Weiher vorbei, der fast schon ein kleiner See ist.«

Alfons war immer für eine Überraschung gut. Anschließend widmeten wir uns unserem Kaffee und den Oblaten, die ich übrigens auch sehr liebe, und tauschten ein paar Jugenderinnerungen aus. Es kam aber kein richtiges und schon gar kein herzliches Gespräch auf. Zwischendurch kündigte er an, dass die Führung durch die AW-Anlage mit dem Architekten, der Presse und natürlich dem AW-Besitzer Alfons für die nächste Woche geplant sei. Er werde mir rechtzeitig Bescheid geben lassen. Pünktlich (»exakt«) nach einer Stunde stand mein Schulfreund auf und verabschiedete sich kurz. Ich versicherte ihm nochmals: »Ich werde auf keinen Fall deinen Sohn gegen dich aufbringen, ich habe keinen Anlass dazu.« Er zuckte wiederum nur mit den Schultern, drehte sich um und ging. Irgendwie kam mir der große Alfons ganz schön verunsichert vor – aber ich war daran gewöhnt, ihn nicht zu verstehen.

Monika wollte durcharbeiten und dann nach Hause gehen, mir aber »vorher was Feines kochen«. Sie hatte die Akten in der ganzen oberen Wohnung ausgebreitet und nur mit Mühe konnte ich ihr wenigstens einen frisch gebrühten Kaffee und die restlichen Oblaten aufnötigen. Die Abschiedsumarmung fiel entsprechend flüchtig aus. Die Behausung meines Rechtsberaters Dr. Walter Klein und seiner Frau Susanne lag in einer kleinen Ortschaft im Südosten der Gemeinde in hügeliger Umgebung. Zuerst allerdings musste in einem mäßig steilen Anstieg die Flanke des Sulzbachtales überwunden werden. Dr. Klein und seine Frau hatten sich einen kleineren alten Viereckhof wunderschön renoviert. Nebst Wohnhaus, Garage und Pferdestall mit kleiner Reithalle enthielt er auch noch eine moderne Rechtsanwalts-Kanzlei. Susanne, die auf Susi und Du bestand, zeigte mir zuerst stolz das Anwesen der Familie. Ich schätzte Susi auf knappe fünfzig. Eine kleine, agile Person mit wachen Augen und einer lebhaften Mimik und sichtlich voll und ganz der Pferdeleidenschaft verfallen. Sie stammte aus der Gegend um Salzburg, war früher Rechtsberaterin beim österreichischen Staat gewesen und half heute noch »gelegentlich« bei der Führung der Kanzlei. Eine reife, sympathische Frau, die sich viel Mädchenhaftes bewahrt hatte. Alle achtzehn Pferde, darunter auch Stuten mit Fohlen, standen augenblicklich auf den Koppeln. Sie züchtete Araber, besaß einen wunderschönen gekörten Hengst (Grauschimmel) und vier Zuchtstuten mit derzeit zwei Fohlen, dazu zwei Jährlinge. Die restliche Herde war eine bunte Mischung aus Haflinger, Warmblut, einem Friesen und undefinierbaren Exemplaren. Einige davon waren Einstellpferde, die von den Besitzern selbst gepflegt wurden. Mir ging das Herz auf, der Anblick der Pferde in wunderschöner Landschaft war Seelenbalsam.

Zwischen den Koppeln und dem Stall war ein Sandplatz angelegt. Dort bewegte ein junger Mann das Pferd, das Susi mir für meine Ausritte anbieten wollte. Ein ausgereifter Grauschimmel wie der Zuchthengst, ein Wallach mit durchaus Araberanteilen, aber etwas stämmiger, wenn auch nicht größer. »Die Mutter war ein tolles

Verlasspferd mit viel Lipizzaner im Blut!«, erklärte mir Susi. »Er hat gute Nerven, ist gutmütig aber flott. Wenn du alleine reitest, versprich mir, dich an eine unserer Routen zu halten. Damit wir dich im Ernstfall suchen können. Und jetzt lassen wir euch zwei allein, wenn ich auch nicht annehme, dass du in deinem Zustand heute schon in den Sattel steigen wirst.« Der junge Mann übergab mir »Napoleon« und ich stellte mich zuerst einmal dem Pferd vor und warnte es vor meiner Reitkunst. Susi hatte mich mit Karotten ausgestattet, die ich nach und nach als Einstandsgeschenk an den großen Kaiser verfütterte. Aus Gewohnheit blies ich ihm leicht in die Nüstern, er hielt ganz still, beim Weitergehen rieb er dann seinen Kopf an mir. Kein schlechter Anfang. Da mich anscheinend keiner beobachtete und die Steigbügel am Wandersattel etwa auf die richtige Länge eingestellt waren, schwang ich mich dann doch auf Napoleons Rücken. Er ertrug es gelassen, ging brav Schritt, offenbarte einen weichen und angenehmen Trab und galoppierte freudig aber locker kontrollierbar von Platzende zu Platzende. Susi klatschte Beifall. Sie hatte mich von einem Dachfenster des Stallgebäudes aus doch beobachtet. Ich stieg möglichst kreuzschonend von Napoleon, drückte ihn ein wenig und tätschelte ihm den Hals. War das ein Gefühl! »Du strahlst ja wie ein kleiner Junge zu Weihnachten!«, meinte Susi. Wir befreiten Napoleon von seinem Sattel, wechselten Zaumzeug gegen Halfter aus und brachten ihn zu seiner Herde auf die Koppel. Genau das richtige Pferd für mich, ich konnte den nächsten Dienstag kaum erwarten. Zum Abschied küsste ich Susi auf die Wangen, sie ihrerseits drückte mich unbefangen. Ich bestellte liebe Grüße an meinen Rechtsberater und fuhr beschwingt Richtung Peterskirchen zu Frau Wiesinger, an die ich noch einige Fragen stellen wollte. War schon ein guter Tag!

Weil mir danach war, pflückte ich unterwegs einen Blumenstrauß für Liesl Wiesinger. »Schleimer!«, hätte Ursula gesagt, ich war dankbar und froh, dass ich jetzt so sein durfte und konnte, wie ich nun einmal war. Frau Wiesinger freute sich über die Blumen und umarmte mich. Sie war beschäftigt. Zusammen mit einer Nachbarin

(»Frau Stadler, die ich an meinem Geschäft beteiligt habe.«) war sie am Aufräumen. Ich erfuhr, dass der »liebe Mike« ihr einen Radlader und der Mann der Frau Stadler Traktor und Anhänger geschickt hätten, die allen Schrott und Abfall im Hof und um das Haus entsorgt hätten. Sie lud mich zu Kaffee, Wiesinger-Bauernbrot und Geräuchertem ins Haus ein. Auch das Wohnzimmer war aufgeräumt, zum Glück hatten die beiden Frauen den überquellenden Schreibtisch des Verschwundenen dabei aber nicht angetastet. Frau Stadler wollte schnell zu Hause nach dem Rechten sehen und dann in einer guten Stunde wieder kommen, um sich wieder der gemeinsamen Aufräumarbeit zu widmen. So stand nichts im Weg, um mit der Liesl offen zu reden.

Ich erzählte ihr von meinem Verdacht über Wiesingers Nebenverdienste. »Bitte Liesl, ist dir irgendetwas aufgefallen, was vermuten lässt, dass dein Mann viel Bargeld zur Verfügung hatte?«

Sie musste nicht lange überlegen. »Jedenfalls hat er eisern darüber gewacht, dass wir alles und jedes bar bezahlt haben. Einmal wurde er richtig zornig, weil ich die Rechnung für eine neue Waschmaschine durch Überweisung beglichen habe. Ich habe mich fast geniert, aber als wir kurz vor seinem (sie zögerte) Verschwinden einen neuen Lastwagen abgeholt haben, hatte er einen Karton gefüllt mit Bargeld dabei. Er hat dabei die Finger auf die Lippen gelegt und mir zugeflüstert, dass er doch irgendwie sein Schwarzgeld unter die Leute bringen müsse!«

»Und kannst du dir vorstellen, dass er vielleicht irgendwo im Ausland Geld auf der Bank hatte? Ist er öfters verreist? In die Schweiz z.B., nach Lichtenstein oder Luxemburg?«

»Er hätte mir das sicher nicht gesagt, aber er war so eitel, dass er zumindest Andeutungen gemacht hätte. Wenn er auswärts schlief, so hatte das sicher etwas mit ..., na ja, mit seinen jungen Männern zu tun.«

»Liesl, ich habe eine Bitte. Wenn du soviel Vertrauen zu mir hast, gib mir doch den Inhalt des Schreibtisches hier im Wohnzimmer mit. Du hast ja genügend Müllsäcke. Ich kann dann in Ruhe in meinem Büro alles durchsuchen. Ich muss dahinter kommen, was war und was deinem Mann passiert ist.«

Die Liesl blickte mich treuherzig an. »Ich wollte zwar nichts, aber auch gar nichts mehr mit meinem Mann zu tun haben. Aber ich will, dass du all das Geld bekommst, das dir Alfons geben muss, wenn du das alles erklären kannst! Aber nur, wenn du am Dienstag zu meinem Einstand in Eggenfelden kommst!«

Ich sagte ihr, dass dies bereits mit Mike längst ausgemachte Sache sei. Sie war's zufrieden und freute sich königlich, wie aufgeräumt das Wohnzimmer wirkte, nachdem wir alles verpackt und in mein Auto geräumt hatten. Liesl versprach mir auch, die »Herrenzimmer« im ersten Stock in den nächsten Wochen nicht anzutasten. Sie gab mir von sich aus einen Schlüssel dazu, bat aber, mich anzukündigen, weil sie sich sonst zu Tode erschrecken würde, wenn es in den Herrenzimmern plötzlich rumoren würde.

Ich fuhr müde, aber auch zufrieden heim. Es war ein guter Tag gewesen. Und auch Monika war noch da. Wir aßen eine leichte Kost, leckere Shrimpsnudeln mit Salat, und saßen friedlich und harmonisch vor dem Fernseher. Wir hatten uns darauf geeinigt, heute nicht mehr über unsere Arbeit zu reden. Monika wollte oben in der Wohnung oder in meinem Wohnzimmer übernachten. Sie müsse mich doch morgen massieren und spritzen und übrigens wolle sie noch möglichst viel Zeit mit ihrem neuen Papa verbringen. Wie gesagt, ein guter Tag!

~

Am nächsten Morgen weckte mich Monika-Tochter mit einem fröhlichen »Guten Morgen Papa!«, und wenig später »Weißt du übrigens, dass mein wirklicher Vater gestorben ist, als ich erst zehn war?« Ich wusste nicht, freute mich aber, dass mein Selbstüberlistungs-Trick für Monika offensichtlich mehr war als nur ein Spiel. Als wir nach Massage und Spritze beim wie immer ausgezeichneten

Frühstück saßen, schaute ich zum ersten Mal auf die Uhr. Es war kurz vor 7.30 Uhr! Monika, fast entschuldigend: »Ich dachte, bevor du zu deinem Geländefahr-Training aufbrichst, helfe ich dir, den Inhalt des Wiesinger-Schreibtisches grob zu ordnen. Die drei Tage der nächsten Woche, die vor meinem Urlaub verbleiben, werde ich voll damit beschäftigt sein, die Geschäftsunterlagen der Firma Wiesinger zusammen mit Mike und Frau Strobl zu bearbeiten. Da kannst du dann in Ruhe und systematisch über dem Schreibtischinhalt sitzen!« Ich war einverstanden.

So saßen wir an diesem strahlenden Samstagmorgen zunächst zwei Stunden in meinem Büro und versuchten, in den Inhalt von fünf Müllsäcken eine erste Ordnung zu bringen. Monika hatte in der Wohnung darüber fünf mittlere Umzugskartons aufgetan, sodass wir nur noch ein irgendwie sinnvolles System finden mussten. Nach einigem Ausprobieren und familiär-friedlichem Diskutieren landeten wir bei »Müll«, dazu »Bürokram«, weiter »Geschäftliche Unterlagen«, im Gegensatz dazu »Private Unterlagen« und zuletzt noch »Unerklärliches, Brisantes, Verdächtiges ...«. Für die Abteilung »Müll« musste Monika nochmals einen zweiten Karton holen, im Karton »Unerklärliches ...« landeten neben anderem ein Stoß Prospekte und Reisebeschreibungen von Griechenland, dazu ein Zettel mit handgeschriebenen griechischen Adressen und Telefonnummern, im Karton »Private Unterlagen« eine Jurismappe mit Pornoheften, die Frau Liesl anscheinend nicht gefunden hatte und die so überdauern konnten. Dazu alle Briefe mit Absendern von Privatpersonen. Ein beachtlicher Anteil des Inhaltes landete im Karton »Geschäftliche Unterlagen«, wobei mir plötzlich aufging, dass die Firmenunterlagen, die uns die Polizei überlassen hatte, ja kaum zusätzlich in Wiesingers Schreibtisch Platz gefunden hatten. Ein kurzes Telefonat mit Liesl Wiesinger ergab, dass noch ein zusätzlicher Büroraum existierte, in dem Frau Strobl gearbeitet hatte. Dieser Raum wurde aber seit einigen Jahren von der Obstverwertungs-Genossenschaft genutzt und war daher ausgeräumt worden. Da sich aber dennoch Geschäftsbriefe etc. im Privatschreibtisch des Fuhrunternehmers fanden, deutete dies entweder auf einen mangelnden Ordnungssinn des Firmeninhabers oder darauf, dass er nicht wollte, dass seine Angestellte diese Briefe zu Gesicht bekam. Ich würde dieser Spur in den kommenden Tagen nachgehen.

Wir waren nach gut einer Stunde fertig, Monika wollte unbedingt, dass sie mir ihr »Verlobungsfetzerl« noch einmal vorführen durfte. Sie hatte den Verdacht, dass Opus One und Bundeswehr-Geheimwaffe meinen Wahrnehmungssinn getrübt haben könnten. Als Neutochter stand ihr das zu. Das »Verlobungsfetzerl« war auch nüchtern eine Offenbarung. Ich konnte einen gewissen Neid gegenüber dem zukünftigen Verlobten nicht leugnen – wahrscheinlich ist das für Väter typisch, auf alle Fälle für Neu-Väter, wie ich einer war! Danach verabschiedete sich Monika ins Wochenende, ihre lang dauernde und heftige Umarmung ließ in mir erneut den Verdacht aufkeimen, dass sie ihrer Verlobung nicht nur mit positiven Gefühlen entgegensah.

Ich brach pünktlich auf zu meinem Geländefahr-Training. Der Fahrlehrer betrieb eine Tankstelle, eine Tuningwerkstatt und seine Spezialfahrschule in der Nachbargemeinde Dietersburg. Er hieß Franz Bruckenbauer, war um die vierzig und wäre in Australien sicher Buschpilot geworden. Er fuhr mit seinem Jeep voraus zum Trainingsgelände, im Kern eine aufgelassene Kiesgrube mit ringsherum allen Typen von schwer passierbaren Wald-, Feld- und Wiesenwegen. Auch ein sumpfiges Stück Gelände gehörte dazu. Der Wald auf den Hügeln bestand hier vor allem aus Föhren. Bruckenbauer parkte seinen Jeep vor einer Baracke auf dem Talboden einer kleineren aufgelassenen Kiesgrube, die sich unmittelbar an eine große und für mich Furcht erregende ehemalige Kiesgrube anschloss. Er brachte neben zwei überdimensionalen Sturzhelmen noch ein kleines Gerät mit, das sich auf dem Armaturenbrett befestigen ließ. »Ein Neigungsanzeiger, damit wir merken, wenn wir auf dem Dach liegen!«, meinte der verhinderte Buschflieger aufbauend.

Er gab mir eine kurze theoretische Einführung in das Geländefahren und war froh darüber, dass ich schon seit Jahren mit dem Vierradantrieb Erfahrung hatte. Dann übernahm er das Steuer meines Autos und wir fuhren los.

Es war ein Rundparcours mit, wie er meinte, von »jedem etwas«. Er fuhr mit viel Gas, arbeitete enorm viel mit dem Lenkrad, hopste über Bodenwellen, fuhr mit Schwung in tiefe Pfützen und war permanent am Schalten. Er durchkreiste den Rundkurs dreimal, wobei er mir mit ruhiger Stimme und völlig entspannt erklärte, was er warum gerade machte und was er auf keinen Fall tun dürfe. Es gab aus meiner Sicht zwei überaus kritische Stellen. Einmal führte der Weg scharf am Rande der großen Kiesgrube vorbei, das hieß an einem steilen Abbruch von schätzungsweise guten fünfzig Metern. Zum andern musste die weglose Flanke eines stark abschüssigen Grashanges gequert werden. Hier bestand die Gefahr, dass unser Auto seitlich abrutschte, dann auf die Seite fiel und in die Tiefe rollte. Immer, wenn der Wagen zu rutschen begann, gab Bruckenbauer kurz Gas und richtete die Motorhaube stärker talwärts, um dann das Auto wieder abzufangen und in schräge Fahrtrichtung zu bringen. Und das alles völlig gelassen und absolut ohne Hektik. Nach der dritten Runde übernahm ich das Steuer, wobei der Fahrlehrer so tat, als wäre dies das Selbstverständlichste von der Welt. Nach der ersten Runde war ich durchgeschwitzt, ich hatte einen trockenen Mund und mir zitterten die Hände, die zweite Runde ging bereits flotter und die dritte machte mir richtig Spaß. Zur Abwechslung übten wir dann auf einem flachen Stück Wiesenboden einige Schleuderübungen, danach legten wir eine kurze Pause ein mit Wurstbrot und Mineralwasser aus dem Bestand der Fahrschule. Und dann durfte ich den Rundkurs alleine fahren, wobei der Buschpilot am Boden des Grashanges stand und meine Querung begutachtete. Nach drei Solorunden winkte er mich zur Baracke. »Der Herr scheint mir ein Naturtalent!«, war sein Kommentar, der mir zugegebenermaßen gut tat. »Und da es so gut läuft, werde ich eine Ausnahme machen und jetzt sofort unser Schokoladenstück anschließen.«

Bruckenbauer setzte sich wieder ans Steuer, fuhr einen Teil des Rundkurses den Berg hoch, bog dann links ab und steuerte im Bogen direkt auf den Rand der großen Kiesgrube zu – und zwischen zwei rot lackierten größeren Steinen ohne zu zögern direkt in den Abhang hinein. Mir stockte der Atem, mit stoischem Gesichtsausdruck lenkte er das Auto in sanften Schlangenbewegungen, wobei jeder angedeutete Bogen eine deutliche Bremswirkung zeigte, ins Tal und zwischen zwei relativ eng stehenden kräftigen Föhren hindurch auf einen flachen Weg hinaus auf die Forststraße. Er hielt, erklärte mir freundlich, was er alles gemacht hatte und was er ja nicht hätte machen dürfen, z.B. im Hang auf die Bremse steigen. Und dann fuhren wir das »Schokoladenstück« noch zweimal, danach stieg der Buschpilot aus und überließ mir das Steuer. Ich glaubte zwar immer noch nicht, dass ein Auto einen solchen Weg überhaupt bewältigen konnte, verließ mich aber auf das, was ich gerade erlebt hatte. Der erste Versuch gelang leidlich, meine Schlangenbewegung im Hang war wohl etwas zu übertrieben, sodass ich unten angekommen beinahe nicht zwischen den Föhren hindurchgekommen wäre. Bruckenbauer verzog keine Miene. »Du hast gemerkt, du musst noch sanfter ›wedeln‹ mit dem Auto, wie beim Schifahren. Deute die Bewegung mit dem Oberkörper an oder sing ein Lied. Also noch einmal!« Versuche Nummer zwei und vor allem drei und vier verliefen zufriedenstellend, sodass ich innerlich jubelte. Ich war von Hause aus eher furchtsam und hatte jede Menge Angst überwinden müssen. Ich war froh darüber, dass ich keinen fünften Versuch ohne Bruckenbauer machen durfte und wir rollten gemütlich zurück nach Dietersburg. Ich vereinbarte mit Bruckenbauer einen weiteren Termin, der allerdings erst in vier Wochen sein sollte, da er zwischendurch Urlaub machen wollte. Zwar nicht im Busch, aber immerhin mit dem Paragleiter in den Bergen. Sobald ich alleine in meinem Auto war, fing ich an laut, und leider ziemlich falsch, zu singen. Wieder ein guter Tag!

Die Schießübungen im »Schützenhaus« der Gemeinde um 16 Uhr, meine nächste Pflicht an diesem Tag, verliefen mit eher gemischtem

Erfolg. Sie waren Teil des von Kommissar Aichinger verlangten und überprüften Übungsprogramms. Immerhin traf ich diesmal öfter die Scheiben und hatte sogar – Zufall oder nicht – ein Mal einen Treffer ins Schwarze. Der dickliche Schießtrainer, jahrelang Schützenkönig der Gemeinde, Kreis- und sogar Bezirksmeister mit dem Gewehr, hatte von Trommelrevolvern nach eigenen Angaben wenig Ahnung. Es gab zu ihm aber in der näheren Umgebung keine Alternative. Trotzdem konnte er mir ein paar brauchbare Ratschläge geben. Ich hoffte inbrünstig, den Revolver nie einsetzen zu müssen. Allerdings hatte ich mittlerweile eingesehen, dass ich ohne Training eine Gefahr war für mich und mein Umfeld – und zwar nicht nur für das kriminelle! Gleichzeitig hatte ich den Entschluss gefasst, trotz auferlegtem Revolverzwang durch die Polizei vorerst mit den Ermittlungen weiterzumachen. Aichinger hatte Recht. Es lag an mir, ob und wie ich die Waffe einsetzte. Ich war jedenfalls froh, dass ich das für mich geklärt hatte.

Gegen 19 Uhr war ich in meiner Wohnung, fand im Kühlschrank genügend Vorrat für meine große Leidenschaft Pfannkuchen und verspürte zum ersten Mal eine Art Heimatgefühl in diesen Räumen. Nach den Fernsehnachrichten und einer halben Stunde Arbeit an meinen Aufzeichnungen machte ich mich daran, die große Badewanne (eine Art Whirlpoolanlage) mit heißem Wasser volllaufen zu lassen. Da drückte jemand den Klingelknopf zu meiner Wohnung und vergaß anscheinend, den Daumen wieder wegzunehmen. Etwas unwirsch und für einen Ermittler unprofessionell schlurfte ich zur Haustür und öffnete sie einfach – draußen stand eine völlig aufgelöste, schluchzende und schniefende Monika.

»Glaubst du, du hast die Nerven, nochmals Papa zu spielen?«
»Komm rein, was in aller Welt ist denn passiert?«
»Mein Freund (erneutes Schluchzen) hat mir eine Mail geschickt, die Verlobung abgesagt und unser Verhältnis beendet!«

Und dann hing sie an meinem Hals und weinte. Ich ließ sie weinen, strich ihr übers Haar und opferte dann in der Küche die Tasse heiße Schokolade, die ich vor dem Bad noch trinken wollte. Monika nahm auch dankbar mein Angebot an, an meiner Stelle in die heiße Wanne zu steigen, während ich mich mit der Dusche begnügte. Danach bettete ich Monika, eingehüllt in meinen Bademantel, auf das Sofa im Wohnzimmer, setzte mich zu ihren Füßen und sie begann zu reden. Zwei Stunden später wurden wir müde, ich verpasste ihr einen meiner keuschen Schlafanzüge und wir gingen in mein Bett. Dort redeten wir weiter, bis Monika so gegen zwei Uhr morgens einschlief, an mich geklammert wie ein Säugling. Vielleicht sollte ich statt Ermittler Partnerberater werden. Die Arbeitsbedingungen wären zwar auch aufregend, aber wesentlich angenehmer – und revolverfrei!

Monikas Probleme mit ihrer Beziehung lagen auf der Hand. Sie hatte sich an einen Mann gebunden, der aus einer völlig anderen Welt stammte und in einer völlig anderen Welt lebte. »Irgendwie« hatte sie gehoffte, sie werde ihn im Verlauf ihrer Beziehung ändern. Er hatte das instinktiv gespürt und, was natürlich war, abwehrend und, was weniger natürlich war, zunehmend aggressiv reagiert und sich immer häufiger betrunken. Er war und blieb ihr fremd. Sie hatten alle Kraft darauf verwandt, Ausreden und Beschönigungen für die immer mieser werdende Beziehung zu finden und zuletzt die Flucht nach vorne in Richtung Verlobung angetreten. Dies alles waren keineswegs Analysen eines hochintelligenten Ermittlers, sondern Monika formulierte diese Erkenntnisse im Verlauf des Abends selber. Als ein weiteres zentrales Motiv für ihre »Flucht in den Irrsinn« war die Tatsache gewesen, dass sie die Nase voll hatte von Ego-Alfons, AW-Service und allem, was damit zusammenhing. Auf diese Weise kamen wir wenigstens zu einer Arbeitshypothese, die Monika sichtlich beruhigte und letztlich einschlafen ließ: »Um sein Leben zu ändern, muss man sich nicht an einen Mann binden, der absolut nicht der passende ist!« »Vielleicht habe ich ja gerade Glück gehabt!?«, war das Letzte, was ich in dieser denkwürdigen Nacht von Monika zu hören bekam.

∼

Ich schlich mich am nächsten Morgen widerwillig, aber eingedenk meiner neuen Rolle und Verantwortung pflichterfüllt aus dem gemeinsamen Bett und werkelte an einem Sonntagsfrühstück für unsere neue Restfamilie. Irgendwann nachts musste Fritz Jung da gewesen sein und einen Briefumschlag außen an das Wohnzimmerfenster geklebt haben. Er enthielt zwei seiner Gedichte zu »Verlorene Momente«. Offensichtlich als Themengedicht gedacht:

> Ich weine um dich
> Und ich weine
> um all die verlorenen Momente
> an denen es nicht gelungen
> uns nah zu sein ...

Und wohl als Zustimmung zu meinem Vorschlag das leicht veränderte Pfannkuchengedicht aus seinem alten Gedichtband:

> Da ich zu feige war
> es dir zu sagen
> dass ich dich streicheln wollte
> und lieben
> haben wir Pfannkuchen gegessen ...

Ich habe mich schon als Lehrer immer immens gefreut, wenn unter den Schülerinnen und Schülern einige waren, die aus dem reinen Konsumieren von Literatur ausgebrochen sind. Und die für sich eine, wenn auch noch so ungelenke Möglichkeit entdeckt haben, sich selbst »Ausdruck zu verleihen«. Ich wusste in der Zwischenzeit von Fritz Jungs Hang zum Frühaufstehen und rief ihn daher einfach an. Er saß, wie erwartet, an seinem Schreibtisch und schrieb einen Artikel zu Anneliese Wiesingers neuer Karriere als Bäckerin eines exzellenten niederbayerischen Bauernbrotes. Er freute sich über meine Rückmeldung und erzählte, er werde die Urnenabdeckung an der letzten Ruhestätte seiner Frau neu beschriften lassen: mit dem Gedicht über die verlorenen Momente. Ob er dann noch »einen Gedichtband brauche«, sei dahingestellt.

Wir sprachen auch kurz über seinen Artikel, der am morgigen Montag die Leute zur Teilnahme an der diensttäglichen »Einführungsveranstaltung« und dann langfristig zum »Brotkauf« zu animieren hatte. Er wollte in seinem Artikel den Kriminalfall Wiesinger nur am Rande streifen, über die positive Veränderung in Leben und Gemütsverfassung der Anneliese Wiesinger berichten und dabei auf meine Rolle und die von Sophie und Mike Weinberger eingehen. Ich ermahnte ihn, ja die Unterstützung für diese Frau durch Alfons nach dem Verschwinden ihres Mannes zu erwähnen und doch am Ende eine kurze Stellungnahme des allmächtigen AW-Besitzers zum »Brotprojekt« zu verarbeiten. Fritz Jung knurrte etwas, wobei ich nur »zum Kotzen« richtig verstand. Mir wurde wieder einmal klar, wie bedürftig eigentlich mein Schulfreund Alfons war. Und wie es ihm gelungen war, fast eine ganze Region und mehr oder weniger auch mich seiner Bedürftigkeit nach funktionieren zu lassen. Ich tröstete meinen Teamkollegen in Sachen Ermittlung mit dem Hinweis, dass sein Artikel ja einen guten Zweck verfolge und Moral ohne Strategie oftmals auf verlorenem Posten stünde. Fritz Jung verabschiedete sich mit einem langen und tiefen Seufzer.

Monika, deren aufreizender Erscheinung selbst ein zu großer und keuscher Herrenschlafanzug und völlig verstrubbeltes rotes Haar keinen Abbruch taten, strahlte über das Frühstück. Sie fragte sich und mich, ob es mich stören könnte, wenn sie wie »bei einem richtigen Vater« auch einmal ungewaschen und im Nachtgewand am Tisch sitzen würde. Ich hatte damit keine Probleme. Irgendwann während des Frühstückes kam Monika-Tochter auch auf den gestrigen Abend zu sprechen: »Weißt du, was Trösten und Beraten angeht, ist unser Dorfpfarrer schon ein Ass. Aber gegen dich ist er ein Waisenknabe!« Dafür bekam sie dann die Erlaubnis, bis ans Ende unserer Tage im Schlafanzug an meinem Frühstückstisch zu sitzen. Sie verkündete mir ihren Entschluss, heute (»solange du noch da bist«) ihrem Exfreund noch eine Antwort zu mailen. Sie werde sich darin bedanken, dass er den Mut aufgebracht habe, den Tatsachen ins Auge zu sehen und sie beide vor einem Riesenfehler zu bewahren. Sie werde ihm dann für sein weiteres Leben viel Glück wünschen. So genau ich sie auch musterte, sie hatte tatsächlich keine Tränen in den Augen.

Nach dem ausführlichen Frühstück, bei dem ich auch genauestens zu meinen Geländefahr-Heldentaten befragt worden war und es bald wieder generell um den Stand unsere Arbeit ging, räumten wir gemeinsam ab. Monika verschwand anschließend im Büro und später im oberen Stock zu den Firmenunterlagen. Sie sei da eventuell auf eine heiße Sache gestoßen. Sie plante, erst dann nach Hause zu fahren, wenn ich massiert und gespritzt das Haus für meine als Nächstes geplante kleine Niederbayern-Rundfahrt verlassen hatte. Und so geschah es dann, wobei die Massage, wie zu erwarten traumhaft und die Spritze, wie ebenfalls zu erwarten, albtraumhaft war.

Die Dorfkirche mit ihrer alten Bausubstanz versetzte mich schnurstracks zurück in Kindheit und Jugend. Erinnerungen an Messen zu nachtschlafener Zeit vor der Schule nach einer Stunde Fußweg, an ganz frühe eigene Auseinandersetzungen mit dem, was behauptet und gefordert wurde, an Erleben von Dorf- und Glaubensgemeinschaft und pubertärem Fremdsein. Für mich waren Kirchen ein guter Ort geblieben, um sich mit Niederbayern auseinanderzusetzen. Mit Ausnahme einer Schar von Fundamentalisten und Bigotten waren zumindest früher die Niederbayern in meiner Wahrnehmung die fröhlichsten Sünder, die mir im Laufe meines Lebens über den Weg gelaufen sind. Ich führte dies auf den Mangel an Alternativen in Sachen Glaubensorientierung zurück (so gut wie rein römisch-katholisch bis in die 60er Jahre) und dabei vor allem auf die geniale Erfindung der Beichte. War etwa ein junger Niederbayer darauf aus, ein Mädchen zu verführen, so ist der Lockruf dazu: »Komm schon, sonst haben wir morgen nichts zum Beichten!«, bestimmt nicht nur von mir erfunden worden. Es hat sich mir tief eingeprägt, was ich erlebte, als ich einmal als Halbwüchsiger zu spät zur Sonntagsmesse kam und es aus Schüchternheit den vielen Männern gleich tat, die Messe vor der geöffneten Kirchentür aus zu verfolgen. Während in der Kirche Hochwürden über Keuschheit und Zucht predigte, war der Männerbund vor der Tür mit hochroten Köpfen dabei, die Fantasie anregende Behauptung eines der ihren zu debattieren und auszuschmücken. Ein sichtlich stolzer Bauer und Vater, der mit der Partnerwahl seiner Tochter ursprünglich nicht einverstanden gewesen war und sie deshalb mit Ausgangsverbot und Zimmerarrest belegt hatte, berichtete nämlich, seine störrische Tochter habe sich vom Mann ihrer Wahl in luftiger Höhe durch das Fenstergitter hindurch schwängern lassen. Das musste eine Art Volkssport sein, denn von meinem Großvater wurde das Gleiche behauptet! Es fehlte nicht viel, und die Männerrotte wäre zum Tatort geeilt und hätte den strittigen Vorgang nachgestellt. Letztendlich einigte »Mann« sich darauf, den Gottesdienst frühzeitig zu verlassen und im warmen Wirtshaus den Casus weiter zu erörtern.

Im planierten Gelände rings um die Kirche, wo einst der Friedhof gewesen war, konnte ich später ziemlich genau die Stelle finden, an der meine Mutter und weitere Verwandte begraben lagen und wieder »zu Erde« wurden. Mit dem Rücken an die Kirchenmauer gelehnt und im Schatten eines heißen Julitages empfand ich Dankbarkeit darüber, dass ich hier und jetzt am Leben war. Es wurde insgesamt für mich ein entspannter und schöner Nachmittag. Ich fuhr mit meinem Auto über eines der Rottaler Kurbäder nach Aldersbach mit seiner Asamkirche. Als Kind hatten mich die vielen ausgestellten heiligen Leichen zutiefst erschreckt. Bald aber auch hatte ich angefangen, mich über die Botschaft und die damit verbundene Methode zu ärgern. Ich war übrigens auf dem Weg nach Aldersbach an der Fundstelle des blutbesudelten Autos von Günter Wiesinger vorbei gefahren und hatte die Besichtigung des straßennahen Platzes in einem kleinen Wäldchen mit einem anschließenden Spaziergang verbunden. Der Mensch Wiesinger war für mich immer noch nicht ganz greifbar! Von Aldersbach ging es nach Samarei, wo über eine uralte kleine hölzerne Wallfahrtskirche mit unzähligen Votivtafeln später eine große Steinkirche gebaut worden war. Eine Variation des Prinzips »Puppe in der Puppe«, anrührend und zugleich kurios. Ganz in der Nähe, ein ehernes Gesetz nicht nur an katholischen heiligen Orten, eine Einkehr, berühmt vor allem wegen der Forellen aus eigener Zucht. Ich lud mich selber zum Abendessen ein, was meinem Ausflug eine angenehme Abrundung gab. Der Fall Wiesinger hatte mich die letzten Tage so in Beschlag genommen, dass ich Gefahr lief, Niederbayern nicht gebührend wahrzunehmen. Ich wollte dies nach Möglichkeit zukünftig besser machen.

Spät und reichlich müde war ich dann wieder in meiner Wohnung. Monika lag, umhüllt von meinem keuschen Schlafanzug, erneut in meinem Bett. Ich freute mich darüber. Als ich aber irgendwann nachts, mehr aus Versehen als mit Absicht, Kontakt mit ihrem nackten Rücken bekam, verschrieb ich mir eine Auszeit und zog für zwei Stunden auf die Wohnzimmer-Couch. Manchmal bin ich nahe daran, mir selber unheimlich zu werden!

~

Monika frühstückte heute, Montag, wieder ungewaschen. Ich war also, mehr oder weniger ohne darüber nachzudenken, tatsächlich in die Rolle eines Ersatzvaters geraten. Es hätte schlimmer kommen können. Etwas Aufregung entstand dann doch, als Mike über eine halbe Stunde früher als vorgesehen auf der Bildfläche erschien. Aber Monika meisterte die Herausforderung mit Bravour. Sie bat Mike mit an den Frühstückstisch und erklärte ihm dann völlig unverkrampft, wie sie in mir zuerst den »letzten zärtlichen Mann gesucht und gefunden« habe und nach der Katastrophe ihrer Beziehung mit dem fernen Monteur ein völlig neuartiges (Ersatz-)Vater-Tochter-Verhältnis entstanden sei. Sie habe, so ihre Rede, in zwei Nächten im keuschen Schlafanzug den größten Verlust ihrer Kindheit ausgleichen können und sei darüber mehr als zufrieden. Es folgte der obligatorische Tochterkuss für mich, diesmal auf die Stirn. Ich war neugierig, wie der Jungmüller mit dieser Information umgehen würde. Er blickte mit strahlenden Augen Richtung Monika und bedachte mich später mit einer herzlichen Umarmung. Ich fühlte mich kurzfristig wie eine männliche Mutter Theresa, aber Monika in ihrer unnachahmlichen Art wechselte ohne Übergang zu unserer Ermittlungsarbeit.

Sie berichtete, dass sie bisher in den Papieren der Firma Wiesinger Hinweise entdeckt habe, wie mindestens zweimal ein drohender Bankrott durch überraschende Finanzspritzen abgewendet worden war. Einmal hätte die Belegschaft das nötige Geld aufgebracht. Auf welche Weise könne sicher Kati Strobl erläutern, die ja in etwa einer Stunde kommen werde. Ein andermal habe angeblich die mittlerweile verstorbene Mutter des Herrn Wiesinger ihrem klammen Sohn über vierhunderttausend Mark schlicht geschenkt. Das Team werde sich diese Vorgänge im Laufe des Tages näher anschauen und nach weiteren dubiosen Geldquellen suchen. Ich verwies noch auf die von Frau Wiesinger berichtete Manie ihres verschwundenen Gatten, alles und jedes bar zu bezahlen, selbst einen neuen Lastwagen! Und dass Alfons sich dies schlicht mit »Schwarzgeld« erkläre, einschließlich der geschätzten Millionen für die Antiquitäten. Monika ihrerseits erinnerte mich noch daran, in Landshut »bei dem schönen Sascha« ja auch nach der Bedeutung der Griechenlandadressen und der vielen griechischen Prospekte zu fragen. Anschließend bat ich darum, wenn es für das Team einschließlich Frau Strobl möglich sei, für heute um 19 Uhr ein feines Büffet für ein Arbeitsessen zu bestellen und Fritz Jung dazu einzuladen. Ich fand bei den Anwesenden begeisterte Zustimmung. Monika verschwand im Bad, Mike stürzte mit Feuereifer noch oben zu den Firmenunterlagen. Der Ermittler begab sich auf die Fahrt nach Landshut und war gespannt auf den schwulen und schönen Antiquitätenhändler und was dieser alles erzählen würde. Ich musste mir eingestehen, dass diese Art von Ermittlung mir als alten Pädagogen Freude machte.

Sascha Dreier war in der Tat eine angenehme und beeindruckende Erscheinung. Nicht nur, dass er gut aussah, er strahlte auch jene Sicherheit im Auftreten und Verhalten aus, wie sie in der Regel nur eine Herkunft aus »gutem Hause« verleiht. Seine Wohnung und sein Antiquitätengeschäft befanden sich in Landshuts bester Lage in der Nähe des Zentrums. Landshut mit seiner mächtigen Burg und einer ebensolchen Stadtkirche war für mich so gut wie Neuland. Die Stadt zeigte sich auf den ersten Blick anheimelnd und beeindruckend zugleich. Ich nahm mir vor, nach dem Ende des AW-Auftrages einige Tage dort zu verbringen. Das alte, eher schmale Bürgerhaus, in dem Sascha Dreier lebte, war sehr sensibel restauriert. Der Laden war voll mit englischen Antiquitäten. Jedes Möbelstück und jedes Gemälde war offensichtlich ein Original und von erlesener Qualität. Sascha führte mich über eine Treppe von den Ladenflächen nach oben in seine Privaträume. Die Einrichtung dort glich in vieler Hinsicht seinen Verkaufsräumen, nur dass er seine englischen Antiquitäten mit wenigen, aber erlesenen hypermodernen Stücken kontrastierte. Da er mir die Wahl ließ, entschied ich mich gegen eine formvollendet, aber zerbrechlich und unbequem wirkende moderne Leder-Stahl-Sitzecke und versank lieber in einem ein- und ausladenden Ledersessel aus dem 18. Jahrhundert. Nachdem er mich auf Wunsch mit Wasser und Johannisbeersaft versorgt und sich selbst englischen (!) Tee eingegossen hatte, nahm er mir gegenüber auf dem zu meinem Sessel gehörenden Sofa platz.

»Sascha, sind Sie auch noch Ballett-Tänzer?« Die Frage drängte sich mir angesichts von Bewegungsart und Statur meines Gegenübers nachgerade auf.

»Gut beobachtet! Ich habe zwei Jahre Ausbildung in London hinter mir und tanze zu meiner Freude heute ab und an in einer Laiengruppe, die vor allem altes englisches Ballett pflegt. Ich übernehme dort übrigens häufig Frauenrollen.«

»Sie werden meine nächste Frage erwartet haben. Wie in aller Welt kommt ein eher grobschlächtiger Fuhrunternehmer aus dem tiefsten Niederbayern in Beziehung zu einem feinnervigen, gebildeten jungen Mann, der vermutlich aus bestem Hause stammt?«

Auf Saschas fein geschnittenem Gesicht zeigte sich ein ungekünsteltes Lächeln. »Ich darf Ihnen vielleicht etwas mehr von mir erzählen, damit Sie dieses Paradox doch ein Stück zu verstehen lernen. Ich stamme aus einer kleinen Beamtenfamilie aus Braunschweig, mein Vater war beim dortigen Finanzamt tätig. Ich war noch nicht sechzehn und Gymnasiast, als unsere Familie, Vater, Mutter und ich, mit ihrem VW-Passat auf der Autobahn bei Göttingen in einen Massenauffahrunfall geriet. Vater und Mutter waren sofort tot. Ich kam mit einem Schock, einer Gehirnerschütterung, einigen Schnittwunden und Abschürfungen in eine Unfallklinik. In meinem Zimmer lag ein englischer Lord als Patient, der ebenfalls in den Massenunfall geraten war und sich dabei das rechte Bein gebrochen hatte. Er kümmerte sich rührend um mich und half mir in den gemeinsamen Wochen des Krankenhausaufenthaltes, wenigstens wieder ein bisschen Mut zu fassen. Lord Peter Nail war um die vierzig, alleinstehend, vermögend und schwul. Noch im Krankenhaus kamen wir uns näher. Er war übrigens nicht mein erstes männliches Verhältnis. Da ich nur noch einen alkoholkranken Onkel in den USA als Verwandten hatte, setzte er relativ rasch bei den deutschen Behörden durch, dass er mich zu sich nehmen und sich um meine Erziehung kümmern durfte. So kam ich als Doppelwaise, Zögling und Geliebter eines englischen Lords nach London und begann ein zweites Leben. Ein Leben mit Hauslehrern, Theaterbesuchen, Ballettunterricht, Fechten, Polo – umgeben von Antiquitäten und Kunst in fast jeglicher Form. Ich blühte allmählich wieder auf. Kurz nach meinem achtzehnten Geburtstag aber traf mich mein nächster schwerer Schicksalsschlag. Lord Peter Nail wurde Opfer eines dubiosen Verbrechens. Er wurde erstochen, seine Umgebung munkelte etwas von einem Duell. Lord Peter hatte zu Lebzeiten sein Erbe geregelt und mich großzügig bedacht. Ich erbte genügend Kapital für eine Existenzgründung, viele teuere englische Antiquitäten und dieses Haus in Landshut. Er hatte es ein paar Jahre vorher als Feriendomizil und Liebesnest auf Wunsch seines damaligen Freundes, eines Passauer Englischlehrers mit Wurzeln in Landshut, erstanden. Dieser Exfreund meines verstorbenen ›Sokrates‹, wie ich Lord Peter voller Zuneigung nannte, war es auch, der mir dann die Türen öffnete zur hiesigen Schwulenszene und zur Landshuter und Passauer Schicht der Gebildeten.

Und jetzt kommt der ungelenke, ungebildete und vierschrötige Fuhrunternehmer Günter Wiesinger ins Spiel. In kurzen Abständen hatte das Leben mir zweimal meine wichtigsten Bezugspersonen, meinen Vater und Lord Peter, entrissen. Ich war, wie gesagt, damals erst kurz über achtzehn und sehnte mich nach einem Ausgleich dieses Verlustes. Und ich war unreif und eingebildet genug, um diese Sehnsucht in ein umgekehrtes ›Sokratesmodell‹ zu fantasieren. Mein Traum war, so wie Lord Peter einen unfertigen, rohen Menschen zu bilden und zu veredeln. Nur musste und sollte der vom Alter her zugleich meine Sehnsucht nach einem Vater- und Lord-Peter-Ersatz befriedigen. Bei meinem einzigen Besuch zusammen mit schwulen Freunden aus Passau in der Erotikbar EVA in der Nähe von Eggenfelden stolperte ich sozusagen über Günter Wiesinger und projizierte alles, was ich erträumte, in diesen ›Naturburschen‹. Er stand offensichtlich am Beginn seiner Schwulenkarriere, war völlig verunsichert und mit Leichtigkeit zu verführen. Ich imitierte Lord Peter so gut ich konnte und ›bildete‹ Günter Wiesinger in jeder denkbaren Hinsicht: Von der Erotik über die Körperpflege, den Lebensstil einschließlich Kleidung, Freizeitgestaltung usw. usw. Günter Wiesinger lernte in der Tat viel dazu, was meinem jungen Ego gut tat. Er war auch ein zurückhaltender, ja scheuer Liebhaber, das Projekt aber von meiner Seite her insgesamt doch eher spätpubertär. Nach drei Jahren etwa war ich reif genug, um dies einzusehen. Und Günter Wiesinger hatte zunehmend Sehnsucht nach jüngeren männlichen Wesen und bat mich eines Tages sogar, ob ich ihm nicht einen ›wenigstens wieder erst Achtzehnjährigen‹ vermitteln könnte ›mit aktuellem negativen HIV-Test‹. Für mich kam das nicht ungelegen, ich hatte in der Zwischenzeit bereits Adi Braun kennen und lieben gelernt. So betätigte ich mich als Vermittler und brachte ihn in Beziehung zu einem jungen Mann aus der Schwulenszene in Landshut. Fortan traf er sich etwa einmal im Monat in meinem Haus mit Hansi Rudolph, der etwas unbedarft ist, aber damals brav seinen frischen HIV-Test mitbrachte. Ich achtete darauf, dass Hansi Rudolph fair behandelt und entlohnt wurde. Ansonsten konzentrierte ich mich nur noch auf die ›Veredelung‹ von Günter Wiesinger auf anderen Feldern, bis er mir dann kurz vor seinem wahrscheinlichen Tode das Verhältnis kündigte und mir vorwarf, ich wolle aus ihm ›so einen gebildeten Affen‹ machen, wie ich einer sei. Er werde zukünftig in noch ganz anderen Verhältnissen leben und sich ›Frischfleisch‹ nach Lust und Laune besorgen können. Ich mit meinen komischen moralischen Vorstellungen passe einfach nicht mehr zu diesem geplanten Leben!«

»Darf ich nachfragen: Sie hatten also zu Herrn Wiesinger die letzten Jahre nur noch ein platonisches Mentorenverhältnis?«

»In der Tat. Aber verletzt war ich dennoch, wahrscheinlich aus Eitelkeit. Allerdings verspürte ich auch ein Stück Erleichterung.«

»Wenn ich das recht sehe, bestand auch keine finanzielle Abhängigkeit von dem Fuhrunternehmer?«

»Das sehen Sie richtig. Ich war finanziell unabhängig und habe zu keiner Zeit von Günter Geld erhalten. Allerdings hat er mir Geschenke gemacht, die ich alle gesammelt habe.« Sascha öffnete die Türen einer, wie könnte es anders sein, alten englischen Vitrine. Ich erlebte das Abbild der gleichen Entwicklung, die sich in der Kleidung im Herrenzimmer des Herrn Wiesinger gespiegelt hatte. Die ersten Geschenke waren derb und zum Teil abenteuerlich: Biergläser mit Zinndeckel und ungelenken Sprüchen, ein bayerisches Fabelwesen, ein sogenannter Wolpertinger für Touristen, die Münchner Frauentürme aus Porzellan und andere Kostbarkeiten – im Gegensatz dazu war das letzte Geschenk eine sicher sündteure Teekanne zu einem englischen Service aus dem 18. Jahrhundert. Der Übergang dahin war fließend. Ins Auge fiel mir besonders ein alter gerahmter Originalstich der Athener Akropolis. Ich würde darauf zurückkommen!

»Auf welche Weise wurden die Geschäfte mit den englischen Antiquitäten abgewickelt?«

»Ich wollte das eigentlich nicht. Günter hatte mir anfangs von seinen vielen Jagdtrophäen und dem grausigen Bisonkopf vorgeschwärmt. Ich konnte mir dazu und überhaupt zu dem etwas verkommenen Bauernhof beim besten Willen keine Räume mit Einrichtungen aus erlesenen Antiquitäten vorstellen. Aber er kam eines Tages mit über einer halben Million Mark in einem Plastikbeutel und einem Grundriss seiner ›Privaträume‹ und beauftragte mich, seinen ›Agenten‹ zu spielen. Und da er mit jedem neu erworbenen Stück größere Freude zeigte, haben wir nach und nach seine Räume für insgesamt über zwei Millionen Mark ausgestattet!«

»Ist Ihnen denn das viele Bargeld nicht verdächtig vorgekommen?«, wollte ich wissen.

»Na ja, Günter behauptete, das Geld komme aus einer Erbschaft seiner Frau, die wesentlich umfangreicher gewesen sei, als das Finanzamt wisse. Ich machte zur Bedingung, dass ich unsere Geschäfte voll über meine Bücher laufen lassen würde und Günter war einverstanden!«

»Haben Sie denn eine Ahnung, woher das Geld wirklich stammte?«

»Wenn es nicht Schwarzgeld aus seinem Betrieb war, muss ich passen. Ich kann mir aber nicht recht vorstellen, dass dieses kleine Fuhrunternehmen soviel abwarf!«, meinte Sascha.

Ob denn Wiesinger ein Bankkonto im Ausland gehabt haben könnte, wollte ich noch wissen. Sascha verneinte kategorisch. Er hätte von den Reisen Wiesingers oder seinem Schriftverkehr gewusst. Er, Sascha, habe ihm ja z.T. sogar ganz einfache Verträge aufsetzen müssen.

Einmal allerdings, ein gutes Jahr vor seinem Verschwinden, habe Wiesinger offensichtlich von großen Geschäften neben seinem Betrieb geträumt. Er sei sogar an die polnische Grenze nach Görlitz an der Neiße gefahren und wollte sich wohl an illegaler Arbeitsvermittlung oder dergleichen beteiligen. Sascha erzählte weiter:

»Ich riet ihm dringend ab und drohte sogar mit Abbruch unserer Beziehung. Irgendetwas ging aber dann sowieso schief. Er kam mit einem blauen Auge zurück und die Pläne, was immer das für Geschäfte hätten sein sollen, wurden begraben. Er hatte mir übrigens ›zur Sicherheit‹ die Adresse seines Gesprächspartners in Görlitz gegeben und ich habe sie gesucht, gefunden und für Sie kopiert.«

Sascha überreichte mir die Kopie. Ich wusste, dass ich mir damit gerade Zusatzarbeit eingehandelt hatte. Vorerst aber wollte ich mit Sascha noch andere Dinge abklären.

»Sascha, zurück nochmals zu Ihrem Verhältnis zu Wiesinger. Halten Sie es für möglich, dass Herr Wiesinger neben dem früheren Verhältnis zu Ihnen und dann der erotischen Beziehung zu Hansi Rudolph noch andere Beziehungen zu Männern hatte, von denen Sie nichts wussten?«

Sascha antwortete mit großer Bestimmtheit. »Sie hätten Wiesinger kennen müssen. Er war in diesen Dingen unbeholfen und nebenbei ein Prahlhans – er hätte mir ein Zusatzverhältnis einfach verraten müssen, um sein Ego zu pflegen. Und er hatte eine panische Angst vor Aids. Bei einem gemeinsamen Ausflug mit schwulen Freunden hat ihn einer davon ohne große Absicht auf die Wange geküsst. Günter kam daraufhin kreidebleich zu mir gestürzt und wollte wissen, ob er sich wohl jetzt mit HIV infiziert habe.«

Ich ließ noch nicht locker. »Aber zum Ende des Verhältnisses hat er doch gesagt, er werde bald ›Frischfleisch‹ nach Lust und Laune haben können!?«

»Wiesinger hatte dieses ›Frischfleisch‹ aber noch nicht, er war eben ein Aufschneider und Träumer!«, entgegnete Sascha. »Ich weiß nicht, von welchem schnellen Reichtum er zu diesem Zeitpunkt wieder einmal geträumt hat. Es war ja nicht das erste Mal. Sie hätten ihn erleben sollen, was er sich früher alles ausgemalt hatte für den Fall, dass sein ›Polengeschäft‹ erfolgreich sein würde!«

»Sie schließen also einen gewaltsamen Tod wegen irgendeiner Verwicklung in die kriminelle Schwulenszene aus?«, wollte ich noch wissen.

»Ich schließe nicht aus, dass er in kriminelles Milieu geraten ist und – tollpatschig wie er war – dabei umgekommen ist. Ich kann aber so gut wie sicher ausschließen, dass dies primär etwas mit seiner Veranlagung zu tun hatte. Er hätte, wie gesagt, ganz anders geprahlt damit. Das ist jedenfalls meine Meinung!«

»Ist es denn möglich, heute noch mit Hansi Rudolph ein kurzes Gespräch zu führen? Vielleicht ist ja seinem Gespielen von damals irgendetwas aufgefallen, was uns weiter hilft.«

Sascha nickte und griff zum Hörer. Er telefonierte auf Italienisch (!) offensichtlich mit einem Lokal und wurde fündig. Er erfuhr, dass Herr Rudolph, seines Zeichens Lenker der Limousine eines erfolgreichen Jungunternehmers, in etwa einer Stunde sich dort zum Essen angemeldet hatte. Blieb also noch genügend Zeit, über den Griechenlandenthusiasmus des Herrn Wiesinger zu sprechen.

Sascha musste lächeln, als ich das Thema anschnitt. »Ich lag Günter schon lange in den Ohren, endlich eine Bildungsreise zu den Wurzeln der abendländischen Kultur zu unternehmen. Ich habe ihm Bücher und Prospekte geschenkt und stundenlange Vorträge gehalten. Natürlich auch über mein Idol Sokrates. Günter war eigentlich nur mäßig begeistert, kam aber zu meiner Überraschung etwa zwei Monate vor seinem Verschwinden von sich aus mit der Ankündigung, er wolle mit seinem Auto über Italien und dann von Ancona aus mit einer Fähre nach Patras in Griechenland reisen. Dort habe er sich einen griechischen Führer, einen Studenten und Verwandten eines Wirtes in Bad Birnbach, bestellt und wolle mit ihm eine kulturelle Rundreise unternehmen. Er lud mich dazu ein, ich hatte aber weder Zeit noch Lust dazu. Die Reise war dann aber nur ein mäßiger Erfolg. Günter wurde, als er ohne seinen Studenten spätabends durch die Plaka von Athen streifte, überfallen, zusammengeschlagen und ausgeraubt. Er lag danach fast eine Woche im Krankenhaus in Athen, die weitere Reise wurde stark verkürzt und Günter kam eher frustriert nach Niederbayern zurück.«

Ich ließ mir von Sascha vorsorglich die Lage des griechischen Lokals in Bad Birnbach näher beschreiben. Zu den griechischen Telefonnummern fiel auch Sascha nichts ein, sodass ich dann doch spontan von Saschas Apparat aus über die Auskunft die Nummer des Lokals »Akropolis« in Bad Birnbach ansagen und wählen ließ. Nach einigem Hin und Her hatte ich den Wirt Costas an der Strippe, der mir nach einem längeren Gespräch mitteilte, welch großes Glück ich habe. Sein Verwandter Thanassis, in der Zwischenzeit Lehrer, verheiratet und gerade dabei, Vater zu werden, sei dieses Jahr wegen der Schwangerschaft seiner Frau nicht in den Urlaub gefahren und deswegen in seinem Heimatort Tripolis zu erreichen. Und so besaß ich nach kurzen zehn Minuten die Telefonnummer des Exstudenten – man konnte ja nie wissen.

Sascha und ich unterhielten uns noch angeregt, bis es Zeit wurde, in das Lokal zu wechseln, in dem Hansi Rudolph zu Mittag essen wollte. Ich fand Sascha faszinierend, fast wie aus einer früheren, längst vergangenen Welt. Ich verriet ihm, dass er für mich zukünftig »der kleine Lord« sein werde. Er hatte nichts dagegen. Hansi Rudolph war in vieler Hinsicht das Gegenteil von Sascha. Er war sicher über einsneunzig groß, allem Anschein nach Bodybuilder, was ihn fast aus seiner Fahreruniform platzen ließ, hatte schütteres Haar und war offensichtlich eine Seele von Mensch. Er strahlte über sein ganzes Gesicht, als er Sascha erblickte, und drückte mir freundlich und rücksichtsvoll die Hand. Das kleine Lokal war gediegen mit stark italienisch betonter Küche und ebensolchem Ambiente. Der Wirt entpuppte sich als ein schwuler Niederbayer, der fließend italienisch sprach. Das Publikum bestand zu mehr als der Hälfte aus dem Schwulen- und Lesben-Milieu. Sascha und auch Hansi Rudolph schienen fast alle zu kennen. Nachdem wir bestellt hatten, eingedenk des geplanten Abendbuffets entschied ich mich für Tagliatelle mit Pfifferlingen, erklärte ich dem freundlichen Herrn Rudolph, wer ich sei und was ich von ihm erfahren wolle. Hansi, so wollte er auch von mir genannt werden, dementierte ebenfalls kategorisch, dass Herr Wiesinger willens und in der Lage gewesen sein könnte, noch andere Männerbeziehungen zu führen. Dann druckste er herum, als er das näher erläutern wollte. Er bat Sascha um Verzeihung, wenn er jetzt etwas berichten müsse, was er bislang vor ihm, seinem guten Freund, verheimlicht habe. Einen Tag nach dem Streit mit Sascha habe Günter Wiesinger ihn, Hansi Rudolph, persönlich angerufen und mit ihm ein Treffen in einem Landshuter Hotel vereinbart. Er habe zwar mit Sascha gebrochen, wolle aber unbedingt das Verhältnis mit Hansi fortsetzen. Er habe nämlich keinen weiteren Freund und sei auch viel zu unbeholfen, um einen zu finden. Er versprach sogar, den Liebeslohn um die Hälfte zu erhöhen. »Damals«, so Hansi, »ist mir das nur recht gewesen. Ich hatte keine weitere Beziehung und anders als heute auch keinen festen Freund!« Wie nebenbei erfuhr ich dann noch, ohne gefragt zu haben, dass Hansi Rudolph heute ein bereits mehrjähriges Verhältnis mit seinem Chef pflegte. Hansi erzählte weiter, dass Wiesinger am späten Nachmittag des vereinbarten Tages dann nicht gekommen sei. Der befreundete Hotelbetreiber habe ihm nach über einer Stunde Wartezeit mitgeteilt, er habe soeben von einem Freund aus Pfarrkirchen erfahren, dass Wiesingers Auto mit Blutspuren am Morgen in einem Wald vor Aidenbach gefunden worden sei. Er, Hansi, wollte Sascha damals nicht verletzen und habe deshalb nicht darüber gesprochen. Vor allem, weil das neu arrangierte Verhältnis schon zu Ende war, bevor es begonnen hatte. Sascha nahm es gelassen.

Ich musste diese Spur noch zu Ende verfolgen. »Gibt es denn das Hotel und seinen Besitzer noch?« Sascha und Hansi bejahten gleichzeitig. Wir organisierten uns die Rufnummer über den Wirt und Sascha stellte auf dem Hof, damit wir ungestört reden konnten, mit meinem Handy den Kontakt her. Er kannte den Hotelbesitzer ebenfalls und erkläre dem Schorsch, was meine derzeitige Rolle war und warum ich ihn sprechen wolle. Schorsch kannte mich aus der Zeitung und zierte sich nicht lange. Ohne Umschweife bestätigte er mir das, was uns Hansi zuletzt erzählt hatte. Woher er als Hotelbesitzer den Fuhrunternehmer Wiesinger gekannt habe, wollte ich wissen. Ich erfuhr, dass Wiesinger am Anfang seines Verhältnisses mit Sascha öfters in Schorschens Hotel übernachtet habe und zugleich später ein paar Mal mit Sascha in der Landshuter Schwulenszene aufgetaucht sei. Er erzählte mir lachend, dass er derjenige gewesen sei, der einmal Wiesinger auf die Wange geküsst hatte, wobei dieser danach Panik wegen einer HIV-Infektion gezeigt habe. Ich bekam langsam den Eindruck, die Bevölkerung von Landshut sei flächendeckend schwul. Auch der Nachrichtenübermittler aus Pfarrkirchen, der berichtet hatte, dass Wiesingers Auto gefunden und ein Verbrechen nicht auszuschließen sei, war natürlich ein schwuler Freund gewesen. Schorsch habe heute noch eine »intensive Beziehung« zu ihm und dieser Freund würde sicher das Telefongespräch bestätigen. Ich ließ mir dankbar die Telefonnummer aus Pfarrkirchen geben und rief sofort dort an, kurze Zeit später hatte ich die gewünschte Bestätigung mit »innigen Grüßen an meinen geliebten Freund Schorsch«. Ich hatte dann genug von dieser Art Ermittlungen und lud Sascha und Hansi noch auf Espresso und Cappuccino – wobei Hansi nichts gegen eine italienische Torte einzuwenden hatte, während Sascha fast entsetzt ablehnte. Ich blieb vorerst standhaft, kapitulierte aber später doch zu einer italienischen und angeblich kalorienarmen Fruchtschnitte ohne Sahne.

Nach über einer Stunde trennten wir uns. Ich hatte vorher Sascha noch von meinen Plänen erzählt, nach dem Ende der Ermittlungen ein paar Tage in Landshut zu verbringen und wir hatten uns versprochen, dabei Kontakt aufzunehmen. Auf der Heimfahrt rief ich Hauptkommissar Aichinger an. Er war fürchterlich in Eile. Eine Serie von Diebstählen hielt seine ganze Abteilung auf Trab. Es ging um mit gestohlenen Lastwagen aus der Verankerung gerissene und abtransportierte Geldautomaten, die später dann in einsamer Gegend gesprengt und geleert wurden. Wir vereinbarten, dass ich ihn am nächsten Morgen um acht Uhr anrufen und von meinen Recherchen berichten würde. Er freute sich darauf – ich mich auch.

~

In meinem Ermittlungsbüro angekommen, besuchte ich zuerst mein Superteam im ersten Stock. Alle drei, auch die adrette schwarzhaarige Dreißigerin Kathi Strobl, hatten rote Köpfe. Monika bat mich, nur kurz aufblickend, das Team jetzt nicht zu stören. Pünktlich zum Buffet würden sie konkrete Nachweise vorlegen können, dass Wiesinger mehrmals Geld von außen in seinen Betrieb gesteckt und dieser Betrieb sehr häufig kurz vor dem Bankrott gestanden habe. Ich zog mich geräuschlos zurück. Da ich von der Autofahrt leichte Kreuzschmerzen verspürte und mich daran erinnerte, dass ich eigentlich pensioniert war, gönnte ich mir völlig ohne schlechtes Gewissen bis zum gemeinsamen Abendessen einen Erholungsschlaf.

Als ich noch etwas schlaftrunken in meinem Wohnzimmer zum Buffet erschien, herrschte dort eine aufgeräumte Stimmung. Fritz Jung war bereits da, das Pflaster an seiner Schläfe fiel kaum mehr auf. Er wirkte ungewöhnlich gelöst und steckte mir nach einer ungelenken Umarmung ein weiteres Gedicht zu. Beim späteren Durchlesen erkannte ich einen gewissen Fortschritt oder besser Realismus in seiner Trauerarbeit. Das Gedicht war betitelt mit »Befürchtung«.

> Befürchtung
>
> Wärest du
> mir nicht gestorben
> wir hätten
> befürchte ich
> weitergelebt – unachtsam.
> Und hätten
> als wären sie unbegrenzt
> unzählige Momente
> für uns vertan
> und verloren ...

Kathi Strobl teilte mir mit, dass sie leider bald nach dem Essen nach Hause fahren müsse, da ihr Mann Nachtdienst habe und die Kinder allein auf dem Hof seien. Wir einigten uns darauf, zuerst das Ergebnis des Teams zu besprechen. Dann erst wollten wir uns vom engeren Ermittlungskreis mit dem Ergebnis meiner Informationen aus Landshut befassen.

Langsam bekam ich wegen bestimmter Seiten meiner neuen Lebensart jetzt doch (fast) Gewissensbisse. Das Büffet mit seinen Suppen, Meeresfrüchten, Salaten, mit gebratenem Geflügel, diversen Obstsorten und Nachspeisen war sicher nicht billig gewesen und lag weit über dem Niveau meiner Pension. Wäre es nicht Alfons' Geld gewesen, das wir hier verprassten ... Nachdem wir alle unsere Teller vollgeladen hatten und die Gläser gefüllt waren – Mike hatte drei verbotene Flaschen Number One aus der Mühlenresidenz herausgeschmuggelt – begann Monika mit der Berichterstattung.

Richtig professionell nahm sie zunächst das Ergebnis der Teamarbeit vorweg: »Die Frage, ob Wiesinger zusätzlich zu seinem betrieblichen Gewinn noch Geldquellen besessen haben musste, beantwortet unser Team mit einem eindeutigen Ja. Die Frage, ob es sich dabei nicht doch um Schwarzgeld aus dem Betrieb gehandelt haben konnte, müssen wir aufgrund der Unterlagen verneinen!« Alle drei untermauerten ihr Ergebnis mit einigen Beispielen.

Kathi Strobl berichtete als Erste, sozusagen als Zeitzeugin, über die Abwendung des drohenden Bankrottes durch einen angeblichen zweimonatlichen Lohnverzicht der gesamten Belegschaft, während Wiesinger in dieser Zeit offiziell nur die Renten- und Sozialversicherungs-Beiträge bezahlte. Kathi: »In Wirklichkeit hatte er uns vorgeschlagen, wenn wir zum Schein auf diesen Handel eingehen würden, bekämen wir unseren Lohn für diese zwei Monate schwarz und steuerfrei auf die Hand und zusätzlich eine beachtliche Prämie dazu! Natürlich sind alle auf dieses verlockende Angebot eingegangen, zu meiner Schande auch ich. Allerdings wusste auch ich am besten, wie schlecht es um die Firma stand und wie sehr Wiesinger danach suchte, irgendwelches Geld, von dem es allem Anschein nach genug gab, zur Rettung in die Firma fließen zu lassen!«

Monika griff dann die spätere Rettung der Firma durch die Spende der alten Mutter des Firmeninhabers auf. Offensichtlich war dieser Umstand auch den Buchprüfern von der Polizei aufgefallen und sie hatten die Vermögenssituation der alten Dame überprüft. Allerdings nur zwei Jahre zurück! »Nicht aufgefallen ist ihnen«, wie Monika sichtlich stolz berichtete, »dass die alte Dame schon lange jährlich mehr als 120 000 Mark Unterstützung von ihren Kindern, Enkeln und Freunden bekommen hatte. Eine Enkelin, die ich gut kenne, hat mir gestanden, dass sie ihre Zuwendung an die Oma mit einem Zuschlag vorher von Wiesinger in bar erhalten hatte! Ein kurzes Gespräch mit Wiesingers verwitwetem Schwager führte zum gleichen Schema: Wiesinger streckte das Geld vor und begründete dies damit, dass bei direkter Zuwendung an die Mutter oder Schwiegermutter hohe Steuern zu zahlen wären. Dass sich Wiesinger dieses Geld später wieder hat schenken lassen, hat die Verwandtschaft nie realisiert!«

Mike berichtete dann noch über den »Verkauf« eines uralten Lastwagens an einen Kfz-Händler, mit dem Wiesinger viele Geschäfte abgewickelt hat. In Wirklichkeit aber hatte, wie der Kfz-Händler unter »Nachhilfe« (an dieser Stelle ein Mike-Feixen) gestand, der Mann den Betrag über den vollen Kaufpreis von Wiesinger erhalten und damit diesen wieder ausbezahlt. Zwei Jahre später hat Wiesinger übrigens das Schrottauto offiziell zurückgekauft. »Wir haben nicht nachgefragt, wie der Kfz-Händler dies alles verbucht hat!«, schloss Mike seine Ausführungen und äußerte dazu die Vermutung, dass bei längerem Suchen sicher noch eine größere Anzahl solcher Geldwaschgeschäfte nachzuweisen wären.

Zum Abschluss des Teamberichtes beteuerte Frau Strobl, dass sich Wiesinger kaum um die Buchungsvorgänge, Mahnungen, Gewinne und Verluste gekümmert habe und alle Vorgänge über ihren Schreibtisch gelaufen sind. »Es gab, bis auf die geschilderten und einige andere mir bekannte Vorgänge, keine geheime zweite Buchführung. Und der Pleitegeier kreiste sozusagen permanent über dem Unternehmen, wären da nicht die zusätzlichen Geldquellen gewesen.«

Fritz Jung und ich klatschten Beifall. Die These von den »Sondereinnahmen« war wieder ein gutes Stück wahrscheinlicher geworden. Wir boten Kathi Strobl an, sich vom Büffet etwas mit nach Hause zu nehmen, was sie gerne tat. Es lag nun an mir, den Ertrag meiner Landshutfahrt auszubreiten. Ich wollte an Professionalität nicht zurückstehen und begann ebenfalls mit den Ergebnissen. Zugleich verdammte ich mich bis zum Ende meines Berichtes zum absoluten Verzicht auf jeden Tropfen Number One – ein Entschluss, der mir ehrlich gesagt nicht ganz leicht fiel.

»Mein erstes Ergebnis ist meine gewonnene Überzeugung, dass die Ursache von Wiesingers Verschwinden oder gar sein Tod mit aller Wahrscheinlichkeit nichts mit seiner Vorliebe für junge Männer zu tun haben. Er bewegte sich bei seinen Aktivitäten in diesem Bereich offensichtlich nicht in einem kriminellen Umfeld. Vor allem sein langjähriger Freund, der ›kleine Lord‹ Sascha Dreier, geht davon aus, dass Wiesinger Sondereinnahmen gehabt haben musste. Herr Wiesinger hat nach und nach über zwei Millionen Mark in Antiquitäten investiert. Er zahlte übrigens jedes Mal bar aus Plastiktüten und nannte als Geldquelle eine ominöse hohe Erbschaft seiner Frau. Schwarzgeldkonten im Ausland wären vor allem Sascha nach eigenen Angaben nicht entgangen. Ihre Existenz wird verneint. Wiesinger hat offensichtlich ein gutes Jahr vor seinem Verschwinden den Versuch unternommen, Geld in kriminelle Geschäfte außerhalb seiner Firma zu investieren. Es ging wahrscheinlich um illegale Arbeitskräfte aus Osteuropa. Wiesinger ist dazu an die polnische Grenze nach Görlitz gefahren, kam aber mit einem blauen Auge zurück und ließ nach Meinung von Sascha dann die Finger davon. Nachdem ich die Telefonnummer einer damaligen Kontaktperson aus Görlitz von Sascha erhalten habe, kann ich nicht umhin, dorthin bald auf Ermittlungsreise zu gehen. Zuletzt: Wiesinger hat einige Wochen vor seinem Tode eine Griechenlandfahrt unternommen. Er folgte damit einem Vorschlag von Sascha und leistete sich sogar einen einheimischen Privatführer mit Kenntnissen in griechischer Kultur und Geschichte. Die Reise war laut Sascha fast ein Flop. Wiesinger wurde in Athen überfallen, ausgeraubt und krankenhausreif geschlagen. Ich konnte auch die Telefonnummer des griechischen Führers organisieren und werde morgen dort anrufen, um Näheres zu erfahren.«

Auch mein Bericht erregte große Aufmerksamkeit und in gelöster Stimmung erzählte ich ausführlich, was ich alles gehört und gesehen hatte. Ich war natürlich vorher meinem Vorsatz hinsichtlich Number One untreu geworden. Es wurde eine lange Sitzung bis weit in die Nacht hinein. Wir einigten uns schnell darauf, unsere Energie vor allem auf das Auffinden der dubiosen Geldquellen Wiesingers zu konzentrieren. Fritz Jung gab allerdings zu bedenken, dass es auch banale Morde aus Habgier, Eifersucht oder im Affekt bei einem Streit gab. Selbst Tötung aus Versehen oder Fahrlässigkeit und anschließendes Vertuschen des Geschehens komme vor. Wir vereinbarten, sobald nur die geringste Spur in eine dieser Richtungen auftauchen sollte, dieser ebenfalls nachzugehen. Ich erinnerte Fritz aber auch an den Steinwurf und die Wahrscheinlichkeit, dass hinter diesem Anschlag Logistik und Organisation stehen dürfte. Fritz wollte wissen, was er denn übermorgen schreiben solle, wenn der Wiesinger-Brot-Event mediengerecht aufgearbeitet war und die Geldautomatenräuber gar eine Pause machen würden. Mike fand, es wäre eine riesige Sensation, wenn wir Wiesingers Geldkasse finden würden und damit die Behauptung von den Zusatzeinnahmen belegen könnten. Fritz erinnerte dazu aber an seinen Bericht, der das Polizeiprotokoll zitiert hatte. Eine Spezialistengruppe von acht Mann hatte tagelang Wiesingers Hof und vor allem sein Geschäftsbüro und seine Privaträume untersucht und nichts dergleichen gefunden.

Irgendwann waren wir dann zu müde, um noch weiter zu diskutieren. Monika holte sich als Erste ihr Bettzeug und eine Matratze von oben und verschwand wie selbstverständlich in meinem Schlafzimmer. Fritz Jung belegte das Wohnzimmersofa und Mike holte sich später ebenfalls eine Matratze von oben und erhielt von mir einen Schlafsack gestellt. Er schlief im Wohnzimmer auf dem Boden. Es war einfach ein schöner Abend. Als ich mein Schlafzimmer betrat, lag die Matratze vor und Monika im Schlafanzug in meinem Bett. »Monika-Tochter, du wirst mich bald nicht mehr brauchen!«, prophezeite ich ihr. »Kann schon sein, aber heute brauche ich dich noch!«, war die klare Ansage, und (sehr schläfrig) »Wir sind verdammt gute Ermittler!« Etwa nach einer Stunde wechselte ich auf die Matratze und genoss den Duft, der in dem Bettzeug hing. Er war leichter zu ertragen als die Verursacherin, die eine Etage über mir ruhig und gleichmäßig atmete.

~

Mein Team schwächelte noch etwas. Als ich am Morgen des Dienstags pflichtgemäß aufstand, um pünktlich mit meinen Freunden von der Polizei zu telefonieren, saß nur Fritz Jung aufrecht im Bettsofa und beschrieb eifrig einen Zettel Papier. Er war offenbar noch nicht fähig oder willens zu reden und winkte mir nur kurz zu. Monika und Mike nutzten den Vorteil ihrer jungen Jahre und schliefen weiter. »Bitte 9.15 Uhr kleines Frühstück!«, beauftrage ich Fritz und saß nach ausgiebiger Dusche und Rasur um acht Uhr vor dem Diensttelefon im Büro, wo auf die Minute genau der Anruf aus Passau kam.

Hauptkommissar Aichinger und sein Assistent Kommissar Steininger hatten eine Konferenzschaltung hergestellt. Wir spotteten zuerst über die Bettflucht alter Männer, wobei Steininger und ich dem relativ jungen Hauptkommissar schlicht das Recht auf diese Formel absprachen. Ich erfuhr dann, dass die Geldautomatenräuber es gut mit der Passauer Kriminalpolizei meinten und ihre Tätigkeit letzte Nacht nach Franken verlegt hatten. Es war somit ab sofort ein Fall für das Landeskriminalamt. So blieben den Passauern »nur einige Tage Schreibarbeit und wahrscheinlich zwei oder drei Dienstreisen nach München«. Die Polizisten berichteten weiter, dass sie in der Zwischenzeit den Bericht des Privatdetektivs Salzmann gelesen und in Passau zwei Stunden mit ihm gesprochen hätten. Fazit: »Äußerst professionell und glaubwürdig. Er hat nichts unversucht gelassen, um diesem Dreier oder seinem Freund eine Beteiligung am Verschwinden des Fuhrunternehmers Wiesinger nachzuweisen. Die beiden sind wohl sauber!«

Und dann berichtete ich von unseren Ermittlungsergebnissen, wobei ich des gespannten Interesses meiner Zuhörer sicher sein konnte. Sie stellten ein Menge Zwischenfragen, waren aber vom Ergebnis hörbar angetan. Sie beschlossen, vorerst auf Nachforschungen im niederbayerischen Schwulenmilieu zu verzichten und abzuwarten, ob nicht doch andere Spuren mehr versprachen. (Sofort nach dem Gespräch mit der Kripo rief ich dann bei Sascha an, um ihm dieses Ergebnis mitzuteilen. Er war mehr als erleichtert!) Meine geplanten Ermittlungen an der polnischen Grenze fanden Zustimmung bei meinen Polizeifreunden. Nur Steininger war besorgt um meine Sicherheit. Wir einigten uns darauf, dass ich genau über Datum und Zeit der Reise informieren werde. Passau würde u.U. die Kollegen vor Ort in Sachsen bitten, meine Gespräche »aus der Ferne« zu begleiten.

Auch die Kriminalpolizei in Passau werde, so die nächste Aussage, zukünftig ihren Schwerpunkt der Ermittlungen auf die wahrscheinlichen Zusatzgeschäfte des Herrn Wiesinger legen. Sie setzte aber ihre Hoffnung vor allem auf mich. Ich hörte keinerlei Ironie aus diesen Worten. Die beiden Herren verrieten mir dann noch, dass sie mit großer Wahrscheinlichkeit zu der »Brot-Vernissage« nach Eggenfelden kommen würden. Dies freute mich sehr, war es doch offensichtlich als Anerkennung für meine sozialpädagogische Idee gedacht. Ich wagte die Frage, ob die Polizei dort nicht so nebenbei ein Interview mit Fritz Jung führen könnte, damit der etwas zu schreiben hätte und andererseits die Hintermänner oder -frauen vielleicht wieder nervös oder gar zu erneuten Reaktionen verleitet würden. »Der Herr hat wohl Sehnsucht nach einer Tracht Prügel, einem Steinwurf an den Kopf oder Schlimmeres?!«, wandte der besorgte Steininger ein. Aber sie mussten beide einsehen, dass hierin vielleicht eine Chance lag und wir trafen dazu ebenfalls die Absprache, dass ich sie über jeden meiner Schritte und über jedes Vorhaben informieren würde. Wir verabschiedeten uns herzlich »bis um 10 Uhr in Eggenfelden«. Und ich war dankbar um solche Freunde. Auch wenn ich alles andere wollte, als noch einmal mit Gewalt konfrontiert zu werden.

Ich versuchte noch kurz, Kontakt nach Griechenland zu dem Exstudenten und werdenden Vater Thanassis herzustellen. Mein Anruf landete offensichtlich bei seiner Mutter. Da meine Griechischkenntnisse nur rudimentär sind, wurde es schwierig. Nach endlosem Gefrage und der litaneihaft wiederholten Beteuerung, sie könne nichts verstehen und ihr Sohn sei ein guter Junge, erfuhr ich dann doch Brauchbares. Der Sohn war mit seiner schwangeren Frau in einem Auto, »in dem man wohnen kann«, in Nordgriechenland unterwegs. Der Arzt habe dies erlaubt. Sie wisse nicht, wann er zurückkomme – vielleicht in zwei oder drei Wochen. Nein, er habe kein Handy und sie wünsche mir alles Gute und ob das Wetter in Deutschland schön sei. In Griechenland sei es sehr heiß, alles Gute ... Na ja, ich wollte es jedenfalls in ein paar Tagen wieder versuchen.

Im Wohnzimmer und in der Küche hatte Fritz Jung Ordnung gemacht und Monika, noch im Schlafanzug, ging ihm zur Hand. Mike war bereits aufgebrochen, um die Vorbereitungen in Eggenfelden zu leiten. Als ich Fritz von der Aussicht in Kenntnis setzte, in Eggenfelden mit der Polizei über ihr weiteres Vorgehen sprechen zu dürfen, erntete ich wieder jene linkische Umarmung, die so typisch war für diesen schwerblütigen Mann. Wir frühstückten gemütlich und fuhren dann in zwei Autos nach Eggenfelden. Monika überraschte mich erneut mit der blitzartigen Verwandlung eines unausgeschlafenen Mädchens in eine Lady. Ich hatte nicht vergessen, meine Reitutensilien ins Auto zu laden. War doch für heute Nachmittag ein Wiedersehen mit Napoleon geplant, das ich auf keinen Fall versäumen wollte.

∼

Auf dem Stadtplatz in Eggenfelden war ein Treiben wie auf einem kleinen Volksfest. Die Bäckerei, die Mike zusammen mit einem befreundeten Ehepaar, einer Fachverkäuferin und einem Bäckermeister, betrieb, lag an der westlichen Längsseite des Platzes. Es waren sicher ein paar hundert Menschen versammelt, die Zigeuner-Jazzband spielte auf einer kleinen Bühne, es gab ein großes Transparent: **»Neu: A. Wiesingers Bauernbrot – gesund und herzhaft wie zu Zeiten unserer Großeltern!«**, und sogar der Verkehr war umgeleitet. Als ich mich darüber wunderte, kam von Fritz Jung ein sarkastischer Kommentar: »Wenn Alfons Weinberger es will, werden sogar die Überflugsrechte von Verkehrsmaschinen ausgesetzt.« Wie gesagt, ich hatte mittlerweile seinen Groll über den Provinzfürsten Alfons Weinberger verstehen gelernt. Vor der Bäckerei stand eine kleine Bühne mit Rednerpult. Eine größere Anzahl von dienstbaren Geistern schob sich mit großen Tabletts durch die Menge. Es gab »Schnittchen« von frischem Bauernbrot mit Schweineschmalz oder Geräuchertem, dazu frischen Naturapfelsaft oder Most, vergorener Apfelsaft mit einem ordentlichen Alkoholgehalt, aus der Presse der Obstanbaugenossenschaft in Wiesingers Anwesen. Monika entdeckte »die dressierten Dackel-Weibchen«, sprich ihre Kolleginnen vom AW-Service, die als Aushilfen mit bedienten. Sie war in der Tat fertig mit ihrer früheren Tätigkeit. Ich traf fast alle Personen aus der Eröffnungsparty wieder. Den sympathischen Architekten aus Simbach konnte ich ausmachen sowie den eher unsympathischen Notar mit seiner überaus reizenden Soziologin Helga, um die ich den Schleicher herzhaft beneidete (Man kann nicht immer edel sein!). Auch mein Rechtsberater und seine Frau Susi, die mich umarmte und mir versicherte, dass Napoleon heute Nachmittag auf mich warten würde, waren gekommen. Ebenso waren der Pfarrer und der Bürgermeister und der beflissene Pressefotograf zur Stelle. Selbst der Landrat gab sich die Ehre und die Bürgermeisterin von Eggenfelden ebenfalls. Ich badete in soviel niederbayerischem Dialekt um mich herum. Nur schade, dass ich den später nicht zu Papier zu bringen wusste!

Mein Schulfreund Alfons war in seinem Element. Er schüttelte Hände, klopfte auf Schultern, streichelte Kindern über die Köpfe und war mit seiner Sängerstimme trotz Festlärm aus großer Entfernung zu hören. Auch ich bekam einen Holzfällerschlag auf die Schulter und dazu eine etwas gallige und verwirrende Frage gestellt: »Na, hast du jetzt, was du wolltest!?« Ich nahm mir vor, sollte ich dann noch Lust dazu haben, meinen Schulfreund und Auftraggeber morgen bei der Besichtigung seines Betriebes darauf anzusprechen. Zum Ausgleich entdeckte ich in der Menge meine Freunde von der Polizei. Wir winkten uns zu und verständigten uns durch Deuten, dass wir uns nach der Veranstaltung an der Mariensäule, die an der Südostecke des Stadtplatzes prangte, treffen würden.

Und dann kam Anneliese Wiesinger aus der Bäckerei, galant und liebenswert geführt von Mike, und wurde von der Menge mit Applaus empfangen. Sie errötete, was ungemein sympathisch wirkte, obwohl sie alles andere als einen schüchternen Eindruck machte. »Endlich hat sie ihre schwarzen Schreckfetzen ausgezogen!«, kommentierte Monika Annelieses geschmackvolles und teuer wirkendes Dirndl. Ich dachte gerade, eigentlich fehlten nur noch die Kirchenglocken, als die Turmuhr der imposanten Stadtkirche mir zuliebe 10 Uhr schlug. Die Musik spielte einen Tusch und zuerst betrat der Landrat das Rednerpult. Er fasste sich kurz, begrüßte Gäste und Ehrengäste und lobte das Traditionsbewusstsein, das sich in dieser Geschäftsidee zeige. Dann freute er sich, wie heute »der schönste Teil Niederbayerns noch schöner und liebenswerter werde, weil ein Stück Geschichte greifbar, ja essbar werde!«, und wünschte viel Erfolg. Wir klatschten, die Musik spielte kurz auf und die Bürgermeisterin aus Eggenfelden trat ans Mikrofon. Sie machte es noch kürzer. Sie freute sich aus ähnlichen Gründen wie der Landrat und dann vor allen Dingen, »weil da eine Frau zeigt, dass sie nicht aufgibt und sich der Zukunft stellt«. Ich klatschte mit den anderen – diesmal aus Überzeugung.

Dann stieg Alfons auf das Pult. Ich hörte deutlich, wie Fritz neben mir die Luft ansaugte und legte ihm beruhigend meine Hand auf den Arm. Alfons beschrieb nach seinen Begrüßungsfloskeln, was die AW schon bisher für Anneliese Wiesinger alles getan habe, um ihr schweres Schicksal erträglicher zu gestalten. Er kam dann auf den Ermittlungsauftrag zu sprechen. Dieser sei eigentlich nur wegen Anneliese an seinen besten und klügsten Schulfreund, »der hier ebenso wie die ermittelnde Polizei anwesend ist«, von der AW erteilt worden. Diese Aussage wurde begleitet zuerst durch ein Deuten in meine Richtung und dann in Richtung von Hauptkommissar Aichinger nebst Kommissar Steininger, was die Zuhörer kollektiv zum Verdrehen ihrer Köpfe animierte. Dann sprach er endlich das Brotprojekt an, landete aber flugs wieder bei dem Verfall der christlichen Werte, der Auflösung aller Traditionen, bei Materialismus, Egoismus und (offensichtlich hatte er einen älteren Text zugrunde gelegt) bei seinem Lieblingsthema Kommunismus. So ging das noch eine Weile, bis er endlich Anneliese alles Gute und viel, viel Erfolg wünschte und sie publikumswirksam umarmte. Beifall – Mike betrat als Kontrastprogramm die Bühne. Er referierte sachlich und sympathisch über die Geschäftsidee, die sich mittlerweile überraschend ausgeweitet hatte. Anneliese war außer mit der Eggenfeldener Bäckerei auch mit ihrer Nachbarin und deren Mann, einem Biobauern, sowie dem Obstanbau- und Verwertungsverein in ihren Gebäuden eine langfristige Kooperation eingegangen. In der Bäckerei konnte das frische Bauernbrot gekauft oder bestellt werden. Zugleich aber gab es dort einen Briefkasten und Bestellformulare für Schweineschmalz und Geräuchertes aus dem

Biohof und Bioapfelsaft und Most des Obstanbauvereins. Diese Produkte wurden per KFZ angeliefert, wobei bei solchen Bestellungen natürlich auch das georderte frische Bauernbrot direkt mitgeliefert wurde. Mike schloss: »Ich mag Anneliese und ich wünsche uns zusammen einen geschäftlichen Erfolg. Und euch verspreche ich einen außergewöhnlichen Genuss, wenn ihr unser Angebot annehmen solltet!«

Diesmal war es Anneliese, die Mike umarmte und dann unter Beifall und Musik ans Mikrofon trat. »Wisst ihr, ich freue mich über diesen Tag und darüber, dass so viele gekommen sind. Und ich hab so schrecklich vielen zu danken. Alle, die gemeint sind, wissen das. Ich möchte aber einem Menschen besonders danken, dem ich die Idee und die erste Unterstützung verdanke. Es ist Michael Kramer, der Ermittler, und der muss jetzt zu mir kommen!« Gott, war mir das peinlich. Hoffentlich bekam Alfons keinen Tobsuchtsanfall. Als ich mich unter Beifall durch die Menge gezwängt hatte, küsste mich Anneliese auf beide Wangen und dann noch auf die Nase und schenkte mir ein großes Bauernbrot. Der Applaus schwoll nochmals an, Anneliese ging erneut ans Mikrofon und rief ins Volk: »Und jetzt lasst euch unser Brot, unser Schmalz, unser Geräuchertes und unsere Getränke schmecken und bleibt, solange Ihr Lust habt!« Die Musik setzte ein, Anneliese nahm mich bei der Hand und sagte schlicht: »Bleib bitte noch etwas bei mir!« Ich deutete in Richtung Freunde von der Polizei und signalisierte »zehn Minuten!«, was ich abgenickt bekam. Die aufgekratzte Anneliese schleppte mich mitten in die Menge und schüttelte Hände wie der Papst – mit mir im Schlepptau. Und als ich endlich eine Gelegenheit fand, etwas zu ihr zu sagen, stellte ich ihr eine Frage.

»Anneliese, das ist jetzt ganz wichtig. Wenn dein Mann Günter Bargeld aus seinem Zimmer geholt hat, ist dir da etwas aufgefallen?« Sie antwortete prompt: »Ja, ja – er hat immer das Bett hin und her geschoben, was in unserem Wohnzimmer gut zu hören war. Ich hab ihn einmal gefragt, ob er unter dem Bett einen Koffer voller Geld habe. Da ist er ganz fürchterlich böse geworden und hat mir fast schreiend verboten, auch nur ein Wort zu irgendjemand darüber zu verlieren. Und als er ... er verschwunden war, habe ich nachgeschaut, aber da war nichts. Auch ein Polizist ist unter das Bett gekrochen, das habe ich mit eigenen Augen gesehen. Er hat nur geflucht, dass er sich seine Hose schmutzig gemacht hat. Gefunden hat er nichts!«

»Anneliese, warte kurz!« Ich schob die Händeschüttler sanft beiseite und umarmte sie meinerseits so heftig, dass wieder Applaus aufbrandete. »Anneliese, ich habe ja noch deinen Schlüssel. Darf ich mit Polizei und Begleitung kurz noch einmal in den Räumen deines Mannes nachsehen?«

»Natürlich, das haben wir doch vereinbart! Besuch mich wieder. Ich habe jetzt viel zu tun – ich danke dir für alles!«

Ich hatte Herzklopfen. Offensichtlich war ich jetzt von jenem Jagdfieber befallen, das ich an meinen Polizeifreunden schon mehrmals bemerkt hatte. Sie redeten gerade mit Fritz Jung, wobei der Pressefotograf eifrig Fotos schoss. Ich platze einfach in die Runde: »Ich spendiere allen in der Runde ein großartiges Abendessen oder eine Nacht in der EVA-Bar, wenn wir nicht in einer Stunde das Gelddepot des Herrn Wiesinger gefunden haben! Ernsthaft, ich weiß jetzt, wo er sein Geld versteckt hat! Herr Hauptkommissar, nehmen wir die Presse mit und den Fotografen. Sie sollen die Polizei und von mir aus den Ermittler bei der Auffindung von wichtigem Beweismaterial beobachten und darüber berichten dürfen!« Mein Auftritt schlug ein wie eine Bombe. Hauptkommissar Aichinger überdachte für Sekunden die Situation, um dann auszurufen: »Worauf warten wir noch?«

»Ich möchte bitte meine Mitarbeiterin Monika und, wenn er Zeit hat, Mike Weinberger mitnehmen. Ihnen habe ich mein Wissen mit zu verdanken.« »Aber schnell, wir warten am Polizeiauto vor der Post!«

Ich rannte los. – Monika war schnell gefunden und sofort Feuer und Flamme. Gemeinsam suchten wir Mike. Er hatte im Laden ein Streitgespräch mit seinem Vater, kam kurz zu uns, hörte sich unsere

Einladung an und bekam glänzende Augen. Er rief über die Schulter: »Papa, die brauchen mich. Machst du bitte hier weiter, ich bin in einer guten Stunde wieder da. Heute Abend können wir weiter reden. Sei bitte nicht böse, bis später!« Wir liefen zu meinem Auto und fuhren zur Post, wo das Polizeiauto und das Auto von Fritz Jung, mit dem Pressefotografen als Beifahrer, auf uns warteten.

»Wohin fahren wir denn überhaupt?«, fragte Hauptkommissar Aichinger und ich hatte den Eindruck, er amüsierte sich bereits wieder.

»Zum Anwesen Wiesinger. Ich habe einen Schlüssel!« Wir fuhren los. Die Polizisten schalteten tatsächlich ihr Blaulicht ein und ich musste aufpassen, das Tempo mitzuhalten. »Hattest du Ärger mit Alfons?«, fragte ich unterwegs Mike.

»Ach, immer das Gleiche. Ihn stört meine Nähe zu euch. Ich würde mich in etwas einmischen, was nur ihn und seinen Schulfreund, also dich, etwas anginge. Er muss langsam aufhören, in mir nur immer den kleinen Jungen zu sehen. Allerdings ist er sonst eigentlich gar nicht so. Ich glaube, er ist eifersüchtig auf euch!«

Ich schwieg dazu, was sollte ich auch dazu sagen. Wir waren in kürzester Zeit auf dem menschenleeren Hof der Wiesinger und eilten schnurstracks in den ersten Stock in Herrn Wiesingers Prachtzimmer.

Alle außer den Polizisten und mir brachten vor Staunen zuerst einmal kein Wort heraus und durchstreiften ehrfürchtig die beiden zusammenhängenden Räume.

»Das Geld liegt unter dem Bett, wir müssen das Bett verschieben!« Während der Fotograf die ersten Bilder schoss, blickte mich Aichinger zweifelnd an. »Sie wissen schon, dass meine Leute dies alles durchsucht haben?!«

»Ja schon, sie sind sogar unter das Bett gekrochen, haben das Bett aber nicht verschoben!« war meine Antwort. Die Polizisten seufzten, halfen mir und Mike aber dann doch bei dem Versuch, das Bett zu bewegen. Es rührte sich nicht.

»Es muss aber verschiebbar sein, ich weiß das«, rief ich fast verzweifelt aus. Steininger fing an, die Seite des Bettes, die an der Wand stand, systematisch zu untersuchen. Und dann pfiff er. Er hatte unter der Matratze zwei kleine Winkel gefunden, mit denen das Bett an der Wand festgemacht war und die sich nach oben wegdrehen ließen. Und dann ließ sich das Bett mit seinen klobigen Füßen relativ einfach verschieben. Aichinger zauberte eine Taschenlampe aus der Tasche und kroch unter das Bett.

»Das darf doch nicht möglich sein«, rief er aus, »genau unter einem der Füße ist ein kleiner Deckel!« Er kam heraus und blickte mich lange an. »Schieben wir das Bett nach der anderen Seite, bis der Deckel freiliegt«, befahl er. Er und Steininger zogen aus ihren Innentaschen Gummihandschuhe und öffneten vorsichtig den Deckel. Ein Ausruf des Erstaunens folgte. Langsam brachten sie durch die enge Öffnung eine erste, eher schmale Plastiktüte ans Tageslicht und dann an Schnüren befestigt insgesamt acht weitere. Als sie die erste vorsichtig öffneten, war der Inhalt eigentlich keine Überraschung mehr. Er bestand aus Bündeln von Tausend-DM-Scheinen – insgesamt einhundertundfünfzig Bündel. Wir hatten Wiesingers Depot entdeckt mit wahrscheinlich insgesamt 1,2 Millionen DM. Mein Anfängerglück war kaum zu fassen! Unser Ermittlungsteam lag sich in den Armen, die Polizisten klopften uns anerkennend auf die Schultern und bestellten dann die Spurensicherung. Der Fotograf schoss eine Serie nach der anderen und Fritz Jung, nun, er umarmte mich linkisch und fing dann an, in sein Laptop zu hämmern. Ich ermahnte ihn, den Anteil der Polizei an diesem Erfolg nicht zu vergessen, aber Aichinger sagte nur: »Ehre, wem Ehre gebührt!«

Ich blickte auf die Uhr und sagte zum Hauptkommissar: »Ich müsste jetzt weg, ich treffe mich mit Napoleon!«

»Hat Sie der Erfolg so mitgenommen?«

»Nein, Napoleon ist ein Pferd, mit dem ich heute einen Ausritt geplant habe. Darf ich gehen? Ich fahre Mike gerne nach Eggenfelden. Ich nehme auch Monika mit, die anschließend von Mike sicher nach Hause gefahren wird. Ich bin jederzeit auf Handy erreichbar und abends bestimmt zu Hause!«

»Gehen Sie nur! Mann, ist das ein Schritt nach vorne!«, schwärmte Aichinger und Steininger klopfte mir zum wiederholten Male anerkennend auf die Schulter. Unser Team zog ab, ich übergab vorher den Schlüssel an Steininger. Die Presse blieb noch. Fritz Jung versprach, mir den Artikelentwurf zu faxen. Auf dem Gang gab es von Monika Küsse auf die Wange für Mike und mich. Im Auto sangen wir dann »We are the Champions!«, und ich freute mich enorm auf das Ausreiten. Ich setzte Monika und Mike am Stadtplatz von Eggenfelden ab und war endlich frei für Napoleon. Allerdings drehte ich am Stadtrand von Eggenfelden nochmals um und fuhr zurück zum Stadtplatz. Ich hatte wirklich vergessen, Anneliese zu informieren. Sie war weder entsetzt noch überrascht. »Weißt du, das ist wie von einer anderen Welt. Ich blicke ab heute nur nach vorn!« Jetzt konnte ich endlich entspannt zum Gehöft meines Rechtsberaters Dr. Klein und seiner Frau Susi fahren.

~

Als ich auf dem Anwesen meines verschmitzen Rechtsberaters und seiner Frau Susi ankam, wurde ich bereits von beiden erwartet. Susi hatte für mich eigenhändig Napoleon »fein gemacht« und gesattelt. »Weißt du, ich liebe diesen zuverlässigen Kumpel. Und ich will nicht, dass du dir mit dem schweren Wandersattel dein lädiertes Kreuz beschädigst!«, waren die Erklärungen. Ich erzählte beiden, dass wir gerade Wiesingers Gelddepot und damit wahrscheinlich den Beweis gefunden hatten, dass der Fuhrunternehmer in irgendwelche krummen Geschäfte verwickelt gewesen war. Die Überraschung der beiden war groß. Sie hatten mit allem, nur nicht mit einem kriminellen Wiesinger gerechnet. Und dann hatte Susi eine prima Idee.

»Wenn wir schon eine Doppelrolle Wiesingers annehmen müssen, dann geht es doch jetzt darum, die Art seiner krummen Geschäfte herauszufinden. Sollten wir nicht bei uns eine Einladung geben und mit den Leuten aus unserem weiten Bekanntenkreis, die mit Wiesinger in irgendeiner Weise zu tun hatten, gemeinsam fantasieren, zu welchen illegalen Geschäften dieser Wiesinger überhaupt Gelegenheit und Talent gehabt haben könnte!?« Dem Rechtsberater und auch mir gefiel der Vorschlag einer Art von kollektivem Brainstorming. Ich erklärte, dass und warum ich vorher noch an der polnischen Grenze ermitteln wollte. Mit diesen Ergebnissen würde ich dann gerne auf so eine Veranstaltung gehen.

»Es könnte nur sein, dass Alfons nicht begeistert ist, wenn wir ihm quasi das Heft aus der Hand nehmen!«, meinte der kluge Rechtsberater. Mir war genau dieser Gedanke auch durch den Kopf geschossen.

»Wir werden das in Kauf nehmen«, antwortete Susi resolut und wir verabredeten für Ende nächster Woche so eine »Ermittlungsunterstützungsparty« bei den Kleins.

Bevor ich mit Napoleon das Gehöft verließ, besprach ich mit seiner sympathischen Besitzerin noch die geplante Route. Wir testeten auch, ob ich mit meinem Handy erreichbar wäre – und ich umgekehrt damit auch Susi und ihren Mann erreichen könnte. Und dann gehörte der Nachmittag mir und Napoleon, der sich ebenfalls sichtbar und spürbar auf den Ausritt freute. Ich hatte vor, die »Traumroute«, wie Susi sie genannt hatte, so anzugehen, dass gegen Ende der bereits von Alfons angepriesene, etwa zwei Kilometer vom Stall entfernte Weiher auf dem Weg lag. Sollten wir beide Lust verspüren, wäre dies ein schönes Ziel, um den Ausritt ausklingen zu lassen. Napoleon drängte nach vorne und war gierig darauf zu laufen. Ich wollte aber, dass er sich lockerte, und gestattete ihm vorerst nur einen gemütlichen Trab. Auch wollte ich Napoleons Fügsamkeit und die Widerstandsfähigkeit meines Rückens testen. Bei herrlichem Sommerwetter und auf einem abwechslungsreichen weichen, meist leicht sandigen Weg fiel der Test zu meiner Zufriedenheit aus. Nach etwa fünfzehn Minuten gab ich dem Pferd auf einer geraden Strecke die Zügel frei. Napoleon besaß einen fast schwebenden Galopp und eine enorme Kondition, der Araber in ihm ließ grüßen. Und er war mit zwei Fingern zu dirigieren. War das ein Pferd! Und konnte das Leben schön sein! Ab diesem ersten Galopp bekam der vierbeinige Partner von mir all die Freiheit, die er sich nehmen wollte. Er kannte den Weg anscheinend blind. An einer Stelle bog er zu meiner Überraschung vom breiten Weg ab und demonstrierte mir, wie locker er über einen quer liegenden Baumstamm springen konnte. Im Gegensatz zu meinem Pferd kam ich nach etwa einer Stunde langsam außer Atem, auch signalisierte mir mein Allerwertester, dass ich längere Zeit nicht mehr geritten war. Als der Weg uns auf einen unbewaldeten Hügel führte, der einen fantastischen Blick auf das Sulzbachtal frei gab, parierte ich daher meinen Grauschimmel durch und stieg, etwas unelegant und steif, aus dem Sattel. Der Weg schlängelte sich durch eine unbewirtschaftete Wiese voller Blumen. Ich zog die leichte Windjacke, eine Leihgabe von Susi, aus und band sie mir um den Bauch. Dann stiefelte ich immer noch etwas schwer atmend und durchgeschwitzt, aber glücklich, vor meinem gelösten Pferd her. Napoleon versuchte, wo immer es ging, Blumen oder Grashalme zu ergattern und stupste mich ab und an kumpelhaft von hinten mit seinem Kopf. Und dann demonstrierte er mir seine Nervenstärke, ob der ich ihn danach spontan auf die Nase küsste.

War es eine Dornenranke oder eine Vertiefung im Sandweg gewesen oder war er einfach über seine Beine gefallen – jedenfalls stolperte er und lag urplötzlich hinter mir in der Wiese. Ich bekam einen gehörigen Schrecken und erwartete die Panikreaktion, die ich von anderen Pferden kannte und die so typisch war für diese Fluchttiere: aufspringen und panisch die Flucht ergreifen. Napoleon aber schnaubte nur kräftig – und fing dann im Liegen an, den Kopf zu verdrehen und die nächstliegenden Grasbüschel zu angeln. Tief beeindruckt fütterte ich ihn im Liegen und gab ihm ergriffen den erwähnten Kuss auf seine Nase, bevor wir dann beschlossen, unseren Weg fortzusetzen. Es war erneut eine Art Schweben, wir beide hielten gerade mächtig viel voneinander. Ich holte mir bei Napoleon die Erlaubnis und sang dann laut (und falsch) alles, was mir musikalisch zum Thema Pferd und Reiten einfiel. Napoleon ertrug auch dies mit Gleichmut! Nach einer weiteren dreiviertel Stunde verspürte ich Lust auf Abkühlung. Ein Blick in meinen Routenplan verriet mir, dass wir ganz nah bei dem angeblich klaren und kühlen Weiher waren. Ich verständigte Susi per Handy von unserem Vorhaben. Weiter schwärmte ich enthusiastisch von Napoleons nervenstarker Großtat und welch ein tolles Pferd er sei. Susi freute sich, empfahl mir Napoleon zu »hoppeln« und am Weiher grasen zu lassen und lud mich für 18.30 Uhr zu einem »leichten Abendessen« ein. Ich nahm gerne an, machte aber darauf aufmerksam, dass ich um 20 Uhr in meinem Büro sein müsste, da eine Konferenzschaltung mit der Polizei geplant sei. Danach rief ich Monika im Büro an, die immer noch aufgekratzt war über unseren Geldfund und »unsere tolle Leistung«. Mike habe sie zum Essen eingeladen, nachdem ich versorgt sei, werde dies für mich wohl keine Probleme machen. Es machte keine, ich freute mich im Stillen, wenn auch mit einem Schuss Wehmut! Ich verabredete mit Monika für den nächsten Tag ein Treffen um 10 Uhr im Büro und lenkte mein Pferd in den Waldweg, der laut Karte zum Weiher abbog. Dort wartete auf mich die nächste Überraschung, es sollte mir offenbar keine Pause gegönnt sein.

Der Weiher, gespeist durch den Abfluss des umzäunten Zentralbrunnens der gemeindlichen Wasserversorgung, lag auf einer großen, sonnendurchfluteten Lichtung. Er war umsäumt von einem sattgrünen Grasstreifen und sein Wasser leuchtete tiefblau. Der Zubringerweg endete in diesem Wiesenstreifen. Und am gegenüberliegenden Ufer stand eine Frau und rief in unverkennbarer kehliger Norastimme: »Hallo Michael – kommt doch hier her!« Das Dumme war nur, Nora, die kleine Chefin aus der EVA-Bar, war nackt, wie Gott sie geschaffen hatte. Vorausgesetzt allerdings, er hatte sie samt Schminke im Gesicht erschaffen, denn selbst auf die Entfernung war ihr weißgeschminktes Antlitz unübersehbar. Sie erinnerte mich an Dschungelindianer aus dem Amazonasgebiet im Jagdeinsatz. Der Vergleich war nahe liegend, da sie ansonsten am ganzen Körper durchgehend bronzefarben zu sein schien. Mir fiel sofort der durchgeknallte Franz Söhnlein ein und ich blickte instinktiv in alle Richtungen, ob er nicht hinter einem der Büsche nur darauf lauere, dass ich mich der nackten Nora näherte. »Willst du nicht etwas anziehen?«, rief ich präventiv über den Teich.

»Du spinnst wohl!«, kam es zurück und: »Jetzt kommt schon!« Wir, Napoleon gleichmütig, ich stark verunsichert, fügten uns in unser Schicksal und wechselten auf die andere Seite des Teiches. Nora nahm mir wie selbstverständlich Napoleon ab. Ihr spitzer Busen und die großen dunklen Brustwarzen trugen nicht unbedingt zu meiner Beruhigung bei. Saubere Töchter hatte ich mir da zugelegt. Die eine kam Nacht für Nacht im Schlafanzug in mein Bett und wollte unbedingt ungewaschen mit mir frühstücken, die andere empfing mich splitternackt an einem Waldweiher. Während Nora routiniert Napoleon absattelte, nahm ich zuerst einmal zur Entschärfung der Situation meine Brille ab, zog Hemd, Reitstiefel und Socken aus und kühlte mich im eiskalten Wasser. »Warum ziehst du dich nicht ganz aus?«, kam es in dieser kehligen Stimme, die mir schon beim ersten Kontakt in der EVA die Nackenhaare aufstehen hatte lassen.

»Weil ich Angst habe, der Wald könnte voller Söhnleins sein. Und weil ich meinen Altmännerkörper nicht mit deinen durchtrainierten Ideallinien konfrontieren will!«

»Und ich hätte so gerne gesehen, ob ich dich aufrege.«

»Da musst du dich zuerst einmal mit meiner flachen Atmung und meinen fahrigen Bewegungen begnügen. Übrigens hast du eine Stimme zwischen Hildegard Knef, Marlene Dietrich und der Schlagersängerin Alexandra!«

»Gut gehört, Ermittler!«, antwortete Nora, und schwang sich elegant auf den jetzt sattellosen Napoleon. Sie umkreiste mich gemächlich Schritt reitend und sang dabei – professionell und die jeweilige Künstlerin erstaunlich treffend imitierend – zuerst: »Weißt du, wo die Blumen sind, wo sind sie geblieben ...«, danach »Kann denn Liebe Sünde sein ...« und zuletzt »Mein Freund der Baum ..!«

»Das ist aus meinem Programm, das ich zweimal wöchentlich in der EVA biete«, erklärte Nora hoch zu Ross. »Singst du da auch nackt?«, wollte ich wissen. »Nicht ganz«, war die Antwort. Ich durfte in letzter Zeit einiges erleben. Ich erzählte Nora die alte Büchnergeschichte, die mir in ihrer EVA-Bar leider Unglück gebracht hatte! Die Geschichte von dem Prinzen, der eine Prinzessin in wunderschöner Pose am Wasser stehen sieht und sich kopfüber hineinstürzt, um sich zu ertränken. Begründung: Schöneres wird das Leben nie mehr zu bieten haben!

»Ziehst du mich heraus, wenn ich mich jetzt ins Wasser stürze?«, fragte ich meine zweite Tochter.

»Geht nicht, da löst sich meine Schminke auf«, war die einleuchtende Erklärung.

Die Situation entspannte sich zunehmend. Ich half ihr vom Pferd. Gemeinsam »hoppelten« wir Napoleon, d.h. wir schnallten ihm eine Art Doppelgamasche, die miteinander durch kurze Riemen verbunden war, um die Vorderfüße. So konnte Napoleon Gras fressen, ohne große Sprünge machen und davon laufen zu können. Er trug es wieder einmal gelassen und schlug sich den Bauch voll. Nora lud mich zu sich auf die große Decke.

Da ich nicht singen konnte, erzählte ich als Belohnung für Noras Vorstellung einfach ausführlich und fantasiereich von dem Liebeswerben meines Großvaters und dem Akt des Schwängerns durch das Rosenspalier. Nora hörte gebannt zu. Ich hatte ins Schwarze getroffen. Sie fragte nach, wollte Details wissen, hielt den Atem an oder war aufgeregt wie ein Kind. Nach über einer halben Stunde hatten wir meinen Großvater endlich verheiratet. Ich bekam einen ersten Tochterkuss auf die Wange.

»Ziehst du mich heraus, wenn ich mich jetzt ins Wasser stürze?«, fragte sie schelmisch.

»Da hindert dich ja Gott sei Dank deine Schminke!«

Nora, noch ganz beeindruckt: »Mann, könnten wir uns nicht bald einmal länger treffen? Ich habe nächste Woche drei Tage Urlaub. Wir treffen uns hier jeden Tag, ich singe für dich und tanze und du erzählst mir Geschichten. Bitte Michael, du würdest mir eine große Freude machen!«

»Und was sagt dein Freund und Chef Wilhelm Fleischmann dazu? Ich will nämlich nicht noch einmal der rohen Gewalt ins Auge blicken müssen!«

»Das lass meine Sorge sein. Ich habe ja nicht vor, mit dir davonzulaufen. Fleischmann wird davon wissen und einverstanden sein. Wirst du auf meinen Plan eingehen?«

»Sage mir zuerst, woher du gewusst hast, dass ich heute hier vorbei reite?«

Nora lächelte. »Sepp Schwab, einer der Pferdeknechte bei den Kleins, hat es mir verraten. Er hat sich wohl in mich verliebt und wollte unbedingt mit mir tanzen. Da ich mit Kunden sonst nie auf die Tanzfläche gehe, hab ich ihn mit der Aussicht auf eine Ausnahme erpresst!«

»Und hast du Wilhelm Fleischmann davon erzählt?«

»Ja, so nebenbei!«

»Entschuldige, aber hat Fleischmann dich nicht zuerst auf die Idee gebracht, dich mit mir zu treffen?«

»Ich verstehe, worauf du hinaus willst. Definitiv nicht!«

»Und warum wolltest du dich dann mit mir treffen?«

»Na, vielleicht ist an dir altem Mann doch etwas Besonderes!?«

»Und sonst noch?«

»Willst du es wirklich wissen? Ich bin im Augenblick etwas unzufrieden und habe gehofft, du könntest mir irgendetwas dagegen anbieten. Und es hat ja geklappt! Natürlich bin ich auch neugierig, was deine Ermittlungen bringen, das gebe ich ehrlich zu!«

Ich wollte es aufs Erste dabei belassen. »Wenn du mir deine Telefonnummer gibst, könnte ich dir morgen abends Bescheid geben, ob auch ich Urlaub machen kann. Ehrlich gesagt, ich war und bin von der heutigen Pause am Weiher sehr angetan. Das Leben geizt ja gewöhnlich eher mit solchen Situationen.« Nora hatte einen erstaunlich durchtrainierten Körper, sollte es sich ergeben, würde ich sie gelegentlich danach fragen. Als sie die Karte aus ihrer Tasche kramte, zeichneten sich auf ihrem Rücken deutlich die Muskeln ab. Monika war viel fraulicher, weicher, Nora hatte nicht nur eine Nase wie griechische Athleten. Töchter sind eben verschieden! Gemeinsam sattelten wir Napoleon, wobei er die frauliche Zuwendung durchaus genoss. Zum Abschied bekam ich Tochterkuss Nummer zwei und dann verließen ein Laienermittler und sein Pferd beschwingt den Schauplatz und testeten nochmals, was alles in diesem Pferd steckte. Am Stall angekommen war ich dann wieder schweißgebadet, obwohl ich in den letzten zehn Minuten Napoleon nur noch Schritt hatte gehen lassen. Er war sichtlich zufrieden mit all dem, was wir gemeinsam erlebt hatten. Und ich teilte seine Einschätzung. Napoleon wurde von Sepp Schwab in Empfang genommen. Ich half ihm beim Absatteln, beim Abduschen und Abreiben des Traumpferdes. Nebenbei ließ ich Sepp Schwab erzählen, wie er Nora dazu gebracht hatte, mit ihm zu tanzen. Ermittler bleibt Ermittler! Er bestätigte mir die Version, die ich gerade vorher von Nora erhalten hatte. Sepp Schwab bekam von mir ein ordentliches Trinkgeld, ich nahm Susis Angebot zu duschen gerne an und kam dann pünktlich und noch ziemlich euphorisch zum Abendessen auf die Terrasse des Wohnhauses.

Meine Gastgeber lebten in Harmonie und gegenseitiger Wertschätzung, ich genoss diese Stimmung. Ich erzählte ausführlich von meinen Erlebnissen und meinem Hochgefühl beim Reiten. Ihre Ratschläge zum Thema Nora und ihrem Urlaubsplan waren aber verschieden. Dr. Klein vermutete, Wilhelm Fleischmann »in seiner Nähe zur Unterwelt« wolle einfach auf dem Laufenden bleiben und habe deswegen Nora auf mich »angesetzt«. Er riet mir ohne Wenn und Aber ab, Nora noch einmal zu treffen. Susi dagegen empfahl mir dringend, auf den Vorschlag einzugehen. Sie wäre auch bereit, für Nora ein zweites Pferd zu verleihen. Sie teile die Einschätzung, dass Fleischmann weit und breit derjenige sei mit der größten Nähe zur Unter- oder Halbwelt. Vielleicht aber habe ja Nora einiges Hintergrundwissen, das für die Ermittlungen brauchbar sei. Ich genoss das leichte Abendessen und genehmigte mir zur Feier des Tages ein Glas Rotwein. Zum Abschied versprach ich, mir die Empfehlungen durch den Kopf gehen zu lassen und dankte herzlich für Gastfreundschaft und »gefühlte Zuwendung«. Mit reichlich Zeit zur Verfügung machte ich mich auf den Weg zu meiner Wohnung und meinem Büro. Zwischendurch hielt ich an und ließ die Abendstimmung über dem Sulzbachtal auf mich wirken. Und wenn ich die Augen schloss, sah und hörte ich eine junge nackte Frau, die mich singend auf einem Grauschimmel umkreiste. Ich ging einfach davon aus, dass ich der einzige Mensch auf der Welt war, der augenblicklich solche Bilder im Kopf hatte.

Meine Wohnung und mein Büro kamen mir ohne Monika ziemlich verlassen vor. Vaterschicksal, auf wenige Tage zusammengedrängt. Fritz Jung hatte mir wie versprochen den Entwurf seiner Artikel für morgen, Mittwoch, zugefaxt. Die Überschrift war gut gewählt: **»Ermittler führt Polizei zu dem geheimen Geldversteck des verschwundenen Fuhrunternehmers. Illegale Machenschaften von Günter Wiesinger so gut wie sicher!«** Der Artikel bestand aus einer minutiösen Schilderung, wie ich zuerst durch eine Nebenbemerkung Anneliese Wiesingers auf die Lösung des Rätsels gekommen war. Die Lösung des Rätsels, wo ihr Mann das viele Geld versteckt hatte, aus dessen Fundus er den Kauf teurer Antiquitäten, aber auch die Sanierung seines maroden Betriebes geleistet hatte. Es folgte die Schilderung der erfolgreichen Suche in Wiesingers Privaträumen. Als Schlussfolgerung wurde berichtet: Die Polizei, der Ermittler und andere Personen, zum Beispiel auch Mike Weinberger (!), gingen jetzt felsenfest davon aus, dass Günter Wiesinger in illegale Geschäfte verwickelt gewesen war. Sie rechneten damit, wenn die Art dieser Geschäfte aufgedeckt würde, dass dann auch Hinweise auf den Hintergrund des Verschwindens von Günter Wiesinger und eines eventuellen Verbrechens gefunden werden könnten. Es folgte ein Interview mit Hauptkommissar Aichinger, der diese Darstellung bestätigte und unsere Zusammenarbeit in höchsten Tönen lobte. Er vergaß auch nicht, die AW und ihren Leiter für die weiterführende

Idee einer zusätzlichen privaten Ermittlung lobend zu erwähnen! Ganz in unserem Sinne, den Täterkreis zu unüberlegten Handlungen zu provozieren, war sein abschließender Hinweis, dass Polizei und Ermittler als Nächstes noch einmal die Unterlagen aus Wiesingers Betrieb durcharbeiten würden. Es wäre ja denkbar, dass zum Beispiel die Routen und Ziele seiner Lastwagen etwas über die geheimnisvollen Zusatzgeschäfte des Fuhrunternehmers aussagen könnten. Gut gebrüllt, ich hatte durchaus Angst vor einem möglichen Echo!

Hervorragend gelungen und einfühlsam war die Schilderung des »Brot-Events«, wobei Fritz Jung die Tragik der Situation in den Mittelpunkt stellte: Am selben Tag, an dem für Frau Wiesinger eine neue Zukunft beginnt, holt sie die Vergangenheit ein! Er betonte aber, wie tapfer diese Frau ganz im Sinne der Rede der Eggenfeldener Bürgermeisterin sich nicht unterkriegen lässt und nach vorne blickt. Und sicher dabei auch erfolgreich sein wird! Ich rief Fritz an und signalisierte ihm uneingeschränkte Zustimmung und Achtung vor seinem Können. Fritz war gerührt. Er versprach, morgen um 10 Uhr zu einer kurzen Lagebesprechung zu uns zu kommen.

Pünktlich um 20 Uhr hatte ich dann die beiden Polizisten am Apparat. Wir hielten uns nicht lange mit Floskeln auf und besprachen zunächst die Artikelentwürfe von Fritz Jung. Wir stimmten überein, dass sie hervorragend waren und genau auf der Linie unserer Strategie lagen. Die Strategie selber bereitete auch den Polizisten Bauchschmerzen, vor allem dem vorsichtigen und besorgten Kommissar Steininger: »Es ist nicht auszudenken, was passieren kann, wenn tatsächlich eine größere kriminelle Organisation dahinter steckt. Wir haben praktisch mitgeteilt, dass wir ihnen jetzt dicht auf den Fersen sind. Verlassen Sie ja nicht mehr ohne Revolver das Haus, kontrollieren Sie Ihr Auto bevor Sie einsteigen und seien Sie insgesamt äußerst vorsichtig!«

Wenn ich ehrlich zu mir war, musste ich mir eingestehen, dass ich alles andere als Begeisterung fühlte für die neue, aber wohl alternativlose Entwicklung unserer Ermittlung. Auch der Hauptkommissar machte sich Sorgen.

»Lassen Sie die Geschäftsunterlagen auf alle Fälle in der Wohnung im ersten Stock und werten Sie wenigstens ein Jahr davon möglichst schnell aus. Ich schicke Ihnen morgen Vormittag einen Beamten, der Ihrer Monika dabei hilft! Der Beamte wird danach alle Unterlagen mitnehmen, wir kopieren sie bei den Kollegen von der Wirtschaftskriminalität mit deren modernen Geräten und bringen Ihnen die Originale danach zurück!«

»Wollen Sie denn anschließend die Wohnung observieren?«, war meine Frage.

»Nein, wir fangen bestenfalls wieder nur unwissende Handlanger! Es wäre gut, wenn Sie Fritz Jung dazu bringen könnten, nebenbei zu erwähnen, wo Sie die Unterlagen aufbewahren!«

Steininger, eindeutig der Besorgtere von beiden: »Können Sie denn danach nicht für ein paar Tage das Haus meiden und ihrer Assistentin frei geben?«

Nichts lieber als das, und es traf sich eigentlich ganz gut. »Ich wollte sowieso an die polnische Grenze nach Görlitz fahren, um wie vereinbart der Spur dorthin nachzugehen. Sobald alles organisiert ist, werde ich Sie verständigen!«

»Schade, dass wir Sie nicht unter Personenschutz stellen können. Meine Vorgesetzten würden dies in diesem Stadium nie und nimmer genehmigen«, bedauerte der Hauptkommissar.

»Käme mir auch trotz allem sehr ungelegen!«, verblüffte ich meine Gesprächspartner und erzählte dann meine Erlebnisse mit meiner zweiten Tochter Nora. Hauptkommissar Aichinger pfiff durch die Zähne. »Bei Gelegenheit müssen Sie mir unbedingt verraten, wie Sie das anstellen, dass junge Ausnahmefrauen so auf Sie abfahren«, meinte er lächelnd.

»Glauben Sie dieser Nora, dass sie nicht von Wilhelm Fleischmann auf Sie angesetzt wurde?!« fragte Kommissar Steininger.

»Das gilt es u.a. herauszufinden. Ich möchte aber auch wissen, welche Lieder Nora noch singen kann und ob sie mir ein bisschen mehr Einblick geben kann in Leben und Treiben dieses dubiosen Saubermannes von Barbesitzer.«

Steininger atmete tief durch: »Und Sie wollen allen Ernstes drei Tage mit dieser Frau allein in der Waldeinsamkeit verbringen, weit weg von jeder Möglichkeit, schnell Schutz für Sie zu bieten?«

»Ich denke und hoffe so: Wenn Wilhelm Fleischmann, den Nora informieren wird, irgendwie mitverwickelt ist, ist sie eher Schutz für mich und nebenbei bin ich weg von Haus und Wohnung. Und es kann unter Umständen sehr wichtig für uns sein, diesem Fleischmann etwas auf die Finger zu schauen. Ich rufe, wenn es gewünscht wird, so oft wie möglich in Passau an. Auch opfere ich in der Wallfahrtskirche bei Pfarrkirchen eine Kerze!«, entgegnete ich und konnte meine Verunsicherung nicht verheimlichen.

»Irrsinn!«, kommentierte der Hauptkommissar, »aber wir machen das, wenn Sie dazu bereit sind! Vielleicht hat ja ein Streifenwagen in der Nähe zu tun, möglichst auffällig – wir werden sehen!«

Und dann ließen wir als positiven Abschluss noch einmal das Fest in Eggenfelden Revue passieren und unsere Entdeckung des Gelddepots. Und in gegenseitiger Wertschätzung wünschten wir uns eine gute Nacht und beendeten unser Gespräch.

Ich blieb nicht unbesorgt zurück in meiner einsamen Wohnung, verschob dann aber das weitere Nachdenken und die Bedenken auf später. Insgesamt war es ein verrückter Tag gewesen. Ich genehmigte mir ein kleines Glas vom Opus One, der bei Alfons Number One hieß, vergewisserte mich, dass alle Türen abgesperrt waren, lehnte einen Stuhl innen an meine Schlafzimmertür, legte den Revolver unter mein Kopfkissen und ging zu Bett. Als Monika gegen drei Uhr früh meine Schlafzimmertür leise öffnen wollte und dabei der Stuhl umfiel, stand ich vor Schreck senkrecht in meinem Bett. »Gott bin ich froh, dass du da bist!«, gestand ich aus vollem Herzen und nachdem Monika, natürlich im Schlafanzug, sich zu mir ins Bett gelegt und der Tochter-Vater-Kuss ausgetauscht war, verlegten wir den ersten Teil unserer geplanten Besprechung von morgen 10 Uhr einfach vor. Da meine Besorgnis durch den Austausch mit Monika nicht kleiner wurde, war am Ende ich es, der diese Nacht klammerte.

Am Tag danach, meinem zweiten Mittwoch als Ermittler, war ich relativ früh auf den Beinen. Entgegen meiner ursprünglichen Absicht war es mir nicht so recht gelungen, so meine nächtliche Erkenntnis, die erträumte Ruhe und Gelassenheit in meine und unsere Ermittlungen zu bringen. Es passierte einfach zu viel. Ich war, so das Ergebnis meines weiteren Sinnierens während der Morgentoilette, streckenweise das geworden, was ich tunlichst vermeiden wollte: ein in Ansätzen noch lustvoll Getriebener, aber eben ein Getriebener. Diese Erkenntnis festigte meinen Entschluss, nächste Woche mit Nora den angebotenen Drei-Tages-Urlaub am Waldweiher zu verbringen. Ich redete mir fest ein, dass kehlige Stimme, dunkle Brustwarzen und ideal-athletischer Frauenkörper bei diesem Beschluss keine oder höchstens eine untergeordnete Rolle spielten. Und der Ermittlung dienten die Tage allemal.

Um gleich mit der Entschleunigung meines Ermittleralltags zu beginnen, setzte ich mich mit meinem Müsli und einem Glas Orangensaft auf die Terrasse, legte aber (affig oder nicht) meinen Revolver vor mich auf den Tisch. Eigentlich sollte ich aufgeben, bevor mir die Sache über denn Kopf wuchs. Ich spürte aber genau, dass ich darüber mit mir im Augenblick nicht reden konnte. So genoss ich die morgendliche Kühle, den wunderschönen Bauerngarten mit seinen intensiven Düften, den blauen Himmel und den morgendlichen Gruß unserer Nachbarin Anna-Sophie. Sie war blond, schätzungsweise zwölf oder dreizehn Jahre und winkte mir, wo immer es ging, auf eine ganz charakteristische Weise zu: mit ganz kurzen und schnellen Handbewegungen. Diesmal aus dem Küchenfenster des elterlichen Hauses. Später kam die verknautschte, und natürlich ungewaschene, Monika mit einer Tasse Kaffee zu mir auf die Terrasse, drückte mich und saß dann mindestens zehn Minuten wortlos und friedlich neben mir. Irgendwann fragte sie: »Ob das gut gehen könnte?« Ich wusste, sie meinte, ob sie und Mike sich näher kommen könnten, obwohl sie vorher eine Art Geisha im

Dienste des AW-Vorsitzenden und Erzeugers von Mike war. »Du wirst bald dahinter kommen«, war meine Antwort und sie schien ihr völlig zu genügen. Ich musste vor der anberaumten Teamsitzung um 10 Uhr noch einiges erledigen, streichelte daher etwas später Monika-Tochter über das rote verwuschelte Haar, dessen Duft ich so liebte, und zog mich samt Revolver in mein Büro zurück. Nach der Teamsitzung standen um 12 Uhr schon wieder Pflicht-Schießübungen auf dem Programm, um 14.30 Uhr war ich bei Alfons und Sophie Weinberger zu einer »kleinen Brotzeit einschließlich Kaffee« geladen und eine Stunde später sollte, geleitet durch den Architekten und begleitet von Alfons und der Presse in Gestalt von Fritz Jung, die Führung durch die AW beginnen. Auf seine Art wieder ein voller Terminkalender.

Meine erste »dienstliche Tätigkeit« des Tages war dann aber ein Telefonat nach Tripolis in Griechenland, um vielleicht doch Wiesingers Griechenlandführer Thanassis befragen zu können. Zuerst hatte ich wieder die aufgeregte und laut ins »Tilefono« schreiende Mutter am Telefon. Zu meinem Glück nahm ihr aber nach etwa fünf Minuten Chaos-Kommunikation der, wie sich herausstellte, jüngere Bruder von Thanassis den Hörer weg und wollte auf Englisch wissen, wer ich sei und was ich wolle. In relativ kurzer Zeit war dies geklärt. Ich erfuhr dann, dass sein Bruder tatsächlich mit seiner schwangeren Frau im Wohnmobil nach Nordgriechenland gefahren war. Er habe zwar kein Handy dabei, werde aber sicher in zwei Tagen anrufen, da die Mutter dann Namenstag habe – und wehe, ein griechischer Sohn würde den Namenstag der Mutter vergessen! Ich gab dem Bruder Jannis abschließend meine Telefonnummer und erhielt im Gegenzug seine Handynummer. Wir hatten abgesprochen, dass er mit seinem Bruder Thanassis Ort, Zeitpunkt und Telefonnummer abmachen werde, die mir eine Kontaktaufnahme erlauben würden. Ich bat ihn auch, Thanassis möge seine Bankverbindung und Kontonummer bereithalten, damit ich ihm seine Mühe mit 300 Euro Zuschuss zum Urlaubsgeld vergelten könne.

Mein nächstes Telefonat ging nach Görlitz an die sächsisch-polnische Grenze. Die Nummer des dortigen Wiesinger-Kontaktmannes, mit dem der Fuhrunternehmer illegale und lukrative Geschäfte anbahnen wollte, hatte ich ja von Sascha Dreier erhalten. Severus Maierling hatte eine sonore Stimme und nur einen leichten sächsischen Akzent. Es dauerte etwas, bis ich meinen Wunsch, ihn zu treffen, so erläutert hatte, dass er wenigstens zu überlegen anfing. An Wiesinger allerdings konnte er sich sofort erinnern. Er hatte, das war eindeutig, keine sehr hohe Meinung von ihm. Mein taktischer Fehler war gewesen, dass ich bei meiner Erläuterung gesagt hatte, ich würde im Auftrag eines »reichen Unternehmers« das Verschwinden des Fuhrunternehmers Wiesinger aufzuklären versuchen. Nach einem heftigen Gefeilsche erhielt ich für den nächsten Tag um 17 Uhr einen einstündigen Termin – für den stolzen Preis von fünfhundert Euro! Das hieß Abfahrt morgens zu nachtschlafener Zeit und stundenlange Autofahrt. Immerhin bekam ich die Chance abzuklären, ob Wiesinger z.B. nicht doch zusätzlich zu seiner Haupt-Nebeneinnahmequelle an irgendwelchen weiteren krummen Geschäften beteiligt war. Vielleicht hatte er ja eine größere Summe investiert, wartete vergeblich auf die versprochene Gewinnausschüttung und hatte deswegen gedroht, alles auffliegen zu lassen. Grund genug, ihn professionell aus dem Weg räumen zu lassen. Und die polnische Mafia war immerhin eine feste Größe in der internationalen Kriminalität! Auf alle Fälle blieb mir nichts anderes übrig, als auch dieser Spur nachzugehen. Ich schrieb mir einen Zettel, damit ich nach der Teamsitzung nicht vergaß, meine Freunde von der Polizei über mein Vorhaben zu informieren.

Die restliche Zeit bis zur Teamsitzung stöberte ich in den Kartons mit Wiesingers Schreibtischinhalten herum. Ich stieß aber auf keinerlei Hinweise, die wesentlich Neues zu dem Fall und zu unseren Ermittlungen beitragen hätten können. Der Ordnungssinn des Fuhrunternehmers war quasi nicht vorhanden. Der einzige Fund mit eventuellem Bezug zu seinen Ausflügen an die polnische Grenze war ein alter Zeitungsausschnitt über polnische Schlepperbanden, die

Prostituierte und Strichjungen, aber auch illegale Arbeitskräfte über die Grenze nach Deutschland einschleusten. Leider war der Artikel mit der Schere ausgeschnitten und es fehlte eine Datumsangabe.

In der begründeten Hoffnung, Monika werde für die Sitzung etwas Essbares vorbereiten, ging ich schon zwanzig Minuten vor ihrem Beginn in das Wohnzimmer. Ich wurde nicht enttäuscht und klaute ein Ei-Lachsbrot, ohne ertappt zu werden. Ich nutzte die verbleibende Zeit, um in der aktuellen Tageszeitung die Artikel zu unseren gestrigen Großtaten zu lesen. Die Redaktion hatte Fritz Jungs Texte zum Teil noch verschärft, vor allem, was die Schlussfolgerungen aus dem Geldfund anbelangte. Ein unbedarfter Leser hätte meinen können, wir stünden kurz davor, die Täter zu entlarven.

Fritz Jung und auf besondere Einladung durch Monika (!) auch Mike erschienen pünktlich zur Teamsitzung. Ich mochte die Truppe. Gleich zu Beginn schärfte ich ihr ein, dass nicht alles, was wir heute besprechen würden, an die Öffentlichkeit gelangen dürfe. Zunächst berichtete ich kurz von meinen Telefonaten und über meinen Plan für morgen. Danach kündigte ich für 11 Uhr den Kriminalbeamten an, der Monika helfen würde, einen Jahrgang Aufträge und Fahrtrouten aus Wiesingers Firmenunterlagen auszuwerten. Mike bot sich spontan an, mitzuhelfen. Ich überließ es Monikas Charme, den Kriminalbeamten davon zu überzeugen. Allerdings bat ich Mike, selbst seinem Vater nichts von Plan und Vorgehen der Polizei zu erzählen. Die Täter oder auch die Hintermänner, so meine Überzeugung, hätten mit dem Steinwurf gezeigt, dass sie sich Informationen noch vor der Veröffentlichung in der Zeitung besorgen könnten. Je weniger Personen eingeweiht waren, um so sicherer konnte eine Wiederholung verhindert werden. Und dann legte ich dar, dass ich mit der Polizei übereingekommen war, eine Art Falle zu stellen:
»Wir haben ja heute schon veröffentlicht, dass wir als Nächstes unter anderem die Fahrtrouten auswerten werden, um darin vielleicht Hinweise auf die krummen Geschäfte Wiesingers und weiter

dann vielleicht auch noch auf seine Mörder zu finden. Fritz, du schreibst bitte für morgen, dass der Ermittler allerdings leider zuerst nach Sachsen fahren müsse, um dort eine andere Spur zu verfolgen. Und dass seine Mitarbeiterin für eine Woche aus persönlichen Gründen in Urlaub sei. Der Hauptkommissar meine dazu, wie du bitte weiter schreibst, dass nach sieben Jahren seit der Tat diese Verzögerung kaum von Bedeutung sein könne und die Firmenunterlagen in der Wohnung über dem Ermittlerbüro mit ihrer Alarmanlage und den modernen Schlössern sicher verwahrt seien!«

Fritz Jung musste das Gehörte erst verdauen.

»Wir halten uns«, fuhr ich fort, »so die Abmachung mit der Polizei, in diesen Tagen von der Wohnung fern und hoffen, dass die Hintermänner versuchen werden, die Firmenunterlagen stehlen zu lassen. Was keineswegs bekannt werden darf, ist allerdings die Tatsache, dass wir einen Jahrgang davon heute bereits auswerten und auch der Rest heute noch von der Polizei kopiert und diese Kopien sicher verwahrt werden. Die Originale allerdings werden ab morgen früh wieder in der Wohnung über uns gelagert sein. Die Polizei geht davon aus, dass – wenn überhaupt – wieder ›Fremdarbeiter‹ mit dem Diebstahl betraut würden und hat es nicht darauf abgesehen, diese zu fangen. Sie hofft eher darauf, dass sich die Hintermänner bei dieser Aktion irgendwie verraten und wir dadurch eventuell einen Schritt weiter kommen könnten. Oder dass sie sich danach in falscher Sicherheit wiegen und sich dabei später irgendwann verraten. Das ist zwar nur ein Versuch und ein Gelingen ist ziemlich unwahrscheinlich. Aber im Augenblick haben wir keine bessere Idee!«

Diese Taktik war Anlass für heftige Diskussionen im Team, besonders als ich bekannt gab, wie ich die ersten drei Tage der nächsten Woche zu verbringen gedachte. Alle machten sich Sorgen und Fritz bot sich an, bereits an meinem Nachruf zu arbeiten. Ich erzählte zwar, dass die Polizei den Weiher »im Auge behalten werde«, konnte aber mein Team nicht beruhigen. Um abzulenken berichtete ich auch noch von den Plänen des Ehepaares Klein, eine Ermittlungs-Unterstützungs-Party zu veranstalten, um vielleicht ganz neue Ideen für die weitere Ermittlung zu bekommen. Die

Zustimmung dazu war nach einiger Diskussion nicht einhellig. Fritz entwickelte Susis Idee weiter und warf in die Runde, ob wir nicht eine ähnliche Aktion mit den Lesern seiner Zeitung, dann mit Möglichkeit einer telefonischen Rückmeldung, veranstalten sollten. Er hielt nämlich nicht besonders viel von der mit der Polizei vereinbarten Strategie und fand, wir hätten neue Ideen ziemlich nötig. Ich schlug ihm vor, mit seinem Chefredakteur darüber zu sprechen und dann das Ergebnis der Party im Hause Klein abzuwarten. Er könne ja auch über diese Party und ihr Ergebnis berichten und dieses Ergebnis wiederum der Leserschaft vorstellen, um es dann bewerten lassen. Jedenfalls war Fritz hellwach. Er versprach hoch und heilig, trotz seiner Skepsis sofort den Artikel für morgen im gewünschten Sinne zu schreiben.

Monika wollte, wie sie mir schon nachts erzählt hatte, die paar Tage ein »Schnupper-Praktikum« in Mikes Mühlenbetrieben machen. Sie müsse sich für die Zeit nach der Ermittlung orientieren und habe dieses Angebot von Mike gerne angenommen. Wir erhielten von ihr auch die Zusicherung, auf keinen Fall die nächsten Tage in die Wohnung im ersten Stock zurückzukommen. Fritz sagte noch zu, pünktlich zur Werksbesichtigung bei der AW zu sein. Nachdem wir die letzten belegten Brote gegessen hatten, eilte Fritz von dannen. Monika und Mike erwarteten den Polizisten. Ich selber musste mich noch umziehen und brach dann auf, um meinen Übungsplan im Schießen einzuhalten. Von dort wollte ich gleich weiterfahren zu den Weinbergers in die Mühlenresidenz. Dazu hatte mir die unbezahlbare Monika bereits einen Blumenstrauß gekauft, in feuchte Tücher verpackt und in den Kofferraum gelegt. Es kam aber zunächst etwas anders als geplant.

Kaum hatte ich nämlich das Haus verlassen, eilte ein jugendlich wirkender sportlicher Mann auf mich zu.
»Entschuldigung, Sie sind doch Herr Kramer?«
Ich bekam einen gehörigen Schrecken. Sollte der gedungene Attentäter ein dermaßen lausbubenhaftes Gesicht haben? Instinktiv

tastete ich nach meinem Revolver, den ich auf Anraten von Hauptkommissar Aichinger neuerdings in einem Gürtelhalfter trug.

»Bitte Herr Kramer, Sie werden gegen mich keine Waffe benötigen. Sie müssen ganz schön unter Spannung stehen, wenn Sie eine ganz normale Frage nach ihrem Namen schon so nervös macht!?«

»Entschuldigen Sie, aber nach Meinung der Polizei muss ich nach unseren jüngsten Ermittlungserfolgen mit dem Schlimmsten rechnen. Und wer sind Sie?!«, fragte ich zurück und begann, wieder auf meinen Bauch zu horchen, der mir mein Gegenüber als sympathisch und freundlich gestimmt einstufen ließ.

»Mein Name ist Johann Endorfer. Ich habe auch einen Spitznamen, nämlich ›Karate-Joe‹. Das kommt daher, weil ich ausgebildeter Nahkämpfer bei der Bundeswehr war, danach Karatetrainer, Personenschützer und zuletzt Mannschaftsführer in einer großen Sicherheitsfirma mit Wachdiensten, Personenschutzangeboten und gesicherten Geldtransporten.«

»Und was sind Sie heute?«, wollte ich wissen.

»Vorerst arbeitslos, weil mein Chef selbst ein krummes Ding plante und ich ihn angezeigt habe. Was das Aus für seine Firma bedeutete. Ich habe einen konkreten Grund, warum ich Sie anspreche. Ich halte es für meine Pflicht, Sie zu warnen!«

»Nicht schon wieder!«, entfuhr es mir. »Wollen wir in mein Büro gehen?« »Nein, ich sage Ihnen, worum es geht und mache Ihnen einen Vorschlag, wie wir das Problem lösen könnten, und zwar sofort!«

»Setzen wir uns wenigstens in mein Auto!«, forderte ich Herrn Endorfer auf. Und dann erfuhr ich, dass es in Pfarrkirchen, kaum zu glauben, drei arbeitslose türkische Jugendliche gab, die knapp davor waren, kriminell zu werden. Vorerst hingen sie nur herum, pöbelten Passanten an, legten sich mit niederbayerischen arbeitslosen Jugendlichen an und machten Radau im Jugendtreff.

»Und«, fuhr Karate-Joe fort, »seit Ihrer Heldentat in der EVA prahlen sie damit, den Bezwinger von Franz Söhnlein kräftig zu verhauen. Sie müssen wissen, Franz Söhnlein galt als einer der gefährlichsten Kämpfer im Landkreis!«

Die Polizisten aus Passau hatten also doch recht mit ihrer Befürchtung, mir würde es nach der Berichterstattung über die Vorfälle in der EVA-Bar ergehen wie einem alternden Revolverhelden im Wilden Westen. Jeder Heißsporn möchte sich zum Bezwinger der Legende aufschwingen. »Warum ich ausgerechnet heute zu Ihnen komme, hat seinen Grund«, sagte Joe Endorfer. »Die drei Möchtegerns haben sich nämlich, nachdem sie als Maulhelden verhöhnt wurden, festgelegt, dass der Kampf noch diese Woche stattfinden wird!«

Das hatte mir gerade noch gefehlt. »Und wie können wir, wie Sie angedeutet haben, das Problem heute noch lösen?«, fragte ich den Karatekämpfer.

»Ich schlage vor«, war die Antwort, »wir fahren nach Pfarrkirchen in die Pizzeria am Bahnhof. Dort pflegen die Herrschaften zu speisen. Wir reden einfach mit ihnen und notfalls machen wir ihnen ein wenig Angst!« »Herr Endorfer!«

»Für Sie bitte Joe!«

»Joe, darf ich Sie ...«

»Für Sie bitte ›dich‹!«

»Also bleiben wir beim niederbayerischen ›Du‹, mein Name ist Michael – also Joe, darf ich dich zunächst für die nächsten Stunden engagieren und zusätzlich zum Essen einladen?«

»Ich nehme an, in die Pizzeria in Pfarrkirchen?«

»Wie bist du denn da so schnell dahinter gekommen?«

Wir beschlossen auf meine Bitte hin, mit meinem Auto nach Pfarrkirchen zu fahren. Ich hatte nämlich eine Idee. Ich erzählte Joe von meiner aktuellen Situation, meiner Angst und der Tatsache, dass die Polizei am liebsten Personenschutz für mich leisten würde, wenn das ginge. Ich fragte ihn, ob er nicht meinen Leibwächter spielen und mich bereits morgen früh nach Sachsen auf meiner nächsten Ermittlungsmission begleiten möchte. Joe war sofort einverstanden, hatte aber genau eine Woche später bereits einen Auftrag von einem prominenten Expolitiker angenommen. Er musste diesen für einige Tage in den Bergurlaub begleiten. Danach war er dann wieder frei.

Ich erkundigte mich, was denn der Expolitiker zahlen würde und legte nochmals kräftig darauf – im Gegensatz zu dem Politiker hing ich offensichtlich ordentlich an diesem Leben.

»Bevor du mit dem Expolitiker auf die Berge steigst, schulst du bitte die drei Unterweltler täglich zwei Stunden in Personenschutz, damit sie dich wenigstens halbwegs vertreten können!«, schlug ich vor.

»Ich habe schon gehört, dass du der große Pädagoge bist!«, grinste Joe zurück. »Aber der Plan scheint machbar!«

Die Umsetzung des ersten Teiles unseres Vorhabens war mit Joe neben mir kein großes Problem. Die drei Problemjugendlichen waren um die achtzehn Jahre, trugen die Einheitskluft dieser Spezies, sprachen die Einheitskunstsprache mit den entsprechenden Floskeln der jungen deutschen Türken aus diesen Schichten und machten aus ihrem Pizzaessen ein lärmendes Event. Ich hatte durchaus Erfahrung mit dieser Klientel aus meiner ehrenamtlichen Arbeit in einem Jugendtreff. Sie wussten offensichtlich, wer Joe war, denn der Lärmpegel senkte sich in dem Maße, in dem wir uns ihrem Tisch näherten. Wir grüßten höflich, fragten, ob wir uns zu ihnen setzen dürften, stellten uns vor und ließen uns bei der Pizzawahl von den neuen Freunden beraten. Dann legte ich eine Patrone aus meinem Revolver auf den Tisch und fragte Kemal als den größten und lautesten, ob er denn wisse, welches Kaliber dies sei und ob er die Kugel für echt halte. Er kannte das Kaliber und bejahte die Echtheit. Ich erzählte, dass die Polizei befürchte, ich könnte von den Hintermännern des wahrscheinlichen Verbrechens an dem Fuhrunternehmer aus Peterskirchen bedroht werden. Sie habe mich deshalb gezwungen, einen Revolver zu tragen und ich müsse deswegen auch laufend zum Schießtraining. Mir fiel dabei siedend heiß ein, dass ich drauf und dran war, den Schießlehrer zu versetzen und sagte vor den Dreien per Handy das heutige Training ab. Ich versicherte aber dem Schießlehrer, dass ich dennoch die Kosten tragen würde.

Nach dieser unfreiwilligen Showeinlage erzählte ich wie abgesprochen weiter, dass Joe Endorfer bei mir als Leibwächter arbeiten werde. Da er aber nächste Woche verreisen müsse, bräuchte ich Ersatz. Joe habe sich angeboten, dem gefährlichen Trio jeden Tag eineinhalb bis zwei Stunden Training in Personenschutz zu geben. Als ich ihnen dann noch ihren Verdienst für die Vertretung von Joe in der nächsten Woche nannte, mussten sie sichtlich an sich halten, um nicht aufzuspringen und dies entsprechend zu bejubeln. Sie waren mit allem einverstanden und verständigten sich mit Joe auf die erste Trainingsrunde am Samstag in der Karateschule in Pfarrkirchen. Danach aßen wir gemeinsam friedlich unsere Pizzen. Sie erzählten dabei auf Nachfrage von ihren Familien und wie schwer es für sie war, eine geregelte Arbeit zu finden. Die Nahaufnahme war meistens anders als der Eindruck aus der Ferne. Hoffentlich rutschten sie nicht irgendwann ab in den Teufelskreis der Kriminalisierung. Ich bot ihnen an, die Gesamtrechnung für die Pizzen zu übernehmen. Als sie sahen, wie Joe zuließ, dass ich für ihn bezahlte, war auch dieses Problem gelöst. Ich trug ihnen auf, ab sofort jeden Tag zu dem Fall »Wiesinger-Ermittlung« die örtliche Tageszeitung zu lesen. »Ein Personenschützer muss informiert sein, sonst kommt er unter die Räder!«, stellte Joe, ganz der Profi, fest. Sie nickten ehrfürchtig und wir verabschiedeten uns mit dem in diesen Gruppen üblichen Ritual des Abklatschens. Es funktionierte bei mir nicht auf Anhieb, war aber wesentlich angenehmer, als verprügelt zu werden.

Im Auto signalisierte mir Joe seine Zufriedenheit mit dem Verlauf des Pizza-Essens. Ich benutzte die Fahrt zurück zu Joes Auto, das vor meinem Büro stand, um ihn über den Stand der Ermittlungen und die Aufgaben der nächsten Tage zu informieren. Einzelheiten sparten wir auf für die lange Fahrt an die polnische Grenze. Kaum hatte sich Joe mit seinem jungenhaften Lächeln »bis morgen früh um fünf Uhr« verabschiedet, rief ich Hauptkommissar Aichinger an. Ans Telefon kam sein Assistent, Kommissar Steininger, und ich erzählte ihm, was geschehen war und was ich »mit neuem Leibwächter« die nächsten Tage vorhatte. Steininger kannte Joe und hielt große Stücke auf ihn. Er kannte auch die »Türkengang« und war froh, dass wir das Problem auf unsere Weise gelöst hatten. Zusätzlich kündigte er an, mit der Kripo in Görlitz zu telefonieren. Er wolle mir im Laufe des Tages auf meinem Handy Bescheid geben, ob und wie die sächsischen Beamten wenigstens »Präsenz zeigen« würden.

Bevor ich weiter fuhr in Richtung AW, rief ich noch die Nummer an, die Nora mir gegeben hatte. Es war aber nur der Anrufbeantworter, der sich meldete, jedoch unverkennbar mit dieser Knef-Dietrich-Alexandra-Stimme. Ich schaffte es trotzdem irgendwie, dem Anrufbeantworter möglichst unbeteiligt zu sagen, dass ich das Angebot auf drei Tage Weiher-Urlaub annehmen würde. Ich hielt mich im Augenblick gerade für berechtigt, auch Dinge zu vereinbaren, auf die »mann« sich trotz allem auch freuen konnte.

∼

Auch beim zweiten Besuch war die Mühlenresidenz ein beeindruckendes Erlebnis, sowohl was ihr Äußeres betraf, als auch ihre Innenräume. Sophie Weinberger empfing mich an der Tür. Wir waren uns beide offensichtlich immer noch sehr sympathisch. Ich versuchte für mich, das Lächeln dieser Frau zu klassifizieren und landete bei »warmherzig«. Sie hatte auf der nicht überdachten Terrasse unter einem großen Sonnenschirm einen großen runden Tisch gedeckt. Daneben stand eine Art Minibüffet mit großer Süß- und Kaffeeabteilung, was mir mit meiner Pizza im Magen sehr entgegen kam. Der Blick auf den weitläufigen Bauerngarten bis hinunter zum Sulzbach war grandios, der in den Bauerngarten eingebettete Swimmingpool verlockend. Zum ersten Mal fiel mir auch das legendäre Eselsgrab auf, dessen Bronzestatue vom unteren Ende des Bauerngartens heraufleuchtete. Da Alfons telefonisch informiert hatte, er werde einige Minuten zu spät kommen, bat ich

Sophie, mir das Tierdenkmal ansehen zu dürfen. Sie führte mich bereitwillig den gesandeten Hauptweg nah am Pool vorbei durch Wolken von Kräuter- und Blumendüften nach unten.

Das Tiergrab entpuppte sich als künstlerisches Meisterwerk. Die in Bronze gegossene lebensgroße Eselsstatue war leicht verfremdet. Das Tier, das mit den Vorderfüßen bereits auf den Knien lag, signalisierte mit seinen geschlossenen Augen sowohl Trauer und Melancholie als auch Trotz. Ich war ergriffen, da war einem Künstler etwas Ungewöhnliches gelungen. Sophie merkte offensichtlich, was in mir vorging.

»Der Bildhauer stammt aus Passau und ist zugleich Professor an der Kunstakademie in München. Er kommt ab und zu und setzt sich einfach vor die Statue. Er behauptet, dass er ein solch ausdrucksstarkes Werk wohl nicht ein zweites Mal werde schaffen können. Auch Beauftragte eines großen staatlichen Museums waren schon da, um zu prüfen, ob nicht ein Nachguss angefertigt werden soll!« Sophie lächelte: »Nur über die Inschrift hat Alfons lange mit dem Künstler gestritten.«

Mich hatte der Satz: »Hier ruht ein Esel« am Sockel der Figur, ergänzt um die Jahreszahl »1997«, anfangs ebenfalls etwas irritiert. Ich fand ihn nach längerem Nachdenken doch eher hintersinnig und passend.

»Beinahe wäre das Projekt an dieser Inschrift gescheitert. Aber Alfons hat sich, wie fast immer, durchgesetzt!«, erzählte Sophie weiter.

Auf meine Frage, ob denn Alfons das Tier stark in sein Herz geschlossen hatte, verneinte Sophie kategorisch.

»Solange der Esel gelebt hat, war er Alfons eher verhasst. Der Esel war nämlich ein großes Schlitzohr und hat allerhand Schaden angerichtet. Ich habe ihn geliebt, er ist mir gefolgt wie unser Hund und wir sind stundenlang zusammen gewandert. Alfons hat seine Liebe zu ihm pressewirksam erst entdeckt, nachdem der Esel tot war. Dir darf ich das so sagen, ich glaube, du kennst ihn fast so gut wie ich!?«

Ich konnte ihr nicht widersprechen und es waren diese Seiten seines Wesens, die mir schon immer Unbehagen bereitet hatten! Auf dem Rückweg vom Tiergrab zum Büffet gesellte sich noch der weinbergersche Hund zu uns. Es war ein älteres Dobermann-Weibchen der sanften Art namens »Hexi«, das sich zur Begrüßung auf den Rücken legte und sich ausführlich den Bauch kraulen ließ.

Kaum waren wir unter dem Sonnenschirm angelangt, kam auch schon Alfons aus der Residenz gestürzt. Er stand mächtig unter Dampf und hatte fast parallel drei Botschaften. Eine für Sophie und mich: »Warum habt ihr noch nicht mit dem Essen begonnen?«, eine für mich allein: »Endlich sieht dein Gesicht wieder menschlich aus!«, und eine speziell für Sophie: »Was macht denn das Hundsvieh hier!? Sophie antwortete auf ihren Teil freundlich, aber bestimmt: »Michael stört er nicht und ich möchte, dass der Hund bitte beim Essen im Freien dabei sein darf.« Alfons setzte sich, murmelte, uns im Unklaren darüber lassend, wen und was er damit meinte: »Hätte ich mir denken können!«, und ließ sich von der Nachsicht ausstrahlenden Sophie Karottensuppe servieren. Ich schloss mich dem Suppenwunsch an und erklärte dann, warum ich beim Essen leider etwas zurückhaltend sein müsse. Danach begann ich mit meiner Berichterstattung über die jüngsten Vorgänge, wobei ich allerdings die mit der Polizei vereinbarte Strategie wegließ. Die Idee mit dem »Leibwächter« fand Alfons »übertrieben«, sagte aber zu, bei Bedarf sogar Sondermittel zu gewähren. Meine Fahrt an die polnische Grenze unterstützte er »voll und ganz«. Er müsse wohl einsehen, dass sein Freund Günter unter Umständen irgendwoher Zusatzeinkommen gehabt haben könnte. Meine scheinheilig geäußerte Befürchtung, dass ich ungern die Geschäftsunterlagen der Firma Wiesinger während der zwei Tage, die ich in Sachsen verbringen müsste, entgegen der Meinung der Polizei in der Wohnung über meinem Büro belassen würde, kostete ihn ein Lächeln. Und dann zog ein Strahlen über sein Gesicht:

»Wir werden die nächsten Nächte unser wildes Ungeheuer (das gerade friedlich auf meinen Füßen schlummerte!) in die Wohnung sperren. Unser Hund ist zwar eher harmlos, kann aber fürchterlich bellen. Und du darfst beruhigt sein. Mann ist das eine gute Idee!«, lobte Alfons sich selber.

Das hatte ich nun von meiner Scheinheiligkeit. Dass Alfons mit seiner Idee damit unter Umständen die Strategie von Polizei und Ermittler durchkreuzte, konnte und wollte ich ihm nicht auf die Nase binden. Daher versuchte ich, ihn mit allen mir einfallenden Argumenten – unter anderem, dass er damit seinen Hund einer Gefahr aussetze – von der Idee abzubringen. Ich redete aber, wie übrigens auch Sophie, gegen eine Wand. Mir graute vor der Reaktion des Hauptkommissars, wenn er von dieser Hundeaktion erfahren würde. Trotzdem wollte ich auf keinen Fall Alfons unsere Strategie verraten. Wahrscheinlich fürchtete ich wie die Polizisten den Hang des Schulfreundes zum Prahlen. Für Alfons war der Fall sowieso erledigt.

Er wollte nur noch wissen, warum ich die drei »Kanaken« nicht sofort angezeigt habe, »wo du doch so ein gutes Verhältnis zur Polizei hast!« Ich zuckte nur mit den Schultern. Dann aber kam eine Bemerkung, die mich sofort elektrisierte:

»Günter wäre wohl von deinen neuen Mitarbeitern nicht begeistert gewesen, der war nämlich fast krankhaft gegen Ausländer!«

Ich musste zuerst meinen Ärger bearbeiten, bevor ich Alfons fragen konnte, warum in aller Welt er mir bis heute nichts davon erzählt habe. »Was kann denn das mit dem Verschwinden von Günter zu tun haben?«, war die Gegenfrage von Alfons.

»Weißt du, ob er irgendwie organisiert war, in einer Gruppe oder Partei?«, bohrte ich nach, ohne auf Alfons Frage einzugehen.

»Meines Wissens nicht, aber er hat durchblicken lassen, dass er ›rechte Freunde‹ unterstützte!«

»Mensch Alfons, lass dir nicht alles aus der Nase ziehen! Weißt du etwas Genaueres über diese Freunde? Oder irgendetwas anderes in diesem Zusammenhang? Wenn ich gute Arbeit leisten soll, muss ich alles, aber auch alles über Wiesinger erfahren!«

Alfons schien nachzudenken. Er schüttelte den Kopf. »Tut mir leid. Sollte mir irgendetwas einfallen, ruf ich dich sofort an. Tut mir übrigens auch leid, dass ich dir das alles nicht schon früher gesagt habe!«

Ich winkte ab. Eigentlich hatte ich Zeit genug, um auch dieser Spur nachzugehen. Meine aufkeimende Milde gegenüber meinem reichen Schulfreund hatte aber nicht lange eine Chance.

Als er erfuhr, dass Susi Klein und ihr Mann eine »Ermittlungsunterstützungsparty« planten, rastete er wieder einmal schier aus. Er wurde laut und schrie fast, ob wir denn das Andenken an Günter Wiesinger und das Ansehen der Fuhrunternehmer insgesamt in den Schmutz ziehen wollten. Warum in aller Welt sollten all die Vermutungen an die Öffentlichkeit gezogen werden, bevor irgendetwas bewiesen sei. Ich aber lernte jeden Tag besser, mit diesem cholerischen Energiebündel umzugehen.

»Alfons, darf ich dich erinnern, dass du es warst, der das ganze Verfahren an die Öffentlichkeit gezogen hat. Wenn wir schon öffentlich ermitteln, müssen wir die Chance nutzen, die eventuelles Wissen anderer bietet. Und du bekommst die Möglichkeit, zu allen in der Öffentlichkeit aufgestellten Thesen Stellung zu beziehen. Es müsste eigentlich ganz in deinem Sinne sein!«

Zu meiner Überraschung unterstützte mich Sophie auf ihre nachsichtige Art, aber inhaltlich eindeutig: »Schau Alfons, wenn wir nach krummen Geschäften von Günter suchen müssen, dann ist das ein Weg, der einfach Arbeit spart. Am besten wird sein, wir zwei gehen auch auf diese Party!«

Ich dachte kurz, Alfons würde endgültig explodieren. Seine Adern traten hervor, sein Gesicht lief dunkelrot an – und dann fiel seine ganze Aufregung in sich zusammen. »Ich muss noch darüber nachdenken!«, murmelte er – und wollte übergangslos wissen, warum ich die nächste Woche drei Tage Urlaub nehmen würde.

Als ich ihn darüber informierte, prustet er schallend los. »Dir graut auch vor nichts!«, war sein Kommentar. Als ich ihm verriet, mich würde neben Nora auch das Umfeld von Wilhelm Fleischmann interessieren, weil ich dem Menschen nicht über den Weg traute, kam seine Überlegenheitspose voll zurück. »Ich wette mit dir, dass du wieder (!) in die verkehrte Richtung läufst. Den Fleischmann kannst du schlicht vergessen!«

Fast hätte ich ihn darauf verwiesen, dass er zuletzt in Bezug auf die Nebeneinkünfte des Fuhrunternehmers ähnlich reagiert hatte. Aber warum in aller Welt sollte ich mich unnötig mit Alfons Weinberger anlegen? Dazu kam just in diesem Moment die kleine Schwarze vom AW-Service, offensichtlich Monikas Nachfolgerin, und meldete Fritz Jung und den Architekten. Da noch viel vom Büfett übrig war, wurden die neuen Gäste heraus gebeten auf die Terrasse. Sie hatten Gott sei gedankt beide noch nichts gegessen, die Hündin nahm die neuen Gäste stillschweigend zur Kenntnis.

Nach etwa zwanzig Minuten begann dann die Werksbegehung unter Führung von Frank Neumann, dem Architekten aus Simbach. Wir starteten mit der neuen Mühle, in derem Inneren Edelstahl dominierte. Wir stiegen in den Turbinenraum hinab, wo zwei modernste Turbinen erstaunlich geräuscharm das Sulzbachwasser nutzten und seine Kraft in zusätzlichen Strom verwandelten. Nirgends Zahnräder, nirgends Transmissionsriemen, nirgends Mehlstaub oder offene Rinnen mit Getreidekörnern. Dafür Schaltpulte, Tastaturen, Kontroll-Lampen. Die Mühle war erfüllt von einer Art Summen und Brummen. Das änderte sich allerdings in den drei Stockwerken darüber. Da rüttelten große Kästen, da gab es erkennbare Mahl- und Sauggeräusche, große Gebläse und ein Gewirr von unzähligen Rohren. Der Müllermeister in seinem Büro im Parterre, eher ein Ingenieur-Typ, konnte von seinem Schaltpult aus sowohl große Teile des Innenraumes, als auch durch eine große Glasscheibe die überdachte Be- und Entladestation an der Gebäudeflanke im Auge behalten. Diese Station hatte außer einer schmalen Laderampe zwei Spuren. Eine Spur diente dem Beladen von Lastwagengespannen bzw. von Traktorenanhängern mit Mehl sowohl über Rohre in die Tanks der Fahrzeuge oder in Säcken auf deren Ladeflächen. Die andere Spur diente dem Entladen von Getreide, das grundsätzlich abgesaugt wurde. Wir erfuhren nebenbei, dass die AW sowohl einheimisches Korn als auch Importgetreide verarbeitete. Letzteres wurde vor allem über den AW-Fuhrpark aus verschiedensten Ländern angeliefert. Der Kunde konnte sich jede Art von Getreidemischung für sein Mehl wünschen, die Mischung wurde über die Schaltpulte zusammengestellt, bei Bedarf in Säcke gefüllt oder direkt über Rohre verladen.

Ich war beeindruckt. Welch Gegensatz zur alten Wassermühle meines Großvaters, dem es nicht nur einmal bei Hochwasser oder Eisbildung das Wasserrad zertrümmert hatte. Zwischen Erstem und Zweitem Weltkrieg diente die Mühle fast ausschließlich zur Verarbeitung des Getreides der umliegenden Bauern. Es waren vor allem Pferdefuhrwerke, die den Transport besorgten. Eine versunkene Welt, die meine Fantasie gewaltig anregte. Ich nahm mir vor, Nora eine Geschichte zu erzählen, in der das Müllern und natürlich auch meine Großeltern eine Hauptrolle spielen sollten. Ich wusste zwar noch nicht wie, aber ich würde bei Bedarf sicher auch etwas Erotik darunter mischen können.

Wie zu erwarten, hatte Alfons nach kürzester Zeit wie selbstverständlich die Führung und das Erklären übernommen. Der Architekt Frank wurde dann gebraucht, wenn es um technische Einzelheiten, Kapazitätsfragen und Ähnliches ging. Beide waren sichtlich stolz und ich konnte sie verstehen. Fritz Jung fragte interessiert nach, obwohl es sicher nicht seine erste Führung war. Sein Interesse schien aber echt zu sein. Überraschend und von außen, vom großen Parkplatz aus, kaum richtig einzuschätzen fand ich die nächste Abteilung »Futtermittel und Lagerung«. Sie war neben der Mühle in einem großen Gebäude untergebracht. Die Talflanke trat an dieser Stelle fast fünfzig Meter zurück, sodass hinter dem Gebäude ein ebener Platz angelegt werden konnte. Dieser Platz wurde für eine Laderampe und ähnliche Be- und Entladeeinrichtungen wie bei der Mühle genutzt. Zugleich gab es dort für das nächste Gebäude, die Wartungshalle für den AW-Fuhrpark, noch Abstellplätze für etwa drei Lastwagengespanne. Das Futtermittelgebäude beherbergte ein komplettes »Versand-Lagerhaus« mit einem Lademeister, der nicht ganz so technisiert, aber sehr modern Be- und Entladevorgänge durchführte und kontrollierte. Die AW mixte selbst Futtermittel zusammen, vertrieb aber ebenso Fremdprodukte. Wie Alfons weiter berichtete, wurden auch Fahrten für Kunden erledigt, bei denen die AW-Lastwagen direkt von dem Einkaufsland/-ort zu den Betrieben der Kunden fuhren. Auch hier lag der Schwerpunkt auf Getreide und Futtermittel. Eine zweite Sparte bestand aus pflanzlichen Rohprodukten für die Kosmetikindustrie. Laut Alfons hatte er von Wiesinger den Transport von Olivenprodukten aus Italien, nämlich Olivenfrüchte, Olivenöl, Abfälle aus Olivenpressungen und Olivenblätter, für einen großen Kosmetikhersteller in Frankfurt/Main übernommen. In der Zwischenzeit war die Produktpalette aber enorm gewachsen und dieses Geschäft boomte und brachte gutes Geld.

Und dann führte uns Alfons ins AW-eigene Labor, offensichtlich sein ganz besonderer Stolz. Ein etwa fünfzigjähriger, brummiger »Nahrungsmittelchemiker aus dem alten Jugoslawien« (so Alfons), war Herrscher in diesem Reich. Er entpuppte sich als extrem mundfaul und hatte einen unaussprechlichen Nachnamen. Deswegen wurde er nach Alfons von allen nur nach seinem Vornamen »Dr. Jarislaus« genannt. Ein »gescheiter Mann«, endlich durfte ich zusätzlich zu mir noch so ein Exemplar bewundern. Das Labor war relativ groß, voll technisiert und anscheinend teuer eingerichtet. Hier wurden für Kunden Qualitätsproben und Gutachten über Fremdprodukte erstellt. Vor allem aber wurden hier sämtliche AW-Produkte regelmäßig auf ihre Qualität hin kontrolliert. Auch Stichproben des zu verarbeitenden Getreides mussten diese Hürde nehmen, wobei die Routinekontrolle aber Teil des Entladevorgangs war. Ein Teil des Raumes wurde durch eine fensterlose Wand abgetrennt. An der Tür stand **»Forschung und Entwicklung. Zugang nur mit Genehmigung des Laborleiters«**. Dr. Jarislaus arbeitete laut Alfons tagelang nur mit einem »leicht beschränkten Helfer«

alleine und duldete nur in Stoßzeiten einen Chemielaboranten, der aus Passau kam. Langsam fing ich an, die AW als Betrieb zu durchblicken. Alfons hatte in den letzten Jahren Enormes geleistet. Ich nahm mir vor, dies nicht zu vergessen.

In die Wartungshalle des Fuhrparks und in einige Büros der Verwaltung, Inhalt der nächsten Gebäude, warfen wir nur einen Blick. Ebenso in die Büros der Hausverwaltung und der Sicherheitsleute. Und dann führte uns der Architekt Frank, dem Alfons jetzt den Vortritt überließ, hinab in das zweite Untergeschoss des zentralen Bürogebäudes in eine Art größeren Kellerraum. Dieser war voll von Schalttafeln und Schaltkästen. Wir sollten noch Einblick erhalten in jenen Teil der Energieversorgung der Anlage, der über Wärmepumpen lief. Kaum hatten wir allerdings den kahlen und kühlen Raum betreten und hatte Frank gerade mit der Erklärung begonnen, fiel plötzlich die Tür zu und waren deutlich Schließgeräusche zu vernehmen.

»Was soll denn das!«, brüllte Alfons und stürzte zur Tür. Er rüttelte an der Klinke, rief: »Hallo ihr verdammten Idioten!«, trat mit dem Fuß dagegen. Wir waren alle vier eingeschlossen. Alfons riss sein Handy heraus, aber Frank winkte ab.

»Hier unten haben wir keine Spur von Empfang, ich weiß das!«

»Dann mach etwas, du bist doch der Architekt!«, schrie mein cholerischer Schulfreund. Ich überlegte, ob er vielleicht Platzangst haben könnte. Aber er bebte offensichtlich nur vor Zorn.

»Alfons, bitte sei einmal still und hilf uns überlegen, wie wir hier wieder herauskommen!«, versuchte ich ihn zu beruhigen. In einer eigenartigen Reaktion drehte er sich abrupt zur Wand, steckte beide Hände tief in seine Hosentaschen und starrte schweigend aus fünfzig Zentimeter Abstand auf das Gemäuer. Jedenfalls hörte er auf mit seinem Gebrülle.

»Gibt es irgendeinen Alarmknopf in diesem Raum?«, fragte ich Frank. »Leider nicht!«, kam als Antwort.

Fritz wollte wissen, ob wir irgendwie an den Schalttafeln eine Störung auslösen könnten, um so den Hausmeister oder den Sicherheitsdienst zu alarmieren. Leider waren die Schalttafeln verschlossen und verweigerten sich unseren Versuchen, sie aufzubrechen.

»Moment«, fiel mir ein, »gibt es denn einen Rauch- oder Feuermelder im Raum?« Frank zeigte Wirkung.

»Im Raum nicht, aber im Lüftungssystem, das die Luft ansaugt, die dort unten hereingepumpt wird!«

Frank bat Fritz Jung, den Raucher, ihm sein mächtiges altertümliches Benzinfeuerzeug zu leihen. Er brachte es zum Brennen und hielt es an das Lüftungsgitter, das in etwa zwei Meter Höhe über einem Schaltschrank angebracht war. Der Sog war so stark, dass es verlöschte.

»So, jetzt brauchen wir noch etwas Brennbares, das genügend Rauch entwickelt und das wir in die Nähe des Lüftungsgitters bringen können«, meinte der Architekt. Wir sahen uns um. Nur Alfons trug einen Pullunder, der dazu geeignet schien. Er weigerte sich kategorisch, dieses Teil für unsere Befreiung zu opfern. Anscheinend machte er uns dafür verantwortlich, dass wir in seinem Laden eingesperrt worden waren. Ich schloss mit mir selbst eine Wette ab.

»Alfons, bitte stell dir vor, was morgen in der Zeitung steht!«

Fritz hatte begriffen und deklamierte: »AW-Vorsitzender rettet durch seinen Einfall und sein entschlossenes Handeln Besuchergruppe aus einer unfreiwilligen Gefangenschaft!«

»Ihr Deppen!«, knurrte Alfons – und zog seinen Pullunder aus. Ich hatte die Wette mit mir gewonnen!

Der Schaltkasten bestand aus massivem Blech. Wir legten den Pullunder auf den Schaltkasten unter das Lüftungsgitter, gossen die Hälfte des Feuerzeugbenzins darüber und zündeten das Kleidungsstück mit gebotener Vorsicht an. Es gab eine gehörige Stichflamme, die regelrecht durch das Gitter gesogen wurde. Ich legte noch mein Stofftaschentuch auf den brennenden Pullunder und Frank seine Krawatte hinterher. Und schon war der sirenenartige Alarm zu hören.

»Im Wachraum blinkt auch eine Kontroll-Lampe, die unsere

Position verrät!«, sagte Frank, als auch schon an der Tür gerüttelt wurde. Sofort kam Leben in Alfons, er stürzte zu Tür und brüllte aus Leibeskräften:

»Sofort aufmachen, verdammt noch mal, aufmachen!« Die beiden Männer vom Sicherheitsdienst staunten nicht schlecht, wen sie da gerettet hatten. Einer von ihnen wurde richtig blass und zeigt auf einen Zettel, der mit Klebeband außen an der Tür befestigte worden war. Mit aus einer Zeitung ausgeschnittenen Buchstaben und Wörtern war darauf zu lesen: »**Wir erwischen euch überall!**« Ich konnte Alfons gerade noch abhalten, den Zettel wutentbrannt abzureißen.

»Dies ist ein Fall für die Spurensicherung der Polizei. Alarmiere doch den Rest deiner Truppe und sucht das Gebäude durch, ob sich eine fremde Person findet. Oder ob von irgendjemand eine solche Person gesehen wurde!«, schlug ich ihm vor.

Da war Alfons in seinem Element. Er stürzte hinter den Wachmännern her. Sicherlich bekam jetzt die ganze Mannschaft seine mit Scham gemischte Wut darüber zu spüren, dass dies in seinem Betrieb passieren konnte. Frank wollte darüber wachen, dass niemand Tür und Zettel berührte, Fritz ging mit mir nach oben, um seinen Fotografen anzurufen. Ich telefonierte mit meinen Freunden von der Polizei. Hauptkommissar Aichinger versprach, »bis in etwa zwanzig Minuten« die Spurensicherung und den Kollegen Steininger zu schicken. Er sinnierte noch: »Offensichtlich will uns jemand verwirren oder Katz und Maus spielen!« Und dann versuchte er mich zu trösten:

»Je öfter sie reagieren, desto eher machen sie Fehler! Übrigens, langweilig ist es bei uns nicht mehr, seit Sie ermitteln. Alle Achtung!«

Wir vereinbarten noch, dass ich mich aus Sachsen melden würde und die Polizei, sollte die Spurensicherung oder Kommissar Steininger etwas Wichtiges gefunden haben, mich ihrerseits sofort informieren würde. Ich nutzte die Gunst der Stunde und erzählte ihm von Alfons' Plänen mit seinem Hund. Aichinger meinte leichthin:

»Lassen Sie uns sehen, was daraus wird. Versuchen Sie den Selbstdarsteller nicht daran zu hindern. Es war clever von Ihnen, dass Sie ihm unsere Absichten verschwiegen haben!«

Ich erwähnte dann noch Alfons Weinbergers Hinweis, dass der verschwundene Wiesinger offenbar »rechte Freunde« unterstützt habe. Der Hauptkommissar pfiff wieder einmal durch die Zähne.

»Wenn Sie zurück sind und Ihren Weiherurlaub überlebt haben, werden wir uns damit auseinandersetzen. Dieser Wiesinger ist doch für viele Überraschungen gut. Ich denke, wir von der Polizei haben den Typen einfach unterschätzt!«, übte er völlig unverkrampft Selbstkritik. Und dann wünschten wir uns einen friedlichen Abend.

Anschließend rief ich noch bei Sophie an und erzählte ihr kurz, was geschehen war. Ich schlug ihr vor, Alfons zu fragen, ob sie nicht der Polizei und der Presse ein paar Brote und etwas zu trinken bringen solle. Das würde sicher eine gute Berichterstattung bringen. Fritz Jung hatte sich in der Zwischenzeit sein Laptop aus dem Auto geholt, setzte sich an einen Kundentisch im Erdgeschoss und fing an zu hämmern. Zwischendurch blickte er auf und sagte. »Ich werde dich vermissen, wenn dies hier einmal alles vorbei sein sollte!«

Kommissar Steininger drückte mich vor der ganzen Mannschaft. Er war gewohnt routiniert, befragte Alfons und uns drei anderen, befragte die Wachmänner und ließ sich das Gebäude von unten bis oben zeigen. So gegen 19 Uhr bekam ich einen Leistungsknick, überließ den Fachleuten ihre Arbeit, bedankte mich bei Sophie, Frank und Alfons für die Bewirtung und die Führung, holte mir bei Fritz Jung die linkische Umarmung und fuhr nach Hause. Alfons hatte zu meiner Überraschung versprochen, dass er mich anrufen werde, sobald er sich »einen Reim darauf machen könne!« Fand ich nett. Nett fand ich auch, dass Monika in der Wohnung auf mich wartete. Es gab eine stürmische Umarmung und ein Geständnis: »Ich habe Angst, dich zu verlieren!« In meiner Rührung versprach ich, bei Bedarf ihr Trauzeuge zu werden. Sie hüpfte fast vor Freude. Ich nutze ihre Emotion schamlos aus:

»Aber dafür musst du mir jetzt den Rücken schrubben, denn ich gehe in unseren Whirlpool!«

»Mit Inbrunst!«, war die Antwort und: »Wir nehmen auch unseren Revolver mit!«

~

Monika ließ es sich nicht nehmen, noch vor mir aus dem Bett zu steigen und uns morgens gegen vier Uhr ein Frühstück zu servieren. Die junge Frau rührte mich. Ich streichelte ihr über den Strubbelkopf, wobei ich an mich halten musste, um bei meiner Vaterrolle zu bleiben.

Joe Endorfer drückte pünktlich auf den Klingelknopf. Er hatte in Pfarrkirchen bereits eine Tageszeitung ergattert. Da mein neuer Leibwächter darauf bestand, die erste Strecke über Regensburg und Hof am Steuer zu sitzen, konnte ich nachlesen, was wir gestern alles erlebt hatten. Unsere unfreiwillige Festsetzung im tiefsten Keller der AW war natürlich eine Räuberpistole ersten Grades. Fritz Jung beschrieb, wie angedeutet, Alfons Weinberger als denjenigen, der uns mit seiner Idee vom Rauchmelder und durch das selbstlose Opfern seines Pullunders befreit hatte. Dafür aber hatte die Zeitung ein Foto ausgewählt, auf dem Alfons ziemlich unvorteilhaft ein wutverzerrtes Gesicht machte. Er finde die Drohung, wird Alfons zitiert, die sich ja auch gegen ihn richte, ungeheuerlich. Und er verstehe überhaupt nicht mehr, wer da warum »herumdrohe«, nachdem der Ermittler und die Polizei das »Geldnest« seines Freundes gefunden haben. Er jedenfalls werde in seiner AW die Bewachung verstärken. Wer immer hier drohe, er dürfe ja nicht seine, Alfons' »Entschlossenheit« unterschätzen, das Verbrechen an Günter Wiesinger aufklären zu lassen und »koste es, was es wolle!« Und um eben diese Entschlossenheit zu untermauern, verriet er auch, dass er für die Bewachung der Firmenunterlagen seinen geliebten, äußerst scharfen Hund nachts in die AW-Wohnung über dem Ermittlerbüro einsperren werde. Und zwar solange, bis Polizei und Ermittler Zeit fänden, um die Unterlagen auszuwerten. Womit wir unsere »Falle« endgültig vergessen konnten! Ich verstand nur nicht, warum Fritz Jung diesen wichtigtuerischen Plan von Alfons veröffentlicht hatte. Und warum der Hauptkommissar, der sicher von Fritz die Artikelentwürfe bekommen hatte, dies nicht zu verhindern gewusst hatte. Andererseits wurde lang und breit darüber berichtet, wie beim jetzigen Stand der Ermittlung die Firmenunterlagen an Bedeutung gewonnen hätten. Wahrscheinlich hatte der eitle AW-Besitzer kurz einen Parteifreund und der wiederum den Polizeipräsidenten angerufen ... Mir ging es bereits wie Fritz Jung, ich fand die Selbstdarstellungs-Marotten meines Schulfreundes streckenweise unerträglich. Der Zeitung konnte ich noch entnehmen, dass die Polizei bis Redaktionsschluss außer dem Zettel mit der anonymen Drohung keinerlei sonstige Spuren gefunden habe. Der Zettel sei ins Polizeilabor zur genaueren Untersuchung gebracht worden.

Bereits um sieben Uhr erreichte mich auf der Autobahn der Anruf des Hauptkommissars Aichinger. Er war sehr nachdenklich und berichtete, dass sich über Nacht bei ihm der Eindruck nochmals verfestigt habe, hier lege jemand absichtlich verschiedene und widersprüchliche Spuren.
»Aber es wird, wie gesagt, reagiert dank Ihrer Ermittlung. Ich kann Ihnen kaum sagen, wie mich das freut. Sie haben mit Hilfe der AW tatsächlich den ›toten Fall‹, wie wir solche Sackgassen nennen, wiederbelebt. Ich bin mittlerweile fest davon überzeugt, dass wir die Nuss knacken. Es könnte nur gegen Ende aufhören mit den Spielereien wie Steinewerfen, ausgeschnittenen Buchstaben und versperrten Kellertüren. Seien Sie also bitte auf der Hut und behalten Sie ihren Leibwächter. Der Mann ist gut, wir wollten ihn schon für die Polizei gewinnen, aber er ist kein Beamtentyp. Neugierig bin ich, was sich hinter dem Hinweis auf die Unterstützung von ›rechten Freunden‹ durch Wiesinger verbirgt. Hätten Sie den Tipp nicht von Alfons Weinberger, ich würde als Erstes den Tippgeber durchleuchten. Jetzt klären Sie zuerst einmal, was die Spur in Görlitz her-

gibt. Die dortige Polizei hält Herrn Severus Maierling für einen Mann, der gerade noch die Kurve gekratzt hat, um auf der legalen Seite zu bleiben. Sie will aber Ihrem Auftritt Gewicht verleihen, indem Sie auf unseren Wunsch hin ein Polizeiauto zum Büro von Herrn Maierling begleiten wird. Wenn Sie von dort aus noch andere Kontakte suchen, bitte halten sie immer den Görlitzer Hauptkommissar Nölle auf dem Laufenden. Die polnische Mafia ist nämlich gar nicht zimperlich, wenn man ihr zufällig zu nahe kommt!«

Ich erhielt Telefonnummer, Anschrift und Wegbeschreibung der dortigen Kripo. Am Ende wollte ich noch wissen, warum Alfons seine blöde Hundeidee auch noch in die Zeitung bringen durfte. Aichinger präzisierte seine Begründung von gestern Abend:

»Weil wir beide seit dem Steinwurf doch davon ausgehen müssen, dass da jemand im Beziehungs-System Weinbergers sitzen könnte, der Infos weiter gibt. Hätten wir Weinbergers Idee aus der Zeitung genommen, hätte dieser mit Sicherheit einen seiner berüchtigten Wutausbrüche bekommen und sich bei Gott und der Welt beschwert. Auf diese Weise würde dieser angenommene Spion wissen, dass wir eine Falle planen. Warten wir also einfach ab, ob und wie die Gegenseite auf diese neue Gegebenheit mit dem Hund reagiert!«

Nachdem ich noch die Information erhalten hatte, dass es in der Aktion »Kellereinschluss« bislang nichts Neues zu berichten gäbe, verabschiedeten wir uns und wünschten uns viel Glück für unser Tagwerk.

Danach fuhr ich ein Stück und Joe unterwies mich in Risikominimierung für gefährdete Personen. So müsse immer zuerst der Leibwächter aussteigen und vor allem Autos, die gegen die Fahrtrichtung auf Autobahn-Parkplätzen hielten, sollten gemieden oder an ihnen sollte zumindest schnell vorbei gefahren werden. Die zu schützende Person habe im Fond Platz zu nehmen, Nebenstraßen und dunkle, schlecht beleuchtete Orte seien zu meiden und vieles mehr. Eine Demonstration, wie verfolgende Autos abzuschütteln seien, verschoben wir auf die Heimfahrt. Dafür lernte ich einiges über das Erkennen von Verfolgern und wie diese Erkenntnisse zu »verifizieren« seien, etwa durch Tempowechsel, Halten und sofort wieder Anfahren an Raststätten. Ich war richtig froh, einen Fachmann an meiner Seite zu wissen.

Nachdem wir bei Dresden an einer Raststätte einige Regeln ausprobiert und danach einen kleinen Imbiss genommen hatten, erzählte ich Joe vom Fond aus ausführlich, was bei meinen Ermittlungen in der Zwischenzeit alles passiert war. Wir unterhielten uns lange über die Bedeutung der Ereignisse und Entdeckungen. Joe war ein aufmerksamer und intelligenter Zuhörer und stellte präzise Fragen. Interessant war für mich seine Vermutung, es scheine relativ nah und verwoben mit unserem Beziehungskreis ein bis zwei Täter oder Anstifter zu geben, die sich allerdings bei einer größeren und mächtigeren Einheit Hilfe holten. Vor allen Dingen, um Spuren zu verwischen oder zu verwirren. Gefiel mir gut, leider konnte mir Joe keine Namen nennen.

Wir kamen bereits am frühen Nachmittag in Görlitz an. Das von Monika vorbestellte Hotel im Zentrum entsprach voll meinen Vorstellungen. Joe fand seinerseits die Sicherheitsbedingungen »akzeptabel«. Ich rief bei Hauptkommissar Nölle an und gab unsere Ankunft und unsere Zimmernummer bekannt. Um knapp nach 17.30 Uhr, so vereinbarten wir, werde uns am Hotelparkplatz ein Polizeiauto abholen, um uns »Geleitschutz« zu geben. Joe war zwar, aus Sicherheitsgründen, nicht begeistert, als ich ihn anschließend zu einem kleinen Rundgang durch das wunderschöne und im Krieg kaum zerstörte Görlitz einlud. Er tröstete sich aber damit, dass bisher ja nichts Ernstes geschehen sei. Die neue Situation begann mir auf die Nerven zu gehen. Zu dumm nur, dass uns Alfons mit seiner Hundeidee die Chance, eine Falle zu stellen und damit der Lösung des Falles näher zu kommen, so gut wie verbaut hatte. Ich freute mich auf den Urlaub am Weiher!

Görlitz gefiel mir auf Anhieb wirklich gut, sowie mir auch die Anfahrt durch die Lausitz gefallen hatte. Görlitz ist ja nach dem letzten Weltkrieg geteilt worden. Die eine Hälfte jenseits der Neiße gehört jetzt als Zgorzelec zu Polen. Schwatzende Polen in den Cafés und Geschäften des deutschen Teils der Stadt zählen zu den Wundern, mit denen meine Generation nicht mehr gerechnet hatte. Der Zentralplatz von Görlitz mit seinen Renaissancebauten, die zahlreichen Gründerzeithäuser in den besseren Gegenden von einst, die überraschend schöne Jugendstilverkaufshalle und vieles andere beeindruckten mich. Ich wollte auch sehen, was der einst »real existierende« Sozialismus hinterlassen hatte. Daher überredete ich Joe, mit der Straßenbahn in eine der kränkelnden Plattenbausiedlungen am Stadtrand zu fahren. Hier konnten wir beinahe mit den Händen greifen, welch Chance für diese »neuen Bundesländer« wie Sachsen darin bestand, dass unsere östlichen Nachbarn jetzt auch in der Europäischen Union waren und die Nachteile der »Randlage« der ostdeutschen Länder irgendwann überwunden werden konnten. Joes Kommentar: »Hier bröselt es noch gewaltig!«, sagte alles. Er fand weiter, hier könnten wir realistisch »Bewegung der zu schützenden Person in potenziell gefährlicher Umgebung« üben. Also durchstreiften wir auf seinen Vorschlag besonders »bröselnde« Gegenden. Wobei Joe sich in den geraden und übersichtlichen Strecken hinter mir, vor einer unübersichtlichen Ecke oder Kurve kurz vor mir bewegte.

Als eine lärmende Kneipe oder eine Art »Jugendtreff« mit einem Grüppchen grölender Skinheads davor in Sicht kam, wechselten wir die Straßenseite. Kaum hatten wir die Gruppe hinter uns, die uns quer über die Straße als »blöde Wessis«, »Scheiß-Spekulanten« und einfach und unpolitisch als »Arschgeiger« beschimpft hatte, löste sich eine Vier-Mann-Einheit und folgte uns demonstrativ. Soviel ich sah, hatten sie eine Art von Schlagstöcken oder »Totschläger« in den Händen, mit denen sie Angst einflößend herumspielten. Sie waren etwa fünfundzwanzig Meter hinter uns und provozierten vorerst durch lautes Reden. (übersetzt aus dem Sächsischen z.B.: »Jetzt haben sie die Hosen voll, die Großkotzen.«) Wie wir für solche Fälle abgesprochen hatten, wechselte Joe auf die andere Seite, um den Verfolgern keine »angreifbare Einheit« zu bieten. Ich hatte eine erhebliche Pulsfrequenz und mein Magen drohte bereits wieder mit Revolte. Ich versuchte so unbeteiligt wie möglich quer über die Straße zu Joe zu sprechen:

»Wir müssen unbedingt wissen, ob sie nur Radaubrüder oder beauftragte Schläger sind!«

»Kapiert!«, sagte Joe und fand die Situation offenbar eher zum Lachen. »Auf deiner Seite geht nach dreißig Metern eine kleine Straße oder Einfahrt weg. Auf mein Kommando laufen wir los!« Er drehte sich plötzlich zu den Verfolgern um und brüllte:

»Vorsicht, hinter euch!« Die verdutzten Jugendlichen stoppten und drehten tatsächlich kurz ihre Köpfe nach hinten. »Laufen!«, kam das Kommando für mich, ich hetzte und Joe tänzelte um die Ecke. Wir waren in die Einfahrt einer aufgelassenen Fabrik gelaufen. Joe dirigierte mich in den erstbesten Gebäudeeingang, der keine Türe mehr hatte. Er stoppte mich, seine nächste Kurzanleitung hieß:

»Durchatmen, den Revolver ziehen und wenn die Jungs fast da sind, aus dem Eingang gehen und sie erschrecken!«

Ich tat wie geheißen, die Überraschung für die fluchenden Jungbösewichter hätte nicht größer sein können. Einer konnte oder wollte nicht bremsen und lief direkt auf Joe zu. Der wich elegant aus, ein kurzer Schlag und der Junge lag am Boden und rührte sich nicht mehr. Mir zitterten die Hände und natürlich auch der Revolver, allerdings zitterten die Exverfolger mindestens ebenso.

»Also hört einmal her!« (eine typische Lehrerfloskel!) »Wer noch stehen kann, lehnt sich mit gespreizten Beinen an die Wand. Wer glaubt, er muss Tricks versuchen, bekommt eine übergebraten (hatte ich wohl aus den Fernsehkrimis!). Also los, an die Wand!«

Joe hatte den am Boden Liegenden gelassen auf die Seite gedreht und ihm mit durchsichtigen Plastikbändern aus seiner Hosentasche die Hände auf dem Rücken gebunden.

»Ist eigentlich für Demonstranten entwickelt worden!«, stellte er sachlich fest und tastete dann professionell die drei anderen ab. Am Ende lag eine ganze Menge Gegenstände vor uns auf dem Boden. Klappmesser, Gaspistolen, kurze Schlagketten, die »Totschläger« und dazu pro Mann ein Handy und jeweils eine Art Geldbeutel. Ich fischte auf Anraten Joes einen Ausweis aus dem Geldbeutel, der offensichtlich dem Anführer der Rotte gehörte. Der junge Mann hörte auf den Namen »Renee Stolpe«, war in Görlitz geboren und hatte auch hier seinen Wohnsitz.

»Herr Stolpe, bitte drehen Sie sich langsam um!« Der bullige Renee folgte gehorsam meiner Aufforderung. Meine Atem- und Pulsfrequenz hatten sich dank Joes Gelassenheit fast beruhigt. Renee hatte seinen Blick auf den Boden gerichtet.

»Bitte sehen Sie mich an! Wer hat Sie beauftragt, uns eine Abreibung zu verpassen?« Renee kapierte nicht. Also versuchte ich zu erklären. »Sehen Sie, mein Kollege und ich, wir ermitteln in einem Mordfall. Es kann sein, dass vielleicht die Polenmafia darin verwickelt ist. Wenn Sie von dort den Auftrag erhalten haben, uns zu verprügeln, hätten wir gerne Klarheit darüber. Ich würde an ihrer Stelle bei der Wahrheit bleiben, denn es geht, wie gesagt, um einen Mord!«

Renee bekam einen roten Kopf. Fast schreiend legte er ein Bekenntnis ab, das ich so oder so ähnlich erwartet hatte. »Wir werden doch nicht mit den Polacken zusammenarbeiten, ihr habt sie wohl nicht ...«, er biss sich auf die Lippen, »Lieber lassen wir uns doch die Hände abhacken!«

Es klang auf sächsisch nur halb so dümmlich. Ehrlich gesagt liebe ich diesen Dialekt schon deswegen, weil die Sachsen wegen ihrer Sprache mindestens so gehänselt werden wie die Bayern.

»Und warum, verdammt noch mal, wolltet ihr uns dann verprügeln?«

»Weil ihr so Scheiß-Wes... ich meine, so typische Wessis seid und weil es so langweilig war und weil wir unseren Kumpels imponieren wollten....«

»Renee, ich rufe jetzt Hauptkommissar Nölle an...«

»Bitte nicht, wir haben alle vier Bewährung!«, flehte der Großkotz von vorher.

»Der Hauptkommissar kennt euch also?«

Renee nickte eifrig.

»Ich habe nicht gesagt, dass wir Anzeige erstatten. Aber wir müssen wissen, was der Hauptkommissar für eine Meinung von euch hat und ob er eure Geschichte für glaubhaft hält!«

Ich gab Joe meinen Revolver, zückte mein Handy und wählte Nölles Nummer. Als ich ihm Renees Namen nannte, war er sofort im Bilde und besorgt.

»Keine Angst, Herr Hauptkommissar, die Herrschaften ließen sich von meinem Begleiter zu einer friedlichen Lösung überreden! Für uns wäre nur wichtig zu wissen, ob sie jemand auf uns gehetzt hat!«

»Geben Sie mir Renee, bitte!«, meinte der Polizist. Ich stellte mein Handy auf Freisprechen und gab Renee das Gerät. »Wenn du mich jetzt anlügst, mein Freund, und wir kommen dahinter, verlierst du deine Bewährung und du hängst mit in einer Mordsache, ist dir das klar?«, bellte es aus dem Telefon.

Renee, kleinlaut: »Aber wir wollten doch nur diesen Wessis etwas Angst einjagen!«

»Du kommst bitte morgen um 14 Uhr in mein Büro, ich will jede Einzelheit wissen. Und nimm eines deiner tapferen Schneiderlein mit, am besten den Dietrich!«, befahl der Hauptkommissar.

»Aber der hat eins auf die Mütze bekommen von dem bayerischen Schläger!«, informierte Renee.

Der Hauptkommissar lachte. »Endlich! Vielleicht sollte ich euch nach Bayern abschieben. Und nun gib mir den Oberwessi und lasst in Zukunft den Mist ... Wie kann man nur so blöd sein und sich alles verderben wollen!«, schnauzte der Polizist hinterher.

Renee reichte mir mein Handy und ich schaltete den Freisprechmodus aus. »Ich glaube dem Mistkerl! Wenn die bloß Arbeit hätten! Bei über fünfundzwanzig Prozent Arbeitslosen weiß Gott nicht einfach, eine zu finden! Sollte ich morgen was Neues von den Jungs erfahren, informiere ich sofort den bayerischen Kollegen. Wie kommen Sie übrigens in diese Gegend? Brauchen Sie polizeilichen

Geleitschutz zum Hotel?«

Ich überhörte bewusst die erste Frage: »Nein, ich denke Renee und seine Mannen werden uns beschützen!« Ich verabschiedete mich von Hauptkommissar Nölle. Wir machten mit den Exverfolgern auf großes Ehrenwort, dass sie uns auf dem Weg zur Haltestelle der Straßenbahn begleiten würden, und gaben ihnen ihre Freizeitausrüstung zurück. Der von den Handfesseln befreite Dietrich, der vierte Mann, rieb sich den Hals, erholte sich aber zusehends. Ich schlug Renee vor, auf dem Weg zur Straßenbahn nicht unbedingt an ihrer Stammkneipe vorbei zu gehen. Ich konnte es kaum glauben, aber er sah mich an und sagte schlicht: »Danke!«

∼

Pünktlich um 16.30 Uhr bog ein Streifenwagen auf den Hotelparkplatz ein. Wir begrüßten die beiden Uniformierten mit Handschlag und fuhren danach hinter ihnen her. Wir fanden es dann doch ein bisschen dick aufgetragen, als sie kurz vor dem Erreichen des Bürohauses von Severus Maierling auch noch ihr Blaulicht in Betrieb setzten. Hoffentlich würde nach dieser Show Herr Maierling nicht den Preis für das Gespräch verdoppeln!

Das Bürohaus von Maierling war eine alte Villa mit beachtlich viel Grün rings herum. »Abgesichert wie ein Hochsicherheitstrakt!«, stellte Joe fest, nachdem wir die Überwachungskameras begrüßt und uns am Eingang des Grundstücks bei einer Doppelstreife von Wachmännern mit riesigen Revolvern angemeldet hatten. Wir stellten mein Auto auf dem »Besucher- und Kundenparkplatz« ab. In der Pforte am Gebäudeeingang wurden wir gebeten, eventuelle Waffen abzugeben. Ich trennte mich also von meinem Revolver, Joe war vorausahnend unbewaffnet gekommen. Pünktlich um sechs Uhr betraten wir in Begleitung einer arg blonden Vorzimmerdame das riesige Büro des »Agenten für ausländische Arbeitskräfte«, Severus Maierling.

Severus Maierling, von der Statur nicht ganz ohne Ähnlichkeit zu Herrn Fleischmann, dem EVA-Besitzer, aber jünger und ohne Fett auf den Muskeln, kam um seinen Schreibtisch herum. Er lud uns ein, an einer modernen, schmucklosen Besprechungs-Sitzgruppe Platz zu nehmen. Überhaupt war sein Büro zwar riesig, aber ohne Protz und funktional mit vielen Aktenordnern in Regalen und großen Landkarten von osteuropäischen Staaten an den Wänden. Die großen Fenster gaben den Blick frei auf den alten Baumbestand des Gartens. Maierling, den ich auf Anhieb gar nicht so unsympathisch fand, eröffnete unser Gespräch mit einem Lächeln:

»Sie haben ganz schön Eindruck geschunden mit ihrer Polizeieskorte. Hat nur noch ein Schützenpanzer gefehlt!«

Ich zählte die 500 Euro auf den Tisch, schob sie ihm zu und erklärte: »War die Idee der bayerischen Kripo aus Passau, mit der wir in diesem Fall eng zusammenarbeiten. Die hiesige Polizei hält Sie für einen Geschäftsmann, der es mit einiger Anstrengung geschafft hat, legal zu bleiben. Die Polizisten haben sich mehr einen Spaß daraus gemacht, uns zu begleiten!«

Maierling musste ob dieser Klassifizierung durch die Görlitzer Polizei dröhnend lachen. »Nicht gerade freundlich, aber durchaus zutreffend!«, meinte er. »Aber jetzt zur Sache! Ich schlage vor, Sie erzählen mir noch einmal genauer, worum es bei dem verschwundenen komischen Fuhrunternehmer geht. Ich werde dann versuchen, Ihnen alles Wichtige, was ich weiß, zu berichten. Und Sie fragen mir bei Bedarf dazu Löcher in den Bauch. Eine Stunde haben wir Zeit – die Uhr läuft!«, meinte er nicht ganz ernst.

Ich stellte mich kurz in meiner Rolle als »Laienermittler im Auftrag eines offenbar verzweifelten Schulfreundes« und Joe als meinen Assistenten – »und Leibwächter«, ergänzte Maierling – vor. Gerade wollte ich noch meinen Auftrag näher erläutern, als plötzlich auf dem Gang Lärm und Gepolter zu hören war. Die arg blonde Vorzimmerdame wollte offensichtlich einen polnisch sprechenden, brüllenden Mann aufhalten.

Ohne Erfolg, die Tür flog auf und herein stürzte ein blonder Riese, der polnisch schreiend und gestikulierend auf Maierling zurannte.

»Bleiben Sie bitte ruhig sitzen!«, befahl uns Maierling und wir wurden zu meinem Verdruss schon wieder mit Gewalt konfrontiert. Es war ein kurzer Schlagabtausch zwischen Wut und roher Kraft und einem Boxprofi oder zumindest als Boxer ausgebildeten trainiertem Mann. Dann hing ein blutender polnischer Riese mit zerschundenem Gesicht auf einem der Besprechungsstühle und rang nach Luft.

»Mach das bitte nie mehr!«, verwarnte Maierling seinen ungeladenen Besucher. »Wie viel Geld bekommst du, hast du gesagt?« Der Pole murmelte offensichtlich eine Zahl in seiner Muttersprache, was zeigte, dass er zumindest etwas Deutsch verstand. Maierling nickte uns entschuldigend zu, ging zu einem Safe und öffnete ihn. Er nahm einen größeren Umschlag heraus, öffnete ihn und entnahm eine vorbereitete Quittung. »Du kannst nicht nur nicht denken, du kannst auch nicht rechnen!«, herrschte er den Polen an. »Du bekommst nicht 25 000 Euro, sondern 27 500. Zähl nach und unterschreib die Quittung. Halt dir ein Taschentuch vor die Nase, sonst versaust du mir noch den Teppich. Angelika (das war die Vorzimmerdame, die mit aufgerissenen Augen von der Türe her den einseitigen Schlagabtausch verfolgt hatte!) wird einen unserer Wachmänner bitten, mit dir zum Arzt zu gehen. Dein Nasenbein ist wahrscheinlich gebrochen. So und jetzt geh, grüß deine Frau und deine Kinder und schalt einfach das nächste Mal dein Gehirn ein, bevor du wieder hier auftauchst. Du siehst, ich habe Gäste!«

Der noch etwas benommene Hüne entschuldigte sich im gebrochenen Deutsch bei uns, sagte zu Maierling: »Ich war blöd, kommt bitte bestimmt nicht mehr vor, bitte!«, und verschwand mit dem Taschentuch vor der Nase aus dem Büro. Die arg blonde Angelika schloss die Tür. Und mein Magen war zum zweiten Mal in kürzester Zeit gefordert.

Maierling, dessen Atemfrequenz ziemlich normal schien, holte Wasser und Cola aus einem Kühlschrank, wofür ich dankbar war.

»Sie entschuldigen, aber ich muss ihnen wohl einiges erklären. In dem Geschäft der ›Personalvermittlung‹ über die Grenzen hinweg tummeln sich viele zwielichtige Figuren, auch und gerade auf der osteuropäischen Seite. Als Polen und andere Länder noch nicht in der EU waren, war der Anteil an Kriminellen in diesem Geschäft besonders hoch. Heute ist es die osteuropäische Mafia, die fast vor nichts zurückschreckt, um der mehr oder weniger legalen Konkurrenz das Leben schwer zu machen. Darum auch der große Sicherheitsaufwand in meinem Gebäude! Der durchgedrehte Toni hier ist allerdings ein langjähriger Geschäftspartner aus Warschau. Ich vermute, die Freunde von der Mafia haben ihn mit falschen Informationen gefüttert, um mir Probleme zu machen!«

»Und wieso können Sie so gut boxen?«, wollte ich wissen und mein Adrenalin verflüchtigte sich allmählich, während Joe die ganze Zeit über anscheinend entspannt die Vorgänge verfolgt hatte.

»Das Boxen hat mich wohl daran gehindert, bei diesem Geschäft ebenfalls kriminell zu werden. Ich war einmal in der DDR-Oberliga der Amateure, wollte aber trotz Angeboten nicht Berufsboxer werden. Heute trainiere ich in meiner Freizeit im hiesigen Boxclub die A-Jugend, das hält fit. Und zugleich hoffe ich, einigen von diesen jungen Männern ein Gefühl für … lachen Sie jetzt nicht, Anstand zu vermitteln. Fast wie in den oft so verlogenen amerikanischen Filmen! Damit könnten wir jetzt mit unserem Thema weiter machen. Die kleine Einlage wird nicht auf die Stunde angerechnet.«

Nachdem ich den Fall Wiesinger und unsere bisherigen Ermittlungsergebnisse geschildert hatte, erzählte Maierling, was er mit Wiesinger erlebt hatte. Dieser habe sich eines Tages bei Maierling telefonisch gemeldet und groß getönt, er wolle in das Personalvermittlungs-Geschäft mit einsteigen. Bei einem Besuch Wiesingers in Görlitz habe sich dann gezeigt, dass der Fuhrunternehmer keine Ahnung hatte von dieser Welt, auf die er sich hier einlassen wollte. Er habe völlig unreflektiert den Wunsch geäußert, mehrere hunderttausend Mark mit großem Gewinn zu investieren. Er habe dazu einen ausgeschnittenen Zeitungsartikel über Schlepperbanden und Menschenschmuggler dabei gehabt und eine Plastiktüte voller Geld und wollte sich genau an diesen kriminellen Machenschaften beteiligen. Wiesinger habe dann auch ganz ungeniert darüber gesprochen, dass er auch nichts gegen einen »Import« von Prostituierten und vor allem Strichjungen – mit HIV-Zeugnis! – einzuwenden hätte. Maierling weiter: »Das Letztere machte mich besonders stutzig. Wenn diesem offenbar schwulen Bauerntrottel wirklich der Kontakt zu der damaligen Unterwelt gelungen wäre, hätte er wohl bald sein Geld und wahrscheinlich auch sein Leben verloren. Mit meinem blöden Helfersyndrom wollte ich ihn davor bewahren. Ich ließ mir sein Interesse an Strichjungen näher erklären und spielte dann den entrüsteten Ganoven. Ich gab vor, dass ich angeblich das ganze Menschenschleppergeschäft durch diesen Fuhrunternehmer gefährdet sähe, wenn dieser sich für seine eigenen Zwecke junge Männer abzweigen würde. So etwas ließe sich nämlich auf keinen Fall geheim halten. In der nachfolgenden Diskussion simulierte ich einen Wutausbruch und schlug dem bayerischen Unsympathen mit einem Gefühl der Befriedigung eine auf die Nase. Ich drohte ihm noch, er möge sich ja nicht mehr in diesem Geschäft blicken lassen. Jeder Schläger und Killer aus dem Milieu kenne ab jetzt seinen Namen. Er solle gefälligst in Bayern bleiben, sich dort Strichjungen kaufen und sein übriges Geld in Aktien anlegen. Angelika brachte ihn dann in seinem Trachtenanzug und seinem abgewetzten Koffer mit der Geldtüte zur Behandlung zum Arzt. Übrigens zum selben Arzt, zu dem wir gerade Toni gebracht haben. Der Doktor, der auch Ringarzt in unserem Boxclub ist, dürfte ihn dann behandelt haben. Ich selber habe danach nie mehr etwas von diesem Fuhrunternehmer gehört.«

Mir fiel ein Stein vom Herzen. Der Kontakt mit der osteuropäischen Mafia schien mir erspart zu bleiben. In mir war auf der Fahrt nach Görlitz der Entschluss gereift, bei dem geringsten Hinweis auf irgendeine Verbindung zum osteuropäischen organisierten Verbrechen meine Ermittlungen sofort abzubrechen. Ich war ganz bestimmt nicht lebensmüde. Und meine Pension reichte für einen ruhigen Lebensabend. Sympathischer war mir das Opfer des Verbrechens, das ich aufklären sollte, durch die neuen Informationen übrigens auch nicht geworden. Ich fragte dann noch einige Details ab, etwa mit welchem Auto Wiesinger gekommen sei. Zu meiner Überraschung konnte sich Maierling präzise daran erinnern. Wiesinger war nämlich mit seinem fast neuen 220er Mercedes in Görlitz in einen Unfall mit Personenschaden verwickelt worden. Der Bayer habe fürchterlich darüber gejammert und über die Görlitzer Polizei und deren Unfähigkeit geflucht. Dass sein Auto vorne beschädigt war, war Maierling bereits auf den Monitoren der Überwachungskameras aufgefallen. Mich interessierte auch, ob Maierling denn wisse, wie der bayerische Fuhrunternehmer zu seiner, sprich Maierlings Telefonnummer gekommen sei. »Meine Firma stand und steht im Telefonbuch. Ob der Bauer allerdings selber auf diese Idee gekommen ist, dort nachzusehen, bezweifle ich!« Ich nahm mir vor, gelegentlich mit Sascha zu telefonieren.

Abschließend wollte ich noch wissen, ob Maierling es für möglich halte, dass Wiesinger trotz der Abreibung später dann doch irgendwie Geld in dieses kriminelle Geschäft investiert habe. »Womöglich hat Wiesinger sich dann so blöde angestellt, dass er zur Gefahr für seine Geschäftspartner geworden war und beseitigt wurde«, unterbreitete ich ihm meine Theorie.

Maierling war sich in seiner Antwort sehr sicher: »Glauben Sie mir, ich hätte davon erfahren. Für mich ist es überlebenswichtig, dass ich weiß, was in etwa auf der kriminellen Gegenseite passiert. Damals wäre ein Mord an einem Geschäftspartner auf alle Fälle als Gerücht durchgesickert. Und ich habe dem Bauern mit Sicherheit soviel Angst eingeflößt, dass dieser ab diesem Zeitpunkt Sachsen gemieden und seinen unausgegorenen Geschäftstraum begraben hat!«

Ich glaubte ihm, wollte aber für meine Polizeifreunde und meinen Auftraggeber wenigstens handfeste Teilbeweise mitbringen: »Haben Sie etwas dagegen, wenn Joe und ich in der nahen Arztpraxis nach Krankenunterlagen zum Fall Wiesinger fragen?«

»Absolut nicht!«, sagte Maierling, der Personalvermittler mit dem Helfersyndrom. »Da ich keine Besucher mehr erwarte, wird Sie Angelika kurz zur Praxis bringen und auch mit dem Arzt reden. Ihre 500 Euro werde ich übrigens als Kaution verwenden für ein hoffnungsvolles Boxtalent, das rückfällig geworden ist. Ich hoffe, Sie haben erfahren, was zu erfahren war!«

So gingen Angelika, Joe und ich nach einer durchaus herzlichen Verabschiedung die gut dreihundert Meter zur Praxis eines Dr. Rambold. Der Doktor war ein großer, ergrauter und schweigsamer Mann. Er hörte uns konzentriert an, schritt dann zu einem großen Aktenschrank und förderte tatsächlich eine Karteikarte zum Fall Wiesinger zutage. Er ließ sie ohne zu zögern für uns kopieren, nickte uns zum Abschied zu und verschwand am vollen Wartezimmer vorbei wieder in seinem Behandlungsraum. Die arg blonde Angelika, übrigens eine lebenslustige Frau um die Fünfzig, führte uns zurück zum Parkplatz. Zum Abschied sagte sie noch lachend in einem breiten Sächsisch: »Mein Chef, der Herr Maierling, das ist schon ein komischer Heiliger!« Wir wollten und konnten ihr nicht widersprechen.

Auf der Fahrt zum Hotel rief ich bei Hauptkommissar Nölle an und wollte über die Ergebnisse unseres Besuches bei Maierling berichten. Er schlug aber ein Treffen um 19.30 Uhr im Bar-Restaurant unseres Hotels vor. Wir hätten ihn neugierig gemacht und er höre so gerne unseren bayerischen Dialekt. Dem Manne konnte geholfen werden. Ich lud ihn, sollte er es bürokratisch bewältigen, »auf Kosten unseres Auftraggebers« zum Abendessen ein. Hauptkommissar Nölle sagte lachend zu. Joe überprüfte wiederum mein Zimmer und nach einem kurzen Erholungsschlaf meinerseits trafen wir uns alle Drei im Hotelrestaurant.

»Sie sehn tatsächlich aus wie ein pensionierter Lehrer und Sie, junger Mann, wie ein Personenschützer mit allen denkbaren Karategraden!«, empfing uns der klein gewachsene und leicht kugelige Hauptkommissar.

»Und Sie wie das Double des Fernsehkommissars aus Leipzig!«, feixte ich zurück.

»Was glaubt Ihr denn, wie lange die gesucht haben, bis sie jemanden gefunden haben, der wenigstens halb so schön und tüchtig war wie ich!?«, war die Antwort.

Mit manchen Menschen stimmt einfach auf Anhieb die Chemie. Wir tranken Radeberger Pils und es wurde uns ein gutes Essen serviert. Und dann erzählten wir über unseren Besuch bei dem Personalvermittler Maierling mit seinem Helfersyndrom.

»Er macht auf mich einen Vertrauen erweckenden Eindruck. Meine nächste polnische Haushälterin würde ich, wenn ich sie mir leisten könnte, bei ihm bestellen!«, fasste ich unseren Bericht zusammen.

Der Hauptkommissar nickte. »Ich wollte, dass Sie sich selbst eine Meinung bilden. Er ist in seinem harten Geschäft ein Idealist geblieben, der viel für gefährdete Jugendliche in Görlitz tut und dafür auch mit einer Ehrenmedaille der Stadt ausgezeichnet wurde. Nix mit polnischer Mafia, wir können alle froh sein. Und euer Fuhrunternehmer war wohl ein ziemlich blöder Hund, auch wenn er Bayer war.«

Wir mussten ihm recht geben. Der Hauptkommissar wollte sich für seine Akten die Kopie unserer Kopie von der Krankenakte Wiesingers machen. Zugleich wollte er uns das Protokoll zu Wiesingers Verkehrsunfall von 1997 kopieren. »Bis morgen um neun Uhr haben Sie beide Unterlagen an der Hotelrezeption!« Passte uns gut in den Kram.

Und dann mussten wir noch die Story mit Renee und Co erzählen. Der Hauptkommissar konnte sich vor Lachen kaum halten, als er von unserer Geländeübung »in potenziell gefährlicher Umgebung« erfuhr. Er werde seinem Bürgermeister vorschlagen, die alten Plattenbausiedlungen zu einem Ausbildungsgelände für Personenschützer umzuwidmen. Renee und seine Spießgesellen hätten dann als Berufsbösewichter endlich eine feste Arbeit und Görlitz würde boomen ... Er benötigte dringend noch ein Radeberger. Als er wieder ernst wurde, prophezeite er uns, dass auch bei seiner Vernehmung morgen nichts Neues herauskommen werde. »Passt ja auch zum Befund bei Herrn Maierling«, teilte er unsere Meinung.

So etwa eine halbe Stunde ließ er mich dann den Stand der Ermittlungen im Wiesinger-Fall beschreiben. »Haben Sie die Quelle seiner Nebeneinkünfte, haben Sie höchstwahrscheinlich bald ein Motiv und dann mit Glück bald auch die Täter!«, munterte er uns auf. »Sie können augenblicklich nichts anderes tun, als herumzustochern und zu hoffen, das Ende des Fadens in die Finger zu bekommen. Die komischen Vorfälle allerdings kann ich ebenso wenig einordnen wie Sie. Die Theorie Ihres Hauptkommissars, dass hier absichtlich und vielleicht auf verschiedenen Ebenen von mehreren Beteiligten auf Verwirrung gezielt wird, hat etwas für sich. Sie brauchen aber noch Fakten, die diese Annahme untermauern. Aber Sie schaffen es, das sagt mir meine einzige dienstbedingte Narbe am Schienbein!«

Das Bild des sächsischen Hauptkommissars vom Ende des Fadens sollte mich bei meiner zukünftigen Ermittlung verfolgen. Nach diesem Gespräch über unseren Fall kamen wir auf alles Mögliche zu sprechen. Da ich unter Polizeischutz stand, durfte Joe ins Bett gehen und die älteren Herren konnten ungebremst austauschen, was sie für Lebenserfahrung hielten. Gebremst wurden wir zuletzt vom Geschäftsführer des Hotels, der Wert darauf legte, »auch einmal ins Bett zu kommen!«

~

Der nächste Morgen, es war Freitag und ich hatte fast zwei Wochen Ermittlung hinter mir, begann mit einem Schock. Genauer gesagt mit einem Telefonanruf um sechs Uhr nachts durch eine völlig aufgelöste Monika. Ich musste sie bitten, langsam und der Reihe nach zu berichten, was heute Nacht vor unserem Hause und in der Wohnung über unserem Ermittlerbüro vorgefallen war. Hauptkommissar Aichinger hatte Monika zu Hause um vier aus dem Bett holen lassen und sie um Hilfe gebeten. Er wollte, »im Vertrauen gesagt«, Alfons Weinberger so spät wie möglich hinzuziehen. Es war tatsächlich eingebrochen und die Unterlagen der Firma Wiesinger waren gestohlen worden! Laut Hauptkommissar deute alles auf zwei Täter. Sie seien eindeutig Spezialisten, die nicht besonders aufwendigen Schlösser und die einfache Alarmanlage waren für sie kein Problem. Sie gaben der »wilden« Hexi durch den Briefschlitz ein Stück Fleisch mit Betäubungsmittel und entwendeten die vier Kartons mit den Unterlagen. Einer der Täter suchte mit den gestohlenen Unterlagen sofort mit dem Auto das Weite. Ein nächtlicher Zeuge, angetrunken, spreche von einem dunklen 5er BMW. Der zweite Täter kehrte in die Wohnung zurück. Eine zufällig (aha!) vorbeifahrende Polizeistreife stellte ihn noch in der Wohnung. Als der Einbrecher eine Waffe zog, wurde er von einem der Beamten kampfunfähig geschossen. Der Ganove war gerade dabei gewesen, dem betäubten Dobermann-Weibchen mit einem langen Messer die Kehle durchzuschneiden. Der Hund wurde sofort in die nächste Tierarztpraxis gebracht und scheint gerettet. Der angeschossene Einbrecher wurde streng bewacht nach Passau transportiert, um notoperiert zu werden. Um das Auto des gefassten Täters kümmerte sich die Spurensicherung.

Die Presse und mein Schulfreund kamen etwa gleichzeitig zum Tatort. »Ego-Alfons« führte sich ungeheuer auf, weil er erst so spät von dem Vorfall unterrichtet worden war. Nach einem langen Interview mit der Presse (Monika: »Mindestens die Hälfte des Textes waren seine gewohnten Sprüche zu christlichen Werten und, und, und ...«) beruhigte er sich zusehends. Die Welt war vollends wieder in Ordnung, als ihm der Hauptkommissar anbot, zusammen mit der Presse und vor allem den Fotografen zu seinem verletzten Hund gefahren zu werden. Aus Interesse war Monika bei Fritz Jung im Auto mitgefahren.

»Du glaubst es nicht, er hat seinen narkotisierten Hund an sich gedrückt und geweint, der Oberschauspieler. In Wirklichkeit konnte er die Hexi nie ausstehen. Sophie und wir haben immer darauf geachtet, dass sie ihm ja nicht unter die Augen kam. Er hat ihr sogar manchmal Steine nachgeworfen. Das gleiche Theater wie damals mit dem Esel. Ich glaub, ich fange an, ihn vollends zu durchschauen. Und du gehst mir ab, aber wie!«

Ich wollte das Thema nicht vertiefen. Zum Abschluss gab dann Monika im Auftrag unserer Polizeifreunde noch eine Bitte weiter. Sie wollten heute Abend um 19.30 Uhr zu einer eher informellen Besprechung zu uns (!) kommen, um meine Erfahrungen in Görlitz und den Einbruch in die AW-Wohnung auszuwerten. Sie wünschten sich auch Fritz Jung, mich und nach Möglichkeit auch Mike dabei. Auch gegen Herrn Endorfer hätten sie nichts einzuwenden. »Bis dahin sind sie höllisch beschäftigt und können dich auch nicht anrufen!«, informiere mich Monika. Sie wollte sich um die Verpflegung kümmern und ich versprach, dass wir nachmittags zwischen vier und fünf Uhr zurück sein würden.

Da wir bis neun Uhr warten mussten, um die Kopien von Hauptkommissar Nölle zu erhalten, zog ich mich in den parkähnlichen Garten unseres Hotels zurück. Dort traf ich Joe, der gerade seine Kampfsport-»Formen« übte. Ein Anlass für mich zu versuchen, mein eigenes Tai Chi wieder zu beleben. Ich liebe diese langsamen und harmonischen Bewegungen. Da ich längere Zeit mit Rücksicht auf meine Rückenprobleme pausiert hatte, verliefen die Übungen nicht optimal. Aber es reichte aus, um wenigstens wieder eine Ahnung von meiner »Mitte« zu bekommen. Anschließend holten Joe und ich unser Frühstück auf die Hotelterrasse. Es herrschte eine friedliche Stimmung. Kurz nach acht Uhr gesellte sich bereits Hauptkommissar Nölle mit den versprochenen Unterlagen zu uns. Er habe das Bedürfnis gehabt, uns noch einmal zu sehen. Ihn habe meine Gleichung: »Wünsche runter – Glück und Zufriedenheit rauf«, sehr gefallen und beruhigt. Ich empfahl ihm, er möge sich bei Buddha oder Jesus dafür bedanken. Über den nächtlichen Einbruch und seine Umstände werde er nachdenken und mich eventuell anrufen. Ich schätzte die Begegnung mit diesem sächsischen Polizisten insgesamt als sehr geglückt ein.

Nach langer Fahrt kamen wir pünktlich in meiner niederbayerischen Wirkungsstätte an. In demselben Glauben, in dem unsere Elterngeneration in frischen Bombentrichtern Schutz gesucht hatte, gab ich dem erfreuten Joe für den Abend frei. Die Eltern gingen damals davon aus, dass kaum eine zweite Bombe exakt auf den Einschlagsort der ersten fallen werde. So kurz nach dem Einbruch in unserem Hause hielt ich das Maß der Bedrohung meiner Person eher für gering. Bevor ich meinen verlorenen Schlaf von gestern nachzuholen gedachte, rief ich bei Thanassis' Bruder in Griechenland an. Jannis bedauerte, dass er mich schon wieder vertrösten müsse. Aber bei der Schwangerschaft seiner Schwägerin seien Komplikationen eingetreten. Sie liege in Joannina im Krankenhaus. Und sein Bruder sei völlig von der Rolle und nicht ansprechbar. Irgendwie gelang es mir nicht, dieses Kapitel abzuschließen. Ich dachte an Hauptkommissar Nölles Fadenende. Also würde ich erneut anrufen.

Etwa drei Stunden später wurde ich von Monika sanft geweckt. Es war ein gutes Aufwachen und schön, wieder daheim zu sein. Wir aßen gemeinsam einen Reiseintopf mit Huhn, eines meiner Lieblingsgerichte. Danach funktionierten wir unser Wohnzimmer als Besprechungsraum um. Das hieß vor allem, Getränke und die von Monika vorbereiteten Kanapees bereitzustellen. Um halb acht waren dann alle versammelt. Die Polizisten kamen zu dritt. Neben Hauptkommissar Aichinger und dem abgeklärten Kommissar Steininger war noch der Kriminalbeamte Fink dabei, der zusammen mit Monika und Mike die Transportrouten der Firma Wiesinger ausgewertet hatte. Von den Laienermittlern waren neben mir und Monika noch Mike Weinberger und als Pressemensch Fritz Jung mit von der Partie. Hauptkommissar Aichinger hatte ein Fax seines Kollegen Nölle aus Görlitz dabei. Die Vernehmung von Renee und Dietrich habe eindeutig erbracht, dass das Handeln des Quartetts ohne Anweisung und Auftrag erfolgt sei. Die Polizei werde versuchen, wenigstens einen oder zwei aus der Gruppe in der Boxschule bei dem Personalvermittler mit dem Helfersyndrom unterzubringen. Der Rest werde gnadenlos nach Niederbayern abgeschoben. Den Schluss-Satz: »Mit Jesus und Buddha auf die reduzierten Wünsche und Ansprüche!«, verstand nun die Passauer Kripo am wenigsten. Ich klärte sie auf.

Aichinger bat einleitend, erst die Görlitzer Erfahrungen und Ergebnisse abzuhandeln. »Sie entscheiden ja wesentlich mit, wie wir weiter verfahren wollen!«, bemerkte er. Ich fasste mich kurz, konnte mir aber nicht verkneifen, unsere Begegnung mit Renee und Co. etwas auszuschmücken. Die belustigten Reaktionen waren vorhersehbar. Auch unsere Erlebnisse bei dem Personalvermittler Severus Maierling fanden gesteigertes Interesse. Die Quintessenz unserer Ermittlung, es gäbe zum Glück keinerlei Hinweise auf gelungene Kontakte des Herrn Wiesinger zur kriminellen Menschenschlepperszene in Sachsen oder Polen, wurde am Ende als plausibel akzeptiert. Ich hatte vor dem Beginn unseres Treffens noch kurz mit Sascha in Landshut telefoniert. Dieser hatte mir erzählt, was er selbst erst später erfahren hatte: Es war der Hotelier Schorsch gewesen, der für Wiesinger aus dem Internet die Adresse des Personalvermittlers in Görlitz ausfindig gemacht hatte. Die Anzeige klang laut Schorsch so solide. Der »blöde Hund« Wiesinger wusste gar nicht, welche fürsorglichen Freunde er besessen hatte!

Die Anwesenden teilten meine Erleichterung über dieses Ergebnis und wir stellten ab sofort bis auf Weiteres die Ermittlungen in Richtung polnischer Mafia ein. Nachdem auch die Spur in ein kriminelles Schwulenmilieu durch den Görlitzbesuch für unseren Fall keineswegs an Bedeutung gewonnen hatte, verblieb uns wieder nur die Suche nach der Quelle für die Nebeneinkünfte des Herrn Wiesinger. Dazu musste der Einbruch als von uns bewusst provozierte – und wider Erwarten erfolgte – Reaktion des Täters oder des Täterkreises genauer unter die Lupe genommen werden. Am Ende wollten wir auf Vorschlag der Polizisten dann die Ergebnisse der bisherigen Auswertung der Fahrtrouten im Lichte der letzten Ereignisse und des bisherigen Ermittlungsstandes diskutieren. Ebenso musste der neueste Hinweis auf Unterstützung der »rechten Szene« durch Wiesinger erstmals gewürdigt werden.

Steininger und der Hauptkommissar berichteten den Stand der Ermittlungen im Zusammenhang mit dem Einbruch und der versuchten Hundetötung. Der angeschossene und gefasste Einbrecher sei bereits vernehmungsfähig gewesen. Er sei der Polizei seit längerer Zeit bekannt, mehrfach vorbestraft und gehöre zu den »schweren Jungs« dieser Zunft. Sein geflohener Kumpel habe ihn für diesen »Bruch« engagiert und zwar bereits am frühen Morgen des Donnerstags (!). Auch dieser Kumpel war der Polizei bekannt. Eine Fahndung laufe bereits. Der Auftrag, der dem gefassten Täter nur durch Erzählung seines entkommenen Kumpels bekannt gewesen war, habe gelautet: »Unbedingt die Akten vernichten und genau so unbedingt den Köter töten!« Ausländer hätten, so der verletzte Einbrecher, seinen Kumpel zu Hause besucht, den Auftrag erteilt und viel Geld im Voraus bezahlt. »Erstaunlich«, so fuhr Aichinger fort, »ist neben der frühzeitigen Auftragserteilung auch eine weitere Aussage des Gefassten. Sollten sie erwischt werden, dürften sie ruhig alles sagen, was sie wüssten! Und jetzt bitte ich um Vorschläge, wie wir diesen Einbruch und dieses Geständnis bewerten können!«

Wir waren uns alle schnell einig, dass diesmal wieder ein ähnliches Schema vorlag wie beim »Steinwurf-Attentat«: Die äußerst kurze Reaktionszeit, die Beauftragung hiesiger Täter durch »Ausländer«, eine äußerst genaue und situationskundige Anweisung und eine großzügige Bezahlung im Voraus. Es deutete alles auch wieder auf den berühmten Maulwurf im Umfeld Weinbergers oder der Zeitung, der Informationen an die Täter oder Anstifter weitergab. Diese Täter oder Anstifter wurden wohl, wie Joe Endorfer schon auf der Fahrt für wahrscheinlich hielt, von einer größeren Institution unterstützt oder, so Steininger, »kauften sich deren Hilfe.« Alle Anwesenden fanden diese Annahme jetzt äußerst nahe liegend. Grundsätzlich schien eine intensive Untersuchung der Fahrtrouten und Transportaufträge für den oder die Täter/Anstifter über die Maßen unerwünscht.

»Wenn diese Person oder dieser Personenkreis nicht unsere ›Falle‹ durchschaut hat und uns absichtlich in die Irre schicken will!«, meinte Aichinger.

»Stimmt«, sagte Mike, »der Auftrag, unbedingt auch den Hund zu töten, ist ja irgendwie überdimensioniert!«

»Oder er soll uns eine Warnung sein«, wandte ich ein, »im Vergleich zum Steinwurf oder der verschlossenen Kellertür ist dieser Einbruch ja eine Eskalation! Gehe ich übrigens recht in der Annahme, dass es kein Zufall war, dass der Täter mit den Unterlagen entkommen konnte und nur der zweite gefasst wurde?«, fragte ich.

Die Polizisten lächelten alle drei vielsagend. »Lesen Sie lieber den Artikel von Herrn Jung für morgen: ›**Riesiger Rückschlag für die Ermittlung im Falle des verschwundenen Fuhrunternehmers. Trotz großer Sicherheitsvorkehrungen Firmenunterlagen entwendet!**‹«, meinte der Hauptkommissar und hatte seine Freude daran.

»Lasst uns doch endlich die Fahrtrouten und Transportaufträge besprechen!«, drängte Monika.

»Finde ich auch«, unterstützte sie Fritz Jung, »dann können wir aber auch gleich das Für und Wider der Idee einer Ermittlungs-Unterstützungs-Party bei der Familie Dr. Klein klären!«

Die Polizisten blickten zwar beim letzteren Vorschlag verständnislos in die Runde. Sie machten aber Monikas Vorschlag zu ihrem und so wurde der Polizeibeamte Fink von allen anderen zum Berichterstatter erklärt. Er seufzte, hatte aber offensichtlich damit gerechnet und verteilte die Kopie einer Liste, bevor er zu berichten begann.

Monika, Mike und er hatten zunächst alle öfter vorkommenden Fahrten und Transportaufträge des letzten Jahres herausgesucht.

Da durch unsere frühere Arbeitsgruppe, bestehend aus Monika, Mike und Frau Strobl, gesichert war, dass mindestens fünf Jahre lang Nebeneinnahmen der Firma Wiesinger existierten, habe die Polizei dann weitere vier Jahre zusätzlich zu dem letzten Jahr vor dem Verschwinden Wiesingers untersucht, ob diese Fahrten und Transportaufträge auch in dieser Zeit existierten. Das Ergebnis sei auf der Liste abgebildet. Der Hauptkommissar unterbrach seinen Mitarbeiter: »Es ist wohl überflüssig zu sagen, dass der Inhalt dieser Besprechung wieder unter uns bleiben muss. Leider gilt das auch wieder in Bezug auf Ihren Vater«, sagte er bedauernd an Mike gewandt. »Da wir nach dem letzten Vorfall verstärkt vermuten müssen, dass irgendeine ihrem Vater nahe stehende Person unsere Pläne an die Täter verrate, muss ich um Verständnis bitten!« Für Mike war diese Überlegung nachvollziehbar. Wir konnten uns also wieder mit der Liste beschäftigen.

Die Polizei hatte insgesamt über den Zeitraum von fünf Jahren acht immer wiederkehrende Transportaufträge gefunden. Da gab es einmal Holztransporte im Auftrag eines gräflichen Großgrundbesitzers. Ziel dieser Fahrten waren Sägewerke bzw. Holzgroßhändler in Deutschland und Österreich. Einen größeren Anteil am Umsatz der Firma Wiesinger hatte der Transport von importierten Futtermitteln oder Futtermittelbestandteilen aus Ancona in Italien. Hier waren die Adressaten und damit Auftraggeber größere Lagerhäuser in ganz Deutschland, aber auch Futtermittelfabriken. Regelmäßig über die Jahre hinweg transportierte die Firma auch Olivenprodukte an eine Frankfurter Kosmetikfirma. Wir hatten das zwischenzeitlich expandierte Geschäft der AW also wieder gefunden. Mindestens einmal im Monat holte damals ein Lastzug bei einem Zwischenhändler in Italien, und zwar ebenfalls in Ancona, eine Ladung für die Produktion in Frankfurt ab. Ein weiterer langjähriger Kunde war eine schwäbische Großbäckerei, deren Großfilialen in Bayern und Baden Württemberg täglich beliefert wurden. Regelmäßig transportierte Wiesinger auch alle drei Wochen die Produkte eines italienischen Elektrokonzerns von der Fabrik in der

Nähe von Turin nach Fürth, ebenso italienische Nudeln aus Mailand in das süddeutsche Zentrallager einer mittelgroßen Lebensmittelkette in Dachau bei München. Zusätzlich war das Fuhrunternehmen auch in den Milchtransport eingestiegen und fuhr Milch aus dem Allgäu nach Bologna in Italien. Für mich als Laien war es nicht nachvollziehbar, dass er dabei oft auf dem Rückweg Milch aus Norditalien mitbrachte für einen Großproduzenten in der Nähe von Wasserburg in Oberbayern.

»Kein Wunder«, kommentierte Fritz Jung, »dass dieser Betrieb immer kurz vor der Pleite stand. Günter Wiesinger hat sich ja total verzettelt und damit seine Betriebskosten in astronomische Höhen getrieben!«

»Jetzt beginnt die Kleinarbeit!«, seufzte Steininger. »Am besten, wir stellen uns eine Prioritätenliste auf, damit wir uns nicht auch verzetteln«, schlug er vor.

»Dabei können wir den Holzhandel getrost weglassen. Wir haben damals, um zu testen, ob Wiesinger solide Geschäfte gemacht hat, diese Transportaufträge genau unter die Lupe genommen. Es war nichts daran auszusetzen«, gab der Hauptkommissar bekannt.

Mike berichtete, er habe nach dem Verschwinden des Fuhrunternehmers und der Gründung der AW von seinem Vater als Projekt den Futtermittelhandel übertragen bekommen. Er habe über vier Jahre mit Anleitung und Unterstützung seines Vaters diesen Bereich betreut. Dazu gehörte auch, Wiesingers Geschäftspraktiken zu überprüfen und zu verstehen. Er habe viel Zeit in Italien bei den Lieferanten und ebenso viel Zeit bei den Kunden in ganz Deutschland zugebracht. Wiesinger sei zwar nicht auf der Höhe der Zeit gewesen, was Betriebsführung und Verwaltung anging. Seine Kunden hätten aber seine unbürokratische Zuverlässigkeit und seine erkennbare Absicht, es den Kunden recht zu machen, hoch geschätzt. Mike sagte weiter, er habe auch die Logistik überprüft und dabei ganze Stapel von Fahrtenschreibern ausgewertet. Außerdem habe er viel Zeit mit den Lastwagenfahrern verbracht, um das Geschäft zu optimieren und auf den neuesten

Stand zu bringen. Es gab dabei keinerlei auffälligen Unregelmäßigkeiten. Übrigens seien alle Fahrer in dieser Sparte von der AW übernommen worden und heute noch im Einsatz. Wir beschlossen einstimmig, den Holzhandel und das Futtermittelgeschäft zunächst von einer Überprüfung auszunehmen.

Andere Geschäftszweige wurden von uns ebenfalls für eine Überprüfung zurückgestellt, weil sie, nach Fritz Jung, »so überhaupt keinen kriminellen Charme besaßen.« Übrigblieben zuletzt für die gefürchtete Kleinarbeit der Transport von Olivenprodukten aus Ancona, von Elektrogeräten aus Turin, von Nudeln aus Mailand, der Milchtransport aus dem Allgäu nach Bologna und von Norditalien nach Wasserburg. Sollten wir nicht fündig werden, wollten wir die übrig gebliebenen Aufträge einer Prüfung unterziehen. Allerdings wollte Hauptkommissar Aichinger wenigsten einen Beamten einen Tag lang in diesen Bereichen bei den Auftraggebern nachfragen lassen, ob dort irgendwelche Unregelmäßigkeiten oder seltsamen Vorfälle vorgekommen seien. Der Polizeibeamte Fink seufzte wiederum hörbar!

Als stolzer Besitzer von acht griechischen Ölbäumen erhielt ich und damit unser Ermittlungsbüro zunächst das Geschäft mit den Olivenprodukten zugeteilt. Mike versprach mir, Namen und Telefonnummern sowohl des aus Südtirol stammenden und somit deutschsprachigen Geschäftsführers in Ancona und auch des zuständigen Abteilungsleiters in Frankfurt zu besorgen. Und dies, »ohne den Chef der AW und Vater auf den Plan zu rufen.« Irgendwie trieb ich doch, wenn auch ungewollt, einen ersten Keil zwischen meinen Schulfreund und seinen Sohn. Aber Alfons war dazu fähig, unsere Strategie in der Zeitung zu kommentieren, was wir uns im Augenblick einfach nicht leisten konnten. Als zweiten Auftrag ging dann noch das Nudelgeschäft von Mailand in das Zentrallager einer Lebensmittelkette in München an unser Büro. Die Elektrogeräte aus Turin und den Milchhandel nach und aus Italien übernahmen die Freunde von der Polizei. Ich fand es erstaunlich, dass uns die

Polizei inzwischen als ebenbürtig einstufte. Als könne er Gedanken lesen, erklärte Hauptkommissar Aichinger aus heiterem Himmel. »Sie mit ihren unkonventionellen Methoden sind ja erstaunlich erfolgreich. Sollten Sie ›Amtshilfe‹ benötigen, ein Anruf genügt!« Na also.

Jetzt wollten aber die Polizisten wissen, was es mit dieser Party bei den Kleins auf sich hätte. Ich erläuterte kurz den Vorschlag von Susi Klein, bis zu fünfundzwanzig Personen einzuladen. Vor allem sollten es Personen sein, die direkt oder indirekt etwas mit dem verschwundenen Fuhrunternehmer zu tun hatten. Die zentrale Frage, die wir dort »durchmoderieren« wollten, werde lauten: »Welche krummen Geschäfte konnten Ihrer Meinung nach Herrn Wiesinger mithilfe seines Fuhrunternehmens so viel zusätzliches Geld gebracht haben?« Fritz Jungs weiterführende Idee, die Ergebnisse dieser Moderation auch noch seinen Lesern zur telefonischen Abstimmung vorzulegen, habe meine volle Unterstützung.

»Sollten wir bei diesen Aktionen der Wirklichkeit nahe kommen oder gar einen Treffer landen, dürften die Ganoven noch nervöser werden, als sie offensichtlich jetzt schon sind!«, war meine abschließende Begründung. Der Hauptkommissar nickte, wie erwartet:

»Sie entwickeln sich zum Meister der psychologischen Kriegsführung«, meinte er.

»Und Sie spielen schon wieder mit dem Feuer!«, ergänzte der besorgte Kommissar Steininger.

Aichinger machte eine beschwichtigende Handbewegung. »Ich stelle den Antrag, dass die niederbayerische volksnahe Kriminalpolizei an diesem Meeting bei der Familie Klein als Beobachter teilnehmen und die Veranstaltung, wenn irgend möglich, auf den Abend des Donnerstags verlegt wird!«

Die anwesenden Volksvertreter weiblichen und männlichen Geschlechts nahmen diesen Antrag einstimmig an und beauftragten mich, mit der Familie Klein zu telefonieren. Was ich nach dem Auszug des Volkes zur späten Stunde dann auch tat. Mein Rechtsberater saß noch über Akten und stimmte dem Vorschlag zu. Seine

Frau Susi werde morgen früh nach der Stallarbeit anrufen und mit uns über die Details beraten. Ein wichtiger Teil des Volkes war übrigens bei mir geblieben und schlug nun vor, mir freiwillig und mit Revolver bewaffnet im Whirlpool den Rücken zu schrubben. Ich konnte und wollte schon aufgrund meiner demokratischen Gesinnung nicht ablehnen!

~

Da der nächste Tag ein Samstag war, leistete ich mir kurz nach sechs Uhr fast eine Stunde für mein Tai Chi auf der Hochterrasse. Im Grunde meines Herzens war ich ein Morgenmensch, der abends nie früh genug ins Bett kam. Der Sommer oder zumindest der Juli war dieses Jahr »sehr groß«, es deutete alles auf einen erneuten Sonnentag. Ich konnte nicht ganz ausschließen, dass auch Monika-Tochter ein Grund war für meine Bettflucht. Irgendwann musste sie und musste ich wieder alleine schlafen. Mein Seelenfrieden verlangte danach. Alles andere in mir und an mir aber war dagegen. Augenblicklich genoss ich aber diesen Widerspruch. Wenigstens war ich noch lebendig, erklärte ich mir voller Nachsicht – und gab mich dann mehr oder weniger konzentriert den langsamen, weichen und auf ihre Art doch kraftvollen Bewegungen hin. Zwischendurch erschien eine verwuschelte Monika im Schlafanzug auf der Terrasse und bestaunte kurz mein Treiben. Fürsorglich, wie sie war, legte sie mir Zeitung, Handy und Revolver auf den Tisch.

Als ich nach dem Duschen zu ihr an den gedeckten Frühstückstisch auf die Terrasse kam, wurde ich mit einem Tochterkuss und einem aufbauenden »Schön, dass es dich gibt!«, empfangen. Eigentlich hätte ich sofort wieder ins Bett gehen müssen, mehr war von so einem Tag kaum zu erwarten. Der erste Schatten von Unmut fiel dann mit der Lektüre der Zeitung auf mein Gemüt. Zuerst hatten die Mitglieder unserer Wohngemeinschaft sich noch königlich amüsiert über Alfons' theatralisches Foto im Großformat. **»Der ge-**

schockte AW-Besitzer Alfons Weinberger mit seinem verletzten Lieblingshund«. Ich hatte Monika dann Fritz Jungs raffiniert aufgebauten Artikel über den Einbruch vorgelesen. Auch die professionellen und unsere Strategie konsequent verfolgenden Aussagen der Polizei, heute von Kommissar Steininger, von der nun erschwerten Ermittlung usw. waren noch ein Genuss. Ebenso ein knapper Artikel über meine Ermittlungsergebnisse in Görlitz: **»Keine Hinweise auf eine Verwicklung des Fuhrunternehmers Wiesinger in den kriminellen Menschenschmuggel«.**

Der Ärger kam mit einem kleinen Artikel über Aussagen unseres Selbstdarstellers Alfons mit dem Titel **»AW-Besitzer erinnert sich an Kontakte Wiesingers zur radikalen rechten Szene«**. Wir zwei auf unserer Terrasse hatten uns kaum richtig »eingeärgert« (Monika), da machte auch schon mein Handy Radau. Hauptkommissar Aichinger hatte zeitgleich ebenfalls diesen Artikel in die Finger bekommen. Und danach sofort wutentbrannt den Frühaufsteher Fritz Jung angerufen. Seine Stimmung wurde nicht besser, als er diesen ebenfalls voller Ärger vorfand. Fritz Jung war von diesem Artikel ebenso überrascht worden wie wir. Allerdings auch vom Inhalt, denn wir hatten bei der Besprechung gestern Abend das bereits auf der Tagungsordnung stehende Thema zur späten Stunde alle zusammen schlicht vergessen. Zumindest der erste Teil der Einleitung des Artikels schien der Wahrheit zu entsprechen: »Nach Redaktionsschluss erhielten wir noch einen überraschenden telefonischen Hinweis von Alfons Weinberger, dem Auftraggeber und der treibenden Kraft der laufenden Ermittlungen.« Im Gegensatz zu Alfons' letzter Indiskretion im Zusammenhang mit dem Hund schien das Verhalten von Alfons diesmal dem Hauptkommissar echt aus der Fassung zu bringen.

»Der reiche Stinkaffe (!) will wohl wie alles andere auch den Gang der Ermittlungen steuern. Ich möchte gar nicht wissen, wie er es geschafft hat, den Artikel noch nach Redaktionsschluss unterzubringen! Der Mann ist so ein Kotzbrocken ...«

Wie fast immer, wenn mein Gegenüber dabei war auszurasten,

fand ich meine Ruhe wieder. »Ich stimme Ihnen voll zu, Sie Bettflüchter. Wir sollten aber genau so verfahren, wie Sie vor kurzem in Sachen ›Hund in der Wohnung‹ vorgeschlagen und dann auch erfolgreich praktiziert haben: Wir reagieren zunächst so gut wie nicht und warten ab, was sich aus der neuen Situation ergeben wird!«

Eine kurze Pause entstand, und dann antwortete er: »Sie beruhigen mich mit meiner eigenen Strategie. Nicht schlecht! Vielleicht sollten wir doch einige Lehrer in den Polizeidienst stellen!« Ich konnte spüren, wie er sich entspannte.

»Und wir sollten meiner Meinung nach weiterhin konsequent mit Informationen für Alfons Weinberger sparsam umgehen!«, schob ich nach.

»Glauben Sie denn, sein Sohn hält diese Spannung auf die Dauer aus?«, fragte der Hauptkommissar unvermittelt.

»Ich hoffe doch, der ganze Irrsinn dauert nicht mehr all zu lange!«, meinte ich.

Danach erfuhr ich die letzte Neuigkeit im Zusammenhang mit dem Einbruch. Der flüchtige Täter wurde aufgrund einer Interpolfahndung auf einer Raststätte bei Modena in Italien von Carabinieri gestellt. Als er eine Waffe zog, wurde er erschossen. »Fünf Treffer, der Idiot!«, machte der Hauptkommissar seiner Beklemmung Luft. Der erste Tote also. Die Geschäftsunterlagen des Fuhrunternehmens hatte er natürlich nicht mehr dabei. Nach einem längeren Schweigen fragte ich nach, ob denn Fritz Jung davon verständigt wurde. Aichinger hatte dies in seiner Wut über Alfons einfach vergessen. Ich versprach, ihm dies abzunehmen und handelte für Fritz noch ein Interview mit dem Hauptkommissar aus.

Aichinger hatte, wie ich dann später noch erfuhr, den Chefredakteur der Zeitung ebenfalls angerufen. Das Ergebnis war, dass dieser versprochen hatte, in Fällen solcher Alleingänge des AW-Besitzers zukünftig sofort den Hauptkommissar oder seinen Vertreter in Kenntnis zu setzen, und sei es um Mitternacht. Allerdings musste der Hauptkommissar schwören, den AW-Besitzer darüber zu keiner Zeit zu informieren. Eine leichte Übung für unseren Polizeiprofi. Aichinger bat mich dann noch, ich möge meinem Bodyguard Joe bitten, ihn zu Hause anzurufen. Da ich ja ab Montag meine Zeit einsam in trauter Zweisamkeit zu verbringen gedachte, hätten die Sicherheitskräfte noch Abstimmungsbedarf. Ich war leicht gerührt und die Verabschiedung gestaltete sich gewohnt freundschaftlich.

Monika hatte in der Zwischenzeit zwei Liegen in die Morgensonne gestellt und frischen Orangensaft gepresst. »Ich muss einfach darauf achten, dass mir meine Schwester Nora, das Miststück, in den nächsten Tagen nicht den Rang abläuft!«, war ihr Kommentar. Da wir die Liegen wegen der Sonne weit an den Rand unserer Hochterrasse vorrücken mussten, hatte uns die kleine Anna-Sophie aus dem Nachbarhaus durch ihr Küchenfenster im Blick. Nachdem sie sich durch heftiges Klopfen an die Fensterscheibe bemerkbar gemacht hatte, folgte eine regelrechte Zuwinkorgie zwischen uns Nachbarn. »Die einzige Gefahr für deine Stellung kommt von dort!«, erklärte ich Monika. »Das kann ich aushalten!«, meinte sie und legte mir ihre Hand auf den Arm. Ich schloss die Augen und konzentrierte mich nur auf diese Hand. Bis mir Monika, die sehr hart sein konnte, mit ihrem freien Arm das Handy auf den Bauch legte. »Du wolltest Fritz anrufen!«

Fritz Jung war noch immer empört über den »Gaufürsten« Alfons und den »Schleimer« von Chefredakteur. Es war aber nicht schwierig, ihn durch einen Bericht über das Gespräch mit dem Hauptkommissar zu beruhigen und wegen des getöteten Einbrechers auf eine neue Fährte zu lenken. Er hatte es verständlicherweise plötzlich eilig und bedankte sich überschwänglich für die »einfach tolle Zusammenarbeit«. Zum Abschluss verriet er mir, dass er gerade begonnen hatte, ein Gedicht zu schreiben: »Für eine alte Bekannte und Kollegin«, wie er etwas verlegen gestand. Ich drohte mit Freundschaftsentzug, wenn er mir nicht sofort den Titel verraten würde. Nachdem er sich etwas geziert hatte, erfuhr ich dann doch, was ich wissen wollte. Der Titel hieß »Ach, deine Achselhöhle ..!«, und ich hörte richtiggehend, wie er bei diesem Geständnis rot wurde. Ich wünschte ihm von Herzen alles Gute. Dann blickte ich verstohlen zu Monika, die ihre Augen geschlossen und beide Arme hinter den Kopf verschränkt hatte. Da ihr Schlafanzugoberteil wegen der Sommerhitze aus einem Trägershirt bestand, beschloss ich spontan, Fritz sein Gedicht abzuluchsen oder selbst eines zu versuchen. Das Telefon riss mich aus meinen Träumen, es war Nora.

Sie wünschte mir mit ihrer unnachahmlichen Stimme einen »wunderschönen guten Morgen«, freute sich »riesig auf Montag«, und wir vereinbarten für diesen Tag um 11 Uhr die erste Zusammenkunft am Weiher. Meine Töchter hatten offenbar große Sorge, dass ich verhungern könnte. Nora bestand darauf, für Essen und Trinken zu sorgen. Ich musste ihr gestehen, dass wir unter diskretem Polizeischutz standen und mindestens ein Leibwächter in den Büschen stecken werde. Nora behauptete, sie kenne dies, da sie zwei Jahre lang weiblicher Bodyguard bei einer bekannten Unternehmerin gewesen war. »Die hat sich ab und zu einen ›Callboy‹ geholt. Ich musste ihn abtasten und dann beim Liebesspiel alle zehn Minuten nachsehen, ob alles mit rechten Dingen zuging!« Na toll, dann wird Nora sich durch Polizisten hinter den Bäumen sicher nicht beim Singen stören lassen. Nora überbrachte auch eine Einladung von Wilhelm Fleischmann für Sonntagabend in die EVA-Bar. Ich könne meine Assistentin und auch noch andere Personen mitbringen und meine Fragen an Fleischmann loswerden. Die Kosten trage selbstverständlich das Haus. Ich nahm den Hörer vom Ohr und beratschlagte kurz mit Monika, schlug vor, Mike mitzunehmen, was mir einen langen prüfenden Blick einbrachte und sagte dann zu. Auf diese Weise konnte ich wirklich sicher sein, dass Fleischmann von unserem Weiherausflug wusste und zugleich über meine absolut reinen Absichten gegenüber Nora informiert war! »Und lass dir wieder eine schöne Geschichte einfallen. Ich bin ganz scharf drauf!«, verabschiedete sich zum Schluss Tochter Numero zwei.

Kaum hatte ich aufgelegt, meldete sich das Telefon erneut. Es war Susi Klein, die sich zuerst wunderte, dass mein Telefon andauernd belegt war. Dann freute sich Susi darüber, dass ihre Idee auch bei der Polizei Anklang gefunden habe. Ich erläuterte ihr kurz, wie die Veranstaltung gestaltet werden könnte und erhielt volle Zustimmung. Sie besaß von diversen Juristenveranstaltungen im großen Besprechungssaal der Praxis Stellwände und »massenweise« Moderationsmaterial. Wir vereinbarten, dass ich am Donnerstag mit Monika früher zu den Kleins kommen würde, um die Moderation mit vorzubereiten. Die schwierigste Frage war, wen wir zu der Veranstaltung einladen sollten, um mit einem Erfolg rechnen zu können. Alfons und seine Frau Sophie waren ein Muss, das war uns beiden klar. Ich schlug vor, dass nach Möglichkeit auch Personen aus dem Fuhrunternehmen wie die ehemalige Geschäftsführerin, Verwaltungsangestellte oder Lastwagenfahrer dabei sein sollten. Bevor ich den Hörer weitergab an Monika, mit der Susi über den Personenkreis sprechen wollte, überfiel mich eine unbändige Lust zum Reiten. Da Monika sowieso »endlich wieder zuhause vorbeischauen« musste, ließ ich mir Napoleon für zwei Uhr reservieren. Es gab einfach wesentliche Dinge im Leben eines Laienermittlers.

Nachdem Monika und Susi ihr Telefonat beendet hatten, verweigerte Monika mir trotzdem das Telefon. Sie müsse mir erst etwas erläutern. Sie habe nämlich mit Mike beschlossen, das Praktikum in seinen Betrieben vorerst um einen Tag zu verkürzen. Sie wolle am Montag zusammen mit Mike den »Nudelauftrag« erledigen. Mike verlängere dafür seine »Auszeit« um einen halben oder ganzen Tag. Da er aber nur sehr schlecht italienisch spräche, bräuchten sie eine Person, die fließend diese Sprache beherrsche. Mike und ihr sei nur die nette Soziologin Helga eingefallen. Wenn die aber keine Zeit habe, gäbe es Probleme. Sie wolle es mit meiner Zustimmung sofort versuchen, die Frau des Notars zu erreichen. Ich hatte wirklich nichts dagegen einzuwenden. Ich erzählte ihr nur noch, dass der schöne Sascha aus Landshut anscheinend auch perfekt das Italienische beherrsche. Wir hätten also noch einen Trumpf im Ärmel.

Monika rief bei dem bigotten Notar an, Helga war zu Hause und sofort einverstanden. Es war in der Tat allmählich eine »Volksermittlung«, was mir in diesem Fall besonders recht war. Aber es kam noch besser. Nachdem die beiden Damen, die offenbar sehr vertraut miteinander waren, alles Nötige besprochen hatten, wollte Helga kurz noch mit mir reden. Sie redete nicht lange um den Brei herum. Sie habe für heute Abend zwei Karten für ein Jazzkonzert im Mautnerschloss in Burghausen. Ihr Mann sei auf einem Kongress und sie würde sich sehr freuen, wenn ich Zeit hätte. Es spiele übrigens ein Damentrio aus Frankfurt mit einer »irren« Schlagzeugerin, deren Konzerte sie seit Jahren verfolge. Ich war überredet, bevor ich einen Ton sagen konnte. Allerdings fügte ich hinzu, dass mindestens ein Leibwächter mit von der Partie sein müsse. Sie werde sofort versuchen, zwei weitere Karten zu ergattern, war ihre Antwort. Wir vereinbarten, dass wir um sieben Uhr bei ihrem Haus sein würden. Monika forderte durch entsprechende Zeichen, dass sie Helga nochmals sprechen wollte. »Lass dich ja nicht von ihm adoptieren, sonst bekommst du es mit mir zu tun!«, knurrte sie ins Telefon. Da Helga verständlicherweise mit dieser Drohung nichts anfangen konnte, bekam sie von Monika den Rat: »Das lässt du dir am besten von Michael erklären. Und wenn es dir auch unglaublich vorkommen wird, es ist tatsächlich die Wahrheit, was er dir erzählen wird!« Die beiden verabschiedeten sich offenbar in alter Freundschaft.

Mein Tag war fast durchgeplant. Ich musste nur noch Joe über meinen Tagesablauf und damit seinen Arbeitsplan informieren. Er hatte ebenfalls seit einiger Zeit versucht, uns zu erreichen. Ich erklärte ihm, was alles gelaufen war und was ich vorhatte. Wieder einer, der sich über Arbeit freute. Beim Reitausflug werde er zusammen mit Kemal auf einer Geländemaschine Begleitschutz bieten. Sie wollten eher dort sein und für Montag das Gelände erkunden. Abends werde er Serkan mitnehmen, der wohl der geborene Personenschützer sei. Er werde auch sofort mit dem Hauptkommissar sprechen, von dem er eine sehr hohe Meinung habe. Ich deutete an, dass ich am Sonntag wahrscheinlich vormittags nochmals reiten, nachmittags daheim faulenzen und abends zusammen mit Monika und Mike die EVA-Bar besuchen würde. Aus Gründen des Jugendschutzes komme er zum letzten Termin alleine mit, meinte Joe heiter. Er werde mich mit Kemal heute um 13.30 Uhr an der Haustür abholen, lautete dann unsere letzte Vereinbarung. Ich war vorerst geschafft. Später half ich Monika beim Kartoffelschälen und Salatputzen und traf die notwendigen Vorbereitungen für meine geplanten Vorhaben. Da »zufällig« Mike vorbei kam, genossen wir zu dritt auf der Terrasse den Ertrag von Monikas Kochkunst. Mike wäre durchaus ein respektabler Schwiegersohn, schoss es mir irgendwann durch den Kopf. Ich behielt das aber schön für mich.

Joe und Kemal, der größte und wahrscheinlich auch der stärkste aus unserem unheimlichen Trio, kamen auf den Punkt genau zum vereinbarten Zeitpunkt. Sie fuhren, offenbar gut gelaunt, mit einer Geländemaschine vor mir her bis zum Anwesen der Kleins. Susi hatte seine Majestät bereits fix und fertig vorbereitet. Nach einigen Minuten saß ich im Sattel und verließ mit einem aufgeweckten Napoleon den Hof. Joe hatte von Susi einen Routenplan erhalten. Er hatte nach einem kurzen Check festgestellt, dass er sehr häufig, aber nicht immer denselben Weg wie Napoleon und ich nehmen könne. Ich ritt diesmal erst Richtung Weiher, also so, wie die Route auch empfohlen war. Außer einem älteren, abgezehrten Mann auf einem Fahrrad, der mir von Joe durch das vereinbarte Handzeichen als »unbedenklich« signalisiert wurde, und ein paar Rehen und Hasen begegnete uns auf der ganzen Strecke kein anderes Lebewesen. Napoleon war offenbar länger nicht bewegt worden und drängte begeistert nach vorne, ich ließ ihm ebenso begeistert seinen Willen. Joe mit dem schweren Kemal auf dem Sozius hatte sichtlich Mühe uns zu folgen oder an von ihm ausgewählten Streckenabschnitten sich vor uns zu setzen. Als wir etwa nach der Hälfte der Strecke auf einem Hügel, natürlich mit Blick auf das Sulzbachtal, eine Pause einlegten, stieg ein sichtlich aufgekratzter Kemal vom

Rücksitz. Er ging zu Napoleon, klopfte ihm anerkennend und erstaunlich zärtlich auf den Hals und meinte: »Echt krass, Alter!« Und dann bat er darum, Napoleon herumführen zu dürfen, wobei er bemüht war, die Stellen mit dem saftigsten Gras aufzusuchen. »So wirklich schützen kann ich dich bei diesem Gelände und bei deiner Affengeschwindigkeit nicht, aber zumindest abschreckend kann unsere Begleitung wirken!«, meinte Joe. Ich stellte ihm in Aussicht, dass die zweite Hälfte der Route mit Rücksicht auf das Pferd und den nicht mehr ganz taufrischen Reiter gemächlicher angegangen werde. Er war froh darüber, weil er Kemal dann bestimmte Regeln bei dieser Art von Personenschutz bewusst machen konnte. Und so kamen wir alle etwa zur geplanten Zeit wohlbehalten zu Hof und Stall zurück. Da Herr Schwab, der Verehrer von Nora-Tochter, heute frei hatte, übernahm ich selbst zusammen mit dem begeisterten Kemal die Nachpflege von Napoleon. Dass Kemal aus dem Stand von dem Pferdevirus erwischt worden war, zeigte sich auch in seiner unvermittelten Aussage:

»Echt krass, wie gut so ein Pferd riecht!«

Susi, die uns bei der Arbeit zuschaute, blickte mich an und lächelte hintergründig. »Solltest du Lust haben, kannst du bei uns aushelfen. Unser Herr Schwab müsste sowieso seinen Urlaub abfeiern. Aber die Arbeit mit den Pferden ist kein Sandkastenspiel!«

»Krass, meinst du das ehrlich!?«, war Kemals Reaktion. »Wenn ich den Job hier mit Herrn Kramer hinter mir habe, komm ich sofort.«

Sie besiegelten die Vereinbarung mit Handschlag. Kemal und ich übten dann mit Susi noch Abklatschen. Nachdem Susi mir Raum und Ausstattung für unser Donnerstag-Meeting gezeigt hatte und unsere Saftgläser ausgetrunken waren, fuhr ich mit Geleitschutz nach Hause. Joe versprach, pünktlich mit Serkan wieder zu kommen, und Kemal war offenbar immer noch auf Wolke sieben. Diesmal war zwar weit und breit niemand, der mir den Rücken schrubben wollte. Der Whirlpool war trotzdem ein Genuss und der Schlaf danach ebenso.

Joe hielt sein Versprechen und wir erreichten mit meinem Auto um 19 Uhr das große Landhaus des Notars und seiner Frau Helga. Für ihren modernen Wohnsitz hatte sich das Ehepaar am Ende des Hauptdorfes, ziemlich nah an der AW-Ortschaft, am Talhang einen wunderschönen Platz ausgesucht. Die Notarkanzlei war allerdings in Pfarrkirchen. Serkan war kleiner und wendiger als Kemal, hatte nach Joe »ein wenig« Kampfsporterfahrung und sei äußerst geeignet als Personenschützer. Er redete wenig, hatte aber einen auffallend wachen Blick. Ich stieg zu Helga in den großen Notar-Mercedes, während unser Begleitschutz mit meinem Auto vorausfuhr. Es war nach einem wundeschönen Sommertag ein wunderschöner Sommerabend. Und ich saß neben einer, besonders auf den zweiten Blick, aufregenden Frau um Mitte fünfzig. Im Gegensatz zu Helga war ich zunächst etwas befangen. Dies löste sich aber sofort, als Helga mich bat, ihr Monikas Geraune von Adoption und unglaublicher Geschichte zu erläutern. Da ich quasi von Monika den Auftrag erhalten hatte, erzählte ich genau das, was zwischen Monika und mir vorgefallen war und gerade ablief. Helga blickte mich lange an und ab da konnten wir miteinander umgehen, als würden wir uns schon lange vertraut sein.

Die Frauen-Jazz-Band im Mautnerschloss war pures Vergnügen. Die drei Damen boten ein »Modern-Jazz-Programm«, das ungemein rhythmisch und mit Spielwitz präsentiert das Publikum voll in seinen Bann zog. Offenbar gab es jetzt Doppelpedale zum Spielen der Bassdrum, was vor allem zu irrwitzigen Soli führte. Helga hatte nicht zu viel versprochen, ich war hin und weg von dieser Schlagzeugerin mit ihrer Paarung aus Charme, Kraft und Musikalität. Für einige Stunden vergaß ich alles um mich herum. Unserer Leibwache, die schräg hinter uns saß, erging es offenbar ähnlich. Als das Konzert reichlich spät nach vielen Zugaben zu Ende war, waren die beiden durchgeschwitzt, heiser und hatten glänzende Augen. Ich versuchte es mit meiner neu angelernten deutsch-türkischen Jugendsprache:

»Serkan, krasse Frauen, was!?«

»Aber voll krass, Alter!«, kam es selbstvergessen zurück.

Auf der Heimfahrt gerieten wir noch in einen Unfall mit zwei leicht Verletzten. Da wir allein in diesem Waldstück unterwegs waren, ließ Joe Helga etwa dreißig Meter vor dem Unfallort halten und mich im Wagen sitzend die Waffe ziehen. Serkan, ausgestattet mit Gasrevolver und Taschenlampe, suchte Deckung im Gebüsch und lauerte auf mögliche Angreifer aus dem Hinterhalt. Joe lief, mit Pistole im Anschlag, zur Unfallstelle. Erst als er sich sicher war, dass die beiden alkoholisierten Niederbayern um die zwanzig echt verletzt waren, leisteten wir gemeinsam Hilfe.

Die Polizei, ein Sanitätsauto und, da anscheinend derzeit nicht viel los war, ein Vertreter der Presse, trafen nach einigen Minuten ziemlich gleichzeitig ein. So kam es, dass am übernächsten Tag ein Foto von Helga und mir am Unfallort in der Zeitung prangte und dazu ein kurzer Artikel über unsere Hilfeleistung erschien. Was bei Alfons eine unerwartete Reaktion auslösen sollte.

Helga, die mit ihren hochgesteckten kastanienbraunen Haaren, ihrem natürlichen Charme und ihrer nicht zu leugnenden Lebenserfahrung zugegebener Maßen auf mich einen starken Eindruck machte, verblüffte mich zum Abschied mit einer Feststellung und zwei Ankündigungen:

»Es war ein wunderschöner und herrlich normaler und ungezwungener Abend.« (einverstanden!) »Ich werde mich demnächst scheiden lassen!« (der arme bigotte Notar!) »Und ich werde dich danach anrufen und fragen, ob ich dich in Griechenland besuchen darf.« (Mann!)

Es störte keinen von uns, dass ich ihr zum Abschied die Hand küsste. »Bitte Helga, rechne dann aber nicht mit einer Adoption. Das ist etwas für den Nachwuchs!«

Sie strahlte und küsste mich flüchtig auf den Mund. Da ich danach ziemlich verwirrt war, ließ ich mich von Joe nach Hause fahren. Auf dem Rücksitz pfiff Serkan leise, aber rhythmisch und melodisch einwandfrei das Thema des Stückes, das auch mir am besten gefallen hatte. Ich hätte ihn umarmen können!

Meine Befürchtung, diese Nacht ohne Monika-Tochter verbringen zu müssen, hatte sich nicht bewahrheitet. Irgendwann nach Mitternacht wurde der Stuhl vor der Türe verschoben und Monika huschte in ihrem Tochter-Nachtgewand zu mir ins Bett.

»Die jungen Männer müssen doch noch eine Menge lernen!«, war ihr Kurzbericht. »Und nun erzähl (um zwei Uhr früh!), wie war es denn mit der reizenden Helga?«

»Ein wunderschönes Konzert, voll krass hat Serkan gefunden«, wich ich aus – ohne Chancen.

»Ich hab dich nach Helga gefragt!«

»Also, wäre sie nicht verheiratet, wäre sie ein vielversprechendes Gegenmodell zu meiner unsinnigen Zuneigung zu einer Fast-Kindfrau. Noch dazu, wo die immer im Schlafanzug ins Bett geht!«

Monika schwieg, angelte sich meine Hand und streichelte sie. Irgendwann murmelte sie. »Das war nicht meine Idee!«

Und so schliefen wir dann ein. Ein irres Paar, irgendwie.

Am Sonntagmorgen versuchte ich nach dem Frühstück mein Glück mit einem erneuten Telefonat nach Griechenland. Jannis konnte mir nur mitteilen, dass es seiner Schwägerin besser gehe, sie aber immer noch im Krankenhaus liege. Und sein Bruder weiche nicht von ihrer Seite. Die Ärzte meinten, dass in ein paar Tagen das Kind zur Welt kommen könnte. Werde es ein Mädchen, könne ich nach zwei Tagen mit Thanassis rechnen. Werde es ein Junge, müsse ich wohl fünf weitere Tage einkalkulieren, bis er ansprechbar sei. Griechenland!

Joe kam diesmal mit zwei Assistenten. Auf dem Motorrad fuhr der eher klein gewachsene, aber sehnige Osman mit: »Nenn mich Mani, wie alle meine Freunde!« Kemal war auf einem alten klapprigen Moped unterwegs und wollte nur »bei den Pferden helfen«. Die neue Liebe schien ernst zu sein. Da Susi wieder Vorarbeit geleistet hatte, kamen wir auch heute in kurzer Zeit vom Hof in das

Gelände. Ich hatte eine neue Tour gewählt, die allerdings bis kurz vor dem Weiher identisch mit unserer alten war. Sie führte danach weg vom Sulzbachtal in welliges, meist unbewaldetes Gelände. Die Wege waren breiter und günstiger für meine motorisierte Begleitung. Wir durchquerten auch einige kleinere Ortschaften. Da insgesamt mehrere langsam zu reitende Strecken zur Tour gehörten, erübrigte sich eine Pause. Allerdings freute sich Napoleon, als wir nach einem großen Kreis nach knappen zwei Stunden in die Nähe des Weihers zurückkamen, sichtlich auf die letzten etwa zwei Kilometer »Rennstrecke«. Da dieser Sandweg in der ersten Hälfte zwischen Bäumen recht eng war, benutzten Joe und Mani die etwa fünfzig bis hundert Meter parallel dazu verlaufende breite Forststraße. Napoleon überraschte mich wieder mit seiner Power. Er verfiel bereits nach fünfzig Metern in die typische Vollblutatmung. Bei jedem Ausatmen gab er ein charakteristisches lang gezogenes »Frrrr« von sich, was einen herrlichen Rhythmus ergab. Ich konnte mich nicht halten und schrie wie ein Indianer vor rauschhafter Freude. Mein Hochgefühl wurde von Napoleon erwidert, wir waren eine euphorisierte und zugleich äußerst konzentrierte Einheit, die mit hoher Geschwindigkeit durch die Bäume stob.

Wahrscheinlich hatte der Mann nicht mit dieser Geschwindigkeit gerechnet. Sein Kanonenschlag, den er zwischen den Bäumen heraus nach uns warf, explodierte erst zwischen den Beinen von Napoleon. Napoleon machte einen riesigen Satz, steigerte in seiner Panik nochmals die Geschwindigkeit und hetzte den Pfad entlang. Ich benötigte gute zweihundert Meter, um mich und mein Pferd unter Kontrolle zu bekommen. Nicht auszudenken, wenn der Knallkörper vor dem Pferd explodiert wäre! Wahrscheinlich wären wir gegen einen Baum gedonnert oder wir hätten uns überschlagen.

Eine grenzenlose Wut stieg in mir hoch. Ich riss meinen Revolver aus dem Halfter, querte hinüber zur Forststraße und sah einige hundert Meter zurück den »unbedenklichen« älteren und abgezehrten Mann mit seinem Fahrrad um die Kurve fahren. Napoleon hatte sich, anders als ich, bereits wieder weitgehend unter Kontrolle. Entgegen aller Abmachung nahm ich die Verfolgung auf. In der Kurve angekommen, erblickte ich wieder das Objekt meiner Wut. Er war nach rechts abgebogen und strampelte erstaunlich schnell einen leicht abfallenden Feldweg hinab. Napoleon witterte Rennsituation, er nahm sozusagen von selbst die Verfolgung auf. Einige hundert Meter bevor der Mann eine asphaltierte Landstraße erreicht hatte, waren wir direkt hinter ihm. Ich brüllte aus Leibeskräften:

»Halt an, oder ich schieß dich vom Rad!«, was aber keinerlei Wirkung zeigte. Ich war außer mir und signalisierte Napoleon, den Mann zu überholen. Als wir auf gleicher Höhe waren, gab ich dem Schreck erfüllten Mann vom Sattel aus einen wütenden Tritt gegen seine Schulter. Er kam vom Weg ab auf eine kleine Böschung und überschlug sich. Dann blieb er schreiend liegen. Als ich in einem Bogen Napoleon zurückgelenkt hatte, sah ich, dass sein rechter Arm seltsam zur Seite stand. »Gebrochen oder wenigstens ausgerenkt«, schoss es mir durch den Kopf und zugleich schämte ich mich wegen meiner unprofessionellen Unbeherrschtheit. Während Napoleon tatsächlich bereits die ersten Grashalme rupfte!

Joe und Mani kamen angedüst. Mit zitternden Knien berichtete ich, was vorgefallen war.

»Du hast dich aber nicht an die Abmachungen gehalten!«, meinte Joe lächelnd und steckte dann seine Pistole weg. »Ich kenne den alten Herrn. Darum habe ich auch gestern an nichts Böses gedacht. Ich werde ihm zuerst ein bisschen wehtun müssen!«

Und ehe ich protestieren konnte, beugte er sich über den schreienden alten Mann und zog ihm am Arm. Es gab ein hörbares knirschendes Geräusch, als dessen Schultergelenk wieder in den normalen Zustand versetzt wurde. Ein Aufschrei des Gestürzten, dann nur noch ein leises Wimmern. Ich übergab den grasenden Napoleon an Mani und setzte mich ins Gras.

Joe »verarzte« mich mit einem Riegel Schokolade und einem Erfrischungstuch.

»Ein Schnaps wäre jetzt besser für dich. Ich glaube, dieser dämliche Anschlag hätte böse ausgehen können. Die Herrschaften verschärfen die Gangart!«

Joe versorgte auch den Übeltäter mit seiner Antischock-Medizin und rief dann die Polizei an. Er gab dem diensthabenden Steininger (hatte der denn nie frei?) einen Lagebericht durch und bat auch um einen Krankenwagen. Ich ging zu meinem Pferd. Der friedlich und selbstvergessen grasende Kumpel tat mir gut. Ich rief Joe zu, er möge den Alten fragen, von wem und wann er den Auftrag bekommen hatte und wie dieser Auftrag genau gelautet hatte. Dann setzte ich mich auf Napoleon und ritt ihn im leichten Trab den Feldweg hinauf und zurück, solange, bis sein Rücken entspannt und weich wurde. Ich ritt auch eine Acht durch Maulwurfshügel, merkte aber bald, dass Grasfressen Napoleons oberstes Begehr war. Ich ließ ihn also wieder grasen, opferte aber mein Unterhemd und rieb ihm den Schweiß ab.

Als der erste Streifenwagen eintraf und kurz danach der Krankenwagen, der Hauptkommissar und auch noch Fritz Jung, war unsere ehemals euphorisierte Einheit längst wieder in Ordnung. Auch der Blödmann von August Schindler, so hieß der Alte, hatte wieder Farbe im Gesicht und saß trotzig und bald mit Handschellen im Gras. Der Hauptkommissar, sichtlich erleichtert, dass ich ohne Blessuren davon gekommen war, interessierte sich genau wie ich vorher für Auftraggeber, Zeitpunkt und Wortlaut. Der Alte verlangte tatsächlich nach einem Anwalt, worauf ihn der Hauptkommissar wütend in den Streifenwagen verfrachten ließ. Bei Joe war er vorher noch gesprächiger gewesen. Es war demnach wieder der berühmte Ausländer, laut Schindler »ein Russe oder so«, gewesen, der Kanonenschlag und »viel Geld« übergeben hatte und zwar am Freitag abends. Er habe die Stelle für den Anschlag genau beschrieben und verlangt, den Knallkörper frühestens am Sonntag »unbedingt vor (!) das Pferd« zu werfen. Ich erzählte Aichinger, wie ich die Dinge erlebt, und dass ich letztlich die Nerven verloren hätte. Vor allem, weil ich mir ausgemalt hatte, was meinem Pferd und mir hätte passieren können. Er hatte daran nichts auszusetzen, bat nur, beim nächsten Mal (!) zuerst die Leibwache zu verständigen.

Wir begaben uns alle zusammen danach zum Ort des Anschlags, Susi, sehr besorgt, und ihr Mann und nach und nach andere aus der Umgebung stießen zu uns. Ein junger Mann hatte im Auto Bier, Limonade, Cocacola, eine Stange Salami und woher auch immer eine riesige Pizza mitgebracht. Ich nahm dankbar ein Stück Pizza und eine kleine Flasche Cola. Kemal kam auf seinem Moped mit einer Decke unter dem Arm angefahren und übernahm wie selbstverständlich die Fürsorge für Napoleon. Die Polizei hatte den engeren Tatort abgesperrt und die Reste des Kanonenschlags sichergestellt. Nach einer Rücksprache mit Joe zeigte sich Herr Schindler plötzlich kooperativ. Wir konnten zum Abschluss also den Tathergang rekonstruieren und nachspielen. Ich ritt mit dem sehr aufmerksamen Napoleon, der es durchaus genoss, im Mittelpunkt zu stehen, diesmal langsam an den Tatort heran. Schindler zündete fiktiv den Kanonenschlag, trat zum richtigen Zeitpunkt zwischen den Bäumen hervor und warf, wiederum fiktiv, seinen Knallkörper, was bei Napoleon dennoch ein kurzes Erschrecken auslöste.

»Wäre der Mann nicht so schnell geritten, ich hätte bestimmt getroffen!«, meinte Schindler entschuldigend. Er verstand definitiv nicht, warum der Hauptkommissar ihn daraufhin »die nächste halbe Stunde nicht mehr sehen« wollte und ihn bewacht in das Krankenauto stecken ließ. Aichinger und ich vereinbarten für morgen ein Gespräch am Telefon. Fritz Jung war am Schreiben und hatte vor Aufregung einen roten Kopf. Natürlich fragte ich ihn nach dem Stand seines Liebesgedichtes, aber er hatte keine Zeit und winkte ab. Er komme nach zu den Kleins und bitte untertänigst um ein Interview. Ich bestand darauf, mit Napoleon die letzte Strecke dorthin reiten zu dürfen. Wir nahmen aber die Forststraße und Joe und Mani fuhren voraus. Kemal fuhr mit seinem Moped hinterher. Ich hatte ihm in Aussicht gestellt, dass wir beide wieder Napoleon versorgen würden. Der große Junge konnte vielleicht strahlen!

Das Treffen auf dem Hof der Kleins wurde trotz des ernsten Anlasses fast zu einer Party, zumindest zu einem Event. Kemal führte die »Nachsorge« bei Napoleon auf Wunsch selbständig durch. Ich sollte nur zusehen und ihn notfalls korrigieren. Es gab kaum Anlass dazu. Da sich auch der Hauptkommissar zu uns gesellte, veranstalteten wir mit Fritz Jung eine Lagebesprechung. Wir machten uns alle drei Sorgen darüber, dass diesmal eventuell meine Verletzung, ja Tötung, durchaus mit einkalkuliert worden sein könnte.

»Es sei denn, der Anstifter hatte keinerlei Ahnung von Pferden!«, meinte Fritz Jung.

»Oder wir sind ihm oder ihnen dichter auf den Fersen, als wir selber wissen«, erwiderte der Hauptkommissar.

Wir diskutierten dann kurz ernsthaft und sehr offen, ob jetzt nicht doch der Zeitpunkt gekommen wäre, dass ich als Laienschauspieler die Bühne den Profis überließe. Hauptkommissar Aichinger wollte mich »auf keinen Fall beeinflussen«. Er wies nur darauf hin, dass dann »leider« die Erfolgschancen für die Ermittlung sehr viel kleiner werden würden. Er hatte recht, ich sah das auch so. Durch den publikumswirksamen Ermittlungsauftrag des AW-Besitzers waren irgendwelche Mächte alarmiert. Sie wollten mich und wohl auch Alfons abschrecken und zur Aufgabe zwingen. Sollten wir klein beigeben, war die Chance vertan, dass die Drahtzieher irgendeinen Fehler machten und der Polizei ins Netz gingen. Ich spielte also immer deutlicher die Rolle des Specks in der Mausefalle. Blieb nur die Hoffnung, dass die Anstifter dieses letzten Anschlages wirklich nichts von Pferden verstanden und nicht Tötung, sondern Abschreckung ihr Ziel gewesen war. Trotz eines nicht wegzudiskutierenden Unbehagens und einer gehörigen Portion Angst signalisierte ich am Ende, vorerst nicht davonlaufen zu wollen. Dafür bekam ich von Hauptkommissar Aichinger persönlich eine knappe Umarmung.

Eine Konsequenz dieses erneuten Anschlages für uns war, dass wir über meinen Weiherurlaub nichts in der Zeitung bringen wollten.

»Außer: ›**Der Ermittler nach zwei Wochen voller Aufregung urlaubsreif. Michael Kramer zieht sich zum Nachdenken für drei Tage an einen unbekannten Ort zurück!**‹«, bettelte Fritz Jung. Wir gewährten ihm großzügig seinen Artikel. Auch über die Veranstaltung bei den Kleins samt Ergebnissen und dem Aufruf an die Leser zur Beurteilung dieser Ergebnisse sollte erst am Tag danach zu lesen sein. Der Hauptkommissar wollte sogar nach dem Vorfall beim Reiten zum Schutz dieser Veranstaltung eine Streife einsetzen und bat mich, auch meine drei Musketiere als Hilfstruppe mitzubringen. Leider sei Joe ja mit dem Ex-Abgeordneten unterwegs. Kemal und Mani fühlten sich stellvertretend für alle drei geehrt und gelobten hoch und heilig, keine Silbe von unseren Plänen auszuplaudern. Und dann gab es Kaffee und Kuchen und wir feierten, wie Susi sagte, dass alles so glimpflich ausgegangen sei. Die Showeinlage bestand aus einem Rap meiner beiden Jungsicherheitsleute, der in einer angeleiteten Abklatsch-Orgie endete. »Meine Ermittlungsarbeit wird mit ihrer Hilfe nicht nur erfolgreicher, sondern auch zunehmend amüsanter!«, stellte der Hauptkommissar, noch außer Atem, fest und strahlte.

Irgendwann ging ich dann alleine zu Napoleon auf die Koppel, bedankte mich für seine erneut bewiesene Nervenstärke und versprach ihm, trotz des heutigen Vorfalles wieder mit ihm auszureiten. Danach bat ich Fritz, doch bei Alfons Weinberger anzurufen und ihm in groben Zügen zu berichten, was geschehen sei. Ich hätte wahrscheinlich einen kleinen Schock und hätte mich ins Bett gelegt. »Morgen werde ich mich bei ihm melden!«

»Nur weil du mein Freund bist!«, war die Antwort und meine Truppe setzte sich nach einer aufwändigen Verabschiedung in Bewegung. Als Pensionist stand mir ein Nachmittagsschlaf zu. Ich konnte ihn diesmal dringend brauchen.

~

Joe und ich trafen uns um 20.30 Uhr mit Monika und Mike auf dem Parkplatz vor der EVA. Mir kamen angesichts der Nachtbar jede Menge unangenehmer Erinnerungen in den Sinn. Monika hatte tatsächlich das ultimative »Verlobungsfetzerl« an und gab mir einen Tochterkuss auf die Wange. Ich machte Monika und Mike mit Joe bekannt. Mike, der nette Mensch, trug wie ich ein weißes Sakko mit Schleife. Joe war nach dem Vorfall heute nachmittags noch vorsichtiger geworden. Er bat darum, bei dem Türsteher darauf zu bestehen, dass wenigstens mein Leibwächter seine Waffe mit in den Club nehmen dürfe. Der kleine Charme-Bolzen am Eingang erkannte Monika und mich natürlich wieder. Er gab unseren Wunsch telefonisch weiter zu seinem Big Boss Fleischmann, der nichts dagegen einzuwenden hatte. Nora empfing uns in Berufskleidung, also geschminkt und teuer, aber gewagt gekleidet. Auch von ihr gab es einen Tochterkuss. Monika, das Biest, konnte es sich nicht verkneifen:

»Weißt du überhaupt, dass wir zwei neuerdings Schwestern sind?«, fragte sie honigsüß die überraschte und dann ratlose Nora. »Frag doch einfach morgen den Michael, der wird dir das gerne erklären!«

»Na gut«, meinte eine friedlich gestimmte Nora, »er hat ja sowieso vor, mir Geschichten zu erzählen!«

Als ich ihr Joe als »meinen Leibwächter und einen unserer morgigen Beschützer im Busch, der mit Genehmigung von Herrn Fleischmann auch im Club eine Waffe tragen darf« vorstellte, lächelte sie. Und dann hob sie leicht ihre gewagte Bluse und zeigte auf nackter Bronzehaut ebenfalls einen Revolver, allerdings in einem Samt-Halfter.

»Wenn Michael in der Nähe ist, verlass ich mich nicht mehr auf den Baseball-Schläger!«, war ihre Erklärung. Mike wurde als der »hübsche Weinberger Junior« empfangen, was ihn leicht erröten ließ.

»Meine Schwester hat recht!«, kommentierte Monika und hakte sich bei Mike unter. »Wenn schon mein Vater durch die Maskierte gefährdet ist, will ich wenigstens meinen neuen Freund halten!«, flüsterte sie mir später halbernst ins Ohr.

Nora führte uns an einen separaten Tisch, die Onkelecke war

heute kaum besetzt, das Gesamtlokal vorerst knapp halb voll. Die mollige Service-Dame, deren Kurven meinen Sturz abgebremst hatten, war diesmal für uns zuständig. Sie begrüßte mich listig als »Überflieger«. Nora erinnerte uns daran, dass wir Gäste des Hauses seien, und empfahl uns eine Platte mit Meeresfrüchten und dazu einen Salat mit französischem Knoblauchweißbrot. Da wir beide in Begleitung waren, konnten Monika und ich es uns nach dem Begrüßungsdrink leisten, einen Wein zu trinken. Bald erschien auch der Barbesitzer Fleischmann, begrüßte uns mit seinem undefinierbaren Lächeln, freute sich und lud mich zusammen mit meinem Leibwächter nach dem Essen, »also gegen 22 Uhr« zu einem Gespräch in sein Büro. Ich fand, Monika und Mike waren ein Traumpaar. Ich dachte sofort kurz an Helga und ihr Versprechen, um ja keine Bitterkeit aufkommen zu lassen. Das Leben schien für mich durchaus nach Alternativen zu sinnen.

Nora setzte sich kurz zu uns, das heißt neben mich. Unser erstes Thema war naturgemäß der neue Anschlag, den ich von Joe erzählen ließ. Meine Töchter waren geschockt, Mike legte mir seinen Arm auf die Schulter. Welch Unterschied zu den Hieben seines Vaters! Wir diskutierten auch in dieser Runde, wie dieser Anschlag zu werten sei. Am Ende fragte Nora, ob denn unser geplanter gemeinsamer Ausritt damit erledigt sei.

»Wir reiten in offenes Gelände, Joe und Serkan begleiten uns auf dem Motorrad und einem Moped – und vielleicht hat ja auch der Streifenwagen Zeit, sich uns anzuschließen!«

»Nichts mit trauter Zweisamkeit!«, lästerte Monika.

Nora kapierte allmählich und spielte mit: »Dazu bleibt uns am Weiher ja noch Zeit genug!«

»Lass das ja nicht Fleischmann hören!«, hakte Monika nach. Doch dann kam das Essen. Als Nora gehen wollte, nahm ich sie kurz zur Seite.

»Nora, ich hätte eine große Bitte. Könntest du ausnahmsweise heute wenigstens ein Kurzprogramm zum Besten geben. Damit ich bis morgen etwas zum Träumen habe!«, flötete ich. In Wirklichkeit wollte ich vor allem den hässlichen Vorfall von heute Nachmittag vergessen und mich ablenken.

»Dir zu liebe mach ich das, alter Mann!«, bekam ich zur Antwort und ich konnte mir das Essen und den Wein schmecken lassen. Wir lachten viel, ich fand an Mike einfach nichts auszusetzen. Eher schon an den ersten Erotik-Vorführungen, die wieder ziemlich laienhaft wirkten.

Um 10 Uhr gingen Joe und ich zu Wilhelm Fleischmann in sein Büro. Die Einrichtung, vor allem die riesigen Ledersessel, passten zu dem schweren und für mich nicht ganz geheueren Mann. Da Fleischmann in der Zwischenzeit durch Nora von dem heutigen Anschlag erfahren hatte, war das unser erstes Thema. Fleischmann konnte nicht verstehen, »warum die Leute, denen Sie offenbar zu nahe treten, solche Mätzchen machen. Warum schießen die Sie nicht einfach vom Pferd!?«, sinnierte er.

»Da ist was daran,« gab ich zu. »Manchmal kommt es mir vor, als veranstalte irgendein Unbekannter eine Art von Wettbewerb, dessen Regeln ich nicht kenne und prüfe, ob ich durchkomme!«

»Auch nicht schlecht«, meinte Fleischmann und lachte dröhnend, wobei ich dies gar nicht so lustig fand. Ich stellte ihm dann unsere Zentralfrage: »Haben Sie eine Ahnung, womit dieser Wiesinger mit seinem Fuhrpark durch krumme Geschäfte Millionen verdienen konnte?«

»Sie meinen, das hat er mit Transport von illegalen Gütern verdient?«

»Es deutet alles darauf hin!«, sagte ich.

»Ewig schade, dass Sie sich die Firmenunterlagen haben klauen lassen!«, meinte Fleischmann und fand auch dies eher wieder belustigend.

»Da haben wir uns sicher nicht mit Ruhm bekleckert!«, heuchelte ich. »Der AW-Besitzer mit seinem Hang zur Veröffentlichung hat allerdings seinen Teil dazu beigetragen!«, schob ich nach.

»Richtig!«, sagte Fleischmann. »Ich habe schon darauf gewartet, dass er den Code für die Alarmanlage auch noch an die Presse gibt!«, machte sich Fleischmann lustig. »Was könnte der Wiesinger denn alles transportiert haben?«, fragte er sich dann selber. »Wie wäre es mit Hehlergut aus Italien? Oder mit Falschgeld der Mafia? Oder mit umdatierten Lebensmitteln? Diamanten- oder Waffenschmuggel käme auch noch in Frage oder Teiltransport von radioaktivem Material. Allerdings halte ich den Landwirt aus Peterskirchen dafür einfach nicht helle genug!«, schloss er sein Brainstorming.

»Und Drogenschmuggel halten Sie für ausgeschlossen?«, fragte ich nach, da mir dies nach seiner Aufzählung nahe liegend erschien.

»Sie kennen ja sicher meine Haltung zu Drogen. Wenn Wiesinger in diesem Geschäft die Finger gehabt hätte, wäre mir das nicht entgangen. Soviel Kontakt zur Halbwelt dürfen Sie mir zutrauen. Der Drogenhandel läuft, wenn ich das recht sehe, bestimmt nicht über Niederbayern!«

Joe hatte mitgeschrieben, sodass ich mich nicht auf mein schwächelndes Gedächtnis verlassen musste.

Der Rest der Zeit galt anderen und zum Teil privaten Dingen. Fleischmann war nach eigenem Bekunden, wie vermutet, Ringer in der Landesliga gewesen, danach Catcher und Zirkusartist. Später hatte er sich mit der ersten Bar in Garmisch selbständig gemacht, diese verpachtet und in München zwei weitere eröffnet. Er war geschieden, seine Frau lebte in München »von meinem Geld« (dröhnendes Lachen). Die EVA-Bar sei ihm am liebsten, auch weil sie beständigen und sicheren Umsatz mache. Nora sei ein Schatz und die Seele der Nachtbar. Dies war für mich das Stichwort:

»Stört es Sie nicht, wenn Nora mit mir Weiherurlaub machen will?«

»In keiner Hinsicht. Nora erzählt mir alles. So kenne ich mittlerweile die ganze Geschichte von der Werbung ihres Großvaters um die spätere Großmutter. Sie haben ihr da eine schöne Räuberpistole erzählt. Nora liebt das, sie heult auch immer vor dem Fernseher! Und nebenbei erfahr ich einiges über ihre Ermittlungen, was mich zugegeben sehr interessiert!« »Dieser Informationsaustausch ist übrigens auch meinerseits ein Teil des Motivs für das Treffen«, gab ich ehrlich zu. »Ich denke, Sie haben in der Gegend den besten Einblick in die Halbwelt. Ich rechne einfach damit, dass Sie mich darauf aufmerksam machen, wenn sich dort etwas für unseren Fall Interessantes tut!« »Darauf wollen wir anstoßen!«, gab Fleischmann das Signal zur Beendigung des Gespräches.

Als Joe und ich wieder in das Lokal zurückkamen, tanzten Mike und Monika selbstvergessen zu Schmusemusik. Langsam ging mein Selbstrettungsplan auf. Nora, die offenbar merkte, dass ich dabei litt, holte mich auf eine andere Tanzfläche und wir schwoften auf unsere Weise. Ich peinlich darauf bedacht, ihre Maske nicht zu zerstören, sie hingebungsvoll, aber im Kern unerotisch. Als ich selbstvergessen ihren Unterarm streichelte, sagte sie nur im besten Schwäbisch: »Michael noi, des isch'z arg!« Sie hatte auf ihre Weise wirklich das Zeug zu einer weiteren Tochter. Irgendwann wechselten wir die Partnerinnen und ich tanzte ein paar Schritte mit Monika.

»Ich werde heute bei Mike übernachten, das passt doch in deine Inszenierung!? Du bist ein toller Papa!«, sagte sie zum Abschluss und küsste mich auf die Wange.

Kurz darauf gingen wir auf unsere Plätze, denn Nora hatte das Mikrofon ergriffen und kündigte an, speziell für den Ermittler Michael Kramer, der bei seinem letzen Besuch so schlechte Erfahrungen machen musste, einen Ausschnitt ihres Programms zu singen. Und sie sang Knef, Marlene Dietrich und Alexandra zu Konservenmusik und zog damit nicht nur mich in den Bann. Joe neben mir hatte tatsächlich wieder vergessen, den Mund zu schließen. Auch Monika war begeistert und äußerte plötzlich den Wunsch, diese neue Schwester besser kennen zu lernen. Es war ein wunderschöner Abschluss für mich, ich kaufte von einem Schwarzafrikaner für Nora einen Strauß Blumen, freute mich auf morgen, küsste Monika auf die Wange und drückte Mike. Und dann verließ ich mit Joe den Club und ließ mich heimfahren. Ich vereinbarte mit meinem Leibwächter, dass er anderntags um neun Uhr zu mir zum Frühstück kommen werde. Ich wollte mit ihm in Ruhe das Fleischmanngespräch analysieren. Da ich wusste, dass der bigotte Notar erst in zwei Tagen zurückkommen würde, weckte ich unter tausend Entschuldigungen Helga und bat sie, mit mir über belanglose Dinge zu sprechen, und sei es die Hühnerzucht.

»Deine Tochter emanzipiert sich wohl gerade und du bist allein im Bett!?«, brachte Helga mein Problem auf den Punkt. Und dann war meine Leitung über zwei Stunden belegt, wie mir Monika am nächsten Morgen erbost vorhielt.

∼

Monika war am Tag danach (Montag) als Erste eingetroffen. Sie wollte, wie gesagt, sofort wissen, mit wem ich »die halbe Nacht« telefoniert hätte. Ich war gerade noch am Überlegen, wie ich mich verhalten sollte, als Helga und Mike gleichzeitig an der Tür standen. Helga sollte ja in der Nudelsache dolmetschen. Sie küsste mich ohne Scheu, aber flüchtig auf den Mund – Monika spitz:

»Du siehst aus, als hättest du wenig geschlafen!«

»Dafür steckst du die Tatsache, dass du wahrscheinlich gar nicht geschlafen hast, verdammt gut weg!«, antwortete Helga und umarmte lachend Monika. Ich wechselte einen Machoblick mit Mike und wir zwei verzogen uns in die Küche. Die Frühstücksvorbereitung wurde dann doch ein Gemeinschaftswerk aller und wir waren gerade fertig, als Joe eintraf. Der Rest seiner Mannschaft sei schon am Weiher in Stellung gegangen und inspiziere das Gelände, erklärte er fröhlich.

Ich liebte in der Zwischenzeit diese gemeinsamen großfamiliären Frühstückssitzungen, besonders die auf der Terrasse. Der Fall Wiesinger füllte an diesem Montag mehr als eine Doppelseite der Fast-Monopolzeitung. Der Tod des zweiten Einbrechers, der Anschlag auf mich und Napoleon mit einer ganzen Serie von Bildern, sogar unser »Versöhnungsbesuch« in der EVA mit Wilhelm Fleischmann an unserem Tisch und hinterlistig betexteten Tanzfotos von Nora und mir sowie Monika und Mike waren Inhalt der Berichterstattung. Und natürlich auch unsere Hilfeleistung bei dem Verkehrsunfall in der Nacht von Samstag auf Sonntag mit einem Bild von Helga und mir mit einem der Unfallopfer. Die Leser mussten mich für eine Art James-Bond-Verschnitt halten. Auf jeden Fall waren die abgebildeten Frauen durchwegs alle attraktiv.

Noch während des Frühstücks bekam ich einen wutentbrannten Anruf von Alfons Weinberger. Was ich mir einbilde und wer ich sei, dass ich mit der ehrenhaften Frau des angesehenen Notars in ein Konzert mit Negermusik (!) gehe. Solche Großstadtverderbtheit habe auf dem christlichen Lande nichts, aber gar nichts zu suchen. Mit dieser schamlosen Haltung schade ich auch dem Ruf der AW, die mich doch engagiert habe!

»Alfons, du Heuchler, was glaubst du, was die Leute über deinen AW-Service alles reden?! Dafür gibt es bestimmt keine Genehmigung im Neuen Testament!«

Alfons war zuerst einmal sprachlos. Nach einigen Anläufen kam dann eine seltsame Antwort, die einiges über ihn aussagte: »Die Starken haben eben besondere Pflichten, aber auch Rechte!«

So ein Irrer. »Alfons, wie sagt doch dein Religionsgründer Jesus in Mathias 5.5: ›Selig sind die Zärtlichen‹«, fiel mir dank meiner niederbayerischen katholischen Erziehung spontan ein. Was mir von Helga, die auf dem Weg zur Toilette wegen der Lautstärke meines Schulfreundes den größten Teil des Gespräches mitgehört hatte, einen Kuss in den Nacken einbrachte. Und dann stürzte sich mein Schulfreund Alfons auf die Tatsache, dass mich Mike zusammen mit Monika in die EVA begleitete hatte und ein Bild von den beiden sogar in der Zeitung erschienen war. Die alten Vorwürfe kamen in neuer Version: Ich würde einen Keil zwischen ihn und Mike treiben und diesen aus »Bosheit« sogar noch mit seiner, Alfons', »Hure« verkuppeln.

»Du kannst gerne mit Mike darüber reden, er sitzt bei uns am Frühstückstisch! Bitte sei kein solcher Narr. Mike hat sich eben in Monika verliebt und ich finde, er hat wie sein Vater keinen schlechten Geschmack!«

»Den werde ich mir noch kaufen ... und du, lass doch deine blöde Reiterei, wenn du schon den Gaul nicht halten kannst!«

Dann wurde die Leitung abrupt unterbrochen. Soviel von meinem Schulfreund an diesem erneut wunderschönen Sommermorgen. Die Runde erhielt von mir danach eine sehr geschönte Kurzfassung über den Inhalt des Telefonates. Mike holte sich Monikas Hand, Helga strahlte mich an und murmelte, scharf beäugt von Monika, zwischendurch: »Das mit den Zärtlichen, das muss ich mir merken!«

Danach konnten wir endlich das Gespräch zwischen Fleischmann und mir besprechen. Joe hatte seine Aufzeichnungen dabei und trug nach meiner Schilderung der Atmosphäre zunächst die Ideen Fleischmanns vor, womit der verschwundene Fuhrunternehmer mit seinen Lastwagen sein zusätzliches Geld verdient haben könnte. Falls er tatsächlich das Zeug dazu gehabt hätte. Eine lange Diskussion löste Fleischmanns kategorische Ablehnung der Möglichkeit aus, Wiesinger hätte sich als Drogenkurier betätigen können. Mir wurde klar, dass ich dazu dringend das Wissen und die Meinung der Polizei und das Ergebnis der Veranstaltung bei den Kleins abwarten musste. Im Geiste flehte ich darum, Wiesinger möge Gammelfleisch oder Hehlerware oder Ähnliches transportiert haben. Bei dem Gedanken an Drogenschmuggel verkrampfte sich nämlich erneut mein Magen.

Nach dem Frühstück räumten wir gemeinsam auf. Ich hatte bereits meine Tasche gepackt in der Hand. Bei der herzlichen Verabschiedung wies Monika wie nebenbei darauf hin, dass sie erst wieder am Donnerstag vor dem Frühstück kommen werde.

»Dann essen wir zwei mit allen deinen Leibwächtern heute Abend bei mir zu Hause Pizza!«, schlug Helga vor und ergänzte wie nebenbei. »Ich will nämlich nicht so kurz vor meiner Scheidung den ersten Ehebruch begehen!«

Es gab einige Überraschte in der Runde, ich freute mich kurz aber intensiv auf Griechenland.

Noras gelbes Alpha-Romeo-Coupé, »ein Geschenk von Wilhelm Fleischmann«, stand bereits auf der Forststraße vor der Zufahrt zum Weiher. Joe händigte mir aus seinem Rucksack ein kleines Sprechfunkgerät aus und erklärte mir die Funktion. Das Polizeiauto und alle vier Leibwächter hätten das gleiche Gerät und ebenso unsere besondere Schutztruppe. Letztere werde sich irgendwann in diesen Tagen selbst vorstellen. Ich verstand zwar nicht, was mit der »Schutztruppe« gemeint war, meldete aber unsere Ankunft brav über Funk, wobei in der Tat viermal hintereinander ein »Roger« aus meinem Apparat ertönte. Da Joe in meiner Gegenwart das fünfte »Roger« in sein Gerät sprach, hatte das mit der »Schutztruppe« also doch einen realen Hintergrund. Ich holte Revolver und Badetasche aus meinem Auto, Joe wünschte mir mit Pokerface einen »schönen Tag«, trug mir auf, mich jede Stunde zu melden und ich marschierte Richtung Weiher. Schon nach wenigen Schritten wurde ich von einem lauten Gebell empfangen. Nora hatte also ihre »Lola« mitgebracht, eine halbhohe, struppige schwarze Mischlingshündin, die mich kurz darauf stürmisch begrüßte.

Nora selber stand, nackt und geschminkt, auf einer »Bühne« aus Obstkisten, hatte ein Mikro in der Hand und legte einen Finger an die Lippen. Lola unterbrach sofort die Begrüßung und Nora sang, verstärkt über eine tragbare Kleinanlage mit Batteriebetrieb: »Wenn der Sommer nicht mehr weit ist ...«, meinen Lieblingssong von Konstantin Wecker. Ich hatte ihr bei unserem kurzen Tanz in der EVA von meinem letzten Besuch eines Weckerkonzertes erzählt. Als sie fertig war, klatschte ich stürmisch Beifall, während Lola wieder bellte. Es gab für mich einen Tochterkuss, einen gekühlten Johannisbeersaft und fast eine Stunde ein weiteres Dietrich-Knef-Alexandra-Programm. Ich lag in der Badehose auf der Decke und überlegte kurz, ob ich mich nicht doch zwecks Ersäufen ins Wasser stürzen sollte. Die Einladung zum Pizza-Essen für heute Abend hielt mich definitiv davon ab. Völlig außer mir war ich dann, als Nora anfing, auch noch auf Griechisch Lieder aus den Programmen von Maria Farantouri und George Dalaras zu singen. Als

Nora fertig war, stürzte ich auf sie zu und drückte sie, Schminke hin oder her.

»Mein erster Liebhaber und väterlicher Freund war ein griechischer Zigeuner und Direktor eines Wanderzirkus. Daher mein Griechisch und meine Gesangskunst. Wir haben in den Pausen der Vorstellungen, wenn es gepasst hat, Musikeinlagen geboten. Er begleitete mich dabei auf seiner Geige. Wir hatten auch jiddische Stücke im Angebot!«, erklärte Nora, stieg nochmals auf die Waldbühne und sang ein trauriges Lied auf Jiddisch, das zwischendurch unvermittelt in reinste Lebenslust umschlug.

Am Funkgerät meldete sich Joe besorgt mit: »Alles Roger?« Ich hatte in meiner Faszination schlicht vergessen, mich pünktlich zu melden. Also gab ich Entwarnung und schob eine Entschuldigung hinterher. Nora und Lola kamen zu mir auf die Decke. Und da Nora schon am Erzählen war, berichtete sie mir offenbar aus einem inneren Bedürfnis heraus von ihrem Leben. Aufgewachsen war sie im fränkisch-schwäbischen Feuchtwangen als einzige Tochter eines Straßenarbeiters. Daher also der leichte schwäbische Zungenschlag! Vater und Mutter sparten sich das Geld vom Munde ab, um ihr den Besuch des Gymnasiums zu finanzieren. Kurz vor dem Abitur gastierte der Wanderzirkus in ihrer Heimatstadt. Sie verliebte sich in den besagten Direktor. Nora brach ihre Zelte ab und zog mit ihm durch Europa. Vater und Mutter waren entsetzt. Sie brachten allerdings die Größe auf, bis heute Kontakt zu ihrer Tochter zu halten. Außer Singen lernte Nora Reiten einschließlich Dressur, Schießen und Bodenakrobatik. Dazu »ein wenig« Seiltanzen.

»Costa war ein toller Mensch und lebte völlig in der Gegenwart, wir waren begeistert voneinander!«, erzählte Nora sichtlich bewegt.

»Und er starb nach guten zwei Jahren an Lungenkrebs! Vorher hatte er mir aber noch über einen Freund eine Kurzausbildung zum Bodyguard und die Stellung bei der bekannten Unternehmerin organisiert. Dort blieb ich drei Jahre, bis ich bei einem Barbesuch meiner Chefin deren Bekannten Wilhelm Fleischmann über den

Weg lief. Dieser besaß schon seine drei Lokale. Sein Selbstbewusstsein, sein Reichtum und seine Männlichkeit imponierten mir. Ich zog zu ihm, wenig später übernahm ich als Stellvertreterin die EVA, erhielt Gesangsunterricht bei einem Privatlehrer, habe inzwischen einen Karatetrainer, zwei Dienstboten und werde jetzt nach einem kurzen Bad mit einem sympathischen alten Mann gleich am Weiher ein Gelage feiern!«, schloss Nora ihren Kurzbericht.

Also gingen wir mit Lola in dem für mich eiskalten Wasser eine Runde schwimmen. Nora mit ihrem erhobenen Kopf in ihrem Bemühen, ihre Schminke zu schützen, erinnerte mich dabei an eine Wasserschlange auf Beutejagd. Ich meldete mich diesmal pünktlich bei unserer Schutztruppe mit einem »Alles Roger!« und danach gab es Kaviar-, Ei- und Lachsbrote, Pasteten und Käse aus Frankreich, Weintrauben und als Kontrastprogramm Geräuchertes aus Niederbayern. Ich durfte wählen zischen einem leichten Rotwein und meinem geliebten Johannisbeersaft und entschied mich erst für ein Glas Wein und dann für den Saft. Irgendwann kam uns mein Revolver in die Quere und Nora führe mir einige Tricks aus ihrer Leibwächterausbildung vor. Einer davon war, bei Bedrohung mit der Waffe durch einen Gegner aus dem Stand nach rechts eine Bewegung andeuten, sich aber nach links hinwerfen und schießen. »Dies war die Nummer 12, wir mussten sie auf Zuruf der Nummer tausend Mal üben!«, erzählte sie mir. Mein Nachahmungsversuch war eher kläglich, dafür schlug ich mir das Knie auf und wurde fachgerecht verarztet.

Dann wollte Nora die versprochene Geschichte hören. Wir benötigten diesmal über eine Stunde. Ich erzählte von meinen Großeltern eine neue »Räuberpistole« aus ihren reiferen Jahren. Dazu erfand ich einen Holzschuppen, den es sicher auch irgendwo gegeben hatte. Ich erfand auch eine treue Seele »Toni«, ein männliches »Mädchen für alles«, der mit Familienanschluss auf der Mühle lebte. Dieser erfundene Toni hatte sein Leben lang keinen Geschlechtsverkehr gehabt und gestand dies meiner Großmutter als der Person, die er von allen Menschen am meisten verehrte. Ich fantasierte auf der Grundlage von Informationen meiner Onkel und Tanten auch einen Großvater, dem die Arbeit auf der Mühle oft über den Kopf gewachsen war. Und der sich dann in dem besagten Holzschuppen hinter einer Wand aus gehacktem Holz stundenlang versteckt hatte, vor sich hin träumte, seinen Erfindungen nachhing, mit seinen Zehen spielte oder einfach schlief. Während sich an der Mühle die Fuhrwerke und die fluchenden Bauern stauten. Und just in diesen Holzschuppen folgte wie ein Hund Toni meiner Großmutter. Und just in diesem Holzschuppen hob meine Großmutter für ihn aus Mitleid ein einziges Mal ihren Rock. Mein Großvater hinter seiner Holzwand zerbiss sich fast den Arm. An diesem Tag blieb er bis abends verschwunden. Irgendwann hüpfte er in der Dämmerung auf der Wiese zum Bach auf und ab und kam mit einem großen, selbst gepflückten Blumenstrauß für seine Frau zurück ins Haus. Und so untauglich mein Großvater als Mühlenbesitzer auch sein mochte, meine Großmutter – so mein Abschluss – habe bis zu ihrem Lebensende immer behauptet, sie hätte einen wunderbaren Mann.

Nora war eine fantastische Zuhörerin, kaum hatte ich geendet, hatte ich die Hälfte ihrer Schminke im Gesicht. Sie hing an meinem Hals und diese coole Frau weinte sogar ein wenig. Ich begriff allmählich: »Dein Zigeuner konnte auch Geschichten erfinden!?«

Sie nickte nur und wir zogen uns beide in unsere Erinnerungen, unsere Welten und was zumindest mich anging, auch Hoffnungen zurück. Irgendwann sang Nora nochmals »Wenn der Sommer nicht mehr weit ist ...«, leise, inbrünstig und nur für uns zwei. Wir zwei hatten uns eine tolle Situation inszeniert, ich war erfüllt von Dankbarkeit.

Zum Abschluss wollte Nora noch wissen, was denn Monika mit ihrem Gerede von ihrer Schwesternschaft gemeint hätte. Mir wurde es allmählich peinlich, meiner zweiten Tochter aber war ich eine Erklärung schuldig. Dafür erhielt ich in einer heftigen Umarmung den Rest der Schminke übertragen und den Titel »Zusatzvater«, da

Noras wirklicher Vater ja noch am Leben war. Danach packten wir unter freudigem Gekläff von Lola zusammen und meldeten der Schutztruppe unseren Abmarsch. Als wir bei den Autos angekommen waren, fuhr auch schon Joe auf seinem Motorrad vor und bewachte unsere Abfahrt. Wir vereinbarten, morgen um 11 Uhr auszureiten. Ich rief bei Susi an und erhielt sofort eine Zusage für zwei Pferde. Danach küsste ich Nora auf die Wange und sie fuhr winkend weg. Wir gaben den Wachhabenden unseren Tagesplan für morgen durch und ich bedankte mich besonders bei den Polizisten. Kemal wollte bis zum Pizzaessen »bei den Pferden helfen«. Serkan und Mani dagegen hatten vor, kurz ihre Freundinnen zu besuchen. Dazu riefen sie einen Verwandten von Serkan an, der sie mit dem Auto abholte. Joe fuhr mit mir und legte sich auf der Terrasse mit seiner Waffe unterm Kopfkissen aufs Ohr. Ich selber saß daneben, las Zeitung, träumte vor mich hin und spielte wie mein erfundener Großvater mit meinen Zehen. Zwischendurch kommunizierte ich mit Anna-Sophie per Winken.

Um acht Uhr trafen wir fünf Männer uns bei Helga. Die Pizzen schmeckten gut, Helgas Salat und Nachspeise auch. Irgendwann kamen wir auf die Mühen der Partnerschaft zu sprechen und jeder sollte seine Vorstellung äußern. Kemals Freundin musste »Pferde mögen«, Joe wünschte sich einen »Kumpel«, Serkan und Mani, die Schlaumeier, solche Frauen wie ihre Freundinnen. Ich wollte jemand, der sich selber und auch mich akzeptieren konnte, so wie wir waren. Helga schloss sich dem begeistert an. Wir brachen relativ zeitlich auf. Kemal konnte bei den Kleins schlafen und morgens die Pferde versorgen, die beiden anderen wurden wieder mit dem Auto abgeholt und fuhren zu ihren Freundinnen. Joe wollte vor seiner Abreise »nichts anbrennen lassen« und schlief in meinem Wohnzimmer. Ich aber lag allein in meinem Bett und war etwas durch den Wind, was ich aber durchaus auch genießen konnte.

Joe und ich versuchten erst gar nicht, ein großartiges Frühstück zu inszenieren. Monika rief an, ich würde ihr »trotz allem« fehlen und »ich werde dir das alles nie vergessen!« Sie berichtete in Absprache mit Mike, dass auch die letzte scheinbare Spur in der »Nudelsache« bei dem Kunden in Deutschland gestern keinerlei Hinweise auf Unregelmäßigkeiten gebracht hatte. Das Team war der Meinung, wir könnten die »Nudelsache« von der Ermittlungsliste streichen. Mir war es recht und wir freuten uns beide auf ein Wiedersehen.

Ich erreichte in Joes Begleitung noch vor 11 Uhr den Hof der Kleins, alle anderen waren ebenfalls bereits eingetroffen. Nora zeigte sich entgegen meiner Befürchtung nicht nackt, sondern steckte, geschminkt natürlich, in einer schicken Reitkleidung mit Helm. Sie war gut gelaunt und man merkte ihr die Vorfreude an. Der Tochterkuss fiel verhältnismäßig lang aus. Susi brauchte mich nach dem Vorfall am Sonntag nicht dazu zu überreden, diesmal auch einen dick gepolsterten Helm zu tragen. Kemal verwies stolz darauf, dass er unter Susis Aufsicht beide Pferde geputzt und gesattelt hatte. Mir erzählte er auch noch mit Verschwörermiene von seinem ersten angeleiteten Reitversuch heute in aller Frühe. Natürlich war der »echt krass!« gewesen. Ich freute mich mit ihm. Joe und die Polizisten vereinbarten einen Sicherheitsplan für unseren Ritt – Joe und Serkan mit dem Motorrad vorweg, das Polizeiauto, diesmal ein Geländewagen, hinter uns. Mani und Kemal hatten an ihren Funkgeräten Bereitschaft und durften am Hof bleiben.

Und dann ging es auch schon ab in den niederbayerischen Spätvormittag. Die neue Tour führte auf Feld- und Gemeindestraßen direkt weg vom Sulzbachtal durch mehrere Nebentäler. Nora ritt eine dunkelbraune Araberstute, etwas nervig, aber wunderschön gebaut und enorm ausdauernd. Nora erfasste bereits nach den ersten hundert Metern jene rauschhafte Hochstimmung, die für mich der Grund war, warum ich auf meine alten Tage nicht von dieser Freizeitbeschäftigung lassen konnte. Es wurde ein toller, ein gelungener Ritt trotz unserer Leibgarde vor uns und hinter uns.

Napoleon hatte übrigens das Erlebnis vom Sonntag gut verdaut. Nebenbei war er damit beschäftig, das Tempo der flotten Araberin mitzuhalten. Wir kamen verschwitzt und glücklich zurück.

Kemal half Nora und Susi bei der Versorgung der Pferde. Ich erhielt nämlich zur gleichen Zeit einen Anruf des Hauptkommissars. Zu dem Anschlag am Sonntag gab es fast nichts Neues. Es war nicht ganz auszuschließen, dass der »Ausländer« in diesem Falle identisch war mit einem derjenigen Männer, die den »Steinwurf« in Auftrag gegeben hatten. Die Phantomzeichnungen ließen das vermuten. Ich berichtete im Gegenzug in Kurzform von unserem Besuch in der EVA und vor allem bei Fleischmann. Der Hauptkommissar brummte nur, meinte dann aber, was die Drogen angehe, sei Niederbayern keineswegs so unberührt, wie Fleischmann es dargestellt habe. Er werde bis Donnerstagabend darüber nachdenken. Und dann wünschte er mir einen »wundervollen Tag am Weiher«. Im Augenblick übertreffe der Sicherheitsaufwand für meine Person übrigens den für den bayerischen Regierungschef. Mir tat der Regierungschef entsprechend leid. Ich lobte gebührend die nette Streife, die »zufällig« in unserer Gegend war, und ließ zum Schluss Kommissar Steininger herzlich grüßen.

Der nächste Programmpunkt war das Picknick am Weiher. Ich allein mit der nackten Nora, der »Sicherheitsaufwand« irgendwo im Gebüsch oder auf Patrouille unterwegs. Ohne Vorwarnung hörte Nora plötzlich mit dem Kauen auf.

»Fleischmann hat sich in den letzten Jahren stark verändert, musst du wissen. Er ist irgendwie brutaler geworden, er wirkt manchmal wie ... wie ein Krimineller. Ich kann es nicht begründen, aber ich habe immer häufiger richtiggehend Angst vor ihm. Und die Geschäftspartner, die ihn besuchen, gefallen mir immer weniger. Ich möchte ihn verlassen, ich weiß bloß noch nicht wie!«, sagte sie. »Vielleicht gründet dein Joe eine Sicherheitsfirma und braucht einen weiblichen Personenschützer. Du könntest ja mit ihm reden. Aber bitte nur unter dem Siegel größter Verschwiegenheit. Ich denke,

Fleischmann würde sonst ausrasten!«

Ich war überrascht und versprach ihr gerne, diesen Wunsch zu erfüllen. Wir aßen schweigend weiter, bis Nora nachschob:

»Bis vor drei oder vier Wochen war ich wie alle, die ich kenne, der Meinung, dass Wilhelm nur die drei soliden Bars besitze, über deren Rechtschaffenheit er jedermann erzählt. Aber bei meinem letzten Gespräch mit seiner Exfrau erfuhr ich, dass er durch Strohmänner kräftig noch an ganz anderen Clubs beteiligt ist, unter anderem an dem XXL in München, der einen eher gegenteiligen Ruf hat.« Und nach einer Pause: »Und einen Stiefsohn, der an Drogen gestorben ist, hatte er angeblich auch nicht!«

Ich musste das alles erst einordnen. »Nora, warum erzählst du mir das alles. Du weißt schon, wenn das stimmt, ist sowohl dein Wissen als auch dein Erzählen für dich nicht ungefährlich!«

»Ich weiß es, aber ich musste das loswerden. Costas hat immer gesagt, ›Bärbel‹ – so ist mein richtiger Name – ›halt dich fern von Kriminellen. Es gibt so viel Schönes auf der Welt!‹ Ich will Costas und mich nicht verraten!«

Nach einer langen Pause kam unvermittelt ein Furcht einflößender Gedanke in mir hoch: »Nora, bist du sicher, dass Fleischmann kein Abhörteil irgendwo in deinen Sachen versteckt hat!?«

Nora/Bärbel lächelte. »Ganz sicher, das Aufspüren von ›Wanzen‹ und dergleichen gehörte zu meiner Tätigkeit als Bodyguard. Ich habe jeden Zentimeter durchsucht, die Tasche im letzten Moment gewechselt und was man alles so macht! Aber jetzt habe ich Lust auf Singen, nach deiner Geschichte gestern hast du das doppelt verdient!«

Das heutige Programm umfasste zuerst einen ganzen Block jiddischer und einige griechische Lieder, aufgewertet durch Tanzeinlagen nackt auf Waldboden, dann wieder Dietrich-Knef-Alexandra und als Abschluss Wecker. Neben meinem: »Wenn der Sommer nicht mehr weit ist ...« eine ganze Reihe irrer Liebeslieder, auf die sich dieser Saftmensch hervorragend verstand. Nora war einfach große Klasse, ich nahm mir vor, sie mit einer besonders schönen

Geschichte zu belohnen. Und diesmal solle es eine Geschichte ohne Sex sein, sonst musste ich befürchten, als Zusatzvater in Verruf zu kommen. Allerdings kam mir zunächst unsere »besondere Schutztruppe« dazwischen und es wurde noch einmal sehr erotisch.

Der umsichtige Joe hatte mich kurz vorher auf dem Handy angerufen und mitgeteilt, dass »in wenigen Minuten eine Überraschung aus dem Busch kommen« würde. Diese Überraschung bestand aus einem ganzen Rudel Soldaten mit geschwärzten Gesichtern und Gebüschteilen in den Helmen, das sich nach und nach aus dem Unterholz löste. Angeführt wurden sie von einem Hauptmann von Seidlein, der zackig seine Truppe von achtzehn Mann meldete. Dabei konnte er nur mit Mühe sein Lachen unter Kontrolle halten. Sie waren eine Spezialeinheit, der früher Joe einmal angehört hatte. Augenblicklich übten sie »weiträumiges Sichern eines Geländes mit zu schützendem Mittelpunkt«. Und mit Blick auf die nackte Nora, die gelassen und lächelnd die Männerschar betrachtete, klärte er uns auf:

»Der zu schützende Mittelpunkt sind im Augenblick zufällig Sie beide!«

Er räusperte sich und fragte dann tatsächlich etwas verlegen und zugleich belustigt.

»Denken Sie, es wäre möglich, dass die Dame sich etwas, na ja, verhüllen könnte?!«

»Vorerst nicht«, antwortete die Dame und gurrte dann: »Glauben Sie, Herr Hauptmann, dass Sie mir einen Kindheitstraum erfüllen könnten, wenn ich lieb darum bitte?«

»Versuchen Sie es!«, ermunterte er die demütige Nora.

»Ich wollte immer schon einmal eine kleine Gruppe von Soldaten in Unterhosen kommandieren!«

Auf Hauptmann von Seidleins Gesicht wollte wieder ein Lachen nach oben kommen. »Männer, ihr habt gehört, gibt es Freiwillige!?«

Achtzehn Männerstimmen formten ein kräftiges »Hier!«

»Fünf Mann müssen leider den Platz sichern. Das trifft unsere Unterführer. Bitte ernsthaft Wache halten!«

Fünf Enttäuschte verschwanden im Unterholz. Der Rest entledigte sich auf Noras Geheiß Mann für Mann des Kampfanzuges und trat in Reih und Glied in Unterhosen vor der nackten Kommandantin an.

»Männer, ihr alle müsst jetzt meinen nackten Körper anblicken. Blicke marsch!«, befahl diese in ihrem besten Erotiksound. Und Nora bewegte diesen Körper auf eine laszive Art und Weise, dass Hauptmann von Seidlein neben mir zischend die Luft ausstieß.

»Und jetzt die Unterhosen ausziehen und wieder antreten!«, befahl Nora völlig überraschend. Und Militär gehorchte.

»Hauptmann von Seidlein, melde gehorsamst, die Männer stehen!«, salutierte Nora zum Abschluss.

Der musste nun laut loslachen, sonst wäre er wahrscheinlich geplatzt. »Danke Unterführerin Nora. Männer wegtreten zum Abkühlen im Wasser!«

Die »Männer« brüllten aus Leibeskräften, wie eine Schulklasse auf Badeausflug. Nora zog sich einen äußerst kurzen, hauchdünnen Umhang über. Bis unserer Buschkämpfer trocken waren, gab es einen zweiten Teil des Musikprogramms vor hingerissenem Publikum. Hauptmann von Seidlein vergaß dabei nicht, die Wachhabenden auszuwechseln. Bevor die Truppe wieder im Busch ihrer Arbeit nachging und Sicherheitsvorkehrung übte, wurden sie von Nora alle zusammen in die EVA eingeladen:

»Eintritt, ein Getränk und ein Essen frei!«

Ich hatte vorher einen Zuschuss aus meinem AW-Konto mit ihr vereinbart.

Kaum war die Weiherlichtung soldatenfrei, zog Nora ihren Umhang aus und erinnerte mich, dass meine Geschichte noch fällig wäre. Ich selber hatte trotz der eben erlebten Vorführung nicht vergessen, dass diese »sexfrei« geplant war. Also dichtete ich meinem Großvater eine große Leidenschaft für den Zirkus und vor allem für Clowns an. Und weil er gegenüber einem befreundeten Direktor eines Wanderzirkus dessen Clown als »Flasche« bezeichnet hatte, kam es mit diesem in meiner Geschichte zu einem heftigen Disput.

Im Verlauf dieses Streitgespräches behauptete mein Großvater nach einer Provokation des Direktors, er selbst könne das sehr wohl besser. Da der echte Clown sich wenig später beim Aufstellen des Zeltes den Fuß gebrochen hatte und der Zirkusdirektor den großsprecherischen Müller auch gern blamiert hätte, forderte er meinen Großvater auf, seine Behauptung in der nächsten Vorstellung in Pfarrkirchen zu beweisen.

Mein Großvater kam in große Schwierigkeiten, übte alle möglichen Nummern ein und war am Ende deprimiert und ratlos. Aber er stand zu seinem Wort und radelte am vereinbarten Tag in der Sommerhitze nach Pfarrkirchen. Wahrscheinlich war es eine Pferdebremse, die den verschwitzten Mann verfolgte. In voller Fahrt den Berg hinab schlug mein Großvater nach dem lästigen Insekt, verriss seinen Lenker und stürzte auf die Sandstraße. Seine gute Hose war zerrissen, seine Clownausstattung, vor allem eine Schachtel roher Eier, Wasser und Farbe, arg beschädigt und mein Großvater voller Wut. Als die Pferdebremse auch noch die hilflose Lage des Gestürzten ausnutzen wollte und zum Angriff überging, rastete mein Großvater aus. Er riss sich einen Schuh vom Fuß, schlug wild um sich, stürzte beim Aufstehen über sein zerbeultes Fahrrad und hetzte dem erschrocken fliehenden Insekt hinterher. Und dann blieb er plötzlich wie angewurzelt stehen und strahlte über das ganze Gesicht. Er hatte seine Nummer gefunden!

Er kam etwas zu spät zu seinem Auftritt und betrat quasi über den Hintereingang die Manege, bekam fürchterliche Angst und wollte fliehen. Die Hilfskräfte des Zirkus fingen den Zappelnden aber ein, das Publikum brüllte vor Lachen. Da wurde mein Großvater ruhig, schlich sein Fahrrad schiebend durch die Manege und wurde von einer unsichtbaren Pferdebremse attackiert. Er fiel im Abwehrkampf über sein Fahrrad, zerbeulte und zerquetschte den Rest seiner Ausrüstung, lag im Sand. Und er wurde erneut angegriffen, bekam seinen Wutanfall, zog den Schuh aus und hetzte quer durch den Zirkus hinter der fiktiven Pferdebremse her. Diese setzte sich einmal auf die Glatze des Herrn Hochwürden, ein andermal auf das Mieder einer drallen Bauerndirn. Als der Großvater außer Atem war und die Leute fast erschöpft vor Lachen, hatte er anscheinend eine tolle Idee. Er ging zurück in die Manege, sammelte mit der Hand Pferdeäpfel ein (machte zwischendurch Anstalten, davon abzubeißen!), legte diese mitten in die Manege und legte sich selbst mit dem Schuh in der Hand in den Sand auf die Lauer. Die fiktive Pferdebremse kam angeflogen, Großvater schlug zu – und war erfolgreich. Und jetzt wurde es erst genial: er veranstaltete zuerst eine Art Kriegstanz um die fiktive tote Bremse, nahm sie dann plötzlich als totes Lebewesen wahr, wollte sie wach kitzeln, zuletzt Mund zu Mund beatmen.

Als das fiktive Tier tot blieb, überkam ihn eine große Bestürzung. Er fing an zu schluchzen und nahm nach Haareraufen, Augenwischen und Schniefen weinend eine wiederum fiktive Bremsenbeerdigung vor. Dabei wurde ihm das Spiel zunehmend zum Ernst. Er beweinte zuerst die Bremse, dann das fast bestürzt schweigende Publikum, dann sich selber und dann die ganze Welt. Und er schluchzte und heulte, ging immer wieder vor der beerdigten Bremse in die Knie, suchte seine sieben Sachen zusammen und verließ am Ende schluchzend, sein zerbeultes Fahrrad hinter sich herziehend, das Zirkusrund. Es war absolut still in der Manege, Großvater wachte auf, war bis ins Innere erschrocken und glaubte, alles verdorben zu haben. Als er vorsichtig noch einmal in die Manege lugte, brandeten nicht endend wollend Beifall und Gejohle auf.

Und während im Zirkus ein älterer Mann und eine junge, wunderbare Frau traurige jiddische Lieder sangen und spielten, die immer wieder in Lebensfreude umschlugen, setzte sich mein Großvater auf einen Abhang und blickte über die Hügel des Rottales in die Ferne. Der Zirkusdirektor kam nach und setzte sich zu ihm. Und nach langem Schweigen und Seufzen sagte er: »Müller, du bist wirklich besser als mein Clown!«

Und dann hing Nora wieder an meinem Hals und weinte ein paar Takte. Damit das nicht entgleiste, gingen wir ins kalte Wasser, packten danach unsere Sachen, meldeten uns ab und verließen die Weiherlichtung. Wir vereinbarten für unseren letzten Urlaubstag wieder ein Treffen um 11 Uhr. Serkan und Mani mussten mit Joe mit zu meinem Büro. Er wollte mit beiden noch »Objektschutz« trainieren, da sie in seiner Abwesenheit in der Wohnung im ersten Stock schlafen und nachts mein Haus und den Garten mehrmals kontrollieren sollten. Kemal durfte bei den Pferden bleiben und sich die Grundkenntnisse für die Sicherungs-Aufgabe von den anderen beiden zeigen lassen. Während die Ausbildung lief, kreierte ich Pfannkuchen mit Gemüse- und Salatfüllung. Alternativ gab es noch solche mit Marmelade oder Schokoladencreme. Es wurde ein herrliches Männergelage. Nachdem ich Joe zum Schweigen verpflichtet hatte, erzählte ich ihm von Noras Bericht und gab auch ihren Wunsch weiter. Er nahm sich vor, darüber nachzudenken und einmal mit ihr zu sprechen. In der Nacht schlief er dann wie am Tag zuvor, vorerst ein letztes Mal, im Wohnzimmer und ging nachts seine Runden. Ich lag im Bett und fing an, zu überdenken, was ich alles erlebt hatte. Konstantin Wecker hatte von einem »fetten Leben« gesungen, das meine verdiente im Augenblick wahrscheinlich dieses Attribut. Schade, dass der bigotte Notar heute schon wieder zu Hause war. Mir war aber auch klar, dass ich wegen der neuen Informationen durch Nora morgen unbedingt den Hauptkommissar anrufen musste.

~

Ich wachte am Mittwoch früh auf und hatte Angst um Nora. Wenn Fleischmanns Tarnung als Betreiber »solider« Clubs einen dunklen oder gar kriminellen Zweck haben sollte, dann war er durch seine Exfrau ein Stück enttarnt worden. Auch Nora wurde für ihn zum Sicherheitsrisiko. Es konnte allerdings alles auch ganz anders sein. Jedenfalls hielt es mich nicht im Bett und nach einem wegen

Unkonzentriertheit missglückten Tai Chi-Versuch rief ich bei meinen Freunden von der Polizei an. Hauptkommissar Aichinger saß um halbacht bereits an seinem Schreibtisch. Seine erste Frage war:

»Ist etwas passiert?«

Ich konnte ihn zwar beruhigen, wollte aber am Telefon nicht über den Inhalt meiner neuen Information reden.

»Wie kann ich sicher sein, dass niemand unser Telefonat abhört?«, fragte ich ihn.

»Wie eilig ist es denn?«, war die Gegenfrage. »Ich denke, ich sollte Sie oder Kommissar Steininger heute im Verlauf des Tages noch sprechen!« »Nach ihrem Weiherausflug – ist es Ihnen um 19 Uhr in ihrem Büro recht?«

»Gerne!«, stimmte ich zu. Der Hauptkommissar druckste etwas herum und fragte dann, ob es möglich wäre, für zwei Personen eine Kleinigkeit zum Essen zu bekommen. Ich wollte eher etwas Lustiges sagen:

»Haus und Küche stehen für Freunde immer offen!«

Der Hauptkommissar antwortete aber nur mit einem schlichten: »Danke!«

Wenig später rief Monika an. Sie wolle nur hören, in welcher Gemütsverfassung ihr Papa sei. Ich verschwieg ihr meine Angst um Nora und sagte ihr nur, dass ich mich fürchterlich an sie gewöhnt hätte und mich trotzdem ungemein über ihre neue Chance freute. Und dann erzählte ich ihr noch von Noras Bravourstück als Kommandierende von Soldaten in Unterhosen. Monika musste lauthals lachen. Nachdem ich zweimal hintereinander den Vorgang geschildert hatte, meinte Monika, sie müsse unbedingt ihre neue Schwester besser kennen lernen. Die nicht ganz ernst gemeinte Einladung, heute nachmittags an den Weiher zu kommen, schlug sie allerdings aus. Noch sei die Gefahr, dass sie sich gegenseitig die Augen auskratzen könnten, nicht aus der Welt. Allerdings versprach sie mir, für meine Geheimkonferenz mit der Polizei für Essen zu sorgen. Sie gehe mit Mike zum Tanzen und könne locker vorher kochen. Wie würde doch Ego-Alfons sagen: »Ein braves Mädchen!«

Joe kam von einem seiner Rundgänge zurück und hatte einen genauen Plan für seine »Türken-Gang« ausgearbeitet, wie sie nachts das Objekt »Ermittler-Haus« zu bewachen hatten. Er habe Serkan zu seinem »Stellvertreter« ernannt, da er für diesen Job am besten geeignet sei. Da Joe noch kurz auf der Terrasse trainieren wollte, kam ich dann doch zu positiv verlaufenden Tai Chi-Übungen. Nach einem kargen Müslifrühstück fuhren wir zum Weiher.

Wir waren vor Nora da, Joe und seine Mannen inspizierten vor mir die Weiherlichtung. Joe rief mir plötzlich zu, ich möge am Auto bleiben und verständigte nach weiteren Erkundungen über Funk die Polizisten. Vor dem Weiherufer, an dem Nora und ich bisher unsere Zeit verbracht hätten, stehe ein Schild mit der Aufschrift: »Dies ist Mein Kampf!«, was immer das bedeuten möge. Die Polizisten kamen in ihrem Geländewagen angebraust und sperrten zunächst unseren Urlaubsort weiträumig ab. Nach Rücksprache mit dem Hauptkommissar wurde die Spurensicherung in Bewegung gesetzt, ebenso versprachen der Hauptkommissar und sein Assistent, kurz vorbei zu kommen.

Nora stieg erwartungsfroh aus ihrem gelben Flitzer. Sie fand dann aber, der Sicherheitsaufwand sei heute vielleicht doch etwas hoch, bis sie den Grund dafür erfuhr. Zuletzt erschienen noch Hauptmann von Seidlein und seine Mannen, die vor allem Nora ehrfürchtig begrüßten. Sie postierten in Absprache mit der Polizei in gebührendem Abstand um den Weiher Soldaten zur Sicherung. Nora und ich standen etwas ratlos herum. Nachdem die Arbeit der Polizei sicher Stunden dauern würde, war unser letzter Urlaubstag zumindest in der geplanten Form wohl gelaufen. Völlig erstaunt waren wir, als noch vor der Polizeiführung und der Spurensicherung Fritz Jung samt Fotografen mit seinem Opel auf der Forststraße angerast kam.

»Die Redaktion hat einen anonymen Anruf bekommen, bei dem versprochen wurde, an der Wasserversorgung und ihrem Weiher gäbe es etwas zu sehen. Der Anrufer hatte einen ausländischen Akzent. Bin ich froh, dass ihr beide heil herumsteht!«, meinte er an uns gewandt. »Was ist denn passiert?«

Ich informierte ihn und er konnte seine Enttäuschung kaum verbergen.

Aichinger und Steininger, die ebenfalls ziemlich schnell die Kiesstraße herauf gefahren waren, nahmen den Vorfall anscheinend ernster. Sie wiesen die zwei Mann der Spurensicherung, die in einem VW-Bus hinterher kamen, an darauf zu achten, ob das Schild nicht Auslöser für eine Bombe oder Ähnliches wäre. Die Männer waren leicht verschnupft, weil sie das als Zweifel an ihrer Kompetenz interpretierten. Aichinger legte dem älteren begütigend die Hand auf die Schulter.

»Ich brauche euch noch länger!«

Nora und ich setzten uns in ihren gelben Flitzer und verfolgten die Arbeit der Spurensicherungs-Profis von dort aus mit Interesse. Diese riefen dem Hauptkommissar und Kommissar Steininger, die am Rande der Absperrung warteten, ihre neuen Entdeckungen zu. Sie fanden »gut erhaltene« Abdrücke von einem Paar Gummistiefeln. Der Träger habe offensichtlich das Schild eingegraben. Zusätzlich war er auch direkt am Rande des Wassers zugange gewesen.

»Vielleicht hat er sein Werkzeug abgewaschen oder den Mond betrachtet!«, meinte der wieder versöhnte Senior des Teams. Sie befestigten vorsichtig eine Nylonschnur um den Schaft des Schildes, alle mussten hinter die Absperrung zurücktreten. Von dort aus zogen sie an der Schnur. Nach mehreren Versuchen fiel das Schild um, ohne dass etwas passierte. Sie warteten noch ein paar Minuten und dann ging der ältere Beamte mit Handschuhen ausgestattet zum Schild und hob es auf. Er begutachtete den Schaft und rief dem Hauptkommissar zu, das Schild sei »sauber«. Da ich Hunger verspürte, blickte ich auf meine Uhr. Es war genau 12 Uhr.

Und dann gab es eine gewaltige Explosion mitten im Weiher. Eine meterhohe Fontäne schoss empor, eine Druckwelle schleuderte den Beamten mit dem Schild, aber auch Aichinger, Steininger und einen weiteren Polizisten ins Gras. Mit einer kurzen Verzögerung wurden sie dann noch mit einer Sturzflut von oben übergossen. Die Soldaten, aber auch Joe und meine weiter hinten stehenden Sicherheitsleute hatten sich auf den Boden geworfen. Nora und ich hatten uns instinktiv in die Sitze geduckt. Der Hauptkommissar rappelte sich als Erster in eine Sitzhaltung auf und erkundete sich prustend bei den andern am Boden, ob alle in Ordnung wären. Er bekam nacheinander positive Rückmeldung, wobei Steininger als Erster einen Fluch hinterher schickte. Der Beamte mit dem Schild versicherte, offensichtlich leicht geschockt, er habe ganz bestimmt nichts übersehen. Ich rief Aichinger zu, die Explosion habe sich Punkt 12 Uhr ereignet.

»Ein Zeitzünder also! Welcher irre Kindskopf treibt denn da seine Spielchen mit uns!«, fragte er mehr sich selbst. Dann rappelte er sich ganz auf und mit ihm seine Mitarbeiter und gab Anweisungen. Die Soldaten sollten bitte den Wald ringsum weitläufig durchkämmen, ob nicht irgendetwas Verdächtiges zu finden sei. Steininger musste Polizeitaucher anfordern und der Fotograf möge endlich Bilder schießen. Schließlich solle der Bürger sehen, wie die unterbezahlte Polizei unter Einsatz von Leib und Leben für Sicherheit sorge. Die zu schützenden Subjekte, Nora und ich also, möchten doch samt Leibwache zu den Kleins fahren und um Asyl bitten. Dort habe sich bitte auch die Presse einzufinden, um ein Interview von der tapferen Polizei und dem Ermittler aufzunehmen. Bevor ich mich mit meinem Tross in Bewegung setzte, fragte ich meine Freunde von der Polizei, ob sie auch wirklich nicht verletzt seien. Aichinger konnte schon wieder lächeln.

»Wenn die Explosion nicht tief unter Wasser stattgefunden hätte, könnten wir jetzt alle zusammen in Frührente gehen. Allerdings ohne Gehör, was die Freude darüber ziemlich trüben würde!«

Susi hatte die Explosion gehört, hatte sogar Wasser über die Baumwipfel aufspritzen sehen und war sehr besorgt gewesen. Wir lagerten mit ihrer Erlaubnis im Schatten eines großen Birnbaumes und teilten unser Picknick mit der Wachmannschaft. Danach zog sich diese diskret zurück. Joe fand die Situation wesentlich übersichtlicher als am Weiher und deswegen durfte Kemal auch Herrn Schwab dabei helfen, mit dem Traktor Stroh einzufahren. Susi bezeichnete Kemal übrigens als »Volltreffer«.

Ich kam endlich dazu, Nora zu sagen, warum ich Angst um sie hatte. Sie wiegte ihren Kopf, in ihrem Bikini kam sie mir fast zu angezogen vor. Sie könne im Augenblick nicht mehr machen, als auf der Hut zu sein und dort, wo es gehe, Vorkehrungen zu treffen, meinte sie. Und ich horchte wieder einmal dieser Stimme nach, die ich wohl nie vergessen werde. Ich schlug ihr vor, jetzt mit Joe zu sprechen. Sie war einverstanden. Ich ging zu Joe, der unter einem nahen Baum saß und eine Art Maschinenpistole auf den Knien hielt. Wir wechselten die Positionen, Serkan hatte einen riesengroßen Trommelrevolver in Händen und sicherte intensiv meine Person. Ich musste eingeschlafen sein, denn Nora kam irgendwann mit ihrer Decke zu mir und sang mir leise ein jiddisches Wiegenlied. Ich sagte ihr, dass sie eine tolle Tochter sei und gut auf sich aufpassen möge.

»Und jetzt erzählst du mir bitte noch eine Geschichte, die von gestern war ja regelrecht überirdisch!«, meinte sie. Welch Lob für den Sänger.

Diesmal hatte ich vor, meinen Großvater als älteren Mann sich unsterblich in eine junge Zigeunerin verlieben zu lassen. Und zu erzählen, wie er, nachdem er sich fast, aber nur fast, zum Affen hatte machen lassen, dieser Gefahr entgangen war. Die letzen Szenen hatte ich schon im Kopf. Großvater bringt der gnädig lächelnden Diva die von ihr eingeforderten teueren Geschenke an den Zigeunerwagen. Sie hatte ihm versprochen, er dürfe sie dann, seinem größten Wunsch gemäß, nackt sehen. Als sie ihn danach mit einer großzügigen Geste in den Wagen winkt, schüttelt er nur lächelnd den Kopf. Er wolle keine Frau sehen, die er gekauft habe, war seine Begründung. Und er fuhr mit seinem Einspänner nach Hause und vereinbarte mit Großmutter, am nächsten Tag die Drei-

Tage-Fahrt nach Straubing und von dort zu dem nahe gelegenen niederbayerischen Wallfahrtsort zu machen, die sie sich seit Jahren gewünscht hatte.

Ich konnte aber die Geschichte leider nicht mehr ausschmücken, da die Freunde von der Polizei mit Fritz Jung und dem Fotografen im Schlepptau auf der Bildfläche erschienen. Nora wurde nur kurz befragt, ob sie eine Erklärung für das Spektakel am Weiher habe. Sie verneinte kopfschüttelnd und ich begleitete sie danach zum Auto.

»Du musst mir bitte die ganze Geschichte ein andermal erzählen, versprichst du mir das?« Dafür gab es dann einen Tochterkuss auf die Wange und Nora/Bärbel fuhr winkend los.

Die Oberpolizisten legten sich zuerst einmal erschöpft ins Gras. Fritz Jung meldete vorsichtig an, dass er etwas unter Zeitdruck stünde. Um 16 Uhr eröffne nämlich Alfons Weinberger in Eggenfelden als Schirmherr eine Geflügelschau. Die Anwesenheit der Presse sei Pflicht. Allerdings habe er den größten Teil der Rede schon im Kasten, weil »Herr Weinberger sich zu wiederholen pflegt!« Der Hauptkommissar empfahl, erst einmal Fotos von den völlig erschöpften Polizisten im Gras zu machen.

»Aber bitte bevor diese sich auf die belegten Brote stürzen werden!«

Die fürsorgliche Susi hatte nämlich in der Zwischenzeit Sandwiches und Getränke für Polizei und Presse angeliefert. Nach etwa zehn Minuten gab dann Steininger den Stand der Ermittlungen bekannt. Das Schild sei handgemalt und handgefertigt, die Aufschrift »Das ist Mein Kampf!« mehrdeutig. Sie könnte mit der Großschreibung von »Mein« und damit seinem Bezug zum grauslichen Hitlerbestseller etwas mit der rechten Szene zu tun haben. Es könnte sich dabei aber auch um eine gewollte Verwirrungstaktik handeln. Oder die Inschrift gelte einem uns Unbekannten, der vor unerwünschter Einmischung gewarnt werde. Mit dem Fall Wiesinger dürfte die Inszenierung aber mit Sicherheit etwas zu tun haben. Der hochgegangene Explosivkörper stamme nach Aussagen der Polizeitaucher aus Marinebeständen. Mit dieser Waffe sollen normalerweise feindliche Klein-U-Boote und auch Taucher zum Auftauchen gezwungen werden. Wobei Taucher meistens bewusstlos würden, was in Kauf genommen werde. Der Unbekannte, es war den Spuren nach ein einzelner Täter, habe vor Ort den Zeitzünder eingestellt, die Abdeckkapsel wurde gefunden, und die Mine mit einem kleinen Schlauchboot in der Weihermitte versenkt. Das Schlauchboot, ebenfalls aus Marinebeständen, sei aufgeschlitzt samt Ruder von der Sondereinheit unter Hauptmann von Seidlein in einer nahen Kiesgrube entdeckt worden. Diese Sondereinheit sei übrigens rein zufällig auf einer Übung gewesen (!) und habe die Detonation mitbekommen. Abschließender Kommentar des leicht angeschlagenen Steiningers: »Es wird immer affiger!«

Fritz bat um einige Präzisierungen, was wir taktisch mit der Berichterstattung über den neuen Vorfall erreichen wollen. Ich schlug als Überschrift zu seinem Artikel vor: **»Rätselhafte Explosion am Urlaubsort des Ermittlers. Die am Tatort anwesende Kriminalpolizei entging nur durch Glück dem Anschlag. Polizei und Ermittler schließen einen geistesgestörten Trittbrettfahrer nicht aus!«** Mein Vorschlag erntete zunächst allgemeines Gelächter – und wurde dann als Provokation für den oder die Täter angenommen!

»Wenn das vorbei ist, musst du unbedingt für unsere Zeitung ermitteln. Unsere Auflagen, besonders der Straßenverkauf, sind letzte Woche in astronomische Höhen geklettert!«, kommentierte Fritz Jung und wischte sich die Lachtränen ab.

Anschließend diskutierten wir alle zusammen noch, wie wir die letzten Ereignisse tatsächlich bewerten sollten. Ein Anschlag auf Noras und mein Leben war es wohl nicht, da uns das Schild erwartungsgemäß von einem Bad im Weiher ferngehalten hätte.

»Irgendetwas Krankes, etwas Pubertäres ist da mit im Spiel!«, meinte der immer noch wütende Steininger. Er fühlte sich durch das letzte Ereignis offensichtlich gedemütigt. Ich erzählte die Fadentheorie von Hauptkommissar Nölle aus Görlitz.

»Irgendwann haben wir ein brauchbares Fadenende in Händen. Vielleicht habe ich ja so einen hoffnungsvollen Hinweis für die Polizei, leider wirklich nur für die Polizei!«, meinte ich und Fritz Jung verstand und zog, mit Blick auf die Uhr dankbar, mit seinem Fotografen Richtung Eggenfelden ab. Auch Joe verabschiedete sich »zwangsweise für die nächsten Tage«, was wir beide bedauerten.

»Vielleicht bricht sich ja der Expolitiker ein Bein, dann bin ich eher wieder da!«, meinte er und fuhr mit seinem Motorrad davon. Der Rest meiner Wachmannschaft unter Führung von Serkan besaß zwei Mopeds, einen von Joe zusammengestellten großen Sack mit Ausrüstung und war hoch motiviert. Ich gab ihnen für eine Stunde frei, Kemal verschwand im Stall, die beiden anderen fuhren an den Weiher zum »Gucken«.

Ich erzählte den Polizisten, was ich von Nora erfahren hatte. Aichinger pfiff wieder einmal durch die Zähne und die Polizisten schwiegen eine Zeit lang.

»Ich weiß nicht, ob dieses Fadenende mit dem Fall Wiesinger zu tun hat, aber es führt auf alle Fälle weiter. Ich werde die Münchner Kollegen bitten, die Exfrau von Herrn Fleischmann aufzusuchen und uns die neuesten Erkenntnisse zum XXL-Club zu übermitteln. Dass dieser Club eine Drogen- und Spielerhochburg ist, wissen selbst wir in der Provinz!«, kommentierte der Hauptkommissar.

»Ihr Weiherurlaub hat sich hiermit eindeutig gelohnt!«, fügte er schmunzelnd hinzu.

»Und ihre Nora ist unter Umständen hochgradig in Gefahr!«, meinte Steininger. Sie sahen das also ähnlich wie ich. Die Polizisten versprachen, dieser Spur beschleunigt nachzugehen.

»Kramer, Sie sind ein Beziehungs-Ass!«, meinte Aichinger abschließend und ich lud, obwohl der eigentliche Anlass weggefallen war, meine beiden Polizeifreunde dennoch für den Abend zum Essen ein.

»Als arme Beamte wären wir so oder so gekommen!«, lachte Aichinger und Steininger nickte zustimmend. Ich trug Aichinger zum wiederholten Male Grüße an seinen Vater auf, den es im Ruhestand nach Italien verschlagen hatte. Die Polizisten wollten noch einmal einen Blick auf den Tatort werfen und dann zu einer »Einvernehmung« auf einen Bauerhof in der Nähe von Arnstorf fahren. Der vor einer Stunde von mir bestellte große Blumenstrauß wurde geliefert. Ich übergab ihn der fürsorglichen und jetzt strahlenden Susi und brach mit meiner Mannschaft auf. Kemal, der mit mir im Auto fuhr, roch etwas nach Pferd, was mich aber nicht störte.

Ich half den drei Wachmännern, die Wohnung über meinem Büro provisorisch als Dienstraum mit Ruhemöglichkeit einzurichten. Sie wollten sich selber verpflegen, weil »Moslems da etwas schwierig sind!«, meinte Mani. Monika kam bereits relativ früh, hatte groß eingekauft und fiel mir um den Hals. Sie musste genau wissen, was am Weiher vorgefallen war. Laut Gerücht sei die halbe Polizei Passaus in die Luft geflogen. Ich konnte sie beruhigen und sie stürzte sich mit Feuereifer in die Vorbereitung des Abendessens. Etwas später stellte ich ihr die drei Sicherheitsleute vor und Monika versorgte sie wenigstens mit Getränken und Grundnahrungsmitteln. Danach informierte ich die drei jungen Männer, dass wir morgen zur Vorbereitung der Veranstaltung bei den Kleins um 16 Uhr von hier aus starten würden. Nach ihrem letzten Rundgang um sechs Uhr früh könnten sie morgen das Haus verlassen. Serkan und Mani sollen mich dann direkt von hier abholen, Kemal könne uns bei den Kleins erwarten. Um 18.30 Uhr hätten sie alle eine Besprechung mit der Polizei, wie die Veranstaltung abzusichern sei.

Ich versuchte anschließend, meine Aufzeichnungen auf den neuesten Stand zu bringen. Danach verbrachte ich, zunächst zusammen mit Monika, einen entspannten und ausgesprochen netten Abend mit den beiden Polizisten. Zwischendurch erfuhren wir, dass alle Geschäfte im Fall Wiesinger, die wir der Polizei zur Überprüfung zugeteilt hatten, so weit ersichtlich ohne Tadel waren. Auch bei jenen mit dem »geringen kriminellen Charme« konnte der Polizeibeamte Fink bei seiner zweitägigen Recherche nichts Verdächtiges finden. Es blieb also vorerst nur noch das »Olivengeschäft«, wozu ich hoch und heilig versprach, mich ab morgen intensiv darum zu kümmern. Monika, die wieder weltmeisterlich gekocht hatte, wurde um 10 Uhr von Mike abgeholt. Wir Älteren saßen noch bis nach Mitternacht zusammen. Da in der Wohnung über mir das Radio laut und abschreckend spielte und die Polizei die Hälfte der Nacht bei mir zu Besuch war, hielt ich in dieser Nacht meine Sicherheit für ausreichend gewährleistet.

~

Die Nacht zum Donnerstag ist tatsächlich ohne Zwischenfälle verlaufen. Meine junge Wachmannschaft erwies sich als ausgesprochen zuverlässig und musste nur noch etwas leiser werden. Ich wollte mit dem Frühstück auf unserer Terrasse Monikas Ankunft abwarten und rief in der Zwischenzeit wieder einmal in Griechenland an. Wenigstens erfuhr ich von dem sehr vernünftig wirkenden Jannis, dass seine Schwägerin einen gesunden Jungen zur Welt gebracht hatte. Jannis bat mich darum, seinem Bruder die fünf Tage »Auszeit« zuzubilligen. Ein Stammhalter sei wie gesagt bei den Griechen ein hinreichender Grund, um verrückt zu spielen.

Monika kam pünktlich und etwas aufgelöst und stürzte sich nach der Begrüßungsumarmung sofort auf den Kaffee. Unser Garten lag friedlich in der Morgensonne. Anna-Sophie winkte uns kurz aber stürmisch zu. Irgendwann sagte Monika, sie werde den »Job« bei Mike annehmen. Und sie fange an, diesen Mann zunehmend zu lieben. Besonders, »weil er bis ins Innerste so ganz anders ist als sein Vater!« »Du hast alle Zeit der Welt!«, mimte ich den Abgeklärten und wir besprachen unseren Arbeitstag.

Mike hatte wie versprochen Monika Namen, Adresse und Telefonnummer des aus Südtirol stammenden Geschäftsführers der Großhandlung mit Olivenprodukten in Ancona mitgegeben. Ich bekam auch eine Notiz von ihm, dass sein Vater Alfons »den griechischen

Teil des Geschäftes« bereits kurz nach Gründung der AW selber übernommen habe, da er auch Futtermittel aus Griechenland jetzt direkt einführe. Die AW kaufe sogar in der Zwischenzeit für ihre eigene Futtermittelherstellung griechische Olivenprodukte bei dem Zwischenhändler im Süden von Athen. Lediglich Olivenprodukte aus Italien würde die AW immer noch bei dieser Firma in Ancona übernehmen und direkt nach Frankfurt zu der Produktionsstätte des Kosmetikkonzerns transportieren.

Ich ging mit Monika, nachdem wir abgeräumt hatten, zuerst die Geschäftsunterlagen der Firma Wiesinger vom letzten Jahr vor dem Verschwinden des Inhabers durch. Wir konnten in Bezug auf das Olivengeschäft schnell eine Regelmäßigkeit erkennen. Mindestens einmal im Monat holte ein Lastwagen mit Hänger die Ware aus Ancona ab. Der Konzern meldete seinen Bedarf etwa einen Monat vorher bei Wiesinger an, wobei unterschieden wurde zwischen griechischer und italienischer Ware. Das Büro Wiesinger gab die Bestellung eins zu eins nach Italien weiter. Die Firma in Ancona wandte sich an ihren damaligen Geschäftspartner bei Athen und bestellte den griechischen Anteil des Auftrages. Die Olivenmaische, entkernte und zerhackte Oliven, wurden unter Zollaufsicht in Dosen »eingemacht«. Das Olivenöl war in plombierten Fässern verpackt. Die Lastwagen der Firma Wiesinger fuhren einen Tag zuvor nach Ancona, wobei sie nach Möglichkeit Fracht für Kunden mitnahmen, die ihren Sitz in günstig gelegenen italienischen Städten hatten. Am häufigsten wurde dabei Bologna angefahren. Öfter war es auch Fracht direkt nach Ancona für einen Zwischenhändler am Hafen. Dann bestand diese Fracht aus Ersatzteilen für deutsche Autos in Griechenland. Der Auftraggeber dazu war die Niederlassung einer griechischen Firma in München. Die Polizei hatte nach dem Verschwinden Wiesingers diese Firma durchleuchtet und als korrekt und solide eingestuft. Über Nacht wurden die Lastwagen dann in Ancona mit den bestellten Olivenprodukten, getrennt nach italienischer und griechischer Herkunft, beladen. Am nächsten Tag fuhren sie früh los, übernachteten hinter Ingolstadt immer in der gleichen Privatpension »Ziegenhof« und lieferten ihre Fracht am nächsten Tag in Frankfurt ab. Je nach Auftragslage nahmen sie danach wieder irgendwo eine Ladung auf und transportierten diese an ihren Bestimmungsort – oder sie fuhren leer nach Peterskirchen und warteten dort auf neue Aufträge. Zur Überprüfung suchten wir uns in den Unterlagen noch einen vier Jahre früher liegenden Jahrgang heraus. Die Vorgänge und Abläufe waren absolut identisch mit denen des späteren Jahrgangs.

Mit diesem Wissen ausgestattet rief ich dann Herrn Blauthaler, den deutsch sprechenden Geschäftsführer in Ancona, an. Mike hatte ihn auf meinen Anruf kurz vorbereitet. Herr Blauthaler war offenbar ein älterer, gemütlicher Mann, der sich bereits die alten Unterlagen herausgesucht hatte. Er klang sehr hilfsbereit. Die Zusammenarbeit mit der Firma Wiesinger hatte über zehn Jahre gedauert. Er fand, dass alles enorm korrekt abgelaufen war. Auffällig war aus seiner Sicht nur die fast abnorme Fixierung auf Pünktlichkeit und Termintreue. Die monatlichen Transporte wichen zeitlich kaum mehr als eine halbe Stunde vom Plan ab. Am Steuer saß immer der gleiche Mitarbeiter der Firma Wiesinger, ein Gustav Weitler. Selten war es ein anderer Fahrer, der wurde aber seines Wissens dann in München oder auf einer Raststätte an der Autobahn Nürnberg durch Herrn Weitler ersetzt.

Eine andere Sache sei ihm noch eingefallen, berichtete Herr Blauthaler weiter. Herr Wiesinger als Transporteur beschäftigte für die griechischen Lieferungen, offensichtlich im Auftrag des Frankfurter Konzerns, einen Qualitätsprüfer. Dieser Mann flog jeden Monat zu dem Lieferanten nach Athen, nahm Qualitätsproben und fuhr erst wieder ab, wenn die letzte Dose verschlossen und im – vom Zoll plombierten – griechischen LKW verstaut war. Jede Dose wurde von ihm mit einem Prägestempel zusätzlich gekennzeichnet, sodass beim Umladen in Ancona keine Verwechslung oder gar ein absichtlicher Austausch stattfinden konnte. Der griechische Lieferant hielt das für eine deutsche Marotte. Wiesinger erklärte es bei einem der gelegentlichen Treffen damit, dass der Konzern sich auf diese Weise eine eigene Prüfung ersparte und der Firma Wiesinger deswegen höhere Preise bezahlte. Außerdem sei dieser Service ein Anlass für den Konzern, Kunde bei Wiesinger zu bleiben. »Warum hat Wiesinger dann nicht denselben Vorgang mit der italienischen Ware machen lassen?« war meine Frage.

»Das habe ich ihn auch gefragt«, sagte Blauthaler. »Er hat mir erklärt, dass die griechische Ware vor allem für eine Kosmetikserie ›Helena‹ zum Einsatz käme. Diese Serie würde damit beworben, dass nur original griechische Produkte Verwendung fänden.«

Weitere seltsame Vorgänge oder gar Unregelmäßigkeiten seien ihm nicht mehr in Erinnerung. Er, Blauthaler, habe aber einmal den Lastwagenfahrer Weitler gefragt, warum immer er diese Touren fahre. »Weil ich gut bin und zuverlässig, weil ich in der Privatpension ›Ziegenhof‹ einen heißen Schatz habe und weil der Konzern verlangt, dass ein schweigsamer Mann den Transport fährt!«, war damals die Antwort gewesen. Herr Blauthaler fuhr fort:

»Auf meine Nachfrage rückte Weitler nur soweit mit einer Begründung heraus, dass die Konkurrenz sich die Hände reiben würde, wenn er sagen würde, was er wisse! Ich hielt und halte ihn für einen Wichtigtuer, wollte Ihnen als Ermittler dies aber nicht verheimlichen!«, schloss Blauthaler seinen Bericht.

Ich fragte noch, ob denn Olivenprodukte dieser Art eine gängige Ware seien. Herr Blauthaler berichtete, dass der Umsatz mit dem Drang zu natürlichen Wirkstoffen in der Kosmetik ständig steige. Auch Pharmakonzerne und manchmal die Futtermittelindustrie orderten zunehmend diese Produkte, der Preis steige damit langsam aber stetig an, trotz der Subvention des Olivenanbaus durch die EU. So wie früher, als sich ein bayerischer Ziegenbauer jeden Monat einen Kleinlaster dieser Produkte für seine Tiere geholt habe, sei das heute nicht mehr. »Dazu sind die Preise heute einfach zu hoch!«, meinte Herr Blauthaler. Ich bedankte mich herzlich bei dem klugen und freundlichen Mann, der ja immer noch mit der AW im Geschäft war. Er versprach mich sofort anzurufen, wenn ihm irgendetwas Neues einfallen sollte. Wir beendeten das Gespräch, das Monika mitgehört hatte. Die tüchtige Monika hatte von sich aus Aufzeichnungen gemacht.

Monika hatte von Mike auch noch die Telefonnummer des leitenden Mitarbeiters in der Abteilung Einkauf des Konzerns in Frankfurt, eines Dr. Walters, erhalten. Ich wollte den Stier bei den Hörnern packen und rief sofort dort an. Eigentlich rief Monika an, spielte Vorzimmerdame und kündigte den Leiter des AW-Ermittlungsbüros mit seinem Wunsch an, ein kurzes Gespräch mit Herrn Dr. Walters zu führen. Unsere Taktik zeigte Wirkung, die Vorzimmerdame in Frankfurt stellte durch und ich hatte den Mann in der Leitung. Ich schilderte meinen Auftrag und vergaß nicht zu erwähnen, dass ich im Einvernehmen mit der Polizei diskret ermitteln und Presse und Öffentlichkeit nichts davon erfahren werde. Herr Dr. Walters nahm dies wohlwollend zur Kenntnis und ich durfte fragen. Er hatte übrigens eine hohe Meinung von seinem Lieferanten AW und lobte auch die Firma Wiesinger für ihre Zuverlässigkeit.

Meine erste Frage war, ob der Konzern darauf dränge, dass die Lieferungen mit großer Pünktlichkeit erfolgten. Herr Dr. Walters verneinte. Man hätte jederzeit per Anruf den Termin verschieben können.
»Wir haben diese Olivenprodukte gelagert und leben keineswegs von der Hand in den Mund – so zu sagen!«, informierte mich Dr. Walters.

Frage zwei lautete dann: »Hat der Konzern zu Wiesingers Zeiten verlangt, dass die Fahrten immer vom gleichen Mann durchgeführt würden? Stimmt die dazu abgegebene Begründung, dass sonst Industriespionage zu befürchten gewesen wäre?«

Dr. Walters musste lauthals, aber durchaus vornehm, lachen. »Wer hat ihnen denn diesen Bären aufgebunden? Bei der Verwendung dieser Grundsubstanzen gab und gibt es doch gar nichts zu verbergen. Sie sind und waren jederzeit durch Labortests ermittelbar. Und davon machen wir alle in der Branche reichlich Gebrauch. Also ein doppeltes Nein!«

Meine dritte und letzte Frage an Dr. Walthers lautete: »Stimmt es, dass der Konzern Herrn Wiesinger für den Einsatz eines Qualitätsprüfers vor dem Versand in Griechenland höhere Preise zahlte und auch deswegen Herrn Wiesingers Firma über Jahre hin diesen Auftrag zuteilte?«

»Wo haben Sie nur all diesen Unsinn her? Wir wissen und wussten definitiv nichts von diesem Vorgehen. Wir hatten und haben aber in der Tat mit dem griechischen Lieferanten und der Qualität seiner Ware keine Probleme. Vielleicht war dieser Wiesinger übervorsichtig? Ein solches Vorgehen ist übrigens sehr ungewöhnlich, es sei denn, der Kunde, also der Konzern, beauftragt ausdrücklich dazu. Bei der AW machen wir das ab und zu. Wenn unser Labor überlastet ist, beauftragen wir das Labor der AW. Auf keinen Fall aber haben wir das bei der Firma Wiesinger gemacht!«, beteuerte Herr Dr. Walters.

»Herr Dr. Walters. Unser Ermittlungsbüro bedankt sich für dieses Gespräch. Sie haben uns sehr geholfen!«, schloss ich.

»Keine Ursache!«, sagte der gnädig gestimmte Dr. Walters.

Monika seufzte: »Da haben wir uns in kürzester Zeit eine Menge Arbeit aufgeladen!«

Bei mir überwog das Jagdfieber. Endlich eine Spur, die sich nicht von vorneherein als Niete entpuppte! Zu unserer Erleichterung erhielten wir Hilfe in Gestalt von Fritz Jung. Der war zwar zunächst leicht pikiert, weil wir seine »bahnbrechende Berichterstattung« über die Wasserbombe, die total erschöpften und nur knapp mit dem Leben davon gekommenen Polizisten und anderes noch nicht gelesen hatten. Auch schmerzte ihn, dass wir bisher seinen »brillanten Text« über unsere angebliche Vermutung von einem »geistesgestörten Trittbrettfahrer« (der Schuft bezeichnete diesen Blödsinn tatsächlich als meine Meinung!) einfach ignoriert hatten. Wir schoben also eine gemeinsame Lektüre der fast drei Seiten in der für uns zuständigen Presse dazwischen. Ich hatte wie Hauptkommissar

Aichinger ebenfalls das starke Gefühl, dass da eine Gruppe oder ein Einzelner ein Spielchen mit uns treiben wollte. Auch Steiningers kürzliche Vermutung über etwas »Pubertäres, Krankhaftes« kam mir wieder in den Sinn.

Natürlich hatte auch Alfons ein Interview in seiner Zeitung. Zusammen mit dem Bericht über die Eröffnung der Geflügelausstellung in Eggenfelden brachte er es wieder auf eine für ihn sicher erfreuliche Zeilenanzahl in dieser Ausgabe. Für ihn war das Bombenattentat am Weiher eine absolut klare Sache. So etwas konnte nur von den Neonazis mit ihrem Hang zu Kriegsspielen kommen. Alle anderen Vermutungen seien »Schwachsinn«, ganz gleich, von wem sie stammten. Der AW-Besitzer hatte gesprochen! Ich konnte mir ausmalen, wie Fritz bei der Wiedergabe dieser Äußerungen und vor allem unter der sich darin spiegelnden Haltung gelitten hatte.

Als Ausgleich erzählte ich Fritz von unseren heutigen Erkenntnissen in Sachen »Oliventransporte«. Fritz war regelrecht elektrisiert.
»Das könnte unter Umständen dein gesuchtes Fadenende werden. Gratuliere!« rief er aus. »Was willst du als Nächstes unternehmen?«
»Zuerst muss ich diesen Herrn Weitler interviewen, wenn wir ihn finden. Danach will ich nach Absprache mit der Polizei morgen zur Privatpension Ziegenhof fahren«, zählte ich auf.
Schon griff Monika zum Telefon. »Der Gustl Weitler arbeitet in der AW. Er ist Stellvertreter des Müllermeisters, obwohl er gelernter Lastwagenfahrer ist. Er ist nicht sehr beliebt und gilt als Aufschneider und Angeber!«, erläuterte sie und grüßte dann durchs Telefon irgendeinen Max. Es stellte sich heraus, dass dieser Max der Müllermeister war und sich dem Charme unserer Monika nicht gewachsen zeigte. Er ermöglichte seinem Stellvertreter eine verlängerte Mittagspause, damit er heute mit mir zum Essen gehen könne. Monika vereinbarte, sie werde für uns um 12 Uhr in der »Post«

einen abgelegenen Tisch reservieren (auf ihren fragenden Blick nickte ich bestätigend), der Gustl möge pünktlich da sein. Eingedenk der Mitteilung von Herrn Blauthaler, Weitler habe nach eigenem Bekunden einen »heißen Schatz« in der Pension Ziegenhof gehabt, verzichtete ich schweren Herzens auf Monika. Das hörte sich ganz nach Männerthema an.

»Das sehe ich auch so!«, lächelte Monika, »Ich bin sowieso mit Mike beim Essen!«

Fritz begriff sofort und Monika kam endlich auch in den Genuss einer hölzernen Umarmung.

»Nachdem du so spontan bist, nehme ich an, dein Achselhöhlengedicht ist fast fertig!?«, sagte ich leicht gallig.

»Entsagung ist nach dem alten Goethe die Voraussetzung für Weisheit und Vollendung im Alter!«, belehrte mich mein Freund.

»Da war dieser aber, bitteschön, schon ein schönes Stück älter als ich es bin!«, gab ich zurück.

Und Monika dazwischen. »Spinnen jetzt die alten Männer oder was? Lasst uns lieber die Adresse und die Telefonnummer der Privatpension Ziegenhof suchen, damit Michael seinen Besuch für morgen dort anmelden kann!«

So sollte es dann geschehen, die Suche erwies sich nur etwas schwierig. Wir erreichten aber eine kluge schwäbelnde Telefonauskunfts-Dame, die ihren ganzen Ehrgeiz daran setzte, um unseren Wunsch zu erfüllen. Die Privatpension gab es anscheinend nicht mehr, dafür aber fand sich etwa fünfzehn Kilometer nordöstlich von Ingolstadt ein »Ziegenhof«, der »frische Ziegenmilch zum Abholen« feilbot.

Ich versuchte also mein Glück und wählte die Nummer. Da ich das Telefon auf »laut« gestellt hatte, sollte es für alle hier im Raum eine Begegnung der höheren Art werden. Eine seltsam kindliche Frauenstimme, offenbar auf Verführung aus, meldete sich.

»Ich bin die schöne Luise. Willst du vielleicht mit mir schlafen?«

Ich schaltete nach einer Schrecksekunde und versuchte mich so gut wie möglich auf diese Herausforderung einzustellen.

»Schöne Luise, weißt du, ich hab eine feste Freundin. Ich bin der Michael Kramer aus München!«

»Das ist schön, ich hatte auch einmal einen festen Freund!«, kam es zurück gesungen.

Ich warf wieder einmal einfach einen Stein ins Wasser und fragte: »War dein Freund der Gustl?«

»Ach der, der kam doch bloß jeden Monat einmal, weißt du das nicht? Mein richtiger Freund war der Dimitri, der war immer sauer, wenn ich mit dem Gustl geschlafen habe. Aber der Doktor hat ihm gedroht, wenn er den Gustl nicht mit mir schlafen lässt, dann muss er wieder nach Griechenland gehen. Und dann musste er später doch gehen, weißt du, das ist sehr schade. Und ich ziehe mich oft um, weil ich doch schön sein muss. Und jetzt habe ich meine drei Onkel, die sind richtig nett zu mir. Bist du ein Lehrer?«

»Woher weißt du das, schöne Luise?«, fragte ich echt überrascht.

»Weil du so gut mit mir reden kannst. Willst du nicht doch mit mir schlafen!?«

»Ich hab dir doch gesagt, dass ich eine feste Freundin habe!«

»Und wie heißt die?«, sang die Stimme. Endlich hatte ich Gelegenheit, mich bei Monika zu revanchieren.

»Helga«, sagte ich also und: »Ich habe auch zwei tolle, aber schwierige Töchter, eine Nora und eine Monika.«

»Das ist schön!«, lächelte die Stimme aus dem Telefon.

»Bist du schön geschminkt?«, hielt ich die schöne Luise bei der Stange.

»Oh ja, meine drei Onkel kaufen mir alles, was ich haben will!«

Jetzt passte es. »Schöne Luise, ist denn einer deiner Onkel da, damit ich mit ihm reden kann?«

»Natürlich, die lassen mich nie alleine. Heute ist der Onkel Peter da, der war mit mir heute auch schon im Bett. Den Onkel Peter mag ich am allerliebsten!«

»Das ist schön für dich. Gibst du mir den lieben Onkel Peter bitte!«

»Besuchst du uns einmal?«

»Wenn es geht, schon morgen!«

»Fein Michael, dann zeige ich dir meine Ziegen und mein Zimmer!«

»Da freue ich mich darauf«, sagte ich und Luise schloss: »Und jetzt gebe ich dir den Onkel Peter. Bis morgen und Tschüüüsss, Michael!«

»Tschüss schöne Luise!«

»War das ein schönes Gespräch, wir Pädagogen können das einfach. Wir sind vielleicht nicht Weltmeister im Bett, aber wir spinnen unsere Frauen ein, wie Seidenraupen sich selber! Mein Name ist Peter Munch und ich bin der Onkel Peter«, meldete sich eine sympathische Pensionistenstimme. Ich atmete durch, stellte mich vor und trug in Kurzform mein Anliegen vor. Ich wurde für morgen zum Mittagessen eingeladen, wenn ich Ziegenprodukte essen könne. Ich konnte, ließ mir von Onkel Peter den Weg beschreiben, bedankte mich und legte nach einer freundlichen Verabschiedung auf.

Wir drei im Raum führten einen kleinen Veitstanz auf, weil wir ins Schwarze getroffen hatten und weil das alles so schön gewesen war. »Vielleicht werde ich nach dem Ermittlerjob ein Onkel!«, sinnierte ich.

Aber Monika trat nach: »Du hast ja Gott sei Dank deine Freundin Helga!« Der Stand im aktuellen Trennungsgeplänkel zwischen uns war etwa unentschieden, vermutete ich.

Bevor ich zum Mittagessen mit dem ehemaligen Monatsliebhaber der schönen Luise fuhr, gingen wir mit Fritz die Berichterstattung über die heutige Abendveranstaltung durch. Ich erläuterte nochmals, dass als Ergebnis der Veranstaltung einige Vermutungen der Gruppe zu der Frage zu erwarten waren, mit welcher Art Zusatzgeschäft Herr Wiesinger das illegale Geld verdient haben könnte. Die Gruppe würde am Ende drei dieser Vermutungen zu den »wahrscheinlichsten« erklären. Fritz erläuterte uns, dass er dieses Ergebnis am Freitag bereits veröffentlichen wolle. Die Zeitung habe weiter geplant, für Freitag und Samstag eine telefonische Hotline einzurichten. Hier könnten die Leser aus den drei Favoriten der Gruppe eine der Vermutungen auswählen und kurz begründen, warum sie diese für die wahrscheinlichste hielten. Darüber hinaus gab es für die Leser die Möglichkeit, aus den restlichen Vermutungen der Veranstaltungsgruppe selbst eine zu favorisieren oder auch eine neue eigene Vermutung zu nennen. Samstagnacht und Sonntag werde das Ergebnis ausgewertet und am Montag veröffentlicht. Ich war von Fritz begeistert, ein echter Profi, der auch Neuland betreten konnte.

Begeistert war ich dann auch, nicht zum ersten Mal, von meiner rothaarigen Tochter und Assistentin, als wir den Ablauf der Veranstaltung kurz vorplanten. Sie war wirklich eine blitzgescheite Frau und versprach, während ich noch mit Herrn Weitler beim Essen sein würde, den Ablaufplan für die Veranstaltung schriftlich fest zu halten.

Bevor ich zum Essen losfuhr, rief ich zu guter Letzt noch bei der Polizei in Passau an und erreichte Kommissar Steininger. Ich informierte ihn über den Stand der Ermittlungen in Sachen Olivenprodukte. Steininger war ebenfalls regelrecht begeistert.
»Da könnte was daraus werden!«, rief er aus. »Wir sehen uns ja heute am Abend – ich halt uns die Daumen, dass wir endlich Boden unter die Füße bekommen. Machen Sie es gut, Sie erfolgreicher Laienermittler!«

Herr Weitler, der bereits im Lokal »Zur Post« auf mich wartete, war einer jener Typen, die aus Unsicherheit und Selbstzweifel sich ständig aufplustern und angeben müssen. Ich fand nach kürzester Zeit Monikas Einschätzung voll bestätigt. Diese Eigenschaften meines stämmigen, etwa vierzig Jahre alten Mannes erleichterte mir in diesem Fall aber meine Arbeit. Er wusste natürlich, wer ich war. Dennoch betonte ich noch einmal, dass ich im Auftrag seines Chefs ermittle, um endlich die Wahrheit über das Verschwinden von Herrn Wiesinger aufzuklären. Danach unterstrich ich, dass ich durchaus wüsste, welche Sonderstellung er bei Wiesinger gehabt hätte. Er sei ja so etwas wie ein Geheimnisträger gewesen! Und er habe, was keiner von mir erfahren würde, in der schönen Luise auch noch im Ziegenhof eine heiße Geliebte gehabt! Letztere Aussage nahm Herrn Weitler dann doch etwas die Luft weg. Wahrscheinlich war er nicht erst seit Kurzem verheiratet. Um das zu erfahren und ihm Zeit zu geben, sich an die Situation zu gewöhnen, fragte ich ihn, ob er Kinder habe. Ich erhielt Fotos gereicht von zwei erwachsenen oder fast erwachsenen Söhnen, von denen einer die Realschule und der andere sogar die Fachoberschule besucht hatte. Beide waren sie bei den besten Schülern gewesen. Ich freute mich an seinem Stolz. Hoffentlich konnte er diesen Stolz nicht nur Fremden gegenüber zeigen, sondern auch seinen Söhnen vermitteln.

Die Gaststätte »Zur Post« war die letzten Jahre ein richtig gutes Esslokal geworden, das längst Abschied genommen hatte von der Einheitsspeisekarte früherer Jahre. Ich mit meiner überwiegend »sitzenden Tätigkeit« entschied mich für Salat mit Hühnchenstreifen, Herr Weitler hatte Appetit auf »Schweinshaxn«. So wie bei Herrn Wiesinger und in der AW als Stellvertreter des Müllermeisters, fuhr ich fort, bekomme er als besonders zuverlässiger und schweigsamer Mann auch bei der für den AW-Besitzer so wichtigen Ermittlung eine besondere Rolle. Ich würde morgen zum Ziegenhof fahren und ermitteln, was dort Geheimnisvolles mit der Olivenware passiert sei. Und da die Luise zwar schön, aber vielleicht etwas »einfach gestrickt« sei, brauchte ich dringend das Wissen, das nur er habe.

Herr Weitler fühlte sich sichtlich geehrt. Er habe zwar auch seinem jetzigen Arbeitgeber versprochen, über die Vergangenheit nicht »viel herumzureden«. Da aber Herr Weinberger jetzt ermitteln lässt, dürfe er sicher darüber reden, was seines Wissens auf dem Ziegenhof passierte. Laut seinem damaligen Chef Wiesinger wollte der Konzern verheimlichen, dass er Bestandteile von Ziegenmilch unter Teile der Olivenmaische mischte. Daher wurde ein kleiner Teil der Ware am Ziegenhof ausgetauscht. Offenbar kam an den Ziegenhof immer wieder ein »Doktor«, der diese Mischung herstellte. Zum Zwecke der Tarnung wurden diese in Dosen eingemacht, die von den sonstigen Dosen im Lastwagen nicht zu unterscheiden waren. Selbst die Prägestempel wären vorhanden gewesen.

»Und was ist mit den abgeladenen Dosen voller Olivenmaische passiert?«, fragte ich nach.

»Genau weiß ich es nicht. Laut Luise wurde der Inhalt an die Ziegen verfüttert oder zur Verbesserung unter den Ziegenmist gemischt«, erwiderte Herr Weitler. »Woher sie die immer neue Maische hatten und die passenden Dosen dazu, bin ich mir auch nicht ganz sicher. Luise erzählte mir, die habe der Konzern in einem kleinen Laster aus Italien holen lassen. Dieser Laster mit deutschem Kennzeichen sei immer ein paar Tage vor mir zum Ziegenhof gekommen und von dem Fahrer, ihrem Freund Dimitri und dem Doktor abgeladen worden. Ich hatte keine Lust und keine Zeit, am Ziegenhof herumzuschnüffeln. Luise ließ mich nicht aus ihrem Bett, ich fuhr immer total geschafft wieder ab. Aber ich wollte das so, die Frau war als Geliebte einfach irre!«, versicherte mir Herr Weitler zum wiederholten Male.

»Haben Sie denn diesen Doktor jemals zu Gesicht bekommen?«, wollte ich wissen.

»Nein, kein einziges Mal. Er war immer weg, wenn ich ankam. Er muss aber das Sagen gehabt haben, denn Dimitri hätte mich am liebsten umgebracht, wenn ich bei seiner Freundin lag. Aber der Doktor ›wollte das so‹ und er hat auch zu Luise angeblich immer gesagt, sie solle ja ›recht lieb zu mir‹ sein. Und die hat das dann sehr, sehr ernst genommen!«, schwärmte Weitler.

»Kann denn in den neuen Dosen irgendetwas anderes als Maische und Ziegenmilch gewesen sein?«, fragte ich nach.

Herr Weitler erzählte, dass er eine davon einmal absichtlich beim Abladen in Frankfurt mit dem Gabelstapler verletzt habe.

»Für mich war das pure Olivenmaische, die da herausquoll!«, stellte er fest. »Ob Bestandteile von Ziegenmilch darin waren, konnte ich nicht feststellen. Ich war jedenfalls beruhigt, dass hier nichts

Krummes lief. Die Umstände waren ja schon etwas seltsam, aber für mich nicht ohne Reiz!«

Ich wusste, was ich wissen wollte. Der Rest der Zeit wurde für mich anstrengend, obwohl das Essen ausgezeichnet war. Ich musste mir ohne Unterbrechung Heldentaten meines Gegenübers anhören, wobei er immer wieder direkt auf Luise und indirekt natürlich auf seine Potenz zu sprechen kam. So fühlte ich mich nach dieser Begegnung regelrecht geschafft und sehnte mich nach meinem Mittagsschlaf. Monika hatte den Ablaufplan für die Abendveranstaltung fertig gemacht. Ich wollte mich zurückziehen, aber sie druckste herum und rückte dann mit ihrer neuesten Idee heraus.

»Das mit dem gemeinsamen Schlafen in der Nacht geht wohl nicht mehr«, meinte sie, »aber was spricht dagegen, wenn wir einen gemeinsamen Mittagsschlaf machen?!«

»Nur im Schlafanzug!«, verlangte ich kategorisch.

Aber da war sie schon am Schrank und holte den Schlafanzug heraus.

~

Meine Schutztruppe, reduziert auf Serkan und Mani auf ihrem Moped, kam pünktlich, um Monika und mich zu den Kleins zu begleiten. Serkan war »nicht glücklich«, dass ich ohne Begleitschutz mittags beim Essen gewesen war. Er war wirklich der geborene Personenschützer. Susi und ihr Mann hatten mit Kemal zusammen bereits den Raum so bestuhlt, dass etwa dreißig Personen Platz fanden. Monika malte mit mir einige Plakate, darunter ein gezeichnetes Herz und ein »-lich willkommen« – Moderatorensprache eben.

Hauptkommissar Aichinger und Kommissar Steininger kamen über eine halbe Stunde vor der Eröffnung des liebevoll vorbereiteten kleinen Begrüßungsbüffets. Sie machten ernste Gesichter und winkten mich nach draußen.

»Die Exfrau von Fleischmann«, fiel Aichinger mit der Tür ins Haus, »ist vor etwa drei Wochen von Unbekannten in ihrer Wohnung zusammengeschlagen worden. Sie liegt im Koma und hat nach Auskunft der Ärzte bleibende Gehirnschäden. Es sah so aus, als hätte sie Einbrecher überrascht, die sie dann angegriffen haben. Ein seltsamer Zufall, oder?«

Mir fuhr der Schreck in die Glieder, Nora war offenbar in echter Gefahr. Wir drei waren uns darin einig. Wir waren uns auch einig, dass ich sie warnen musste. Sie hatte mir »für alle Fälle« die Nummer eines Handys gegeben, von dem »garantiert niemand etwas weiß«. Also rief ich dort an und sprach ihr auf die Mailbox, was ich eben erfahren hatte. Wir hatten allerdings keinerlei Beweise für Fleischmanns Verwicklung. Wir besaßen nicht die Spur eines Hinweises, dass Fleischmanns Welt etwas mit Wiesinger oder gar dessen Verschwinden zu tun hatte. Der »Strohmann«, fuhr Aichinger fort, der für Fleischmann die XXL-Bar betrieb, führe in der Hauptstadt auch noch zwei andere Einrichtungen aus dem Rotlichtmilieu. Die Münchner Kollegen von der Drogenfahndung könnten nur bestätigen, dass im Umkreis dieser Einrichtungen eine erhebliche »Drogenmissbrauchsdichte« herrsche. Sie hätten seit längerer Zeit den Verdacht, dass irgendwo in diesem Umkreis ein mindestens »mittelgroßes Zentrum für Drogenhandel« sitzen müsse. »Die Münchner Polizei wird, soweit das geht, auf diesem Feld ihre Anstrengungen verstärken!« Und dann fuhr Aichinger fort: »Rufen Sie mich bitte unbedingt morgen nach dem Besuch des Ziegenhofes an. Wenn Sie es nötig finden, können wir auch ›wegen Gefahr im Verzug‹ den Laden auseinandernehmen. Allerdings haben wir dann die entsprechenden Kreise gewarnt«, äußerte der Hauptkommissar und sein Kollege Steininger nickte dazu.

»Nehmen Sie wenigstens einen Teil ihrer Privatarmee mit!«, gab mir der stets besorgte Kommissar Steininger mit auf den Weg.

Der Vorraum mit dem Büffet war in der Zwischenzeit mit Menschen gefüllt. Ich konnte zu meiner Freude Helga und, nicht ganz so erfreut, ihren Noch-Mann begrüßen, weiter Kati Strobl, Wiesingers ehemalige Geschäftsführerin, ein paar Freunde Wiesingers aus seinem Stammtisch und natürlich Alfons und Sophie.

»Was wird denn da mit meinem Geld für ein Kasperltheater aufgeführt?!«, röhrte Alfons quer durch den Raum, als ich zusammen mit den Polizisten in seine Nähe kam. Kommissar Steininger, mühsam seinen Ärger unterdrückend, gab eben so laut zurück.

»Die Fachleute von der Polizei finden das gut!«

Alfons: »Mir wäre es lieber, die Fachleute hätten die Verbrecher gefunden, die Günter Wiesinger aus dem Verkehr gezogen haben. Und die Fachleute ließen sich das nächste Mal nicht wieder fast in die Luft sprengen!«

Steininger lief rot an, aber der Hauptkommissar legte ihm besänftigend die Hand auf die Schulter.

»Herr Weinberger«, sagte Aichinger betont kühl, »wenn Sie mit Ihrem vielen Geld diese Ermittlung wollen, dann müssen Sie auch dieser Veranstaltung zustimmen. Sie ist nämlich zum jetzigen Zeitpunkt nur konsequent!«

Alfons fuhr sein überlegenes Lächeln etwas herunter. »Jetzt sind Sie nicht so empfindlich, es war ja nicht so ernst gemeint!«, lenkte er ein.

Die Polizisten nickten ihm zu und ließen ihn stehen.

Ich selber ließ es mir nicht nehmen und umarmte seine Frau Sophie, die mich wie selbstverständlich auf die Wange küsste. Alfons passte es nicht, aber er gab wenigstens auch keinen Kommentar ab. Mir wurden noch ehemalige Lastwagenfahrer Wiesingers und ein Lagerist vorgestellt, auch eine weitere Mitarbeiterin aus der Verwaltung war da. Mike und natürlich Fritz Jung, mit Fotografen, waren gekommen, der Pfarrer und der Bürgermeister, Wiesingers Nachbarn ebenso wie sein »Patenkind«, ein verheirateter Automechaniker. Zu meiner Freude hatten Susi und Monika auch Sascha und Adi Braun »als Geschäftspartner und gute Bekannte« von Herrn Wiesinger aufgetan. Ich freute mich aufrichtig über das Kommen der beiden und versuchte ihnen das auch zu vermitteln.

Der Lastwagenhändler als weiterer »Geschäftsfreund« Wiesingers als auch der Vorsitzende des Schützenvereins seines Heimatdorfes als »Vereinskamerad« waren neben anderen Personen ebenfalls anwesend. Ich notierte mir die Namen, da wegen des Büffets eine »Vorstellungsrunde« zu viel Zeit verbraucht hätte, und kam insgesamt auf vierundzwanzig teilnehmende Personen – Polizei und Gastgeber mit eingerechnet.

Nach etwa zwanzig Minuten Aufwärmzeit am Büffet läutete Monika mit einer Tischglocke die Veranstaltung ein und der Arbeitsraum füllte sich. Susi und ihr Mann begrüßten ihre Gäste, der Fotograf schoss seine ersten Bilder. Ich stellte Monika und mich vor und erläuterte, warum diese Veranstaltung stattfand. Dazu blätterte Monika ein Plakat mit der zentralen Frage des Abends auf: »Mit welchem illegalen Zusatzgeschäft könnte Herr Wiesinger seine Millionen verdient haben?« Danach erläuterte ich den geplanten Ablauf des Abends. Ich fragte dann noch, wer wem unbekannt war und ließ die drei unbekannten Personen sich kurz vorstellen. Jeder Gast hatte bei der Begrüßung eine Nummer erhalten, die erste Aufforderung lautete, die Nummern eins und zwei, drei und vier bis hinauf zu dreiundzwanzig und vierundzwanzig sollten sich paarweise für eine »Partnerarbeit« suchen und danach auf Blättern, die auf den Tischen lagen, gemeinsam Antworten auf die zentrale Frage sammeln. Es gab ein kurzes Durcheinander, dann waren alle intensiv beschäftigt. Zum Glück hatten Alfons und die Polizisten weit auseinander liegende Nummern. Ein wenig Regie war durchaus gefragt.

Nach etwa zehn Minuten läutete Monika, die von Mike fast mit den Augen verschlungen wurde, mit ihrer Glocke und forderte die Teilnehmer auf, ihre bisherigen Zweiergruppen zu Vierergruppen zusammenzulegen. Die Nummern eins bis vier waren die erste, die fünf bis acht die zweite Gruppe und so fort. Der Auftrag war, sich aus den gefundenen Antworten der Zweiergruppen jetzt auf etwa sechs Antworten in der Vierergruppe zu einigen. Nach gut zehn Minuten gab es eine letzte Runde. Es wurden drei Achtergruppen gebildet, jede dieser Gruppen musste sich auf drei Antworten einigen und die auf Moderationskarten schreiben. Von allen drei Gruppen wurde jeweils eine Sprecherin oder ein Sprecher gewählt. Diese pinnten nach etwa fünfzehn Minuten, charmant aufgefordert durch Monika, ihre Karten auf eine Standtafel und stellten das Ergebnis ihrer Gruppe allen anderen vor. Es durfte nachgefragt, aber nicht diskutiert werden.

Wir hatten auf die Frage nach Wiesingers krummen und lukrativen Geschäften jetzt also neun Vermutungen an den Pinnwänden. Zwei waren jeweils gleichlautend, sodass insgesamt nur sieben verschiedene Antworten übrig blieben. Jede Teilnehmerin und jeder Teilnehmer erhielt noch einen roten Klebepunkt und durfte damit zum Abschluss auf den Pinnwänden jetzt diejenige »Vermutung« kennzeichnen, die sie oder er für am wahrscheinlichsten hielt. So konnten wir die drei Vermutungen mit den meisten Punkten als Sieger in der Gruppenmeinung über Wiesingers dunkle Geschäfte festhalten. Monika und ich hatten bewusst auf eine Abschlussdiskussion verzichtet. Die fand bei Wein, Bier und »Knabberzeug« unter den Teilnehmern statt. Alfons kommentierte das alles als »einen Schmarrn« und konnte mit dem Ergebnis »nichts, aber auch gar nichts« anfangen. Fritz Jung aber strahlte. Er hatte, was er wollte – und die drei Antworten hatten es in sich.

Die Polizisten machten auch entsprechend ernste Gesichter. Sieger war nämlich die Vermutung, Wiesinger habe als Drogenkurier gearbeitet. Nummer zwei, er habe für die italienische Mafia Geld transportiert. Die Nummer drei schließlich lautete, er habe sich als Transporteur von Hehlerware, nämlich Schmuck und dergleichen, sein Geld verdient. Es wurde in kleinen Grüppchen heftig und lange diskutiert und gestritten. Alfons warb lauthals für seine Meinung, es könne nur »die extreme Rechte« hinter Wiesingers Verschwinden stecken. Somit müsse er auch mit diesen irgendwelche Geschäfte gemacht haben. Er fand aber wenig Anhänger für seine Theorie. Ich selber war mit dem Ablauf der Veranstaltung zufrieden und zusammen mit Fritz und den Polizisten der Meinung, das Ergebnis könne durchaus die »Gegenseite« in Panik versetzen, wenn es irgendeiner Wirklichkeit nahe kam. Mich selber übrigens auch. Gebe Gott, dass zumindest die Verdächtigung Wiesingers als Drogenkurier nicht den Tatsachen entsprach!

Um Mitternacht verabschiedete ich mich von den Gastgebern und den vielen Bekannten und trommelte zwei Drittel meiner Schutztruppe zusammen. Kemal durfte einschließlich morgen weiter den Pferden verfallen. Zuhause machten wir gemeinsam einen Rundgang ums Haus. Ich mit gezogenem Revolver, die beiden Jugendlichen mit ihren Taschenlampen, die zugleich Schlagwaffen waren, und ihren Gasrevolvern. Ich schlug vor, die beiden Wachmänner sollten nochmals um drei Uhr morgens eine Runde drehen, die ganze Nacht aber wie ich ihre Funkgeräte eingeschaltet lassen. Ich informierte Serkan und Mani, dass es um acht Uhr Frühstück geben werde und wir danach zum Ermitteln mit dem Auto eine ehemalige Pension in der Gegend nördlich von Ingolstadt ansteuern würden. Ich betonte, wie wichtig ihre Rolle dabei wäre. Auf der Treppe hörte ich Serkan zu Mani sagen: »Ein echt krasser Job Alter, was!?«, und sie zogen sich stolz in ihr Quartier zurück.

Um drei Uhr hörte ich sie ihre Runden drehen. Ich konnte mir selbst schon nicht mehr zuhören, aber ich diskutierte mitten in der Nacht mit mir, wer mir jetzt mehr fehle: Monika oder Helga. Und ich merkte zugleich, welche Angst ich um meine zweite Tochter Nora verspürte. Natürlich machte mir auch noch das Ergebnis der Veranstaltung bei den Kleins Sorgen, und zwar umso mehr, je länger ich über die möglichen Konsequenzen nachdachte.

~

Nora war die Erste, die mich am nächsten Morgen kurz nach sechs Uhr anrief.

»Entschuldige Michael, aber nur im Augenblick kann ich ungestört telefonieren. Ich habe deinen Anruf abgehört. Verdammt, das kann wohl kein Zufall sein! Ich bin froh, dass offenbar die Polizei diesen Zusammenhängen nachgeht. Das schützt mich einerseits, kann aber auch zu Panikreaktion bei Wilhelm führen. Wenn ich gehe, fühlt er sich aber auf alle Fälle massiv bedroht. Costas hatte recht: Kriminelles zerstört das Schöne auf der Welt! Fleischmann wirkt übrigens jetzt schon hochgradig nervös. Er ist voller Ärger über einen Geschäftspartner, der drauf und dran sei, alles kaputt zu machen. Er nennt ihn einen psychischen Krüppel, bedauert, dass er sich so von ihm abhängig gemacht hat, und ist ratlos. Stell dir vor, Fleischmann ist ratlos! Ich habe einfach intensiver mitgehört als früher. Er telefoniert viel, er wurde auch offenbar von irgendwelchen Ausländern am Telefon angebrüllt. Seine Reaktionen darauf waren ungewohnt kleinmütig und unterwürfig und er versprach für ›demnächst‹ eine Lösung. Nach dem Telefonat hat er den Kopf in die Hände gelegt und saß minutenlang da, ohne sich zu bewegen. Und dann hat er geflucht. Ich fürchte, da braut sich etwas zusammen!«

»Nora, willst du zu mir kommen oder soll ich dich irgendwo hinbringen?«

»Nein, ich wäre mein Leben lang auf der Flucht. Ich muss einfach warten, bis Fleischmann auffliegt oder sich alles als Hirngespinst herausstellt. Michael, ich sehn mich nach deinen Geschichten. Ich mag diese Einstellung zu Menschen und Dingen. Ich bin dabei, für dich ein neues Programm einzuüben. Mit Brechtsongs! Ich sing dir einfach den ersten Song vor, er ist aus der Dreigroschenoper!«

Und so kam ich an diesem Morgen über mein Telefon zu einer Live-Übertragung von »Ja da muss man sich doch einfach hinlegen...!« Vielleicht, dachte ich, werde ich in Zukunft Nora managen, sie hätte das Zeug für eine Karriere auf diesem Feld. Ich gab ihr zum Abschluss noch alle Telefonnummern meiner Polizeifreunde. Meine Sorge um sie war nach diesem Gespräch nicht kleiner geworden.

Meine verkleinerte Privatarmee kam pünktlich zum Frühstück. Davor war schon Monika hereingestürmt, mir um den Hals gefallen und hatte danach die Zeitung ausgebreitet. Wieder zwei Seiten Bericht und eine intensive Darstellung der Art und Weise der Leserbeteiligung an den nächsten beiden Tagen. Die Zeitung wirkte heute regelrecht modern, wenn auch etwas marktschreierisch aufgemacht. Der Chefredakteur selbst forderte die Leser auf, zur Lösung des Falles Wiesinger beizutragen. Es gab viele Bilder von der Gruppenveranstaltung bei den Kleins, ein wunderschönes von Monika und natürlich wieder Bild und Interview mit Alfons. Offenbar war dieser sehr gefrustet über den Verlauf der Veranstaltung und vertrat auch hier apodiktisch seine Theorie von Wiesingers Zusammenarbeit mit der extremen Rechten. Er sei »enttäuscht«, dass »sein Ermittler« immer noch nicht auf dieses Thema »angesprungen« sei und lieber solche nutzlosen »Gaudiveranstaltungen« inszeniere. Man höre und staune, die Zeitung betonte in einem Vorspann, dass Alfons Weinberger mit seinen im Interview geäußerten Ansichten »allein auf weiter Flur« stand.

»Der Ego-Alfons dreht demnächst durch!«, kommentierte Monika sein Interview. »Er kann einfach nicht ertragen, dass wir nicht das tun, was er sich vorstellt.«

Und danach servierte sie mir und meiner Bewachung ein »Reisefrühstück für Männer«, wozu den jungen Männern das höchst Lob einfiel, zu dem sie anscheinend fähig waren: »Echt krasse Atzung!«

Der »Ziegenhof« lag malerisch in einer etwas kargen Hügellandschaft. Darüber weiße Federwolken am blauen Himmel. Ich war mir nicht ganz sicher, ob hier bereits die Ausläufer des Jura waren oder diese Landschaft woanders dazu gerechnet wurde. Geografie war nicht gerade meine starke Seite. Das Haus mit seinen beiden Nebengebäuden wirkte frisch renoviert. Es herrschte Ordnung. Hinter dem Haus erstreckten sich Ziegengehege einen flachen Hang hinauf. Wir zählten ungefähr zwanzig bis fünfundzwanzig meist braune Ziegen, gemischt mit einer Handvoll weiß gefleckter Tiere, allesamt gehörnt. Die geteerte Anfahrt mündete in einem gepflasterten Hof. Überall standen Kästen mit leuchtenden Blumen. An der weißen Hauswand prangte eine schwarze Inschrift »Ziegenhof« mit einer stilisierten schwarzen Ziege, einer Mischung aus Firmenlogo und Wappen.

Peter Munch alias Onkel Peter nahm uns in Empfang. Er erinnerte von der Ferne an Albert Einstein, der dem Fotografen die Zunge herausstreckt. Er war wohl etwa in meinem Alter. Munch führte uns nach einer freundlichen Begrüßung um das Haus herum in den Schatten eines großen Birnbaumes. Dort saßen zwei weitere Pensionisten, der ältere sicher bereits um die siebzig. Dieser stellte sich als Lothar, der jüngere von beiden als Emanuel vor. Alle drei waren, wie sie erzählten, ehemalige Lehrer. Und zusammen hatten sie den Bund der »Luisianer« gegründet. Während meine jungen Männer das gefährdete Objekt, also mich, sicherten, setzte ich mich zu dem friedlich, ja vergnügt wirkenden Männer-Trio. Onkel Peter erzählte kurz die Entstehungsgeschichte des »Luisianer-Bundes«. 1997 wurde von dem damaligen Besitzer, einem netten Griechen namens Dimitri Apostopoulos, die bislang gut gehende Ziegenfarm und Privatpension einfach aufgegeben. Er verschwand über Nacht und ließ seine schöne, aber »reduzierte« Lebensgefährtin Luise allein zurück. Schon Jahre vorher allerdings hatte er ihr das gesamte Anwesen überschrieben und ihr für den Fall seiner Rückkehr in die Heimat eine monatliche Rente, finanziert von einer treuhänderisch angelegten ausreichend großen Summe Geldes, organisiert.

Die drei Onkel kannten die Verhältnisse auf dem Ziegenhof gut. Sie waren seit der Studienzeit befreundet und an Schulen im Umkreis tätig. Sie hatten sich häufig zum Essen oder Weintrinken in der Pension getroffen. Schuld war nicht zuletzt die schöne Luise, deren kindliche Friedfertigkeit sie faszinierte. Nachdem Luise ihr Lebensgefährte verlassen hatte, drohte ihre Existenz auf eine Katastrophe zuzusteuern. Die Verwaltung des Anwesens überfordert sie. Und sie war auf dem Weg, mit ihrer kindlichen Sexbesessenheit in aller Unschuld zur Kreishure zu verkommen. Die zuständige Behörde überlegte bereits, Luise zu entmündigen und in einer psychiatrischen Klinik unterzubringen. Die drei Herren, Lothar war bereits frühpensioniert, handelten. Sie warfen ihre Pläne für ihre alten Tage über Bord. Der jüngere, Peter Munch, mit der theoretisch längsten Lebenszeit, kam mit Einverständnis der anderen der dräuenden Entmündigung Luises zuvor, in dem er sie heiratete. Alle drei kauften sich bei Luise ein und vermachten Luise gegen Wohnrecht auf Lebenszeit (Nießbrauch) den eben gekauften Anteil. Sie renovierten das Anwesen für ihre Zwecke und gründeten die »Luisianer«. Ihr Vorbild war Luise mit ihrem heiteren »In-der-Welt-Sein«. Das Motto des Bundes war »Freundlichkeit« und ihre Realität bestand darin, dass stets einer bei Luise war, auf sie aufpasste und ihr zu Diensten war. Sie war mit jeder Art von Zärtlichkeit zufrieden, verlangte aber regelmäßig jeden Tag danach.

Mittlerweile waren alle drei im Pensionsalter. Sie betrieben gemeinsam die (reduzierte) Ziegenhaltung und hielten das Anwesen in Schuss. Für Konflikte hatten sie auf Vorschlag von Luise ein großes »Entärgerungszimmer« eingerichtet. Es war ausgestattet als Appartement und mit Lebensmittel für eine Woche versehen. Emanuel hatte bereits einmal eine Woche Aufenthalt geschafft, Luise blieb manchmal ein bis zwei Tage und kam dann strahlend zurück. Die drei Herren wollten mit ihrer Lebensform »die aufgeklärte Aufklärung nicht verraten«, Luise konnte ihre Welt erhalten »und gedieh prächtig!« Die umsichtigen Luisianer hatten auch an ihre ganz alten Tage gedacht und für einen möglichen jüngeren Neuluisianer bereits eine zusätzliche Wohneinheit eingeplant. Ich war noch gar nicht fertig mit meinem Staunen, da kam die schöne Luise aus dem Haus.

»Liebe Onkel, lieber Michael und liebe schöne junge Männer, das Essen ist fertig!«, sang sie hochgradig liebenswert und scheinbar voller Zuneigung zu allem. Sie war in meinen Augen nicht unbedingt eine Schönheit, groß und eher stattlich, aber ihre Ausstrahlung war faszinierend. Sie reichte mir die Hand und führte mich feierlich in ein großes Esszimmer. Es gab ein tolles Essen mit Vor- und Nachspeise und als Hauptspeise einen Ziegenbraten mit Rosmarinsoße.

»Weißt du Michael, heute essen wir von der Susi. Die war soo lieb und schmeckt soo gut!«

Onkel Peter sagte anstelle eines Tischgebetes. »Lasst uns die aufgeklärte Aufklärung nicht verraten!« Wir lobten alle Luises Kochkunst, sie strahlte von innen heraus.

Während wir aßen, brachte ich das Gespräch auf den Grund unserer Anwesenheit. Nach einer kurzen Erläuterung meiner Rolle und meines Auftrages berichtete ich über den Stand der Ermittlung. Die Luisianer fanden meine Lösung für den ersten Pensionsabschnitt »pfiffig«. Sie wurden allerdings ernst, als ich den Verdacht aussprach, Wiesinger könnte in den Drogenschmuggel oder ein ähnlich krummes Geschäft verwickelt gewesen sein.

»Und da seine Lastwagen jeden Monat am Ziegenhof Station gemacht haben und hier auch an der Ladung manipuliert wurde, hat dieser Ort dabei wahrscheinlich eine wichtige Rolle gespielt. Vor allem auch, weil ein ›Doktor‹ (»der Dr. Antonio«, warf Luise ein) hier zur gleichen Zeit jeden Monat ein paar Tage zu Gange gewesen war und das Sagen hatte. Er hatte unter anderem dafür gesorgt, dass Luise gegen den Willen ihres Freundes Dimitri immer mit dem Lastwagenfahrer Weitler (Luise nickend: »dem lustigen Gustl‹) ins Bett ging und dieser beschäftigt war«, fuhr ich fort. Ich überbrachte an dieser Stelle Luise die »lieben Grüße« von Weitler – sie freute sich.

»Ich muss unbedingt alles von Luise und, soweit Sie dazu in der Lage sind, auch von Ihnen erfahren, was damals hier ablief!«, sagte ich und sah bittend in die Runde.

Die schöne Luise erzählte »gern« und so erfuhren wir, dass Dimitri nach dem Tod ihres Vaters dessen Letzten Willen erfüllt habe. Er habe nicht nur das Anwesen gekauft, sondern Luise zusammen mit dem Haus »übernommen«.

»Er hat mich wirklich lieb gehabt«, sagte Luise mit Überzeugung. Im Nebengebäude existiert ein gefliester Raum, für den damals »nur der Doktor« den Schlüssel hatte. Luise musste dorthin Kannen mit

Ziegenmilch bringen. Es gab darin einen Herd, Reagenzgläser, Chemikalien und Geräte, deren Sinn und Zweck Luise nicht begriff. Der Doktor kam immer wenige Tage vor dem großen Lastwagen.

Ich fragte nach: »Luise, gab es denn auch einen kleinen Lastwagen?«

»Natürlich, so zwei Wochen vor dem großen kam der kleine Lastwagen des Herrn Binder aus Ulm und brachte große Dosen aus Italien. Die gleichen, die auch auf dem großen Lastwagen waren.«

»Und hat der Doktor an diesen Dosen gearbeitet?«, bohrte ich weiter.

»Nein, die hat Dimitri nachts auf den großen Lastwagen verladen und dafür von dort welche in den Raum des Doktors gebracht. Gearbeitet hat der Doktor dann mit diesen Dosen, wenn der große Lastwagen wieder weg war. Allerdings immer nur ein paar Tage!«

»Luise, hast du denn noch Kontakt mit Dimitri?«

»Nein, ich habe nie mehr etwas gehört von ihm. Vielleicht ist es ihm gegangen wie dem armen Gast!«

»Was war denn mit diesem Gast?«, fragte der ebenfalls völlig überraschte Onkel Peter nach.

»Na ja, der ist nachts gestorben und Dimitri und der Doktor haben ihn im Wald begraben. Und der Doktor hat fürchterlich mit Dimitri geschimpft!«

»Was!?«, riefen wir wie aus einem Munde.

Onkel Peter hatte sich als Erster wieder gefangen: »Luiseschatz, weißt du, wo sie ihn begraben haben?«

»Natürlich, ich bringe ihm öfters ein paar Blumen vorbei. Ich habe damals dem Doktor und Dimitri versprechen müssen, nie darüber zu reden. Und Versprechen muss man halten!«

»Ich denke, euere Idylle wird die nächsten Tage etwas gestört werden!«, meinte ich zu den Luisianern.

Die drei machten ernste Gesichter und nickten zustimmend.

»Schöne Luise, waren denn viele Gäste in eurer Pension?«, nahm ich den Faden wieder auf.

»In den Schulferien im Sommer kamen immer zwei Familien aus

Berlin mit Kindern. Und sonst übernachteten nur Vertreter bei uns. Fast immer war einer von der Firma Dreier aus Hamburg dabei!«, bekam ich zur Antwort.

»War denn der Mann, der gestorben ist, weil er dich lieb hatte, auch von der Firma Dreier?«, fragte ich noch.

»Woher weißt du das?«, fragte Luise zurück.

Ich wandte mich dann an die Luisianer.

»Als Sie das Anwesen übernommen haben, waren da noch Gegenstände in dem Nebengebäude?«

Alle drei bestätigten, dass das Gebäude absolut leer und sogar mit dem Hochdruckreiniger gereinigt worden war. Das Bild rundete sich.

»Luise«, war meine letzte Frage, »was hat Dimitri mit der Olivenmasse gemacht, die übrig geblieben ist?«

»Zuerst haben wir sie den Zügen verfüttert, dann aber sind über zehn Tiere gestorben. Das war ganz schlimm. Danach haben wir das Zeug unter den Mist gemischt oder in den Wald gefahren«, erzählte Luise.

»Weißt du noch wohin?« fragte Emanuel. »Aber natürlich, mein Schatz, ich kann dir das sofort zeigen!«, kam als Antwort.

Was ich erfahren hatte, war mehr, als ich erhofft und zugleich befürchtet hatte. Ich bat die Gastgeber um Entschuldigung, aber ich musste nun die Polizei verständigen. Ich schlug ihnen vor, dass die Besitzer die Polizei einladen sollten, damit nicht erst ein Hausdurchsuchungsbefehl ausgestellt werden musste. Die Polizei werde sicher so diskret wie möglich vorgehen. »Ich rede jetzt jedenfalls mit der Polizei!«, informierte ich und ging dann, nach dem ich Luise nochmals für das herrliche Essen gedankt hatte, mit meinem Personenschutz nach draußen.

Es wurde ein langes Gespräch mit dem Hauptkommissar. Wir konnten und mussten jetzt mit hoher Wahrscheinlichkeit davon ausgehen, dass Wiesingers Verschwinden mit dem Drogenhandel zusammenhing. Und wir hatten jetzt ein grobes Bild über einen Ausschnitt des Verteilerwegs der Drogen. Dieser »Doktor« oder andere Personen organisierten in Griechenland, dass die entsprechenden Dosen unter die Ladung für Frankfurt gemischt wurden. Im Ziegenhof wurden sie durch jene ersetzt, die der Kleinlastwagen aus Italien holte. Die Drogen wurden im Ziegenhoflabor aus den Dosen geholt und Vertreter der angeblichen Firma Dreier übernahmen die weitere Verteilung. Ein raffiniertes System! Fehlten uns »nur« noch das Motiv für die Beseitigung Wiesingers und die Hintermänner des Drogenhandels. Aber auch da gab es ja Bewegung.

»Ausgezeichnete Arbeit!«, lobte der Hauptkommissar, er werde mit den zuständigen Kollegen der Drogenfahndung und der Mordkommission am späten Nachmittag am Ziegenhof sein. Die Frage werde sein, wann wir die Bombe platzen lassen und die Öffentlichkeit informieren würden. Wir entschieden uns für die Montagspresse, die zusammen mit dem Ergebnis der Leserbefragung die Sensation verbreiten könne. Er wolle auf alle Fälle Fritz Jung samt Fotografen informieren und mitbringen. Ich konnte durch das Telefon die Erregung spüren, die Hauptkommissar Aichinger erfasst hatte.

»Und Sie werde ich hoffentlich bald unter Polizeischutz stellen können, und wenn es mich meinen Posten kosten sollte!«, verkündigte er noch. Und dann fing der Polizeiapparat an zu mahlen. Verdammt, wo war ich da nur hineingeraten?!

Ich ging zurück zu den Luisianern und ihrer »Göttin« und erzählte das Wichtigste. Wir hatten einige Stunden Zeit, bis die Polizei ankommen würde. Luise wünschte sich, nach dem Abräumen Musik zu machen. Alle waren dafür. Es stellte sich heraus, dass die vier Anhänger von Hillbilly-Musik und dem dazugehörigen Tanz waren. Peter spielte Geige, Emanuel »Stoßgeige«, ein eher primitives Rhythmusinstrument. Lothar, der Rundliche und Luise tanzten, wozu sich Luise einen Reifrock und Stiefel angezogen hatte. Es war pure Begeisterung und die alten Männer glühten. Auch meine Wachmannschaft und ich drehten ein paar Runden. Auf diese Weise trat der Ernst der Situation für eine kurze Zeit in den Hintergrund. Und dann schlug Mani noch vor, ob wir nicht einen Hillbilly-Rap erfinden sollten mit Thema Ziegenhof. Wir stimmten alle zu und lachten wie die Kinder, Luise juchzte. War insgesamt verrückt und schön! Aichinger und Steininger und im zweiten Auto Fritz Jung und der eifrige Fotograf staunten nicht schlecht, als sie auf den Hof gefahren kamen.

»Wir haben euch schon aus einem Kilometer Entfernung juchzen und schreien hören!«, meinte der lachende Hauptkommissar. »Ich werde mir diese Methode für meine nächste Ermittlung merken – Steininger, du lernst Geige!«

»Ich gehe Gott sei Dank in Pension«, meinte dieser. Als dann vier weitere Polizeifahrzeuge, gefolgt von einem Leichenwagen, ankamen, hatte uns die Wirklichkeit wieder und es begann die ernste Arbeit.

Der Einsatzleiter der landesweiten Drogenfahndung wusste um meine Rolle und bedankte sich für den Tipp mit der XXL-Bar. Zusammen mit Peter Munch berichteten wir über die Ergebnisse unseres Gespräches beim Essen. Drei Spezialisten der Drogenfahndung nahmen sich zuerst das Nebengebäude vor, während zwei mit der Mordkommission gingen, die mit Luise in Begleitung von Lothar Richtung Wald strebte. Gleich neben dem Grab war laut Luise nämlich auch die Olivenmaische gelagert, die höchstwahrscheinlich Kontakt zu den transportierten Drogen gehabt haben dürfte. Nach guten drei Stunden kamen mit ernsten Gesichtern, aber hoch zufrieden, die Beamten aus dem Wald zurück. Sie hatten die Überreste einer männlichen Leiche gefunden und exhumiert und jede Menge Proben angefaulter Olivenmaische sicher gestellt.

Auch die gründliche Untersuchung des Nebengebäudes brachte einen spektakulären Befund. Der Vorraum vor dem gefliesten Raum hatte einen Boden aus Holzbohlen. Zwischen den Bohlen waren etwa ein Zentimeter breite Spalten. Als die Spezialisten vorsichtig einige Bohlen herauslösten, hatten sie an einer Stelle, dort wo ein Spalt gewesen war, eine bräunliche Masse gefunden. Die Beamten wollten ihre Köpfe darauf verwetten, dass es sich dabei um Heroin handelte. Wahrscheinlich waren jemandem »Heroinkuchen« zu Boden gefallen und dabei »Brösel« abgesplittert. Wir durften uns also jetzt ganz sicher sein, dass der verschwundene Wiesinger Drogenkurier gewesen war! Aichinger und Steininger bezeichneten dies »als eine äußerst befriedigende Ermittlungsstufe«. »Ab Montag könnte es Krieg geben, wir biegen in die letzte Kurve vor der Zielgeraden ein«, verglich Steininger unsere Situation anscheinend mit einem Autorennen.

Wie um den Erfolg der Aktion am Ziegenhof noch zu krönen, fiel Luise plötzlich ein, sie habe ein Foto von dem wohl durch Gewalteinwirkung verstorbenen Vertreter der Firma Dreier. Er wollte sich heimlich mit ihr treffen und sie hatte ihm das Foto abgebettelt.

»Leider konnte er dann nicht mehr kommen. Aber ich habe ihm regelmäßig Blumen auf sein Grab gelegt«, wiederholte die treuherzige Luise. Onkel Peter brachte mit Luises Zustimmung fünf Fotoschachteln, die Luises fotografische Erinnerungen erhielten. Die Ausbeute waren neben dem Bild des Vertreters mehrere Fotos von Dimitri und eine undeutliche Aufnahme von Doktor Antonio im Hintergrund eines Fotos von einem Schlachtfest. Die Polizei beschloss, wenigstens die nächsten Tage den Ziegenhof bewachen zu lassen. Sie hielten, wie ich auch, Luise für eine zentrale Zeugin, die für die Gegenseite durchaus zur Gefahr werden konnte. Und wir aus Niederbayern waren uns einig, dass Alfons Weinberger vor Montag nichts über die Ergebnisse erfahren dürfe:

»Der ist in der Lage und verteilt Handzettel im ganzen Landkreis, nur um im Mittelpunkt zu stehen!«, grummelte Kommissar Steininger. Der Fotograf wurde von Hauptkommissar Aichinger persönlich darauf verpflichtet, Fritz Jung bürgte für ihn. So gegen sechs Uhr fuhren wir dann alle zufrieden und, was mich betraf, zugleich sorgenvoll nach Hause. »Michael, wenn du wieder kommst, musst du aber mit mir schlafen«, sagte Luise zum Abschied.

»Ich werde meine Freundin fragen«, versprach ich ihr.

»Wenn ich Glück habe, wird dieser Freitagabend mein Leben verändern wie kaum etwas vorher!«, dachte ich mir nach etwa drei Stunden. Und ich versuchte mir den Duft dieser neuen Frau einzuprägen, die in meinen Armen lag. Vom Ziegenhof gut und ohne Zwischenfälle nach Hause gekommen, hatte ich mich nur noch nach meinem Whirlpool und meinem Bett gesehnt. Ich hatte beschlossen, sogar das Abendessen ausfallen zu lassen. Bis ich meinen Anrufbeantworter abgehört hatte. Helgas Stimme war darauf und die Botschaft konnte alles Mögliche bedeuten:

»Egal, wann du daheim bist, ruf mich unter meiner neuen Nummer in Pfarrkirchen an. Und fang ja nicht an zu kochen!«

Ich tat, was mir geheißen. Helga war sofort am Telefon.

»Bitte Michael, widersprich mir jetzt nicht. Ich habe heute lange mit deiner Tochter Monika gesprochen. Ich bin in zwanzig Minuten bei dir und bringe ein komplettes Abendessen mit. Für deine Wachmannschaft habe ich Pizza mit Salat organisiert. Und eine Nachspeise vorbereitet. Wenn du mich nicht aus deiner Wohnung wirfst, werde ich bei dir übernachten!«

Mein Adrenalinspiegel schoss nach oben, die Müdigkeit war vergessen. Dieses Niederbayern hielt für mich alten Mann verdammt viele Überraschungen parat. Entgegen meinen bisherigen Erfahrungen schienen Frauen plötzlich etwas an mir zu finden – und noch dazu die richtigen!

Um nicht durchzudrehen, rief ich meine drei Sicherheitsleute an. Sie waren gerade am Streiten, wer die Pizzas bestellen sollte. Ich gab Entwarnung, kündigte Pizza, Nachspeise und meinen Damenbesuch an. »Kommt bitte kurz zu mir herunter und lasst uns den Einsatzplan besprechen!«, forderte ich sie auf.

Sekunden später stürmten sie aufgedreht die Treppe herunter. Wir hatten heute Vollmond, was die Bewachung erleichterte. Serkan schlug vor, um elf, um drei und um fünf Uhr in wechselnder Zusammensetzung einen Rundgang zu machen. Der jeweils dritte

Wachmann sollte am Funkgerät bleiben und »von oben sichern«. Ich war einverstanden. Sie sollten aber bitte in knappen zwanzig Minuten die Ankunft der Dame absichern zum Preis von drei Pizzen mit Salat und ebenso vielen Nachspeisen. »Ehrensache Chef!«, antwortete Serkan.

Ich fuhr fort, Kemal möge dann morgen früh hier bleiben. Er könne ruhig weiterschlafen, müsse aber über Funk erreichbar sein. Serkan und Mani hätten bis zum Mittag auf alle Fälle frei.

»Es kann sein, dass ich nachmittags wenigsten einen von euch anderen brauche«, informierte ich. Serkan bot sich an, da Manis Erbonkel morgen nachmittags komme.

»Mani wird nämlich Unterhosenverkäufer!«, lästerte Kemal.

»Auf keinen Fall Rossputzer wie du, Alter!«, kam es zurück.

Der Einsatzplan war abgesprochen.

Die drei entpuppten sich als wirkliche Kavaliere. Sie empfingen Helga, die offensichtlich mit dem Zweitwagen des Ehepaars, einem »Schuhlöffel-Mercedes«, hatte sich Alfons einmal lustig gemacht, vor meiner Garage parkte. Sie hatte die kastanienbraunen Haare wieder hochgesteckt, trug eine weiße Bermudahose, ein blaues Leinenoberteil und durfte auf Anweisung meiner Wachmannschaft nichts selber tragen. Sie küsste mich zur Begrüßung vor meiner Truppe auf den Mund. Nachdem alle Töpfe und Kartons in meiner Wohnung waren, zogen die drei mit ihrem Abendessen ab, wobei zum Abschied einer nach dem andern Helga schüchtern drückte und dabei einen Wangenkuss andeutete.

»Ihr habt vielleicht ein Betriebsklima!«, lächelte Helga und nahm mich bei der Hand.

»Michael, wenn es dich nicht stört, hätte ich ein Programm anzubieten!?« Ich hatte gerade einen Frosch im Hals, also nickte ich nur.

»Zuerst zieh ich mir Monikas Schlafanzug und Bademantel an und dann schrubbe ich dir den Rücken im Whirlpool. Bis du fertig bist, bereite ich das Essen vor. Dann gehen wir ins Bett und ob wir den Schlafanzug noch brauchen, entscheiden wir situativ!«

»Ich würde situativ sagen, dass ich einverstanden bin!«, brachte ich heraus, nahm sie in die Arme und küsste sie. Sie machte sich nach kürzester Zeit sanft aber bestimmt frei.

»Du stellst ja das Programm auf den Kopf!«

Sie holte Monikas Bademantel und Schlafanzug.

»Und jetzt kommt der erste schwierige Teil des Programms. Du musst mir beim Umziehen zuschauen! Und das habe ich seit fast dreißig Jahren keinem anderen Mann als meinem Notar erlaubt!«

»Warum machst du das?«, wollte ich wissen.

»Ich will nicht, dass du die Katze im Sack nach Griechenland einlädst!«, war die Erklärung.

Sie zog sich tatsächlich aus, drehte sich wie ein Mannequin, bot mir die linke Achselhöhle zur Ansicht, dann die rechte – Biest von Monika! Was ich sah, übertraf meine Erwartungen bei weitem. Wenn ich denn überhaupt in dieser Richtung schon Erwartungen entwickelt hatte. »Helga, deine Vorstellungsrunde weicht signifikant von den Normen der abendländischen Partnerwerbung der etwas älteren Mitglieder der gehobenen Mittelschicht auf dem Lande ab!«, rettete ich mich in die ihr vertraute Soziologensprache, soweit ich sie noch beherrschte.

»Dann kommt jetzt der Whirlpool. Du lässt ihn bitte ein und ich gehe in die Küche!«

»Ich stelle einen Änderungsantrag: Wir drehen gemeinsam das Wasser auf und gehen dann zusammen in die Küche. Weißt du, mich interessiert der Mensch in diesem schönen Körper!«

Helga sagte nichts, zog den Schlafanzug an und den Bademantel darüber und ging mit Wasseraufdrehen. Plötzlich hing sie an meinem Hals, küsste mich stürmisch und die ersten Tränen flossen.

»Genau das wollte ich vermeiden«, schniefte sie an meiner Schulter. »Dann machen wir eben versuchsweise weiter in deinem genialen Plan«, schlug ich vor.

Eine italienische Tomatensuppe musste warm gestellt und neben den Suppenschalen die Teller, das Besteck und der Brotkorb für eine Platte mit eingelegtem Gemüse und Meeresfrüchten aufgedeckt werden. Die Nachspeise durfte ich vorerst nur ansehen. Als ich sie dabei auf den Nacken küsste, seufzte sie:

»Ich glaube, ich kann den Plan einfach nicht durchhalten!«

Und so war es dann auch.

Wir saßen fast eine Stunde im Whirlpool, ich durfte sie in den Arm nehmen und endlich redeten wir und spielten nicht Theater. Ich war froh, dass diese Frau auch einige Falten hatte. Die jungen glatten und vollkommenen Mädchenkörper der letzten Tage und Wochen hatten mir, erkannte ich im Nachhinein, Angst gemacht vor meiner eigenen Abgelebtheit. Das Essen danach verlief harmonisch, unaufgeregt und auf meiner Seite mit wachsender Begeisterung für diese Frau. Und was sich danach, lange Zeit im Schlafanzug, im Bett abspielte, weckte in mir die Hoffnung, vielleicht für diesen letzten Lebensabschnitt doch noch dauerhaft angekommen zu sein. Ich wollte nicht rührselig sein, aber ich war zutiefst betroffen.

»Wenn ich Glück habe, wird dieser Abend mein Leben verändern wie kaum etwas vorher!«, sagte ich Helga.

Eng umschlungen schworen wir uns, unsere ganze Klugheit und Erfahrung aufzubieten, um unsere neue Beziehung mit Leben zu füllen und lebendig zu erhalten.

»Wir haben ja Gott sei Dank schon ein Motto!«, strahlte mich Helga an.

»Alter schützt vor Torheit nicht?«, fragte ich zurück.

»Ach nein, wir haben etwas viel Besseres, frei nach Michael Kramer: ›Selig die Zärtlichen!‹«

»Das ist zwar von Jesus, aber auch nicht schlecht!«, meinte ich in aller Bescheidenheit.

War ich am nächsten Morgen froh, dass auch Helga meine Hand suchte. Und für ein paar schwebende Minuten durchströmte mich dieses unsagbar positive Gefühl der »Selbstvergewisserung«, wie Helgas Zunft der Soziologen dies nannte. Das Telefon holte mich zurück und aus dem Bett. Es war der Hauptkommissar, der sich kurz entschuldigte und dann mitteilte, dass seine Abteilung diesen Samstag durcharbeiten werde.

»Und auch in Griechenland gibt es ein paar Verrückte!«

Es war halb acht Uhr, ich widersprach ihm nicht.

»Könnten Sie bitte heute am Nachmittag zu uns nach Passau kommen? Und noch etwas: Würden Sie bitte am Montag auf AW-Kosten für mindestens einen Tag nach Athen fliegen? Ich organisiere, dass Joe Endorfer mitfliegt. Den Expolitiker bewacht dann ein polizeilicher Personenschützer.«

Es war zwar ein bisschen viel und kam für mich äußerst ungelegen, aber ich hatte selber schon mit diesem Gedanken gespielt. Wiesinger war ja relativ kurz vor seinem Verschwinden in Griechenland gewesen. Aufgrund unseres gegenwärtigen Wissensstandes war das plötzlich alles andere als uninteressant. Die Olivenmaische mit dem Heroin kam von dort und vielleicht auch das Motiv für Wiesingers plötzliches Verschwinden.

»Gut, ich bin etwa um 14 Uhr bei ihnen!«, sagte ich zu.

»Vielen Dank, die Polizei bestellt die Flugtickets für Montag und organisiert die Begleitung durch Joe Endorfer!«

Als ich um 10 Uhr in Helgas Armen, genauer ihren Achselhöhlen, zum zweiten Mal durch das Telefon geweckt wurde, war es Kemal. »Tschuldigung Chef, lebst du noch? Ich habe so abartig krassen Hunger!«

»Ein gutes Zeichen«, strahlte Helga. »wir haben den braven Jungen tatsächlich vergessen! In zwanzig Minuten gibt es Frühstück!«, rief sie über mich hinweg in den Hörer.

Wir frühstückten auf der Terrasse in Schlafanzug und Bademantel. Nur Kemal war voll angezogen und roch entfernt nach Pferd. Kaum hatte uns Anna-Sophia durch ihr Küchenfenster erspäht, wurden wir stürmisch winkend von ihr begrüßt.

»Wenn du einmal nachmittags hier sein solltest, laden wir dieses Nachbarskind zum Kuchen ein!?«, meinte ich zu Helga.

»Wird gemacht. Und Monika und Mike laden wir dazu!«, war die Antwort.

»Irgendwie lebe und erlebe ich gerade im Zeitraffer!«, stellte ich fest.

»Wir werden dann in Griechenland gemeinsam entschleunigen!«, versprach Helga.

Kemal ging bald nach oben. Er musste »sichern« und sein Lehrbuch für Reitanfänger weiter studieren. Ich bat Helga um Aufklärung über den Zustand ihrer Ehe. In vier Wochen war bereits der Scheidungstermin angesetzt. »Mein Exmann fällt aber keineswegs ins Nichts. Er hat seit über fünf Jahren ein Verhältnis mit seiner Büroleiterin«, erklärte sie mir.

Derzeit wohne sie, Helga, in einem der Stadthäuser des Noch-Ehepaars in Pfarrkirchen. Es gehöre, wie andere Besitztümer auch, bereits ihr. »Gütertrennung und Steuersparen!«

Ich war froh, dass ihre Verhältnisse offensichtlich geklärt waren. Zum Abschied gab es eine lange Umarmung auf der Terrasse, bewinkt und beklatscht von Anna-Sophie.

»Ich denke, dass die Tage deines Alleinschlafens langsam wieder gezählt sind!«, sagte Helga, als ich sie mit dem Revolver unter der Jacke zum Auto brachte.

Kaum war sie abgefahren, versuchte ich auf meinem Wohnzimmerteppich einen Freudenkopfstand – und fiel natürlich aufs Kreuz. Ich blieb einfach liegen, ich konnte mein neues Glück eigentlich noch gar nicht fassen.

Meine erste Ermittlertätigkeit nach dieser ereignisreichen Nacht bestand in einem Anruf in Griechenland. Jannis war erreichbar. Er lachte und erzählte mir, sein Bruder läge gerade im Koma, bekomme aber langsam wieder Boden unter den Füßen. Ich wurde direkt. Es gehe bei dieser Geschichte um Mord und Drogenhandel. Ich selbst flöge deswegen in Absprache mit der hiesigen Polizei am Montagmorgen nach Athen. Ich fuhr fort:

»Die genaue Ankunft wird noch mitgeteilt. Ich benötige dringend Thanassis einen ganzen Tag, wenn es geht, mit Auto. Ich zahle 1000 Euro. Und noch einmal zweihundert dazu, wenn wir in meiner Sache Erfolg haben. Ich komme nicht allein, ich werde einen Leibwächter dabei haben!«

Jannis pfiff in den Hörer: »Legen Sie doch noch einmal 1000 Euro darauf, und Sie haben einen zweiten Personenschützer!«, sagte er zu meiner Überraschung.

»Was sind Sie denn von Beruf?«, fragte ich zurück.

»Kriminalpolizist«, kam als Antwort. Der Deal war abgemacht. Ich versprach, ihm heute noch die Flugdaten zu übermitteln.

»Übrigens wird meine Ermittlungstätigkeit mit der Athener Polizei abgesprochen. Ich nehme an, die kommt sogar zum Flughafen!« »Wunderbar! (Orea!)«, meinte Jannis. »Vielleicht bekomme ich ja einen offiziellen Auftrag, Sie zu begleiten! Aber zahlen müssen Sie mich trotzdem, in bar!«

»Jannis, ich kenne Griechenland!«, versicherte ich ihm und wir verabschiedeten uns lachend. Heute war ich außergewöhnlich gut bestrahlt, schien mir. Bis mir wieder die bisher zwei Toten einfielen, der Räuber der Firmenunterlagen, erschossen in Italien, und der tote Vertreter von gestern. Und die für mich bedrohliche Tatsache, dass ich neuerdings im Milieu von Drogenschmuggel und Drogenhandel ermitteln musste.

Serkan versprach nach meinem Anruf, pünktlich um 13 Uhr an unserem Haus zu sein, Kemal abzulösen und mit nach Passau zu fahren. Mir gingen anschließend recht gemischte Gedanken über unsere Ermittlungen durch den Kopf, wenn mir dabei öfter auch einmal Helga ins Bild lief. Ich saß noch im Büro und grübelte, als sich Kemal über Funk meldete:

»Chef, Gefahr! Die krass-nette Dame kommt zurück!«

In der Tat stand Helga vor der Tür mit »einer Kleinigkeit zu Essen für dich und Kemal«.

»Du darfst ruhig sagen, dass du mich noch einmal sehen wolltest. Mir geht es genau so!«, lächelte ich sie an und wir umarmten uns heftig im Hausgang. Da sie sich kenne, verweigerte sie das Betreten des Wohnzimmers und fuhr standhaft wieder weg. Ich war noch satt vom Frühstück, Kemal aber hatte keinerlei Probleme mit »dem bisschen Nahrung«. Ich arbeitete später etwas unkonzentriert an meinen Aufzeichnungen und um ein Uhr saß ich dann mit Serkan im Auto Richtung Passau.

Im Kommissariat war Hochbetrieb.

»Wir wollen keine Zeit verlieren, sonst verwischt die Gegenseite die Spuren oder die Herrschaften setzen sich ab!«, erklärte der Hauptkommissar.

Nebenbei freute er sich, dass ich kommen konnte. Zusammen mit Kommissar Steininger, der offenbar in seinem Büro wohnte, wurde ich über den neuesten Stand informiert. Die Obduktion der Leichenreste hatte ergeben, dass der Mann voller Heroin und durch einen aufgesetzten Schuss getötet worden war.

»Von Dimitri!«, meinte ich.

Der Hauptkommissar blickte mich überrascht an.

»Na ja, aus Eifersucht vielleicht. Luise hat uns doch erzählt, dass der Vertreter sich mit ihr treffen wollte und dann leider nicht mehr kommen konnte! Wenn Sie wollen, ruf ich Luise an und frag genauer nach.«

»Bitte tun Sie das. Für ihre Vermutung spricht auch, dass die Griechen Dimitri im Herbst 1997 bei Athen aus dem Meer gefischt haben. Er war vorher durch Genickschuss regelrecht hingerichtet und offenbar zur Abschreckung so ins flache Wasser gelegt worden, dass er gefunden werden musste. So bestraft die Unterwelt demonstrativ Mitglieder, die gegen Regeln verstoßen haben!«

Die Olivenmaische aus dem Wald in der Nähe des Ziegenhofes war noch nicht endgültig untersucht. Allerdings fand das Polizeilabor darin bereits Spuren von Heroin, vor allem aber eines Lösungsmittels. Erst eine endgültige Untersuchung konnte klären, auf welche Weise das Heroin in der Maische gespeichert war.

Die Polizei hatte auch die Zufallsaufnahme von dem Dr. Antonio bearbeiten lassen. Es war darauf jetzt relativ gut ein Mann mit hellen Haaren zwischen vierzig und fünfzig zu erkennen.

»Sie müssen eine Kopie des Bildes mitnehmen und bitte in Griechenland klären, ob dieser Dr. Antonio identisch ist mit dem Qualitätsprüfer, der nach Aussage des italienischen Olivenhändlers dort im Auftrag des Herrn Wiesinger tätig war. Wir müssen für unsere Vorstellung vom Weg des Heroins so viele Beweise oder

Hinweise wie möglich sammeln. Übrigens, ich musste Sie deswegen bitten zu fliegen, weil meine Vorgesetzten noch nicht kapiert haben, welche Dimensionen der Fall haben könnte«, erläuterte der Hauptkommissar abschließend bedauernd.

Ich informierte, dass ich mich mit Wiesingers Fremdenführer auf seiner Griechenlandreise von 1997, also kurz vor seinem Verschwinden, treffen würde. »Vielleicht können wir ja auf diesem Wege auf ein Motiv für Wiesingers Beseitigung stoßen. Verprügelt worden ist er übrigens damals in Griechenland auch!«, erinnerte ich. Die beiden Polizisten nickten heftig. »Wir brauchen für die nächsten Schritte unserer Ermittlung ein Motiv für das Verbrechen, um weiterzukommen. Wenn Sie ein solches mit aus Griechenland bringen, werden Sie postwendend zum Ehrenmitglied der Passauer Kriminalpolizei erklärt!«

»Danke für die Aussicht. Mir reicht es schon, wenn Sie hoch und heilig versprechen, nie mehr zu behaupten, noch nie hätte ein Exlehrer einen brauchbaren Hinweis geliefert!«

»Schnee von gestern!«, lachte der Hauptkommissar und legte mir den Arm auf die Schulter. Ein Betriebsklima hatten wir in der Zwischenzeit! Ich sagte noch, dass mich zusätzlich ein griechischer Kriminalpolizist aus Tripolis privat begleiten werde. Und dass Rang, Name und Telefonnummer des Kollegen in Athen, mit dem Passau in diesem Fall zusammenarbeite, für meine Ermittlung sehr förderlich sein könnten. Ich erhielt, was ich wollte und zusätzlich die Daten unseres Fluges. Joe Endorfer erwarte mich übermorgen um fünf Uhr früh am Schalter der Fluggesellschaft. Seine Waffe werde die Polizei für Joe heute noch nach Griechenland senden. Er bekomme sie am Flughafen in Athen von der dortigen Polizei zurück.

Die Polizei habe auch die kleine Transportfirma aus Ulm, die Firma Binder, überprüfen lassen und den Inhaber, der zugleich der Fahrer war, vernommen.

»Es ergaben sich aber erwartungsgemäß keinerlei Hinweise auf irgendwelche Unregelmäßigkeiten. Sonst wäre ja auch unsere Theorie falsch gewesen! Der Auftraggeber der Firma Binder war übrigens Wiesinger, der damals behauptete, der Auftrag würde sich für ihn nicht rechnen«, erläuterte der Hauptkommissar.

Um diesen Vorgang abzuschließen, wäre es gut, wenn ich nochmals mit dem Geschäftsführer des Olivenhandels in Ancona darüber sprechen könnte, meinte Steininger. Ich versprach, dies anschließend zu versuchen.

Wir spekulierten dann noch, wie bis zum Verschwinden Wiesingers die präparierten Dosen in die Ladung für Frankfurt kamen. Vielleicht könnte ich ja in Erfahrung bringen, welche Rolle genau dieser Qualitätsprüfer dabei gespielt habe. Woher aber die heroingefüllten Dosen letztlich kamen, war wohl noch eine weitere ungelöste Frage. Vielleicht ergab sich ja für mich eine Gelegenheit, hier vorsichtig nachzufragen, ohne den empfindlichen Griechen zu nahe zu treten.

Soweit meine Aufträge. Ich telefonierte zuerst mit Jannis und gab unsere Flugnummern und Flugzeiten und die Daten des für uns zuständigen Polizisten in Athen durch. Jannis hatte bereits mit seinem Bruder gesprochen und kündigte an, dass am Montag alles nach Plan laufen werde. Danach war die schöne Luise an der Reihe. Heute hatte Onkel Emanuel »Dienst«. Es war aber nicht nötig, Luise zum Erzählen zu motivieren. Ich erfuhr, dass Dimitri nach dem Tode des »Vertreters« gedroht habe, es werde jedem so ergehen, wenn er Luise nicht in Ruhe lasse. Natürlich fragte sie mich noch, ob ich schon mit meiner Freundin gesprochen habe. »Ich werde dies heute Nacht nachholen«, versprach ich und wurde mit einem langen gesungenen »Tschüüüüss!« verabschiedet. Ich schrieb ein kurzes Protokoll über das Telefonat und gab Onkel Emanuel als Zeugen mit an.

Selbst Herr Blauthaler, der Olivenhändler, war in seinem Büro in Ancona. Er musste gerade das Abpacken einer großen Ladung

Olivenblätter organisieren und beaufsichtigen. Herr Binder sei absolut integer. Er fahre heute noch im Namen der Firma in Ancona kleinere Aufträge nach Deutschland und Österreich. Es habe noch nie Unregelmäßigkeiten gegeben. Ich schrieb auch dieses nieder. Am Ende übergab ich die Ergebnisse an die beiden Freunde von der Polizei. Sie waren froh, hier nicht weiter suchen zu müssen.

Ich wollte noch wissen, ob die Firma Dreier in Hamburg schon kontrolliert worden sei. Soeben sei ein erstes Ergebnis aus der zentralen Drogenfahndung in München gekommen. Die Firma Dreier habe sich 1997 (!) aufgelöst. Der Besitzer, ein Grieche, sei natürlich spurlos verschwunden. Interessant sei weiter, dass diese Firma offiziell Durchlauferhitzer vertrieb und jeder der fünf »Vertreter« mehrere dieser Geräte im Auto gehabt hätte. Dies hätten Nachbarn des verwahrlosten Grundstückes berichtet. Einer dieser Nachbarn wusste von einer wilden Müllkippe in der Nähe, in die auch die Firma Dreier ab und an Müll entsorgte habe. Kommissar Steininger:

»Vor einigen Jahren hatte der Bezirk begonnen, diese Müllkippe aufzufüllen. Das Umweltamt bekam Wind und die Aktion wurde, kaum begonnen, abgeblasen. Als die Hamburger Polizei graben ließ, fand sie deswegen sehr schnell drei alte Durchlauferhitzer. Die Rückwand war jeweils abzuschrauben, wichtige Teile aus dem Innern waren entfernt, sodass ein veritabler Hohl- und Versteckraum entstanden war. In einem der Geräte hatte sich im Innern ein Stück einer Plastiktüte an einer Schraube verheddert. In einer Blase dieses Tütenrestes waren Spuren von Heroin nachzuweisen. In ganz Bayern ist eine Aktion angelaufen. Es werden alle Pensionen und Hotels aufgerufen, sich zu melden, wenn bis 1997 bei ihnen ›Vertreter‹ der Firma Dreier Zimmer gemietet hatten.« Kommissar Steininger berichtete dies nicht ohne Genugtuung.

Im Kommissariat war es ruhiger geworden.

»Wir machen am Montag weiter, wenn kein anderes Kapitalverbrechen dazwischen kommt!«, versprach Aichinger. Beide Polizisten wünschten mir einen guten Flug.

»Ich denke, Sie sind im Augenblick in Griechenland, umgeben von Polizei und zwei Profi-Leibwächtern, sicherer als hier. Wenn wir diesen Fall lösen, dann nur durch die Tatsache, dass der gestörte AW-Besitzer einen ehemaligen Lehrer zum Schulfreund hatte«, grinste Aichinger. »Schleimer, verbeamteter!« rächte ich mich und wir umarmten uns kurz. Serkan war froh, dass wir zurückfuhren. Ich übrigens auch. Und als Monika abends gegen neun Uhr anrief und scheinheilig fragte, ob sie kommen könnte, musste ich ihr leider sagen, dass mein Bett schon mit einer krass-netten Dame belegt war.

~

Fast hatte ich ein schlechtes Gewissen, aber Mike hatte mir auf Bitten von Monika Namen, Anschrift und Telefonnummer des Händlers mit Olivenprodukten im Süden von Athen mitgeteilt. Das »Fast-schlechte-Gewissen« bezog sich dabei vor allem darauf, dass ich ihn im Einvernehmen mit der Polizei wieder bitten musste, seinem Vater nichts über meine Kurzreise nach Griechenland zu berichten. Ich hatte gestern abends noch mit Alfons telefoniert. Er war »stocksauer« und »enttäuscht« und hatte sich von mir »eigentlich mehr erwartet«. Es stelle sich aber heraus, dass ich »außer Herumhuren« und »Familien auseinander Reißen« kein besonderes Talent für den neuen Job habe. Ich begriff endgültig, dass ich den Fall, wenn überhaupt, die letzte Strecke ohne den Auftraggeber lösen musste. Seine negativen Seiten, das war die nächste Erkenntnis, und sein offensichtlich immer noch zutiefst gestörtes Verhältnis zu mir überwogen leider die durchaus vorhanden positiven Ansätze. Die Ermittlertätigkeit hatte mir bisher intensive Begegnungen und Beziehungen beschert, Alfons Weinberger, Schulfreund hin oder her, hatte definitiv keinen Anteil daran. So fragte ich lediglich:

»Du bist aber schon weiter daran interessiert, dass ich den Fall löse?«

Was er mit einem harschen »Frag doch nicht so blöd!« abtat.

Meine weitere Botschaft, ich müsse aus persönlichen Gründen

den Montag und vielleicht den Dienstag in München verbringen, nahm er kommentarlos zur Kenntnis. Ich hatte übrigens ihm gegenüber so gut wie keine Skrupel, damit nicht bei der Wahrheit zu bleiben.

Heute, Sonntag, kurz vor sieben Uhr am Morgen, war dann Tochter Nora wieder am Geheimtelefon. Fleischmann habe sie beauftragt, mich »aus irgendeinem Grunde« anzurufen und nach dem Stand der Ermittlungen zu fragen. Ich wollte Noras Glaubwürdigkeit gegenüber Fleischmann stärken und versprach, sobald ich die Zeitungsartikel für Montag in Händen haben werde, ihr diese zu faxen. Ansonsten erzählte ich ihr kurz, was wir erreicht hatten. Dabei schlug ich ihr aber vor, Fleischmann gegenüber vorerst nur davon zu reden, dass ich sehr geheimnisvoll getan und sie auf die Zeitungsartikel vertröstet hätte.

Sie berichtete mir, dass Fleischmann »kaum mehr zum Aushalten sei« und sich benehme »wie ein gefangenes Raubtier«. Er habe einige seiner Muskelmänner im Haus, es sehe so aus, als fühle er sich bedroht. Dabei benehme er sich ihr gegenüber sehr widersprüchlich. Manchmal sei er »ausgesprochen nett« und er habe ihr seit Langem einmal wieder über den Kopf gestreichelt. Ein andermal aber sei er schroff und starre sie fast hasserfüllt an.
»Ich möchte bei dir sein, in der Sonne liegen und dir, wenn mir danach ist, meinerseits über den Kopf streicheln, du Übervater! Und natürlich Geschichten hören und für dich singen. Mensch Michael, ich übe gerade Brecht/Weill ›Surabaya Jonny‹ ein. (»Nimm doch die Pfeife aus dem Maul du Hund!«, zitierte sie mit ihrer übernatürlichen Stimme den Sprechtext daraus.) Ich werde dir die Ballade garantiert bei nächster Gelegenheit vorsingen. Es gibt wirklich so viel Schönes, unsere bisherigen ›Inszenierungen‹, wie du das nennst, gehören unbedingt dazu! Und ich werde sehr vorsichtig sein die nächste Zeit, versprochen!«
Ich küsste sie über Telefon auf die Wange, »Zusatzväter« können das. Wenn wir bloß wüssten, ob Fleischmann »nur« wegen sei-

ner befürchteten Enttarnung als falscher Saubermann nervös war oder auch in Wiesingers Geschäfte verwickelt war. Ich informierte Nora, dass ich für einen oder zwei Tage in Griechenland sein würde, und gab ihr »für alle Fälle« die Handynummer von Jannis.

»Offiziell aber bin ich ›aus persönlichen Gründen‹ in München. Diese Version gilt natürlich auch für Fleischmann!«, schärfte ich Nora zum Abschluss ein.

»Verstanden!«, sagte Tochter Nummer zwei, küsste ebenfalls über Telefon und legte auf.

Kurz darauf, ich wollte gerade wieder zu meiner »krass-netten Dame« ins Bett gehen, rief der Kriminalpolizist Jannis aus Griechenland an. Ob ich denn Angaben zu den Personen hätte, die wir morgen besuchen müssten. Er würde versuchen, uns anzukündigen. Da wir neben seinem Bruder Thanassis vor allem den Olivenhändler »befragen« wollten, gab ich ihm die Daten des Eigentümers dieser Handelsfirma, Herrn (Kirios) Sindichakis. Ich legte Jannis ausführlich den Stand unserer Ermittlung dar. Jannis war schnell im Bilde. Da Joe und ich etwa um 9.30 Uhr griechischer Zeit landen werden, versuche er für 11 Uhr Ortszeit bei dem Leiter des Handelsunternehmens einen Termin zu bekommen. Vorher aber werde er so viel wie möglich über den Olivenhändler zu erfahren versuchen. Zum Abschluss unseres Gespräches verriet mir Jannis dann noch, dass er in seiner Freizeit, aber im dienstlichen Auftrag als einer meiner Personenschützer tätig sei. Ich war neugierig auf diesen Mann, bislang war er erfreulich zuverlässig gewesen.

Später fand ich dann noch ein Fax in meinem Gerät. Die unermüdlichen Passauer Polizisten teilten mir mit, dass bei Befragungen durch Münchner Beamte eine Reihe von Pensionen und kleinen Hotels rund um die drei »Problemclubs« Dreier-Vertreter als regelmäßige Übernachtungsgäste angegeben hätten. Ich revanchierte mich und faxte meinerseits, was ich von Nora-Tochter über den aktuellen Zustand von Fleischmann erfahren hatte. Auch dass Fleischmann heute Abend die Artikel für Montag in Händen haben werde, teilte ich mit. Ich bat eindringlich darum, die Bewacher am »Ziegenhof« zu warnen. Sollte der Typ Fleischmann tatsächlich mit Wiesinger Geschäfte gemacht haben, stand er von nun an ganz oben auf der Liste der Verdächtigen. Das war allerdings kein aussagekräftiger Rang, da wir sonst konkret niemanden verdächtigen konnten. Es fehlte uns eben immer noch das Motiv!

Ich war der Meinung, ich hätte nun für einen Sonntag genug für die Ermittlung getan und wollte endlich wieder zu Helga ins Bett. Zu meiner Enttäuschung war das Bett aber leer und die krass-nette Dame kam gerade aus dem Bad zurück. Sie hätte nämlich mit Monika und Mike ein gemeinsames Mittagessen geplant und dazu auch Fritz Jung eingeladen. Auch »die wachhabenden Kemal und Mani« bräuchten »Atzung«. Unser Nachbarskind sei leider heute bei ihrer Patentante. Ich musste meine ganze Verhandlungskunst aufbieten, um Helga davon zu überzeugen, dass mir als gestresstem Sonntagsermittler moralisch einfach noch fünfzehn Minuten gemeinsame Zeit im Bett zustanden. Ich konnte mich letztendlich durchsetzen!

Danach frühstückten wir auf der Terrasse zusammen mit den Wachhabenden. Eintreffen von Monika und Mike als Vorhut, geschäftiges Treiben in der Küche mit niederen Tätigkeiten für Mike und mich. Eintreffen von Fritz Jung mit den fertigen Artikeln. Er hatte Augenringe, war zerzaust, aber glücklich.
»Journalistisch ist dies alles ein Wahnsinn!«, kommentierte er mit müden, aber strahlenden Augen. Die Artikel waren in der Tat Knüller. **»Volltreffer! Der verschwundene Fuhrunternehmer Günter Wiesinger war Drogenkurier. Die Arbeitsgruppe bei Dr. Klein und unsere Leser haben richtig vermutet. Polizei und Ermittler konnten dies am Wochenende nachweisen!«** Diese Aussagen sollten wie sonst nur bei der Boulevard-Presse in großen Lettern fast eine halbe Seite füllen. Weiter war ein groß aufgemachter Artikel geplant über die vormaligen Geschehnisse am »Ziegenhof« und den aktuellen Fund von Heroinresten, über den

grausigen Leichenfund und den Einblick in einen Teil des Weges, den das Heroin damals genommen hatte. Natürlich fand sich auch breit angelegt und aufbereitet das Ergebnis der Leserbefragung, dazu Hintergrundartikel über den Drogenhandel in Niederbayern, die Wirkungsweise und Gefährlichkeit von Heroin und vieles andere. Ich dachte mir im Stillen, Fleischmann werde von der Brücke springen und der überraschte Alfons explodieren. Ich schlug Mike und den anderen vor, relativ spät nach Redaktionsschluss eine Kopie aller Artikel an Alfons zu faxen und mit folgendem Hinweis zu beginnen: »Nachdem die Polizei die interne Nachrichtensperre aufgehoben hat ...«!

Ich telefonierte dann doch kurz mit Hauptkommissar Aichinger, der wie zu erwarten »in dieser heißen Phase wenigstens stundenweise« in seinem Büro saß. Er gab uns grünes Licht für unsere Pläne in Griechenland und unsere konkrete Informationspolitik und machte sich Sorgen um Nora.

»Sobald Fleischmann verdächtige Bewegungen unternimmt, starten wir eine wirklich intensive Überwachung!«, versprach er.

Er war froh darüber, dass Nora seine Nummern hatte und auch mich in Griechenland erreichen konnte. Und er fand Fritz Jungs Entwürfe »einfach Klasse«. Ich reichte Fritz das Telefon, der Hauptkommissar wiederholte das Kompliment und Fritz musste aufstehen und umher gehen, um seine Emotionen in den Griff zu bekommen. Er übernahm es anschließend freiwillig, Alfons heute spätabends die Artikel und einen kurzen Begleittext zuzufaxen.

Zur Krönung des Sonntags gab es ein schmackhaftes Mittagessen auf der Terrasse ohne Sticheleien, sondern begleitet von Freundlichkeit und Wertschätzung füreinander. Das Experiment der beiden Frauen war geglückt. In mir war geklärt: Ich hatte eine tolle Tochter gewonnen und eine ebensolche Geliebte, die mit Glück und Klugheit von uns beiden »Lebensabschnittspartnerin« für den gerade gestarteten letzten Abschnitt werden könnte. Nach dem Essen wurde noch Kaffee serviert und dann brachen unsere Gäste auf, rücksichtvoll wie sie waren. Monika und ich tauschten neben Vater-Tochter-Küssen unser ernst gemeintes »Schön, dass es dich gibt!« aus, Fritz umarmte alle, linkisch wie immer. Helga und ich blieben auf der Terrasse, »kuschelten« ein wenig und hatten uns viel zu erzählen. Wir lagen zurückgezogen im Schatten. Es war wieder einmal ein heißer Tag. Und wir wollten auch nicht riskieren, dass unser Nachbarskind, sollte es nach Hause kommen, einen völlig falschen Eindruck von uns bekam.

∽

Um sechs Uhr stand Serkan wie vereinbart wieder auf der Matte. Wir besprachen etwa eine Stunde später bei belegten Broten den Einsatzplan für die nächsten Tage. Serkan übernahm freiwillig meine Begleitung zum Flughafen, musste dann tagsüber dort bleiben und fuhr mit mir zurück. Joe kam nämlich direkt von seinem Job bei dem Expolitiker im Gebirge und musste nachts gleich wieder dorthin zurückfahren. Wir bestellten Serkan ein Zimmer in einem Flughafen-Hotel, damit er nicht auf dem Flughafengelände herumlümmeln musste. Und am Ende als verdächtiger Ausländer mit Gasrevolver verhaftet würde! Vorsorglich gab ich ihm auch noch die Telefonnummer der Passauer Kriminalpolizei. Die beiden anderen Wachmänner hatten die Aufgabe, auf »Frau Monika« aufzupassen, Kemal durfte über Mittag zu seinen Pferden. Abends war es ihre Pflicht, wie immer das Gebäude zu sichern und diesmal zusätzlich auf die Rückkehr von Serkan und mir warten.

Ich rief dann noch Monika auf ihrem Handy an, teilte ihr unsere Pläne für morgen mit und bat sie, morgen möglichst ohne Unterbrechung für »Telefonbereitschaft« zu sorgen. Ich versprach, ihr die Handynummer von Jannis auf den Schreibtisch zu legen für den Fall, dass sie mich über mein deutsches Handy nicht erreichen könne. Jannis spreche Englisch. Ansonsten müsse sie leider damit rechnen, dass Alfons wütend anrufe und nach mir suchen wolle. Ich schärfte ihr ein, dass die interne Nachrichtensperre der Polizei eine Vorsichtmaßnahme gewesen sei, um auch ihn, Alfons, zu schützen. Und dass sein Ermittler in München bei seiner alten Tante sei, der es sehr schlecht gehe. Sie, Monika, habe auch schon versucht, ihn zu erreichen. Er habe sein Handy im Büro vergessen (»der Depp!«, wird Alfons sagen), komme aber wahrscheinlich am selben Tag nachts zurück. Sie wünschte mir für morgen viel Glück, ich nannte sie zum Abschied »Kupplerin, liebe« und sie konterte mit »gleichfalls, nur männlich!«

Mani und Serkan ließen es sich nicht nehmen, Helga bis Pfarrkirchen auf ihrem Kleinmotorrad zu begleiten. Ich wäre gerne selbst mit dem Auto hinterher gefahren, Serkan gab mir aber zu bedenken, dass ich auf diese Weise Helga unter Umständen in einen Anschlag auf meine Person »hineinziehen« könnte. Ich ließ es bleiben und fand mich damit ab, zwei Nächte ohne meine hoffentlich neue Lebensabschnittsgefährtin verbringen zu müssen. Die beiden Leibwächter waren so taktvoll, während unseres Abschiedsrituals nach draußen zu gehen, um zu sichern.

Ich verordnete mir zwanzig Minuten Teppich, um »auszuträumen« und mich wieder zu sammeln. Dann packte ich meinen »Pilotenkoffer« und setzte mich danach an meinen Schreibtisch, um meine Ermittlungsziele für den kommenden Tag zu fixieren. Die Wachmannschaft hatte sich wie abgesprochen über Funk gemeldet. Als gedachten Abschluss des Tages nahm ich für geplante zehn Minuten auf der Terrasse platz, um die laue Sommernacht zu genießen.

Ich kämpfte gerade mit mir, ob ich schon wieder Helga anrufen sollte. Da fiel mir auf, dass Anna-Sophie am Fenster stand, typisch winkte und dann atypische Gesten machte. Sie deutete nach unten in den Weinbergerschen Gartenabschnitt, der zwischen den beiden Häusern lag. Zum Zwecke des Sichtschutzes war er relativ dicht mit Büschen bepflanzt. Und dann deutete sie mit dem Finger auf mich und machte danach eindeutig die Geste des Telefonierens. Nach drei Versuchen ihrerseits hatte ich kapiert. Ich holte mir das örtliche Telefonbuch auf die Terrasse, suchte »Speckmeier« und rief an. Anna-Sophie verschwand kurz vom Fenster, kam mit dem schnurlosen Telefon am Ohr zurück und meldete sich aufgeregt.

»Bei dir im Garten sitzt ein Mann mit schwarzer Mütze und gefleckten Anzug und schaut auf eueren Hof und eueren Garten!!«

»Anna-Sophie, geh bitte nicht zu nah ans Fenster! Kannst du sehen, ob er etwas in der Hand hat?«

»Ja natürlich, in der einen Hand eine Art Gymnastikkeule und in der anderen ein großes Telefon!«

»Du bist eine tolle Detektivin. Bleib bitte am Telefon, ich gehe einen Stock höher und schau mir das an. Rede aber erst wieder ins Telefon, wenn ich mich melde. Einverstanden!?«

»Roger!«, sagte das kleine Mädchen. Fernsehen bildet eben doch!

Ich war ganz schön aufgeregt und informierte meine Truppe über unseren Funk. Die Aufregung sprang sofort über. Bis ich mit Revolver bei ihnen oben in der Wohnung war, hatten sie schon ihre schwarzen Mützen auf und waren voll bewaffnet mit Schlag-Taschenlampen und Gasrevolvern. Wir lugten vorsichtig von oben in den Garten. Der Typ war gut versteckt, dank der Beschreibung von Anna-Sophie konnten wir aber schwach seine Umrisse hinter dem Busch erkennen.

»Anna-Sophie, bist du noch da?«, fragte ich ins Telefon.

»Ja«, kam es zurück geflüstert.

»Hat der Mann in der Zwischenzeit etwas getan?«

»Er hat in sein ... sein Funkgerät, jetzt ist mir das Wort wieder eingefallen, kurz hinein gesprochen!«

»Danke, Kollegin, wir melden uns wieder. Bleib einfach am Telefon, sag aber nichts ungefragt!«

»Roger und over!«, sagte das Mädchen.

Ich schickte Mani in das unausgebaute Dachgeschoss mit seiner großen Gaube. Er solle vorsichtig Ausschau halten, ob er ein geparktes Auto mit wahrscheinlich drei weiteren Insassen entdecken konnte. Er konnte. Er gab dank Nachtglas sogar Autotyp und

Landshuter Kennzeichen durch, die Serkan sofort auf einen Zettel schrieb. Ich bat Mani, auf seinem Posten zu bleiben und uns sofort anzufunken, wenn die Insassen aus dem Auto stiegen und sich Richtung Haus in Bewegung setzten.

»Im Augenblick rauchen die Trottel!«, meldete Mani.

Auf mich kam eine schwere Entscheidung zu. Ich musste sie entweder alle verscheuchen, indem wir ihnen zeigten, dass sie entdeckt worden waren. Oder ich musste für mich als Laienermittler und meine Laienpersonenschützer das Risiko eingehen und den Gruppenführer unten im Busch fangen. Ich besprach dies mit Serkan und Kamal. Beide waren sofort für Fangen. Mir war absolut nicht wohl dabei. Ich war nun einmal kein Held. Aber offensichtlich hatte der Mann wenigstens keine scharfe Waffe in der Hand.

Wir schmiedeten einen Plan. Kemal stellte sich mit Gasrevolver und Taschenlampe hinter die leicht geöffnete Haustür. Sollte der Typ über den Hof fliehen wollen, war es an Kemal zu versuchen, ihn zu stoppen. Serkan und ich wollten uns über die Terrasse an den Mann heranschleichen und versuchen, ihn zu überrumpeln. Der Zaun zu Anna-Sophies Elternhaus und zum nächsten Haus hügelaufwärts war relativ hoch und mit einer kräftigen Hecke bepflanzt. Der Mann musste eigentlich uns oder Kemal in die Hände laufen. Und Serkan hatte dazu noch eine prima Idee, die ich der klugen Nachbarstochter über Telefon mitteilte. Sie kicherte und war sofort einverstanden. Ich bekam von Serkan die Jacke eines dunklen Trainingsanzuges und eine »krasse Mütze« verpasst und informierte Mani über unseren Plan. Ich verordnete Funkstille. Sollten die drei im Auto ausgerechnet jetzt aussteigen und zu unserem Haus gehen, sollte er einfach mit dem Gasrevolver zwei Mal in die Luft schießen.

Wir zogen los, mir zitterten erwartungsgemäß schon wieder die Knie. Serkan, der sich mit einer Creme aus Joes Utensilien das Gesicht geschwärzt hatte, übernahm die Führung.

»Du bleibst bitte hinter mir, Chef. Eigentlich darfst du ja gar nicht mitgehen!«

»Das würde dir so passen!«, spielte ich auf cool.

Wir schlichen uns über die Terrasse, verfolgt von den Blicken unserer kleinen Nachbarin, an der Stirnseite unseres Hauses entlang. Serkan übernahm mein Telefon, machte mir Zeichen zu warten und kroch auf allen Vieren näher an den Kauernden heran. Dann warf er sanft das Telefon hinter die Position des Mannes, ich riss die Arme hoch und Anna-Sophie schrie wie abgemacht in das auf volle Lautstärke gestellte Telefon:

»Hau ab, du blöder Hund. Du sollst abhauen!«

Der Mann fuhr hoch, Serkan war in Sekunden bei ihm, leuchtete ihm ins Gesicht und hielt ihm seinen Revolver vor die Nase. Ich stolperte mit meinem echten Revolver hinterher. Auch der Buschmann hatte ein geschwärztes Gesicht und leistete zum Glück keine Gegenwehr. Kemal war sofort am Zaun, zielte ebenfalls mit dem Revolver auf den Mann und dichtete: »Leg deine Sachen in die Pfütze, sonst gibt's eine auf die Mütze!«

Der Mann verstand auch Gereimtes und legte vorsichtig Baseballschläger und Funkgerät auf den Boden. Der umsichtige Serkan schaltete das fremde Funkgerät aus, zog die berühmten Plastikbänder Joes aus der Tasche und band dem kräftigen Mann die Hände auf dem Rücken zusammen. Danach tastete er sehr professionell den Nachtkämpfer ab, förderte Schlüssel, Ausweis, Handy und ein langes Kampfmesser zutage und übernahm die Sachen. Danach funkte er Mani an:

»Funkstille aufgehoben, Operation erfolgreich, Alter!«

Ich holte mein Telefon aus dem Rasenstück, bedankte mich bei Anna-Sophie und trug ihr auf, sich eine Belohnung zu überlegen. Dann wandte ich mich an unseren Gefangenen:

»Keine Angst, ich muss Sie nur ins Haus bitten, da ich mit Ihnen reden will. Sie sind nämlich hereingelegt worden!«

Der Mann schwieg, wir zogen alle vier über die Terrasse in meine Wohnung. Ich bot dem Geschwärzten einen Sitzplatz an und setzte mich ihm gegenüber. Danach schob ich ihm die Kopie von den Artikelentwürfen von Fritz Jung zu.

»Sehn Sie, darum geht es. Wir sind Drogenschmugglern und Mördern auf der Spur. Diese bekommen langsam Angst und wollen den Verdacht auf ›die Rechten‹ legen. Ich wette, Ihr Verband hat eine große Spende erhalten mit der Bitte, als Gegenleistung meine türkische Wachmannschaft, ›Volksschädlinge allesamt‹, zu verprügeln. Mein Vorschlag: Ich nehme Ihnen die Handfesseln ab. Sie funken ihre Freunde im Auto an, sie sollen nichts unternehmen und auf Sie warten. Dann wählen Sie, ohne dass wir Sie beobachten, mit Ihrem Handy einen wichtigen Vorgesetzten an. Sie geben mir Ihr Handy, ich spreche mit ihm und dann sehen wir weiter. Alternative: Wir holen die Polizei, es gibt eine Anzeige und jede Menge Ärger. Die Polizei hätte dann einen Grund, ihren Verein auch wegen Verdacht auf Drogenhandel und Mord gründlich zu zerlegen. Was wünschen Sie?«

Der Mann seufzte und sagte dann laut und deutlich: »Ich bin mit Ihrem Vorschlag einverstanden!«

Also bekam Herr Münther – warum die bei solchen Aktionen Ausweise dabei hatten, war mir schleierhaft – die Plastikbänder ab. Kemal servierte ihm ein Glas Orangensaft und reichte ihm sein Funkgerät, womit er den »Kameraden« anordnete, »nichts zu unternehmen« und auf ihn zu warten. Und dann wählte er abgewandt eine Nummer auf seinem Handy. Offenbar wurde er zuerst angeschnauzt, er sagte aber nur kurz: »Notfall« und »Ihre Nummer ist weiter geheim«, und reichte mir sein Handy. Ich stellte mich vor, sagte, ich wolle gar keinen Namen wissen und erläuterte etwas ausführlicher als vorher, warum sie meiner Meinung nach hereingelegt worden waren. Die Durchschnitts-Männerstimme fragte nach, kannte offensichtlich den Fall Wiesinger und ich empfahl ihr dringend, die morgige Presse zu lesen. Die Stimme wurde nachdenklich, nach einigem Zögern fragte sie dann:

»Und was sind Ihre Forderungen?«

»Sie ziehen Ihre Truppe ab und lassen mich und die Polizei die Mörder und Drogenhändler finden. Die Presse erfährt nichts von

Ihrem nächtlichen Besuch. Der Plan der Verbrecher soll nämlich auf keinen Fall aufgehen! Ich habe aber noch eine Bitte: Sollten Sie herausfinden, wer gespendet und den Auftrag erteilt hat und Sie hereinlegen wollte, lassen Sie bitte nachts an seine Hauswand schmieren: ›Die Rechte lässt sich nicht täuschen!‹, oder wie Sie das sonst zu sagen pflegen! Und der Presse geben Sie einen Tipp, damit sie darüber berichtet.«

»Sehr geehrter Herr, bei unserer nationalen Ehre, wir gehen mit Ihnen diese Vereinbarung ein und werden sie halten!«

»Sagen Sie das bitte ihrem tapferen Kämpfer!« bat ich innerlich angewidert die Stimme, verabschiedete mich und reichte Herrn Münther das Handy. Er nickte, sagte mehrmals »Jawollll!« und der Deal stand. Wir rüsteten den Kämpfer wieder auf und geleiteten ihn zur Türe.

»Chef, du bist krass gut!«, strahlte mich Kemal an und schlug mir vorsichtig auf die Schulter.

»Ideen habe ich schon, aber wenn es dann ernst wird, bekomme ich sofort das große Zittern!«, gestand ich.

»Dafür hast du ja uns!«, meinte Serkan.

Wir klatschten ab, Mani wurde gerufen, der die vereinbarte Abfahrt der Truppe meldete und ich hielt eine Lobrede auf meine Armee.

»Bevor mir schlecht wird wegen unseres Besuches, brauche ich dringend etwas zu trinken.«

Darauf kochte Kemal oben in ihrer Wohnung einen würzigen türkischen Tee, wir trafen uns auf der Terrasse und feierten unser Erlebnis. Und weil Anna-Sophie wieder winkte, rief ich sie an, teilte ihr nochmals unsere Begeisterung über die nette Nachbarin mit und sagte ihr, dass es längst Zeit fürs Bett wäre. Sie versprach, sofort schlafen zu gehen, wollte mir aber noch ihre Vorstellung von der versprochenen Belohnung mitteilen: Sie wolle mit mir, Helga, Mike, Monika und den anderen das Thermalbad in Birnbach besuchen. Ich versprach hoch und heilig, alle zu fragen, sie legte auf und schien sich nach einem letzten Winken tatsächlich ins Bett zu legen.

Ich musste leider Hauptkommissar Aichinger wecken und ihm den Vorfall schildern. Er war erstaunlich schnell wach und bekam nach zehn Minuten Schilderung einen Lachkrampf, der erst durch einen Hustenanfall gestoppt werden konnte. Er fand unsere Lösung »genial« und als Dank dafür bekam er etwas für sein Archiv, nämlich die Autonummer der rechten Truppe und die gesamten Daten aus Herrn Münthers Ausweis. Serkan hatte, während Münther telefonierte, den Ausweis heimlich kopiert. Ein Schlitzohr – ich war dann so müde, dass ich alles stehen und liegen ließ und ins Bett ging. Die Kampftruppe versprach, Ordnung zu machen und Monika als einziger zu erzählen, was passiert sei. Allerdings nur, wenn sie ein Frühstück spendiere und schwöre, ihrerseits niemanden davon zu erzählen.

~

Serkan war die Zuverlässigkeit in Person. Er hatte mich auf die Minute genau geweckt. Er hatte auch Mani aus den Federn geholt und von beiden wurde dann mein Einstieg ins Auto abgesichert. Wir waren rechtzeitig am Flughafen, Joe wartete bereits am Schalter. Er hatte ein Geschenk dabei – für Serkan: »Personenschutz von A-Z. Mit zahlreichen Fallbeispielen aus der Praxis«. Serkan vergaß sogar, »Echt krass!« zu sagen. Danach hatte er es eilig, in sein Hotel zu kommen.

Auf dem Flug nach Athen informierte ich den braun gebrannten Joe über Entwicklung und Stand der Ermittlung. Er war beeindruckt und stolz auf die »Nachwuchs-Personenschützer«. Die Geschichte mit der Festsetzung des rechten Kämpfers musste ich zweimal erzählen. Anschließend diskutierte ich dann sehr ernsthaft und ausführlich mit Joe darüber, ob die Situation mir nicht über den Kopf zu wachsen begönne. Er fand, ähnlich wie zuletzt der Hauptkommissar, dass ich zumindest in Griechenland weitgehend sicher wäre.

»Warte doch einfach ab, was wir dort erreichen und entscheide dich dann!«, meinte er abschließend.

Danach konzentrierten wir uns auf das, was vor uns lag.

»Unsere zentrale Aufgabe ist der Versuch, ein Motiv für die Beseitigung des Drogenkuriers Wiesinger zu finden. Dazu befragen wir den Begleiter von Herrn Wiesinger nach Griechenland, den Lehrer Thanassis. Da die Reise nach Griechenland kurz vor dem Verschwinden des Fuhrunternehmers stattfand und das Heroin aus Griechenland kam, dürfte die Spur heiß sein. Als Nächstes besuchen wir den Olivenhändler bei Athen, in dessen Betrieb oder Umfeld die heroinhaltigen Dosen auf den Lastwagen nach Italien gekommen sein dürften – die Ladung vom Zoll abgenommen und plombiert!«, fasste Joe zusammen, was ich ihm vorher dargelegt hatte.

»Es fehlt noch dieser Qualitätsprüfer, der wahrscheinlich identisch ist mit dem Dr. Antonio aus dem Ziegenhof. Woher das Heroin überhaupt kam, wenn nicht der Olivenhändler selbst der Zwischenhändler war, ist allerdings dann ein Problem der Griechen oder Interpol«, schob ich noch nach.

Wir fanden beide, für nicht einmal zehn Stunden waren unsere Aufgaben »eine Menge Holz«. Joe war froh über die Aussicht, mit Jannis einen orts- und sprachkundigen Profi an unserer Seite zu haben.

Am Flughafen in Athen wurden wir von einer ganzen Delegation erwartet. Neben Thanassis, einem leicht vergeistigten Junglehrer, ein drahtiger Jannis und dazu zwei höhere Polizeibeamte, der Oberboss Kirios Stephanopoulos (leider eitel, wie so mancher Grieche in Amt und Würden) und sein Untergebener, Hauptkommissar Dimitrios Mikrojannis. Im gebührenden Abstand noch zwei Uniformierte, wahrscheinlich Begleitpersonal des dekorierten Polizeioberst oder was der auch immer war. Die Polizisten hatten bei der Flughafenpolizei einen Raum für ein kurzes Gespräch reserviert. Auf dem Weg dorthin waren wir für den Oberboss Luft. Mit Mikrojannis aber verstand ich mich auf Anhieb. Er gab mir auf Englisch zu verstehen, dass sein Vorgesetzter bald wieder gehen werde: »Die Arbeit machen wir zwei! Stören Sie sich bitte nicht an dem, was er sagen wird!« Darin hatte ich ja Übung.

Seine Vorhersagen stimmten. Kaum angekommen in dem kahlen Raum bei Kaffee und Orangesaft, setzte sich der Polizeigeneral erst gar nicht hin, sondern gab nur ein kurzes Statement ab, das Thanassis fließend ins Deutsche übersetzte. Er wundere sich, dass ein Privatermittler und kein Polizeibeamter komme. Er wundere sich auch, dass »die deutsche Seite« immer von Drogenschmuggel rede, ohne jemals ein »Gramm Beweis« zu liefern. Er wünsche trotzdem einen erfolgreichen Tag. Drehte sich um und ging von dannen, gefolgt in gebührendem Abstand von einem der Uniformierten. Hauptkommissar Mikrojannis stand auf, machte die unnachahmliche Ganzkörpergeste der Griechen für Hilflosigkeit und sagte auf Griechisch den Standardsatz »Was kannst du da machen!?« Dann freute er sich über unser Kommen. Er sei von Hauptkommissar Aichinger voll informiert worden. Er habe heute sogar schon ein Fax mit den letzten Ermittlungsergebnissen und dem Ablenkungsmanöver mit den Rechtsextremen erhalten.

»Wir gehen nach all den Informationen aus Deutschland sehr wohl davon aus, dass damals Drogenschmuggel im Spiel war. Wir sind überaus neugierig, was Ihre Ermittlung ergibt. Es kann ja durchaus sein, ja es ist sogar wahrscheinlich, dass in der Zwischenzeit neue Kanäle entstanden sind. Sind Sie also vorsichtig. Mit Jannis Constantinos haben Sie einen fähigen und interessierten Begleiter gefunden. Da Ihr nächster Termin um 11 Uhr ist, schlage ich vor, ich verlasse Sie für eine Stunde und erledige wichtige Telefonate. Sie können in dieser Zeit Thanassis Constantinos ins ›Verhör‹ nehmen. Ich werde Sie um 10.30 Uhr hier abholen und bis zum Olivenhändler mitfahren. Wenn ich mich zu Ihnen ins Auto setze, können wir über den Fall fachsimpeln. Ein Polizeiauto mit dem Herrn dort in Uniform begleitet uns und bringt mich zurück in mein Büro, während Sie ermitteln. Ich schlage vor, wir treffen uns dann um 18 Uhr wieder hier und werten gemeinsam eventuelle Ergebnisse aus!«

Meine Kenntnisse in der griechischen Sprache waren zwar überaus bescheiden. Ich wusste aber aus Erfahrung, wie sehr sich ein Grieche aus dem Zehn-Millionen-Volk freut, wenn jemand diese vertrackte Minderheitensprache, die dereinst in ihrer frühen Form Quelle der abendländischen Kultur war, zu sprechen versucht. Also dankte ich überschwänglich auf Griechisch und radebrechte darüber, wie sehr wir auf diese Hilfe der griechischen Polizei angewiesen seien. Wir fänden auch den Tagesplan sehr passend. Und wir wüssten, welch schönes Land mit liebenswerten Bewohnern dieses Griechenland sei.

»Das haben Sie gerade an meinem Vorgesetzten erleben dürfen!«, konterte Hauptkommissar Mikrojannis trocken.

Er freute sich aber sichtlich über meine Anfänge in der griechischen Sprache. Wir stellten fest, dass mein umgebautes Bauernhaus in einem Bergdorf in der Gegend stand, aus der seine Eltern stammten. Er fahre jedes Jahr nach dem 15. August für drei Wochen dorthin ans Meer. Ich erhielt von ihm die genaue Adresse seines Ferienhotels und der Hauptkommissar ging gelöst zu seinen dienstlichen Telefonaten.

Jannis signalisierte uns wortlos, aber reich an Gestik, dass dieser Mann große Klasse sei. Ich hatte dies auch bemerkt. Wir rückten näher zu dem Junglehrer und Neuvater Thanassis. Vorher holte ich noch mein Geschenk für seinen hoffnungsvollen Nachwuchs aus dem Pilotenkoffer. Durch Nebenbemerkungen von Bruder Jannis hatte ich erfahren, dass Thanassis ein »fast verrückter« Fan des Fußballvereins Bayern München war. Monika hatte in kürzester Zeit, weiß der Geier wie, ein Minishirt, eine Babymütze und ein Stirnband mit Vereinslogo aufgetrieben und zum Mittagessen am Sonntag mitgebracht. Der Erfolg war grandios, hoffentlich musste der kleine Thanassis nicht seinen ersten heißen Sommer mit dieser Mütze durchstehen. Nach diesem Eisbrecher fing Thanassis von selbst an zu erzählen.

Den Kontakt zu Weinberger habe, wie wir schon wussten, sein Onkel und Lokalbesitzer in Bad Birnbach hergestellt. Er, Thanassis, habe als Student damals dringend Geld brauchen können. Nachdem von einer »geführten Kulturreise« die Rede war, habe er sich gründlich darauf vorbereitet und einen kulturbeflissenen Bildungsbürger aus Deutschland erwartet.

»Leider kam dann ein Bauer, der wenig bis gar kein Interesse an Kultur und Geschichte hatte!«, fuhr Thanassis fort. »Das Interesse des Herrn Wiesinger bestand zum Beispiel im Hafen von Patras in der Besichtigung der Zolleinrichtungen. Nach langem und für mich peinlichem Feilschen und viel Schmiergeld erhielten wir damals tatsächlich eine Führung durch den Zoll. Wiesinger wollte vor allem wissen, wie denn Lastwagentransporte überprüft und behandelt würden. Als Nächstes fuhren wir nach Athen. Er zeigte auch auf der Fahrt wenig Interesse an Land und Leuten, beschwerte sich über das Essen und fand es viel zu heiß. Er erzählte mir immer wieder und ziemlich verworren, dass er dabei sei, die Geschäfte seines Lebens anzubahnen. Wir wohnten in einem guten Hotel im Zentrum. Ich konnte ihn nur mit Mühe dazu bringen, sich wenigstens die Akropolis anzusehen. Er hatte mir schon in Patras eine Adresse gegeben, die er sich nach eigenen Angaben in Ancona bei einem Geschäftspartner besorgt hatte. Es war genau die Adresse, die mir mein Bruder heute Morgen genannt hat. Die Adresse des Händlers mit Olivenprodukten, Kirios Photis Sindichakis, den wir anschließend besuchen werden. Dort liege, meinte Wiesinger damals, wahrscheinlich der Schlüssel zu seinem Reichtum. Ich musste also von Patras aus einen Termin vereinbaren. Als der Besitzer hörte, Wiesinger sei ein deutscher Transportunternehmer, war er einverstanden und gab uns diesen Termin. Die erste Sitzung dort war ein Chaos. Weder ich noch der Händler konnten genau verstehen, was Wiesinger wollte. Wiesinger wollte, soviel allerdings erschloss sich mir, den Transport der Olivenprodukte bereits von Griechenland aus übernehmen. Der Händler machte ihm klar, dass die Bestellung und der Auftrag von Frankfurt ausgingen. Wenn, dann müsse Wiesinger mit dem dortigen Konzern verhandeln. Eigentlich wolle er aber nur die Sendungen mit der ›besonders teueren Ware‹ übernehmen, meinte Wiesinger. Worauf der Händler fast böse wurde. Seine Ware koste genau das, was er mit den Vertretern des Konzerns ausgehandelt habe. Wiesinger meinte noch, Herr Sindichakis solle nicht so naiv tun, er fahre schließlich ›das Zeug‹ von Italien bis Deutschland. Aber der Händler blieb ratlos. Dann fiel ihm ein, dass am nächsten Tag der Qualitätsprüfer des Konzerns kommen werde. Vielleicht verstehe der, was Wiesinger meine. Und so bekamen wir für den nächsten Tag einen neuen Termin. Wiesinger fragte noch, ob Kirios Sindichakis wenigstens verraten könne, wer ihm das Zeug liefere. Ich erinnere mich noch genau, Kirios Sindichakis antwortete resigniert, er kaufe seine Olivenprodukte bei vielen verschiedenen Produzenten und Zwischenhändlern, etwa dreihundert an der Zahl. Und er freue sich auf den Termin am nächsten Tag! Wir waren entlassen und Wiesinger fluchte über den ›hinterfotzigen Korinthenkacker.‹

Am nächsten Tag besuchten Wiesinger und ich wieder den Olivenhändler Sindichakis. Mit ihm war ein Griechisch-Albaner im Raum, der gut die deutsche Sprache beherrschte. Er stellte sich als Dr. Astino, Qualitätsprüfer des Konzerns in Frankfurt, vor. Wozu Wiesinger schallend lachte, aber nichts sagte. Als er dann wieder seinen Wunsch nach ›Transport der teueren Ware‹ vortrug, sagte der Qualitätsprüfer, er ahne, was Wiesinger wolle. Die Sache berühre allerdings Betriebsgeheimnisse des Konzerns und könne hier nicht verhandelt werden. Wir vereinbarten, dass ich Wiesinger am Nachmittag desselben Tages in einem kleinen Hotel etwas näher bei Athen abliefern sollte. Wiesinger selber werde nach dem Gespräch sicher zu seinem Hotel in der Innenstadt gebracht.

Wir hielten uns daran. Irgendwann spät in der Nacht rief mich dann das Zentralkrankenhaus an. Wiesinger sei im Rotlichtviertel zusammengeschlagen und ausgeraubt worden. Er bitte darum, dass ich ins Krankenhaus komme und ihm bei der Aussage für die Polizei helfe. Er sah fürchterlich aus, hatte am ganzen Körper Blutergüsse, Quetschungen und zwei gebrochene Finger. Er gab zu Protokoll, dass er nach dem Gespräch mit Geschäftspartnern im Hotel am südlichen Stadtrand von Athen auf eigenen Wunsch gegen 20 Uhr mit dem Auto in die Innenstadt in das Rotlichtviertel gebracht worden war. Nachdem er einen ›Anbahnungsversuch‹ bei einer Dame abgebrochen hätte, weil sie zu teuer gewesen war, sei er plötzlich von hinten auf den Kopf geschlagen worden. Er sei zu Boden gestürzt. Danach habe man so lange auf ihn eingeschlagen und nach ihm getreten, bis er das Bewusstsein verloren habe. Aufgewacht sei er wieder im Krankenhaus. Sein gesamtes Bargeld, seine Ringe und seine Kreditkarten seien weg. Der Arzt und die Polizisten hatten zwar Zweifel an dieser Darstellung und meinten, es sähe eher nach Folterung aus. Das Protokoll aber zählte. Mein Anruf bei dem Olivenhändler brachte mir die Auskunft, dass der Qualitätsprüfer Herrn Wiesinger für einen verwirrten Mann halte. Dieser habe den Fuhrunternehmer auf eigenen Wunsch trotz Warnung gegen acht Uhr abends im Rotlichtviertel aussetzen müssen. Nach acht Tagen wurde Wiesinger vom deutschen ADAC nach Hause transportiert, sein Auto ebenfalls. Ich selber erhielt von ihm später den gesamten vereinbarten Betrag für meine Dienstleistung. Auf meine Frage, ob er denn wenigstens jetzt das Geschäft mit der ›teueren Ware‹ bekommen hätte, winkte er ab. Er habe sich geirrt, der Konzern habe aus Angst vor Industriespionage keinerlei Interesse an Veränderungen«, schloss Thanassis seinen Bericht.

Joe und ich waren elektrisiert. Thanassis hatte uns gerade das zentrale Motiv für Wiesingers Beseitigung geliefert. Der »blöde Hund« Wiesinger wollte das gesamte Kuriergeschäft übernehmen und hatte dabei sogar nach dem Kopf des Drogenkartells verlangt. Damit wurde er brandgefährlich und musste zunächst eingeschüchtert werden. Danach, weit genug weg von Griechenland, wurde er beseitigt. Ich zeigte Thanassis das vergrößerte Foto von Dr. Antonio vom »Ziegenhof«. Dr. Antonio war identisch mit Dr. Astino, Thanassis hatte keinerlei Zweifel daran! Die Frage, die sich daraus ergab, war die, wer dann die Tat an Wiesinger ausgeführt hatte. Der Kriminalpolizist Jannis war sich aufgrund seiner Erfahrung sicher, dass dieses »Geschäft« die Leute vor Ort erledigen mussten. Wenn einer in seinem Zuständigkeitsbereich etwa durch falsche Personalauswahl einen Fehler machte, musste er ihn selber ausbügeln. Sonst wurde auch der Zuständige dieser Ebene zum Abschuss frei gegeben. Wir nahmen uns vor, Hauptkommissar Mikrojannis zu fragen, ob dieser eine solche Einschätzung teilen konnte.

Er konnte. Herr Hauptkommissar Mikrojannis, ein paar Jahre älter als Hauptkommissar Aichinger, aber genau so weit entfernt vom »trockenen Beamten« wie dieser, war pünktlich zurückgekommen. Wir fuhren auf der neuen Flughafenautobahn ohne Stress (!) im Norden um Athen herum und dann nach Süden. Wer jemals vor dem Bau dieser Autobahn versucht hatte, mit dem Auto vom alten oder dann auch vom neuen Flughafen Richtung Korinth auf den Peloponnes zu fahren, wird diesen Fortschritt fast für ein Weltwunder halten. Kaum waren hinter den Häusern die ersten Hügel und wenig später linker Hand das Meer zu sehen, setzte mein »Griechenland-ist-schön-Reflex« ein. Ich liebe den Süden und ich liebe Griechenland. Und ich nahm mir fest vor, sobald wie möglich zusammen mit Helga dieser Liebe zu frönen. Nach einer knappen halben Stunde allerdings befanden wir uns in einem lang gestreckten und alles andere als schönen Industrie- und Gewerbegebiet. Die Stadt Athen versickerte wie andere Städte auch in ihren Ausläufern wie ölhaltiges und schmutziges Abwasser langsam in der Landschaft. Auch hier musste es vor Jahrzehnten tatsächlich einmal wunderbar idyllisch gewesen sein. Wir fuhren ab von der Autobahn, bahnten uns mit dem Polizeiauto vor uns unseren Weg vorbei an Betriebsanlagen und Lagerhäusern und standen dann vor der »Sindichakis Limited«.

Auf der Fahrt hatten wir all das durch gesprochen, was wir von Thanassis erfahren hatten. Thanassis selbst spielte dabei wieder Dolmetscher. Mikrojannis gratulierte zu unserem Motivfund und fand: »Wir Griechen müssen uns wohl mit dem Fall und vor allem dem Heroinschmuggel nochmals intensiv beschäftigen. Den oder die Mörder müssen Sie allerdings in Deutschland suchen, da hat Kollege Jannis hundertprozentig recht!«

Er verabschiedete sich und fuhr im Polizeiauto zurück in sein Büro. Nicht ohne uns zu sagen, dass wir bereits gute Arbeit geleistet hätten. Und dass er den ganzen Tag erreichbar sei, wenn es »brennen« sollte.

Da wir zehn Minuten zu früh bei dem Olivenhandel waren, nahm ich mir eine Auszeit und rief zuerst Helga an. Der Text muss nicht unbedingt wiedergegeben werden. Danach war mein Büro an der Reihe. Alfons Weinberger musste sich noch schlimmer aufgeführt haben, als ich befürchtet hatte. Er hatte Monika als »Schlampe« und »Hure« beschimpft, die mit mir unter einer Decke stecke und zu Mike nur wegen seines Geldes ins Bett steige. Monika nahm es gelassen.
»Leider werde ich nie einen Schwiegervater bekommen. Der ist für mich gestorben. Aber ich habe ja Gott sei Dank einen neuen Vater!«
Alfons Weinberger übrigens »wundere sich immer mehr«, dass ich mich so in die Drogenkiste verbeiße und die Rechtsradikalen einfach ignoriere. Sonst gab es nichts Neues.

Zuletzt erzählte ich Hauptkommissar Aichinger, was die erste Stunde unserer Ermittlung gebracht hatte. Er schrie beinahe vor Begeisterung, einen solchen Gefühlsausbruch hätte ich ihm gar nicht zugetraut.
»Jetzt geht's vorwärts, jetzt geht's vorwärts!«, rief er mehrmals und: »Bin ich froh, dass dieser Trottel von Weinberger Sie engagiert hat. Stellen Sie sich vor, er will meine Versetzung erreichen, weil ich eine interne Nachrichtensperre verhängt habe. Als ich ihm klar machte, dass seine bisherige Pressepolitik dies auch zu seinem Schutz notwendig gemacht hätte, legte er einfach auf. Ich habe meinen Vorgesetzten Meldung gemacht, dort habe ich gerade sehr gute Karten. Und Sie haben Ihren Anteil daran!«
Fast schon Routine: Wir freuten uns auf unser nächstes Wiedersehen.

Bereits auf der Fahrt hatten die beiden griechischen Polizisten versichert, dass nach Kenntnis der Behörden der Olivenhändler absolut integer sei. Herr Sindichakis war ein eher kleiner, aber stämmiger Herr in meinem Alter, hatte einen Kinnbart, Lachfalten, wache Augen und eine angenehme Stimme. Er erinnerte sich sehr gut an den »wirren« Fuhrunternehmer und seinen Begleiter Thanassis. Er war betroffen, als er hörte, dass wir von Wiesingers Ermordung ausgehen mussten. Ich erzählte ihm mit Thanassis Hilfe über den Stand unserer Ermittlungen. Die Wahrscheinlichkeit, dass irgendwo im Umfeld seines Betriebes Olivenmaische in Dosen mit Heroin angereichert worden sei, konnte er sich einfach nicht vorstellen. Wir baten ihn, uns den damaligen Prozess von Einkauf, Herstellung, Verpackung und Versand möglichst genau zu schildern. Er kam dieser Bitte bereitwillig nach.

Herr Sindichakis arbeitete seit Jahren mit Vertragslieferanten zusammen. Entweder waren dies Besitzer von größeren Olivenplantagen, einige Olivenmühlen für (ausgepresste) Trockenware oder Zwischenhändler. In seinem Betrieb wurden verschiedene Lieferungen zusammengemischt und durch eine Art großem Häcksler von Computern gesteuert zur Standard-Olivenmaische verarbeitet. Dazwischen erfolgten laufend Qualitätskontrollen. Danach wurde das Produkt in großen Dosen von fünfundzwanzig Kilogramm vakuumverpackt. Der Zoll entnahm von seiner Exportware laufend und unangemeldet Proben zur Kontrolle aus den bereits fertigen Dosen. Dazu kam ein Beamter in regelmäßigen Abständen in den Betrieb. Ebenso der angebliche Qualitätsprüfer des deutschen Konzerns, »unser Dr. Astino«. Der hatte, wenn eine Ladung zusammengestellt worden war, zwanzig bis vierzig Dosen von der fertigen Ladung in seinen kleinen Transporter gepackt und zu seinem Labor irgendwo in der Nähe von Korinth gebracht. Dort öffnete er nach eigenen Angaben jeweils eine der Dosen und prüfte verschiedene Werte ihres Inhaltes wie Ölgehalt, Reinheit und so weiter. Stimmte die Qualität der ausgewählten Dose, wurde diese Dose recht geheimnisvoll mit bestimmten Strahlen beschossen. Die dabei erzielten Werte waren dann Maßstab für die restlichen Dosen, die geschlossen und unbeschädigt blieben. War alles in Ordnung, erhielten die unbeschädigten Dosen von Dr. Astino eine Art Prüfsiegel eingeprägt. »Er brachte uns die Dosen zurück, überwachte die Verplombung durch den zuständigen Zollbeamten und fuhr wieder nach Deutschland. Dieser Prozess verlief mindestens zehn Jahre nach diesem Schema!«, schloss der Olivenhändler resigniert.

Ich fand unsere Theorie durch diese Schilderung auf keinen Fall in Frage gestellt. »Wir stellen uns das, was wirklich passiert ist, aufgrund unserer Kenntnisse so vor: Herr Dr. Astino, der sich in Deutschland Dr. Antonio nannte, gehörte an führender Stelle zum Drogenring. Er muss in sein ›Labor‹ fertig präparierte, also mit Heroin angereicherte Dosen mit Olivenmaische geliefert bekommen haben, die äußerlich von Ihren Dosen nicht zu unterscheiden waren. Er hat diese ›geprüften‹ und somit gekennzeichneten Dosen anstelle der Ihren zurückgebracht. Sie wurden verladen und die Ladung verplombt. Dr. Astino flog nach Deutschland zur Pension ›Ziegenhof‹ und nahm als Dr. Antonio bei einem Zwischenstopp der Fuhrwerke die gekennzeichneten Dosen vom Laster. Über ein kleines Transportunternehmen hatte das Kartell regelmäßig aus Italien gefüllte Originaldosen mit Ware Ihrer Firma zu diesem ›Ziegenhof‹ bringen lassen. Angeblich als Ergänzungsfutter für Ziegen. Dr. Astino/Antonio füllte, nachdem er sie ebenfalls geprägt hatte, damit die Lücken in der Ladung der Lastwagen. Danach löste er in einer Art Labor das Heroin aus der Olivenmaische. Als Vertreter getarnte Kuriere transportierten diese dann in manipulierten Durchlauferhitzern zu einer oder mehreren Verteilerzentralen. Haben Sie denn genau gewusst, wo sein Labor war? Haben Sie vielleicht von diesem Dr. Astino/Antonio später noch etwas gehört?«, schloss ich meine Darlegung mit Fragen an Herrn Sindichakis ab.

Der dachte nach und meinte dann: »Ich habe mich nie um sein Labor gekümmert. Ich bekam jedes Jahr von dem Konzern bestätigt, dass die Qualität meiner Ware gut sei und der Umfang des Auftrages stieg stetig an. Also machte in meinen Augen auch Dr. Astino oder wie auch immer ebenfalls einen guten Job. Allerdings wurde er nach seinem Weggang von einem meiner Mitarbeiter noch mehrmals gesehen. Dr. Astino hatte sich 1997 offiziell bei uns abgemeldet. Der Konzern habe, so seine Begründung, eigene Labors eingerichtet und er werde in Deutschland eine andere Aufgabe bekommen. Deswegen war mein Mitarbeiter Banajoti so erstaunt, dass der Doktor noch fast ein halbes Jahr lang gar nicht so weit weg öfter mit einem neuen Kleintransporter durch die Gegend fuhr!«

Herr Sindichakis griff zum Telefon und wenige Minuten später trat Kirios Panajioti Georgiou durch die Bürotüre. Er trug einen weißen Arbeitsmantel, setzte sich auf einen Wink seines Chefs hin zu uns und erzählte nach Aufforderung, was er damals gesehen hatte. Er wohne gute fünf Kilometer von hier in einer Siedlung aus kleinen Häuschen in der Nähe der alten Straße. Da er und seine Freunde aus dem Lande stammten, träfen sie sich häufig in einem kleinen traditionellen Cafenion. Der Inhaber stamme übrigens aus demselben Dorf aus dem Osten des Peloponnes wie er selbst. Von der Terrasse des Cafenions aus beobachtet der Männerbund oft stundenlang, was sich auf der vorbeiführenden Landstraße zutrage. Die Straße führe durch eine Ansammlung von kleinen und mittleren Betrieben, Lagerhallen und zwei Supermärkten hinauf auf die Berge. Und auf dieser Straße konnte er in Abständen fast ein halbes Jahr lang Dr. Astino mit einem neuwertigen Kleintransporter Marke Toyota vorbeifahren sehen. Dieser wäre ziemlich gemächlich in Richtung Berge gefahren, oftmals aber nach ziemlich genau neun Minuten auf der anderen Straßenseite wieder zurückgekommen. Die Beobachter hätten sich nämlich einen Spaß daraus gemacht und gestoppt. Seine Freunde meinten, da er nicht schneller als fünfzig Stundenkilometer fahre, könne man eigentlich ausrechnen, wohin er immer fahre. Und dann sei Dr. Astino ausgeblieben. Herr

Sindichakis und seine Freunde hätten zwar später den Kleintransporter mit der kleinen Beule an der Hecktür noch öfter gesehen, es wäre dann aber ein ähnlicher, aber definitiv anderer Mann am Steuer gesessen.

Mein griechischer Leibwächter Jannis und Joe hatten die gleichen Vermutungen wie ich, es war ihnen anzusehen. Jannis konnte den Polizisten in sich nicht mehr zurückhalten. Sein Bruder übersetzte für uns andere fließend ins Deutsche:

»Herr Sindichakis, glauben Sie, dass Sie Ihren Mitarbeiter Herrn Georgiou für eine Stunde entbehren können? Die griechische Polizei muss sich seit gestern fragen, ob der Drogenhandel damals mit dem Verschwinden des Fuhrunternehmers eingestellt worden war oder nur neue Wege genutzt wurden? Herr Georgiou könnte dann dem Hauptkommissar Mikrojannis vor Ort Frage und Antwort stehen und käme auf Kosten des deutschen Ermittlers (Grinsen) mit dem Taxi zurück. Vielleicht entdecken wir ja tatsächlich ein neues Labor!«

Unsere Truppe wurde, mit Ausnahme des Junglehrers und Fußballfans, von einer gewissen Erregung erfasst. Sindichakis stimmte zu. Er begrüße alles, was diese Verbrecher endgültig vertreiben könne. Ich selber glaubte zu diesem Zeitpunkt noch, in Griechenland bereits genug erfahren zu haben. Wir hatten das gesuchte Motiv. Was darüber hinausging, war jetzt voll und ganz Sache der griechischen Polizei.

Ich hatte allerdings noch eine Nachfrage an Jannis: »Was ist aus dem Zollbeamten geworden, der allem Anschein nach mit den Drogenhändlern unter einer Decke gesteckt haben musste?«

»Der sitzt unseres Wissens noch in Südamerika und sehnt sich nach seiner Heimat!«, antwortete Jannis. »Kirios Sindichakis hat mich vorher daran erinnert. Der Fall ging damals durch die Medien. Urplötzlich war der Beamte untergetaucht. Die zuständige Polizei hatte auf Unterschlagung oder Bestechung getippt, konnte aber nicht fündig werden. Durch Interpol wurde dann sein neuer Aufenthaltsort bekannt. Da seine Ehe ziemlich zerrüttet gewesen war, wurden letztlich private Gründe für sein Untertauchen angenommen. So hat sich das Interesse unserer Behörden an dem Fall in Grenzen gehalten.«

Ab jetzt übernahmen die Griechen das Kommando. Während Joe und ich zu wohlwollenden Statisten wurden, startete sie den Versuch, das Labor des Drogen-Doktors bzw. seines Nachfolgers zu finden. Jannis hatte den Hauptkommissar Mikrojannis angerufen und lockte mit unserer »heißen Spur«. Der hörte sich unsere Idee an und trug uns auf, wir sollten in der Taverne gleich neben der »Sindichakis Limited« auf ihn und einen Bus voller »Spezialeinheit« warten. Wir verabschiedeten uns dankbar von dem freundlichen Menschen und Händler mit Olivenprodukten, Kirios Sindichakis, und versprachen, ihn durch Jannis über den weiteren Verlauf des Geschehens zu informieren. Herr Georgiou begleitete uns mit in das Lokal und wir waren kaum fertig mit dem Essen, als das Polizeiauto vorfuhr, gefolgt von einem Mannschaftswagen mit zwölf Polizisten. Mikrojannis lächelte breit.

»Und was werden wir bestenfalls finden?«, fragte er. »Olivenmaische in Dosen, versetzt mit Heroin!«, gab Jannis zur Antwort. Und wir fuhren los, gemächlich wie eine Polizeieinheit auf Betriebsausflug.

Und dann ging alles schnell. Wir, Joe, Thanassis und ich, wurden im Stammkaffee von Herrn Georgiou abgeladen. Herr Georgiou fuhr, nachdem er dem Hauptkommissar die Örtlichkeiten gezeigt und ausführlich Rede und Antwort gestanden hatte, auf meine Kosten mit dem Taxi zurück zu seiner Arbeit. Hauptkommissar Mikrojannis fragte kurz den Wirt des Cafenions nach passenden Betrieben oder Gebäuden aus, erhielt brauchbare Hinweise und die Polizisten fuhren los. Irgendwann glaubten wir einen Schuss zu hören, einige Zeit später kam der Fahrer von Mikrojannis zurück und bat uns, ihm mit unserem Auto zu folgen. Joe war gerade auf der Toilette und erschien zu unserer Überraschung mit einem, mit den Joe-typischen Plastikbändern gefesselten Mann in der Tür. Der Mann blutete am Kopf und wirkte leicht benommen.

»Der Herr hat mich mit einer Waffe bedroht und wollte Autoschlüssel. Ich habe ihn gegen die WC-Tür laufen lassen!«, verkündete mein Leibwächter sichtlich zufrieden.

»Der Typ ist uns vorher entwischt!«, rief der Fahrer von Mikrojannis. »Steigen Sie mit Ihrem Gefangenen bitte zu mir ins Auto, wir machen Familienzusammenführung!«, sagte er auf Englisch zu Joe und Jannis. Und zu uns anderen: »Bitte fahren Sie jetzt hinter uns her!«

Einige Straßen weiter bogen wir rechts ab. Es gab eine große Menge Schaulustiger. Polizisten hatten die Einfahrt zu einem Hinterhof abgeriegelt. Im Hinterhof herrschte Hochbetrieb. Hauptkommissar Mikrojannis kam strahlend aus einer Türe zu Innenräumen ...

Um 18 Uhr trafen wir uns wie vereinbart am Flughafen bei der Flughafenpolizei. Hauptkommissar Mikrojannis war vor uns da, es gab ein kleines Büffet »als Dank«. Der Grieche schien mit sich und seiner Welt äußerst zufrieden. Uns waren in dem aufgestöberten »Labor« etwa fünfzig aufeinandergestapelte Fünfundzwanzig-Kilo-Dosen gezeigt worden. Alle versehen mit einer deutschen (!) eingeprägten Bemerkung: »geprüft!« Also wahrscheinlich Heroin, gedacht für Deutschland, verdammt noch mal! Joe ging es wie mir. Ich sagte ihm, dass meine Angst um Nora/Bärbel stündlich steige. Joe wollte versuchen, morgen von dem Expolitiker loszukommen, um in der heißen Phase zur Verfügung zu stehen. Ich widersprach ihm nicht!

Die griechische Polizei hatte zusammen mit Joes Fang insgesamt drei Wachmänner festgenommen. Die Wachmänner, so der erste Eindruck, hatten wenig Durchblick, was und für wen sie mit automatischen Waffen Dosen schützen sollten. Allerdings nannten sie als Chef einen Dr. Alonso, was wieder einmal auf den verfluchten Doktor oder einen Nachfolger verwies. Die erste Dose war im

Polizeilabor bereits geöffnet worden. So viel stand jetzt fest: Sie hatte in der Tat einen »hohen Heroingehalt«!

Thanassis und Jannis hatte ich bereits bei einem Kurzausflug zum Fuß der Akropolis die vereinbarte Summe einschließlich der ausgelobten Erfolgsprämie ausgehändigt. Beide Brüder erhielten auch noch T-Shirts mit dem FC-Bayern-Logo. Hauptkommissar Mikrojannis versprach zum Abschied, in diesem Kriminalfall weiter eng mit Passau zusammenzuarbeiten. »Wir haben mit diesem Fall beide eine Menge Arbeit vor uns!« Er erinnerte mich an unser geplantes Treffen eventuell schon in diesem September. Unter meinen neuen Bekannten war in letzter Zeit eine erstaunliche Zahl von Polizisten.

Auf dem Weg zum Flugzeug hatte ich wieder ein Telefonat mit Texten, die nicht zur Veröffentlichung gedacht waren. Hauptkommissar Aichinger war von mir schon am späten Nachmittag von der Entwicklung in Kenntnis gesetzt worden. Ich hörte, wie er längere Zeit den Atem anhielt. »Wir telefonieren sofort morgen früh!«, versprachen wir uns am Ende. Beim Einsteigen in den Flieger sagte Joe zu mir:
»Wenn du heil durchkommst, wirst du am Ende doch noch die AW-Prämie kassieren!«
»Wenn ich heil durchkomme oder wenn ich nicht vorher aussteige!«, dachte ich bei mir. Ich wollte aber das Thema im Augenblick nicht vertiefen.

∽

Wir wurden, wie abgesprochen, von Serkan am Flughafen erwartet. Joe hetzte sofort zu seinem Auto und stellte in Aussicht, morgen im Laufe des Tages zurückzukommen. Serkan freute sich offensichtlich, uns wieder zu sehen. Ich konnte mir kaum vorstellen, dass mir dieser Jugendliche mit seinen Kumpanen noch vor einer guten Woche auflauern und mich verprügeln wollte. Auf Nachfrage erzählte mir Serkan, was er alles aus dem Buch von Joe gelernt habe. Er sei sich jetzt sicher, dass er »einen Job in dieser Richtung« suchen werde. Vielleicht melde er sich sogar bei der Bundeswehr oder gehe zur Polizei. »Hätt ich auch nicht gedacht, Chef, ehrlich!«, beteuerte er mir fast entschuldigend.

Die Fahrt bis nach Niederbayern zog sich in die Länge. Da ich alleine fahren musste, benötigte ich in immer kürzeren Abständen eine Pause. Um mich wach zu halten, erzählte ich Serkan haarklein, was wir in Griechenland getan und erlebt hatten.

»Mann Chef«, meinte er, »wenn ihr den Weg des Heroins nach Bayern unterbrochen habt, werden sich ab morgen die Junkies um die Spritzen prügeln! Hoffentlich kriegen die nicht raus, dass du beteiligt warst. Sonst zünden die uns die Hütte an. Krasse Lage, Chef!«

»Ich hab ja euch!«, versuchte ich zu scherzen, mir war aber eigentlich gar nicht danach zumute. Als wir in unsere Straße den Berg hinauf zu unserem Haus einbogen, war ich so müde, dass ich Schwierigkeiten hatte, die Augen offen zu halten.

»Fahr langsamer, Chef, ich muss wenigstens vom Auto aus sichern!«, sagte Serkan noch, aber da war ich schon ziemlich flott in unsere Garagenauffahrt eingebogen.

Der Mann musste gezielt auf uns gewartet haben. Er stolperte von der Garagenecke aus vor das Garagentor und schoss dabei aus einer automatischen Waffe direkt auf uns. Ich sah den Feuerstrahl, der linke Scheinwerfer splitterte, dann flog ein Spiegel weg und knatterte eine Salve irgendwo in Kühler und Motorhaube.

»Runter!«, schrie Serkan und warf sich auf die Seite, um mir Platz zu machen. Als die Frontscheibe splitterte, lag ich schon halb über Serkan und trat zugleich instinktiv mit aller Gewalt das Gaspedal durch. Das Auto machte einen Satz, es gab einen dumpfen Aufprall, der Mann schrie und dann knirschte und ächzte und jammerte das Garagentor, das uns wie in Zeitlupe stoppte. Verzögert schlug etwas auf unserem Autodach auf. Serkan reagierte blitzschnell, warf die Türe auf, rollte sich ins Freie, war auf den Füssen, lief hinten ums Auto herum und hatte die automatische Waffe des Angreifers in Händen. Wir hatten den Mann mit Wucht eingeklemmt und seine Waffe war in hohem Bogen auf das Autodach geflogen. Serkan zielte auf das blutige Etwas vor meiner Motorhaube.

»Chef, gut durchatmen, Rückwärtsgang rein und langsam, ganz langsam zurückfahren. Du schaffst es, komm schon!«

»Erschieß ihn nicht!«, stammelte ich durch die zerborstene Windschutzscheibe. Und dann tat ich, was Serkan von mir verlangt hatte.

Der Mann rutschte langsam ganz zu Boden und rührte sich nicht mehr. Im Nu bildete sich eine Blutlache um ihn herum. Kemal und Mani stürzten mit Taschenlampen und Gasrevolvern aus dem Haus. Serkan brüllte:

»Ringsum absichern!«

Hinter den beiden rannten Monika und Helga aus der Tür, wobei Monika kurz zurücklief und den starken Scheinwerfer über dem Garagentor einschaltete. Eine gespenstische Szene! Wacklig und schwankend stieg ich aus.

»Serkan, passt ihr auf, dass der Mann hier am Boden nicht Unterstützung bekommt. Monika, Erste Hilfe ist gefragt!«

»Ich helfe ihr!«, bot sich Helga an, aber Kemal kam hinzu und sagte:

»Musste ein halbes Jahr mit dem Rettungswagen mitfahren, wollte der Richter so. Ich helfe Frau Monika!«

Am ganzen Körper zitternd, rief ich über Handy die Rettungsnummer an, während Kemal mit dem Erste-Hilfe-Koffer aus dem Hausgang angerannt kam und sich zusammen mit Monika um den Verletzten bemühte. Monika schrie mir die Telefonnummer des Arztes zu, bei dem sie gearbeitet hatte. Er meldete sich sofort, stellte zwei oder drei Fragen und hängte auf. Wenige Minuten später bog sein Auto schon in unsere Auffahrt ein. Er war im Schlafanzug und hatte ebenfalls einen großen Rettungskoffer dabei. Zu dritt bemühten sie sich um den Mann. Ich wählte Aichingers Notnummer mit meinem Handy, nach dem zweiten Signal hob er ab. Er ließ sich kurz die Lage schildern, sagte: »in guten zwanzig Minuten!«, und unterbrach die Verbindung.

Ich merkte, dass mir schlecht wurde. Helga blickte auf, begriff meine Situation und führte mich zur Garagenecke. Dort übergab ich mich, während meine neue Liebe mir den Kopf hielt.

»Das schweißt zusammen!«, versucht ich tapfer zu sein.

»Lass das nicht zur Gewohnheit werden!« sagte Helga nur und drückte mich.

Der Arzt hatte mich aus den Augenwinkeln beobachtet, sagte etwas zu Monika, die kramte im Koffer und kam mit Tropfen zu mir herüber. Ich bekam also Medizin und zusätzlich eine Tochterumarmung, während Helga eine Thermoskanne mit heißem Tee aus der Wohnung brachte. Der Verwundete lag aschfahl und bewegungslos auf einer Rettungsdecke.

»Er hat Chancen, durchzukommen!«, meinte der Arzt im Schlafanzug. Serkan und die beiden anderen sicherten, ich ging auf wackligen Beinen zu Serkan und drückte ihn.

»Saubere Arbeit, Alter!«, imitierte ich ihre Sprechweise. Seine automatische Waffe zitterte nur leicht, ein harter Kerl und wirklich tapfer! Helga verteilte an die drei, an Arzt und Monika Becher mit Tee, als der Notarztwagen angerast kam, fast gleichzeitig mit dem Steifenwagen. Der Notarzt verständigte sich mit unserem »Hausarzt«, der Bewusstlose wurde vorsichtig in den Wagen gehoben, bekam eine Infusion gelegt, wurde an weitere Schläuche angeschlossen und mit Sauerstoff versorgt. Die Polizisten erhielten den Inhalt seiner Taschen und von Serkan die Waffe. Ich war mit Handschlag begrüßt worden – die Beamten waren vom ersten Steinwurf-Anschlag bis zur Sicherung meines Weiherurlaubes für mich im Einsatz gewesen. Sie baten darum, Kemal und Mani sollten sie dabei unterstützen, den Tatort abzusichern. Serkan bestand darauf, ebenfalls zu bleiben. Ich wunderte mich über die Offenheit dieser Beamten, bis mir einfiel, dass sie mit meinem Team schon bei der Absicherung der Veranstaltung bei den Kleins zusammengearbeitet hatten!

Der Arzt fühlte mir den Puls, nickte zufrieden und fuhr heim. Die beiden Frauen wollten mich gerade in die Wohnung bringen, da rasten meine Freunde von der Kripo mit Blaulicht den Berg herauf. Die Spurensicherung, die ganze Belegschaft vom Wasserbombenanschlag, folgte unmittelbar hinterher. Die Straße füllte sich mit Nachbarn und dann mit den kompletten Gästen der nahen Dorfwirtschaft. Anna-Sophie winkte mir über die Absperrung zu. Aichinger und Steininger umarmten mich nacheinander.

»Kaum zu fassen, wenn das schon eine Reaktion auf ihre Großtat in Griechenland ist. Der Mann, der auf sie geschossen hat, ist ein Junkie, wir kennen ihn. Eine automatische Waffe und ein Funkgerät, das ihre Leibwächter hinter der Garage gefunden haben, gehören aber nicht zu seiner Standard-Ausrüstung!«

Ich wurde den beiden Frauen übergeben und ins Haus geleitet.

»Wir haben für dich und Serkan gekocht und wollten dich überraschen, du Spielverderber!«, versuchte Helga zu scherzen.

»Ich bin so froh, euch zu sehen!«, gab ich ehrlich zu, legte mich auf die Couch und ließ mich verpflegen. Ich hatte einen Kloß im Hals und kämpfte mit dem Heulen. Ich musste mehr Hässliches erleben, als ich mir jemals vorstellen hätte können. Als mir etwas verschwommen und verwischt Helga ins vertränte Bild lief, versuchte ich mich tapfer zu trösten: Zugleich war ja auch meine Habenseite an Erfreulichem und Schönem gewachsen.

Nach einer halben Stunde etwa kamen die Kriminalbeamten herein, kurz darauf gefolgt von Fritz Jung. Ich bekam die Fritz-Jung-Umarmung, konnte aber kaum mehr gegen die Wirkung der Beruhigungstropfen ankämpfen. Alle befahlen mir streng, sofort ins Bett zu gehen und beauftragten Helga, den Vorgang zu überwachen. Monika versorgte die Polizei, die Presse und Serkan mit dem Rest des Empfangsessens. Meine Wachmannschaft bekam für die Nacht Verstärkung durch ständigen Funkkontakt zu einem Streifenwagen, ich aber klammerte mich an Helga und beschloss, sie nach Möglichkeit nie mehr loszulassen.

Man ließ uns am nächsten Morgen, es war ein Dienstag, bis neun Uhr ungestört, dann weckte uns Monika und reichte mir das Telefon. Nora/Bärbel war daran und flüsterte: »Keine Neuigkeiten, nur stehe ich quasi unter Hausarrest. Zwei von den blöden Affen passen immer auf mich auf. Wilhelm hat von mir verlangt, ich müsse ihm sagen, wenn ich das Haus verlassen wolle. Ich rühr mich wieder. Ich studiere mit meinem Gesangslehrer in der Zwischenzeit einfach mein neues Programm ein!« Und die Verbindung war unterbrochen. Ich hatte ihr absichtlich nichts von den Ereignissen in Griechenland und dem gestrigen Anschlag erzählt. Die Ängste, die sie im Augenblick auszustehen hatte, waren groß genug.

»Um 10 Uhr kommen die Kriminalpolizisten wieder!«, rief Monika durch die Tür: »Hat denn mein Vater und Chef Arbeit für mich?«

»Bitte Monika, wir müssen unbedingt alle Zeitungen von damals nochmals durchlesen. Und den Bericht von Fritz Jung. Ich weiß nicht warum, aber irgendwie hab ich den Verdacht, wir haben etwas übersehen!«

»Bereite ich vor!«, sagte meine Tochter und: »Das Frühstück ist fertig!«

Also begannen wir mit dem neuen Tag, allerdings konnte ich wenigstens noch eine kurze Verzögerung mit meiner Bettgefährtin aushandeln. Langsam dämmerte mir wieder, dass ich gestern einen Menschen schwer verletzt und fast getötet hatte. Daraufhin blieb mein Frühstück so gut wie unberührt.

Alfons war der erste Besuch an diesem Morgen. Er rümpfte zwar die Nase, als er Helga sah, ignorierte sie aber einfach.

»Das waren keine Rechtsradikalen, Alfons!«, ging ich in die Vorwärtsverteidigung.

»Sehe ich auch«, antwortete er überraschend unaggressiv.

»Wenn mich die Anstifter dieser Anschläge das nächste Mal nicht erwischen, dann sind sie selber es, die von ihrer Mafia liquidiert werden«, sinnierte ich.

»Sag keinen solchen Unsinn!«, antwortete Alfons fast erschrocken. »Heute Nachmittag hast du ein Ersatzauto, bis deines wieder hergestellt ist. Ich kümmere mich darum. Und das Garagentor wird auch repariert. Ich wollte das so nicht!«

»Wer hätte auch ahnen können, dass Wiesinger so ein krimineller Idiot war!«

»Der war eher ein blöder Esel als kriminell, dazu war er zu dumm!«, kommentierte Alfons und bekam langsam wieder Oberwasser. »Lass mich von deinem Büro anrufen, wenn die Polizei dein Auto freigibt!«, sagte er noch und ging. Endlich hatte er wenigstens eine Spur von Anteilnahme und Angst gezeigt.

Um 10 Uhr kamen die beiden Kriminalbeamten, Fritz Jung und Mike Weinberger. Die Passauer Polizei legte anscheinend Wert auf Volksnähe. Helga war nach Pfarrkirchen gefahren und musste nachmittags für zwei bis drei Tage nach Landshut. Es ging um Erbschaftsangelegenheiten. Ein »ziemlich vermögender und kinderloser Onkel« wollte sein Testament verfassen und Helga offensichtlich zur Alleinerbin einsetzen. Ihr Mann und auch der Rechtsanwalt Dr. Klein hatten sich angeboten, sie zu beraten. Der Notar entwickelte offenbar Größe, er überraschte mich positiv. Obwohl Helga mir schrecklich fehlte, fand ich es gut, dass sie für die nächsten Tage aus der Schusslinie war. Sie machte sich große Sorgen um mich, was ich leider nachvollziehen konnte.

Hauptkommissar Aichinger wirkte sehr betroffen und gab einen kurzen Überblick über den Stand der Dinge. Der Verletzte hatte beide Oberschenkel gebrochen und ziemlich massive Quetschungen an den Beinen. Die Ärzte wüssten noch nicht, ob nicht beide Beine amputiert werden müssten. Er sei, wenn überhaupt, erst im Laufe des Tages kurz ansprechbar. Was den Fall weiter kompliziere: Dieser Benjamin Hinterleitner sei hochgradig heroinabhängig und in äußerst schlechtem körperlichem Zustand. Aus der Sicht der Polizei war der Mann außerdem äußerst gefährdet. Wenn er verraten würde, woher er die automatische Waffe hatte und wer ihn über Funk gesteuert hatte, hätte nämlich die Polizei möglicherweise einen Ansatzpunkt, um die Organisation von unten her aufzurollen. Der Mann werde rund um die Uhr bewacht. Übrigens habe Joe Endorfer sich telefonisch an die Polizei gewandt und darum gebeten, den Expolitiker weiter durch einen polizeilichen Personenschützer begleiten zu lassen. Er betrachte mich in größter Gefahr und wolle unbedingt meine Bewachung leiten und koordinieren.

»Es war ein schönes Stück Arbeit, meine Behörde davon zu überzeugen. Geholfen hatte letztlich, dass Herr Endorfer früher mit dem heroinsüchtigen Hinterleitner befreundet war und heute noch versuchen wird, mit ihm zu sprechen. Und dass ich vorrechnen konnte, was wir dadurch sparen würden. Nämlich eine Tag- und Nacht-Bewachung durch Streifenwagen für den AW-Ermittler. Joe Endorfer werde nämlich aus dem AW-Topf bezahlt!«, sagte Hauptkommissar Aichinger und versuchte zu lächeln.

Der Hauptkommissar berichtete als Nächstes, dass die Polizei jetzt auch die Dauerobservierung von Wilhelm Fleischmann gestartet habe. Ein Polizeiauto mit zwei Beamten stehe ab jetzt Tag und Nacht in der Nähe seines »Wohnkomplexes«, eines irr teuer und aufwendig renovierten und umgebauten alten niederbayerischen Viereckhofes in der Nähe von Eggenfelden. Die Polizisten hätten Order, sich durchaus nicht zu sehr zu verbergen. Vielleicht könne auf diese Weise verhindert werden, dass dieser Nora etwas zustoße. Ich berichtete kurz, was ich von ihr heute Morgen erfahren hatte.

»Es stimmt, Fleischmann hat in der Tat mindestens sechs seiner dubiosen Muskelmänner in seinem Haus«, bestätigte Steininger. »Hoffentlich sind die zu seinem Schutz gedacht! Wobei auch dies für eine Verwicklung in das Griechengeschäft sprechen könnte!«, fuhr er fort.

Anschließend wurde ich aufgefordert, sollte ich dazu in der Lage sein, für alle und ausführlich den Ablauf und die Ergebnisse unserer Griechenlandreise zu erläutern. Den Gesichtern von Monika,

Mike und Fritz war anzusehen, dass sie den Durchbruch erkannt hatten, den diese Ergebnisse für uns bedeuteten.

»Nachdem wir dank Herrn Kramer nun aller Wahrscheinlichkeit nach das Motiv kennen, das zu Wiesingers Beseitigung geführt haben könnte, brauchen wir jetzt die Täter beziehungsweise die Anstifter zu dieser Tat«, brachte der Hauptkommissar unser aktuelles Problem auf den Punkt.

Fritz benannte, was wir wohl alle dachten: »Wenn Fleischmann schon damals in führender Rolle für den Drogenschmuggel und die regionale Verteilung verantwortlich gewesen war, gefährdete der tollpatschige und dummdreiste Wiesinger massiv dessen Reichtum und dessen Freiheit. Und das Drogenkartell hätte ihm den Auftrag zur Beseitigung dieser Gefahr erteilt, ohne Zweifel.«

Wir alle stimmten zu, hoffentlich nicht nur aus Mangel an Alternativen. Fleischmann hatte in der Zwischenzeit in unserer Wahrnehmung seine Rolle als Hauptverdächtiger gefestigt.

»Aber wer hat dann die Rolle Wiesingers als Transporteur übernommen und somit von Wiesingers Verschwinden ebenfalls profitiert?«, fragte Fritz Jung weiter.

»Auf Anhieb würde ich sagen, mein Vater und die AW!«, warf Mike Weinberger ein, sofort selbst erschrocken über seine Schlussfolgerung. »Klingt nahe liegend!«, sagte ich, »Nur dann hat dein Vater mir den Auftrag erteilt, mit viel Geld und fast unbegrenzten Mitteln gegen sich selbst zu ermitteln!?!«

»Langsam, nichts überstürzen«, ermahnte uns der Hauptkommissar, »Michael Kramer hat natürlich Recht! Aber haben wir nicht ständig von einem Maulwurf in der AW gesprochen, der Informationen aus erster Hand besitzen müsse. Und erst, als wir den AW-Leiter vom Informationsfluss wie zum ersten Mal bei den eingeschlossenen Firmenunterlagen abgekoppelt haben, zielte das Handeln der Gegenseite in Richtung unserer Falschinformationen in der Presse.

Gibt es denn jemand, der hinter dem Rücken ihres Vaters in der Lage sein konnte, die Transportlogistik für das Heroin mithilfe der

AW-Kapazitäten zu organisieren?«, richtete sich der Hauptkommissar direkt an Mike Weinberger. Ich platzte dazwischen:

»Vergessen wir nicht, dass die AW das Olivengeschäft schon ab 1997 direkt von Athen aus übernommen hat!«

»Dr. Jarislaus!«, rief Monika. »Der Typ ist übrigens gestern Nacht noch überraschend nach Hause gefahren oder geflogen. Wo immer das ist! Seine Schwester hätte einen Unfall gehabt, habe ich von meiner Freundin in der Personalverwaltung erfahren!«

Die Polizisten fluchten synchron. Kommissar Steininger bat Mike, bei Monikas Freundin anzurufen und sich ganz schnell Nachnamen, hiesige Adresse, Geburtsdatum, Ausweisnummer und so weiter von Dr. Jarislaus geben zu lassen, dazu noch – sollten überhaupt Angaben existieren – auch die Adresse in seinem Heimatland. Danach gaben die Polizisten eine Anfrage bei allen Flughäfen in Deutschland in Auftrag, ob und wohin gestern Nacht oder heute Früh ein Dr. Jarislaus Monoupoulakis geflogen sei. Sie beauftragten weiter die Kollegen im Kommissariat, einen Durchsuchungsbefehl für die Wohnung des Doktors bei Pfarrkirchen zu organisieren.

»Glauben Sie denn wirklich, mein Vater hätte das nicht gemerkt, wenn Jarislaus das AW-Labor missbraucht hätte?«, fragte Mike zweifelnd.

»Waren und sind dann die Lastwagenfahrer auch Gangster? Mindestens vier Mann aus unserer Belegschaft sind abwechselnd gefahren!«, warf Monika ein.

Mike schüttelte den Kopf. »Ich bin in meinen ersten Jahren mindestens zehnmal als Begleitung dieser Tour mitgefahren. Und ich kenne alle diese Fahrer!«

»Mike, könntest du uns bitte beschreiben, wie das Transportieren der Olivenware in Griechenland abläuft!«, forderte ich den Sohn meines Schulfreundes auf. Bereitwillig erklärte er, dass die Olivenware nur ein Teil der griechischen Ladung sei. Zuerst werde der Olivenhändler bei Athen angefahren und der Hänger des LKW unter Zollaufsicht vollgeladen und plombiert. Der Hänger werde dann nicht weit entfernt in der Nähe von Korinth gegen eine

Gebühr in einer bewachten Halle untergestellt. Der Laster fahre um Futtermittel zum Hafen von Athen oder in den Süden des Peloponnes, oftmals zu verschiedenen Händlern. Auf dem Rückweg werde der Hänger angekoppelt. Der Zoll in Patras kontrolliere und verplombe nur noch die Futtermittel. Mit dem Schiff gehe es dann nach Ancona und von dort über Österreich nach Deutschland.

»Wie und wann kommen, wenn überhaupt, dann die heroinhaltigen Dosen in den Laster?«, fragte ich mehr rhetorisch.

»Verdammt, du meinst in der Halle bei Korinth!? Nach dieser Theorie war ich ja selbst Drogenschmuggler, ohne dass ich es gewusst habe! Und unsere Lastwagenfahrer auch!«, stöhnte Mike sichtlich betroffen.

»Schade, dass die Lastwagen nonstop von Ancona zur AW fahren und kein ›Ziegenhof‹ dazwischen liegt. Dann bräuchten wir jetzt nicht spekulieren, wie dieser Jarislaus es geschafft hat, im AW-Labor das Heroin auszulösen. Und dann auch noch abzutransportieren, ohne dass irgendwer Verdacht geschöpft hat!«, warf ich ein.

»Für so ganz unmöglich halte ich das allerdings nicht!«, resümierte Monika. »Der war so ein Eigenbrödler und Sonderling, dass keiner freiwillig zu ihm ins Labor gegangen ist!«

»Wann starten wir also unsere Razzia in der AW?«, fragte Kommissar Steininger ungeduldig. Aichinger machte eine beschwichtigende Handbewegung.

»Hat denn irgendwer das Labor betreten, wenn Dr. Jarislaus verreist war?«, wollte er wissen.

»Das war absolut tabu! Er hatte immer irgendwelche Versuche oder Experimente laufen, die nicht gestört werden durften!«, sagte Mike.

»Das Problem ist nur, wenn wir jetzt das Labor auseinandernehmen, weiß der Kopf des Ganzen, dass wir Jarislaus höchstwahrscheinlich enttarnt haben. Solange wir nicht genau wissen, ob der Kopf wirklich Fleischmann ist, scheint es mir gar nicht gut, wenn dieser Kopf unsere neuesten Erkenntnisse mitbekommt!«, überlegte Hauptkommissar Aichinger laut. Und nach einer Pause:

»Gut, wir warten noch damit!«, entschied er.

»Müssen wir dann jetzt meinen Vater einweihen!?«, fragte Mike zögernd.

»Ich fürchte, ehrlich gesagt, die Überreaktion Ihres Vaters. Er wird kaum dazu zu bewegen sein, sich nicht in der Presse zu rechtfertigen!«, meinte Aichinger.

»Befürchte ich auch!«, sagte Mike und Monika strahlte ihn an.

»Aber wir werden einen Beobachtungsposten einrichten, der mit seinem Fernglas vom anderen Sulzbachufer aus die Labortüre beobachtet. Gibt es denn noch einen anderen Ausgang?«

»Schon«, sagte Mike, »auf der Rückseite ist eine Nottüre, einsehbar von dem Feldweg, die oben am Hang entlang verläuft!«

»Für ein oder zwei Tage werde ich sicher auch diese zusätzliche Bewachung genehmigt bekommen!«, hoffte der Hauptkommissar.

Fritz Jung fragte Mike direkt: »Mike, schaffst du das, deinen Vater nicht zu informieren, dass die AW von der Polizei beobachtet wird?«

»Es gibt ein illoyales Verhalten und ein pädagogisches Verhalten, hat mir Michael gesagt. Und ich weiß von ihm auch, dass Buddha verkündet hat, nicht jeder Mensch vertrage zu jeder Zeit die ganze Wahrheit!«, erläuterte Mike mit ernstem Gesicht.

»Ja dann!«, sagte Fritz und lächelte schief.

Monika brachte Kaffee und Hörnchen. Ich ging nach Absprache mit den Kripobeamten mit Mike in mein Büro. Von dort aus rief ich Hauptkommissar Mikrojannis in Athen an und begrüßte ihn zunächst mit griechischen Floskeln. Ich vergaß natürlich auch nicht, herzliche Grüße von Hauptkommissar Aichinger zu bestellen. Und dann erzählte ich ihm von dem Anschlag auf mich nach meiner Ankunft gestern Abend.

»Bo, bo, bo!«, kommentierte Kirios Mikrojannis diese Nachricht mit dem griechischen Ausdruck bei Überraschungen. Danach kamen wir zum Grund meines eigentlichen Anlasses für den Anruf. Ich beschrieb ihm mit Mikes Hilfe die Halle bei Korinth.

»Ich habe verstanden! Himmel noch mal, diese Halle ist ›zufällig‹ heute Nacht einem Sprengstoffanschlag zum Opfer gefallen. Jetzt haben wir auch das Motiv dafür: Die Herrschaften verwischen Spuren. Unser Wissen nutzt uns aber wenig, verdammt schade!«, sagte Mikrojannis.

»Für Sie in Griechenland und uns hier in Deutschland ist dies immerhin die Bestätigung, dass unsere Theorie über den aktuellen Transport nach Deutschland so gut wie sicher ist. Und dass wir diesen Transportweg gestern gemeinsam unterbrochen haben! Auch haben wir für den wahrscheinlichen Mord in Deutschland vor gut sieben Jahren einen zusätzlichen Verdächtigen. Leider hat sich der frühzeitig abgesetzt!«, legte ich dem sympathischen griechischen Beamten dar. Ich erfuhr noch, dass die Griechen, widerwillig genehmigt von dem eitlen Polizeioffizier, bereits eine Großfahndung nach dem ominösen Doktor Antonio/ Alonso oder Astino eingeleitet hatten. Sie waren zugleich dabei, eine Sonderkommission einzurichten, die laut Aussage des Hauptkommissars jetzt vor allem das Umfeld der gesprengten Lagerhalle untersuchen werde. Wir verabschiedeten uns mit den gegenseitigen Wünschen nach viel Erfolg wieder auf Griechisch. Ich informierte anschließend die Ermittlungsgruppe über das Gespräch und wir einigten uns darauf, dass jetzt so gut wie feststand, dass heute AW-Fahrzeuge benutzt wurden, um die Drogen zu schmuggeln. Wieder ein gewaltiger Sprung nach vorne in unserer Ermittlung. Alfons Weinberger konnte einem, nach dem, was sich hier abzeichnete, leidtun!

Ich wollte unbedingt jetzt meine eigene Situation als Laienermittler in einem sich abzeichnenden Fall von organisiertem Schwerverbrechen diskutieren. Mir schoss aber plötzlich eine Idee durch den Kopf, wie wir zu einem Beweis für unsere Überzeugung vom aktuellen Weg des Heroins auch ohne Untersuchung des AW-Labors kommen könnten:

»Mike, können wir herausfinden, ob gerade ein Laster der AW aus Griechenland unterwegs nach Deutschland ist?«

Die Polizisten signalisierten begeistert Zustimmung. Mike zückte seinen Kalender und er und Monika steckten dann die Köpfe zusammen. Sie diskutierten kurz und präsentierten uns dann das Ergebnis:

»Morgen früh um etwa neun Uhr italienischer Zeit landet eine Superfast-Fähre in Ancona mit einem AW-Fahrzeug an Bord!«

»Mike, kannst du es noch verkraften, wenn wir zusätzlich dieses Fahrzeug von italienischen Fahndern stoppen und nach Dosen mit der Prägung ›geprüft‹ untersuchen lassen. Wir hätten dann Gewissheit und könnten danach endlich guten Gewissens und fundiert deinen Vater einweihen und danach das Labor ohne großes Aufsehen untersuchen!«, mutete ich dem jungen Mann zu.

»Ich habe verstanden und bin einverstanden!«, sagte der tapfere Sohn meines Schulfreundes. Hauptkommissar Aichinger umarmte mich spontan.

»Langsam führt uns das Fadenende immer näher an die Lösung. Darf ich Ihr Büro benutzen? Wenn ich mit den Italienern rede, muss ich sitzen!«, klärte uns Hauptkommissar Aichinger auf.

Wir anderen schwiegen eine Weile. Der Fall hatte eine verblüffende und fast absurde Wendung genommen. Am meisten beschäftigte die neue Situation verständlicherweise Mike. Monika legte ihm einfach den Arm um die Schulter und er lehnte daraufhin seinen Kopf an ihre Wange. Ich konnte mich bereits ohne Wenn und Aber darüber freuen! Zum Abschluss bekam Fritz noch einen Maulkorb verpasst. Er durfte vorerst nur den Überfall auf mich ausschlachten. Nach dem neuesten Stand unserer Ermittlungen war er damit nicht ganz zufrieden. Soweit wären wir gekommen, dass ein Anschlag auf mein Leben und ein Schwerverletzter für die Öffentlichkeit nicht mehr genug seien, versuchte ich es etwas kläglich mit Ironie. Doch da kam ein Anruf, und Fritz hatte leider seinen aktuellen Superknüller.

Das Kommissariat aus Passau rief auf meiner Nummer an und verlangte dringend einen der beiden Chefs. Kommissar Steininger übernahm und wurde blass, fragte nach, versprach: »Wir sind in zwanzig Minuten da!« Und er war nahe daran, mein schnurloses

Telefon an die Wand zu werfen. Sein Chef Aichinger kam gerade zur Türe herein, als Steininger seine Reaktion erklärte.

»Herr Hinterleitner, unser Drogenabhängiger vom gestrigen Anschlag, ist im Krankenhaus von Eggenfelden ermordet worden. Durch eine Überdosis Heroin! Der Täter hat, als Arzt verkleidet, unseren Beamten niedergeschlagen. Er war auf dem Rückweg, als der Beamte sich bewegte. Der Täter wollte ihn gerade mit einer schallgedämpften Waffe erschießen, als Herr Endorfer den Raum betrat. Es kam zu einem Schusswechsel, Herr Endorfer wurde in der Schulter getroffen, der Täter ins Herz. Der erschossene Verbrecher wurde bereits identifiziert. Es handelt sich um einen italienischen Serienkiller, der wegen dreizehnfachen Mordes gesucht worden war! Herr Endorfer lässt Ihnen, Herr Kramer, sagen, es war die Nr. 12, die ihm das Leben gerettet habe!«

»Nach rechts antäuschen, sich nach links werfen und schießen!«, sagte ich automatisch und war zutiefst erschrocken.

»Die Zeit der Spielchen ist endgültig vorbei!«, zitierte sich Hauptkommissar Aichinger selber. »Um Ihre Sicherheitslage kümmern wir uns später«, rief er mir zu. »Bitte bleiben Sie im Haus und am besten in Ihrem Büro!«

Und dann stürzten die beiden Kriminalpolizisten und Fritz Jung zu ihren Autos. Sie versprachen, Rückmeldung zu geben. Ich selbst rief im Krankenhaus in Eggenfelden an, wobei ich die Anlage auf Mithören schaltete. Dem behandelnden Arzt stellte ich mich als Chef von Herrn Endorfer vor und fragte nach dessen Zustand.

»Der Held ist bereits verarztet und schläft seine Narkose aus. Es war ein glatter Durchschuss. In knappen zwei Wochen wird der Patient Endorfer wieder fit sein!«, erfuhr ich von dem Mediziner.

»Hoffentlich bin ich dann noch am Leben!«, dachte ich. Ich verschwieg aber diesen Gedanken, denn ich wollte die anderen im Raum nicht noch mehr beunruhigen.

Fritz Jung hatte Land unter. Er rief mich vom Krankenhaus in Eggenfelden aus an und bestätigte mir, was ich in etwa bereits wusste. Joe Endorfer sei nicht nur ein genialer Personenschützer und Nahkämpfer, sondern habe auch Glück gehabt. Der Profikiller galt in seinen Kreisen als einer der Besten. Hätte die Kugel nur einige Zentimeter tiefer getroffen, wäre er jetzt tot.

»So aber«, meinte Fritz Jung bemüht sarkastisch, »ist Joes Marktwert enorm gestiegen!«

Fritz Jung war seine wirkliche Betroffenheit am Beben seiner Stimme anzumerken.

»Übrigens musst du ab jetzt mit einem größtmöglichen Interesse des nationalen, wenn nicht internationalen Journalismus rechnen. In Eggenfelden sind derzeit über dreißig Journalisten und Fernsehteams im Einsatz. Ich bewundere Hauptkommissar Aichinger, wie souverän der die Situation meistert. Es wird nicht lang dauern, dann werden sie bei dir aufkreuzen. Joe ist übrigens nicht vor morgen abends besuchsfähig. Versuch es erst gar nicht und verkriech dich vor der Meute meiner Zunft, sonst kannst du nicht mehr arbeiten. Versteck dich aber so, dass dich auch die Killer nicht finden. Könntet ihr vielleicht zukünftig insgesamt etwas langsamer ermitteln, ich komme mit dem Schreiben nicht mehr nach! Und bitte Freund, pass auf dich auf!«, beendete Fritz Jung unseren Informationsaustausch.

Ich saß nach dem überstürzten Abgang von Polizei und Zeitungsvertreter aus unserer Sitzung schon seit längerer Zeit über den Unterlagen zum Fall Wiesinger, die mir Monika auf den Schreibtisch gelegt hatte. Ich war hin und her gerissen zwischen dem Wunsch, davon, das heißt zur Helga, zu laufen und einem mit Trotz gepaarten Jagdfieber. Mike war mit sorgenvoller Miene aufgebrochen, um sich seinen Mühlen zu widmen. Monika stand genau so unter Spannung wie ich. Auch sie war betroffen von den jüngsten Ereignissen und wie ich der Meinung, dass wir bei unseren Ermittlungen unmittelbar vor einer entscheidenden Wende stünden. Obwohl noch ganz viele Fragen offen waren.

»Morgen um neun Uhr, nachdem die italienische Polizei den AW-Lastwagen überprüft hat, werden wir wenigstens genau wissen, ob der Heroinhandel tatsächlich unter Ausnutzung der AW-Fahrzeuge bis heute weiter gelaufen ist!«, wiederholte Monika, die mir gegenübersaß.

»Wenn dieser Dr. Jarislaus getürmt ist, werden wir uns andererseits hart tun, weiter Licht in das Dunkel zu bringen. Sein offensichtlicher Vorgänger, der als Dr. Antonio am Ziegenhof und als Dr. Astino und angeblicher Qualitätsprüfer bei dem Olivenhändler in Griechenland gewirkt hat, könnte etwa ein denkbarer Mörder Wiesingers sein. Oder Fleischmann, der ja auch keine Skrupel hatte, seine Exfrau überfallen und so verprügeln zu lassen, dass sie für immer ins Koma fällt!«, waren meine Überlegungen.

»Mann, wird Alfons Weinberger eine Show abziehen, wenn klar ist, dass hinter seinem Rücken über die AW das Drogengeschäft lief! Wie in aller Welt könnte bloß diesem Vorgänger von Dr. Jarislaus oder dem Großkotz Fleischmann der Mord an Wiesinger nachgewiesen werden?«, benannte Monika unser zentrales Problem.

»Bei dem Chemiker weiß ich es nicht, den müssten zuerst die Griechen finden. Fleischmann aber muss sich irgendwie verraten, da teile ich die Meinung der Polizei. Das könnte nicht ganz ungefährlich für uns sein! Immerhin haben wir in den letzten vierundzwanzig Stunden einen Mordversuch an mir, einen Mord zur Beseitigung eines eventuellen Zeugens und nicht zuletzt Tötungsversuche an einem Polizeibeamten und an Joe Endorfer«, war meine Antwort.

Als ich realisierte, was ich da aufgezählt hatte, verkrampfte sich erneut mein Magen. Die nackte Angst drängte nach oben. Trotzdem musste ich noch eine Überlegung loswerden. Die Sachlage konnte nämlich aus meiner Sicht noch komplizierter sein:

»Was ist, wenn Dr. Jarislaus zum Einstieg in die Drogenmafia den Wiesinger beseitigt hat?«, meinte ich.

»Ach hör auf Michael, lass uns lieber eine Lösung finden für das, was Fritz Jung gerade am Telefon gesagt hat. Ich habe Angst um dich und um uns! Wenn du schon nicht aufgeben willst, lass uns bitte den Ort wechseln!«, meinte Monika. Und das Zittern in ihrer Stimme verriet, wie sehr sie ebenfalls unter Druck stand.

»Soll ich Helga anrufen und fragen, ob wir in ihr Stadthaus in Pfarrkirchen umziehen können!?«

»Finde ich nicht so gut. In Pfarrkirchen werden viele Journalisten und Fernsehleute unterkommen. Wenn dich die Ganoven suchen, werden sie selbstverständlich das Haus deiner Freundin beobachten!«, warf Monika ein. »Lass mich telefonieren!«, sagte sie noch und verschwand in ihrem Vorzimmer.

Nach zehn Minuten hatte sie eine Lösung anzubieten. Der älteste ihrer Brüder war verheiratet und hatte ein kleines Anwesen auf einem Weiler, etwa vier Kilometer vom Hauptdorf entfernt. Er war von Beruf Maurer und arbeitete gerade auf einer Großbaustelle in Österreich. Zugleich war er »Nebenerwerbs-Landwirt« mit etwa fünfzehn Rindern und etwas Getreideanbau. Normalerweise bewirtschaftete während der Woche seine Frau das Anwesen. Da deren Mutter aber schwerstkrank in einer Passauer Klinik im Sterben lag, hatte Monikas Mutter ihre Schwiegertochter entlastet und die Bewirtschaftung des Anwesens zwischenzeitlich übernommen.

»Wir ziehen dorthin um und nehmen Serkan mit, der dich unauffällig bewachen kann. Meine Mutter ist nicht so allein und ich bin auch noch da. Du kannst mindestens eine Woche bleiben. Das Haus ist neu gebaut und hat jede Menge Zimmer, mein Bruder Max will nämlich mindestens vier bis fünf Kinder!«

Wir diskutierten das Für und Wider, am Ende nahm ich das Angebot an. Wir vereinbarten aber größtmögliche Geheimhaltung. So erfuhr natürlich die Polizei, dass ich »untertauchen« wolle und nur über Handy erreichbar wäre. Kommissar Steininger versprach, zur Täuschung trotzdem das Polizeiauto in unregelmäßigen Abständen vor meinem Büro auffahren zu lassen. Er empfahl mir auch, wenigstens einen jungen Mann aus meiner Leibgarde in meiner Dienstwohnung unterzubringen. Er möge sich wenig sehen lassen, aber abends öfter in verschiedenen Räumen Licht machen. Sie hätten mit dem Mord an dem Drogensüchtigen, dem erschossenen Kriminellen und den Mordversuchen an Joe und dem Polizeibeamten »höllisch« viel zu tun und könnten nur begrüßen, dass ich den Medien und den Ganoven für ein paar Tage aus dem Weg ginge. Ich möge bei der »Umsiedlung« vorsichtig vorgehen und auf keinen Fall auf direktem Weg zu meinem »Versteck« fahren. Wir wünschten uns viel Glück. Ich versprach, regelmäßig einen Lagebericht durchzugeben.

Nach diesem Gespräch trommelte ich meine Wache zusammen und teilte ihr unsere Pläne mit. Allerdings gab ich keinerlei Hinweis auf unseren neuen Aufenthaltsort. Serkan sammelte sofort und offensichtlich voller Erwartung seine Sachen zusammen. Die beiden anderen halfen uns, schnell unsere Koffer zu packen und die Unterlagen zum Fall Wiesinger in meinem Auto zu verstauen. Auf Umwegen und nach allen Seiten absichernd fuhren Serkan und ich mit unseren sieben Sachen zu dem »Versteck«. Monika wollte mit ihrem Fiat auf einer anderen Route »bald nachkommen«. Sie schrieb zusammen mit Kemal ein großes Schild »Das Ermittlerbüro ist für ein paar Tage geschlossen!« und hängte es an die Haustüre. Außerdem sprach sie noch eine entsprechende Nachricht auf unseren Anrufbeantworter. Kemal und Mani war eingeschärft worden, sich hartnäckigen Journalisten gegenüber als »derzeit nur Hausbetreuer« auszugeben. Auf keinen Fall sollten sie meine Handynummer weitergeben und nur berichten, dass ich »auf ärztliches Anraten hin Schock und Verletzungen zu verarbeiten« hätte. Der Abschied war herzlich gewesen. Beide Jungen hatten mich umarmt und mir viel Glück gewünscht.

Monikas Mutter empfing uns mit einem doppelläufigen Jagdgewehr in der Hand. Sie war kleiner und stämmiger als ihre hübsche Tochter, hatte aber deren Grübchen, das gute Lachen und, soweit noch durch das Grau hindurch erkennbar, die roten Haare.

»Monika hat mir erzählt, dass dein Leibwächter nur einen Gasrevolver hat. Hier sind das Jagdgewehr meines Sohnes und eine

Schachtel Schrotpatronen. Sollten wir das Gewehr brauchen, werde ich aussagen, dass ich den jungen Mann gebeten habe, mich damit zu beschützen!« Typ Pionierfrau, die Tochter hatte viel davon geerbt. Ich bedankte mich herzlich für das Asyl. Serkan versicherte mir, er habe in der Türkei »echt viel mit Gewehr geschossen« und Monikas Mutter Leni fragte mich, was ich als Nächstes tun werde. Ich blickte auf die Uhr, hatte einen Einfall und sagte:

»Zuerst einräumen, meine alte Hose anziehen und dann mit dir (das Du war hier unumgänglich) die Stallarbeit machen!«

Mutter Leni lächelte. »Die Monika hat vielleicht von dir geschwärmt. Ich finde das großartig, wie du das Problem mit dem Mike gelöst hast!« Sagte es und küsste mich auf die Wange. Das mit dem Küssen hatte die Mutter von ihrer Tochter oder umgekehrt.

Nachdem ich in ein großes, aber spärlich möbliertes Zimmer im ersten Stock mit herrlichem Blick auf eine lang gezogene Senke und eine kleine Ortschaft auf dem nächsten Hügel eingezogen war, rief ich zuerst einmal Helga an. Es war gut, eine Adresse zu haben, die solche Gefühle auslöste. Und es war gut, einen Menschen zu kennen, dem ich solche Dinge sagen konnte. Allerdings erfuhr auch sie zu ihrer Sicherheit meinen neuen Aufenthaltsort nicht. Dafür malte ich ihr aber die Schönheit Griechenlands in allen Farben aus.

»Ach Michael, spiel bloß nicht den Helden. Ich brauche dich!«, sagte sie noch, bevor sie auflegte.

Zur vereinbarten Zeit holte mich Serkan, der sein Zimmer neben dem meinen hatte, mit der Schrotflinte bewaffnet zur Stallarbeit ab. Diese Stallarbeit wurde für mich zu einer Zeitreise in meine Kindheit, ich hatte es geahnt. Der Stallgeruch, das feuchtwarme Klima, das Klappern der Kühe mit ihren Hörnern an den Eisenstangen ihres Fressgitters und ihr Fressgeräusch, garniert mit Gras- und Silageduft, versetzten mich schlagartig fünfzig Jahre und mehr zurück. Offensichtlich hatten mich die Ereignisse der letzten Zeit rührselig gemacht. Als ich auf Anhieb eine sanftäugige Kuh gefunden hatte, die sich mit Inbrunst zwischen den Hörnern kraulen ließ, kämpfte ich kurz mit feuchten Augen. Bis Monika, in Gummistiefeln, Latzhose und die Wuschelhaare unter einem Kopftuch verborgen, zusammen mit einer alten Bekannten auf der Bildfläche erschien. Sie hatte nämlich den Hund der Weinbergers dabei. Die tapfere Hexi, die wegen der Profilierungssucht meines Schulfreundes beinahe ums Leben gekommen wäre, schien ihre Verletzungen weitgehend überstanden zu haben. Sie trug zwar noch einen Verband um den Hals und eine Art umgekehrten Trichter darüber, der sie wohl daran hindern sollte, diesen Verband irgendwie zu lösen. Ansonsten aber stürzte sie auf mich zu und leckte mir winselnd die Hände.

»Ich konnte die Heuchelei von Alfons nicht mehr ertragen und habe Sophie das Angebot gemacht, der Hexi bis auf Weiteres bei uns Asyl zu geben. Sophie war richtig froh darüber und hat übrigens gesagt, sie würde mich viel lieber als Schwiegertochter denn als Geliebte ihres Mannes sehen. Was für eine tolle Frau!«, sagte Monika.

Und dann erledigten wir zusammen friedlich und aufmerksam bewacht die Stallarbeit. Zwischendurch bekam ich Tochterküsse auf die Wange, ich fütterte, kehrte den Futtergang, streute Kraftfutter in die Tröge. Auch die beiden Kälber mit einem milchähnlichen Gebräu aus einem Eimer mit einer Gummizitze zu füttern, zählte zu meinen Aufgaben. Monika bediente routiniert die Melkmaschine. Zuletzt säuberten wir gemeinsam die Mistgitter und versperrten den Rindern den Zugang zu den leeren Futtertrögen. Es kehrte Ruhe ein in dem kleinen Stall. Als wir die Lichter löschten, verspürte ich durch meine Angst hindurch ein archaisches Gefühl von Befriedigung.

Ich duschte ausführlich und wir trafen uns alle in der Wohnküche. Es gab Rupfhauben! Mutter Leni verbreitete Lebensfreude und bodenständiges Selbstbewusstsein. Danach bezogen Monika und ich den großen Bauerntisch am Kachelofen und machten uns wieder in den Unterlagen zum Fall Wiesinger auf die Suche nach eventuell übersehenen Hinweisen. Serkan hatte uns den Tisch als Arbeitsplatz vorgeschlagen. Er befand sich weit genug weg von den Fenstern, deren Vorhänge alle zugezogen waren. Nach zwei Stunden

Lektüre und Betrachtung fielen mir fast die Augen zu. Mutter Leni und Monika schliefen in Zimmern auf unserem Stockwerk, die Hexi bekam eine Art Strohsack auf dem Flur zu diesen Zimmern. Ich vereinbarte mit Serkan zwei Patrouillengänge während der Nacht, die sich allerdings auf unser Stockwerk und, als Beobachtungspunkte, die beiden Balkone an der Vorder- und Rückseite des Hauses beschränkten. Hexi trottete jeweils interessiert mit, wir entdeckten allerdings nichts Auffälliges.

∼

Nach der zweiten Wachrunde gegen vier Uhr morgens konnte ich nicht mehr einschlafen. Ich war nervös und ängstlich und hatte dazu noch das drängende Gefühl, bei der letzten Durchsicht von alten Zeitungsartikeln aus der Zeit des Verschwindens von Wiesinger etwas Irritierendes gesehen zu haben. Also stand ich wieder auf, holte die Unterlagen hervor und suchte nochmals alle Zeitungsartikel mit Fotos durch. Und kurz vor Ende meiner Durchsicht wurde ich fündig. Fritz Jung hatte seinem Bericht auch Zeitungsartikel angefügt zum Thema Wiesinger, die bis zu einem Jahr nach dessen Verschwinden erschienen waren. Einer davon berichtete von der Beerdigung des Esels in dem Bauergarten der AW etwa drei Wochen nach dem Verschwinden des Fuhrunternehmers. Es waren auf den Fotos viele Zuschauer zu sehen, aber auch eine Gruppe von Freunden und Helfern um Alfons Weinberger, die alle mit Schaufeln und Hacken ausgestattet waren. Darunter war, gut erkennbar, Franz Söhnlein abgelichtet. Er schien belustigt zu sein, denn er grinste still in sich hinein. Das konnte und mochte noch nicht viel bedeuten, obwohl es andererseits auch auf eine enge Verbindung von Alfons Weinberger zu Fleischmann und den Seinen hinweisen konnte.

Aber unter den Zuschauern befand sich noch ein anderer aus unserer Ganovenreihe. Und das versetzte mir einen regelrechten Schlag.

Es handelte sich war zwar um keine besonders scharfe Aufnahme, aber es war ohne Zweifel Dr. Antonio alias Dr. Astino. Der damalige Drogenringvertreter in Deutschland besuchte die Beerdigung des weinbergerschen Esels! Das war dann doch zu viel an Zufällen! Ich fing an, in meinem Zimmer auf und ab zu laufen. Dabei erinnerte ich mich an einen anderen Artikel. Ich suchte fieberhaft weiter und hatte bald den fast ein halbes Jahr später erschienenen Bericht über die Denkmalenthüllung auf eben diesem Eselsgrab in Händen. Wieder waren neben Zuschauern Freunde von Alfons Weinberger, diesmal mit Schaufeln, Seilen und Winden zu sehen. Und darunter wieder der grinsende Söhnlein – und als Neuzugang Dr. Jarislaus!

Was in aller Welt hatte das zu bedeuten? Ich tigerte noch eine weitere Viertelstunde im Kreis herum, die Uhr zeigte fast fünf Uhr. Da wurde leise an meine Tür geklopft. Wuschelmonika im Schlafanzug stand davor.

»Ich konnte nicht schlafen und habe deine Schritte gehört. Übrigens Serkan auch, er hat mich eben mit der Schrotflinte gestoppt, bis er mich erkannte!«, sagte Monika etwas kleinlaut.

»Deine Mutter hat dich sicher auch gehört!«, entgegnete ich, besorgt über den Ruf meiner Tochter. »Ich bin aber froh, dass du da bist. Allein komme ich nicht mehr weiter. Ich schlage vor, wir treffen uns in fünf Minuten in der Küche!«

»Muss das sein?«, maulte Monika, zog aber ab. Ich zog Hose und Hemd über meinen Schlafanzug, steckte meinen Revolver ein, griff beide Artikel und ging über die Treppe hinab in die Wohnküche.

»Morgen Chef, ist aber krass früh heute!«, begrüßte mich Serkan, schwer bewaffnet. Pflichtbewusst folgte er mir in die Küche, kurz darauf erschien auch noch Mutter Leni. Die fragte nicht lange und fing an, ein Frühstück zu richten. Ich setzte mich mit Monika an den großen Küchentisch und zeigte ihr beide Fotos – und was ich darauf entdeckt hatte.

Monika pfiff durch die Zähne, fast so perfekt wie Hauptkommissar Aichinger.

»Wenn wir nur wüssten, ob sich dieser Ziegenhofdoktor und Alfons Weinberger persönlich kannten!«, dachte sie laut. Hatte ich auch schon gedacht.

»Und wenn wir nur wüssten, wer Alfons Weinberger auf die Idee gebracht hatte, sich ein eigenes Labor zuzulegen!«, ergänzte ich.

»Und wie er zu Dr. Jarislaus gekommen ist!«, spann Monika den Faden weiter.

»Wir versuchen gerade, Alfons Weinberger in die Sache hineinzuziehen. Gefällt mir gar nicht, er lässt mich doch nicht gegen sich selbst ermitteln, vergessen wir das nicht!«, mahnte ich.

»Wir könnten allerdings dem griechischen Polizisten ein Foto von Jarislaus faxen mit der Frage, ob Dr. Jarislaus dieser neue Typ im Drogenlieferwagen war!«, bohrte Monika weiter.

»Damit hätten wir nur eine weitere Bestätigung, dass er jetzt der Vertreter des Drogenrings in Süddeutschland ist. Und er hat sich abgesetzt, was die Passauer sicher bereits nach Athen gefaxt haben! Lass uns einmal davon ausgehen, dass Alfons Weinberger nicht so blöd ist und mich gegen sich ermitteln lässt. Warum taucht ›Dr. Ziegenhof‹ dann bei der Eselbeerdigung auf!«

»Weil er eine neue Lösung auskundschaftet als Ersatz für den Ziegenhof!«, rief Monika aus. Ich fiel Monika um den Hals. Warum war ich nur nicht selbst darauf gekommen!

»Mann, auf dem Foto ist festgehalten, wie Alfons ausspioniert und eingeplant wurde! Jetzt fehlt uns aber wirklich nur noch das Wissen darum, wie Alfons dazu gebracht wurde, ein Labor einzurichten und Dr. Jarislaus einzustellen!«, formulierte ich unsere Situation. Ich blickte Monika an.

»Wann darfst du Mike wecken?«

»In genau einer halben Stunde steht er auf!«

»Dazwischen gibt es Frühstück!«, schaltete sich Mutter Leni ein. Also frühstückten wir alle zusammen. Ich nahm etwa die doppelte Kalorienmenge zu mir von dem, was ich in zwei Tagen verbrauchen konnte. Wie konnte diese Mutter aller Mütter auch auf die Idee kommen, um diese frühe Stunde Heidelbeerpfannkuchen zu brutzeln!?

»Macht sie nur für Menschen, die sie richtig gerne hat!«, verriet mir Monika und ihre Mutter drohte ihr mit dem Kochlöffel.

»Meine selbstlose Vateridee zahlt sich allmählich aus!«, versuchte ich zu feixen, Monika streichelte dafür aber mit ernstem Gesicht meinen Arm. Ich nahm mir vor, so bald wie möglich Helga anzurufen.

Kaum war die halbe Stunde um, rief Monika ihren Mike an. Sie sagte ihm ein paar sehr liebe Dinge und dann, dass ich ihn dringend sprechen müsste. Mike hatte nichts dagegen. Zu unser aller Enttäuschung wusste er weder, wer seinem Vater die Idee mit dem Labor näher gebracht hatte, noch konnte er sich erinnern, wie Dr. Jarislaus an die AW gekommen war. Schade! Mike bot sich an, seinen Vater danach zu fragen. Ich entschied mich anders.

»Sobald wir wissen, ob die AW-Fahrzeuge als Drogentransporter missbraucht wurden, also so gegen 10 Uhr, muss ich ihn selber informieren. Das bin ich ihm schuldig! Dabei kann er mir dann auch berichten, von wem die Laboridee kam. Und er kann zugleich die Personalie Dr. Jarislaus erläutern.«

Ich gab Mike nach einer herzlichen Verabschiedung an Monika zurück. Er hatte es in meinen Augen verdient, weitere liebe Dinge gesagt zu bekommen.

»Wir treffen uns im Stall wieder!«, sagte ich zu Mutter Leni und küsste sie meinerseits auf die Wange. Serkan belustigt: »Ihr mit euerer Küsserei seid ja schlimmer als die Türken!« Und er folgte mir links und rechts absichernd bis vor die Zimmertür.

Ich rief in Passau an und erreichte tatsächlich das Arbeitstier Steininger. Als ich ihm nach kurzer Begrüßung unsere neue Entdeckung auf den alten Fotos und zugleich meinen Plan verriet, sofort nach der Gewissheit über die Rolle der AW-Fahrzeuge Alfons Weinberger zu besuchen, war er nach kurzem Nachdenken einverstanden. Ich sollte allerdings nach Möglichkeiten auf der Fahrt dorthin kleine Nebenstraßen benutzen und sehr vorsichtig sein. Die Polizei sei übrigens wegen der sich überschlagenden

Ereignisse dabei, den Überblick zu verlieren. Zurzeit werde zum Beispiel gerade die Wohnung des Dr. Jarislaus »zerlegt«. Er versprach mir aber, mich unmittelbar nach der ersten Information durch die italienische Polizei anzurufen. Ich meinerseits sagte zu, sofort nach dem Gespräch mit Alfons Weinberger meine Polizeifreunde über das Ergebnis in Kenntnis zu setzen.

Und ab ging es für mich erneut auf die Zeitreise, sprich in den Kuhstall. Der Effekt glich dem von gestern Abend. Um sieben Uhr konnte ich Helga anrufen und meinerseits liebe Dinge sagen und hören. Um acht Uhr waren wir im Stall fertig. Ich duschte und machte mich bereit für mein Gespräch mit meinem Schulfreund Alfons. Beim Duschen war mir noch ein Auftrag für Monika eingefallen.

»Monika, kannst du versuchen, heraus zu bekommen, ob Dr. Jarislaus irgendein unverwechselbares Merkmal, etwa ein großes Muttermal oder einen fehlenden Finger hat! Und wenn ja, ruf doch bitte im Ziegenhof an, ob nicht Dr. Antonio dasselbe Merkmal hatte!«

Monika schaute mich verblüfft an: »Mensch Michael ... warum aber nicht! Einen Teil der Aufgabe habe ich schon gelöst. Dr. Jarislaus hatte quer über den Rücken eine lange Narbe. Er hat öfter den Swimmingpool der AW benutzt. Die Narbe kam angeblich von einem Chemieunfall. Mike vermutet, dass es eher ein Messer gewesen sein könnte. Ich werde sofort im Ziegenhof anrufen und dir über Handy Bescheid geben. Zuvor aber rufe ich noch im Krankenhaus an und frage nach dem Zustand von Joe Endorfer und dem des Polizisten. Jetzt aber gibt es hier zunächst eine große Verabschiedung!«

Nach dieser angekündigten großen Verabschiedung durch Mutter und Tochter stiegen Serkan und ich in mein Auto. »Komme mir echt nackt vor ohne Gewehr!«, sagte Serkan und ich konnte ihn verstehen. Wir fuhren langsam und vorsichtig umherblickend auf Nebenstraßen in Richtung AW und warteten auf die Information aus Italien. Ich hatte Herzklopfen, die nicht besser wurden, als die Polizei den Heroinfund in dem AW-Laster bestätigte. Was für eine Schweinerei, und ich hatte die traurige Rolle des Überbringers der schlechten Nachricht zu spielen. Zu meiner Verwirrung bestätigte kurz darauf Monika, dass auch Dr. Antonio alias Dr. Astino Träger einer solchen Narbe war. Der Typ hatte sich offenbar nach der Auskundschaftung der AW eine neue Identität zugelegt und diese wahrscheinlich mithilfe einer kosmetischen Operation untermauert! Ich traute mir jetzt darauf zu wetten, dass es der zu Dr. Jarislaus verwandelte Mann war, der sich vorgestellt und seine Idee vom Labor meinem Schulfreund nahe gebracht hatte. Ich würde bald die Tatsachen von meinem tobenden Schulfreund erfahren, so dachte ich jedenfalls.

Es kam aber ganz anders. Ich bog gerade von der Hauptstraße in die Zubringerstraße zur AW ein und war etwa zweihundert Meter gefahren, als ich eine Entdeckung machte, die mich völlig aus dem Gleichgewicht brachte. In großen schwarzen Lettern war an der Wand der Mühlenresidenz aufgesprüht: **»Die Rechte lässt sich nicht täuschen!«** Vor Schreck und Wut stieg ich mit solcher Wucht auf die Bremse, dass Serkan verwirrt und dann mit dem Gasrevolver in der Hand sofort rundum nach Gefahr spähend in seinem Sicherheitsgurt hing.

»Das ist doch nicht zu fassen!« rief ich aus. »Schau doch! Während wir uns bereits mit der Drogenmafia herumschlugen und ich um mein Leben fürchten musste, hielt dieser bis zur totalen Blindheit egomane Alfons immer noch an seiner Theorie von den Rechtsradikalen fest. Und damit wir endlich seiner weisen Erkenntnis folgen, kauft er Rechtsradikale, damit sie euch niederknüppeln!«

»Krass, der spinnt!« war alles, was Serkan dazu einfiel. Ich war völlig außer mir und zutiefst enttäuscht. Das hatte ich nicht nötig! Ich konnte nicht weiter für einen Mann ermitteln, dem es ohne Rücksicht auf Verluste nur um seine Person und den öffentlichen Effekt ging. Entnervt stellte ich den Motor ab, ich konnte es nicht begreifen. Dies war definitiv das Ende meiner Ermittlertätigkeit. Das Vertrauen zu meinem Auftraggeber war zerstört. Sein Vorgehen war in meinen Augen auch juristisch ein handfester Vertragsbruch. Nach dieser Entdeckung konnte und wollte ich Alfons Weinberger jetzt nicht sehen. Sollte er doch von der Polizei die Hiobsbotschaft über den Drogenschmuggel mit seinen Lastwagen erfahren oder von wem auch immer. Ich versuchte die Polizei zu erreichen, aber alle Nummern, die ich eingespeichert hatte, waren belegt. Ich knallte mein Handy in die Ablage. Zurück zum Bauernhof-Asyl und dann ab zu Helga nach Frankfurt! Ich hatte endgültig die Nase voll von meinem neurotischen Schulfreund, von Räuber und Gendarm, von Gewalt und Angst um mich und andere. Zitternd vor Wut startete ich den Motor, um zu wenden.

»Cool bleiben, Chef, wie immer!«, mahnte mich Serkan, wofür ich ihm dankbar war. Da klingelte mein Handy. Es war Nora: »Bitte Michael, hilf mir. Ich habe in Begleitung zweier Halbaffen in euerm Dorf-Supermarkt den Lammbraten eingekauft, den wir immer da kaufen. Die beiden Typen sitzen vor dem Supermarkt in einem schwarzen Jeep und haben mir fünfzehn Minuten Zeit gegeben. Sie haben mir mein Handy abgenommen, ich ruf vom Büro der Verkaufsleitung aus an. Ich versuche, auf der Rückseite des Gebäudes über den Zaun zu steigen, bitte hol mich. Heute ist wohl der Tag der Abrechnung oder was immer, ich fürchte um mein Leben. Sie haben Schnellfeuerwaffen, sei vorsichtig. Bitte komm die nächsten zehn Minuten, ich bitte dich, Zusatzvater!«

Aufgelegt. Ich schrie Serkan zu, er möge sich festhalten. Ich wendete in einer Wiese und drückte das Gaspedal durch.

»Serkan, unser Einsatz hat sich geändert. Vor dem Supermarkt steht ein schwarzer Jeep mit zwei schwer bewaffneten Typen. Sie wollen Nora offensichtlich entführen oder sogar umbringen, ich weiß es nicht. Du steigst bitte kurz vor dem Supermarkt aus und gehst in den Laden. Durch das Fenster beobachtest du die beiden. Sollten sie irgendetwas unternehmen, rufst du mich auf meinem Handy an.

Ich fahre über die Querstraße vorher zur Rückseite des Supermarktes. Du gehst auf alle Fälle nach fünf Minuten zu unserem Büro, ich komme mit Nora so bald ich kann nach. Sollten wir nicht kommen, ruf die Polizei in Passau an und gib Bescheid. Wenn ich irgendwie verfolgt werde, versuche ich, auf das Trainingsgelände für Geländefahrer bei Dietersburg zu kommen. Sag das auch der Polizei, bitte. Machs gut und sei vorsichtig!«

Serkan nickte nur, sprang etwa hundert Meter vor dem Supermarkt auf dem Parkplatz eines Elektroladens aus dem Auto und eilte davon.

»Pass bitte auf dich auf, Chef!«, hatte er sich durchs Fenster verabschiedet. Ihm war sichtlich nicht zum Lachen. Mir auch nicht – mir schlug das Herz bis zum Halse!

Ich wusste, ich sollte zuerst die Polizei verständigen, fürchtete aber zu sehr, Nora/Bärbel mit jeder Verzögerung zu gefährden. So fuhr ich so schnell ich konnte die nächste kleine Querstraße den Hang hoch, bog bei der ersten Gelegenheit nach links und kam von oben an die Rückseite des Supermarktes. Weit und breit kein schwarzer Jeep, nur ein paar parkende unauffällige Autos. Nora hetzte aus der Hintertür des Gebäudes und war im Nu katzenhaft über den etwa eineinhalb Meter hohen Maschendrahtzaun geklettert. Ich schloss sie kurz in die Arme und spürte, dass sie zitterte. Und noch etwas anderes spürte ich: den, wie sich herausstellte, Lauf einer automatischen Waffe eines untersetzten Mannes mit Bart.

»Schön, dass ihr beide da seid!«, grinste er.

Aus den Augenwinkeln sah ich einen zweiten Mann, der auf dem Fahrersitz eines älteren blauen Opels saß. Er zielte mit einer ähnlichen Waffe durch das offene Seitenfenster auf mich.

»Ich sage es nur einmal!«, fuhr der Bärtige fort. »Wir arbeiten für Franz Söhnlein. Wir bitten um Revolver und Handy!«

Mir blieb nichts anderes übrig, als der Aufforderung Folge zu leisten. Nora und ich waren in eine Falle getappt! Von wegen Söhnlein, der war zu einer solchen Geistesleistung wohl kaum fähig. Ich verspürte eine unheimliche Wut und Enttäuschung in mir.

»Sie beide fahren mit Ihrem Auto zur Hauptstraße hinunter. Unten biegen Sie nach rechts ab. Links steht ein Ford mit Freunden von uns, die euch sicher daran hindern werden, etwas anderes zu tun. Wenn ihr an dem schwarzen Jeep vorbei seid, gehört ihr den Freunden von Söhnlein. Ein zweiter schwarzer Jeep wird sich vor euch setzen und geleitet euch Richtung Pfarrkirchen. Und zwar mit dem Auftrag, euch tot oder lebendig dort abzuliefern. Ihr könnt das entscheiden. Übrigens haben wir vorsorglich euer Büro besetzt, die zwei jungen Herren werden festgehalten. Den dritten jungen Mann fangen wir gleich anschließend. Unser Auftrag lautet: Zwei Stunden festhalten und dann abhauen. Es sei denn, ihr macht Probleme. Und jetzt los, sonst fallen wir auf und müssen böse werden!«

Ich stieg zusammen mit Nora in mein Leihauto.

»Tut mir leid, Michael, ich bin an allem schuld!«

»Wie in aller Welt konnte Fleischmann die Polizei austricksen?«, fragte ich immer noch vor Wut und Enttäuschung über den Reinfall bebend zurück und bog brav nach rechts in die Hauptstraße ein.

»Indem er alle vier schwarzen Jeeps auf einmal losfahren ließ. Die Insassen des Polizeiautos waren verwirrt und folgten dann dem Auto, in dem Fleischmann selber saß. Ich hab auch eine Ahnung, wie es weiter geht«, sagte Nora mit gepresster Stimme.

Der schwarze Jeep vor dem Supermarkt wendete und fuhr hinter uns her, ein anderer setzte sich nach wenigen Metern wie angekündigt vor uns. »Und wie geht es weiter?«

»Fleischmann hat sich bestimmt bei seiner Sexpuppe absetzen lassen. Das ist übrigens die Bedienung, auf die du von Söhnlein geschleudert worden bist! Sie werden die Vorhänge zuziehen, die Polizei vermutet ein Schäferstündchen. Fleischmann wird aber über einen Ausgang durch einen lang gezogenen Schuppen über das Nachbargrundstück verschwinden, davon hat er oft gesprochen. Er wird dann von seinen Halbaffen in einer Seitenstraße eingeladen werden. Wir werden ihn bald zu sehen bekommen, Himmel noch mal, ich habe Angst!«

Ich legte Nora kurz meine Hand auf ihren Arm.

»Was glaubst du denn, dass er vorhat?«, wollte ich wissen und langsam wich meine Wut und Enttäuschung ebenfalls einer aufkeimenden Angst. »Er wird uns beseitigen wollen und dann den Mord Söhnlein in die Schuhe schieben. Du hast gehört, alle hirnlosen Ganoven arbeiten angeblich für Söhnlein!«

»Und am Ende wird er Söhnlein ebenfalls beseitigen, damit der nicht widersprechen kann, und auf sein Grab schreiben: Hier ruht ein Esel!«, wob ich den Gedanken weiter – und erschrak bis ins Innerste.

»Verdammt, verdammt, bin ich blöde. Weißt du, wer Fleischmanns Partner ist? Kein anderer als mein scheinheiliger Schulfreund Weinberger! Ich wollte es einfach nicht glauben. Ich wollte es einfach nicht glauben! Und gerade bin ich darüber gestolpert, dass die beiden es waren, die mit aller Wahrscheinlichkeit den Fuhrunternehmer Wiesinger getötet haben. Und zusammen mit dem Esel in Alfons Weinbergers Garten verscharrt haben! Söhnlein hat mitgeholfen und der Heroinschmuggler, der angeblich jetzt Dr. Jarislaus heißt. So ein Wahnsinn, so ein verfluchter Wahnsinn. Warum lässt dann dieser irre Alfons Weinberger mich gegen sich und Fleischmann ermitteln, warum nur, Nora, warum??!!«

Eine Welt brach endgültig in mir zusammen. Nora zuckte resigniert mit den Schultern und eine Träne lief ihr über die geschminkte Wange.

»Ich denke mit dir darüber nach, wenn wir das hier überleben. Bitte lass uns jetzt überlegen, ob wir irgendeine Chance haben, lebendig zu bleiben!«

»Eine erste kommt gleich nach Dietersburg!«, sagte ich voller Grimm. Ich hätte schreien können. »Pass auf Nora. Sollten wir durch Dietersburg hindurchfahren, kommt gleich danach rechts eine Forststraße. Sie führt zum Trainingsgelände von Herrn Bruckbauer. Ich habe dort das Geländefahren geübt!«

Große Chancen hatten wir nicht, aber ich konnte und wollte den Sieg Fleischmann/Alfons Weinberger nicht einfach akzeptieren. Dieser krankhafte Idiot von Schulfreund, dieser scheinheilige bigotte Drogenschmuggler und Menschenverächter!

Nachdem wir das scheinbar ausgestorbene Randgebiet von Dietersburg durchfahren hatten, riss ich urplötzlich das Steuer nach rechts und drückte das Gaspedal durch. Mein kleiner Ersatz-Geländewagen schoss in die Forststraße. Der Jeep hinter mir reagierte blitzschnell und schaffte mit quietschenden Reifen gerade noch die Einfahrt. Der zweite Jeep würde bestimmt bald nachkommen. Wir waren mit unserem Kleinwagen gehörig im Nachteil. Der Beifahrer des Verfolgers redete ununterbrochen in sein Funkgerät, der Jeep holte langsam aber sicher auf. Noch einhundert Meter, noch fünfzig Meter bis zur Abzweigung in den Rundparcours der Trainingsstrecke. Der Beifahrer lehnte sich jetzt aus dem Fenster und zielte offensichtlich auf unsere Reifen. Ich hoffte inbrünstig, dass unser Auto bei dieser Geschwindigkeit die Abbiegung in die Rundstrecke schaffen würde. Es schaffte es, wenn auch knapp!

Für den Jeep wurde es doch recht eng. Der Fahrer machte eine Vollbremsung und rutschte auf dem Kies an der Abbiegung vorbei. Er setzte zurück, wir hatten hundert Meter gewonnen und ich kannte mich hier aus. Wir hüpften und schleuderten durch die Schlammlöcher, Nora saß komischerweise plötzlich völlig ruhig und aufmerksam neben mir. Der schwere Jeep hatte mit der Strecke so seine Probleme. Er holte nur langsam auf und war an manchen Stellen dann wieder nahe daran, stecken zu bleiben. Ich bog links in die große Runde.

»Noratochter, ich bin das schon gefahren, was jetzt kommt. Es könnte unsere Chance sein!«, rief ich ihr zu.

Sie nickte, die konkrete Gefahr hatte sie verändert. Ich verringerte kurz die Geschwindigkeit, der Mann im Jeep witterte eine Möglichkeit, uns zu fassen und gab Gas. Kurz vor dem steilen Abbruch der großen Kiesgrube zog ich an, bremste kurz vor der

Kante und rutschte in Schlangenlinien die fünfzig Meter Hang hinab. Und dann schrammten wir mit einem hässlichen Geräusch gerade noch durch die beiden Kiefern der Ausfahrt. Der Jeepfahrer war viel zu schnell angefahren und mit einem weiten Satz in den Abgrund gesprungen. Er verlor die Nerven, übersteuerte, versuchte zwar den Wagen noch abzufangen, fuhr aber fast ungebremst nach unten und blieb zehn Meter hinter uns mit einem großen Krach zwischen den beiden Bäumen hängen. Im Rückspiegel sahen wir Rauch aufsteigen und zwei mit ihren Waffen fuchtelnde Männer aus dem lädierten Auto stürzen. Dann waren wir um die Ecke und jagten die Forststraße weiter.

»Das war gekonnt!«, sagte Nora nur und strich mir kurz über den Kopf.

Nach der nächsten Kurve kam dann die Ernüchterung. Mir schnürte es die Kehle zu. Ein schwarzer Jeep stand quer zur Straße, durchzukommen war unmöglich. Und hinter uns tauchte ebenfalls ein anderer schwarzer Jeep auf. Ich schaltete herunter.

»Versprich mir, dass wir bis zum letzten Moment darauf lauern, davonzukommen!«, sagte Nora mit der denkbar kehligsten Stimme der Welt.

»Ich schwör es dir!«, konnte ich noch stammeln, dann standen wir vor dem quer stehenden Fahrzeug. Aus dem Jeep stieg ein sichtlich mit sich zufriedener Wilhelm Fleischmann mit Zigarre zwischen seinen fleischigen Lippen und auf der anderen Seite ein dämlich grinsender Söhnlein.

»Respekt, Kramer, Respekt, das war große Klasse. Schade, dass Sie für unsere Organisation einen Millionenschaden verursacht haben. Unsere Oberen verlangen ihren Kopf, jammerschade! Und die Nora, ja die Nora. Sie ist einfach erwachsen geworden und zu selbständig. Bei dem ganzen Desaster testen die Oberen einfach meine Loyalität, nichts zu machen. Mein Plan hat funktioniert, ich bin stolz darauf, wenn auch ein wenig eifersüchtig auf Sie, Kramer. Gebe ich zu, gebe ich zu!«

»Und warum in aller Welt durfte Weinberger dieses Theater inszenieren, warum hat er überhaupt dieses Theater inszeniert?«, schrie ich voller Wut dagegen.

»Mensch Kramer, weil bei uns jede Teileinheit selbständig ist, solange sie funktioniert. Und weil der Psychopath beweisen wollte, dass er raffinierter und klüger ist als sein Klassenbester. Nur deswegen, Wahnsinn, was!?«

»Der muss so was von krank sein! Und warum haben Sie ihn nicht daran gehindert, es geht ja auch um Ihren Kopf!«, fragte ich ungläubig und entsetzt.

Wäre Alfons doch bloß Klassenbester geworden! Wie kann ein Mensch wegen dieser uralten Kränkungen alles aufs Spiel setzen, seinen Reichtum, seine kriminelle Karriere, sogar sein Leben?!

Fleischmann: »Ich musste das Spielchen mitmachen, weil wir dummerweise Blutsbrüder sind und auf Gedeih und Verderb voneinander abhängen!«, war die für mich nicht mehr ganz überraschende Antwort.

»Dann steht Alfons Weinberger aber jetzt ganz oben auf der Abschussliste ihrer Oberen?!«, entfuhr es mir.

»Ich tippe auf tragischen Autounfall!«, grinste der ekelhafte Fleischmann. »Und damit nicht auch ich einen tragischen Autounfall erleide, fahren wir jetzt los! Bitte einsteigen. Franz, fahr das Auto der beiden in die Büsche und komm mit dem dritten Jeep nach!«, sagte er noch zu Söhnlein.

Nora/Bärbel und ich saßen mit zusammengebundenen Händen auf dem Rücksitz, Fleischmann saß mit automatischer Waffe neben dem Muskelmann und Fahrer. Ein Jeep folgte uns, der dritte (mit Söhnlein) kam später nach.

»Dürfen wir erfahren, wie es jetzt weiter geht?«, fragte ich resigniert durch meinen Schock hindurch. Und Nora/Bärbel legte kurz ihre gefesselte Hände auf meinen Arm.

»Aber gerne!«, antwortete der offensichtlich äußerst eitle Fleischmann. »Mein genialer Plan, Teil zwei, in Kürze: Ich muss euch leider in eine Holzhütte im tiefen Wald sperren, bis Weinberger frühestens in einer guten Stunde zurück ist. Er kommt aus Österreich von einem Gespräch mit einem Vertreter von oben. Ich möchte nicht in seiner Haut stecken! Söhnlein wird euch bewachen. Wenn mein Blutsbruder dann kommt, werden wir zuerst Sie, Kramer, liquidieren. Wahrscheinlich mit der Schaufel erschlagen, leider, das ist die Spezialität von Weinberger und Söhnlein. Und dann erfüll ich meinem Söhnlein einen letzten Wunsch. Er darf Nora vergewaltigen, wobei ich ihn allerdings auf frischer Tat ertappe und erschieße. Weinberger kommt wegen der Spuren mit Leihauto und fährt nach der Hinrichtung Kramers zurück, ich selber werde jetzt nicht aussteigen und komme erst später auf der Suche nach dem Amokläufer Söhnlein mit meinem eigenen Wagen. Zu dumm auch, dass der meine Freundin vergewaltigt! Leider entzündet sich durch meine Unaufmerksamkeit dann auch noch das Benzin, mit dem Söhnlein seine Tat vertuschen wollte. Viel bleibt also nicht über von euch und Söhnlein und der Waldhütte! Noch Fragen?«

»Und das soll die Polizei glauben?«, fragte ich und konnte meine Verachtung nicht verbergen, »Die weiß doch schon viel zu viel über Sie!«

»Sie vermutet, hat aber keinerlei Beweise. Und mein Strohmann in München ist auch plötzlich verschwunden, also keine übertriebene Hoffnung, Kramer. Ich steh das schon durch, Alternativen habe ich sowieso keine!«

»Mann, bist du ein verkommenes Ekel!«, sagte Nora/Bärbel aus tiefstem Herzen.

»Endlich blickst du durch, Baby!«, antwortete Fleischmann und lachte sein schmieriges Lachen. Und nach einer Weile:

»So, wir sind da. Tom, mein Fahrer, nimmt euch die Handfesseln ab und wird euch bitten, die Hosen auszuziehen. Ihr könnt ja noch ein bisschen in Unterhosen turteln. Das macht Söhnlein so richtig wütend. Er wird aber nicht wagen, die Hütte zu betreten, denn ich drohe ihm an, ihn dann zu erschießen! Ein guter Witz, nicht!«

Und es folgte wieder das fette Lachen.

»Viel Spaß Kinder, und jetzt raus!«, sagte er plötzlich schneidend.

Wir standen, bedroht durch den bulligen Tom mit einer dieser kurzen automatischen Waffen, auf einer relativ großen Waldlichtung. Die Verbindung nach außen war nur der breite Waldweg, den wir gekommen waren. Die Hütte wirkte stabil, war ohne Fenster und nur mit einem dicken Nagel, der durch eine Lasche der Tür und dem Gegenstück im Türstock gesteckt war, von außen verschließbar. Der Wald um die Lichtung durfte etwa dreißig bis vierzig Jahre alt sein. Am Rande der Lichtung war ringsum relativ dichtes Gebüsch aufgeschossen. Ich bemühte mich krampfhaft, trotz meiner unsäglichen Angst, mir so viel wie möglich von diesem Ort einzuprägen. Weiter kam ich allerdings nicht in meinem Versuch. Kaum waren wir die Handfesseln los und hatten wir uns unserer Beinkleider entledigt, stieß uns Tom brutal in das Dämmrige der Hütte und versperrte die Tür.

Ich lag in Unterhosen mit dem Gesicht nach unten auf gestampfter Walderde. Nora saß neben mir und hielt meine Hand. Wir hörten, wie der Jeep mit Söhnlein ankam. Fleischmann fragte, offensichtlich aus Freude an unserer Angst, mit seiner fetten und lauten Stimme: »Franz, du weißt, was du tun musst?«

»Ja Chef!«, kam die Antwort. »Ich werde die beiden bewachen, von außen. Wenn sie davonlaufen wollen, werde ich sie erschießen. Wenn ich die Hütte betrete, wirst du mich erschießen. Alles klar, Chef.«

»Will ich hoffen, Franz. Ich bin in einer guten Stunde wieder da!«

»Und dann werden wir den Kramer erschlagen und ich darf diese Verräterin Nora vögeln! Und am Schluss werden wir alles anzünden!« Der Trottel rieb sich tatsächlich die Hände, es war deutlich zu hören. »Und dann haben du und ich keine Sorgen mehr!«, gluckste Fleischmann und fuhr zusammen mit den beiden anderen Autos ab. Und es kehrte Ruhe ein auf der Waldlichtung, nur ab und zu räusperte sich Söhnlein. »Denk daran, was wir uns versprochen haben!«, flüsterte mir Nora ins Ohr und küsste mich auf den Nacken. Meine Brille war angelaufen und voller Dreck und Tränen. Ich wusste nicht, ob ich mich je wieder würde bewegen können.

Die wollen uns abschlachten! Mein Schulfreund Alfons und der feine Herr Fleischmann wollen uns abschlachten, damit sie ihre dreckigen Geschäfte neu aufbauen können! Weil er sein Ego so mit Erfolg und Gewinn gemästet hatte, wollte Alfons sich in einem für ihn gefährlichen Zweikampf in aller Öffentlichkeit beweisen, dass jetzt – anders als in unserer Schulzeit – er und nur er der Schlaueste und Gerissenste war. Unfassbar! Darum auch seine Ablenkungs- und Störmanöver für meine Ermittlung. Offensichtlich hielt er sich mittlerweile für unverwundbar. Und dazwischen funkte dann ein Fleischmann, der fürchtete, dass die Sache aus dem Ruder laufen könnte. Den Fuhrunternehmer Wiesinger hatten sie gemeinsam erschlagen, womit sie auf Gedeih und Verderb voneinander abhängig waren. Und jetzt wollen sie Nora und mich ebenfalls abschlachten, und zwar wiederum gemeinsam. Ein großartiger Verlierer, mein Schulfreund, ein Mörder, der mit seiner Schmuggelware Tausende ins Unglück gestürzt hat. Und der um die Zuneigung seines geradlinigen und freundlichen Sohnes buhlt und von christlichen Werten faselt. Ich konnte es einfach nicht fassen. Ich wurde von einem Weinkrampf geschüttelt.

Nora/Bärbel rüttelte mich an den Schultern und flüsterte mir energisch zu.

»Zuerst gehe ich an die Wand mit den Astlöchern und erzähle Söhnlein, was Fleischmann uns gesagt hat. Und du, Michael, stehst jetzt bitte auf und durchstöberst die Hütte, ob du irgendetwas für uns Brauchbares finden kannst!«

Und Nora/Bärbel zerrte mich auf die Füße und drückte mich an sich. Und dann ging sie zur Wand, rief »Hallo Franzi!«, und fing an, in ihrer tiefen Stimme eindringlich auf ihn einzureden.

Ich durchsuchte zwischenzeitlich wie in Trance Meter um Meter die Hütte. Offensichtlich waren früher Werkzeuge und Maschinen für die Waldarbeit hier gelagert worden. Es waren jede Menge mittelgroße Eisennägel in die Balken geschlagen und es gab an einer

Stelle nahe einer Längswand einen größeren Ölfleck im Erdreich des Hüttenbodens. Da an dieser Stelle keinerlei Spuren von Maschinen am Boden zu finden waren, blickte ich nach oben zu dem Balken.

Aus diesem Balken ragten etwa fünfundzwanzig Zentimeter eines runden Baueisens von etwa einem Zentimeter Durchmesser. Es war fast waagrecht in den Balken getrieben worden. Mit Sicherheit hing daran früher eine Kettensäge, das Öl auf dem Boden verriet es. Der Waldarbeiter musste groß gewesen sein, denn ich hatte mich gehörig zu strecken, um an dem Eisen zu rütteln. Es saß bombenfest im Balken! »In diesem Balken steckt ein Teil unserer Hoffnung!«, durchzuckte es mich. Leider steckte sie noch sehr fest. Aber die Aussicht auf eine kleine Chance zur Gegenwehr ließ mich wieder klarer werden. Ich versuchte wie ein Irrer bei all den vielen Eisennägeln einen oder mehrere lockere zu finden. Während Nora/Bärbel redete und redete und der beschränkte Söhnlein zwischendurch höhnisch auflachte, bekam ich blutige Finger. Und doch hatte ich es nach einigen Minuten geschafft, zwei dieser Nägel in Händen zu haben.

Ungefähr einen Zentimeter unter dem Rundeisen war ein kleiner Ast im Balken und wieder einen Zentimeter tiefer hatte sich ein tiefer und einige Millimeter breiter Riss im Holz gebildet. Zuerst bearbeitete ich mit den Eisennägeln den Steg zwischen Astloch und Riss. Ich schabte und faserte Stück um Stück des weichen Fichtenholzes ab. Mir lief der Schweiß über das Gesicht und ich merkte, dass mich Wut und vor allem Angst und Verzweiflung antrieben. Allmählich bildete sich unter dem Ast ein immer tiefer werdendes Loch, dass in seinem Durchmesser fast doppelt so groß war wie der Ast. Ich arbeitete so lange, bis meine Eisennägel mit Dreiviertel ihrer Länge im Loch verschwanden. Und dann fing ich an, am dunklen Astkern herumzuhebeln. Zuerst tat sich gar nichts, aber nach einer halben Ewigkeit bewegte er sich plötzlich doch – und fiel dann nach einem weiteren Stück harter Arbeit aus dem

Holz. Am liebsten hätte ich losgebrüllt. Ich legte meine Nägel vorsichtig ab, sodass ich sie wieder finden konnte. Und dann sprang ich hoch und klammerte mich an das Baueisen. Nach dem dritten Versuch hing es schief, ich war aber vorerst am Ende. Schwer atmend setzte ich mich auf den Boden.

Nora kam wutentbrannt zu mir, wir hatten bereits fast eine halbe Stunde unserer kostbaren Zeit verbraucht.
»Der Söhnlein ist eines dieser Kälber, die ihre Metzger selber wählen!«, sagte sie mit lauter Stimme.
»Komm Michael, wir lieben uns!«, provozierte sie Söhnlein weiter.
Dabei betrachtete sie mein Werk, hing sich stöhnend (für Söhnlein) an das Eisen und schwang sich hin und her. Und fiel dann mit dem gut dreißig Zentimeter langen Rundeisen in der Hand zu Boden. Söhnlein fluchte vor der Holzwand und mehrmals wurde ein Astloch etwa in seiner Augenhöhe dunkel. Er versuchte, von dem Geschehen in der Hütte etwas zu erfassen. Nora/Bärbel rappelte sich auf, seufzte gekonnt und fing dann an zu singen. Ihr neues Brechtprogramm, wie sie mir unlängst am Telefon versprochen hatte! Durch ein Loch im Hüttendach fiel ein Lichtstrahl der Mittagssonne in das Innere. Nora benutzte den Strahl als Bühnenbeleuchtung, von außen drückte sich Söhnlein die Nase platt.

Ich holte mir das Rundeisen. Ihm war an dem Ende, mit dem es im Holz gesteckt hatte, eine Spitze angeschmiedet worden, damit es leichter ins Holz eindringen konnte. »Ein ideales Mordwerkzeug!«, schoss es mir durch den Kopf. Während Nora/Bärbel eine Brechtballade nach der anderen sang und dabei immer freier wurde, erschauderte ich vor dem, was ich gleich tun wollte und musste. Ich stocherte zitternd mit der Spitze des Eisens in den lockeren Stellen des Hüttenbodens und fand bald einen Stein, der etwa die Größe meiner beiden Fäuste hatte. Nora nickte mir erleichtert zu. Und dann kam »Surabaya Jonny« mit dem gesprochenen Zwischentext »Nimm doch die Pfeife aus dem Maul du Hund!«

Ich hörte plötzlich auf zu zittern. Die Situation, unsere womöglich letzte »Inszenierung«, brannte sich wohl für immer in mein Gedächtnis. Nora und ich in Todesangst. Nora im Lichtstrahl, mittlerweile (für Söhnlein) mit nacktem Oberkörper, die vielleicht das letzte Lied ihres jungen Lebens sang. Und das so selbstvergessen, so authentisch, dass es mir schon wieder die Tränen in die Augen trieb. Kein schlechter Moment, um zu sterben, schoss es mir durch den Kopf. Da kam der gesprochene Refrain und Nora änderte den Sprechtext um in:

»Nimm doch das Eisen in die Hand, du Hund!« Und dann sang sie auf die Melodie der Ballade nur noch »Ich will leben Jonny, Ich will leben Jonny...«

Ich straffte mich, schlich zur Wand, steckte die Eisenspitze in ein weiteres Astloch etwa in Brusthöhe von Söhnlein, der immer noch das Loch weiter oben verdunkelte. Nora sang lauter, ich holte aus und schlug so fest und so oft ich konnte auf das Eisen, wobei ich laut und verzweifelt »Nein ...« schrie. Und ich spürte noch, wie das Eisen in Söhnlein eindrang. Der brüllte wie ein Schlachtochse, das Brüllen ging in ein Gurgeln über, das Eisen wurde durch das Astloch ruckartig nach draußen gezogen. Und dann gab es einen dumpfen Fall. Nora riss mir den Stein aus den Händen, rannte zur Türe und hämmerte verzweifelt in Schlosshöhe dagegen. Ich wischte mir die Tränen aus den Augen, gemeinsam warfen wir uns wieder und wieder gegen die Türe. Zuletzt flog der angeschraubte Verschluss davon und wir waren im Freien. Nora/Bärbel spähte vorsichtig um die Ecke und lief dann auf den auf dem Rücken liegenden Söhnlein zu.

Das Eisen ragte ihm wie ein Indianerpfeil aus der Brust. »Ich hab einen Menschen erlegt!«, fiel mir irrer Weise ein Zitat aus einem Antikriegsroman ein. Ich konnte kaum atmen, so entsetzt war ich angesichts der Leiche vor uns auf dem Boden. Auch Nora/Bärbel zauderte, kniete sich dann aber hin und schloss dem toten Söhnlein mit einer weichen und fast zärtlichen Handbewegung die Augen. »Dummer, armer Hund!«, murmelte sie, nahm seinen Revolver und lief zum Gebüsch gegenüber. Sie winkte mir ungeduldig zu, ihr zu folgen.

Mir aber wurde, wie zu erwarten, schlecht. Ich kam gerade noch an dem toten Söhnlein vorbei um die Ecke der Hütte und erbrach mich hinter einem Busch. Direkt neben Benzinkanistern und einem alten Eineinhalb-Liter-Gefäß mit Henkel und Schnabel. Fleischmanns Vorsorge für unsere geplante Einäscherung! Ich würgte mein Würgen hinunter und füllte zitternd das Litergefäß mit Benzin. Wenn Söhnlein Streichhölzer oder Feuerzeug bei sich hatte, könnten wir die Hütte anzünden und somit auf uns aufmerksam machen.

»Komm schon, Michael!«, rief Nora/Bärbel drängend aus dem Gebüsch gegenüber. Und dann rollte, fast lautlos, der schwarze Bentley mit Fleischmann am Steuer auf die Lichtung!

Fleischmann hatte wie fast immer eine brennende Zigarre im Mund. Sein Ausdruck war nackte Boshaftigkeit. Er war zum Letzen entschlossen und wirkte ruhig und skrupellos. Wie ich von meiner Position aus durch das offene Autofenster erkennen konnte, lag eine mächtige Automatikwaffe auf seinem Schoß. Fleischmann schaltete den Motor aus und blieb lauernd sitzen, die Hände um die Kriegswaffe auf seinen Knien gelegt. Nora/Bärbel nahm offenbar an, ich hätte Fleischmann nicht gesehen oder gehört. Sie verließ zu meinem Entsetzen mit Söhnleins Revolver in der Hand ihre Deckung hinter den Büschen.

»Hau bloß ab, du verlogener und verdorbener Hund!«, brüllte sie so laut sie konnte. »Ich sollte dich erschießen, aber für dich ist jede Kugel zu schade! Da liegt dein toter Franz Söhnlein, wir mussten ihn erstechen. Was willst du jetzt der Polizei erzählen?!«

Nora/Bärbel war außer sich vor Wut und Enttäuschung. Mir wurde schlagartig klar, dass sie aus ihrem Blickwinkel Fleischmanns Tötungsmaschine auf seinem Schoß nicht sehen konnte.

»Ach Baby!«, kam es fett und belustigt aus dem Autofenster.

Ich wusste instinktiv, dass er im nächsten Moment einfach das Kriegsgerät hoch reißen und Nora/Bärbel in einem Dauerkugelhagel töten würde.

Mit meinem Eineinhalb-Liter-Gefäß voller Benzin in der Hand rannte ich von schräg hinten auf das große Auto zu und schrie aus Leibeskräften: »Nummer zwölf, Nora, Nummer zwölf!« In Bruchteilen von Sekunden täuschte meine zweite Tochter ein Ausweichen nach links an, warf sich aber nach rechts. Und fast genau so schnell hatte Fleischmann den Lauf der Waffe aus dem Fenster geschoben und feuerte eine Dauersalve in Richtung Büsche und Nora. Ich sah Rinde und Holzfetzen fliegen. Und ich sah an den Einschlägen, wie Fleischmann langsam die Waffe immer tiefer zog, dorthin, wo Nora/Bärbel liegen musste! Ohne nachzudenken und in panischer Angst und Wut schüttete ich Fleischmann durch das Autofenster den Inhalt meines Gefäßes an den Kopf. Er gab noch einige Sekunden eine kurze weitere Salve ab, dann realisierte er den Angriff von rechts und riss den Kopf herum. Noras Revolver bellte auf, Fleischmann zuckte kurz zusammen. Sie musste ihn zumindest gestreift haben. Und dann geriet Fleischmann in Panik. Er hatte noch immer seine brennende Zigarre im Mund. Er ließ sein Gewehr fallen und versuchte verzweifelt, seine Zigarre auszudrücken. Offensichtlich war sein linker Arm durch Noras Treffer nicht mehr zu gebrauchen. Funken stoben, er warf mit dem rechten Arm das Gewehr durch das Fenster auf meiner Seite und riss und zerrte am Verschluss des Sicherheitsgurtes. Meine trainierte Tochter hechtete zurück in die Büsche. In Bruchteilen von Sekunden kam ich ebenfalls zu der Einsicht, dass dem Mann nicht mehr zu helfen war. Ich versuchte, um die Ecke der Hütte zu rennen.

Da gab es zunächst eine riesige Stichflamme, die meterweit aus den geöffneten Autofenstern fuhr. Und dann einen riesigen Feuerball und einen irrsinnigen Knall. Die Druckwelle aus heißer Luft erwischte mich von hinten und warf mich einige Meter in den Busch. Die Ecke der Hütte flog durch die Luft. Teile davon prasselten heiß und schmerzend auf mich nieder. Ich hielt mich für so gut wie tot. Ich lag mit dem Gesicht auf der Erde und sah nur noch Sterne und Feuerringe. In meinen Ohren herrschte ein Höllenlärm und Gepfeife. Mit größter Mühsal brachte ich den Kopf vom

Boden hoch. Das Erste, was ich mit Entsetzen sah, war die angekohlte Leiche Söhnleins, der mir nachgeflogen war. Fleischmanns Bentley oder besser die Reste desselben brannten in einem Inferno von mehreren Meter hohem Feuer und Rauch. Fleischmann, der Drogenhändler und mehrfache Mörder, der Jahrzehnte den Saubermann zu spielen vermochte, war Opfer seines »genialen Planes« geworden!

Nora/Bärbel rannte im weiten Bogen um das brennende Auto herum und schrie, so laut sie konnte, meinen Namen. Sie war rußgeschwärzt, ihre Schminke war wie weggeschmolzen. Sie blutete am linken Arm und hatte eine Reihe von Verletzungen auf ihrem nackten Oberkörper. Als sie mich im Gras und Gebüsch erblickte, warf sie sich auf mich und hätte mich bald erdrückt. Wir heulten zusammen aus Erschöpfung, aus Schock oder weiß der Teufel warum. Aber wir lebten!

Wir schleppten uns von der grausigen Brandstätte weg. Ich spürte, dass ich nicht mehr weit kommen würde. Plötzlich ließ Nora/Bärbel mich los, lief zurück, legte sich hin und robbte in Richtung Brandherd. Und kam zurück mit Fleischmanns riesiger Waffe.

»So«, krächzte sie, »jetzt sind wir unschlagbar!«

Wir saßen mehr als erschöpft und fast besinnungslos in gebührender Entfernung vom Brandgeschehen auf dem Boden der Lichtung. Mir wurde tatsächlich schwarz vor den Augen und ich verlor kurzzeitig das Bewusstsein. Als ich auf dem Boden liegend wieder zu mir kam, blickte ich auf eine lauernde Nora/Bärbel. Sie hatte Fleischmanns Kriegswaffe im Anschlag und ihr Gesicht zeigte einen Ausdruck von Ekel und Verachtung. »Michael, dein Schulfreund kommt. Nimm Söhnleins Revolver, er liegt neben dir! Und nimm bitte keine Rücksicht und geh kein Risiko ein. Er ist es einfach nicht wert!« Ich rappelte mich auf in eine mehr oder weniger stabile Sitzposition. Tatsächlich stieg Alfons gerade aus einem riesigen BMW. Er hatte eine Schaufel in der Hand.

Typisch seine erste Reaktion, nachdem er die Situation erfasst hatte: »Verdammt noch mal, was habt ihr da angerichtet, ihr beiden Affen!« Ich nahm schemenhaft wahr, wie es in ihm arbeitete. Er war wütend und bis zum Erbrechen überheblich, sah aber auch Bärbel und mich schwer bewaffnet, allerdings angeschlagen am Boden. Und dann hatte er eine Entscheidung getroffen! Er hob die Schaufel und kam langsam näher. Ich bekam aus meiner geschwollenen und ausgetrockneten Kehle tatsächlich Worte heraus:

»Alfons, siehst du den großen Stein dort liegen? Wenn du weiter gehst als zu diesem Stein, erschieß ich dich. Und wenn ich zu schwach dafür sein sollte, erschießt dich Nora. Du hast verloren! Hat dir die Mafia gesagt, dass du uns, koste es was es wolle, beseitigen musst? Wie damals den Fuhrunternehmer Wiesinger! Ist das dieselbe Schaufel? Und wolltest du uns auch im Eselgrab verscharren, du kranker Idiot?«

»Ich hab dich in deiner Art tatsächlich unterschätzt, gebe ich zu! Ihr habt ganze Arbeit geleistet!«, sagte mein Schulfreund und hatte noch nichts von seiner Überheblichkeit eingebüßt. »Bisher ist mir alles gelungen. Und auch diesmal wird es funktionieren, pass nur auf! Wahrscheinlich seid ihr zum Schießen gar nicht mehr in der Lage. Mir kann einfach keiner, ich bin die Nummer eins, das musst du doch gemerkt haben!«

Und er umfasste seine Schaufel fester und kam auf uns zu. »Schaffst du es? Schieß im einfach in die Beine, der ist wahnsinnig!«, sagte meine Tochter und zeigte plötzlich wieder ihre professionelle Ruhe. »Ich werde es tun!«, gab ich zurück, entsicherte den Revolver und zielte auf Alfons Oberschenkel. Alfons wurde schneller, sein Gesicht war maskenhaft verzerrt, er hatte noch zwei Meter bis zum Stein. Und dann noch einen Meter – da krachte ein Schuss!

Alfons flog die Schaufel aus der Hand, er machte ein ungläubiges und dann zunehmend ängstliches Gesicht. Und dann schlug er der Länge nach keine eineinhalb Meter vor mir auf dem Boden auf. In etwa dreißig Metern Entfernung sah ich Hauptkommissar

Aichinger auf dem Boden knien und seine Handfeuerwaffe wegstecken. Kommissar Steininger und ein ganzes Rudel weiterer Polizisten liefen auf uns zu. Ich gab ein Zeichen mit der Hand, um sie kurz zu stoppen. Mein Schulfreund hob seinen Indianerkopf, Blut lief ihm aus der Schulter, sein Gesicht war verschmiert mit Schmutz und Tränen und er blutete auch aus der Nase. »Wie damals in der Kiesgrube!«, flüsterte er. Und weiter: »Bitte, erklär das alles Sophie und Mike. Du bist der Einzige, der das kann!«

Dann aber ließen sich die Polizisten und die Sanitäter nicht mehr aufhalten. Ich aber wollte von all dem Wahnsinn um mich herum plötzlich einfach nichts mehr hören und sehen. Ich küsste Nora/Bärbel, die mich stützte, die Hand – und fiel dann mit einem Seufzer endgültig in Ohnmacht.

Nachlese

Mein Name ist Friedrich Jung. Wer ich bin, ist aus der bisherigen Schilderung der Vorgänge um die ungleichen Schulfreunde Kramer/Weinberger durch Michael Kramer hinreichend deutlich geworden. Michael, ich darf ihn wohl meinen neuen Freund nennen, hat nach dem blutigen Showdown auf der Waldlichtung jegliche Lust verloren, auch nur in einer Zeile über die Zeit danach zu schreiben. Die Ausführung der unvollständigen Notizen über die Ereignisse in den vier Wochen im Juli und August dieses Jahres, die er bereits während der Ermittlungen begonnen hatte, waren ihm jetzt ein therapeutisches Anliegen, das er auf Anraten des Polizeipsychologen zügig erledigte. Er überließ es mir, nach Gutdünken die Geschichte abzurunden und die eventuell vorhandene Neugierde einer eventuellen Leserschaft zu befriedigen. Ich wollte zuerst seinen Text gründlich überarbeiten und vor allem Persönliches (auch über mich) tilgen. Mir wurde aber klar, dass damit viel an Originalität und Glaubwürdigkeit verloren gegangen wäre. Michael überließ mir auch alle Rechte an der Geschichte« und zugleich die »Öffentlichkeitsarbeit«.

So war ich in den letzten Monaten ein gefragter Mann, schrieb fast für alle größeren Zeitungen und Zeitschriften und gab unendlich viele Interviews. Und ich verdiente und verdiene viel Geld. Ich bekam sogar mehrere Angebote, zu größeren Blättern und sogar zu einem äußerst bekannten Magazin zu wechseln. Nach langen Gesprächen mit Michael und meiner neuen Lebenspartnerin lehnte ich aber alle Angebote ab. So unverständlich es klingen mag, ich habe in diesen vier Wochen meine Verbundenheit zu dieser Region neu und dankbar erfahren. Und ich wollte und will mit dabei sein, wenn sich unser kleiner Kosmos nach Wilhelm Fleischmanns Tod und vor allem nach Alfons Weinbergers Verschwinden hinter Gefängnismauern neu und hoffentlich weniger kriminell organisieren wird. Es ist für Außenstehende schwer zu verdeutlichen, welche Erschütterungen der republikweit als »Rottaler Skandal« betitelte Vorgang bei den Menschen hier ausgelöst hat.

Michael Kramer war ohnmächtig und total erschöpft ins Krankenhaus Eggenfelden eingeliefert worden. Dort lagen ja bereits Joe Endorfer und der Polizist, dem dieser das Leben gerettet hatte. Hinzu kam noch Nora mit einer nicht all zu gefährlichen Armverletzung und zahlreichen Schrammen. Nora überwand die schrecklichen Erlebnisse offenbar relativ schnell. Michael dagegen wurde einige Tage in einen »Genesungsschlaf« versetzt. Helga wich nicht von seiner Seite. Als er aufwachte, wollte er weitere drei Tage so gut wie nicht reden. Helga blieb bei ihm. Als zusätzlichen kurzen Besuch wünschte er sich Monika, Nora/Bärbel, mich und am dritten Tag Hauptkommissar Aichinger und Kommissar Steininger. Er sagte mir, es gäbe so viel sinnloses Sterben, und er hätte selber nie dazu beitragen wollen. Nach drei Tagen ließ er Sophie und Mike Weinberger wissen, er wolle gerne mit ihnen reden. Sie redeten mehrere Stunden, beide verließen danach gefasst und entschlossen das Krankenhaus.

Ab diesem Zeitpunkt intensivierte Michael seine Aufzeichnungen der Vorgänge der letzten Wochen und investierte dafür täglich mehrere Stunden. Zugleich aber erstellte er mit Helga ein »Perspektivprogramm Zukunft«. Sie mieteten sich nach seiner Entlassung aus dem Krankenhaus hintereinander an verschiedenen Orten Niederbayerns Wohnungen, die sie jeweils wieder aufgaben, sobald die Medienvertreter fündig geworden waren. Sie wohnten tageweise bei den Kleins und unternahmen gemeinsame Ausritte. Der harte Kern der Beteiligten ging zusammen mit Anna-Sophie Speckmeier einen ganzen Tag in das nahe Thermalbad. Die Presse durfte dort endlich fotografieren und erfahren, dass Michael auf dem Weg sei, auch mithilfe eines Psychologen mit dem »Erlebten fertig zu werden«. Michael und Helga besuchten die Landshuter Schwulenszene und waren tagelang zu Gast bei dem kleinen Lord Sascha Dreier, ebenso bei Monikas Mutter im Haus von Monikas Bruder und bei der

Witwe des ermordeten Fuhrunternehmers. Sie wohnten auch einige Tage bei Monika und Mike und später noch bei Sophie Weinberger. Diese Aufenthalte dienten nebenbei dazu, die Aufzeichnungen mithilfe der Beteiligten zu vervollständigen. Mit den Onkeln vom Ziegenhof planen Helga und Michael für den Winter ein mehrtägiges Seminar über die »Aufgeklärte Aufklärung«. Ich bin dazu eingeladen, ebenfalls der Pfarrer und Mike Weinberger, Sascha Dreier, Adi Braun sowie die Kleins. Eine Einladung erging auch an Hauptkommissar Nölle aus Görlitz. Monika verlobte sich auf Michaels Rat demonstrativ mit Mike Weinberger. Michael hat bekräftigt, dass er bei Bedarf als Trauzeuge zur Verfügung stünde. Sophie Weinberger ist in der Zwischenzeit aus der AW in ein Wohnhaus bei einer von Mikes Mühlen umgezogen.

Als Folge der »Enttarnung« der beiden Saubermänner Weinberger und Fleischmann konnte in ganz Bayern eine große Zahl von Zwischenhändlern und auch Kleindealern festgenommen werden. Selbst Fleischmanns »Strohmann« ging in Spanien ins Netz der Polizei. Die beiden Passauer Kriminalbeamten schätzen, dass es Jahre dauern wird, bis sich der Heroinhandel in Bayern restrukturiert hat. Trotz massiver Anstrengungen tappt allerdings die Polizei in Griechenland noch immer im Dunkeln, was die Herkunft des Heroins betrifft. Mit der nächtlichen Sprengung der Halle bei Korinth verlieren sich die Spuren. Auch der Oberschurke Dr. Jarislaus, oder wie immer er mit richtigem Namen heißen mag, blieb trotz intensiver Fahndung wie vom Erdboden verschluckt. Die griechische Polizei vermutet, dass er in Albanien untergetaucht ist. Allerdings war der Zoll zumindest in Europa gewarnt. Ein Transport von Heroin in Olivenmaische wird nach Meinung der Experten zukünftig nicht mehr möglich sein.

Sowohl Alfons Weinberger als auch Wilhelm Fleischmann hatten über ihre Einnahmen aus dem Drogengeschäft geheim, aber penibel Buch geführt. Fleischmann hatte dabei darauf geachtet, dass kein Cent aus diesen »Gewinnen« in die EVA-Bar investiert wurde.

Es fand sich ein Testament, in dem ironischerweise noch Nora/Bärbel als Alleinerbin des Clubs von ihm festgelegt worden war. Möglich, dass sich Joe Endorfer und Nora im Krankenhaus näher gekommen waren. Jedenfalls stieg Joe mit einem Teil seines Vermögens mit in den Club ein. Die Wiedereröffnung steht kurz bevor. Nora und Joe haben eine gravierende Akzentverschiebung angekündigt. Michael und Helga werden bei der Eröffnung dabei sein. Ich selber werde rechtzeitig davor und natürlich danach ausführlich darüber berichten und freue mich darauf. Übrigens ist Nora oder Bärbel jetzt auch in der Öffentlichkeit kaum mehr geschminkt. Auf ihr Drängen trafen sich Michael und seine zweite »Tochter« Bärbel, bewacht von Serkan und Joe Endorfer, nochmals einen halben Tag am Weiher. Michael musste die versprochene Geschichte über seinen Großvater erzählen. Und Nora/Bärbel sang für ihn ihr komplettes Brechtprogramm!

Alfons Weinberger seinerseits hatte während seiner kriminellen Laufbahn die Kunstmühle sogar auch rechtlich von seinen übrigen Unternehmungen getrennt und »sauber« gehalten. So wurden nur der Futtermittelvertrieb und das Transportunternehmen eingestellt. Beide Geschäftszweige werden wohl unter den Hammer kommen. Mike will die Mühle weiterführen. Die Mühlenresidenz soll, wenn sie frei gegeben werden sollte, nach Mikes Plänen als »Edelherberge« unter Beibehaltung des Namens verpachtet werden. Die Eselsstatue im Bauerngarten wurde nach der Exhumierung der Leiche Wiesingers mit Einverständnis von Alfons Weinberger einem großen bayerischen Museum überlassen. Die sterblichen Überreste des Fuhrunternehmers fanden nach der forensischen Untersuchung »im engsten Kreise der Angehörigen und Freunde« auf dem Dorffriedhof ihre letzte Ruhe. Anneliese Wiesinger bestand darauf, dass Michael Kramer, aber auch Mike und Sophie Weinberger an der Zeremonie teilnahmen.

Alfons Weinberger zeigte sich im Gefängnis übrigens bislang überaus kooperationsbereit. Nach einer Rücksprache mit Michael hatten die Passauer Kriminalbeamten den Ermittlern dort vorgeschlagen, die Befragungen in Anlehnung an die Form von Interviews durchzuführen. Der Prozess wird sicher erst im nächsten Frühjahr stattfinden. Die Anwälte werden auf verminderte Schuldfähigkeit plädieren und dies mit einer schweren Psychose begründen. Ich werde also noch lange mit diesem Fall beschäftigt bleiben. Erleichtert wird die Arbeit des Gerichts durch einen schockierenden Fund: Sowohl im Haus von Wilhelm Fleischmann als auch im Safe von Alfons Weinberger wurde jeweils ein Video gefunden. Es zeigt die Ermordung des Fuhrunternehmers Günter Wiesinger. Die beiden Mörder hatten sich bei der Tat gegenseitig gefilmt und sich auf diese Weise wechselseitig in der Hand. Das Gerede Fleischmanns von der Blutsbruderschaft zwischen ihm und Weinberger, über das Michael Kramer berichtet, wurde durch diesen Fund auf eine grausame Weise verdeutlicht. Die Schusswunde Alfons Weinbergers ist übrigens mittlerweile so gut wie verheilt. Allerdings wird er seinen rechten Arm nie mehr voll gebrauchen können. Die beiden Polizeibeamten, Hauptkommissar Aichinger und Oberinspektor Steininger, stehen kurz vor einer Beförderung. Sie waren bereits mehrfach Gäste bei Helga und Michael.

Serkan, der begabte Nachwuchs-Personenschützer, arbeitet wie angedeutet immer noch für Michael und Helga. Er will aber bald zur Polizei wechseln. Kemal dagegen hat seine Lehre als »Pferdewirt« bei den Kleins angetreten und Mani ist in das Geschäft seines Onkels eingestiegen. Am Tag des Showdowns auf der Waldlichtung hatten die drei jungen Männer nochmals von sich reden gemacht. Sie waren ja von zwei schwer bewaffneten Ganoven festgehalten worden. Diese sollten damit den »genialen Plan« Fleischmanns ermöglichen und verhindern, dass die Polizei zu früh eingriff. Die drei hatten aber ihre Bewacher zum Pokern überredet. Und Kemal mischte dabei K.o.-Tropfen unter ihre Getränke. Für eine solche Tat war er früher von einem Richter für ein halbes Jahr an den Wochenenden zum Mitfahren in einem Sanitätsauto verurteilt worden. Diesmal wurde er von der Polizei dafür belobigt. Die beiden benommenen Ganoven konnten nämlich noch im Ermittlerbüro festgenommen werden. Und Hauptkommissar Aichinger wurde durch diese Tat in die Lage versetzt, ausgestattet mit Serkans Informationen und geleitet durch die Rauchentwicklung der brennenden Hütte, in kürzester Zeit am Tatort zu sein. So konnte er durch seinen gewagten Pistolen-Fernschuss wenigstens verhindern, dass Michael seinen Schulfreund auch noch kampfunfähig schießen musste.

Michael Kramer hat natürlich, wie ich übrigens auch, alle Leistungen erhalten, die in dem Kontrakt mit der AW festgelegt worden waren. Selbst Alfons Weinberger hatte über seine Anwälte öffentlich und pressewirksam dazu aufrufen lassen, den Vertrag buchstabengetreu zu erfüllen. Michael Kramer und seine neue Partnerin werden uns demnächst zuerst einmal verlassen. Sie werden gemeinsam eine längere Zeit in Griechenland verbringen und »entschleunigen«, wie sie uns verkündeten.

Michael ist ohne Zweifel vom Verlauf und vor allem dem Ende seiner Ermittlungen auch jetzt noch schwer getroffen. Er, der starke pazifistische Wurzeln hat, musste zwei Menschen töten und Mord und Mordversuche erleben. Ich bin mir aber sicher: Sein »Freundlichkeitsideal« und seine Suche nach dem Guten im Menschen werden ihm darüber hinweg helfen. Und er wird dabei mit Sicherheit nicht allein gelassen werden!

Niederbayerische Rupfhauben

Teig:
250g Mehl
1 Ei
1 Prise Salz
1/8 l Milch

500g Äpfel
50g Butterschmalz
1 Becher Sahne

Alle Zutaten für den Teig zusammenkneten.
Butterschmalz und Sahne in einer hohen Pfanne aufkochen lassen.
Die Äpfel schälen und mit einem Hobel einhobeln (blättrig).
Vom Teig mehrere dünne, tellergroße runde Flecken ausrollen.
Diese Flecken in der Mitte hochheben und wie Hauben (Mützen!) nacheinander auf die Äpfel setzen.
Wenn die Pfanne voll ist, Deckel darauf und nach kurzer Zeit auf kleine Stufe zurückdrehen. Wie Dampfnudeln ca. 20 Minuten ziehen lassen, dabei den Deckel nicht aufmachen! Danach sollten sie aufgegangen sein wie Hauben.
Mit Zimt-Zucker-Gemisch bestreuen und sofort zu Tisch geben, weil die Rupfhauben sonst gleich wieder zusammenfallen.

Das Rezept stammt von Maria Hundsberger, Spezialistin für die regionale Küche der Grenzregion zwischen Ober- und Niederbayern. Sie hat dazu bereits Kochbücher veröffentlicht; Auskunft unter Tel. 08679/15 18